남극을 살리기 위한
'2041 프로젝트'를 응원합니다!

ANTARCTICA
남극 2041

ANTARCTICA
남극 2041

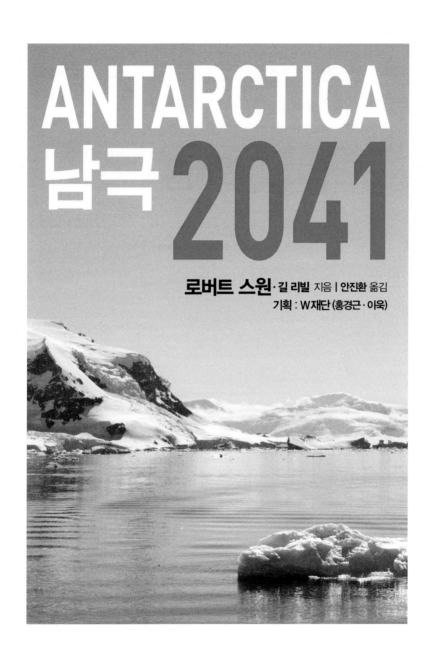

ANTARCTICA 남극 2041

로버트 스원·길 리빌 지음 | 안진환 옮김

기획 : W재단 (홍경근·이욱)

한국경제신문

이전 세대와 이후 세대에게 이 책을 바칩니다.
94세의 마거릿 엠 스원 Margaret "Em" Swan,
15세의 바니 스원 Barney Swan 모두에게.

더불어 불멸의 친구 중의 불멸인
피터 오스틴 맬컴 Peter Austin Malcolm (1956~2009)에게도….
그가 없었다면
우리의 꿈은 결코 구체화되지 못했을 것이다.

우리는 여기서 모두 모험가다.
야생 지역에서 모험에 뛰어드는 일 자체가
그 어떤 것보다 우리를 흥분케 한다.
끔찍할 정도로 문명화된 이 세상에
자연 그대로의 구석들이
여전히 존재한다는 사실을 안다는 것은 좋은 일이다.
- 로버트 스콧 Robert F. Scott(1868~1912)

세상 사람들은 지구상에 단 한 곳,
즉 남극만이라도
자연 그대로 놔둬야 한다는 인식을 가져야 마땅하다.
- 피터 스콧 Peter Scott

남극 탐험
600마일의 여정을 떠나며

나는 2017년 11월 15일 아들 바니Barney와 함께 다시 한 번 지리남극점(남위 90도) 정복의 장도에 오른다.

하지만 이번에는 전과 달라진 것들이 있다. 우리의 탐험 여정은 오로지 청정에너지 기술에만 의존해서 이뤄질 것이다. 지구상에서 가장 혹독한 환경이 부여하는 모든 리스크를 무릅쓰며 600마일(약 900킬로미터)을 걷는 우리의 노력은 이 시대의 가장 중요한 문제 중 하나에 대한 인식을 높이고 행동을 촉구하는 데 목적이 있다. 바로 에너지 문제 말이다.

나는 역사상 처음으로 남극점과 북극점을 걸었지만 아들과 함께 걷는 것은 이번이 처음이며 완전히 재생에너지에 의존해 극점 정복에 나서는 것도 처음이다.

밀레니엄 세대인 바니는 다음 세대를 위한 에너지 전환의 중요성을 동시대 사람들에게 보여주기 위해 나와 동행하기로 결정했다. 내 탐험 활동들은 지구의 기후에서 남극대륙이 담당하는 중심적인 역할과 남극의 변화가 세계적으로 미칠 영향에 대해 다수의 직접적인 통찰을 제공한 바 있다.

남극대륙의 얼음은 우리의 과거와 미래를 보여주고 있다. 과학자들은 이미 남극대륙에서 상당량의 얼음 덩어리가 없어지고 있다고 주장한다. 해수면이 오늘날보다 수 미터는 더 높았던, 이전 온난한 기후 시대에 그랬던 것처럼 빙붕들에 큰 변화가 생길 것임을 예고하는 셈이다.

나는 남극을 나의 '집'이라고 부른다. 사람들은 내가 지난 수년 동안 남극대륙의 보전에 초점을 맞춰온 것을 알고 있을 것이다. 그래서 '2041'이라는 조직을 출범시킨 것이다. 2041년은 남극에 대한 보호 규정이 바뀔 수도 있는 해다. 지금은 그곳이 누구의 소유물도 아니다. 우리 모두가 남극대륙의 주인이라는 뜻이다.

2041년이 되면 세계 각국은 잠재적으로 그 대륙을 개발하기 위해 관련 조항을 고치려 들지도 모른다. 바로 그것을 막고자 하는 것, 세상 사람들로 하여금 지구상의 단 한 곳만이라도 자연보호 구역이자 과학과 평화의 땅으로 남겨둬야 한다는 인식을 갖도록 만드는 것이 2041 조직의 목표다. 전 세계적으로 재생에너지와 바이오 연료의 사용을 늘리고 기존의 금속을 재활용하는 쪽으로 노력을 기울이면 화석 연료를 얻기 위해 이 얼음 대륙을 개발하는 일이 재정적으로 합당치 않게 만들 수 있다.

인류의 미래가 달려 있는 중차대한 사안인 만큼 대화로는 충분치 않다. 사람들에게 이러한 에너지 솔루션의 실현 가능성을 보여줄 필요가 있다는 의미다. 이것이 나와 바니가 궁극적으로 남극을 구하고 나아가 우리의 세상을 구하는 데 기여할 수 있는 그런 종류의 에너지만 이용해서 남극점까지 600마일을 8주 일정으로 탐험하는 데 헌신하기로 한 이유다.

남극은 지구상에서 가장 인간에게 적대적인 환경 중 하나이기 때문에 청정에너지 기술에 대한 완벽한 입증의 장이 될 수 있다. 우리가 남극에서 재생에너지에만 의존해서 생존할 수 있다면 샌프란시스코나 방갈로르 또는 상하이에서 그것만으로 번성하지 못할 이유가 없다. 이번 탐험에는 전 과정을 영상에 담기 위해 비디오 제작자도 참여한다. 우리는 탐험 이후 그 기록물을 기반으로 세상 사람들을 관여시키는 활동에 들어갈 계획이다. 사람들이 에너지를 인식하고 이용하는 방식을 바꾸기 위해 우리의 목숨을 걸고 도전에 임하는 것이다.

하지만 그러한 위업을 이루기 위한 도전은 결단력과 열정, 영감만으로 임할 수 있는 게 아니다. 남극 탐험에는 많은 비용이 소요된다. 아주 먼 거리를 이동해야 하는데 편의시설이 거의 존재하지 않아 물류 면에서도 지구상에서 가장 많은 어려움이 따른다. 그래서 나는 세상에 변화를 주는 일에 열정적이고 확고한 의지가 있으며 재정적인 후원까지 제공할 수 있는 파트너를 필요로 했다.

이 탐험은 이미 10년 전에 기획된 것이다. 따라서 나는 서두를 필요 없이 변화에 대한 장기적인 비전을 갖추고 이미 변화를 주도하고 있으며 보다 많은 사람들에게 메시지를 전달할 수 있는 조직을 찾는 데 주력할 수 있었다.

중요한 순간과 연결은 종종 우연히 발생하고 이뤄지는 법이다. 누구든 성공하려면 그런 기회를 잡을 줄 알아야 한다. 어느 날 미국 로스앤젤레스에 사는 내 친구 엘시 멀러스Elsie Mullers가 한국의 W재단의 설립자인 이욱 씨를 만나보라고 제안했다. 멀러스는 이욱이 자신과 친분이 두터울 뿐 아니라 신의를 지키는 아주 훌륭한 한국인이라고 소개했다. 2012년에 설립된 W재단은 자연보호 활동에 주력하며 기후변화 난민에게 긴급 구호물자를 제공하는 등의 활동을 펼치는 세계적인 비영리 단체다. 특히 개발도상국들의 지속가능한 발전을 위한 '공동 가치 창출CSV' 프로젝트를 주도하는 전문가들의 단체로 이름이 높다.

나와 이욱은 만나자마자 서로 활동 지역은 다르지만 공통된 목표를 중심으로 유사한 임무를 수행하고 있다는 사실을 깨달았다. 우리는 이후 훌륭한 우정과 강력한 팀을 발전시켰고 함께 진정으로 세상을 변화시킬 수 있다고 믿게 되었다.

나와 바니는 2017년 여름 이욱과 W재단 관계자들 그리고 후원자들을 만나기 위해 한국을 방문했다. W재단의 이욱 이사장이 극지를 주제로 한 행사와 홍보 활동을 주선한 것은 물론이다. 나는 행사에서 프레젠테이션을 하고 W재단의 후원자들을 만나 새로운 남극 탐험 계획을 펼쳐놓았다.

나는 한국에서 W재단의 놀라운 영향력과 열정을 눈으로 확인했다. 이욱과 그의 형제인 마이클Michael이 함께 구축해 이끄는 팀의 전문성과 능력에 매료된 것이다. 나는 또한 W재단의 총재 홍경근 씨도 만났다. 홍 총재는 지구를 보존하기 위해 자신의 자원과 시간을 아끼지 않고 바치는 열정적인 환경 운동가다.

한국 사람들은 이미 기후변화를 중요한 현안으로 인식하고 있다. 그 위험성을 다른 나라 사람들에 비해 훨씬 심각하게 느끼는 것으로 보인다. 2010년 퓨 리서치센터Pew Research Center에서 실시한 '세계인의 태도 및 인식Pew Global Attitudes Project' 설문조사에 따르면 한국인의 약 68 퍼센트가 지구온난화를 '매우 심각한' 문제로 믿는 것으로 나타났다. 이는 조사 대상 23개국 가운데 네 번째로 높은 수치다. W재단은 자연보호 캠페인으로 기후변화에 대한 인식을 높이는 데 핵심적인 역할을 수행하고 있다. W재단이 수행하는 일은 진정으로 세계적인 과업이며 나는 그 재단 최초로 7번째 대륙(남극)의 대표가 된 것을 자랑스럽게 생각한다.

나와 바니가 그 거대한 얼음 덩어리를 가로지르는 600마일의 여정을 끝낼 무렵, 후시HOOXI 캠페인 팀이 우리를 맞이하기 위해 지리남극점으로 날아올 것이다. 후시 캠페인은 W재단이 추진하는 글로벌 자연보전 캠페인이며, 여기서 '후시'는 '숨 쉬다'를 뜻하는 친환경 단어다. 이 캠페인의 목표는 자연환경과 생태계를 보존하고 복원하는 것이다(극지방 보존, 산림 복원, 산호초 복원, 멸종위기 동물 보호 등).

후시 팀은 지리남극점에 와서 대륙의 환경을 최대한 청정한 상태로 유지하기 위한 그들의 헌신을 직접 보여줄 것이다. 더불어 내 뜨거운 환영을 받게 될 것이다.

2017년 11월

로버트 스원

contents

ANTARCTICA
남극 2041

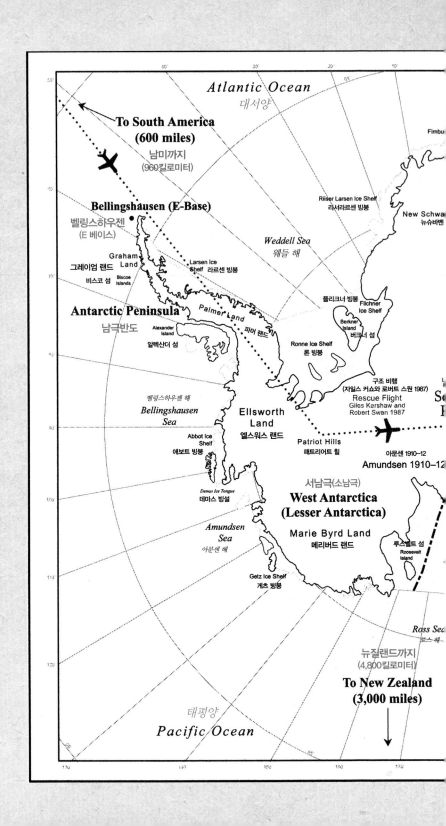

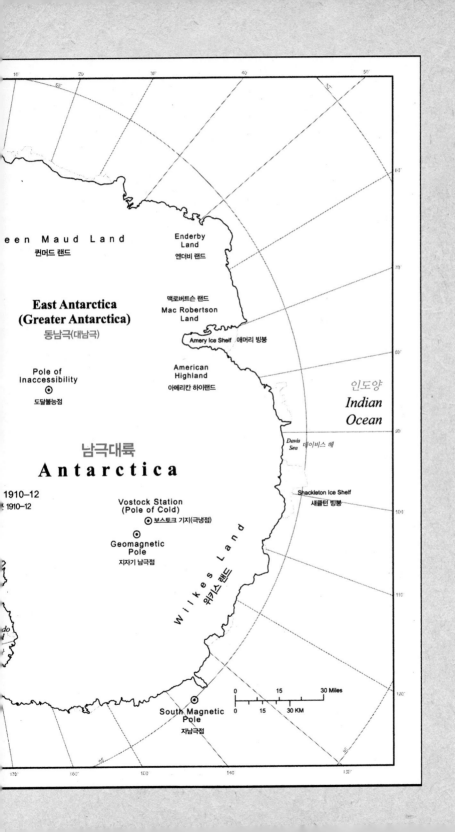

e e n   M a u d   L a n d
퀸머드 랜드

Enderby
Land
엔더비 랜드

**East Antarctica
(Greater Antarctica)**
동남극(대남극)

맥로버트슨 랜드
Mac Robertson
Land

Amery Ice Shelf   애머리 빙붕

Pole of
Inaccessibility
⊙
도달불능점

American
Highland
아메리칸 하이랜드

인도양
*Indian
Ocean*

남극대륙
A n t a r c t i c a

Davis
Sea   데이비스 해

1910–12
1910–12

Vostock Station
(Pole of Cold)
⊙ 보스토크 기지(극냉점)

⊙
Geomagnetic
Pole
지자기 남극점

Shackleton Ice Shelf
섀클턴 빙붕

W i l k e s   L a n d
윌키스 랜드

| 0 | 15 | 30 Miles |
| 0 | 15 | 30 KM |

South Magnetic
Pole
자남극점

ANTARCTICA
남극 2041

1

비어드모어 빙하

1985년 남극의 여름, 나는 로스 빙붕 Ross Ice Shelf의 초입에 들어섰다. 크레바스가 산재하고 빙하가 뒤덮고 있는, 대략 그 면적이 프랑스만 한 빙붕이었다. 바게트와 성당이 없는 프랑스, 파리 같은 곳이 전혀 없는 프랑스였다.

내가 밟은 얼음판은 두께가 300미터가 넘었다. 그 밑에는 태고 이래로 누구의 손길도 닿지 않은, 칠흑 같은 어둠만이 감싼 차가운 바다가 흐르고 있었다.

로스 해에 탐험의 발길이 미치지 못한 이유를 알 것 같았다. 과거 한 차례 한 뉴질랜드 어선이 그 바다로부터 길이 9미터에 무게가 450킬로그램이 넘는 남극하트지느러미오징어 colosal squid(학명 'Mesonychoteuthis hamiltoni', 사촌 격인 단순한 대왕오징어보다 훨씬 더 크다) 한 마리를 끌어올렸다. 지금까지 그게 전부다. 다른 어떤 생명체가 그곳에 더 있는지는 신만이 알 뿐이다. 어쩌면 네모 선장이라면 더 파헤칠 수 있었을지도 모르겠다.

로스 해 표면의 로스 빙붕에 들어섰다는 것은 곧 내가 눈길이 닿는 곳에 빙하밖에 보이지 않는, 거대한 무(無)의 한가운데에 섰다는 것을 의미했다. 그곳에서 죽은 어떤 이는 그곳의 분위기를 "잠 같은 숨결이 깊이 감도는 고요"라고 표현한 바 있다.

초기의 남극 탐험가들은 로스 빙붕을 '거대한 얼음 장벽'이라고 불렀다. 바다를 면하는 부분에 형성된 30미터 높이의 수직 빙벽에 경의를 표하는 이름이었다. 그러나 그 빙붕은 초기의 탐험가들은 물론 우리에게 하나의 길로서의 역할을 해줬다. 강한 바람에 노출된 인간을 왜소하게 만드는 거대한 빙붕이었지만 그럼에도 남극대륙의 안쪽으로 들어갈 수 있는 잘 알려진 통로였다.

우리는 우리의 탐험에 붙인 이름 그대로 '스콧의 발자취를 좇아In the Footsteps of Scott' 앞으로 나아갔다. 영국의 그 위대한 탐험가 로버트 스콧Robert F. Scott이 남극에 도달할 때 이용한 경로를 그대로 밟아나갔다는 얘기다.

빙붕의 끝자락에 서자 아주 기본적인 의문이 머릿속을 메웠다. 도대체 어떤 인간이 이 대륙의 안쪽으로 들어가고 싶어 하는가? 도대체 무슨 이유로 인간에게 허용된 가장 비인간적인 환경을 경험하고자 하는가? 그곳은 실로 집에 있기를 좋아하는 사람들은 상상만 해도 무서워서 혼이 나갈 것 같은, 그런 음산하고 적막한 공간이었다.

"지구상에서 가장 높고, 가장 황량하고, 가장 바람이 많고, 가장 추운 곳." 이것이 남극대륙에 대한 모든 글에 마치 공식처럼 등장하는 표현이다(가장 기억할 만한 예는 레오나르도 디카프리오Leonardo DiCaprio와 미하일 고르바초프Mikhail Gorbachev가 공저자로 참여한 책일 것이다). 1880년 이전까지는 어느 누구도 눈길 한 번 주지 않은 대륙이었다. 그리고 1898년까지는 어느 누구도 1년 이상 머문 적이 없는 대륙이었다.

그런데 나는 여기에 왜 왔을까? 자정 시간의 태양이 밤을 낮으로 바꾼 탓에 생체 시계가 흐트러지고 신경이 곤두섰다. 생각도 뒤죽박죽이 되어버린 탓인지 이 기본적인 질문에 답을 할 수가 없었다. 아무런 답도 찾을 수 없었다.

나는 스물아홉 살이었다. 두 명의 팀원인 로저 미어Roger Mear, 개러스 우드Gareth Wood와 함께 원정에 필요한 물자를 썰매에 싣고 로스 빙붕을 걷고 있었다. 허리춤에 로프로 연결한 썰매를 끌며 느릿느릿 헤쳐나간 지 벌써 4주의 시간이 지난 상태였다. 우리는 프랑스 크기만 한 얼음 덩어리 위를 기어가는 개미와 다름없었다.

남극점에 도달한다는 우리의 최종 목표는 이제 헛된 희망으로 보였다. 우리의 계산에 따르면 앞으로 58일을 더 걸어가야 남위 90도 지점에 도달할 수 있었다. 비스킷과 소시지, 칼로리를 높이기 위해 식물성 기름을 첨가한 수프 등 남은 식량은 55일을 버틸 수 있는 분량이었다.

우리는 이미 굶주리고 있었다. 여정 내내 식량을 끌고 다녀야 한다는 것을 알았기에 우리는 처음부터 물자를 그램 단위까지 세세히 따져가며 마련했다. 그렇게 한 사람당 일일 5,200칼로리에 맞춰 식량을 준비한 것이다. (일일 성인 권장량에 비하면 많았지만) 결코 충분한 양이 아니었다. 하루 종일 얼음 덩어리 위에서 고투를 벌이는 데에는 그보다 많은 열량이 필요했다. 그러다 보니 몸이 몸을 갉아먹었다. 몸무게가 급격히 줄었다. '남극 다이어트', 우리는 그렇게 불렀다.

통제된 실험실 연구조사에 따르면 반기아(半飢餓)는 당사자에게 생리적 영향은 물론이고 심리적 영향까지 끼친다. 부분적인 굶주림이 이른바 신경증적 3요소neurotic triad, 즉 건강염려증과 우울증 그리고 히스테리를 유발할 수 있다는 얘기다. 그 3요소가 강하게 나를 덮쳤다. 괜히 몸 여기저기가 안 좋은 느낌이 들었고 무기력과 우울감이 엄습했으며 우리가 처한 상황에 대한 패닉이 주기적으로 치솟았다. 우리는 굶주리는 척추동물이 발산하기 마련인 케톤ketone 냄새를 각자 특징적으로 내뿜었다. 그 낮처럼 밝은 빙붕 위의 어느 저녁 시간 나는 캠프에서 짧은 거리를 나갔다 돌아오며 내게서 나는 그 냄새를 맡을 수 있었다.

우리의 남쪽으로, 해발 3,657미터 높이의 퀸알렉산드라 산이 우리의 길을 가로막고 우뚝 솟아 있는 게 보였다. 그 산맥은 너비가 160킬로미터로 세계 두 번째 규모를 자랑하는 비어드모어 빙하The Beardmore를 받쳐주듯이 서 있었다. 남극점에 도달하려면 우리는 (그것을 처음 발견한 어니스트 섀클턴Ernest Shackleton의 표현을 빌리자면) 비어드모어의 그 거대한 '깨진 유리로 만든 것 같은 사다리 모양의 얼음 산'을 올라야 할 터였다.

빙붕의 거대한 공허 속에서, 텐트 하나에 그 옆에 방치한 세 개의 얼음 썰매로 구성된 우리의 캠프는 보잘것없고 무가치해 보였다. 열흘 동안 눈보라에 갇혀 옴짝달싹 못 했던 스콧은 이 장소에 '절망의 구렁텅이The Slough of Despond'라는 이름을 붙였나. 그는 일기에 이렇게 적었다. "비참하다, 참으로 비참하다." 이 '구렁텅이'는《천로역정^{the} Pilgrim's Progress》에서 묘사한 절망의 우의적 공간과 관련이 있다. 그리고 '절망의 구렁텅이'라는 이름은 남극점에 이르는 여타의 파란만장한 중간지점 이름과 사뭇 조화를 이룬다. '아수라장 캠프^{Shambles Camp}'와 '악마의 무도회장^{Devil's Ballroom}', '푸줏간^{Butcher's Shop}' 등과 같은 이름과 말이다.

우리의 탐험은 결국 실패에 이른 것으로 보였다. 혹독한 상황과 성격적 충돌, 그리고 (나의 경우) 파괴적인 자기 회의 등이 우리를 지구상에서 가장 불친절한 환경에 고립되게 만들었다. 나는 이제 로저 미어와 개러스 우드가 거의 대화를 나누지 않는다는 사실을 인지했다. 그들이 서로 공감하는 유일한 한 가지는 내가 별로 맘에 들지 않는다는 것이었다.

계획과 자금 모금, 보급품 및 운송 문제의 해결 등에 쏟은 6년여의 세월이 이렇게 허무한 결말에 이르렀다. 옥신각신하는 세 명의 젊은 이가 이제 두세 번만 더 언쟁을 벌이면 모두 얼어 죽을 판이었다. 구조될 희망이 없었다. 무전기도 없었다. 우리가 아는 한 반경 640킬로미터 이내에는 우리 말고 사람이 없었다. 그 순간 나는 절대적으로 그리고 의심의 여지없이 나의 생이 종착지에 이르렀다고 확신했다. 더욱 참담했던 것은 나의 꿈(가능한 꿈이긴 했던가?)마저 무너졌다는 사실이었다.

그동안 나는 여기에 이르기 위해 아끼고 절약하며 돈을 모으는 등 실로 많은 노력을 기울였다. 피터 스콧 경^{Sir Peter Scott}과 에드워드 섀클턴 경^{Lord Edward Shackleton}, 비비언 푹스 경^{Sir Vivian Fuchs}, 존 헌트 경^{Lord John}

Hunt, 왕립지리학회Royal Geographic Society, 자크 쿠스토Jacques Cousteau 등 위대한 탐험가의 후손들과 유명한 멘토들을 찾아다니며 조언을 구하기도 했다. 단지 미소 가득한 얼굴만 들이밀고 많은 돈을 빌렸다(그렇게 해서 진 빚이 120만 달러라는 거금이었다). 그런 내가 꽁꽁 언 발로 비어드모어 빙하 앞의 이 지점에 이르러 얼어붙었다. 남극점까지 걸어감으로써 어릴 적 나의 영웅인 스콧과 새클턴을 기리는 게 꿈이었는데….

왜? 무엇을 위해? 실패하기 위해? 죽기 위해?

로저 미어는 세계적으로 유명한 등반가였다. 개러스 우드 역시 인정받는 등반가로서 특히 꼼꼼하게 일정을 짜고 물자를 준비하는 수완가로 정평이 나 있었다. 그럼 나는? 나는 초보자였다. 나는 등반가도 아니었고 야외 스포츠 애호가조차도 아니었다. 게다가 나는 무모한 초보자였다. 전에 캠핑 한 번 제대로 해본 적도 없으면서 남극 탐험에 나선 것이었다.

얼어붙은 미지의 장소에 서서 우리는 어떻게든 스스로 난관을 뚫고 우리의 꿈을 다시 실재적인 것으로 만들 수 있는 기술을 찾아야 했다. 목표 지점까지 우리 앞에 남은 길은 500마일(약 800킬로미터)이었다. 미 대륙의 동부 연안에서 미시시피 강까지 걸어가는 것에 버금가는 거리였다. 다만 곳곳이 갈라지고 크고 작은 굴곡이 심해 위험천만한 빙판 길을 걸어야 한다는 것만 달랐다.

우리는 스콧이 이끌던 원정대의 발자취를 좇고 있었다. 그것은 곧 우리가 죽음의 발자취를 따르고 있다는 의미였다. 전 대원이 극점을 정복하고 돌아오는 길에 모두 죽었지 않은가. 이곳까지 오는 실에 우리는 이미 스콧 대장과 대원 두 명이 세상을 떠난 지점과 로런 스 티투스 오츠Lawrence "Titus" Oates가 (병이 든 자신 때문에 다른 대원 세 명의 생 존 가능성마저 위협받는 상황을 피하고자) 스스로 눈보라 속으로 걸어 들어 가 희생한 장소를 지나왔다. 저 앞쪽, 비어드모어의 밑자락은 가장 체력이 강한 대원이었으면서도 역설적으로 가장 먼저 세상을 하직 한 타프 에반스Taff Evans가 죽음을 맞이한 장소였다.

남극대륙 자체도 우리를 살해할 의도를 갖고 있는 것으로 보였다. 잔혹한 남극, 적대적인 남극, 인간이 살든 죽든 티끌만큼도 개의치 않는 남극은 분명 사람들의 죽음을 선호하는 것으로 보인다.

만약 우리가 그 전년 겨울에 그곳에서 기록되었던 그 미친 기온에 무모하게 마스크 없이 그곳의 공기를 흡입했다면 우리의 치아는 산 산이 부서지거나 또는 작은 포탄처럼 폭발했을 것이다. 몇 개월 동 안 태양이 비치지 않는 가운데 기온이 섭씨 영하 63도까지 내려가는 데, 그 기온에서는 물이 끓는 냄비를 공중에 던지면 냄비가 땅에 떨 어지기 전에 이상한 버스럭 소리와 함께 물이 얼어붙는다.

남극의 겨울은 그만큼 혹독하고 치명적이라는 얘기다. 남극에서 기록된 최저 기온은 (1983년 보스톡에서 측정된 섭씨 영하 89.2도인데) 지금 까지 남극을 제외한 다른 모든 대륙에서 기록된 최저 기온보다 약 22도 더 낮다.

물론 남극도 나름대로 따사로운 측면을 지니고 있다. 인간들의 전 쟁이 벌어진 바 없는 유일한 대륙이다. 또한 남극에서는 지금까지 그 어떤 살인사건도 입증되지 않았으며 사소한 절도 외에는 범죄도 전혀 일어나지 않았고 감옥도 없다. 하지만 그곳에 발이 묶인 나로서는 그런 것의 부재로 인해 오히려 그곳이 더 이상하고 더 비인간 적인 지역으로 느껴졌다.

우리가 탐험에 나선 계절은 여름이었고, 그래서 상대적으로 따뜻했다(하루는 영상 4도를 상회하는 기온을 접하기도 했다). 하지만 그래도 여전히 인간의 삶에는 적합지 않았다. 그 대륙에 가면 우주선에 의존치 않고 지구를 떠나는 경험을 가장 유사하게 체험할 수 있다. 멋진 경관에 대한 감탄은 이내 순전한 공포로 바뀌고 때로 가짜 태양이나 가짜 달을 볼 수도 있다.

오랜 시간 얼음과 눈만 본 탓에 어느 시점부턴가 시선을 돌리는 곳곳에서 헛것이 보이기 시작했다. 풍성한 깃털로 머리를 장식한 인디언 추장이 보이기도 했고, 빅토리아 여왕의 옆얼굴이 눈에 들어오기도 했다. 그리고 종종 지구상에서 가장 아름다운 얼굴을 바라보고 있는 느낌이 들기도 했다. 하지만 마스크를 내려 다시 확인하는 순간 그 모습은 위협적인 괴물로 변했다.

어떤 종류의 괴물인지 즉시 알아챌 수 있었다. 그것은 신의 얼굴이었다. 반백의 수염이 풍성한 다정한 가장의 모습이 아니라 차갑고 추상적이며 자연의 냉담한 힘을 과시하는 스피노자Spinoza의 신이었다. 유기체가 아니라 무기체였다. 밤을 낮으로 바꾸거나 하늘을 다채로운 색채의 오로라 띠로 수놓는 등 자유자재로 마술을 부리는 원초적 신이었다.

그래서 나는 거래를 하려고 애썼다. 간청했다. 죽음을 앞둔 사람들은 대개 그런 단계를 거치지 않는가. 부인하다가 분노하고 그러다 울음을 터뜨리고 그러다 간청하지 않는가.

"제발 살려만 주세요." 나는 속삭였다. 비어드모어에서 쏟아진 바람이 그 말을 잡아채 즉시 삼켜버렸다. 마치 내가 남극대륙 전체에 탄원하는 것만 같았다. "제발 죽이지만 말아주세요." 나는 괴물에게 기도했다. "제발 살려만 주시면 어떻게든 당신을 보호하기 위해 제가 할 수 있는 무슨 일이든 다 하겠습니다. 약속합니다."

2

왜 2041년인가?

흠, 나는 거짓말을 하고 있었다. 적어도 완전한 진실을 말하고 있지는 않았다. 어쩌면 그냥 내가 무슨 말을 하고 있는 건지 몰랐던 것일 수도 있다. 지금 인정하는 게 쑥스럽긴 하지만 내가 그날 남극의 바람 속에 토해내던 약속은 내 귀에도 거짓으로 들렸다.

당시 나는 남극을 보호하기 위해 무슨 일이든 하려는 의도가 없었다. 사실 그게 무엇을 의미하는 건지도 제대로 알지 못했다. 그저 남극의 신에게 내놓기에 그럴듯한 제안으로 느껴졌을 뿐이다. 만약 그 약속에 실제로 무엇이 수반되는지 알았더라면 나는 필경 그날 그 로스 빙붕의 가장자리에서 그런 말도, 그런 생각도 하지 않았을 것이다.

그 약속은 내 삶의 많은 부분을 바칠 것을 요구했다. 하지만 남극은 물러서지 않았다. 그곳을 세상의 마지막 청정 자연 지역으로 보호하기 위해 모든 노력을 다 쏟겠다는 나의 맹세를 지키라고 계속 종용했다. 나는 어떻게든 책임을 회피하기 위해 수년을 애쓰다가 결국 운명으로 받아들이기로 했다.

시점을 바꿔 오늘의 이야기부터 해보자. 나는 인류 역사상 최초로 남극점과 북극점 둘 다에 걸어서 도달한 사람이다. 세계 어디를 가든 그 수식어가 나를 따라다닌다. 에베레스트를 정복한 에드먼드 힐러리 경Sir Edmund Hillary은 내가 두 번째 극점 정복을 준비할 때 내게 모종의 경고를 한 바 있다. "정말 그럴 작정인가? 정말 그러고 싶으냐고?" 그는 이렇게 묻고는 곧바로 말했다. "그런 일은 일단 이루고 나면 당사자가 어떤 사람이든 다른 무엇을 하든 아무런 상관이 없게 되지. 늘 그게 따라다니며 그게 그 사람을 정의해버리니까. 근데 자네는 아예 그런 일과 결혼을 하고 싶다고?" 그러고 나서 경험자로서 약간 진력이 난다는 듯 이렇게 덧붙였다. "시간이 좀 지나면 그게 좀 성가시고 피곤한 일이 되거든. 그래서 하는 말일세."

내 마음속 깊고 깊은 곳에서는 사실 내게 따라붙는 그 수식어에 한두 마디를 덧붙여야 마땅하다고 말하고 있다. 나는 인류 역사상 최초로 두 극점 모두에 걸어서 도달했을 정도로 '충분히 어리석은' 사람이다. 남극대륙 맥머도 만에서 남극점까지 1,450킬로미터(1986년 1월), 캐나다령 엘즈미어 섬에서 북극점까지 885킬로미터(1989년 5월)를 말이다.

나는 배우는 속도가 느린 편이다. 위의 두 여정을 거의 모두 마칠 무렵에야 비어드모어의 찬바람을 향해 속삭인 그 약속에 무엇이 수반되는지 깨달았다. 양쪽 극지방이 직면한 최대의 위협은 인간이 유발하고 있는 기후변화다. 오늘날 화석연료를 태우고 탄소를 배출하는 산업화 문명이 마치 촛불의 양쪽을 태우듯 지구의 양 극단을 태우고 있다.

따라서 두 가지 과업이 서로를 보완하는 상황인 셈이다. 우리는 극지방의 얼음이 녹는 것은 물론 북극과 남극이 개발되는 것을 막아야 한다. 극지방, 특히 남극의 옹호자가 되겠다는 나의 약속은 이미 지구 온난화에 맞서 싸우고 있는 다른 이들에게 합류해야 한다는 것을 의미했다. 앨 고어Al Gore와 로버트 케네디 주니어Robert F. Kennedy Jr. 등의 인물 그리고 세계자연기금World Wildlife Fund과 그린피스Greenpeace, UN 기후변화 관련 정부 간 협의체Intergovernmental Panel on Climate Change, IPCC 등의 기관과 손을 잡아야 했다는 얘기다.

나는 나의 약속을 이 책의 제목과 내가 설립한 환경재단의 이름인 '2041'에 구체적으로 담았다. 2041년은 남극을 보호하는 국제 협약이 재검토 및 조정 국면에 들어가는 시기다. 지구상의 마지막 대자연의 운명이 결정되는 시점인 것이다. 내가 처음 2041년을 중요하게 생각한 것은 바로 그런 맥락에서다.

하지만 기후변화의 재앙이 보다 선명하게 대두됨에 따라 2041년은 보다 큰 의미를 갖게 되었다. 나는 그 21세기 중반의 경향과 데드라인을 각종 매체와 관련 행사에서 언급하기 시작했고, 그럼으로써 2041은 다수의 환경적 변동들이 수렴해서 대재앙을 초래할 수도 있는 시점에 대한 일종의 이정표가 되었다. 2041년에는 다음과 같은 일이 벌어질 수 있다.

• 온실가스(특히 이산화탄소)의 방출이 현 추세로 계속될 경우 연간 700기가톤(즉 7,000억 톤)에 이를 것이다. 다음 세기 동안 지구의 평균 기온을 5도C 상승시키는 영향을 미칠 것으로 예상되는 수준이다. 지구온난화가 현실이 되어 극단적인 기후 패턴을 촉발할 것이며 해수면이 상승할 것이고 자원 부족으로 인한 생태계의 폭넓은 파괴가 유발될 것이다.

• 현재의 에너지 이용 패턴과 수요 증가율을 고려할 때 전 세계의 원유 생산량은 일일 2,000만 배럴 미만으로 떨어질 것이다. 산업 문명을 유지하는 데 필요한 최소치로 널리 받아들여지는 수준이다.

• 중국과 인도의 석탄 때는 공장과 조리용 난로에서 나오는 매연과 검댕이 히말라야 산맥의 빙하 표면에 축적되어 태양 에너지의 반사량보다 흡수량이 많아질 것이다. 태양 에너지의 반사량이 75퍼센트 줄어 수십 억 인구의 물 수급에 지장을 초래할 것이다.

• 그린란드와 남극 가장자리의 만년설과 빙하가 현재의 가속화 추세로 계속 녹으면 해수면이 50센티미터 상승할 것이다. 이는 곧 해안가 거주지의 10분의 1이 사라진다는 의미다. 예를 들면 호주 케언스의 도로 가운데 절반이 물에 잠길 것이다. 이런 수준의 해수면 상승으로 2억 명이 거주지를 빼앗길

것이고 10억 명이 영향을 받을 것이다.

• 현재의 북극점 서식지 파괴와 개체 수 감소 추세가 이어진
다면 알래스카에서는 모든 북극곰이 굶주리다 멸종된 상태가
될 것이다. 대체로 2014년이면 지구상 생물의 멸종 속도가 상
상할 수 있는 한계를 이미 넘어섰을 것이고, 결과적으로 육상
생물 100만 종이 사라진 상태가 될 것이다.

• 어니스트 헤밍웨이Ernest Hemingway로 인해 유명해진 킬리만자
로(케냐)의 눈과 몬태나 빙하 국립공원(미국)의 빙하가 모두 사
라지고 없을 것이다.

이제 내가 2041년을 어떻게 보는지 이해할 것이다. 만약 우리가
지금 당장 우리의 방식을 바꾸지 않는다면 우리의 삶과 보다 중요하
게는 우리 아이들의 삶이 돌이킬 수 없는 재앙에 직면할 것이다. 나
는 매일 아침 일어나면 숫자부터 떠올린다. 2041년 1월 1일까지 남
은 날짜를 헤아리는 것이다. 아무 때건 내게 그날까지 며칠이나 남
았는지 물어보라. 나는 언제든 정확하게 답할 수 있다. 우리의 2041
웹사이트에 타이머 프로그램을 깔아놓고 날짜를 추적하고 있기 때
문이다. 도화선이 타들어가고 한 시간용 모래시계가 매 시간 위치를
바꾸며 시간을 거꾸로 세고 있다. 액션 영화에 종종 등장하는, 시한
폭탄에 붙은 디지털 타이머와 같은 종류다. 째깍, 째깍, 째깍.
솔직히 말해서 2041 개념은 부분적으로는 자극용 도구다. 불가피

한 대재앙의 날짜가 아니라 국제 협약의 운용에 대한 단순한 재검토의 시점일 뿐이다. 2041년 1월 1일에 세상이 돌연 망하는가? 필경 그렇진 않을 것이다. 나는 '종말이 다가온다'고 적힌 플래카드를 들고 돌아다니는 헝클어진 머리칼의 종말론자인가? 그렇게 되지 않기 위해 노력하고 있다.

그러나 수년간 리더 그룹과 일하며 사람들에게 행동을 취할 것을 촉구하면서 나는 해당 과업을 시급성과 데드라인의 관점에서 이해하는 것이 얼마나 유용한지 알게 되었다. 그래야 사람들에게 시간이 촉박하다는 것을 인식시키고 행동을 취하게 만들 수 있다는 뜻이다.

2041년에 대한 예측 모두에 '현재의 추세가 계속된다면'이라는 전제가 붙었다는 점에 주목해야 한다. 유류 소비의 한계점과 종의 감소, 해수면 상승, 지구온난화 등 이 모든 것이 불가피한 것은 아니다. 우리는 합의에 따른 국제적 행동으로 그 모든 것을 피하거나 바꾸거나 해결할 수 있다.

한편 일부 기후변화 활동가들과 냉정한 과학자들은 2041의 관점에서 말하지 않는다. 그들은 2020년대에 대해 말한다. 어쩌면 내가 낙관론자인지도 모른다. 우리에게 남은 시간은 2041년까지가 아닌지도 모른다. 실로 얼마 안 남았는지도 모른다. 결국 의문은 이것이다. 생물권(생명체가 사는 지구 표면의 공간)에 미치는 변화에 멈출 수 없는 가속도가 붙는 시점은 언제인가?

그런 위기가 가장 명확하고 그런 위협이 가장 임박한 곳이 바로 내가 사랑하는 땅, 남극대륙이다. 그래서 내가 기후변화에 도전하는 행보를 걷기로 마음먹은 것이다. 남극을 보전하려면 우리는 세상을,

세상 사람들을 바꿔야 한다.

세계 최초의 오일 산업은 오하이오나 펜실베이니아 또는 텍사스에서 시작된 게 아니다. 그것은 뉴잉글랜드에서 시작됐다. 당시 그 산업의 산물은 지하의 공동(空洞)에서 펌프로 뽑아올린 석유가 아니라 작살로 잡은 북극고래나 수염고래의 지방을 끓여서 추출한 오일이었다. 그렇게 고래를 잡은 100년 세월 동안 포경선들은 갈수록 먼 바다로 나가야 했다. 인근 해역의 고래는 점차 씨가 말랐기 때문이다.

오늘날 우리는 원유를 얻기 위해 갈수록 더 멀리 나가고 더 깊이 들어가야만 한다. 그래서 이제 대양의 바닥과 얼어붙은 북극에 눈을 돌리고 있다. 원유에 대한 갈증으로 인해 만약 우리가 오염되지 않은 남극에까지 손을 댄다면 그것은 말로 형용할 수 없는 비극이 될 것이다.

잠시 19세기로 돌아가 우리가 난터켓(매사추세츠 주 동남 해안 앞바다의 섬)에서 고래오일 산업에 종사한다고 상상해보자. 세상에 등불과 에너지(그리고 옷을 뻣뻣하게 만들 때 쓰던 고래수염 코르셋 스테이)를 제공하는 방대한 성장 산업이다. 하지만 얼마 지나지 않아 그 산업은 고래를 멸종 위기로 몰아갔다. 결과적으로 해당 산업 종사자들은 겨우 몇십 년 만에 산업이 완전히 붕괴되는 것을 목도하지 않을 수 없었다. 그렇게 19세기의 실리콘밸리는 소멸되었고 더불어 우리의 밥벌이도 사라졌다.

한때 북적거리던 포경 기지에 어안이 벙벙한 채 서서 문 닫힌 창고들과 을씨년스런 모항을 바라보는 우리에게 과연 무슨 생각이 들었을까? 필경 준비되지 않은 채 자기기만에 당한 사람들이 던지는 그 영원한 질문을 던졌을 것이다. "다음은 뭐지?"

흠… 다행히도 존 록펠러John D. Rockefeller와 스탠더드오일Standard Oil 덕분에 우리는 새로운 에너지 자원을 발견했다. 이제 새로운 난터켓으로 휴스턴과 텍사스가 부상했고, 이어서 두바이와 브루나이, 스코틀랜드 등이 떠올랐다. 하지만 또 세월이 흘러 우리는 고지를 넘어 시장이 점차 줄어드는 내리막길에 들어섰다.

다음은 무엇인가? 현대판 난터켓과 석유 산업은 우리에게 무엇을 주었는가? 엄청난 선물을 안겨줬다는 데에는 이견이 없다. 중앙난방과 조명, 그리고 운송 체계, 생활수준 및 건강관리의 현격한 향상, 휴대전화와 모바일 기기 등이 우리의 놀라운 현대 생활을 풍요롭게 하고 있다.

하지만 이제 진정으로, 다음은 무엇인가? 이 질문을 스스로 빨리 제기하면 할수록, 하루라도 빨리 그 해답을 찾기 위해 정직하고 진정성 있게 노력을 기울일수록 우리는 산산이 부서지는 현대판 난터켓에 서지 않을 가능성이 높아진다.

우리에게 필요한 것은 에너지를 조달할 새로운 방법이며, 그 방법은 환경 관련 우려사항을 고려해야 한다. 또한 지속가능한 방법이어야 하며 기온을 올리지 않는 방식으로 우리에게 빛과 열과 동력을 제공하는 방법이어야 한다.

마지막으로 발견된 대륙에 들어가는 문은 이미 활짝 열려 있다. 지난 10년 사이에 남극을 방문한 사람들의 수가 그 대륙의 발견 이래 20세기 말까지 그곳을 찾은 사람들보다 많았다. 로알드 아문센Roald Amudsen과 로버트 스콧, 어니스트 섀클턴이 각자 그 영웅적인 탐험을 전개하고 고작 100년밖에 안 지났는데도 그렇다. 그렇다면 과연 고작 100년 전 탐험의 발길이 닿은 곳에 기후변화가 그렇게 파괴적인 영향을 미치게 될 수 있는 것인가? 인류가 정말 그렇게 빠른 속도로 상황을 엉망으로 만들어버릴 수도 있는 건가?

앞을 내다보려면 과거를 돌아보는 게 도움이 된다. 이 책의 첫 번째 파트는 남극점과 북극점에 도달한 우리의 탐험에 대한 이야기다. 어떤 경위로 탐험에 나섰고 어떤 난관에 부딪혔으며 어떤 경험을 통해 내 생각이 바뀌었는지 등에 관한 내용이다. 물론 무엇 때문에 내가 급한 마음과 희망을 품고 2041년이라는 미래를 내다보게 되었는지도 돌아볼 것이다.

내 개인적인 이력의 필수불가결한 부분은 사실 내가 태어나기 오래전에 이뤄진 업적에 영향을 받았다. 내 삶의 중요 부분이 이른바 '남극 탐험 영웅 시대'로 인정받는 극지방 발견 역사의 연장선상에 놓여 있다는 뜻이다. 따라서 그 시대에 대한 이야기가 이 책의 두 번째 파트를 이룬다. 나의 개인적인 세 영웅인 스콧과 섀클턴, 아문센을 위시해 그들 이전에 어떤 식으로든 대담하게 그곳에 도전한 인물들의 이야기를 살펴볼 것이다.

2041년은 마침 영국의 해군장교 제임스 클락 로스^{James Clark Ross}가 1841년 남극 해안의 지도를 만든 지 200주년이 되는 해다. 나는 그가 남극 탐험 영웅 시대의 진정한 서막을 열었다고 생각한다. 1985년 내가 올랐던 그 빙붕에 자신의 이름을 붙인 로스 역시 내가 어린 시절부터 숭배하던 영웅 중 한 명이다. 로스는 증기 시대가 본격화되기 이전에 통 모양의 박격포 전함 두 척, HMS 에레보스^{Eerbus}와

HMS 테러^{Terror}를 이끌고 미지의 바다로 대담하고 놀라운 항해를 펼쳐 콜럼버스^{Columbus} 못지않은 업적을 세웠다.

로스가 지도를 만들기 전에 남극에 대한 지도 표기는 대개 다음과 같았다. '많은 섬과 단단한 빙판 지대', '무수한 얼음 섬', '방대한 얼음 산맥'. 이곳은 'mare concretum', 즉 얼어붙은 바다였으며 배를 난파시키고 가라앉히는 장소였고 로스 이전의 선장들을 멈춰 서게 만든 장애구역이었다.

하지만 로스의 행보는 거침이 없었다. 1841년 1월 4일 유빙을 뚫고 들어가 5일 동안 해안을 훑다가 다시 외해로 나왔는데, 그 바다에도 그가 발견한 빙붕과 마찬가지로 나중에 그의 이름이 붙었다.

노르웨이의 위대한 탐험가 아문센은 그에 대해 이렇게 썼다. "오늘날 그의 영웅적인 행위, 인간의 용기와 열정에 대한 그 눈부신 증명의 진가를 제대로 인식하는 사람이 별로 없다는 사실이 안타깝다. 그들은 유빙의 중심부를 향해 배를 몰았다. 이전의 극지방 탐험가들 모두가 죽음의 길로 여기던 그곳으로 들어간 것이다."

제임스 클락 로스는 인간의 눈길이 전혀 닿은 바 없던 광경으로 보상을 받았을 것이다. 그가 자신이 섬기던 젊은 여왕의 이름을 따서 '빅토리아 랜드^{Victoria Land}'라고 이름 붙인 그 '극적인 장관을 이루는' 산맥과 자신의 배 이름을 따서 '에레보스'라고 이름 붙인 그 연기 기둥이 솟아오르던 활화산을 보면서 말이다. 하지만 가장 인상적이었던 것은 그 거대하고 순전한 얼음 장벽이었다. 그는 지도를 그리며 그 '수직 남극대륙'에 로스 빙붕이라는 이름을 붙였다. 에레보스와 테러의 수병들 역시 그 남극대륙의 장관에 넋을 잃었다. 그들 가운데 한 명이 쓴 글을 읽어보자.

> 모두 갑판으로 나와 천지 창조 이래 인간의 눈이 목격한 가장 희귀하고 가장 장엄한 광경을 바라봤다. 모두 멍하니 서서 입을 열지 못했다. 그렇게 수 초가 흐른 후에야 옆의 동료와 감탄을 나눌 수 있었다.

배의 대장장이였던 이 선원은 자신이 "화가나 제도사였으면 좋겠다"고 했다. 자신이 본 것의 아름다움을 어떻게든 전달하고픈 마음이 그렇게나 컸다. 에레보스의 군의관은 그 남극대륙에 최면 걸린 듯이 사로잡혀 24시간 동안 갑판을 떠나지 못했다.

청소년 시절 로스에 관해 읽으면서 나는 거기에 탐험가의 완벽한 미적분학이 담겨 있다고 확신했다. 미지의 세상으로 떠나 극복할 수 없을 것 같은 장애에 직면하고 역경을 이겨내며 상상할 수 없는 경이를 목도하는 최초가 되는 것에 말이다. 이런 이야기에 접근하는 방식에는 두 가지가 있다. 하나는 가장 쉬운 것으로 그 모든 것에 담긴 모험심에 감탄하고 도취하는 것이다. 로스는 모두가 죽음의 길이라고 확신하는 장애에 직면했지만 굴하지 않고 나아갔다? 와우! 또 다른 방식은 로스나 그와 같은 인물들이 그런 업적을 이루는 데 무엇이 필요했는지 생각해보는 것이다. 용기와 리더십 그리고 무모함의 어떤 요소가 유빙 속으로 뛰어드는 그런 운명적인 결정을 내리게 이끈 것일까?

그렇다. 우리의 극지 탐험에 대한 이야기에도 모험의 요소가 담겨 있다. 물론 로스나 여타의 초기 탐험가들의 그것에는 미치지 못하겠지만 우리도 탐험 길에서 자칫하면 빠져서 영원히 나오지 못할 크레바스들을 만났고 조난사고를 당하기도 했으며 바다표범의 공격을 받기도 했다.

그러나 이 이야기들의 이면에는, 내 생각에는 더 중요한 것으로 고통스런 경험을 통해 습득한 리더십 아이디어가 있다. 초기의 탐험가들이 남긴 교훈과 내가 그들을 따르며 발견한 교훈 말이다. 그런 교훈들이야말로 남극에 관한 진정한 인간 유산이다. 그것들은 팀을 짜고 오랜 시간 노력을 기울여야 하는 모든 모험과 사업에 적용 가능하다. 그에 대한 이야기가 이 책의 세 번째 파트를 구성한다.

애초부터 리더십에 대한 나의 초점은 어떤 식으로 끝까지 리더십을 유지하느냐 하는 문제에 맞춰져 있었다. 리더들은 한없이 고된 데다가 예정보다 길어지기 일쑤인 탐험 과정 내내 어떻게 리더십을 유지하는가? 이것은 집권 정부나 사업체를 이끄는 경우에도 해당하는 문제다. 나는 이 세상에 리더들은 넘쳐날지 모르지만(어쨌든 앞으로 나서서 리더를 맡겠다고 하는 사람들이 많지 않은가) 지속가능한 리더십은 흔치 않다고 믿게 되었다. 그것이야말로 진정 필수적인 자산임에도 말이다.

강연장이나 세미나에서 청중에게 우리의 탐험 이야기를 들려주면 늘 한 가지 반응이 나를 놀라게 한다. 사람들은 무서울 정도로 아름다운 얼음 땅에 대해 묘사할 때면 진정으로 흥미로워한다. 그들 대부분이 결코 가보지 않을 곳이기에 더욱 그런 것 같다. 하지만 거기서 그치지 않는다. 그들은 내가 어떻게 탐험을 준비했는지 알고 싶어 한다. 어떤 과정을 어떻게 밟아 그 엄청난 모험을 실행에 옮길 수 있었는가? 그들은 그 모든 복잡한 여정의 계획을 짜고 팀을 구축하고 지원을 요청하는 등에 대한 핵심적인 세부사항 속에서 자신의 문제에, 자신의 곤경에, 자신의 삶에 즉각적으로 적용할 수 있는 무언가를 찾는 것이다.

따지고 보면 나도 마찬가지다. 내가 오지 여행과 탐험을 통해 개발한 지속가능한 리더십의 아이디어들이 오늘날 우리가 직면한 최대의 환경 문제에 어떤 식으로든 적용될 수 있기를 진심으로 바라기에 하는 말이다. 우리는 어떻게 하면 산업 시대로 인한 환경의 질적 저하를 되돌려 지구를 인간 친화적으로, 생명 친화적으로 만들고 유지할 수 있는가?

나는 내가 그저 환경론자로 분류되어 '녹색' 상자에 처박히고 묵살되길 원치 않는다. 내게 환경은 하나의 대의가 아니라 모든 것이다. 환경적 현안이 리더십 개념과 만나는 곳에서, 꿈이 그것을 현실화하려는 노력과 만나는 곳에서, 그 결정적이고도 궁극적으로 주목하지 않을 수 없는 영역에서, 나는 이 책이 살아 숨쉬길 원한다.

2041년이라는 해는 데드라인이자 도전과제다. 만약 우리가 국제 협약을 갱신하지 않는다면, 만약 우리가 그 순전하게 아름답고 꾸밈없고 무서운 대륙의 속을 파헤치는 굴착과 채굴을 허용하고 만다면 그것은 단순히 나의 보잘것없고 효과도 별로 없는 노력의 실패만을 의미하지 않을 것이다. 그것은 분명 사람으로서, 하나의 생물종으로서 우리에게 살 곳을 주는 지구를 보호하지 못한 우리 모두의 실패를 의미할 것이다.

솔직히 말하겠다. 사실 나는 처음부터 그 망가지기 쉬운 극지방의 환경 문제에 관심을 가졌던 것은 아니다. 내가 첫 번째 남극 탐험대를 조직한 이유는 내 자신을 시험하고 (앞서 언급했듯이) 나의 영웅인 로버트 스콧과 어니스트 섀클턴, 로알드 아문센을 기리기 위해서였다. 심지어 1986년 1월 11일, 900마일(약 1,450킬로미터)을 걸어 남극점에 도달한 이후에도 내가 주로 생각한 것은 모험이었지 보존이 아니었다.

굳이 변명을 하자면 이는 어린 시절에 받은 나쁜 영향 탓이었다. 무모한 모험담이나 해적 선장 스토리, 두려움을 모르는 탐험가들 이야기 등에 빠졌던 탓이라는 얘기다. 부모님은 여느 부모님들과 마찬가지로 내가 복잡한 것 없고 조용하고 '정상적인' 삶을 영위하게 되기를 바랐다. 하지만 그렇게 키우고자 했던 부모님의 계획은 내가 11살이던 어느 날 무너졌다. 그날 내가 영국의 고향집 거실에서 따사로움을 즐기며 TV로 영화 한 편을 보다가 영웅적 탐구의 매력에 홀딱 반해버렸기 때문이다.

3

남극의 스콧

1947년 영국의 영화제작사 일링 스튜디오^{Ealing Studios}는 야심찬 사업에 착수했다. 운명적인 남극점 탐험에 나섰던 로버트 스콧의 일대기를 영화로 만든다는 계획이었다.

일링은 1898년 이래로 웨스트런던 부지에서 계속 영화를 제작해 온 공식적으로 세계에서 가장 오래된 영화사였는데, 특히 제2차 세계대전 이후 제작한 〈친절한 마음과 화관^{Kind Hearts and Coronets}〉 등과 같은 코미디 영화로 유명했다. 그런 일링의 입장에서 〈남극의 스콧^{Scott of the Antarctic}〉은 전혀 색다른 도전이었다. 다큐멘터리 〈북극의 나누크^{Nanook of the North}〉 이후 셀룰로이드 필름에 담는 최초의 극지방 장편 서사 영화였다.

주연은 존 밀스^{John Mills}가 맡았다. 요즘 사람들은 아마 그를 〈로빈슨 가족^{Swiss Family Robinson}〉에서 맡은 아버지 역할로, 또는 영화배우 헤일리 밀스Hayley Mills의 아버지로 기억할 것이다. 어쨌든 아버지 상(像)으로 기억되는 인물이다. 존 밀스는 〈라이언의 딸Ryan's Daughter〉에서 열연한 아일랜드 시골의 벙어리 백치 역할로 아카데미 남우조연상을 수상했다. (그는 기억에 남을 만한 대사가 포함된 수상 소감을 남겼다. "아일랜드에서 1년 동안이나 말을 못 하고 지냈는데요. 지금 또 말문이 막히네요!") 그는 실로 스콧 대령 역할에 적격인 인물이었다. 벙어리 백치 역할은 열외로 치고 그는 영원한 가장이자 사령관 그리고 차분하고 냉정한 권위의 상징이었다. 〈남극의 스콧〉은 노르웨이를 촬영지로 삼았다.

그 영화는 틀에 박힌 영웅 스토리로 스콧이 목숨을 바친 1911~1912년의 탐험을 압축적으로 기록했다. 영화 자체는 영화사(史)에서 작은 자리를 차지하지만 음울함을 제대로 살린 본 윌리엄스Vaughan Williams의 탁월한 영화음악은 훗날 작곡가 본인에 의해 〈남극 교향곡Sinfonia Antarctica〉으로 재탄생했다.

BBC는 매년 크리스마스가 되면 〈남극의 스콧〉을 방영했다. 미국의 방송사들이 매년 크리스마스에 〈멋진 인생It's a Wonderful Life〉을 틀어대듯이 말이다. 나는 크리스마스트리 장식과 벗겨낸 선물 포장지, 명절이라 모인 친척들에 둘러싸여 그 영화를 처음으로 TV에서 본 날을 또렷이 기억한다. ("다들 좀 조용히 하라고 해주세요, 제발!" 엄마한테 이렇게 간청한 것까지 기억난다.)

열한 살 때 그 영화를 보면서 나는 영화음악이나 아카데미상에 대해서는 전혀 생각하지 않았다. 30분이 지나면서는 내가 영화를 보고 있다는 생각도 그다지 들지 않았다. 완전히 몰입되었기 때문이다. 존 밀스는 로버트 스콧이었고 나는 그와 함께 남극에 가 있었다. 남극대륙을 쓸어내리는 극지의 바람을 몸으로 느꼈고 썰매를 끄느라 함께 용을 썼으며 썰매끌이 조랑말들을 총으로 안락사시킬 때는 같이 슬퍼했다.

스콧 이야기의 전광은 마치 단검처럼 내 가슴에 꽂혔다. 남극점에 도달하려는 그 믿을 수 없을 정도로 가혹한 분투, 경쟁자인 노르웨이의 로알드 아문센이 이미 5주 전에 다녀갔음을 발견할 때의 그 허탈한 충격 등 모든 것이 가슴을 후벼팠다. 한없이 낙심한 스콧은 이렇게 한탄했다. "위대한 신이시여, 이런 끔찍한 곳이 또 있겠나이까." 그리고 패자로서 고뇌에 찬 귀향길에 오른 그 탐험가들은 서서히 굶주리고 지쳐가다 마침내 이례적으로 혹독한 여름철 눈보라에 휩싸여 하나둘 쓰러졌다. 안전지대까지 고작 18킬로미터도 채 안 남겨놓고 말이다.

〈남극의 스콧〉은 열한 살짜리에게 강력한 인상을 남기기에 충분한 모든 것을 갖췄다. 1912년 3월 스콧이 그 빙붕 위에서 사망한 시점부터 20세기 중반을 훌쩍 넘기는 시점까지 영국의 모든 학생들이 그랬듯이 나 역시 그를 영웅주의의 빛나는 이상으로 간주하도록 프로그램되었다. 그는 시대의 우상이었다.

죽음 이후 수년 동안 스콧은 특히 대영제국에 이용 가치가 높았다. 정부는 영국과 영연방의 젊은이들에게 제1차 세계대전에 참전하도록, 그리하여 고결하게 희생하도록 납득시키는 시도의 일환으로 스콧을 이용했다. 약 100만 명의 젊은이가 그에 따랐다. 그들의 희생은 다시 스콧을 당대의 가장 순수한 영웅으로 더욱 빛나게 만들었다.

우리는 이상이 어떤 식으로 전승되는지 그 과정을 놓치는 경향이 있다. 내가 열 살 때 학교의 남자 선생님들은 하나같이 나이가 다소 많았다. 영국의 젊은 남자들 상당수가 제2차 세계대전에서 희생되었기 때문이다. 그래서 선생님들 다수가 30대나 40대가 아닌 60대였다. 다시 말해서 나는 1860년대나 1870년대에 태어난 사람들이 가르친 누군가에게 교육을 받고 있었던 것이다.

스콧 스토리에는 구식의 가치관이 크고 명료하게 흘렀다. 나는 미국이나 다른 문화권에 유사한 예가 있는지 생각해봤다. 미국의 경우 내가 보기에 가장 가까운 예는 마틴 루터 킹Martin Luther King이다. 당시 미국은 사회적 혁명을 시도하고 있었다. 지배적인 인종과 문화를 보다 포괄적이고 보다 다양한 사회로 대체하는 변혁 말이다. 그래서 통합의 중심에 세울 인물이 필요했다. 신화와 영웅이 필요했던 것이다. 킹 목사는 바로 그런 것을 제공하는 인물이었다. 그는 새로운 종류의 미국 사회에 이르는 길을 이끄는 데 도움을 제공했다.

완벽한 비유는 아니지만 많은 면에서 유사성을 볼 수 있다. 영국역시 1910년대에 (종류는 다를지언정) 방대한 사회적 프로젝트를 시도하고 있었다. 국민들에게 전쟁의 당위성을 납득시키고 의욕을 고취시켜야 했던 것이다. 거기에는 그러한 노력을 상징화할 인물, 즉 신화와 영웅이 필요했다. 스콧은 그런 면에서 최적이 아닐 수 없었다. 그는 미국의 킹 목사처럼 영국의 국가적 노력에서 필수적인 인물이 되었다.

1898년생으로 제1차 세계대전에 참전해 참호전까지 겪고 살아남았던 고(故) 해리 팻치Harry Patch는 이렇게 말했다. "스콧 대령은 내게 위대한 본보기였다." 팻치보다 두 살 많은 또 한 명의 제1차 세계대전 참전용사 헨리 앨링험Henry Alligham도 비슷한 감정을 공유했다. 팻치와 앨링험은 스콧의 남극 탐험이 전개될 당시 둘 다 십대였고, 일종의 뉴스 속보를 통해 스콧 스토리를 접하고 있었다.

내가 스콧 스토리를 처음 접한 것은 아마 아동용 서적을 통해서였을 것이다. 영국 전역에 보급되었던, 그 곳곳에 삽화가 있고 작고 두툼한 레이디버드Ladybird 판 시리즈 말이다. 스콧 편의 부제는 '역사적인 모험A Adventure from History'이었다(실존 인물이었는지는 모르겠지만 두 가드 피치L. du Garde Peach라는 이름의 영국인 작가가 쓴 책이었다). 레이디버드 판은 제2차 세계대전 이후의 영국 아이들이라면 누구나 읽는 시리즈였다. 대개 신나는 이야기를 담고 있었지만 교훈적인 목적도 충실히 수행했다. 반드시 "이렇게 해야 해"라고 말하지는 않았지만 "이것이 영웅들의 행동방식이야"라는 메시지를 전달하기에는 충분했다.

스콧 사후 반세기가 지난 시기에 성장하던 아이들에게조차도 그 신화가 갖는 지배력은 여전히 상당했다. 나 역시 거기서 벗어나지 못했다. 하지만 사실 나는 시대의 흐름에서는 꽤 멀찍이 벗어나 있었다. 또래들 대부분이 권위에 도전하는 60년대의 열풍에 휩싸였던 반면 나는 오래전 세상을 떠난 그 해군 대령, 그 대영제국의 우상에 집착했다.

〈남극의 스콧〉은 1948년 개봉되었고 흥행 성적도 좋은 편이었다. 개봉 후 20년 가까이 지난 시점에도 BBC에서 편성한 사실 자체가 그 지속적인 호소력을 방증했다. 해당 영화가 아니라 해당 신화의 호소력 말이다. 그 영화는 오늘날에도 연례행사처럼 방송을 탄다.

내게 있어 〈남극의 스콧〉은 모종의 결정타였다. 크리스마스에 모인 가족 친지들이 북적거리며 혼돈을 연출하는 와중에도 나는 완전히 딴사람이 되어 TV 앞에서 일어섰다. 또는 아직은 미숙한 아이였으므로 '딴소년'이 되어 TV 앞을 떠났다는 말이 더 어울릴 것이다.

오늘날 비유전적 문화요소의 개념에 대해 또는 아이디어가 바이러스처럼 사회에 퍼지는 방식에 대해 많은 이야기들이 오간다. 어찌 보면 나는 1967년 영국 더럼의 집에서 그 영화를 본 크리스마스에 바이러스에 감염된 셈이었다. 꿈의 바이러스, 영웅의 바이러스, 인간이 진정으로 이룰 수 있는 성취의 바이러스에 말이다.

필경 수백, 수천 명의 열한 살짜리가 나와 같은 시간대에 〈남극의 스콧〉을 봤을 것이다. 하지만 그 비유전적 문화요소는 그들을 감염시키지 못했다. 적어도 나를 감염시키고 내 삶의 모양새를 결정지은 방식으로는 그러질 못했다. 당시 내게 생긴 관심의 일부는 모험의 순전한 매력, (또 다른 용감무쌍한 탐험가의 표현을 빌리자면) '누구도 가본 적 없는 곳을 대담하게 찾아가는' 소명이었다. 스콧 대령 자신은 '최초의 발자국을 남긴다는 매력'이라고 표현했다.

내가 그토록 끌린 또 다른 이유는 스콧 역을 맡은 존 밀스 때문이었다. 그가 묘사한 걸걸한 리더의 모습에서 나는 나의 아버지, 더 나아가 나의 할아버지를 보았다. 스콧은 양조업자이자 투사이자 등반가였던 아버지의 아들로 성장했다. 나의 친할아버지 토미 스완Tommy Swan은 도로건설 노동자로 출발했다가 미래를 내다보고 도로건설업자로 변신해 타르머캐덤tar-macadam 포장도로 업계의 거물로 성장했다.

그러나 내게 생긴 관심의 가장 중요한 부분은 바로 도전정신이었다. 나는 로버트 스콧에게서 그것을 보았고, 나의 개인적인 과제로 받아들였다. 나는 역사에 기록되고 싶었다. 그저 역사를 읽는 것에 신물이 난 터였다.

내가 얼마나 잘해낼 수 있을까? 과연 나는 얼마나 강해지고 냉정해질 수 있을까? 얼마나 지략이 넘치고 용감하며 헌신적이 될 수 있을까? 어떻게 하면 팀의 일원이 되어 위대한 업적을 달성할 수 있을까? 어떻게 영감을 받고, 더 어렵고 훨씬 더 중요한 것으로, 어떻게 그 영감을 유지할 수 있을까?

모험은 분명 그 무엇보다도 매혹적이며 도취적이고 중독성이 강한 약물이다. 아마 지금까지 모험심 때문에 곤경에 빠진 인물들이 불법 약물로 인해 처벌을 받은 범법자들보다 더 많을 것이다. 블레즈 파스칼Blaise Pascal은 이런 말을 남겼다. "인류의 모든 문제는 단 한 가지 원인에서 비롯되는데, 그것은 바로 방에 가만히 앉아 있지 못하는 인간의 속성이다." 열한 살의 로버트 스윈은 자신을 스콧으로 상상하며 순진한 소년의 돌이킬 수 없는, 운명적인 질문을 던졌다. "나도 저렇게 할 수 있을까?" 이후 나는 방 안에 가만히 앉아 있을 수 없었다. 남극으로 나를 이끈 길 그리고 2041로 나를 이끈 여정은 그렇게 시작되었다.

〈남극의 스콧〉에서 비어드모어 빙하로. 비어드모어 빙하에서 다시 2041로. 시작과 성과와 성숙. 꿈의 진전. 점의 연결. 이것이 내가 걸어왔고 걸어갈 길을 요약하는 표현들이다. 많은 여행이나 대부분의 탐험과 마찬가지로 나의 행보는 시작도 하기 전에 끝날 뻔했다. 그런 상황을 초래하는 재앙으로 시작되었다는 얘기다.

4

아이언게이트 선창

때는 1984년 3월 29일, 스콧이 마지막 일기를 쓴 날로부터 72년이 지난 시점이었다. 런던 템스 강의 아이언게이트 선창Irongate Wharf으로 들어서던 우리의 배는 말 그대로 맹렬히 돌진했다.

우리는 가능한 최대한의 팡파르를 울리며 '스콧의 발자취를 좇는' 탐험의 출범을 영국 언론에 발표했다. 나와 나의 친구들, 내가 강압적으로 이 기이하고 불가해하며 무모하기 이를 데 없는 탐험에 참여하게 만든 사람들의 데뷔를 알린 것이다.

우리의 공식 탐험선에 오른 우리는 웅장하고 당당하게 선창에 도착할 예정이었다. 해상에 유출된 기름을 제거하던 '클린시즈 원Cleanseas I'이라는 이름의 트롤선이었는데, 이 탐험을 위해 마련하면서 '서던퀘스트Suthern Quest'라는 새로운 이름을 붙여줬다.

어리석은 짓은 늘 사람들의 이목을 끌기 마련이다. 수십 명의 기자와 방송 관계자들이 템스 강변의 그 길쭉한 콘크리트 부두 위로 모여들었다. 부두가 내려다보이는 타워 브리지에는 우리의 스폰서와 친구, 가족, 열광적인 팬들은 물론 그저 단순히 구경나온 수십 명까지 상당수의 군중이 운집했다. 나의 어머니 엠 역시 그곳에 서서 막내아들에게 지지와 응원을 보내고 있었다.

부두에 도열한 백파이프 밴드가 세레나데를 연주했다. 내가 영국군 제6기갑연대의 패트릭 코딩글리Patrick Cordingley 소령에게 사전에 전화로 부탁해놓은 일이었다. 코딩글리는 훗날 (소장이 되어) '사막의 쥐'라는 별명으로 유명한 영국의 제7기갑여단을 이끌고 미군 총사령관 노먼 슈와르츠코프Norman Schwarzkopt와 함께 걸프전에서 맹활약하는 인물이다. 나는 코딩글리가 남극에 관심이 있다는 것을 알고 있었다. 왜냐하면 불운했던 스콧 탐험대의 일원이었던 로런스 티투스 오츠가 제6기갑연대 소속이었고, 그런 인연으로 코딩글리가 오츠의 전기까지 썼기 때문이다.

나와 코딩글리 소령의 통화 내용은 대충 다음과 같았다. "밴드가 나와서 연주해주면 좋겠습니다." 내가 말했다. "언제 어디로 나가면 되겠습니까?" 코딩글리가 물었다. 그가 즉각적으로 보여준 호응에는 같은 부대 출신인 오츠를 기리고자 하는 그의 바람이 묻어났다. 그렇게 이니스클링 백파이프 밴드가 풍악을 울리는 가운데 우리의 배가 그 선창에서 도합 500명에 달하는 군중의 환영을 받게 되었다.

"나쁘지 않군요." 현장에 모인 군중의 숫자를 듣고 나는 이렇게 말하며 나의 탐험에 합류할 정도로 무지몽매한 자원자들 중 한 명인 존 톨슨John Tolson에게 고개를 끄덕여 보였다. "그 정도면 모양새가 좀 살겠어요."

톨슨은 호응하지 않았다. 나보다 한참 전에 무언가 잘못돼 가고 있다는 느낌이 들었던 까닭이다. 그가 선창으로 접근하는 우리 배의 속도를 초조하게 살피는 모습이 눈에 들어왔다. 그는 지금 다큐멘터리 영화제작자로 이 탐험대에 합류했지만, 전에 남극행 선박의 조타를 지휘한 경험이 있었던 터라 해상 경험이 풍부해 상황 전개를 파악할 수 있었다. 템스 강을 거슬러 아이언게이트 선창에 이르는 여정을 위해 우리는 전문 도선사를 고용했다. 여기서는 이름을 밝히지 않는 게 마땅할 것 같은 신사다.

"이거 좀 전에…." 배가 타워 브리지로 접근할 무렵 톨슨이 도선사에게 중얼거리듯 말했다. "후진 전속!" 도선사가 선창하며 엔진실에 연결된 신호 레버를 당겼다.

'흠, 그렇게 여기서부터 속도를 잡으면 되겠군.' 나는 이렇게 생각하며 우리의 배가 흠모의 눈빛으로 기다리는 군중을 향해 위풍당당하면서도 부드럽게 접근할 것으로 예상했다. 하지만 아무런 변화도 일어나지 않았다. 550톤의 서던퀘스트 호는 항로와 속도를 그대로 유지한 채 선창을 향해 곧장 나아갔다.

"어, 이러면 안 되는데." 톨슨이 내뱉었다. 그는 황급히 함교 문을 박차고 나가 선수로 내달렸다. 나는 그가 무엇을 하려는 건지 몰랐다. 그는 당황해서 어쩔 줄 모르는 모습이었다.

어쩌면 모든 공포가 그렇게 슬로 모션으로 엄습하는 건지도 모르겠다. 이 공포는 확실히 그랬다. 나는 함교에서 도선사 옆에 어안이 벙벙한 채 서서 우리의 배가 마치 공성 망치처럼 선창을 향해 치달는 모습을 지켜봤다. 톨슨은 뱃머리에 올라서서 선창에 모인 미디어 관계자들과 겁에 질린 시민들에게 미친 듯이 팔을 휘저어댔다. "부둣가에서 비키세요!" 그는 소리를 질러댔다. "거기서 피하세요! 물러서라고요!" 군중 가운데 두세 명이 환하게 미소 지으며 손을 흔들어줬다. 못 들은 모양이었다. 자신들이 곧 배에 깔릴지도 모른다는 사실을 깨닫지 못하고 있었다.

꽈광! 배는 굉음을 울리며 선거를 그대로 들이받았다. 서던퀘스트 호가 아이언게이트 선창을 들이받은 속도는 시속 2노트, 즉 시속 7킬로미터였다. 부두를 구성하던 벽돌과 콘크리트 조각들이 폭파하듯 공중으로 치솟아 비처럼 쏟아졌다. 아무도 다치지 않았지만 모두가 놀라 자빠졌다. 사람들은 공포에 휩싸여 비명과 신음을 토하며 마치 겁에 질린 닭들처럼 달아났다.

'스콧의 발자취를 좇는' 탐험은 이렇게 자신감 넘치는 발걸음이 아니라 휘청거리는 발걸음으로 출발했다. 서던퀘스트 호는 현대적 선박이 아니라 구형의 트롤선이라는 사실을 도선사가 인식하지 못한 게 화근이었다. 밝은 조명이 번득이는 대도시 강변 환경에 익숙하지 않은 배였던 것이다. 그 배의 경우 구형의 기어와 레버의 조합으로 엔진에 전해지는 '후진 전속' 명령은 좀 더 일찍 내려야 마땅했다. 현대적 선박의 경우보다 20초 먼저 말이다. 그 20초의 지체는 배를 선창에 들이받고 사람들을 혼비백산하게 만드는 데 충분한 시간이 되었다.

마침내 역회전 프로펠러가 제 역할을 하면서 서던퀘스트는 선거를 긁는 거친 소리와 콘크리트 먼지 구름을 일으키며 선창에서 물러나기 시작했다. 톨슨이 선수에서 돌아왔다. 우리는 서로를 쳐다봤다. 너무 끔찍한 일이 벌어진 터라 서로 아무 말도 할 수 없었다.

서던퀘스트는 선창에 뚜렷한 상처를 남기고 실례의 현장을 서둘러 벗어났다. 부끄러워 어쩔 줄 몰라 하며 뒤로… 뒤로… 더 뒤로….
"어, 이러다가 또…." 톨슨이 도선사를 보며 다시 중얼거렸다. 도선사가 눈을 크게 뜨며 큰소리로 "전진 전속!"을 외치면서 신호 레버를 당겼다. 하지만 곧 우리는 타워 브리지를 들이받았다.

이번에는 19세기 중반까지 역사를 거슬러 올라가는 금속 물질들의 조각과 가루들이 우리 위로 비처럼 쏟아졌다. 서던퀘스트의 마스트 가운데 하나가 뒤로 휘어졌다. 선창에 다시 모인 군중은 우리를 보고 열린 입을 다물지 못했다. 이 탐험대가 여기 나온 이유가 선창과 주변을 파괴하는 것이었던가?

절망감이 마치 구토처럼 위장 깊숙한 곳에서 치솟아올랐다. 5분 후 우리의 배는 선거에 닿았다. 이번에는 아무 문제없이 매끄럽게 붙었다. 이제 내가 건널 판자를 내달려 낙관적인 분위기를 연출해야 할 시간이었다. 마치 승자처럼! 다만 우리 배가 좀 전에 공중으로 날렸던 커다란 콘크리트 덩어리들만 밟지 않으면 될 터였다. 나는 실로 복잡한 심정으로 도선사를 흘깃 쳐다보고는 망신의 후반전을 치르러 내려갔다.

군중은 침묵을 지켰다. 지금 다시 생각해보니 적극적인 침묵이었다. 기갑연대의 밴드도 손을 놓고 있었다. 백파이프가 연주를 멈춘 후의 고요함보다 더 완전한 적막은 없으리라. 도대체 뭐라고 말해야 좋단 말인가? 이런 수치스러운 실수를 저질러놓고 어떻게 의기양양한 겉모습을 꾸밀 수 있단 말인가?

미리 준비한 출정 선언문은 머릿속에서 이미 증발해버렸다. 사과부터 하는 게 적절해 보였다. '여러분, 죄송합니다. 정말 죄송합니다.' 굽실거리면서 머리를 긁적이는 게 마땅했다. 얼굴에 미소를 억지로 띄우고 현문으로 뛰어나갔다. 그리고 그 꼭대기에 극적으로 멈춰 서서 어쩔 줄 몰라 하는 군중을 내려다보며 양손을 들어올렸다. 길고도 고통스러운 순간이었다.

정말 하늘이 무너져도 솟아날 구멍은 있는가 보다. 실로 신은 존재한다. 불현듯 실로 느닷없이 분위기를 전환시키기에 완벽한 한 마디가 머릿속에 떠올랐기에 하는 말이다.

"여러분, 방금 저희들은 우리 배의 쇄빙 능력을 보여드렸습니다."

음, 그렇다. 완벽한 멘트는 아니었을 것이다. 하지만 적어도 군중 다수는 웃음을 터뜨렸다. 어쨌든 그들은 내 말을 받아줬고, 덕분에 순전하고 완전한 바보 짓거리에 억눌리던 분위기는 상당 부분 누그러졌다. 나는 성큼성큼 현문 널판을 내려섰고, 그러자 카메라 플래시가 연신 터지기 시작했고 지지자들이 반갑게 인사를 건네기 시작했다. 샴페인 잔들에는 콘크리트 먼지가 쌓여 있었다.

"충돌로 출발한 탐험대!" 다음 날 런던의 주요 신문들에 실린 헤드라인 중 하나다. 재난은 카피 뽑는 데 도움이 된다. 만약 그날 서던 퀘스트가 부두에 부드럽게 안착했다면 우리는 그 어떤 신문에도 1면에 실리지는 못했을 것이다. 그 뜻밖의 사고는 우리 탐험대의 인지도를 높여줬고, 이는 다시 우리의 후원금 모금 노력에 도움이 되는 것으로 드러났다. 이 구름의 테두리는 실로 황금빛이었다.[1]

그러나 당시에는 깨닫지 못했지만 그 충돌 사고는 또한 보다 큰 재앙이 닥칠 것을 알리는 전령인 셈이었다.

5

세드버그

나는 대가족의 막내로 자랐다. 아버지 더글러스^{Douglas}는 할아버지 토미로부터 강인한 성품을 물려받았다. 젊은 시절 도로건설 현장의 노동자로 일하던 할아버지는 어느 날 불현듯 이렇게 선언했다. "타르 머캐덤$^{tar\ macadam\ 2}$이 미래다."

그렇게 토미 할아버지는 타르 비즈니스로 부자가 되었다. 석유 산업의 부산물인 끈적끈적한 그것 말이다. 할아버지는 사교댄스에 천부적 재능을 드러내기도 했지만 품성만큼은 누구 못지않게 강인했다. 스원 가문에 전해 내려오는 전설이 하나 있다. 할아버지가 한 스위스 은행의 번호계정에 재산을 모아뒀는데 돌아가시기 직전에 아버지와 극심한 언쟁을 벌인 나머지 그 번호를 영원한 비밀로 묻어버렸다는 얘기다. 아버지가 할아버지의 유언에 따라 물려받은 재산은 엽총 두 자루가 전부였다.

내가 스윈 가문의 만만찮은 성품을 아버지로부터 물려받았다면 내 어머니 마거릿Margaret은(지인들은 '엠'이라 불렀다) 그것과는 사뭇 다른 무언가를 나에게 주셨다. 꿈과 상상력 그리고 정신의 삶이 바로 그것이다. 어머니의 할아버지인 윌리엄 피트William Peat 경은 영국 최대 회계법인 중 하나인 피트마윅미첼Peat, Marwick, Mitchell의 설립자이자 대표를 역임한 인물이다. 피트마윅미첼은 영국 여왕이 이용하던 회계법인이었고, 내 사촌 마이클 피트Michael Peat는 찰스 왕자Prince Charles의 오른팔 역할을 하고 있다.

나의 성장 배경에서 물려받은 재산 같은 것은 찾아볼 수 없지만 나는 그보다 값진 무언가를 가족으로부터 전수받았다. 사명감, 절제력 그리고 정직함이라는 유산 말이다. 명예와 진실 그리고 존경이라는 단어는 구시대적 가치임에 틀림없지만 나에게는 결코 생소하지 않았다.

나의 삼촌인 조니 로프너Johnny Ropner는 나무 심기를 실천하는 생활 방식으로 그 길을 보여줬다. 변화는 작은 실천에서부터 시작된다는 진리를 믿을 수 있도록 나에게 영감을 불어넣어준 분이다. "우리는 단지 관리인일 뿐이란다." 삼촌이 내게 해주셨던 말이다. "우리는 선조로부터 물려받은 이 땅을 그때보다 더 나은 모습으로 가꿔 후대에 넘겨줘야 할 의무가 있다."

그렇게 말하던 순간에도 삼촌은 삽을 들고 어린 묘목 옆에 서 있었다. 다소 진부하다는 생각이 들기도 했지만 그때의 감상은 어쨌든 내 정신적인 DNA 속으로 파고들었다.

피트 가문 사람들은 모두 기독교도들로서 집안 대대로 존 위클리프^{John Wycliffe} 교회에 다녔다. 종교 개혁가이자 초기 성서 번역가로 유명한 존 위클리프의 이름을 딴 교회였다. 나는 여덟 살에 기숙학교인 에이스가스^{Aysgarth} 초등학교에 들어가 좌충우돌하며 어린 시절을 보냈지만 그런 나에게 일면 책을 좋아하는 성향이 있었던 것은 분명 외가 쪽 핏줄 덕분이었을 것이다.

내 유년기의 감수성은 기숙학교 생활을 거치면서 우여곡절을 겪어야만 했다. 기숙학교는 나의 성장과정에서 반드시 거쳐야만 하는, 타협의 여지가 없는 통과의례였다. 기숙학교 입학은 말하자면 가문의 전통이었던 셈이다. 하지만 그 가문의 전통은 험준한 카이버 고개^{Khyber Pass}를 걸어서 넘는 일이 오히려 식은 죽 먹기처럼 보이도록 만들었다.

나는 기숙학교에서 실로 힘겨운 나날을 보내야 했다. 울기도 많이 울었다. 어린 아들을 품에서 떼어 멀리 떠나보내야 했던 어머니의 비통한 심정을 짐작할 수 있었다. 그런 힘겨운 시간이 지난 후 내 안의 감성적인 부분들은 점차 사라졌고 나는 스스로 기운을 북돋우기 시작했다. "비록 이런 구렁텅이에 내던져졌지만 꼭 이겨내고 말테다." 나는 그렇게 마음을 고쳐먹었다.

운동은 기숙학교 생활에서 나에게 유일한 피난처가 되어줬다. 나는 학교에서 운영하는 모든 운동부에 가입하는 것을 목표로 정했다. 럭비 팀, 축구 팀, 크리켓 팀 할 것 없이 모조리. 나의 지적 멘토가 되어준 스튜어트 테이트^{Stuart Tate} 선생님도 만났다. 테이트 선생님은 에이스가스의 주임교사이자 나의 역사 선생님이었다.

테이트 선생님은 여름방학 기간 동안 직접 이탈리아를 방문해 콜

로세움을 슬라이드 쇼로 제작해 학생들에게 보여주기도 했다. 학생들이 수업 내용에 별 관심을 기울이지 않는 통제 불능의 공립학교 교실에 로마제국을 부활시켜놓은 것이다. 나는 넋을 잃고 빠져들었다. 테이트 선생님의 슬라이드 쇼는 손으로 끌어올리는 승강기에 실려 구덩이로부터 모습을 드러내는 곰과 검투사들의 대기실, 피를 보고 싶어 으르렁거리는 관중의 모습들을 고스란히 보여줬다.

크리스마스 시즌에 집에 돌아와 〈남극의 스콧〉을 시청한 것도 바로 그해였다. 나는 여전히 테이트 선생님이 안겨준 생생한 역사 체험의 감흥에서 빠져나오지 못하고 있었다. 선생님으로 인해 역사를 인식하는 나의 태도가 이전과 달라진 셈이었다. 거기에 이제 〈남극의 스콧〉이라는 역사에 길이 남을 영웅담이 마치 나에게 모종의 메시지를 전달하는 것 같았다.

스콧의 시신이 발견된 것은 1912년의 일이다. 같은 해에 타이타닉 Titanic 호가 북대서양의 차가운 바다 속으로 가라앉았다. 학창시절 내내 스콧과 타이타닉 호에 관련된 스토리가 끊이지 않았다. 젊은이들에게 숭고한 희생정신을 고취시키려는 목적의 선동 도구로 남용되었다는 뜻이다.

가라앉고 있던 배의 남자 승객들은 숭고한 희생정신을 발휘해 여성과 어린이들에게 구명보트에 올라탈 수 있는 우선권을 양보했다. 불굴의 영국 탐험가는 휘몰아치는 남극의 눈보라 속에서 생의 마지막 숨이 다하는 그 순간까지도 영감을 불러일으키는 글쓰기를 멈추지 않았다.

내가 그랬던 것처럼 과거 수세대에 걸쳐 영국의 어린이들은 거의 똑같은 영향을 받았다. 존 머리^{John Murray}가 쓴 스콧의 탐험일기 《학교 문고판》이 1984년까지 꾸준히 출판되었으니 말이다.

기자와 작가, 강연가들은 스콧의 스토리만큼이나 섀클턴의 스토리도 지겹도록 다뤘다. 물론 조금씩 다른 버전으로 바꿔가면서 말이다. 섀클턴의 스토리는 숭고한 희생정신보다는 극한 상황을 이겨낸 리더십에 관한 우화였다. 탐험선의 난파에 이어 고립무원의 상황에 처하는 등 거의 불가능에 가까운 생존 확률을 깨며 섀클턴은 단 한 명의 대원도 잃지 않고 무사 귀환했다.

두 가지 스토리 모두 동일한 질문을 유발한다. 어린이의 인성 형성에 지대한 영향을 미칠 수 있는 질문 말이다. '나도 그들처럼 할 수 있을까?' 두 스토리는 영국인들의 공동체성에 깊이 각인되었다. 스콧과 섀클턴, 그들의 이름은 국가 브랜드와도 같았다.

컴브리아의 레이크디스트릭트에 있는 세드버그^{Sedbergh} 중등학교에 진학한 이후에도 극지 탐험과 관련한 신화는 여전히 나를 지배했다. 사회적으로 공인되던 혹독한 학교생활은 세드버그에서도 그대로 이어졌다. 정신적인 측면 못지않게 신체적 단련이 큰 부분을 차지하는 교육과정이었다. 스포츠 활동이 우선시되었다는 뜻이다. 학교 대항 럭비 경기에서 세드버그 팀과 맞붙느니 차라리 죽는 것이 낫다고 생각하는 팀들이 허다했다.

세드버그의 구보 코스는 10마일(약 16킬로미터)에 달했다. 학생들은 해마다 정해진 기간에 산을 넘고 물을 건너야 하는 구보 코스를 일주일에 한 번씩 완주해야 했다. 눈이 오건 비가 오건, 진흙구덩이를 내달려야 하는 상황이라도 예외는 없었다. 그것도 언제나 반바지 차림으로 뛰었다. 나는 고문에 가까운 그 구보 코스를 속속들이 꿰고 있었다. 훗날 남극점과 북극점을 향해 걸음을 옮기던 와중에 세드버그의 구보 코스를 머릿속에 떠올리기도 했다.

남극점 도달을 위한 탐험에 나섰을 때 우리는 하루에 걸어야 할 거리를 12마일(약 19.2킬로미터)로 할당하는 계획을 수립했다. 나는 세드버그의 구보 코스를 낱낱이 기억하고 있던 덕분에 12마일이라는 거리가 어떤 느낌인지 정확히 알 수 있었다. 컴브리아의 고지대로부터 수천 킬로미터나 떨어진 곳에서 나는 바위와 나무, 언덕과 골짜기 등 학창시절 수없이 반복해서 달렸던 코스를 재현할 만한 초현실적 요소들을 떠올렸다. 사방을 둘러봐도 이렇다 할 지형지물을 찾아보기 힘든 극지의 평원을 가로지르는 여정에서 그것들을 정신적인 이정표로 삼았던 것이다. 험난한 여정을 계속 이어나갈 수 있도록 스스로를 추스르는 일에서 그런 전략은 매우 중요한 부분을 차지했다.

세드버그 마을 자체는 비신체적 측면, 즉 나의 학구적 측면을 개발하는 데 도움을 주었다. 세드버그는 '책마을'로 유명한 곳이었다. 영국에서는 '책마을'이라고 하면 다수의 서점과 집필 및 독서, 출판 등과 연관된 사업체들이 한 곳에 모여 있는 작은 시골마을인 경우가 많다(여타의 책마을로는 웨일스의 헤이온-와이와 스코틀랜드의 위그타운 등을 들 수 있다).

세드버그에서 나는 남극 탐험의 영웅 시대에 관한 역사서나 회고록, 일기 등과 같은 기록물을 찾기 위해 서점들을 뒤지곤 했다. 1901년부터 1917년 사이 이뤄진 남극 탐험에서 다수의 사망자가 발생했다는 이유로 영웅 시대라는 호칭이 생겨났다. 17년이 채 되지 않는 기간에 공식 기록된 사망자 수가 17명이었다.

영웅 시대의 시작과 끝을 규정하는 정확한 날짜에 관해서는 역사학자들마다 의견이 엇갈린다. 나의 개인적인 견해는 1841년 제임스 클락 로스 대령의 획기적인 탐험 항해를 그 시작으로 봐야 한다는 것이다.

십대 후반에 읽었던 극지방 탐험가들의 모험담은 이후 내 남은 인생을 따라다녔다. 북극 탐험가 존 프랭클린 경Sir John Franklin의 실종으로 수차례 구조대가 파견되었지만 결국 희생자의 수만 늘어났다. 노르웨이 출신의 위대한 탐험가로서 최초로 그린란드 횡단에 성공한 프리초프 난센Fridtjoff Nansen은 훗날 그의 외교적 노력을 인정받아 노벨 평화상을 수상하기도 했다.

데이비드 톰슨David Thomson이 쓴 《스콧의 사람들Scott's Men》이란 책을 읽고 또 읽었다. 최초의 북극점 도달을 두고 논쟁이 벌어지는 로버트 피어리Robert Peary와 프레더릭 쿡Frederick Cook에서부터 상대적으로 이름이 알려져 있지 않은 일본인 탐험가 노부 시라수Nobu Shirasu에 이르기까지 영웅적 탐험가들의 이야기를 모조리 섭렵했다. 남극과 북극 두 개의 극점 상공을 비행했다고 주장한 미국의 탐험가 로버트 버드Robert Byrd에 대해 지극히 비전문적인 분석을 시도하기도 했다.

하지만 다른 어떤 인물들보다도 세 명의 영웅이 나를 가장 강하게 사로잡았다. 흔히 '불운한' 또는 '비극적인'이라는 수식어를 동반하며 일명 '콘' 스콧이라 불리던 로버트 스콧 대령과 그에게는 '몹시 지겨운 상대'였던 노르웨이의 탐험가 로알드 아문센 그리고 어니스트 섀클턴이 그들이다. 아문센이 냉정하게 완벽을 추구하는 전략가였다면 스콧은 대담하고 감성적인 아마추어에 가까웠다. 스콧의 또 다른 싫은 상대였던 섀클턴은 한때 같은 탐험대의 일원이었다가 경쟁자로 변모한 인물이었다.

세드버그의 중고서점에서 찾아내 그렇게 열성적으로 탐독했던 스콧과 아문센, 섀클턴의 영웅담은 결국 나로 하여금 아버지가 세심하게 계획한 나의 미래를 과감히 내던지게 만들었다. 내가 영국을 벗어나 지구의 양쪽 끝 지점에 이르는 것은 결코 아버지의 계획에는 들어 있지 않았던 내용이다.

6

케이프타운

티모시 리리^{Timothy Leary}는 현대적 삶의 여정을 다음과 같이 단계별로 구분했다. "대부분 유아동기를 지나 초중고교 시절, 대학 시절, 직장인 시절을 거친 후 미래를 위한 보험을 준비하고 은퇴 생활을 영위하다가 장례식을 끝으로 세상과 작별하기 마련이다." 나는 리리의 열성적 추종자도 아니었고 그가 열렬히 홍보하던 환각약물 LSD를 가까이 하지도 않았다. 그러나 세드버그를 졸업할 즈음 나에게 그가 묘사한 순차적인 삶의 여정에 스스로를 묶어둘 생각이 없다는 것만큼은 확실히 알 수 있었다.

아버지의 생각은 나와 같지 않았다. 세드버그 졸업을 앞둔 시점에 이미 아버지의 모교로부터 입학을 권유하는 내용의 서신들이 도착하고 있었다. 그중 한 서신에는 "옥스퍼드 대학 팀의 정식선수로 뛸 또 한 명의 세드버그 출신을 환영합니다"라고 적혀 있었다.

옥스퍼드 대학은 스윈 가문의 남자라면 당연히 가는 곳이었다. 우리 집안 남자들은 세드버그가 위치한 북부지방까지 올라갔다가 옥스퍼드가 있는 남부까지 다시 내려가곤 했다. 나 역시 스윈 가문의 남자였고, 따라서 세드버그 이후의 내 인생 여정은 옥스퍼드가 되어야 마땅했다.

아버지 더글러스 스윈은 나를 자신의 사무실로 소환해서는 피할 수 없는 나의 미래를 공식 통보했다.

"옥스퍼드의 브래스노스 칼리지Brasenose College에 들어가도록 해라."

나의 의지에 따른 삶의 비전이 아니었다.

"내가 그걸 원치 않는다면요?" 내가 말했다.

내 얼굴을 정면으로 보기 위해 몸을 앞으로 슥 내밀 때 아버지가 앉아 계시던 가죽 의자에서 나던 삐걱거리는 소리를 나는 아직도 기억할 수 있다. 아버지는 반달 모양의 독서용 안경 너머로 내 얼굴을 빤히 쳐다보셨다. 나의 반항 기미는 갑작스런 게 아니었다. 아버지는 내가 당신께서 신중하게 설계한 인생 경로를 순순히 받아들이지 않을지도 모른다는 것을 예측할 수 있을 정도로 아들에 대해 잘 알고 있었다.

"저는 옥스퍼드에 진학하지 않을 생각입니다." 분명한 의사 전달을 위해 내가 했던 말이다.

"흠…." 아버지가 말씀하셨다. "정말이냐?"

나는 침착함을 유지하며 대답했다. "네, 아버지."

영화 〈불의 전차Chariots of Fire〉의 테마 음악이 흐르고 있었다면 이 대목에서 음량이 점점 고조되었을 것이다.

아버지는 의자 등받이 쪽으로 털썩 몸을 던지더니 다시 몸을 앞쪽으로 내밀었다. "네가 내린 결정에 정말 확신을 가지고 있는 것이냐?"

아버지의 목소리는 분명 위협적이었다.

"네, 확신합니다." 내가 대답했다.

"학교에 누를 끼치는구나." 여기서 아버지가 말한 학교는 세드버그를 의미했다. "대학 측도 당황스럽게 만들고." 여기서 대학이란 브래스노스 칼리지를 뜻했다. "내 얼굴에도 먹칠을 하는구나."

500년의 유구한 역사를 자랑하는 래드클리프 광장Radcliffe Square의 석조 건물이 고작 나 같은 사람이 배신했다고 치욕스러움에 몸서리칠 것 같진 않았다. 그러나 망신살이 뻗쳤다고 생각하는 아버지는 사뭇 다른 문제였다. 나는 어쩌자고 아버지의 뜻을 거역했던 것인가?

"이제부터 너는 혼자 힘으로 살아가도록 해라." 아버지가 말했다. "나는 한 푼도 지원하지 않을 것이다."

당시 아버지는 나에게 풍족한 지원을 제공할 형편이 아니었다. 그나마 아버지가 나에게 줄 수 있었던 한 가지가 최고의 교육을 받을 기회였는데, 내가 그것을 단칼에 거부해버린 것이다.

나는 자리에서 일어나 아버지에게 손을 내밀었다. 아버지도 일어서서 무뚝뚝하게 내 손을 잡았다. 영국식 자녀 교육 방법의 기묘한 전형을 보는 것 같았다.

내가 사무실을 나서려 할 때, 아버지는 이렇게 말했다. "만약에 혹시 네가 다치기라도 한다면, 그땐 최고의 병원에서 너를 보살피도록 조치하마."

나는 그저 고개를 끄덕여 보였다. 모든 게 너무 지나치다는 생각이 들었다.

"이 세상 어디에서라도 말이다." 아버지는 이렇게 덧붙여 말했다. 아버지는 나의 원대한 미래 계획을 이미 알고 있던 터였다. 비록 그것을 승낙한 적은 없었지만 말이다.

그날 아버지의 사무실에서 그렇게 나의 미래는 결정되었다. 하지만 사무실 문 밖을 나서는 순간 내가 고약한 실수를 저지르고 말았다는 확신이 밀려왔다.

이후 나는 그 고약한 실수에 대해 스스로 벌을 내리는 의미로 고된 일자리들을 전전했다. 습지에서 파이프 설치 노동자로 일하기도 했고 차량 정비공으로 일하기도 했으며 아일랜드 노동자들 틈에 끼어 히드로 공항과 연결되는 기차선로의 터널 작업장에서 땀을 흘리기도 했다. 아마도 그들은 나를 상류층 출신의 재수 없는 녀석쯤으로 여겼을 것이다. 그러나 나는 술과 여자, 강인함에 대해 내 인생의 어느 누구에게서보다 그들에게서 더 많이 배웠다.

그러는 동안 언제나 내 머릿속에서 떠나지 않던 질문이 있었다. 나는 지금 무엇을 하고 있는 건가? 학창시절 내내, 나는 이 정도 나이에 이르면 대학교에 다니고 있을 것이라 여겼다. 남극대륙에 가서 로버트 스콧의 발자취를 따라가는 일은 다른 세상의 아이디어처럼 느껴졌다.

의구심을 떨쳐버리는 데는 지리적 처방이 제격인 법이다. 나는 영국을 떠나 남아프리카로 가기로 결심했다. 역사상 최초의 증기기관차가 첫 주행을 시작한 것으로 유명한 달링턴 역은 우리 집에서 가장 가까운 기차역이었다. 어머니는 그곳에서 나를 배웅해주셨다.

"로버트, 그런 일들을 하겠다고 집을 떠나는 막내아들을 지켜보는 일이 엄마에겐 무척이나 힘들구나." 어머니가 말한 '그런 일들'이란 모험과 탐험을 의미했다. 내가 스콧이 했던 그런 일을 하겠다고 끊임없이 밝힌 탓이다. 그리고 지금 기꺼이 아프리카를 향해 길을 나서고 있지 않은가. 그것도 아무런 주저 없이 말이다.

"네가 좀 더 나이가 들고 자식이 생기면 엄마의 마음을 이해할 수 있을 거야." 어머니는 이렇게 말했다. "엄마의 입장으로는 도저히 보낼 수가 없구나. 그래서 이제부터는 최선을 다해 너의 친구가 되어볼까 한단다."

"고마워요, 엄마." 그렇게 대답은 했지만 어머니가 하는 말의 진정한 의미는 한 치도 이해하지 못했다.

"어쩔 수 없이 엄마의 마음이 앞설 때도 있겠지만, 네가 그런 일들을 할 때는, '만약 네가 한다면'이 아니라 '네가 실제로 그런 일에 나설 때는' 나는 끝까지 네 편이 되어줄게."

어머니는 옳았다. 나는 나의 자식이 생길 때까지 그때 어머니가 했던 말을 전혀 이해하지 못했다. 자식의 운명을 험한 세상에 내맡겨야 할 때 부모가 감당해야 할 그 비통한 신념의 도약을 내가 직접 경험하기 전까지는 말이다.

나는 배를 타고 남아프리카로 갔다. 그리고 케이프타운 대학에 등록했다. 거의 즉각적으로, 일주일도 채 지나지 않아서 나는 그것이 완벽한 실수였음을 깨달았다. 그곳의 교육 수준은 내가 알던 영국식 교육에 비해 적어도 10년 또는 20년은 뒤떨어져 있었다.

나는 '내 인생을 살겠다!'는 어설픈 청년의 열정으로 집을 떠난 터였다. 실수를 하더라도 직접 경험해보고 싶던 나였다. 그때까지 내가 했던 일이 꼭 그것이었다.

이제 어떻게 해야 하나? 다시 아버지에게 굽히고 들어가야 하나? 낡은 반달 모양 안경 너머에서 상대를 꿰뚫어보기라도 할 것 같은 푸른 눈으로 나를 빤히 내려다보는 아버지의 모습은 상상하는 것만으로도 견딜 수가 없었다. 절대 그럴 수는 없었다.

어떻게든 집으로 돌아가 새롭게 시작해야만 했다. 그러나 잔뜩 기가 죽은 모습으로 귀향하는 나 자신을 도저히 용납할 수 없었다. 집을 떠날 때 이미 멍청한 짓을 저지른 마당에 기죽은 모습까지 보일 수는 없었다.

나는 한 가지 계획을 세우기 시작했다. 패배자의 모습으로 집에 돌아가지 않을 것이다. 의기양양하게 개선할 것이다. 아프리카 대륙을 자전거로 종단한 이후에 말이다! '네, 바로 그겁니다. 아버지, 듣고 계신가요. 케이프타운에서 카이로까지 자전거로 종단할 겁니다. 그걸 보고 판단해보시기 바랍니다.'

여기서 인생의 교훈을 하나 배웠다. 잘못된 행보를 내딛었을 땐 가능한 한 빨리 인정하고 거기서 벗어나야 한다. 하지만 그런 전환을 이유로 대범한 행보 자체를 포기해선 안 된다. 하지만 나는 곧 또 다른 난관에 봉착하고 말았다. 케이프타운에서 카이로까지 자전거로 종단하려면 그에 필요한 자금부터 조달해야 하는 것으로 드러났다. 그 점을 미처 생각하지 못했다. 거창한 계획의 수립에 열중하느라 그런 세부 사항을 간과한 것이다.

자금 조달을 위해 나는 케이프타운의 항구 지역에서 택시 운전사로 일했다. 남쪽의 빅토리아 부둣가와 알프레드 부둣가에서 폴스베이와 테이블뷰 그리고 시몬스타운과 스트랜드에 이르는 지역이 주요 활동 영역이었다. 보이스카우트의 창설자인 영국인 베이든 파월Baden Powell의 이름을 딴 베이든파월 드라이브는 내가 주로 운행하는 거리가 되었다. 택시 운전은 나중에 유용하게 활용할 수 있는 기술이 될 터였다. 그리고 나의 택시에 손님으로 오른 선원들과 마약중독자들 그리고 매춘 여성들은 흥미롭기까지 했다.

그곳에서 나는 이방인이자 신참이었으니 먹이사슬의 최하위에 위치할 수밖에 없었다. 다른 기사들은 나보다 선임인데다 더 많은 고객을 확보하고 있었고, 그래서 나에게 많은 돈을 벌 수 있는 기회는 좀처럼 주어지지 않았다. 어느 날 술에 취한 일본인 선원을 태우면서 상황이 달라졌다. 일본인 선원을 목적지에 내려놓은 후 자리를 떴다가 그가 뒷좌석에 흘리고 내린 현금 500달러를 발견했다.

당시 500달러는 나의 계획을 실현하는 데 충분한 자금이 될 수 있었다. 당장 다음 날 아침이라도 대륙 종단 탐험 여행에 나설 수 있었다는 얘기다. 그러나 내 양심의 소리는 그러면 안 된다고 말하고 있었다. 부모님과 조부모님이 나의 인성에 각인시킨 도덕적 양심이 강하게 발동했다. 나는 부둣가에 정박 중이던 일본 배가 있는 쪽으로 방향을 틀었다.

"여기 선원 중 한 사람이 택시에 이걸 놔두고 내렸습니다." 그 배의 선장에게 현금뭉치를 건네며 말했다. 그들은 수도 없이 고개를 숙이며 연신 인사를 해댔다. 그다음 날 나는 일본 배의 선장으로부터 연락을 받았다.

"당신은 명예를 보여줬습니다." 다소 부자연스러웠지만 통용 가능한 영어를 구사하며 선장이 말했다. "이제부터 우리는 당신의 택시만 이용할 것입니다."

일본인들과의 인연으로 나는 아주 많은 돈을 벌 수 있었다. 두 달만에 700달러를 벌었다. 나의 탐험 여행을 위한 자금으로 충분한 금액이었다. 중고라도 튼튼한 우편배달용 자전거 한 대만 장만하면 모든 준비가 끝나는 셈이었다. 이제 나에게는 9,600킬로미터를 자전거로 내달리는 일만 남아 있었다.

물론 나는 9,600킬로미터 전체를 자전거로만 달리겠다는 계획을 세우진 않았다. 그러나 지중해에 도착했을 때의 내 모습이 모진 풍파를 겪어낸 원주민의 그것과 흡사했으니 충분히 많은 시간 자전거 페달을 밟았다고는 할 수 있다. 나의 종단 경로에는 10개 국가가 포함되어 있었다. 당시 로디지아로 불리던 나라와 수단은 전쟁이 벌어지고 있던 지역이라 피했다. 주혈흡충증과 아프리카 수면병에 걸려 장기간 고생하며 사실상 하루에 18시간 동안 혼수상태에 빠지기도 했다.

자전거 여행이었으므로 나는 최대한 간소한 짐을 꾸릴 수밖에 없었다. 반바지 한 벌과 낡은 작업복 한 벌, 낡은 티셔츠 두 벌, 오래된 침낭 그리고 텐트용 비닐 한 장이 전부였다. 누가 봐도 헐벗은 여행자의 행색이었던 만큼 도둑이나 거지들로부터의 위협은 애초부터 걱정할 필요가 없었다. 오히려 거지들이 나에게 구호품을 나눠줬을 정도다. 나는 순진무구함과 믿음으로 여정을 마칠 수 있었다.

영국에 도착하자마자 나는 아버지를 만나러 갔다. "아버지, 제가 잘못 생각했던 것 같습니다."

"그래, 로버트, 그건 잘못된 결정이었다." 반달 모양 안경 너머로 나를 바라보며 아버지가 말했다.

"대학에 진학하겠습니다." 내가 말했다.

"행운을 빌어주마." 더글러스 스윈의 결론이었다. 당신이 약속했던 그대로 아버지는 내게 재정적으로 한 푼도 지원해주지 않았다.

내가 아는 한 의욕에 넘치는 사람은 누구나 순탄치 않은 부자관계에 직면한다. 그들 중 대다수는 매우 열정적으로 자신의 아버지를 미워한다. 나는 그렇지 않았다. 오히려 나는 나의 아버지를 사랑한다. 그러나 그 순간만큼은 아버지로부터 거부당한 외로운 내 모습만이 생생하게 뇌리를 자극했다.

7

더럼

말한 그대로 실천하는 확고한 원칙을 고수하겠다고 선언하는 것은 아주 좋은 일이다. 그러나 현실은 그리 만만치 않다는 것을 깨닫기까지 그리 긴 시간이 필요하지 않았다. 나는 아버지의 도움 없이 혼자 힘으로 헤쳐나가겠다고 말할 수밖에 없었다. 하지만 어떻게 헤쳐나갈지에 대해서는 아무런 대책도 없었다. 영국으로 돌아온 후 나는 여전히 무엇을 해야 할지 갈피를 잡지 못하고 있었다.

(아버지의 표현에 따르면 내가 퇴짜를 놓고 수치심을 안겨준) 옥스퍼드 대학과 (그와 동등한 수준의 일류 대학이지만 스윈 가문에게는 적진으로 간주되던) 케임브리지 대학에 이어 영국의 대학 순위 3위를 차지하는 더럼Durham 대학이 마침 집에서 40킬로미터쯤 떨어진 곳에 위치해 있었다. 나는 더럼 대학의 학생들이 자연스럽게 모여드는 장소인 그린 궁Palace Green으로 차를 몰고 갔다. 그리고 길거리에서 처음으로 마주친 가장 학

생스러운 외모를 가진 사람을 붙잡고 이렇게 물었다.

"더럼 대학에서 가장 유별난 단과대학은 어디인가요?" 가장 비전통적인 경로를 통해 입학할 수 있는 방법을 찾아야만 하는 처지에 놓여 있었기에 그랬다.

그 학생은 주저 없이 대답했다. "저기 보이는 신학대학이죠."

"세인트 채드St. Chad's 말인가요?"

"신학대학 학장은 펜튼Fenton이라는 신부님이 맡고 계신데 아주 놀라운 분이시죠." 학생은 이렇게 덧붙여 말했다. (그린 궁의 길거리에서 처음으로 마주친 가장 학생스러운 외모의 소유자는 스티브 모리아티Steve Moriarty였다. 그와 나는 결국 친한 친구 사이가 되었고 운동부에서 함께 뛰기도 했다.)

나는 강변에 위치하며 노르만 양식의 성이 둘러싸고 자갈길이 깔려 있는 더럼 대학이 꽤 마음에 들었다. 나는 특유의 탄탄하고 멋진 다리 근육을 소유한 북아프리카의 산악 민족 베르베르인을 연상케 하는 모습으로 펜튼 신부님의 집무실을 찾았다. 당시 나에게 별다른 계획이 있었던 것은 아니었다. 여기서 인정을 받으려면 어떤 것이 도움이 될까? 매력? 아니면 그럴듯한 스토리? 그것도 아니라면 40센티미터의 장딴지 근육이면 족할까? 나는 그 세 가지 모두를 동원하기로 했다.

"무슨 일이 있었던 건가요?" 펜튼 신부님의 비서가 했던 말이다. 그녀는 이름이 베시 벨링햄Bessie Bellingham이었고 엄격한 대학 수문장에게 꼭 어울릴 법한 외모의 소유자였다.

"실은 이 대학에 입학하고 싶습니다." 내가 말했다.

"그게 문제로군요." 나를 아래위로 훑어보며 그녀가 말했다.

"벌써 2주 전에 학기가 시작되었습니다."

나는 나의 스토리를 그녀에게 들려줬다. 로버트 스콧을 우상으로 여기던 학창시절에서부터 아버지의 뜻을 거역하고 아일랜드 노동자들과 함께 터널 작업장의 노동자로 일했던 시절과 케이프타운에서의 경험까지…. 한 시간을 그렇게 보냈다. 심지어 만취한 일본인 선원의 이야기까지 털어놓았다.

그렇게 수문장이 지키는 문을 통과할 수 있었다. 그녀는 나를 펜튼 신부님의 집무실까지 안내해줬다. 처음에는 어리둥절했다. 그곳에 아무도 없는 것처럼 보였기 때문이다.

"아무도 안 계신가요?"

"그래, 대학에 입학하고 싶다고?" 바닥 쪽에서 들려오는 목소리가 말했다.

나는 신부님을 찾아 방 안 여기저기를 둘러봤다. 그는 긴 백발에 성직자들이 목에 두르는 빳빳한 칼라를 착용한 채 자신의 책상 뒤쪽 깔개 위에 납작하게 엎드려 있었다. 허리 통증 때문이라고 설명해줬다.

"대학에 입학하겠다고 했나?" 그가 다시 물었다. "무엇을 전공하고 싶은가?"

"역사입니다." 내가 말했고, 신부님이 나를 올려다봤다.

아프리카 종단 여행의 마지막 여정 중에 누비아 사막을 가로지르는 기차를 탔다. 기차는 5일이나 연착되었다. 객차 안은 들어갈 공간이 없는데다가 내부 공기까지 숨이 막힐 정도로 답답했다. 객차 위도 마찬가지로 붐볐다. 그중 유독 한 객차의 윗부분 틈새가 비어 있었다. 나는 그곳에 곧 망가질 것 같은 자전거를 단단히 묶어 고정하고 자리를 잡고 앉았다.

그때부터 차장이 끊임없이 되풀이하던 "틈새를 조심하세요"라는 말은 나에게 다른 의미로 다가왔다. 얼마 지나지 않아 객차 윗부분에 틈새 공간이 존재하는 이유를 깨달았기에 하는 말이다. 석탄 더미에서 나오는 시커먼 연기가 연통을 타고 내가 앉아 있던 곳으로 바로 배출되고 있었다. 입고 있던 옷이며 피부까지 모조리 새까매졌다. 어쩌면 내 머릿속까지 까맣게 물들었는지도 모른다는 생각이 들었다. 잠시라도 그 열기를 식히기 위해 남극점으로 향하는 상상을 하기도 했다.

물론 신부님을 만나러 가기 전 최대한 빡빡 문질러 몸을 씻었지만 나를 빤히 쳐다보는 그의 시선을 상당히 의식하지 않을 수 없었다. 아직도 석탄 먼지가 피부와 머리카락에 묻어 있을지도 모르는 야만인의 모습이라는 사실을 스스로 인식하고 있었기에 그랬다. 긴 머리카락의 소유자로서 바닥에 엎드린 자세로 입학 신청자를 맞이한 그 성직자가 부디 나의 특이한 외양을 친절하게 봐주길 바랄 뿐이었다.

놀랍게도 나의 희망사항은 현실이 되었다. "베시가 자네의 입학을 결정했다네." 신부님이 말했다. 그 비서는 조금 전 내가 들려준 놀라운 스토리에 완전히 매료된 게 분명했다.

"자네는 운이 좋군." 그는 계속 말을 이어갔다. "미국에서 유학 온 학생이 한 명 있었는데 향수병 때문에 그만 돌아갔거든. 내일 9시까지 다시 오게. 입학에 필요한 서류는 그때 작성하기로 하지."

나는 말로 표현하기 어려울 만큼 감사했지만 한편으론 당황스럽기도 했다. 신부님의 집무실을 나서다 말고 돌아서며 내가 물었다. "입학을 허락하신 이유를 여쭤봐도 되겠습니까?"

"나는 남들과 다소 다른 무언가를 보유한 인재를 선호하네." 신부님이 말했다. "럭비에 소질이 있으리라 믿네만."

나는 겸손하게 어깨를 으쓱해 보였다. "세드버그에서 선수로 뛰었습니다."

"세인트 채드 학생이 더럼 대학 대표선수로 뛰어본 게 언제인지 모르겠다네." 그가 말했다. "단 한 게임만이라도 좋아. 내가 바라는 건 그것이라네."

나는 스티브 모리아티와 함께 더럼 대학 럭비 팀에 합류했고 내가 출전하는 경기에는 성직자복을 입은 응원단이 늘 함께했다. 성직자들로 구성된 응원단은 호기심을 유발하는 광경이었을 것이며 상대 팀의 신경을 충분히 자극하고도 남았을 것이다. 성스러운 간섭 덕분이었는지, 아니면 우세한 경기력 덕분이었는지 더럼 대학 팀은 위닝 시즌^{winning season 3}을 기록했다.

펜튼 신부님은 1979년 세인트 채드 졸업식장에서 내게 이렇게 말했다. "그거 아나? 자네를 받아들일 때 나는 자네에 대한 어떤 자료도 확인하지 않았다네. 예비시험 성적조차도 보지 않았지. 내가 여전히 사람 보는 눈이 있다는 것을 증명하고 싶어서 그런 거라네."

졸업 이후 아주 오랜 기간에 걸쳐 나는 펜튼 신부님이 자신의 판단을 의심할 만한 충분한 사유를 제공했다.

8

스콧의 마지막 탐험

나는 인문예술 분야, 그중에서도 고대사 연구라는 그리 대단하지 않은 학사학위를 따고 더럼 대학을 졸업했다. 더럼은 매우 아름다운 학원이자 놀라운 공동체였다. 하지만 대다수의 사람들이 그러하듯 강의실 밖의 대학 생활이야말로 내가 받은 진정한 교육이라 할 수 있다.

언제나 나의 지적인 면을 개발하도록 용기를 북돋아준 내 여자 친구 사빈Sabine의 아름다운 존재는 신의 은총과도 같았다. 사빈은 중국어에 능통했고 타고난 진지함과 우아함을 보유했다. 그런 사빈에 비하면 나는 그녀의 주위를 맴도는 해적이라 할 만했다. 사빈 덕분에 내 삶도 정화되는 느낌이었다.

세드버그와 마찬가지로 더럼에도 멋진 서점들이 많았다. 펜튼 신부님과 면접을 끝낸 직후, 고풍스러운 마을길을 걸으며 브리지 서점

Bridge Books 앞을 지나게 되었다. 강변에 위치한 한적한 서점이었다.

진열창을 통해 스콧 대령의 일기가 눈에 들어왔다. 딱딱한 표지에 도어스톱만 한 크기의 책은 전체 두 권으로 구성되어 있었다. 스콧의 그 유명한, 그의 마지막 비운의 탐험을 기록한 일기였다. 초판의 발행일자는 1913년 11월 6일, 당시 가격은 42실링이었다. 짙은 남색 천으로 두른 표지의 옆면과 앞면에는 금색 글씨로 제목이 박혀 있었다.

진열창에 붙은 안내판에 적힌 가격은 50파운드였다. 당황스러웠다. 살까 말까 망설여야 했다. 50파운드는 내가 보유한 현금의 거의 대부분이었다. 무모한 구매란 이런 경우에 딱 어울리는 표현이었다. 하지만 노예제 폐지론자이자 못 말리는 애서가였던 미국인 목사 헨리 워드 비처Henry Ward Beecher는 이렇게 말하지 않았던가. "서점만큼 인간의 본성이 나약해지는 곳이 또 어디 있겠는가." 나는 결국 그 책을 샀다.

시작은 어릴 적 봤던 영화였다. 〈남극의 스콧〉은 내 생애 최초로 상상의 기준을 형성해줬다. 그러나 두 권짜리 스콧 대령의 일기를 겨드랑이에 끼고 더럼의 서점을 나서는 순간부터 내 상상의 기준은 그 두 권의 책으로 바뀌었다.

역사는 명문가에 의해 기록된다. 나는 극지방 탐험에 관한 내가 찾아볼 수 있는 모든 기록들을 읽었다. 회고록, 탐험일지 할 것 없이 모조리 말이다. 단언컨대 스콧의 탐험일지는 독보적이다. 스콧의 경쟁자인 섀클턴과 아문센 역시 자신들의 모험담을 책으로 펴낸 바 있다. 그것들 역시 훌륭하고 나름의 가치를 지닌다. 그러나 나는 스콧의 회고록을 최고로 꼽는다. 그 이유는 스콧이 극한의 환경에서 고군분투하는 자신의 나약한 모습을 가감 없이 보여주며 그 자신 또한 공기를 호흡하고 감정을 느끼는 인간일 뿐이라는 사실을 그대로 드러내고 있기 때문이다.

나는 인터넷에서 웹페이지를 열어볼 때 전달되는 감흥이 책의 첫 페이지를 넘기면서 얻을 수 있는 경험에 견줄 만하다는 견해에 동의하지 않는다. 그런 맥락에서 책이 아닌 온라인을 통해 그들의 모험담을 접하는 모든 독자들은 매우 소중한 무언가를 놓치는 셈이다. 나는 세인트 채드의 내 기숙사 방에서 스콧의 일기를 앞에 두고 성스러운 의식을 치르듯 존경의 마음을 담아 조심스럽게 첫 장을 넘기던 일을 아직도 기억한다. 진짜 책이, 플라톤의 동굴과 같은 책이 앞에 놓여 있으면 칼날로 페이지를 잘라야 그 안에 들어가는 허락을 얻을 수 있다.

책과 연관된 또 하나의 명언을 들자면 19세기의 미국인 헨리 데이비드 소로Henry David Thoreau가 남긴 말을 꼽을 수 있다. "책을 읽음으로 인해 새로운 시대와 조우한 사람이 얼마나 많은가?"

《스콧의 마지막 탐험Scott's Last Expedition》 표지에는 스미스엘더앤드컴퍼니Smith, Elder & Co.라는 출판사명과 함께 1913년 판이라 쓰여 있었다. 또한 각각의 내용에 대해 이렇게 적혀 있었다. "1권. 빅토리아 상급 훈작사이며 영국 해군 대령인 R. F. 스콧의 일기, 2권. E. A. 윌슨Wilson 박사 및 탐험대 생존자들의 과학적 연구와 탐험 보고서."

윌슨 박사는 탐험대의 과학탐사 활동을 책임진 인물이었다. 그는 스콧 대장의 신임을 한 몸에 받던 오른팔이었으며 거대한 얼음 장벽 위의 텐트에서 스콧 대장과 함께 최후를 맞이한 대원이었다. (앞서 인용한 바 있는 "잠 같은 숨결이 깊이 감도는 고요"는 바로 윌슨 박사가 남극을 묘사한 대목으로 과학과 종교에 대한 인간의 혼이 담긴 결합에서 나올 법한 표현이다.)

나는 영화 〈남극의 스콧〉을 통해 윌슨 박사에 대해 잘 알고 있던 터였다. 영화에서 윌슨 박사의 역할은 해럴드 워렌더Harold Warrender라는 배우가 맡았다. 《스콧의 마지막 탐험》에서 스콧은 윌슨 박사를 탐험대의 중심을 잡아주는 비범한 인물로 묘사했다. 스콧의 변덕스러운 감정 변화에 안정적 균형을 안겨주는 인물이었으며 스콧이 무신론자인데 반해 신앙심이 매우 깊은 사람이었다. 예술적 재능도 뛰어났으며 탐험대의 모습을 스케치로 남길 정도로 손재주도 타고났다.

인간의 등급을 구분한다면 윌슨은 매우 우등한 범주에 속할 것이다. [1911년 5월 31일자 일기에서 스콧은 이렇게 적고 있다.] 지난 몇 달 동안 함께 지낸 경험이 없었다면 그가 어느 정도로 비범한 인물인지 내가 알 수 없었을 것이다. 우리 탐험대에 윌슨만큼 보편적으로 존경받는 사람은 없다.

스콧의 일기를 통해 나는 윌슨 박사의 작품을 직접 볼 수 있었다. 그 두 권짜리 탐험일기에 그림과 삽화가 포함된 덕분이다. 속표지에 이런 글귀가 적혀 있었다. "그라비아 인쇄 표지, 윌슨 박사의 오리지널 스케치 6점의 그라비아 인쇄, 18점의 전면 컬러 삽화(윌슨 박사의 그림 16점 포함)." 또한 탐험대의 공식 사진사였던 허버트 폰팅Herbert G. Ponting이 찍은 당시의 사진들도 다수 포함되어 있었다.

남극탐험의 과학적 목적을 달성하기 위한 윌슨 박사의 헌신은 탐험대에 정당성을 부여했다. 바로 스콧 대장이 필요로 하던, 남극탐험을 감행해야 하는 정당성이었다. 남극점에 도달하는 일은 한낱 '게임'에 불과했다고 스콧은 기록했다. 탐험의 본질은 과학적 연구조사에 있었다. (스콧의 일기에는 "과학! 이 모든 노력의 견고한 기반!"이라고 적혀 있다.)

'친근한 동네 경찰'의 이미지를 떠올리게 하는 윌슨 박사는 20세기 초의 기준으로 본다면 완벽한 과학자였다. 1911년 남극에서 (극점 탐험을 준비하며) 겨울을 보내던 몇 달 동안 윌슨 박사는 영국 뇌조 질병 위원회British Grouse Disease Commission에 제출할 기생충에 관한 최종 보고서를 완성했다. 영국에 있을 때부터 작성하기 시작한 보고서로 영국 북부 지방의 사냥터에서 점차 뇌조들이 사라지는 원인을 파악하기 위해 실시된 연구 활동이었다.

살아 있는 뇌조로부터 최소 1만 1천 킬로미터는 떨어진 남극 맥머도 만의 오두막에서, '조류의 깃털과 풀린 실타래처럼 길게 늘어진 내장'을 상상 속에 떠올리며 조류의 떼죽음이 발생한 원인을 내장에 기생하는 극히 미미한 요충에서 추적하고 있었을 윌슨 박사의 모습을 떠올리면 희극적이면서도 매우 인상적이다. 그는 위원회에 원인 규명을 약속했고 자신이 약속한 바를 끝내 지켜냈다.

그렇게 그 일을 끝낸 후, [스콧의 기록이다] [윌슨은] 우리의 극지방 세계의 실질적이거나 이론적인 문제의 해결책을 찾기 위해 거의 모든 노력을 다 기울였다. 과학 팀의 책임자로서 그는 인간

공동체의 뚜렷하고도 유익한 특징이라 할 수 있는 동료애와 유대감을 유지하는 데 있어 그 어떤 요소보다도 강력한 모범을 보여줬다.

윌슨 박사는 1901~1904년 탐사 목적의 남극 탐험 여정에도 스콧과 함께 올랐다. 당시 탐험대가 탔던 배는 '디스커버리Discovery'였다. 스콧은 든든한 오랜 친구가 옆에 없었다면 남극점 정복 시도를 망설였을 것이 분명하다.

스콧의 남극점 탐험 여정에는 그가 보다 최근에 알게 된 동료 헨리 로버트슨 바우어스Henry Robertson Bowers 소령도 합류했다. 큼지막한 매부리코 덕분에 '버디Birdie'라는 별명으로 불렸던 대원이다. 스콧이 처음부터 버디의 합류를 원했던 것은 아니었다. 그는 카리스마 넘치는 윌슨과 달리 별다른 영향력을 느낄 수 없는 평범한 인물이었다. 그러나 바우어스는 탐험대에 '보물'과도 같은 존재임을 입증했다. 스콧의 일기는 반복적으로 그렇게 기록하고 있었다.

지칠 줄 모르는 일꾼으로서 동상에 대한 면역력이라도 지닌 것으로 보였던 바우어스는 보급품 조달의 계획 및 관리에 관한 한 따를 자가 없었다. 그는 가족들에게 보낸 서신에서 스콧은 예리한 관찰력의 소유자이지만 대책 없이 긍정적인 사람이라고 묘사하기도 했다. 스콧에 대한 평범한 사람의 신선한 관점이었던 셈이다. 스콧 또한 이렇게 기록하고 있다.

막내 바우어스는 여전히 놀라운 모습을 보여주고 있다. 그는 진심으로 즐기고 있다. 나는 탐험대의 보급품 관리를 전적으로 그에게 맡겼다. 바우어스는 언제나 현재 우리의 상황에 대해서 또는 복귀 팀이 얼마나 소비해야 하는지 정확히 알고 있다. 새롭게 계획을 수립하는 매 단계마다 물자를 재분배하는 일은 생각보다 복잡하지만 지금까지 단 한 번의 실수도 없다. 뿐만 아니라 그는 기상 상태에 관해 가장 철두철미하고 성실하게 기록한다. 바우어스의 그런 면을 높이 사 관찰과 사진기록 일까지 맡겼다. 그는 어떤 것도 마다하는 법이 없고 어떤 일이든 힘들어 하지도 않는다. 그를 텐트 안에 붙잡아두는 일이 힘겨울 지경이다. 바우어스는 추위에 꽤나 잘 견디고 침낭에서는 몸을 최대한 동그랗게 만 자세로 잠을 잔다. 모두가 잠든 이후에도 한참 동안 무언가를 쓰기도 하고 모종의 작업에 열중하기도 한다.

바우어스에 대한 스콧의 애정이 결과적으로 두 사람 모두를 죽음에 이르게 하는 데 기여한 것인지도 모른다. 남극점 도전에는 원래 4명의 대원이 나서기로 계획되었지만 탐험대장이 마지막 순간에 5명으로 변경했고, 결과적으로 들고 가야 할 보급품의 양도 그만큼 늘어날 수밖에 없었기에 하는 말이다.

스콧 대장의 일기를 수습하는 일은 결코 쉬운 일이 아니었다. 탐험대원 중 노르딕 스키 전문가였던 트리브 그란^{Tryggve Gran}은 스콧과 윌슨과 바우어스가 함께 잠들어 있던 빙붕 위의 텐트를 발견했을 당시를 이렇게 적고 있다. 세 명 모두 침낭 속에서 동사한 상태였다.

윌슨과 바우어스는 엎드린 자세였다. 스콧은 반쯤 몸을 일으킨 자세로 왼팔은 친구들 쪽으로 뻗어 있었고 오른팔은 옆구리를 꽉 감싼 채였는데 그렇게 굳어버린 오른쪽 팔 밑에 일기를 기록한 노트가 끼여 있었다.

대원들에게 경의를 표하기 위해 (그리고 탐험대 내에서 노르웨이 출신의 아웃사이더였던 이유로) 그란은 다른 대원들이 텐트 안에서 유류품을 수습하는 동안 밖에서 기다렸다. 세 사람의 시신은 그들의 행적을 기념하기 위해 발견한 그대로 놔두기로 했지만, 그들이 남긴 유류품은 보존을 위해서, 특히 기록된 것은 무엇이든 모조리 찾아서 영국으로 가지고 돌아가야 했다.

스콧의 노트는 오른쪽 팔꿈치 안쪽에 끼인 채 얼어붙어 있었다. 텐트 안에서 유류품을 수습하던 대원들은 그 일기를 수습하기 위해 어쩔 수 없이 스콧 대장의 팔을 부러뜨려야만 했다. 그란은 그 소리가 마치 "소총이 발사되는 소리 같았다"고 기록하고 있다.

대학 시절 스콧의 일기는 나의 명상록이었다. 전공 분야 서적들을 멀리하고 스콧의 일기만 끊임없이 읽었다. 해군의 세부적인 전문기술이 곳곳에 등장함에도 일기의 문체에서는 매력적인 소년다움이 느껴졌다. 하지만 사실 스콧의 일기는 출판을 위해 스콧 대령의 가까운 친구이자 《피터 팬 Peter Pan》의 작가인 제임스 베리 경 Sir James Barrie 이 편집과 '다듬기' 작업을 맡았다. 베리는 43세의 나이로 세상을 떠난 스콧에게서 자신의 늙지 않는 소년 영웅의 일면을 본 것이 아닐까. 피터 팬의 대사가 떠오른다. "죽는다는 건 분명 아주 큰 모험일 거야!"

필연적으로 스콧의 일기는 나를 다시 그 영화로 이끌었다. 대학 3학년 때였다. 나는 시내에 있는 엘벳 리버사이드 Elvet Riverside 극장을 통째로 빌렸다. 오직 나만을 위한 일이었다. 어디에 광고를 하거나 다른 누군가를 초대하지도 않았다. 35미리 영화 필름 〈남극의 스콧〉을 손에 넣었던 것이다. 그곳은 규모가 꽤 크고 천박한 금박으로 곳곳을 장식한 구식의 극장이었다.

그날은 나 자신을 위한 일종의 행사였다. 옷도 잘 차려 입었다. 장식용 단추에 트임이 있고 빳빳하게 풀 먹인 셔츠를 입고 턱시도 재킷을 걸쳤다. 박쥐날개 모양의 실크 넥타이도 맸다. 불행히도 내 옷장에서는 턱시도에 걸맞은 바지를 찾는 일이 어려웠다. 그래서 평소에 입던 카키색 반바지를 입었다. 비록 하의는 갖추지 못했지만 상의만큼은 그럴싸하게 차려입은 셈이었다.

영화를 상영하기 위해 영사 기사도 고용했다. 상영을 위한 모든 준비를 마쳤을 때 나는 영사 기사에게 5파운드짜리 지폐를 쥐어주며 말했다. "잠시 나가서 맥주나 한잔하고 오세요." 오로지 나 혼자만의 시간을 갖고 싶어서였다. 나 그리고 영화, 그것이 전부였다. 그날 나는 그 우스꽝스러운 복장으로 컴컴한 극장에 홀로 앉아 〈남극의 스콧〉을 감상했다.

아직도 뭔가가 남아 있었던 것일까? 아니면 〈남극의 스콧〉은 그저 내 어린 시절을 흔들었던 한때의 광풍에 불과했던 것일까? 그 대답을 찾는 데 그리 오랜 시간이 소요되지 않았다. 예전과 마찬가지로, 영화가 시작된 지 30분도 채 지나지 않아 나는 스콧이 걸었던 남극으로 이동해 있었다. 영화는 절반쯤 외워버린 대사와 시선을 사로

잡았던 기억 속의 장면들로 채워져 있었다. 그 어느 때보다 강렬하게 다가왔다. 무엇보다 〈남극의 스콧〉을 컬러 영화로 감상한 것은 그때가 처음이었다. 흑백 TV가 여전히 일반적인 시절이었고 이전에 내가 본 영화 또한 흑백이었다.

사실 〈남극의 스콧〉은 영국 영화계 최초로 총천연색으로 제작되어 배포된 영화 중 하나였다. 특별한 색깔이라고는 찾아볼 수 없는 남극을 컬러 영화에 담는다는 것이 우스운 얘기로 들릴지도 모른다. 그러나 첼튼햄에 있는 초록이 우거진 윌슨의 고향집 풍경이 남극의 휘몰아치는 눈보라와 극명한 대조를 이뤘다. 빙하가 만들어내는 섬세한 푸른 빛 또한 고스란히 눈에 들어왔다. 비록 영화의 촬영지는 남극점이 아니라 노르웨이였지만 말이다.

중요한 것은 내가 여전히 예의 그 열정을 느낄 수 있었다는 점이다. 나는 대영제국의 영광을 학교에서 배우면서 자라난 마지막 세대다. 내 할아버지의 낡은 가치관이 단단히 각인된 나머지 결코 흔들리지 않는 신념이 되어버렸다. 그렇다. 나는 내가 살고 있는 시대에 동화되지 못하고 있었다. 그리고 그것을 자랑스럽게 여겼다. 바깥세상에서 일고 있는 변화에도 불구하고 나에게는 영화에 등장한 이상적인 영웅의 모습이 여전히 이치에 들어맞는 가치였다.

화면이 깜빡거리며 영화가 끝이 났다. 영사실에서 셀룰로이드 필름이 파닥거리는 소리가 들렸다. 나는 자리를 지키고 앉아 있었다. 컴컴한 극장에 남아 있는 단 한 명의 관객으로 말이다.

확신의 순간이었다. '내가 할 일이 바로 이것이다. 얼마나 걸리든 상관없다.' 나는 스콧의 발자취를 따라 남극으로 갈 것이다. 어디선가 대답이라도 하듯 '어리석은 생각이야'라는 목소리가 들려왔다. 나는 보이지 않는 그 목소리를 무시해버렸다.

세르반테스Cervantes는 이렇게 말한 바 있다. "어리석은 행동이야말로 인생을 가치 있게 만드는 것들 중 하나다. 그럼에도 자신을 바보라 여기는 사람은 아무도 없다." 나는 명확한 목표를 가지고 학교를 졸업했다. 말로만 떠드는 시간은 이미 충분했다. 이제는 순백의 설원을 걸어야 할 때였다.

9

노튼 vs 카와사키

스콧의 일기가 더럼이 내게 준 선물이었다면 그곳에서 알게 된 멋진 친구들은 또 다른 축복이었다. 1970년대 후반은 영국의 오토바이 산업이 일본 수입제품의 습격으로 직격탄을 맞은 시기였다. 국가적인 자부심을 중요하게 생각하는 골수 전통주의자들은 노튼Norton과 트라이엄프Triumph, BSA 등과 같은 영국 브랜드를 고집했다. 밀려들어오는 카와사키Kawasaki와 스즈키Suzuki를 비웃으면서 말이다.

어느 날 오후 나는 더럼 대학 학생회관 주차장에 내가 타던 오토바이를 주차하고 있었다. 일명 '라이스–버너Rice-burner'라 불리던 카와사키 900ki 모델이었다. 내가 오토바이를 세운 바로 옆으로 영국제 노튼 오토바이 한 대가 막 들어섰다. 연료를 뿜어내며 오토바이를 세우던 사람은 곱슬머리에 키가 크고 마른 체형이었다. 그는 나와 내 카와사키 쪽으로 시선을 돌렸다.

"연료는 챙겨 다니세요?" 내가 그에게 물었다. 경멸을 담은 그의 시선에 대한 나의 대응이었다. 노튼은 개스킷이 헐거워져서 연료가 새고 연기가 많이 나는 경향이 있다는 악평이 자자하던 터였다. 그는 불쾌해하지 않았다. 오히려 웃음을 지었다.

"피터 맬컴Peter Malcolm이라 합니다." 한 손으로 악수를 청하며 그가 말했다. 실로 〈카사블랑카〉의 보기Bogie가 했던 말처럼 아름다운 우정이 시작되는 순간이었다. 물론 시작은 그리 아름답지 않았지만 말이다. 우리는 호기롭게 학생회관 건물로 들어갔다. 그리고 이런저런 대화를 시작한 지 채 2분도 되지 않았을 때였다. 내가 그에게 한 가지 제안을 했다. 맬컴이 그 자리에서 거절했어야만 했던 제안이었다.

"혹시 일 좀 해볼 생각 있어요?" 내가 그에게 물었다. 당시 나는 벌목과 수목수술 분야의 사업체를 운영하며 용돈을 벌고 있었다. 서로 만난 지 불과 15분 만에 맬컴과 나는 어머니 집에서 전기톱을 챙겨들었다. 그로부터 10분 후 우리 두 사람은 얼음처럼 차가운 위어강River Wear의 가을 물살을 무릎으로 가르고 있었다. 그와 동시에 운명은 이것이 내가 그를 얼음장 같은 물살로 이끄는 마지막이 아님을 알리고 있었다.

소유주의 토지 내에 넘어져 있던 느릅나무를 치우는 작업이었다. 나무 밑동에 전기톱을 대고 일부분을 잘라냈다. 잘라낸 나무 덩어리가 내 발등으로 굴러떨어졌다. 맬컴의 도움을 받아 떨어진 나무 덩어리를 밀어낸 후 계속 작업을 이어갔다. 잘려진 나무토막과 가지들이 쌓여갔다. 추운 날씨에 차가운 물에서 작업을 하는 탓에 발에는 거의 감각이 없었다.

"이게 무슨 일이야?" 전기톱의 소음 속에서 맬컴이 놀라 소리쳤다. 내 다리가 잠겨 있던 부분부터 강물이 핏빛으로 물들어가고 있었다. 조금 전 내 발등으로 굴러떨어진 나무 덩어리가 생각보다 큰 부상을 입힌 것이 분명했다. 강물이 얼음장같이 차가워서 내가 상처로 인한 고통을 느끼지 못했던 것이다.

맬컴과 함께 있어서 다행이라는 생각이 들었다(그런 생각은 이후에도 자주 들게 된다). 맬컴은 우리가 타고 온 작업용 트럭까지 나를 부축해줬다. 벌목 작업에 주로 사용하던 작업용 트럭은 키를 돌려 시동을 거는 방식이 아닌, 수동으로 크랭크를 돌려야 하는 골동품이었다. 나는 트럭에 오른 후에도 여전히 피를 흘리며 시동을 걸기 위해 진땀을 흘리는 그를 지켜봤다. 그의 얼굴이 붉으락푸르락 변하던 그때 상황이 아직도 기억에 남아 있다.

마침내 병원에 도착했다. 의사가 내 다리에 난 깊은 상처를 치료하는 동안 맬컴은 병원으로 달려온 어머니를 진정시켰다. 내가 회복실로 옮기자 그는 그만 돌아가겠다는 말을 하러 왔다.

"내 오토바이가 아직도 거기에 주차되어 있잖아." 사귄 지 두어 시간밖에 안 된 친구에게 내가 한 말이다. 그는 대신 가져다줄 테니 걱정 말라고 대답했다. 그때는 휴대전화가 없던 시절이었다. 한 시간쯤 후에 간호사가 전화기를 올린 조그만 카트를 밀며 내가 있던 병실로 들어왔다.

수화기 너머로 맬컴의 목소리가 들려왔다. "로버트, 내가 네 오토바이를 부숴버린 거 같아."

카와사키 900cc 엔진의 추진력에 익숙하지 않았던 그가 첫 번째 모퉁이를 돌 때 원심력을 이기지 못하면서 길 밖으로 밀려나며 내동 댕이쳐진 것이다. 그는 다치지 않았지만 나의 '라이스 버너'는 완전히 망가지고 말았다.

우리 두 사람의 우정이 시작된 처음 4시간 동안 일어났던 일들을 대충 정리하자면 이렇다. 얼음장 같은 강물에 무릎까지 잠겨서 수행한 열악한 작업, 깊게 갈라진 다리의 상처, 병원 응급실 그리고 오토바이 사고. 어쩌면 그때 각자 갈 길을 가야 했던 것일지도 모른다. 서로 악수를 나누고 건승을 기원하며 작별을 고하고 필경 행운의 여신이 우리 두 사람의 지속적인 우정을 지지하지 않는 것이라 결론을 내렸어야 마땅하지 않을까.

영화 〈오즈의 마법사Wizard of Oz〉에서 본 한 장면이 떠오른다. 도로시와 친구들이 마녀의 성을 향해 어둠의 숲으로 들어가는 장면 말이다. 그들은 하늘을 나는 원숭이 떼의 습격을 받기 바로 직전에 다음과 같이 적혀 있는 표지판을 만난다. "나라면 되돌아갈 거야."

그러나 우리는 되돌아가지 않았다. 오히려 나는 내가 도전할 미래의 꿈에 피터 맬컴의 이름을 올려놓았다.

10

500만 달러

"남극점에 가는 것과 같은 무모한 짓을 하겠다면, 로버트, 제대로 된 계획부터 세워야 할 걸세." 이렇게 말한 사람은 외가와 친분이 두터웠던 제프리 길버트슨 경^{Sir Geoffrey Gilbertson}이었다. 내가 조언을 구하기 위해 사무실을 찾았을 때 그는 휠체어에 앉아서 그렇게 말했다. 소아마비를 심하게 앓은 후부터 휠체어 신세를 지게 된 터였다.

수년 전 제프리 경은 어린 시절부터 우리 어머니의 단짝 친구였던 도트^{Dot}와 결혼했다. 부부는 우리 집을 자주 방문하는 손님이었다. 나는 강인하고 허튼 짓이라곤 하지 않을 것 같은 성품의 소유자인 제프리 경을 존경했다. 그는 학창시절 최고의 조정선수로 활약했고 제2차 세계대전 때는 전차장으로 참전했다. 2차 대전 이후 영국에서 소아마비라는 병은 거의 사라져가고 있었지만 제프리 경은 그 마지막 몇 안 되는 불운한 환자들 중 하나가 되었다. 그는 이후 공공장소에 대한 장애인들의 접근성을 향상시키기 위해 노력한 공로를 인정받아 기사 작위를 받았다.

그런 사람의 조언이었기에 무심히 흘려들을 수 없었다. 제프리 경이 나에게 제대로 된 계획부터 세우라고 하지 않는가. 계획 말이다! 얼마나 훌륭한 발상인가! 남극점을 발로 밟겠다는 원대한 포부에 완전히 몰입해 있던 나는 어떻게 갈 것인가에 대한 논리적인 접근법조차 가지고 있지 못했으니 모자라도 한참 모자랐던 셈이다. 그저 '어떻게든 되겠지'라고만 생각하고 있었다.

제프리 경을 방문한 것은 결국 나의 표준 절차로 자리 잡게 되는 방식의 초기 사례에 해당했다. 나는 삶을 영위하며 지금까지 수없이 자주, 도움을 요청하는 것은 부끄러운 일이 아니라는 사실을 스스로 되새겨야 했다. 그리고 설령 부끄러운 생각이 들더라도 도움을 요청하곤 했다. 아주 단순하지만 의외로 많은 사람들이 간과하는 원칙이다.

"예산에 대한 계획은?" 제프리 경이 물었고, 나는 무력하게 그를 쳐다볼 뿐이었다.

"자넨 아주 큰 액수의 돈을 지원해달라는 부탁을 해야 할 상황이지 않나. 돈을 내주는 사람이라면 그 돈이 어디로 갈지 알고 싶어 하지 않겠나." 제프리 경이 말했다.

더럼 대학을 졸업한 후 스콧의 발자취를 좇는 탐험에 대한 열망은 최고조에 이르렀다. 보다 정확한 은유를 적용하자면, 처음에는 기어를 물리는 과정이 찾아왔고 이어서 열심히 바퀴를 돌리는 과정이 이어졌다고 할 수 있다. 그러는 와중에 나는 성가신 사람이 되어 있었다. 내가 원하는 탐험에 성공하려면 어떻게 해야 하는지에 대해 조언을 해줄 수 있다고 생각되는 모든 사람들에게 도움을 요청했다. 그러나 그렇게 깊이 파고들면 들수록 점점 더 불가능에 가까운 일로 보이기만 했다.

가족들과도 상의했다. "로버트, 지금 시도하지 않으면 다시는 할 수 없을 거다." 나보다 열여섯 살이나 많은 맏형 조니Jonnie가 말했다. 조니는 대학에서 세금 및 회계학 강사로 일하고 있었다. 조니는 자신의 직업과 가족에 절대적으로 충실한 사람이었다.

조니의 조언에서 어린 시절의 순수한 에너지를 조금은 감지할 수 있었다. 조니의 말인즉슨 그렇게 무모한 짓을 하겠다면 20대 중반인 지금 내 나이가 최적의 시기라는 얘기였다.

그렇다. 맞는 말이다. 지금 당장 실행해야 한다. 그런데 지금 당장 무엇부터 해야 한단 말인가?

나는 제프리 경의 조언에 따라 예산 계획의 수립에 착수했다. 필요한 보급품과 운송수단, 예비비, 돌발 상황에 대비한 비용까지 모두 고려해 최종 금액을 산출했다. 물론 어림짐작으로 예상한 수치였다.

나는 숫자들을 빤히 노려봤다. 노려보는 것만으로는 금액이 감소하지 않을 것이었지만 말이다. 500만 달러. 그때 내 나이가 스물다섯이었다. 스물다섯 살짜리 청년이 500만 달러라는 거금을 모았다는 말을 들어본 적이 있는가?

나는 짧은 서신을 통해 어림셈으로 산출한 예산을 제프리 경에게 알려줬다. 그는 휘갈겨 쓴 글씨로 이렇게 답신을 보내왔다. "전진!"

피터 맬컴에게도 알렸다. 당시 그는 해군에 입대한 상태였다. 당시 나의 꿈을 지지해주는 주변 지인들에게 진행 상황을 알리는 것 또한 표준 절차로 삼았기에 그렇게 했다. 꾸준히 이어지는 것이 아니라 이따금씩 전하는 소식 정도였지만 모두의 관심을 유지할 정도는 되었다. 할 수 있는 모든 수단을 동원할 필요가 있다는 것을 나는 너무나 잘 알고 있었다.

예산 금액은 꿈에 가까워지는 것이 아니라 오히려 더 멀어지게 만드는 어이없는 숫자들로 이뤄졌다. 다음 단계를 모색하지 않을 수 없었다. 이제 무엇을 어떻게 해야 하나? 문득 구체적인 무언가를 이뤄야만 한다는 생각에 이르게 되었다. 기록에는 없는 무언가를 말이다.

스콧의 일기를 속속들이 알고 있지 않은가. 스스로에게 이렇게 말했다. 스콧의 일기를 너무나 자주 읽은 나머지 그의 행보가 내 두뇌에 뚜렷이 각인되어 있었다. 그의 여정에 관한 모든 것, 모든 사람, 모든 사건 그리고 그가 이뤄낸 성과와 좌절까지 죄다 꿰고 있었다.

나는 머릿속에서 《스콧의 마지막 탐험》을 찬찬히 훑어나갔다. 스콧은 어떻게 시작했던가? 스콧의 탐험대가 항해를 시작한 곳은 템스 강의 항만구역이었다. 나는 그곳으로 향했다.

인디아 부두India Dock의 14번 하역장, 바로 스콧의 탐험대가 출항 준비를 한 곳이다. 이제 그곳은 타워 햄리츠Tower Hamlets의 강기슭을 따라 창고와 부두 시설이 늘어서 있는 카나리Canary 선창의 일부가 되어 있었다. 나는 와핑Wapping 지역의 메트로폴리탄Metropolitan 선창 근처에 있는 창고 하나를 임대했다. 임대료는 한 달에 100달러였다. 그때만

해도 그 지역은 허름하고 황폐한 곳이었다. 그때에 비해 월등히 부유해지고 고급주택들이 즐비해진 지금의 카나리 선창이라면 그 정도 창고를 임대하는 데 월 1만 달러는 족히 들 것이다.

나는 눅눅하고 퀴퀴한 냄새가 진동하는, 난방시설도 없고 쥐가 득실거리는 공간을 차지하는 대가로 월 100달러의 임대료를 지불했다. 뜨거운 태양이 벽돌을 달구는 여름날이면 영광스러운 대영제국 시절부터 그곳에 살았던 생물과 잔향으로 남은 담배 냄새를 맡을 수 있었다. 그러나 역사의 자극적인 향기는 근처 템스 강으로부터 퍼져오는 오만한 악취로 인해 무색해질 때가 더 많았다.

그런 것들은 문제가 되지 않았다. 수천(또는 수만) 킬로미터의 여정일지라도 최초의 한 걸음에서부터 시작하는 법이다. 우리의 첫 걸음인 우리 소유의 창고. 우리는 그렇게 시작했다. 여기서 '우리'라고 표현한 것은 나를 제외하고 두 명이 더 있었기 때문이다. 앞날이 불투명한 일자리를 수락하도록 내가 꼬드길 수 있는 사람이 그 둘밖에 없었다. 피터 맬컴 외에도 대학시절 절친했던 윌리엄 펜튼^{William Penton}(펜튼 신부님과는 아무런 인척 관계도 없다) 역시 내 꿈의 실현을 위한 목록에 이름이 올라 있었다. 펜튼은 탁월한 조정선수였다. 그가 실제로 대학을 졸업하고 나와 함께 일하기 위해 부두 지역의 일명 '개의 섬^{Isle of Dogs}'으로 온 것이다.

펜튼은 팀의 홍보 담당자 역할을 맡아 보도자료와 브로슈어 등을 공들여 제작했다. 물론 처음에는 어느 누구도 우리가 배포하는 보도자료를 읽으려 하지 않았고 우리가 나눠주는 브로슈어를 받으려 하질 않았다. 펜튼은 어쨌든 탐험대가 여정에 오를 수 있도록 만드는 데 절대적으로 필요한 인물이 되었다.

또 다른 한 명의 직원은 다름 아닌 내 여자 친구 레베카 워드Rebecca Ward였다. 한때 플레이보이Playboy 클럽의 바니 걸로서 화려하고 세련된 도시 생활을 만끽하던 그녀는 별 볼일 없는 남자친구 덕분에 사무실에서 전화를 받고 기금 마련을 위한 홍보 우편물 봉투에 침을 바르는 사원으로 전락하고 말았다. 그녀는 항만구역 창고 사무실에서 영하의 기온을 이겨내기 위해 여러 개의 스웨터를 겹쳐 입곤 했다.

어쨌거나 우리는 정문에 동판으로 만든 회사 명패를 내걸었다. '스콧 남극 탐험Scott Antarctic Expedition'이 회사명이었다. 우리 세 사람 모두 뿌듯함을 느꼈다. 우리는 열심히 편지를 썼다. 워드는 우편발송을 담당했고 펜튼은 언론사를 접촉했다. 거의 아무런 사전 경고도 없이…. 아무 일도 일어나지 않았다.

11

극점의 비밀

때는 1980년 초. 여전히 아무 일도 일어나지 않고 있었다. 무엇이든 당장 먹고살 방법부터 찾아야만 했다. 케이프타운에서의 경험을 살려 택시 운전사로 뛰었다. 술 취한 일본인 선원이 또 어디서 나타나주길 고대하면서 말이다.

네덜란드 느릅나무 병이 영국을 덮쳤을 때는 형 로더릭Roderick과 함께 수목수술과 제거 작업으로 돈을 벌었다. 로더릭은 스윈 가문의 진정한 브레인이라 할 수 있다. 찰스 왕세자Prince Charles와 고든스타운 스쿨Gordonstoun School에서 동문수학했고 세인트 앤드류 대학St. Andrews을 졸업할 때는 윤리학과 정치경제학 두 부문에서 수석을 차지했다. 로더릭과 계속 함께 일했다면 나는 지금쯤 백만장자가 되어 있었을 것이다. 자신이 운영하던 수목 사업을 영국 최대의 기업으로 키워놓았기에 하는 말이다.

병에 걸린 나무들은 거의 대부분 뒤뜰에 있었다. 집 안을 통하지 않으면 접근할 수 없는 위치였다는 의미다. 로더릭과 나는 나무 밑동을 전기톱으로 잘라 운반할 수 있는 크기로 만든 다음 고객의 집 안 아래층 거실을 지나서 하나씩 하나씩 밖으로 운반해야 했다. 죄송합니다, 지나가겠습니다 등의 말을 하면서 말이다. 1.2미터 크기로 자른 느릅나무 밑동을 운반한 일이 앞으로 내 앞에 닥쳐올 혹독한 환경을 견디는 데 적합한 체력 훈련이었다는 것을 나중에야 알았다.

그러나 모금활동에서는 거의 매일 벽에 부딪히고 있었다. 문전박대를 당하는 일조차도 일어나지 않았다. 문전박대를 당한다는 것은 짧은 순간이나마 나에게 문을 열어준다는 의미를 함축하지 않는가. 당시는 '후원금'이라는 개념이 오늘날처럼 널리 수용되지도, 잘 다듬어져 있지도 않았다. 자신을 후원하는 브랜드가 반드시 TV 화면에 노출되도록 인터뷰 도중에 모자를 바꿔 쓰는 스포츠 스타도 없던 시절이었다.

그때까지 우리가 거둔 성공은 한 차례 후원물품을 받은 게 전부였다. 학창시절 이후 줄곧 연락하던 친구인 프랭크^{Frank}가 다리를 놓은 덕분에 보^{Vaux}라는 양조회사가 우리의 대의를 위해 3,000캔의 맥주를 기부해줬다. 절묘한 후원물품이 아닐 수 없었다. 스콧은 양조장집 아들이었고 그로 인해 평생 사회적 열등감을 안고 살았었다.

물론 후원받은 맥주는 탐험대가 남극의 끝자락도 보지 못하고 있던 상태에서 소진되어버렸다. 그즈음 나는 켄터키프라이드치킨 Kentucky Fried Chicken 창업자의 성공 스토리, 아마도 출처가 불분명한 이야기에 지나지 않았을 스토리를 위안 삼아 지내고 있었다. 자신의 사업 계획을 홍보하기 위해 무려 3,000번의 미팅을 가진 후에야 마침내 성공하게 되었다는, 그 거짓말 같은 성공 스토리 말이다. 나는 스스로 이렇게 되뇌곤 했다. '지금까지 900번 시도했으니 이제 2,000번밖에 남지 않았군.'

"뭐가 잘못된 걸까?" 내가 펜튼에게 물었다.

"우리에게 필요한 건 후원자야." 그가 대답했다. 나는 빈정거리는 어투로 "그걸 말이라고 해?"라는 말을 내뱉지 않으려 애써 참았다.

그때였다. 그가 한 그 말로 인해 번뜩 떠오르는 무언가가 있었다. 스콧에게는 어떤 후원자가 있었을까? 스콧의 원정에 후원자가 되어 줬던 기업이 아직도 존재하지 않을까. 기발한 발상이지 않은가! 예전의 후원자가 아직도 존재한다면 전통을 수호하자는 명분으로 후원을 부탁할 수 있을 터였다. 스콧 탐험대의 후원자였다는 사실을 홍보하면서 말이다.

"스콧은 분명 누군가로부터 후원을 받았을 거야." 흥분을 감추지 못하며 내가 말했다. "해군이나 왕립지리학회만 있었던 것은 아닐 거야."

당시 나에게는 성서와도 같았던 스콧의 일기를 샅샅이 뒤져봤지만 후원자의 명단은 어디서도 찾아볼 수 없었다. 몇 가지 단서나 참고가 될 만한 부분은 있었지만 어느 것도 확실한 것은 아니었다. 도대체 누가 그의 뒤를 봐주었을까? 도무지 알 수가 없었다.

그 무렵 나는 스콧의 아들인 피터 스콧 경Sir Peter Scott에게 수도 없이 서신을 보내고 있었다. 스콧 경에게는 아버지에 대한 기억이 거의 없었다. 스콧 대장이 얼음 장벽 위에서 동사했을 때 그의 나이는 고작 세 살이었으니 그럴 만도 했다. 《피터 팬》의 작가 베리가 그의 대부 역할을 맡아줬다. 로버트 스콧이 아들의 어머니이자 카리스마 넘치는 조각가였던 아내 캐슬린Kathleen에게 남긴 마지막 서신에는 "가능하면 아이가 자연사에 흥미를 느낄 수 있도록 양육해달라"는 유언이 담겨 있었다.

캐슬린은 훌륭히 남편의 유지를 받든 셈이다. 피터 스콧이 세계적으로 유명한 야생동물 및 환경보호 운동가로 성장했으니 말이다. 올림픽 메달리스트 조정선수이자 선구적인 글라이더 조종사였으며 조류학자, 유명 화가, 저명한 환경보호 활동가였던 그는 세계자연기금World Wildlife Fund, WWF의 창립자이기도 했다. 누구나 한 번 보면 잊어버리지 않는 WWF의 판다곰 로고를 디자인한 인물도 다름 아닌 피터 스콧이었다.

우리는 그런 피터 스콧 경의 공식적인 승인이 절실했다. 그가 전하는 긍정적인 말 한마디면 허름한 창고에 근거지를 둔 보잘것없는 회사를 한순간에 발전하는 사업체로 전환시킬 수 있었다. 반대로, 피터 스콧 경의 지지가 없다는 것은 우리가 이루고자 하는 일의 정당성에 상당한 타격이 될 수 있었다.

그러나 피터 스콧은 자신의 위대한 아버지의 발자취를 좇고자 하는 로버트 스원이란 인물의 끈질긴 서신에 한 번도 답장을 하지 않고 있었다.

어렵사리 케임브리지에 숙소를 구해 스콧극지연구소Scott Polar Research Institute에 보관 중이던 스콧의 탐험일지를 조사할 수 있는 기회를 얻었다.

"Quaesivit arcana poli videt dei(그는 극점의 비밀을 찾아 나섰으나 숨겨진 신의 얼굴만 확인했을 뿐이다)." 랜스필드 거리에 위치한 연구소 건물의 북쪽 입구에 새겨진 비문이다. 나는 내가 추구하는 것 또는 찾고자 하는 것이 정확히 무엇인지 알지 못한 채 비문에 새겨진 글귀를 곱씹었다.

건물 안에는 도서관과 작은 박물관이 있었다. 국제포경위원회 International Whaling Commission, 국제빙하협회International Glaciological Society, 남극연구조사과학위원회Scientific Committee on Antarctic Research 등 이름만으로도 경외심을 불러일으키는 기구들의 사무실도 있었다. 정원에는 캐슬린 스콧이 제작한 영웅의 조각상이 자리 잡고 있었다. (그녀의 조각 작업에 모델이 되어줬던 사람은 '아라비아의 로런스Lawrence of Arabia'의 동생이었다.) 기둥 윗부분인 엔타블러처에서도 그녀가 제작한 남편의 흉상을 찾을 수 있었다. 영적인 기운이 감도는 장소였다. 나는 기가 죽는 느낌이었다. 마치 역사의 산실에 몰래 침입한 스파이가 된 기분이었다. 나는 연구소가 보관하고 있던 스콧의 탐험일지에서 내 탐험의 개시에 결정적인 열쇠로 드러나는 바로 그것을 발견했다.

12

얇은 반투명 용지

"스콧 대령의 재정적 후원자로서…." 내가 바클레이즈 은행^{Barclays Bank}의 하급 간부에게 말했다. "귀사는 원래의 탐험대에 값으로 따질 수 없는 지원을 제공해주셨습니다. 저는 귀사가 현대의 탐험대를 지원하는 일이 스콧 대령을 지원한 귀사의 역사를 명예롭게 하는 데 적합한 것으로 판단하실 것이라 믿습니다."

"네, 알고 있습니다." 하급 간부가 말했다. "그러니까 제 말은, 보내주신 서신을 읽고 저희 은행이 스콧 대장을 후원한 기업이었던 것으로 믿고 계신다는 점을 이미 알고 있다는 뜻입니다. 그런데 제가 조사한 바에 따르면 그런 사실이 없었던 것으로 파악됩니다만."

바클레이즈 은행의 하급 간부는 내게 옅은 미소를 지어 보였다. "제가 좀 더 명확하게 말씀드렸어야 했군요." 내가 말했다. "스콧 대장의 후원 은행은 정확히 말하면 콕스앤드바이돌프^{Cox & Bidolf}였습니다. 지금은 없어진 은행이죠. 1921년에 인수합병되었죠. 바로…."

나는 수첩을 들여다보는 척하며 뜸을 들였다. "바클레이즈 은행에 의해서 말입니다."

이번에는 내가 희미한 미소를 지어 보일 차례였다. 그것이 역사적 사실이었으니까 말이다. 스콧극지연구소의 기록물 보관소에서 내가 찾아낸 것은 편지 뭉치였다. 당시에 사용하던 양파껍질 같은 반투명의 얇은 종이에 쓴 편지들이 그곳에 귀중하게 보관되어 있었다. 찢어지고 빛이 바래기는 했지만 여전히 판독 가능한 상태였다. 나는 그것들을 "우리는 변함없이 귀하의 충복으로 남겠습니다" 서신이라 불렀다. 스콧이 서신의 맺음말에 항상 그렇게 적고 있었기에 그랬다.

제과 회사, 직물 회사, 특허 난로 제조사, 소고기 통조림 제조사, 마멀레이드 제조사, 석탄 회사, 고무 신발 제조사, 그리고 얇은 반투명 용지 제조사 등 스콧이 그 양파껍질 같은 반투명 종이로 서신을 보낸 수신인은 꽤나 다양했다. 물론 스콧과 콕스앤드바이돌프 은행 사이에 오고간 서신들도 많았다. 우리는 변함없이 귀하의 충복으로 남겠습니다.

바클레이즈 은행의 그 하급 간부는 나를 중간급 간부에게 보냈고 그 중간급 간부는 나를 돈 프랫Don Pratt 앞에 데려다놓았다. 지구상에서 가장 훌륭하고 무엇보다 가장 인내심이 강한 은행장이었다.

돈 프랫의 지휘 아래, 나의 미래와 이후 내게 생기게 되는 이용가능 자산 그리고 내 해맑은 미소를 기꺼이 담보로 제공하는 조건으로 바클레이즈 은행이 나의 스콧 탐험을 위한 비용 부담에 동의했다.

자금이 들어오기 시작했다. 절차가 더디기는 했지만 어쨌든 돈이 들어왔다.

그 과정에서 내가 터득한 것은 자금을 모으려면 사람들에게 큰 그림을 보여줘야 한다는 사실이다. 내가 이루고자 하는 꿈을 매우 크게 그려서 보여줘야 한다는 말이다. 그리고 살짝 부풀려서 말하는 것이 좋다. 모으고자 하는 자금이 100달러라면 모금 과정에서 5달러 정도가 투입될 것이 분명하므로 애초부터 모금 예상액을 105달러로 잡아야 하지 않겠는가.

후원자를 찾는 과정에서 나는 정기적으로 중요한 질문에 맞닥뜨리곤 했다. "왜?" 왜 극점에 걸어가려 하는가? 남극대륙에 가려는 이유가 무엇인가?

나는 〈남극의 스콧〉의 한 장면을 떠올렸다. 스콧이 자신의 탐험에 필요한 자금을 모으기 위해 애쓰는 부분이었다. 스콧은 부유한 영국 상인들이 모인 자리에서 연설을 했다. 상인들은 아름답지만 황량한 남극의 자연 경관과 영웅적인 모험에 관한 그의 진지하면서도 지루한 묘사에 귀를 기울였다.

마침내 상인 중 한 명이 나서며 이렇게 말했다. "남극에 이곳 도시에서 필요로 할 만한 것이 뭐가 있습니까? 거기 석탄이라도 묻혀 있나요? 거기서 사다가 여기서 팔 수 있는 물건이 있기는 한가요?"

어떤 사람에게는 그것이 받아들일 수 있는 유일한 '이유'였다. 수익 실현의 가능성 말이다. 그것이 자연의 아름다움과 영웅적 행동에 대한 골치 아픈 주관적 판단 따위가 배제된 명료하고 간단한 이유였다.

조지 맬러리George Mallory는 아마도 최초로 에베레스트 등반에 나선 산악인이었을 것이다. 그는 그곳에서 사망했고 1999년까지 그의 시신은 발견되지 않았다. "왜 에베레스트에 오르느냐"는 질문에 그가 남긴 유명한 대답이 산악인들 사이에서 널리 회자된다. "산이 거기 있기 때문에."

나 또한 그보다 더 좋은 대답을 찾을 수 없을 것이다. 그러나 그 "왜"라는 질문에 대한 나의 대답은 탐험을 준비하는 과정에서 끊임없이 변하는 것 같았다. 이거다 싶은 답을 찾았다고 생각하는 순간 어느새 다시 모호해지고 말았기 때문이다. 나에게는 남극으로 가야 할 이유가 수백 가지도 넘었고 동시에 어떤 이유도 찾을 수 없었다.

바로 지금 당면한 과업에만 집중하고 그런 거창한 질문의 해답은 과정이 해결해주도록 기다리는 편이 나았다. 나는 일에만 몰두했다.

우리는 지금 모금을 위해 우리가 기울이는 노력의 가치를 보여줄 방법을 찾아야만 했다. 예컨대 기증된 스키 장비 같은 것을 특정 금액으로 환산해 장부에 기록하는 것처럼 말이다. 모든 현물 기증과 물물교환을 기록해 집계하면 '스콧의 발자취를 좇아'가 갈수록 실행 능력을 갖춰가는 것으로 보이게 만들 수 있었다. 그것으로 탐험 추진에 탄력이 붙는 것은 물론이었다.

오늘날의 각종 무선통신 기술과 비교할 때 당시의 원시적인 사무 자동화 기술을 이해하기란 쉬운 일이 아니다. 그 시절은 석기 시대나 다름없었다. 컴퓨터도 없었고 팩스나 휴대전화도 없었다. 런던 주변 지역을 방문할 때면 공중전화를 사용하기 위해 동전이 가득 담긴 상자를 들고 다녔던 기억이 있다.

사실 최초의 휴대전화가 상용화되기 시작한 것도 그즈음이었다. 자금을 모으기 위한 우리의 노력이 어느 정도 탄력을 얻게 된 이후 우리도 휴대전화 한 대를 임대했다. 작은 여행용 가방만 한 크기였다. 해당 단어를 가장 폭넓게 적용하는 경우에나 유의미한 '휴대용'이었다. 이메일이나 인터넷도 없었다. 객관적인 사실이나 역사적 기록을 찾으려면 반드시 누군가는 대영도서관으로 직접 가서 찾아봐야 했다. 그런 자료조사 작업에 주중 업무시간의 상당부분이 소요되었다.

기술 부족이 극복해야 할 난관 중 하나였다면 자금은 또 다른 문제였다. 하지만 다른 어떤 것보다 중요한 것은 사람이었다. 남극 탐험을 위한 자금을 조성하는 일만큼이나 나의 탐험에 도움을 줄 적합한 사람을 찾는 일에 고전을 면치 못하고 있었다.

그때까지 나는 극지방 탐험과 관련된 저명인사들, 예컨대 피터 스콧 경이나 섀클턴 경(탐험가 어니스트 섀클턴의 아들) 또는 최초의 남극대륙 육로 횡단 도전으로 유명한 비비언 푹스 경Sir Vivian Fuchs 등과 같은 인물 중 누구와도 접촉하지 못하고 있었다. 영국의 극지방 기득권층(그렇다, 그런 게 있다)이 보는 바로는 나의 탐험은 존재하지 않았다.

그 기득권층이 전통으로 고수하던 '진퇴양난'형 규정에 따르면 남극대륙에 갈 수 있는 자격은 남극에 가본 적이 있는 사람에게만 부여된다는 것이었다. 아직 남극 관광이 시작되지도, 다양한 먹을거리와 완벽한 장비를 갖춘 모험 여행가들이 펭귄의 사진을 찍기 위해 수백 명씩 배를 타고 남극대륙을 찾는 관행이 생겨나지도 않은 시절이었다. 민간 차원의 남극 탐험이란 것이 존재하지도 않던 시절이었다는 얘기다. 연구 활동을 수행하는 과학자가 아니라면 남극 탐험은 꿈도 꾸지 말아야 한다는 것이 지배적인 견해였다.

그렇다면 갔다 와야 했다. 나의 탐험에 중량감을 실어주고 내 존재가 보다 진지하게 받아들여지도록 만들려면 반드시 남극에 갔다 와야 할 필요가 있었다. 나는 그것이 내가 극점 정복 여정에 오르도록 도울 사람들을 찾을 수 있는 유일한 방법임을 알았다. 나 혼자서 그 모든 것을 해낼 수는 없는 노릇이기에 그랬다.

우리는 정식으로 극점 탐험에 나설 수 있는 유일한 방법은 선박을 구입하는 것이라 점차 확신했다. 스콧이 그랬던 것처럼 배를 타고 남극대륙에 닿은 후 그곳에서 겨울을 나야 마땅할 것 같았다. 실로 엄청난 과업이었던 탓에 우리는 다른 접근 방식을 찾아보려 노력했다. 그러나 내 마음속 깊은 곳에서는 그 길밖에 없다는 것을 이미 알고 있었다. 그 복잡한 과업을 수행하려면 남극에서 길잡이 역할을 할 경험이 풍부한 누군가를 탐험대원으로 영입할 필요도 있었다.

나는 할 수 있는 모든 방법을 동원했다. 첫 번째 시도는 지리적 처방이었다. 나의 형 토미Tommy로부터 약간의 돈을 빌려 뉴질랜드로 날아갔다. 뉴질랜드는 스콧과 역사적 연관성이 깊은 곳이었다. 2회에 걸친 남극 탐험의 대장정이 바로 리틀턴 항구에서 막을 올렸고 그 때마다 엄청난 인파와 거창한 기념행사가 따랐기 때문이다. (첫 번째로 출항한 배는 디스커버리 호였으며 두 번째는 1910년 11월에 출항한 테라노바Terra Nova 호였다.)

토미에게 빌린 돈은 비행기 표를 사고 나니 별로 남지 않았다. 빈털터리 신세가 되어 잠잘 곳조차 구하지 못하고 나무 밑에서 노숙을 했던 기억이 아직도 생생하다. 노숙을 한 다음 날 아침, 최대한 차림새를 단정히 하고 사전 방문 약속이 되어 있던 뉴질랜드 과학기술부 산하 극지방 담당국으로 향했다.

담당국의 책임자인 봅 톰슨Bob Thompson에게 나의 탐험 계획을 설명했다. 스콧과 뉴질랜드, 역사가 맺어준 관계, 영웅적인 전통, 영연방을 위한 승리, 기타 등등 온갖 어구를 동원해가며 취지를 피력했다. 그러면서 나를 뉴질랜드 탐험대에 합류시켜줄 것을 간청했다.

톰슨에게 그리 깊은 인상을 심어주지 못한 것이 분명했다. "그런데 당신은 산악인이 아니군요." 그가 한 말이다. 사실이었지만 굳이 콕 집어 그렇게 말했다. "과학자도 아니고요." 비난조의 어투가 희미하게 섞여 있었다. 내가 무슨 할 말이 있었겠는가? 실제로 나는 산악인도 과학자도 아니지 않은가.

"일단 명단에 올려두겠습니다." 말은 그렇게 했지만 사실 그것은 그의 손이 닿는 곳에 쌓여 있던 무수히 많은 명단 중 그 어디에도 내 이름이 올라갈 일은 결코 없을 것이란 의미였다.

영국으로 돌아오는 비행기 안에서 나는 크게 좌절했다. 또 한 번 문전박대를 당한 것이었다. '결코 다시는 이러지 않을 것이다.' 머릿속으로 되뇌었다.

그러나 나는 포기를 거부했다. 내가 받은 모든 서신과 추천서를 싸들고, 내가 지닌 모든 매력까지 챙겨서 케임브리지 대학에 있는 영국남극자연환경연구소British Antarctic Survey, BAS로 향했다. BAS는 케임브리지 대학 스콧연구소의 맞은편에 위치해 있었다.

그곳에서도 마찬가지 반응이었다. 하지만 BAS의 현장운영 책임자인 데이브 플랫처Dave Fletcher는 비교적 동정어린 태도로 내 얘기를 들어주기는 했다. "로버트, 저희 연구소에는 당신에게 맞는 일자리가 없습니다." 그가 말했다. 내가 과학자도 아니고 산악인도 아니라는 사실도 잊지 않고 언급해줬다.

"네, 이미 잘 알고 있습니다." 뉴질랜드의 담당자 또한 그런 팩트를 콕 집어 말하지 않았던가.

"나는 남극에 꼭 다녀와야 합니다." 내가 말했다. "다른 방법이 없을까요?"

"유일하게 가능한 자리는 BGA인데…." 그가 말했다.

"그게 무엇입니까?"

"기지의 일반보조원Base General Assistant입니다."

"허드렛일을 하는 일꾼이나 사환을 의미하는 것인가요?"

그는 말없이 고개를 끄덕여 보였다. "하지만 유감스럽게도 그것마저도 자격미달이군요." BGA조차 남극 경험이 있다는 증명을 필요로 했던 것이다.

"자격을 갖추는 데 필요한 게 뭐죠?"

"어디 한번 봅시다. 몸은 건장해 보이고 힘도 꽤 쓰시겠군요." 그가 말했다. 벌목과 목재 운반으로 단련된 어깨와 팔이었다. 그런 다음 추가적인 자격요건들을 하나씩 체크해나가기 시작했다. 2행정 엔진을 다룰 줄 아는 정비공 경력, 응급구조 자격증, 독도법, 사진술, 무선통신술, 스키 등등.

"마지막으로 탐험 경험도 필요합니다."

"탐험에 나서기 위해 탐험 경험이 필요하다는 말인가요?"

그는 어깨를 으쓱해 보였다. "규정이 그렇습니다."

"그렇군요." 내가 말했다. "다시 오겠습니다."

내 꿈의 실현을 위한 동력이 점차 증가하기 시작했다. 여기저기서 후원이 들어오기 시작했다. 비록 500만 달러는 아니었지만 후원금이 수십만 달러에 이르렀다. 더없이 훌륭하고 헌신적인 사람들이 나를 위해 일하고 있었다. 피터 맬컴과 윌리엄 펜튼, 그리고 레베카 워드까지. BAS의 현장운영 책임자 데이브 플랫처로부터 얻은 정보 덕분에 다음 단계로 나아가기 위해 내가 할 일이 무엇인지 명확하게 알게 되었다.

그러나 여전히 나의 탐험 계획에는 필수적인 공개적 지지가 부족한 상태였다. 피터 스콧으로부터 여전히 아무런 의사 표명이 없었다. 그러던 어느 날 그런 종류의 지원이 전혀 예상치 못한 일로 인해 실현되었다.

13

스콧과 아문센

영국 작가 롤랜드 헌트포드Roland Huntford는 52세의 나이에 자신의 문학적 야망의 전환점을 맞았다. 그는 콜럼버스가 1472년 노르웨이 출신선원들과 함께 신세계를 향한 최초의 여정을 시작했다는 내용의 역사적 판타지 소설과 스웨덴식 사회주의에 반대하며 우익 편향적인글을 쓰던 작가였다.

1979년 헌트포드는 《스콧과 아문센Scott and Amundsen》이라는 제목으로극지 탐험에 관한 책을 출간했다. 나중에 그의 책은 TV 미니시리즈로 제작되었으며 《지구상에 남은 마지막 땅The Last Place on Earth》이라는제목으로 재출간되기도 했다.

그의 책은 엄청난 논란을 불러일으켰다. 공정하게 말하면 그의 저서는 실화에 근거한 논픽션이라고 하기엔 다소 민망한 작품이었다.오히려 한때 소설가였던 작가가 신화를 부정하고 기존 잣대를 뒤엎기 위해 저술한 작품에 가까웠다. 극단적으로 편향된 시각에서 서술한, 거의 희극에 가까운 혹평으로 가득했기 때문이다.

헌트포드의 《스콧과 아문센》은 상징적 인물인 로버트 스콧에 초점을 맞추고 있었다. 11살의 내가 맹목적으로 빠져들었던 그 비운의 국민적 영웅을 타깃으로 삼았다는 얘기다. 당시 TV 화면 속에 등장했던 인물과 실제 스콧 대장 사이에는 사실 관련성이 거의 없었다(배우 존 밀스가 스콧 역할을 맡아 연기를 했던 것뿐이었고 어린 소년의 풍부한 상상력 덕분에 실제보다 과하게 부풀려져 내게 투영된 것뿐이었다). 마찬가지로 헌트포드의 소설에 등장하는 스콧 역시 실체와는 동떨어진 인물이었다.

스콧 대장의 죽음 이후 10여 년 동안 영국은 국가적 차원에서 상상력을 동원해가며 스콧의 우상화에 전력을 쏟아부은 게 사실이다. 아마 스콧의 죽음은 서양에서 가장 널리 알려진 죽음이었을 것이다. 영국뿐만이 아니었다. 소련에서도 그들의 영웅의 전당에 스콧 대장의 이름을 추가했다. 러시아의 대중들에게 죽음도 불사하는 희생정신을 고취시키려는 의도였다.

헌트포드는 잔뜩 부풀려진 스콧의 명성에서 거품을 걷어낼 수 있는 기회를 포착한 셈이었다. 수년에 걸친 추모 사업이 왜곡과 오해로 이어진 것만큼은 부인할 수 없었다. 위대한 영웅의 평판이 우스꽝스러운 캐리커처로 굳어져버렸다. 바로잡아야 할 때도 되었다. 하지만 영웅 숭배와 과찬이 도를 넘어 진자를 한쪽으로 너무 멀리 밀어냈다면 헌트포드는 그 반대 방향으로 밀어내는 일에 너무 지나치게 열중했다.

《스콧과 아문센》에서 묘사하고 있는 스콧은 나약하고 무능하며 어리석은 사람인데다 병적으로 안정적이지 못하며 감상적인 아마추어였다. 헌트포드는 스콧이 조급한 성격에 통찰력이 부족하며 비난을 수용하지 못하는데다가 리더십마저도 형편없었다고 기술했다. 또한 수차례 우울증세를 드러냈다고 적었다. 그에 따르면 스콧의 경쟁자였던 노르웨이의 탐험가 로알드 아문센은 신중하고 준비성이 강하며 치밀한 성격에 전문성까지 갖춘 능숙한 극지 탐험가였다.

탐험의 영웅 시대에 관한 모든 기록에서 접할 수 있는 객관적 사실은 동일하다. 스콧과 아문센 둘 모두 남극점 정복에 도전했다. 아문센이 한 발 앞서 고지를 밟았다. 스콧은 귀환 길에 사망했다.

영국의 해설가들은 이와 같은 객관적 사실들에서 일종의 서사적 이야기를 빚어냈다. 스콧은 비운의 영웅이 되었고 아문센은 건방진 조연이 된 것이다. 심지어 스콧의 죽음을 아문센의 탓으로 돌려버리기까지 했다. 영국의 영웅을 죽음에 이르게 한 것은 굶주림이나 극한의 추위가 아니라 극점에 먼저 도달하지 못한 좌절감 때문이었다는 것이다.

대중의 뇌리에서는 스콧의 죽음으로 인해 아문센이 이뤄낸 성과가 상쇄되어버렸다. 아문센은 자신의 저서 《나의 탐험가 인생My Life as an Explorer》에서 영국의 학생들은 남극점을 발견한 사람이 스콧 대령이라고 배운다며 분노 섞인 불만을 토해냈다. 영국인들은 지고는 못 사는 사람들이라 비웃기도 했다.

헌트포드 역시 똑같은 객관적 사실에서 출발했다. 그러나 그것과는 매우 다른, 동시에 그만큼 편향된 수정주의자의 관점에서 이야기를 풀어냈다. 스콧은 탐험을 나서기 전 준비를 제대로 하지 않았다.

그는 많은 실수를 저질렀고(그중 가장 큰 실수는 썰매견을 충분히 활용하지 않은 것이다), 결국 탐험의 실패와 자신은 물론 대원들의 죽음까지도 예견된 일이었다.

아문센은 세상의 이목이 집중된 극점 탐험의 성공을 위해 이성과 경험 그리고 철저한 준비성에 의존했다. 그는 토착원주민들로부터 적대적인 극지 환경에서 살아남는 법을 배워야 한다는 사실을 겸허히 수용했다. 교만한 스콧 대장은 다른 누구에게 가르침을 구하는 일은 모두 거부했으며 어리석게도 호전적인 영국 해군의 생존법에만 전적으로 의존했다. 아문센은 승리의 개가를 울렸고 스콧은 살아서 돌아오지 못했다.

내가 헌트포드의 《스콧과 아문센》을 읽은 것은 그 책이 서점에 나온 직후였다. 그 무렵 나는 이미 어린 소년의 맹목적인 영웅 숭배 단계에서 벗어나 있었다. 다른 이유에서가 아니라 그저 사실에 대해 속속들이 알게 된 덕분이었다. 그동안 다수의 책은 물론 기사와 일기까지 있는 대로 섭렵한 터였다. 하지만 그렇게 어린 시절의 감상은 털어냈지만 꿈이 현실이 되는 동화 같은 이야기에 빠져드는 것은 여전했다. 20세기의 여명이 밝아오던 무렵 시도되었던 중요한 남극 탐험을 열거하는 일은 그리 어렵지 않다.

1901~1904년, 스콧의 디스커버리 호 탐험, 섀클턴이 하급 장교로 참가했다.

1907~1909년, 섀클턴의 님로드Nimrod 호 탐험, 남극점을 97마일(약 156킬로미터) 남겨둔 지점에서 발길을 되돌렸다.

1910~1912년, 스콧의 비운의 테라노바 호 탐험, 우리 탐험대가 재현함으로써 기리고자 하는 그 탐험이었다.

1910~1912년, 아문센의 성공적인 프람Pram('Forward'의 의미) 호 탐험.

1914~1916년, 섀클턴의 재난에 가까운, 그러나 궁극적으로 영웅적인 인듀어런스Endurance 호 탐험.

스콧과 섀클턴, 아문센을 상징적 인물로, 단지 남극대륙에 국한되지 않는 훨씬 더 큰 무대에서 시대를 풍미한 인물로 보는 게 타당하지 않겠는가.

역사적 기록물에서 그들은 원형에 비해 훨씬 비현실적인 모습으로 묘사되었다. 스콧은 심리적 문제를 안고 있는 해군 출신 영웅으로, 아문센은 고집스러울 정도로 효율적인 노르웨이의 모험가로, 그리고 친절하고 붙임성 있는 섀클턴은 재난에 직면하자 사나운 사자로 돌변한 인물로 말이다.

세 사람은 때로 역사적 게임이라는 체스 판의 말이 되기도 했다. 스콧 대 섀클턴, 아문센 대 스콧, 남극의 격렬한 환경적 요소와 사투를 벌인 그들에게 이런 대결 구도를 덧씌운 것이다.

헌트포드 역시 《스콧과 아문센》에서 이와 똑같은 게임을 벌였다. 그러나 헌트포드도 진실을 전한 것은 아니었다. 요즘 말로 치면 '정보조작'을 자행한 것이다. 그는 팩트를 선택적으로 이용했으며 스토리의 중요한 부분을 간과하거나 의도적으로 무시했다. 헌트포드는 스스로 결과론에 따른 비판자 겸 호소력 없는 탁상공론 탐험가가 된 셈이다.

그가 범한 중대한 실수는 사과와 오렌지처럼 본질적으로 다른 대상을 단순 비교하고자 했던 것이다. 다른 목적이 없었던 아문센의 탐험은 오로지 남극점 도달에 집중되었던 반면 스콧의 탐험은 과학적 탐구에 중점을 두고 있었다. 스콧에게 있어 남극점 도달은 탐험을 위한 그 모든 노력을 가능하게 한 하나의 요인이었을 뿐, 유일한 요인이 아니었다. 탐험의 '존재의 이유'가 과학 탐사에 있었다는 얘기다.

스콧이 숨을 거둔 텐트 안에서 구조대가 수습한 지질학적 샘플의 무게만 15킬로그램에 달했다. 모두 퀸알렉산드라 산의 급경사면에서 채취한 견본이었다.

15킬로그램의 지질학적 샘플! 보급 기지로 향하는 그들의 마지막 여정을 떠올려본다면 끌고 갈 여유가 없는 무게였음을 짐작할 수 있다. 추위와 굶주림으로 죽어가는 와중에도 스콧과 바우어스, 윌슨 세 사람은 과학 탐구의 목표를 포기하지 않았다. 헌트포드는 바로 그 부분을 무시해도 좋은 사소한 것으로 일축해버린 것이다. 그것도 아주 대수롭지 않게 그리고 부정확하게.

헌트포드의 책이 출간된 이후 수년 동안 이뤄진 다양한 연구조사에 따르면 스콧의 운명은 통계적으로 개연성 있는 수준을 벗어난, 계절적으로 맞지 않는 혹독한 날씨가 연속되는 상황에 의해 결정되었다. 수전 솔로몬Susan Solomon은 자신의 저서 《가장 추운 행군The Coldest March》에서 스콧 탐험대가 직면했던 기후 조건에 대한 헌트포드의 가정 대부분이 잘못되었다는 것을 입증한 바 있다.

비평가랍시고 따뜻한 서재에 앉아 결과론을 토대로, 시간적 그리고 공간적으로 멀리 떨어진 인물에 대해 무차별 사격을 난사하는 일은 일면 꼴사나운 짓거리라고 생각한다. 잔혹한 편향성으로 점철된 500여 페이지짜리 책으로 헌트포드는 스콧이라는 인물을 무자비하게 사살했다. 헌트포드의 책은 국민적 영웅 스콧을 서투른 실패자로 바꿔버렸다. 이후 스콧의 평판은 결코 예전으로 회복되지 못했다.

어느 날 템스 강변에 위치한 얼음장같이 추운 우리 사무실로 뜻밖의 전언이 도착했다. '피터 스콧 경이 만나 뵙기를 청합니다.' 내가 그토록 간청하며 매달렸던 그 사람이 아니던가. 그의 승인을 얻기 위해 필사적으로 애원했지만 결국엔 포기 직전에 와 있던 터였다.

헝클어진 머리카락을 기름으로 바짝 붙여 다듬고 초긴장 상태를 유지한 채 그를 찾아갔다. 스콧을 대면한 곳은 글로스터셔에 있는 그의 집에 마련된 집무실이었다. 벽면을 장식한 새들의 그림은 모두 그가 직접 그린 수채화들이었다.

'반드시 이 사람을 설득해야만 한다.' 나는 마음속으로 되뇌었다. 내가 살아온 인생 체험을 모조리 꺼내 보였다. 예전에 펜튼 신부님의 비서에게 했듯이 말이다.

그러나 피터 스콧은 베시 벨링햄이 아니었다. 간간이 맞장구를 쳐주며 기운을 북돋워주던 그 벨링햄은 없었다. 대신 나에게 돌아온 것은 침묵뿐이었다. 그는 자신의 책상 너머에서 꼼짝도 않고 듣고만 있었다.

나는 계속 이야기를 이어나갔다. 여전히 무반응이었다. 어떤 상황인지 짐작조차 할 수 없었다. 내가 마음에 든 건가? 내가 싫은 건가? 청력에 문제가 있는 건 아닌가? 혹시 잠이 든 건가?

나 혼자 열심히 떠든 지 대략 15분쯤 지났을 때 피터 스콧 경이 손을 들어 보였다. 나는 하던 말을 멈췄다. 한동안 침묵이 흘렀다.

"당신의 말인즉슨 당신이 그 방법으로 아버님의 명예를 기릴 수 있는 적임자라는 거군요." 그가 말했다.

"그렇습니다!"

"그럴 것이라 믿습니다. 그리고 나도 동의합니다." 피터 스콧 경이 말했다.

안도감이 확 밀려왔다.

"그 작가와 그 책…." 불쾌한 심기를 감추지 않은 채 그가 말했다.

그 작가가 누구를 말하는지, 그 책이 어떤 책인지 물어볼 필요도 없었다. 헌트포드. 그 순간 나는 피터 스콧 경이 나의 탐험을 지지하기로 마음을 굳힌 이유를 단번에 깨달았다.

"이 작자에게 좀 힘겨운 시간을 갖게 해주고 싶군요." 피터 스콧 경이 조용히 말했다. "이 인간에게 내 아버지가 여전히 국민적 지지를 받고 있다는 것을 분명히 보여주고 싶습니다."

이제 되었다. 피터 스콧의 이름을 후원자 명단에 올릴 수 있게 된 것이다. 그때가 바로 내 꿈이 정말 실현될 것이라 실제로 믿었던 첫 번째 순간이었다. 비열한 문학적 저격자, 헌트포드에게 오히려 감사하게 될 줄이야!

피터 스콧 경이 나를 만나보기로 결정한 엉뚱하기 그지없는 또 다른 이유를 나중에 알게 되었다. 그가 좋아하는 새 중의 하나가 백조 swan였고 내 이름(Robert Swan)에 그 새가 들어가 있었기 때문이란다. 그는 한 가지 조건을 내걸었다. 그때까지 우리는 우리의 탐험을 '스콧 남극 탐험'이라 불렀는데 피터 스콧은 스콧이라는 이름을 가진 사람이 실제로 남극에 가는 것은 아니지 않느냐고 지적했다.

피터 스콧 경의 승인을 등에 업고 우리는 그 탐험을 '스콧의 발자취를 좇아'로 개명했다. 그렇게 우리는 출발을 향해 한 걸음 더 다가섰다.

14

영국해군 케냐 산 탐험대

"우리에겐 탐험 경험이 필요해." 내가 피터 맬컴에게 말했다. 그는 어엿한 영국해군 중위이자 헬리콥터 조종사가 되어 있었다. 그동안 나는 꿈을 이루기 위해 내가 겪은 순탄치 못했던 과정을 하나도 빠짐없이 그에게 알려왔다. 이것은 매우 중요한 일이다. 나의 협력자들을 나를 지지하는 동맹의 일원으로 확고히 붙잡아두려면 그들에게 지속적으로 소식을 전하는 일을 소홀히 할 수 없다.

아무런 명분이나 목표도 없이 '무작정' 탐험에 나서는 사람은 없다. 엄청난 비용과 광범위한 노력이 수반되어야 하는 탐험에 오르고자 한다면 특정한 목표가 있어야 한다. 가급적 과학적 목표라면 더 좋을 것이다.

우리의 충동은 주디 갈랜드Judy Garland와 믹키 루니Mickey Rooney로 대표되는 그것과 맥락을 같이했다. "공연을 개시하자!"

그러나 스콧의 발자취를 좇아가기 위해서는 남극 탐험에 참여한 경험이 있다고 말할 수 있어야만 했다. BAS의 최하급 하인 신분으로 참여하는 일조차 이전의 탐험 경험을 요구했다. 어디가 됐든, 아무 데라도 탐험을 해본 경험이 있어야만 했다.

1980년 '영국해군 케냐 산 탐험The Royal Navy Mount Kenya Expedition'은 그렇게 나에게 다가왔다. 피터 맬컴은 나를 '얼음 전문가' 자격으로 탐험대의 일원에 포함시켰다. 아프리카 종단 자전거 여행 당시 바로 그 산을 지나쳐온 나의 경험 덕분이었다.

RNMKE(영국해군 케냐 산 탐험)는 결코 허울뿐인 무엇이 아니었다. 실제로 우리는 케냐로 갔고 그 망할 놈의 산에 직접 올랐다.

결론부터 말하자면 우리는 정상에 오르지 못했다. 돌아서야 할 때가 언제인지 알아야 한다는 값진 교훈을 얻어 왔다. (지난 수년간 내 탐험대 동료 몇몇은 내가 그때의 교훈을 제대로 배우지 못했다고 말하곤 했다.)

당시 맬컴의 상관이 자신이 무슨 일을 도모하는 건지 제대로 알기나 했는지 여전히 의문이다. 케냐 산에서 가장 가까운 바다는 480킬로미터나 떨어져 있었다. 어쨌든 나는 공식 탐험대의 일원으로 참가했음을 인증하는 추천서를 손에 넣었다. 그것도 영국해군의 레터헤드letterhead가 선명히 박힌 추천서를 말이다.

나는 당연히 BAS의 데이브 플랫처를 다시 찾아갔다. 지난 두어 달 동안 2행정 엔진을 전문적으로 다루는 정비소에서 일했고 독도법과 무선통신 기술도 새롭게 연마했다. 나는 응급처치 부문의 공인된 긴급 의료원이었다. 무엇보다 이제 나에게는 탐험 경험도 생겼다.

"다시 왔습니다." 내가 말했다.

플랫처는 깊게 숨을 들이쉬고는 이렇게 말했다. "왠지 그럴 거 같더군요."

그렇게 나는 1981년 BAS의 일원으로 남극에 첫 발을 내딛었다. 남극반도의 서부 연안 너머 애들레이드 섬의 로테라포인트에 위치한 로테라 연구조사 기지였다. 남극대륙에 들어선 것은 아니었다. 적어도 그때까지는 말이다.

베이스캠프의 일반보조원 로버트 스원의 업무가 시작되었다. 일반보조원이란 기본적으로 누가 시키는 어떤 일이든 하는 사람이었다. 공식적으로 내가 맡은 직무는 과학 탐사 지원이었다. 탐험대 일원 중에 보조원인 나보다 더 가치 있는 멤버(썰매견들 말이다)의 식사를 챙기는 것이 내가 주로 하는 일이었다. 박스를 옮기는 것 또한 나의 직무였다.

이상한 것은 내가 맡은 일이 단순한 허드렛일이었음에도 나는 그곳에서 그리 여유로운 시간을 가질 수 없었다는 점이다. 개 사료 주기, 커다란 나무 상자와 디젤 연료가 가득 찬 드럼통을 나르는 일 등으로 너무나 바쁜 나머지 잠시 멈춰서 꽃향기를 맡을 여유조차 없었다. 물론 그곳에 꽃이 있을 리 만무했지만 말이다.

로테라 기지는 낮은 헛간처럼 보이는 건물들이 활주로 아래쪽에 군집한 모양새를 하고 있었다. 사실 진짜 활주로라 할 수도 없었다. 포클랜드에서 이륙한 트윈오터^{Twin Otter} 스키비행기가 착륙을 위해 내려앉는 그 길을 그곳에서는 '스키웨이^{skiway}'라고들 불렀다.

여러 건물들 중에 가장 규모가 큰 푹스 하우스^{Fuchs House}와 브랜필드 하우스^{Branfield House} 그리고 치피 숍^{Chippy Shop}이 기지의 윤곽을 잡아줬

고, 그보다 작은 나머지 건물들이 각각의 주변을 에워싸고 있었다. 그곳은 실로 명실상부한 과학 기지였다. 과학자들 대부분이 연구 임무를 수행하기 위해 이곳저곳으로 이동하곤 했다. 그들의 이동수단은 폴라리스Polaris 설상차였다.

남극대륙 전도를 보면 엄지손가락을 치켜든 주먹 모양과 흡사하다. 길이가 800마일(약 1,287킬로미터)에 달하는 거대한 엄지손가락이 삐쭉 나와 있어 히치하이킹 할 때의 손 모양을 연상시킨다('이곳을 벗어날 수 있게 도와주세요!' 하고 말하는 간절한 손짓 말이다). 그 엄지손가락이 바로 남극반도다. 영국 하노버 왕가 마지막 여왕의 이름을 딴 애들레이드 섬은 남극반도 서안과 마거리트 만을 사이에 두고 위치한다.

로테라 기지는 바위 위에 올라앉아 있었다. 오터 비행기들이 활주로로 이용하는 얼음 산기슭에서 근거리에 위치했는데, 파충류 산맥 바로 아래쪽이었다(파충류 산맥이란 이름은 삐죽삐죽한 산등성이 때문에 붙여진 것이지만 아주 오래전 남극대륙이 열대의 바다 속에 잠겨 있었다는 지질학적 암시이기도 하다).

만 건너편에는 반도의 산들이 솟아 있었다. 검은 바위로 이뤄진 산과 그 골짜기를 따라 혈관처럼 얼음 줄기들이 이어졌다. 상자 옮기는 일을 잠시 멈출 수 있을 때마다 나는 바다 건너 그 산들을 쳐다봤다. 황량해서 아름다운 그 산들을.

당시 나의 경험은 지구의 맨 아래쪽을 찾는 모든 방문객들이 느끼는 그것과 다르지 않았다. 내 상상 속에 존재하던 남극, 〈남극의 스콧〉을 위시해 그 많은 책과 사진들을 통해 내가 알고 있던 남극이 현실 세계의 남극으로 대체되었다.

《프랑켄슈타인Frankenstein》의 작가 메리 셸리Mary Shelley는 자신의 책에서 북극에 대해 묘사했다. 한 번도 가본 적 없는 그곳에 대해서 말이다. 샬롯 브론테Charlotte Bronte 또한 《제인 에어Jane Eyre》에서 머나먼 북극을 "하얀 죽음의 영역"이라고 표현한 바 있다.

극지에 대한 상상은 모든 사람의 마음속에 자리 잡고 있는 것이 분명했다. 내가 그곳에 발을 들여놓기 훨씬 이전부터 그랬던 것처럼. 남극은 신비롭다는 표현이 합당한 지구상에서 몇 안 되는 장소 중 하나다. 지극히 이기적인 느낌으로 말하자면 그 신비로움은 나를 실망시키지 않았고 나를 위해 존재했다. 로테라 기지에 있는 모든 피드Fid(영국의 남극 탐사 인력을 지칭하는 관례적 표현)들이 나의 원정에 도움을 줄 만한 사람들이었다. 그곳에서 나는 우리의 '스콧의 발자취를 좇아'를 현실로 만들어줄 적임자들을 만났다.

그중 로저 미어는 알프스 아이거 봉을 겨울철에 기어오른 세계적인 산악인이었다. 그와 쌓은 친분은 곧 조직 구성의 천재라 할 수 있는 개러스 우드에게로 이어졌다. 존 톨슨은 극지 수역에 대한 경험이 풍부했다. 그레이엄 피펜Graham Phippen은 브랜스필드Bransfield 호의 일등항해사 출신이었다. 브랜스필드 호는 로테라에서 나올 때 내가 탄 배이며 탐험대 주치의로 활동하던 마이크 스트라우드Mike Stroud를 처음 만난 곳이기도 하다.

당시에는 완전히 인식하진 못했지만 나는 그렇게 '스콧의 발자취를 좇아'를 위한 정예 대원들을 모으고 있었다. 진정한 리더들은 팀을 구성하는 일이 그 어떤 프로젝트에서든 성공을 위한 핵심 과정이라는 사실을 잘 알고 있다. 어쩌면 가장 중요한 과정일 수도 있다.

로테라 기지에 머무는 동안에는 내가 그곳에서 만난 사람들의 진정한 가치를 미처 깨닫지 못했다. 그들은 이후 탐험의 혹독한 시련 속에서 스스로의 가치를 입증해낸다.

선발 과정에서 사람의 인성을 꿰뚫어볼 수 있는 나의 명석한 통찰력이 길잡이 역할을 했다고 말할 수 있으면 좋겠지만 꼭 그런 것은 아니었다. 오히려 어둠 속을 더듬어나갔다고 하는 편이 맞을 것이다. 내가 주어진 과업에 더할 나위 없는 적임자들을 접할 수 있었던 것은 운이 좋았기 때문이거나 신의 섭리 덕분이었다.

내 인생에서 그런 일은 꽤 자주 일어난 편이다. 문득 돌이켜 생각할 때마다 그런 느낌이 든다. 로저 미어, 개러스 우드, 그레이엄 피펜, 존 톨슨, 마이크 스트라우드…. 이들은 물론이고 피터 맬컴과 윌리엄 펜튼을 비롯한 여타의 몇몇 지인들은 내가 언제나 도움을 요청할 수 있는 사람들이다. 노골적인 표현을 빌리자면 그들은 내가 불구덩이에 갇혀도 주저 없이 뛰어들어 끌어내줄 사람들이다.

나는 그들을 불멸의 친구들이라 부른다. 그들에게 붙여준 나만의 애칭이다. 그들이 내 삶에서 잠시 떠났다가도 수년이 흐른 뒤 어느 틈엔가 다시 돌아와 있기에 그렇게 부른다. 마치 다시 태어난 것처럼 말이다. 그들은 나의 진정한 평생 친구들이다.

그보다 더 중요한 것은 그 불멸의 친구들이 여느 사람들에 비해 매우 우월한 존재라는 점이다. 그들은 보다 헌신적이며 보다 유능하며 보다 강력하다. 나는 누군가의 불멸의 친구 명단에 이름을 올리는 것이야말로 가장 명예로운 일이라 생각한다. 내가 사람들과의 관계에서 도달하고자 하는 바 또한 그것이다. 로테라 기지에서 나는 그렇게 내 인생을 바꿔놓을 사람들 속에 둘러싸여 지냈다.

남극. 그곳에 이르기 위해 나는 병원 응급실 청소부로 일했고, 택시기사가 되기도 했으며, 죽은 나무 밑동을 잘라 날랐고, 바텐더로 일하기도 했다. 이 분에 넘치는 꿈을 이루기 위해 나는 확고한 의지를 보여줘야만 했다.

누군가에게 꿈을 함께 이루자고 제안할 때는 자신의 확고한 의지를 천명하고 입증하는 일이 반드시 필요하다. 흔들리거나 얼버무리면 결코 성공할 수 없다. 내가 훌륭한 사람들, 나의 불멸의 친구들을 끌어모을 수 있었던 이유는 나의 확고한 의지를 그들에게 보여줬고 초점을 잃지 않았기 때문이었다고 나는 굳게 믿는다.

이제 마지막 남은 한 가지, 배만 있으면 되었다.

15

서던퀘스트 호

우리에게 배가 필요했던 이유는 남반구 극지방의 여름은 12월에 시작되어 이듬해 2월까지 이어지기 때문이었다. 그때가 탐험의 적기다. 연중 유일하게 날씨와 일광이 탐험에 유리한 조건을 만들어주는 시기이기 때문이다. 탐험에 유리한 조건이란 완전히 치명적인 환경이 아닌 그저 지내기 힘든 수준의 환경을 말한다.

　남극은 겨울이 되면 북극토끼처럼 잔뜩 부풀어오른다. 또 하나의 외투를 입고 또 한 겹을 둘러친다. 털이 아니라 얼음으로 말이다. 남반구 극지방의 여름철에 남극대륙의 크기는 대략 832만 평방킬로미터다. 겨울철에는 거대한 유빙의 크기가 거의 두 배로 늘어나 1,664만 평방킬로미터에 이른다.

　남극대륙을 둘러싸고 있는 유빙은 계절의 변화에 개의치 않는다. 대개 한여름에 접어드는 12월 말이나 1월이 되기 전에는 떨어져나가는 일이 없다. 그때가 아니면 보급품을 하역할 수 있을 정도로 배를 육지 가까이 정박할 수 없다는 의미다. 그러나 해안에서 남극점까지 걸어가는 데 충분한 시간을 확보하기 위해서는 적어도 11월이 가기 전에는 탐험 일정이 시작되어야 한다. 남극의 봄이 막바지에 달하는 11월에 말이다.

나는 요즘도 '스콧의 발자취를 좇아'에 관한 이야기를 할 때면 마지막에 어김없이 유사한 질문 공세를 받곤 한다. 왜 거기서 겨울을 나야 했던 겁니까? 왜 출발하기까지 9개월을 오두막에서 기다렸습니까? 거기까지 왜 배로 가야 했습니까? 온대 지역의 편안함에 길들여져 있는 대다수의 사람들이 극지 여행의 여건이나 거기서 발생할 수 있는 긴급 사태가 어떤 것인지 이해하기란 쉽지 않은 일이다.

우리의 일정은 날씨로 인해 양면에서 압박을 받고 있었다. 1월이 되기 전에는 배를 이용해 남극대륙에 닿기가 어려웠다. 극점을 향한 행군의 출발일자는 정해져 있었다. 10월 말 아니면 11월 초에는 무조건 출발해야만 했다. 11월이면 남극 날씨가 행군을 하기에 적합할 정도로 풀렸다. 그러나 그런 초여름의 온기도 유빙을 깨뜨려 배의 항로를 열어줄 정도에 미치지는 못했다. 적어도 두 달 이후까지는 말이다.

유빙이 길을 열어주길 기다리다간 행군을 시작할 시기를 놓치고 말 터였다. 결국 유일하게 가능한 방법이 그곳에서 겨울을 나는 것이었다. 남극에서 9개월을 보내며 출발하기에 적절한 때를 기다려야 한다는 얘기였다. 과거 스콧이 선택하지 않을 수 없었던 방법이었으며 '스콧의 발자취를 좇는' 탐험대 역시 어쩔 수 없이 선택해야만 하는 방법이었다.

왜 배를 타고 가야 하는 건가? 비행기를 타고 가면 훨씬 편리하지 않았을까? 남극의 봄날인 11월에 도착해서 그 빌어먹을 행군을 곧장 시작하면 되지 않았을까 말이다.

그럴싸하게 들리겠지만 현실적으로 불가능한 일이었다. 물론 남극으로 가는 민간항공기 노선은 존재하지도 않았다. 바퀴 대신 스키를 장착한, 거기에 갈 수 있는 유일한 비행기는 정부 소유였다. 극점으로 행군하는 데 필요한 보급품의 무게만도 2톤에 달했고 대원들의 수까지 고려한다면 적절한 비행기를 구하는 일 자체가 불가능했다. 민간항공기이건 전세기이건 정부 소유이건 또는 어떤 것이든 우리를 태워줄 준비가 된 비행기는 존재하지 않았다는 얘기다.

당시 남극은 일반인이 자유롭게 여행할 수 있는 곳이 아니었다는 점 또한 간과하지 말아야 한다. 과학자들에게만 출입이 허용되는 곳이었다. "한 사람을 도와주면 모든 사람에게 도움을 제공해야 합니다." 지원을 요청하는 나에게 보내온 회신에서 미국국립과학재단American National Science Foundation의 극지방 담당자였던 에드워드 토드 박사Dr. Edward Todd가 한 말이다. 선례를 만들 수 없다는 뜻이었다.

BAS나 스콧극지연구소와 같은 정부 지원 과학연구 기관의 후원이 없는 민간 차원의 탐험은 전례가 없었다. 남극의 유일한 존재는 민간이 아닌 정부가 지원하는 조직이었고 정부는 질투심이 아주 많은 수호자였다.

인생에서 맞닥뜨리는 수많은 상황들이 그런 것처럼 그 또한 통제의 문제였다. 정부 관료들은 자신의 권한을 넘어서는 변수에 직면하면 당황한다. 어쩌면 정부가 그곳에서 벌어지고 있는 상황을 다른 누군가에게 들키고 싶지 않았던 것인지도 모른다. 대다수의 남극 기지들은 거대한 쓰레기 더미들에 둘러싸여 있었기에 하는 말이다.

공정하게 말하자면, 우리의 협력 요청을 거절한 과학 관료들은 '스콧의 발자취를 좇아'를 계기로 온갖 종류의 해악이 남극으로 유입될 것이라 예측했을 수도 있다. 매년 모험을 즐기는 관광객들이 남극으로 몰려드는 현재 상황을 생각해보면 1980년대 중반의 남극이 어떻게 그렇게 고립된 상태로 남을 수 있었는지 선뜻 이해하기 어려운 면이 없지 않다.

해마다 여름이 되면 다수의 방문객이 유입되는 현상은 그 당시엔 아직 수십 년은 지나야 발생할 일이었다. 냉전이 한창일 때 그리고 남극조약체제Antarctic Treaty System가 발효되기 이전에 유행처럼 일었던 남극 기지 확장 사업은 1970년대와 1980년대 초반에 걸쳐 규모가 줄어들었다. 남극의 인구는 증가하는 것이 아니라 감소하고 있었다.

남극점을 정복한 사람의 수보다 달에 발을 디딘 사람이 더 많던 시절이었다. 민간 탐험대인 우리는 미지의 땅으로 향하는 여정을 시도하는 이상한 사람들이었던 셈이다. 그러니 우리를 남극까지 데려다줄 사람은 어디에도 없었다.

우리는 여러 가지 가능성에 대해 조사해봤지만 하나같이 막다른 길에 이르고 있었다. 극지의 과학기지에 보급품을 전달하기 위해 고안된, 스키가 장착된 대형 화물수송기 헤라클레스를 임대하는 한 호주 업체를 찾아내기는 했지만 안타깝게도 그 업체는 이미 도산한 상태였다. 남반구 어디에서도 헤라클레스 전세기를 운영하는 업체를 찾을 수 없었다.

우리는 배를 선택할 수밖에 없었다. 보다 정확히 말하자면 우리에겐 선박이 필요했다. 그것도 지구상에서 가장 혹독한 바다를 의연히 헤쳐나갈 수 있는 대형 선박이 필요했다. 남극 항로의 여건을 짐작할 수 있는 단서가 있었는데, 남미 대륙과 남극 사이의 위도를 흔히 '포효하는 40도대', '분노의 50도대', '악 소리 나는 60도대'라고 부르는 게 그것이었다. 가장 험난한 지역인 위도 70도대는 그곳까지 도달한 사람이 그리 많지 않기 때문에 이렇다 할 별칭조차 없었다.

우리는 배가 닿을 수 있는 최대한 남쪽까지 항해할 계획이었고 그곳이 바로 맥머도였다. 스콧이 그곳을 택한 이유도 거기에 있었고 뉴질랜드와 미국이 대규모 기지를 그곳에 세운 이유도 다르지 않았다. 맥머도에서 남극점까지의 거리는 900마일(약 1,450킬로미터) 정도인데 비해 해안의 다른 지역에서는 평균 2,000마일(약 3,200킬로미터)이나 되었다.

맥머도는 뉴질랜드에서 3,000마일(약 4,800킬로미터) 거리에 위치한다. 남극은 극도로 포악한, 길들여지지 않은 대양이 사방을 둘러싸고 있는 고립무원의 대륙이다. 남극에서 가장 가까운 이웃이라 할 수 있는 남미 대륙까지의 거리가 600마일(약 960킬로미터)이 넘는다. 그 사이의 위도 지역에는 대양을 가로막을 만한 크기의 땅덩어리를 찾아볼 수 없다. 다만 거침없이 순환하는 편서풍만 있을 뿐이다.

우리는 배를 타고 바로 그 대양으로 나아갈 계획이었다. 갈 수 있는 한 최대한 남쪽으로 항해할 참이었다. 우리는 지도를 벗어날 예정이었다.

우리에게 배가 필요했던 또 다른 이유는 그곳에서 겨울을 나야 했기 때문이다. 겨울을 난다는 것은 곧 비바람을 피할 수 있는 피난처와 주거를 위한 오두막, 발전기의 연료로 쓸 석탄과 디젤, 그리고 남극의 기나긴 겨울 동안 대원들이 일용할 양식과 보급품이 필요하다는 의미였다. 결국 우리 탐험대는 24명의 대원과 64톤의 화물로 꾸려졌다. 소형 요트가 감당할 수 있는 적재량의 수준을 넘어섰을 뿐아니라 비행기로 운반할 수 있는 중량도 아니었다(정부가 지원하는 남극 기지의 보급품 공수에 가장 일반적으로 사용되던 C-130 헤라클레스, 일명 '허크'라 불리던 비행기의 적재 하중은 고작 20톤에 불과했다).

간단히 말해 다른 방법이 없었다. 12월에 남극해에 도착하기 위해서는 북반구의 가을철에 영국에서 출항해야만 했다. 유빙이 부서지는 시기에 맞춰 도착한다면 배를 해안까지 접근시킬 수 있었다. 대원들과 화물을 내려놓고 서둘러 다시 북쪽으로 뱃머리를 돌려야 유빙에 갇히는 참사를 피할 수 있을 터였다. 1월부터 10월까지 이어지는 월동을 마무리하면 남극점을 향한 행군이 시작되는 시점은 대략 10월 25일쯤이 될 것이었다.

탐험 계획은 1910년 스콧 대장의 여정을 거의 똑같이 따른다는 점에서 호소력을 더했다. 우리는 그의 발자취를 좇아갈 뿐만 아니라 그의 탐험선이었던 '테라노바' 호의 발자취까지 따라가는 것이다.

문제는 우리 탐험대가 그 정도 규모의 선박을 마련할 형편이 안된다는 것이었다. 따라서 우리가 시도할 수 있는 유일한 방법은 피터 맬컴을 파견해 어떻게든 선박을 구매해오게 만드는 수밖에 없었다. 결국 맬컴은 맞바람에 살이 에이는 듯한 엄동설한에 영국 동해안을 따라 늘어선 조선소와 항만을 훑어보기 위해 노튼 오토바이를 타고 길을 나섰다.

그는 런던에서 시작해 북쪽으로 방향을 잡고 로스토프트와 헐, 뉴캐슬까지 훑었다. 매물로 나와 있는 배들은 많았다. 당시 영국의 수산업은 외국과의 경쟁으로 인해 설 자리를 잃고 있던 중이었다. 하지만 매물로 나온 트롤선의 대다수는 너무 노후했고, 적합하다고 생각되는 몇몇은 가격이 너무 높았다.

맬컴은 그렇게 요란한 엔진 소리를 내며 계속 돌아다녔다. 어디든 멈추면 그의 온몸에 살얼음이 붙어 있었다. 노튼의 배기통이 만들어내는 흡사 방귀소리 같은 일련의 소음은 그의 도착을 알리는 신호였다. 그는 입을 떼기 전에 항상 몸부터 녹여야 했다. 그런 다음 군데군데 기름얼룩이 묻은, 반쯤 녹은 눈사람 같은 몰골로 이렇게 말하곤 했다. "남극으로 가기 위해 배 한 척을 구매하려고 왔습니다만…." 항만관리자들이나 선박 중개인들 대다수가 그의 말에 귀를 기울이지 않았던 이유를 충분히 짐작할 수 있다.

추운 날씨에 온몸이 얼어붙을 것만 같았지만 그는 그에 굴하지 않고 계속해서 북쪽으로 올라갔다. 스코틀랜드 북부의 애버딘을 지나 마침내 프레이저버그라는 조그만 항구까지. 바로 그곳 프레이저버그에서 그는 트롤어선 한 척을 찾아냈다. 최근 보수 작업을 마치고 '옛소Yesso'라는 원래의 이름 대신 '클린씨즈 원Cleanseas I'으로 새롭게 명명된 선박이었다.

클린씨즈 원의 소유주인 크리스찬 살베이슨Christian Salveson 선박회사의 앤드류 살베이슨Andrew Salveson과 피터 킹Peter King은 몰골이 말이 아닌 그를 애처롭게 생각했다. 살베이슨 선박회사는 꽤 긴 역사를 자랑하고 있었다. 19세기 중반에 설립되었지만 사업이 번창한 것은 제2차 세계대전 이전 남극으로 포경선들이 몰려가던 시절이었다. 그가 남극대륙을 언급했을 때 그들에게는 마치 마법의 단어처럼 들렸을 것이다.

나는 '스콧의 발자취를 좇아'를 준비하던 창고 사무실에서 전화를 받았다. 맬컴의 떨리는 목소리가 수화기 너머로 들려왔다. "배를 찾은 것 같아." 추위로 떠는 건지 흥분으로 떠는 건지 알 수 없었다. 아마 둘 다였을 것이다.

제시된 가격은 5만 파운드였다. 크리스찬 살베이슨의 피터 킹은 단돈 1파운드를 가계약금으로 받아들고 일정 기간 기다려주겠다고 했다. 맬컴은 자신이 가진 2만 파운드를 주저 없이 내놓겠다고 했다. 나 또한 가진 돈 전부를 보태기로 했다. 우리의 유일한 재정적 후원자인 인내심 강한 마크 폭스-앤드류 Mark Fox-Andrews가 나머지 금액을 채워주리라 기대하면서 말이다.

맬컴은 임무 수행에 적합한 선박을 찾는 데 있어서 해군다운 열정을 보여줬다. 전체 탐험 여정 중에서 항해 부분은 언제나 그가 꿈꾸던 이상이었다. 그는 남극점까지 직접 걸어가겠다는 마음은 먹어본 적이 없었다. 그때까지 살펴봤던 수많은 선체들과 달리 클린씨즈 원은 당장이라도 출항할 수 있는 상태였다. 침상에 담요도 놓여 있고 조리실에 식기류까지 구비되어 있다고 그가 알려줬다.

나는 그의 한껏 고조된 감정을 포착함과 동시에 마음이 무겁게 가라앉는 묘한 기분에 휩싸였다. '스콧의 발자취를 좇아'는 이제 진짜로 현실이 될 수 있는 커다란 도약을 하고 있었다. '신중하게 잘 생각해봐. 내가 정말 해낼 수 있을까?' 남극대륙의 첫날밤은 시작도 되지 않았는데 나는 벌써 잠을 못 이루며 뒤척이고 있었다.

프레이저버그에서 맬컴과 만나기 위해 스코틀랜드로 향하던 길에 나는 마음의 평안을 찾기 위한 방편으로 우리의 주력 선박에 어떤 이름을 붙이는 게 좋을지 곰곰이 생각해봤다. 나의 어머니 엠은 섀클턴이 탔던 마지막 탐험선의 이름인 '더퀘스트The Quest'를 추천했다.

내가 조금 더 미신을 믿는 사람이었다면 어머니의 제안에 대해 다시 한 번 망설였을 것이다. 섀클턴은 배로 남극대륙 둘레를 주항한다는 상당히 무의미한 항해 도중 더퀘스트 호 선상에서 생을 마감했다.

비록 남극대륙 주변을 배로 일주하는 일에 별다른 의미를 부과할 수는 없을지언정 누구도 시도한 적이 없었던 탐험이었던 것만큼은 사실이다. 그러나 섀클턴이 더퀘스트 호에 오를 수밖에 없었던 진정한 이유는 그런 것이 아니었다. 그는 꽤 많은 빚을 지고 있었기에 탐험을 멈출 수가 없었다. 목적이나 명분이 어떻든 자금이 계속 들어오도록 하기 위해서는 어떤 탐험이든 강행해야 했다는 얘기다.

극지 탐험은 감당하기 어려울 정도로 값비싼 여정이기에 탐험가들은 보통 이쪽에서 자금을 끌어다 저쪽에 갚는 짓을 멈출 수가 없다. 그러다 결국엔 저쪽으로부터도 돈을 뜯어내야 할 지경에 이른다.

역사 속에 등장하는 극지 탐험가들의 운명을 곱씹어봤다. 그들은 모두 무일푼으로 생을 마감했다. 나는 탐험가의 아들인 섀클턴 경에게 서신을 보내 아버지가 마지막으로 올랐던 배의 이름을 우리가 사용하는 것에 대한 그의 견해를 구했다.

그런 과정을 거쳐 도출된 이름이 바로 '서던퀘스트Southern Quest'였다. 나는 서던퀘스트가 '스콧의 발자취를 좇는' 탐험대를 태우고 남쪽으로 향하게 될 선박의 이름으로 제격이라고 생각했다.

16

18마일

마치 수레를 밀며 오르막길을 오르는 모양새였다. 인지하지 못한 사이에 산마루에 다다랐고 어느 순간 수레에 붙은 가속도에 주도권을 빼앗기고 말았다. 계속해서 수레를 밀고 있는 것처럼 보였지만 사실은 죽을힘을 다해 매달려 있었다. 내리막길을 내달리며 점점 더 가속도를 높여가는 수레와 보조를 맞추기 위해 애쓰면서 말이다. '스콧의 발자취를 좇아'는 그 나름의 큰 희생을 요구하고 있었다. 나는 다만 그 속도에 치여 희생당하지 않고자 노력할 따름이었다.

하지만 나는 역시 광인이었다. 나의 몰입은 완전했다. 극점을 향한 행군 외에 다른 어떤 것도 내 머릿속에 들어오지 않았다.

마라톤 선수들이 경기 중에 신체적, 정신적 한계점에 맞닥뜨리는 지점이 있다고 한다. 출발선에서 대략 18마일(약 29킬로미터) 지점으로 선수들 사이에서는 '벽에 부딪히는 지점'으로 통한다. 따라서 마라톤 선수는 결승선까지 완주하는 데 필요한 체력을 비축하는 한편 18마일 지점에 이르렀을 때 벽을 뚫고 나아갈 수 있는 의지력을 갖춰야 한다.

내가 바로 그 18마일 벽에 부딪혀 안간힘을 쓰고 있었다. 거기서 쓰러지면 안 된다는 절박함에 젖어 마치 등에 토성 5호 로켓이라도 달고 있는 양 속도를 높여댔다. 서던퀘스트 호가 아이언게이트 선창을 들이받은 날부터(아니 보다 우호적인 표현으로, 아이언게이트 선창에서 그 우수한 쇄빙 능력을 선보였던 날부터) 우리가 남극을 향해 출항한 날 사이의 그 짧지 않은 기간 동안 나는 내 몸과 마음 그리고 입까지 18마일 지점을 이겨내리라 결심한 마라톤 선수처럼 쉴 새 없이 내돌렸다.

후원금도 들어왔다. 25달러부터 5,000달러에 이르는 금액의 수표들이었다. 스콧이 그렇게 했던 것처럼 나도 영국 전역을 돌며 강의나 연설을 하며 자금을 모았다. 강연자 정보센터를 운영하는 누이 루신다Lucinda가 큰 도움이 되었다. 미술 강사로 일하는 누이 레베카Rebecca는 대중연설의 기법을 가르쳐주기도 했다. "보고 읽으면 안 돼, 로버트. 열정을 보여줘야 해." 레베카의 조언이었다. 나의 모교인 세드버그에서도 강연을 했고 지역센터와 클럽 등 나를 초대하는 곳이라면 어디든 달려갔다. 윌리엄 펜튼은 한 손에는 시가를, 다른 한 손에는 수화기를 든 채 냉기가 감도는 창고 사무실 책상에 앉아 신문과 라디오, TV를 통해 우리의 탐험을 홍보하는 일에 지칠 줄 모르고 매달렸다.

테라노바 호 탐험을 앞두고 모금 활동의 일환으로 강연을 하러 다니던 때의 스콧을 떠올렸다. 당시 그가 얼마나 절망감을 느꼈는지 그의 일기를 통해 짐작할 수 있었다.

> 울버햄튼에서는 20~30파운드 정도. 오늘은 40파운드. 웨일스
> 에서는 아무런 소득도 없었다. 이곳도 마찬가지일 것이다. 시
> 간을 낭비하고 있다는 생각마저 든다. 이곳에서는 그리 큰 액
> 수의 후원금을 기대할 수 없다. 경기가 썩 좋지 않은 지역이다.
> 나의 강연이 그리 훌륭한 것도 아니지만 강연장 환경이 너무
> 열악했고 청중의 규모도 작았다. 어제도 매우 힘든 날 중 하루
> 였다. 강연장에 있던 사람들 거의 대부분이 자리를 떴다.

우리가 사무실로 쓰고 있던 창고 인근의 한 항만구역 학교에서 학
생들을 대상으로 했던 무료 강연은 내가 했던 강연 중에 가장 고가
에 속한다. 특정한 의미에서 그렇다는 말이다. 지저분하고 이곳저곳
그을음이 묻은 그 동네는 대규모의 카나리 선창 재개발 프로젝트가
시작되면 철거되어 완전히 사라질 처지였다. 초등학생 연령대의 어
린아이들을 대상으로 한 무료 강연이었지만 궁극적으로는 내가 수
백만 달러의 비용을 지불한 셈이 되었다. 그 강연을 마친 후 반드시
스콧의 발자취를 좇아가야만 한다는 나의 확신이 추호의 의심도 없
이 명확해졌기 때문이다.

강연의 주제는 '로버트 스콧'이었다. 연단에 서서 강연을 하면 내
가 하는 말이 청중들에게 전달되고 있는지 그렇지 않은지 저절로 알
수 있다. 여기 또는 저기에서 어떤 사람이 몰입하고 있는지 파악할
수 있다는 말이다. 그날 초등학교 강연에서는 한쪽 옆의 책상 위에

올라앉아 내가 하는 모든 말에 주의를 기울이던 한 소년이 그랬다. 그 아이는 어딘지 모르게 디킨스Dickens의 소설에 등장하는 예의 불우한 아동 같은 분위기를 풍겼고 두 눈이 약간 돌출되어 있었다.

강연이 끝난 후 그 소년은 내게로 다가와 이렇게 말했다. "진심으로 행운을 빌어요." 이스트엔드 지역의 억양이 강하게 느껴졌다. 나는 그 소년이 어쩌면 나를 "사장님"이란 호칭으로 부를지도 모른다는 생각이 들었다. 그때였다. 소년이 내 손에 50펜스짜리 동전을 꾹 눌러 쥐어줬다.

소년의 집은 가난했다. 겉으로 보이는 행색만으로 충분히 알 수 있었다. 다소 꼬질꼬질했지만 소년의 얼굴만큼은 새로운 믿음에 대한 열정으로 빛이 났다. 소년이 건네준 동전은 오래된 은화였다. 여왕의 결혼 25주년을 축하하기 위해 주조된 기념 주화였다. 나는 아직도 그 동전을 간직하고 있다.

그 50펜스 동전은 내 가슴으로 날아든 단검과 같았다. 그 후 나는 눈이 툭 튀어나온 그 소년을 이따금 떠올리곤 했다. 나에게 그 소년은 '스콧의 발자취를 좇는' 탐험대를 위해 동전을 기부해준 어린 학생 수백 명의 대표였다.

"왜 남극점까지 걸어가야 하나요?" 수년 동안 끊임없이 받아온 질문이다. 그러나 솔직히 말하자면 그 질문에 대한 답은 여전히 유동적이었고 종잡을 수 없었다.

탐험에 대한 꿈은 존 밀스의 영화와 스콧의 일기에서 받은 깊은 감동이 발단이 되어 시작된 것이다. 가족들의 격려 속에서 조금씩 구체화되었고 피터 스콧 경과 섀클턴 경의 든든한 지지를 얻으면서부터 현실화되기 시작했다.

레베카 워드와 윌리엄 펜튼, 피터 맬컴과 같은 친구들은 나에게 그 "왜"라는 질문에 대한 새로운 답을 찾게 해줬다. 시간이 지날수록 나는 그들을 위해 반드시 탐험에 나서야 한다는 생각이 굳어졌다. 그들의 아낌없는 헌신에 경의를 표하기 위해서 말이다. 더 이상 꿈이 아니었다. 이제 탐험은 내 인생 그 자체였다. 내가 '스콧의 발자취를 좇는' 이유는 그것이 바로 나 자신의 모습이며 그것이 곧 나의 일이었기 때문이다. 그리고 너무나 많은 좋은 사람들이 나의 탐험 계획에 기꺼이 합류해줬다.

그러나 소년이 건넨 그 50펜스 동전은 그 이유를 완전히 새로운 방식으로 이해하게 만들었다. 이제는 빼도 박도 못하는 상황에 놓이게 되었다. 끝까지 간다는 나의 약속에 단단히 묶여버린 것이다. 어쩌면 내가 너무 감상적인 것일지도 모른다. 그러나 그 이후로 나는 꿈을 접고 숨어버리거나 탐험을 포기할 수 없었다. 툭 튀어나온 소년의 두 눈이 어디를 가든 나를 따라다녔기 때문이다. 나에게 동전을 건넨 소년을 실망시킬 수 없었다. 그 많은 어린 학생들, 그 모든 동전과 후원자들의 지지는 "왜"라는 질문에 대한 나의 대답에 또 한 번 원천적인 변화를 안겨준 셈이다.

'스콧의 발자취를 좇아'에 합류한 가장 놀라운 사람은 템스 강 항만구역 출신인 엠마 드레이크Emma Drake였다. 모두가 그녀를 좋아했다. 드레이크는 사무실의 요정 대모 같은 존재였다. 그녀는 항상 바삐 움직였고 딱총나무 열매로 집에서 직접 담근 와인을 가져오기도 했다. 모직 양말이나 깡통에 든 거위 기름을 들고 오기도 했다. 그녀는 거위 기름이 추위로부터 얼굴 피부를 보호해준다고 했다.

드레이크는 자신에게 초능력이 있다고 주장하곤 했다. 그녀는 우리가 11시 정각에 남극점에 도달할 것이라고 예언했다(우리가 실제로 도달한 시각은 오후 11시 53분이었다). 나는 그녀의 신통력을 진지하게 생각해 본 적이 없었다. 하지만 한번은 이런 일이 있었다. 사무실의 자금이 거의 바닥나고 후원자가 약속한 자금은 결국 들어오지 않을 것이라 거의 확신하고 있을 때, 그녀가 "수표가 곧 들어올 거예요"라고 예언했다.

바로 그날 후원자의 수표가 우편으로 도착했다. 잭 헤이워드^{Jack Hayward}라는 이름의 매우 반가운(그리고 아주 부유한) 후원자가 보낸 수표였다. 코딩글리 소령이 그를 따로 만나 후원을 독려했다는 사실은 나중에 알았다.

로저 미어도 메트로폴리탄 선창에 있던 우리 회사에 합류했다. 처음에는 탐험조로 단 두 명만 생각했다. 두 명으로 한 팀을 이뤄 극점까지 걸어갈 계획이었다. 그의 합류로 우리의 계획이 한 단계 발전하게 되었다. 나는 애초부터 스콧의 탐험을 그대로 답습할 생각을 하고 있었다. 스콧 대장은 시베리아 조랑말과 썰매견을 이용했다. 우리도 조랑말과 개를 데리고 갈 생각이었다. 또 그가 했던 방식과 똑같이 보급품을 저장해둘 계획이었다.

로저 미어는 모든 것의 가능성 여부에 집중했다. 그리고 전문 산악인으로서 자신의 관심사를 자극할 만한 것에 초점을 맞췄다. 그는 어떤 도움도 받지 않는 무지원 탐험에 집착했다. 그것은 썰매견도, 조랑말도, 보급품의 비축이나 공수 따위도 없다는 것을 의미했다.

두 명의 대원이 음식과 연료 등 석 달간 필요한 모든 물품을 실은 썰매를 끌고 남극점까지 900마일(약 1,450킬로미터)을 걸어가는 것이다. 그는 우리가 진정한 극지 탐험가의 고립과 헌신을 존중하길 원했다.

"만약 무지원으로 남극점에 도달하면 내가 아는 한 그것은 역사상 가장 긴 무지원 탐험이 될 겁니다." 로저 미어가 한 말이다.

탐험에 나서려면 적어도 그 정도는 말할 수 있어야 했다. 여타의 탐험과 구별되는, 그리고 이전에 행해진 어떤 탐험과도 다른 우리만의 고유한 소유권을 주장할 수 있어야 했다.

'세계 최초', '최장의', '최고 높이의'. 이런 수식어들이 게임의 일부였다. 마치 깃발처럼 언제나 행군의 뒤를 따르는 수식어…. 우리는 펜튼이 보도자료로 활용할 수 있는, 그리고 기자들이 기삿거리로 쓸 수 있는 무언가를 필요로 했다.

역사상 최장 무지원 행군. 사실이 그랬다. 그보다 먼 거리를 행군한 사람들은 수없이 많았다. 나폴레옹에서부터 모택동에 이르기까지. 그러나 우리가 계획하던 탐험 방법을 시도한 사람은 없었다. 그런 무지원 행군은 전례가 없었다. 앞서 장거리 행군에 나섰던 그들은 언제나 보급을 통해서든 약탈을 통해서든 호의호식할 수 있었다.

우리의 탐험 여정에는 노려볼 만한 포상금도 없었고 사방을 둘러봐도 얼음 장벽만 보이는 동토에서 약탈이나 수탈이 가능할 리도 없었다. 남극의 해안을 벗어난 이후에는 물개도, 펭귄도 보지 못할 터였다. 내륙 깊숙이 들어가면 실로 새 한 마리도 구경하지 못할 것이다. 음식이 될 만한 건 아무것도 없을 것이며 무선 통신도 불가능할 것이다.

아마 T. E. 로런스Lawrence의 그 유명한 시나이 반도 횡단이 보다 적절한 비교 대상일 것이다. 비록 아카바에서 수에즈 운하에 이르는, 훨씬 짧은 여정이긴 했지만 말이다. 시나이 반도는 아무것도 없는 메마른 사막이다. 로런스는 49시간 동안 한숨도 자지 않고 횡단했다. 남극점에 다녀오는 우리의 여정은 장장 석 달이나 이어질 예정이었다. 로저 미어는 탐험가의 고독과 고립된 상황에서의 도전 그 자체를 즐기는 인물이었다. 자연 환경에 맞서는 인간으로서 말이다.

그런 가운데 나는 스콧의 발자취를 그대로 좇는 것에 대해 다시 생각을 해봤다. 16명의 대원과 조랑말 10마리, 두 팀으로 구성된 썰매견들과 모터가 장착된 썰매 두 대, 그렇게 꾸려진 탐험대를 이끌고 그는 1911년 11월 1일 극점을 향한 여정을 시작했다. 그러나 각기 다른 속도로 전진하면서 두 팀이 서로 멀어지는 사태가 벌어졌다.

"마치 보트 경주를 떠올리게 했다. 또는 속력이 제각각인 함선들로 이뤄진 무질서한 편대와도 같은 모양새였다." 스콧은 이렇게 기록하고 있었다.

그들의 혁신적인 모터 썰매는 지나치게 앞서나갔다. 그리고 거의 즉각적으로 고장을 일으키고 말았다. 썰매견들과 조랑말들은 힘겹게 버티다가 결국 죽어나갔다. 극점을 향해 행군을 계속한 다섯 명의 대원들도 결국 목숨을 잃었다.

나는 스스로에게 질문을 던지지 않을 수 없었다. 결국엔 죽음의 행군이 되어버린 탐험 여정을 그대로 좇아가는 것이 과연 옳은 선택일까?

미국 작가 스콧 피츠제럴드Scott Fitzgerald는 이렇게 말하지 않았던가.

"영웅만 나오면 나는 언제든 비극을 쓸 수 있다." 피츠제럴드가 한 말은 로버트 스콧에게 딱 들어맞았다. 하지만 그 비극이 정녕 불가피했던 것일까? 나는 순교자의 뒤를 밟는 일 없이 내 나름의 영웅적 성취를 이루고 싶었다.

언론에서는 역사적 탐험의 발자취를 좇는 우리의 계획과 무지원 탐험이라는 우리의 목표를 둘 다 맘에 들어 했다. '스콧의 발자취를 좇아'는 1984년 여름을 지나면서 대중매체의 집중 조명을 받기 시작했고 일반 대중 대다수에게 알려졌다. 기자들은 우리를 가리켜 '정신 나간' 사람들이라 표현하길 좋아했다. 우리는 '무지원으로 남극점에 걸어갈 두 명의 정신 나간 영국인'이었다.

독자들과 시청자들은 따뜻한 난로 앞에 차 한 잔을 놓고 앉아 황량한 얼음 벌판을 횡단하는 끔찍한 행군이 어떻게 끝날 것인지 예측하며 즐거운 시간을 보냈다. 행군의 당사자가 자신이 아니라 다른 누구인 것으로 족했다. (헤밍웨이의 세 번째 부인이자) 종군기자였던 마사 겔혼Martha Gellhorn은 이렇게 적은 바 있다. "대중의 관심사는 끔찍한 여정 외에 다른 것은 없다."

그 반대의 경우도 마찬가지다. 나는 탐험에 나설 때마다 집에 있는 가족들의 모습을 떠올리는 것으로 만족감을 느끼곤 했다. 어떤 이유에서인지 장작이 타고 있는 벽난로는 빠지지 않고 나의 상상 속에 등장했다. 좀 더 정확히 말하자면 '따뜻한 난로'라는 문구와 함께 항상 떠오르는 벽난로가 있었다. 안락과 나태. 열기와 타성. 혹독한 환경에서는 따뜻한 난로가 간절히 바랄 만한 극치를 대변한다.

대중적 인지도가 향상되면서 더 많은 후원자가 모여들었다. 최초의 남극대륙 횡단 탐험대의 대장이었던 비비언 푹스 경을 비롯해 최초로 북극 횡단에 성공한 월리 허버트Wally Herbert, 에드먼드 힐러리Edmund Hillary가 최초로 에베레스트 등반에 성공했을 당시 등반대 대장이었던 헌트 경Lord Hunt 등 쟁쟁한 인사들이 후원자 명단에 이름을 올렸다.

가장 힘겨웠던 상대는 한때 스콧의 부하였지만 경쟁자로 변모한 어니스트 섀클턴의 아들, 에드워드 섀클턴 경이었다. 맨 처음 연락을 취했을 때 그는 나의 요청을 단호하게 거절했다. 나는 포기하지 않고 서신과 전화로 그에게 매달렸다. 피터 스콧과 나란히 탐험대의 후원자 명단에 섀클턴의 이름이 오르면 과거의 상처도 치유될 수 있으리라 굳게 확신했다.

마침내 섀클턴 경의 마음이 돌아섰고 우리의 가장 고집 센 후원자 중 한 명이 되었다. 그는 부친의 탐험 경험을 예로 들며 단 두 명의 대원만으로 탐험에 나서는 것은 미친 짓이라고 했다. 섀클턴 경은 세 명이 훨씬 더 안전하다고 주장했다. 결국 로저 미어와 나는 세 번째 대원으로 개러스 우드가 적격이라고 판단했다.

이에 못지않게 우리가 필요로 했던 것은 조직적이고 능률적으로 모금활동을 펼칠 수 있는 전문가였다. 그래서 우리는 리처드 다운Richard Down을 끌어들였다. 스포츠 행사와 모험 활동을 홍보하는 기업 인터랙션Interaction의 운영자였다.

그가 없었다면 우리는 아직도 템스 강의 항구에서 남극으로 출발할 날을 기다리고 있었을지도 모른다. 다운 덕분에 후원금이 끊이지 않고 들어왔다. 그러나 들어오는 만큼 나가는 돈도 만만치 않았다.

서던퀘스트 호는 '밑 빠진 선박에 돈 붓기'라는 뱃사람들의 자조 섞인 농담이 진담이었음을 입증했다. 실로 '돈 먹는 하마'가 따로 없었다.

섀클턴 경의 주선으로 셸오일Shell Oil의 회장이자 CEO인 존 라이스먼John Raisman과 만남을 가졌다. 물론 섀클턴 경도 자리에 함께했다. 그 만남이 있기 전 나는 바클레이즈 은행의 후원을 이끌어냈던 경우와 똑같은 과정을 밟았다. 셸오일에 끊임없이 연락을 취했다. 우리 탐험대를 후원하는 것은 과거 셸이 스콧 대장을 후원했던 것과 뜻 깊은 역사적 연관성을 갖는다고 주장했다. 셸의 홍보담당자는 자사가 스콧 대장의 탐험을 후원한 적이 없다고 내게 말했다.

"셸은 스콧 대장의 후원사가 맞습니다." 내가 말했다.

"아니요, 그렇지 않습니다." 셸 측의 대답이었다.

그렇게 상황은 답보 상태에 놓여 있었다. 우리에겐 배가 있었지만 그 배를 움직이려면 연료가 필요했다. 나는 언젠가 스콧의 탐험 여정을 조사하던 중 어디에선가 '셸 정신Shell Spirit'이라는 문구와 함께 그 회사의 로고가 박힌 나무 상자 위에 스콧이 앉아 있는 사진을 본 기억이 났다. 하지만 노트를 아무리 뒤져봐도 어디서 봤는지 도무지 찾을 수 없었다.

"그 사진을 꼭 찾아야만 해!" 셸의 후원을 얻어내지 못할 수도 있다는 생각에 그렇게 고함을 내질렀다.

라이스먼과 친분이 있던 섀클턴 경이 만남을 주선해 우리는 템스 강변에 있는 셸멕스 빌딩에 모여 앉게 되었다. 먼저 말문을 연 것은 섀클턴 경이었다. 그러나 놀랍게도 나의 경력과 동기, 배경에 대한 공격처럼 들리는 말을 거침없이 쏟아내는 것이 아닌가.

"로버트를 처음 만났을 때 그 탐험 계획은 완전히 말도 안 된다고 생각했었지." 섀클턴 경이 커다란 시가를 뻐끔거리며 했던 말이다.

섀클턴 경이 나를 갈가리 찢어놓고 있는 동안 나는 시뻘겋게 달아오른 얼굴을 하고 그 자리에 그대로 앉아 있었다. 그에 따르면 나는 태도가 무척 건방지고 경험이 부족하며 멍청한 아마추어에 불과했다. 그는 그렇게 말하는 틈틈이 시가를 뻐끔거렸다.

나는 자리를 일어나 방을 박차고 나오고 싶은 마음을 간신히 눌러 참았다. 도대체 이 사람은 왜 나를 이곳까지 유인해낸 것인가? 내가 두 번 다시 대중 앞에 나서지 못하도록 만들기 위해 함정을 판 것인가?

그러나 섀클턴 경은 노련한 솜씨로 어조를 바꿨다. "그런데 점점 이 친구의 굳은 의지와 예리한 통찰력에 깊은 인상을 받게 되었지 뭔가." 그가 말했다.

대놓고 깎아내리는 것부터 시작함으로써 셸의 회장이 나에 대해 가질 수도 있는 반감을 사전에 차단해버린 것이다. 그렇게 하지 않았으면 회장의 눈에는 그저 목적을 위해 굽실거리는 시건방진 어린 녀석으로 비칠 수도 있었지 않았겠는가.

"로버트가 자네에게 보여줄 것이 있다더군." 섀클턴이 나에 대한 소개를 마치며 했던 말이다. 나는 스콧이 셸의 로고가 박힌 박스 위에 앉아 있는 사진을 꺼내놓았다. 더럼 대학 시절 자료 조사를 제대로 하는 방법을 배워뒀던 덕을 톡톡히 봤다. 대영박물관의 자료실에서 일일이 파일을 뒤져 마침내 그 사진을 찾아낸 것이다.

그날 나는 '스콧의 발자취를 좇는' 탐험에 필요한 모든 연료는 셸에서 후원한다는 약속을 받고 셸멕스 건물을 나섰다. 600톤에 이르는 디젤 연료까지 포함해서 말이다. 그 정도면 20만 달러에 상당하는 기부였다.

1984년의 여름은 일찍 찾아온 가을에 묻혀버렸다. 서던퀘스트 호가 남극 바다에서 견딜 수 있도록 만들기 위한 선체 보강 작업을 개시했다. 수십 명의 자원봉사자들이 작업에 참여해줬다. 어쩌다 한 번씩 수고비를 지급받고 외풍이 심한 창고에 널빤지를 깔고 잠을 자야 하는 열악한 상황이었음에도 그들은 기꺼이 도움을 제공했다. 서던퀘스트 호의 방향키가 얼음에 부딪히는 경우를 대비해 판을 장착했다. 선체를 깨끗이 문질러 닦고 물품을 비축하고 필요한 장비도 갖췄다. 탐험에 필요한 보급품들이 우리의 본부인 창고를 가득 채우고도 남아 템스 강 하류에 있는 웨스트인디아 부두의 14번 창고를 빌려 별관으로 사용했다. 스콧이 탐험을 나설 때 이용했던 바로 그 선창이었다.

로저 미어는 극점까지의 여정과 항해, 물류, 장비 등에 집중했다. 개러스 우드는 맥머도 만의 해안에 위치한 케이프에반스에서 우리가 사용하게 될 오두막을 설치하는 일에 신경 썼다. 그는 시험 삼아 14번 창고 안에 그 조립식 오두막을 설치해보기도 했다.

우리는 또한 서던퀘스트 호의 보험 가입을 위해 런던로이즈Lloyds of London 보험자협회의 내빙력 3등급을 확보하는 데 총력을 기울였다. 하지만 막판에 보험사가 인수를 꺼리는 사태가 발생하고 말았다.

나에게 주어진 선택권은 탐험을 취소하거나 연기하는 것뿐이었다. 나는 조선소에서 구슬땀을 흘리는 자원봉사자들의 모습을 둘러봤다. 어쩌다 내 꿈에 동조하게 된 사람들, 보상이 주어지는 것도 아니고 극지 탐험에 함께할 기회조차 없음에도 불구하고 기꺼이 노력을 보태는 사람들을 봐서라도 나는 패배를 인정할 수 없었다. 여기서 그만 접고 돌아서는 것은 안 될 말이었다.

내가 직접 선박에 대한 보험금을 부담하기로 했다. 바클레이즈 은행장 돈 프랫의 영웅적인 지원으로 나는 내 집과 얼마 안 되는 소유물을 담보로 제공하고 나머지에 대해서는 개인 보증을 서는 데 서명했다. 그렇게 120만 달러라는 거금을 빌려 보험금을 마련했다.

"너무 걱정 마십시오." 나는 근심이 가득 찬 표정을 짓는 은행장을 안심시키려 노력했다. "돌아오면 배를 매각할 겁니다. 은행 돈은 갚을 수 있을 겁니다." 이 약속은 훗날 집요하게 나를 따라다니며 괴롭히게 된다.

적자의 파도를 타고 출항에 나서는 선박이 서던퀘스트 호 하나뿐이었는가. 로알드 아문센은 남극점 정복이라는 쾌거를 거둔 그 남극 탐험에 나설 때 채권자들을 피하기 위해 크리스티아나(노르웨이의 수도 오슬로의 옛 이름)에서 비밀리에 출항했다. 그에 대적하는 스콧의 탐험에 사용된 테라노바 호 역시 한심할 정도로 자금이 부족한 상태였다. 서던퀘스트 호가 영국을 출발하는 순간 나 역시 그러한 극지 탐험가의 빛나는 전통에 합류하게 되는 것이었다. 산더미 같은 빚에 짓눌린 채 출항하던 그들의 반열에 오를 것이란 얘기였다.

그렇게 보험 문제가 해결되었지만 정작 배가 출항을 위해 부두를 떠날 때 나는 선상에 있을 수도 없었다. 이제 내게 필요한 것은 20톤에 달하는 최상급 석탄이었다.

17

케이프타운 2

스콧 대장 또한 자신의 탐험선이 모항을 출발할 당시 선상에 오르지 못했다. 마지막까지 남아서 살펴야 할 세부사항들이 너무 많았고, 잘 꼬드겨서 후원금을 받아내야 할 자금원이 너무 많았으며, 지원을 이끌어내기 위해 연설을 해야 할 곳도 너무나 많았기 때문이다. 1910년 6월 15일 테라노바 호가 웨일스의 카디프에서 출항할 때 스콧은 뒤에 남았다. 그는 한 달 후 속력이 훨씬 빠른 우편선을 타고 뒤쫓아가 남아프리카의 케이프타운에서 테라노바 호를 따라잡았다.

역사적 유사성은 잠시 접어두고, 서던퀘스트 호가 런던을 출발할 때 내가 선상에 있었다면 개인적으로 그보다 더 감격스러운 일은 없었을 것이다. 그러나 스콧이 그랬던 것처럼 나 또한 살펴야 할 세부사항들로 인해 발이 묶여버렸다. 세부사항의 대부분은 돈과 관련된 일이었다. 개인이 담보 및 신용으로 거금 120만 달러를 빌리면 서명해야 할 서류가 산더미처럼 쌓인다. 밥 딜런Bob Dylan의 노래 가사가 머릿속에서 떠나지 않았다. "그들이 담보물을 요구했고, 나는 팬티를 내렸네."

스콧의 테라노바 호가 그랬던 것처럼 서던퀘스트 호가 영국에서 마지막으로 기항한 곳은 웨일스의 카디프였다. 다행히 그곳에서 열린 축하연에는 참석할 수 있었다.

카디프 스콧대장동호회Captain Scott Society of Cardiff에서 우리를 위해 베풀어준 연회였다. 장소는 스콧이 환송회를 가졌던 바로 그곳이었고 그때와 똑같은 음식, 심지어 음악까지 그때와 똑같았다. 스콧에 관해 전해지는 일화들 중 카디프 환송회는 오명으로 남아 있다. 그의 대원 중 한 명인 타프 에반스Taff Evans가 너무나 술에 취한 나머지 연회 후에 카디프 항구의 바닷물에 빠지는 일이 있었기 때문이다.

나는 정신을 똑바로 차리고 있었지만 지속적으로 재현되는 스콧의 여정이 점점 나를 긴장하게 만들었다. 문득 그렇게 만든 장본인이 바로 나였다는 사실을 깨달았다. 탐험의 이름마저 '스콧의 발자취를 좇아'라고 붙여놓지 않았던가. 하지만 25코스나 되는 만찬과 하프가 연주되는 음악까지…. 그날 저녁은 왠지 으스스한 기분마저 들었다. 마치 우리가 '로버트 스콧의 유령' 탐험대가 되어버린 것 같다는 생각이 들었기 때문이다. 그렇다면 내가 할 일은 자명하지 않은가. 스콧 대장이 그랬던 것처럼 얼음 위에서 생을 마감하는 것이었다.

우리가 카디프에 기항한 이유 중 하나는 품질 좋은 웨일스 산 석탄이 필요했기 때문이다. 웨일스는 세계 최고의 완전 연소 무연탄

산지였다. 겨울을 나는 동안 우리가 지낼 오두막의 난방 연료로 석탄을 사용하는 것은 당시로서는 가장 안전한 방법이었다. 그러나 우리가 기항할 당시 웨일스의 광부들이 파업 중이었고 석탄이 카디프 항에서 드나드는 일 또한 중단된 상태였다. 나는 웨일스 광부 노조의 몇몇 고위간부들을 접촉했다. 그들은 분명 나를 거만하고 재수 없는 잉글랜드놈쯤으로 여길 것이었기에 나는 그렇게 비치지 않으려 각별히 신경을 썼다.

"여러분이 파업을 하는 이유는 충분히 공감합니다." 내가 말했다. "하지만 우리가 여기에 온 것은 탐험대가 쓸 석탄을 실어가기 위해서입니다."

"젊은 양반, 지금 여긴 파업 중입니다." 광산 노조의 최고위 간부는 더 이상의 논쟁은 없다는 듯이 내게 말했다.

"무슨 방법이 없겠습니까?" 내가 간청했다.

별 다른 방법이 없어 보였다. 그날 자정 무렵 우리가 서던퀘스트 호의 침상에 누었을 때 트럭 한 대가 선창가에 멈춰 섰다.

"석탄 싣고 왔습니다." 트럭 운전사가 말했다. "다만 우리는 여기에 온 적이 없는 겁니다. 무슨 말인지 아시겠죠?" 그는 최상급 웨일스 산 석탄 20톤의 하역 작업을 시작했다. 물론 우리는 아무에게도 발설하지 않았다. 그리고 누구도 대금 지급을 요청하지도 않았다. 감사합니다, 노조원 여러분!

서던퀘스트 호는 1984년 11월 10일 카디프 항을 떠났다. 피터 맬컴이 항해를 책임지고 있었다. 나는 기금 모금 활동을 마무리 짓고 대출 서류를 마저 꼼꼼히 확인하느라 뒤에 남았다. 12월 초 나는 서던퀘스트 호에 합류하기 위해 케이프타운으로 날아갔다.

내가 배보다 먼저 도착했다. 당시는 위성추적장치도 없었고 휴대전화도 없던 시절이라 서던퀘스트 호가 정확히 언제 도착할지 짐작할 길이 없었다. 항구에서 하루 정도 떨어진 지점에 있다는 무선전신이 날아왔다. 다음 날 가만히 있기도 그렇고 운동도 할 겸 테이블산을 올랐다. 케이프타운의 곶을 이루는 그 산지는 900미터 정도 높이로 솟아 도시를 굽어봤다.

정상에 올라 잠시 멈춰 섰다. 멀리 수평선을 바라봤다. 아무것도 보이지 않았다. 서던퀘스트만 한 크기와 모양의 배는 시야에 들어오지 않았다. 발 아래로 10여 년 전의 추억이 펼쳐졌다. 장거리 자전거 여행에 필요한 경비를 벌기 위해 택시를 몰고 누비던 마린 드라이브와 테이블베이 대로, 코이버그 거리 등이 눈에 들어왔다.

오웰 Orwell이 전체주의 사회가 도래할 것으로 보았던 1984년, 그해가 막바지를 향해 서서히 기어가고 있었다. 테이블 산에 올라 잠시 멈춰 섰을 때, 나는 6년 전 '스콧의 발자취를 좇아' 탐험을 위한 준비에 착수한 이후 처음으로 멈춰 선 느낌이 들었다. 그동안 쉴 새 없이 달리고, 몰아치고, 밀어붙이며 여기까지 왔다. 마라톤 선수들이 말하는 그 18마일 벽도 느껴봤다. 한동안 수렁에 갇혀 도저히 빠져나오지 못할 것 같다는 생각도 들었다.

힘겨웠던 5년의 경험은 나에게 큰 도움이 되었다. 내가 얻은 가장 큰 깨달음은 굳은 의지는 전염성이 강하다는 것이었다. 나는 오직 한 가지 생각에만 집중했고 다른 잡념이 끼어드는 것을 결코 허락하지 않았다. 결혼도 하지 않았고 직장 생활도 포기했다. 내 인생에서 탐험 이외의 다른 것에 에너지를 분산시켰더라면 지금처럼 나의 탐험선 서던퀘스트 호가 들어오기를 기다리면서 그 자리에 서 있지 못했을 것이다.

지난 몇 달간 벌였던 시간과의 싸움은 가히 살인적이었다. 서던퀘스트 호의 출발이 조금이라도 지체되었으면 탐험 계획을 몽땅 1년 뒤로 미뤄야 할 상황이었다. 만약 그랬다면 그때까지의 수고가 모두 수포로 돌아갔을지도 모른다. 거기에서 두 번째 깨달음을 얻었다. 시간에 쫓겨 일의 진행을 망쳐선 안 된다. 시간이 촉박한 상황에 직면하더라도 절대 압도당하지 말라는 의미다. 물론 절대로 포기해선 안 된다. 반드시 이뤄낼 것으로 믿고 전력을 다해 앞으로 나아가야 한다. 그러면 반드시 이뤄진다. 시간에 쫓기다 보면 불안감이 생길 수 있는데 거기에 휘둘리면 프로젝트가 어떻게 되겠는가. 눈에 보이는 것, 손에 잡히는 것부터 하나하나 처리해나가는 것이 정답이다.

탐험 준비로 정신이 없던 지난 시간 동안 내가 얻은 또 한 가지 매우 중요한 가치는 리더십이다. 리더는 훌륭한 인재를 모으고 그들이 주어진 일을 잘해낼 수 있도록 길을 터줘야 한다. 이것은 본질적으로 통제의 문제다. 대다수의 사람들은 나름의 결정을 내리고 일정 부분 지휘 통제하는 권한을 포기하는 것에 대해 강한 거부감을 느낀다. 만약 내가 '스콧의 발자취를 좇는' 탐험 계획의 실현 과정에서 사람들을 믿지 못하고 끊임없이 간섭했다면 결과는 프로젝트의 죽음뿐이었을 것이다. 말 그대로다. 그들의 손에 의해 내 꿈이 죽음을 맞았을 것이란 얘기다.

그리고 아이언게이트 선창의 충돌 사고도 빼놓을 수 없다. 경우에 따라서는 악재가 호재로 작용하기도 한다는 것을 증명해줬다. 운집한 군중과 보도진들을 향해 서던퀘스트 호를 막무가내로 밀고 들어갔던 부끄러운 실수가 결국엔 축복이었던 셈이다. 그렇다고 그런 어이없는 실수를 저지르라고 부추기는 건 절대 아니다. 다만, 재앙처럼 보이는 일일지라도 그것이 어떻게 전개될지 예측할 수 있는 사람은 아무도 없다는 사실을 전하고 싶을 뿐이다.

무엇보다 내가 얻은 가장 큰 깨달음은 바로 이것이다. 무언가를 하겠다고 선언하면 반드시 해내야 한다. 변명이나 술수는 용납되지 않는다. 어쩌면 그것이 리더가 지켜야 할 1순위 덕목일 것이다. '스콧의 발자취를 좇아'를 계획하고 조직하는 일은 매순간 그러한 나의 신념을 시험하는 과정이었다. 지지자들과 재정적 후원자들 그리고 팀원들에게 매일 수백 가지의 약속을 하고 지켜야 했기에 하는 말이다. 그러나 궁극적인 시험은 결국 걸어서 남극점에 도달할 탐험대를 조직하겠다는 약속이었다. 내 입으로 그렇게 말했으니 끝까지 지켜야만 했다.

문득 스스로에게 던지는 "왜"라는 질문이 또 한 번 바뀐 것을 깨달았다. 왜 스콧을 좇아가는가? 비교적 좁은 의미에서 대답을 찾는다면, 내 존재의 의미를 찾아가는 길이기 때문이었다. 나라는 존재는 남극점까지 걸어갈 사람이 되는 과정 속에 놓여 있었다. 그리고 내 꿈이 임계점에 이르렀다. 주변을 둘러보면 나와 같은 세대의 지성인과 친구들, 사촌들, 동창생들은 회사에 취직해 결혼하고 자식을 키우며 살고 있었다.

평범한 인생은 나를 지나쳐 갈 뿐이었다. 나는 다른 사람이었다.

내가 하는 일을 하는 것만으로도 나는 더 이상 평범한 사람이 아니었다. 어쩌면 내 눈에만 그렇게 보였던 것일 수도 있다. 하지만 그걸로 족했다. 나는 더 이상 '노력만' 하는 것이 아니라 실제로 행동에 나서고 있었다. 파티에서 매력적인 여성에게 극지 탐험가라고 소개하면 십중팔구 작업에 성공할 수 있었다. 자신감 충전에 제격이었다. 계속 그 역할에 충실하라고 스스로를 독려하지 않을 수 없었다.

고통스러우리만큼 조금씩, 나는 팀을 조직하고 리더가 된다는 것에 수반되는 의미를 이해하기 시작했다. 그것은 내가 착수한 개인적인 의미의 탐험 여행이었다. 겉으로 표명한 극점 정복을 위한 탐험 계획과는 다른, 내면의 나를 향한 탐험 여정이었다. 나는 어떤 인생을 살고 있나? 우리는 지금 여기서 무엇을 하고 있는 것인가? 우리는 주어진 시간을 어떻게 보내고 있는가? 이뉴잇(에스키모) 족 사이에서 전해지는 오래된 시구를 떠올렸다. "내가 지금 살고 있는 이 인생은 어떠한가?"

스콧, 섀클턴, 아문센, 모두 같은 과정을 거쳤다. 나는 그들을 본보기 삼아 매달렸다. 이미 오래전 세상을 떠난 영웅들과 나의 조부모, 부모, 형제자매, 학창시절 역사 선생님, 영화에 등장했던 배우, 부스스한 헤어스타일의 오토바이족, 기부 물품으로 받은 3,000캔의 맥주, 파티에서 만난 여성들, 그리고 동전을 손에 쥐고 유난히 튀어나온 눈을 끔벅이던 어린 학생까지 모두 나를 찾아가는 여정에서 없어서는 안 될 사람들이었다.

그들 모두가 나를 지금 이곳 테이블 산에서 배가 들어오기를 기다리도록 만든 것이다. 나는 케이프타운 항구와 케이프 반도, 테이블

만 입구 너머 멀리 서쪽으로 시선을 던져 넓게 펼쳐진 대서양을 바라봤다. 저 멀리 서쪽 끝에 황적색 점 하나가 눈에 들어왔다. 목에 걸고 있던 쌍안경을 들어올려 초점을 맞췄다. 하얀 물살을 일으키며 항구를 향해 서서히 다가오는 서던퀘스트 호였다.

오고 있다는 것을 알고 있었음에도 테이블 산에서 직접 눈으로 확인하고 보니 비로소 현실로 다가왔다. 내 짧은 인생에서 처음으로 변명이 통하지 않는 지점에 서 있었다. 바다 위의 붉은 점이 점점 가까워지면서 구체적인 형체들이 하나하나 모습을 드러냈다. 트롤선의 하얀색 선루, 레이더 안테나 그리고 피터 맬컴의 머리까지.

너무 과장이 심했다. 맬컴의 머리까지는 아직 보이지 않았다. 하지만 서던퀘스토 호가 좀 더 항구에 가까워졌을 때 아름다운 레베카 워드의 모습은 분명 감지할 수 있었다. 그녀는 탐험대의 사진 촬영을 담당하고 있었다. 문득 생각보다 많은 사람이 나에게 기대고 있다는 사실을 깨달았다.

'이제 와서 포기란 없다.' 스스로에게 되뇌었다. '나는 남극점까지 걸어서 갈 것이다.' 사실 이보다 더 현란한 표현을 떠올렸다. 왜냐하면 직접 맞닥뜨린 현실은 100퍼센트 유쾌한 것만은 아니었기 때문이다.

18

몬티 파이튼 행진곡

서던퀘스트 호는 케이프타운의 건선거에 정박했다. 사프마린^{Safmarine}은 조선과 인양을 전문으로 하는 기업으로 우리 탐험대에 '공공 이익 증진 차원의' 무료 서비스를 제공했다. 선거에 있던 초대형 유조선은 우리 배를 장난감처럼 보이게 만들었다. 마치 클라이더데일^{Clydesdale}⁴무리에 끼어 있는 아동용 조랑말 같았다.

1984년의 12월은 남아프리카공화국의 암흑기였다. 정부가 아파르트헤이트 정책을 무분별하게 고수하면서 여전히 국제 사회로부터 외면을 받던 시기였다. 남아프리카와 아무런 이해관계도 없는 많은 사람들로부터 조언을 들었던 터였다. 하나같이 그 나라에 가지 말라고 했다. 사악한 정권에 합법성을 부여하는 결과만 낳을 뿐이라는 것이었다.

그들이 주장하는 바를 이해하지 못한 것은 아니었다. 그러나 적극적으로 관여하는 것이 언제나 최선의 해결책이라는 것이 나의 신념이었다. 이후에 나는 인권 침해 문제로 국제사회로부터 유사한 압박을 받고 있던 중국을 방문한 적도 있다. 에너지 정책 문제와 관련해서는 석탄 기업들과 함께 일하기도 했다. 덕분에 내 주변의 순진한 친구들이 나를 혐오스럽게 보는 일까지 발생했다. 적극적으로 관여하는 것, 약간의 타협이 필요하더라도 그것이 일보 전진을 위한 가장 효과적인 방법이다.

그런 이유를 제외하더라도, 스콧이 뉴질랜드로 가는 길에 머물렀던 곳이 남아프리카였다. 사프마린의 건선거에서는 수백 명의 작업자들이 서던퀘스트 호에 매달렸다. 기록적인 시간 내에 그들은 서던퀘스트 호가 필요로 하던 모든 수리 작업을 끝냈다. 놀라울 따름이었다. 마치 내가 한낱 구경꾼이 되어버린 것 같았다.

대체 어디에 어떤 자세로 서 있어야 합당한 건가? 10년 전에 택시를 몰며 만났던 부두 노동자들과 선원, 부둣가 여자들이 나를 이상한 눈으로 쳐다보는 것 같았다. 그 10년 사이에 일어난 변화에 다소 어리둥절한 느낌까지 들었다.

릴케Rilke는 "삶에 변화를 가해야 한다"라고 했다. 서던퀘스트 호 엔진룸의 진동과 열기 속에서 나는 그것이 바로 내가 해야 할 일이라는 결정을 내렸다. 지난 5년간 나는 세일즈맨 역할을 최우선에 두고 달려왔다. 들어주는 사람만 있으면 언제든 내 아이디어와 내 꿈, 나의 탐험 계획을 팔기 위해 노력했다. 그 과정에서 세일즈 활동의 대상이 단 한 사람, 바로 나 자신이었다는 사실을 깨달았다. 나에게는 확신이 필요했다. 바로 이것이 내가 하고 싶은 일이라는 번복하지 못할 수준의 완전한 확신을 필요로 했다.

이제 탐험선에 올라 있는 나에게 그것들은 더 이상 아무런 의미가 없었다. 이제 누구를 대상으로 세일즈를 해야 하나? 여전히 내 자신에게? 아니었다. 테이블 산 정상에 멈춰 섰던 순간에 그 한 사람의 고객에 대한 마지막 세일즈는 이뤄졌다. 다른 대원들을 대상으로 세일즈를 계속해야 하는 것인가? 그들은 이미 탐험 자체를 구매했다. 그렇지 않았다면 배에 오르지 않았을 것 아닌가.

나는 남극점까지 걸어간다는 아이디어의 세일즈맨에서 실제로 남극점에 걸어서 도달한 사람으로 내 삶을 변화시켜야 했다. 그리고 그것은 정신상태의 근본적인 변화를 요구했다.

다른 탐험 대원들은 충분한 경험을 보유하고 있던 터라 적어도 자신들이 행군에 나서는 모습을 상상할 수 있었다. 로저 미어는 아이거 봉의 절벽에 매달린 채 산악용 침낭 속에서 겨울의 세찬 바람소리를 자장가 삼아 잠을 청했던 사람이다.

나에게는 그것과 유사하다고 할 수 있는 경험조차 없었다. 탐험 준비의 일환으로, 그리고 나 자신에게 미약하나마 신뢰도를 부여하고자 아이슬란드에서 보급품을 실은 썰매를 직접 끌며 스키를 타본 적은 있었다. 그것이 내 경험의 전부였다. 내 머릿속에서 변화를 이끌어내지 못한다면 정작 탐험이 시작되었을 때 나는 공황상태에 직면할 것이 틀림없었다.

첫 단계로, 나는 우리가 목적지에 다다를 때까지 배의 엔진룸에서 일하기로 결심했다. 뉴질랜드에서 남극까지 항해하는 동안에 그러겠다는 의미였다. 뉴질랜드에서 내가 최종적으로 서던퀘스트 호에 합류하기로 계획이 짜여 있었기 때문이다.

뉴질랜드 리틀턴에서 남극대륙까지, 갑판 아래에서 일하며 가는 것이었다. 탐험의 세일즈맨이자 명목상의 수장이라면 위쪽에 머무르면서 사진이나 찍는 게 더 적절할지도 몰랐다. 그러나 열기와 소음이 가득한 아래쪽에 머무는 것은 '나는 예전의 내가 아니다'라고 몸으로 말하는 것과 같았다. 나 자신은 물론 다른 사람에게도 말이다.

엔진룸의 오일과 윤활제, 연기와 먼지는 그 안에서 일하는 사람들을 지저분하고 힘들게 만들었다. 나는 지치고 더러워진 채로 엔진룸에서 기어올라와 침상에 몸을 던지고 몇 시간의 잠을 청하곤 했다. 덕분에 나에 대한 대원들의 생각이 바뀌었음을 느낄 수 있었다. 만약 내가 사진이나 찍어대는 역할에 안주했다면 필경 대원들의 원성이 야기되었을 것이다.

그보다 더 중요한 것은 갑판 아래에서 일하는 동안 나 자신에 대한 생각이 바뀌었다는 점이다. 나는 항해에 대해서는 문외한이었다. 그러니 내가 함교에 있어야 할 뚜렷한 이유가 없었다. 그레이엄 피펜 선장과 존 톨슨, 피터 맬컴 그리고 탐험선의 선원들이 우리를 안전하게 목적지까지 데려다줄 사람들이었다.

'훌륭한 인재를 모으고 그들이 맡은 바 임무를 수행할 수 있도록 길을 터줘야 한다.' 엔진룸은 내가 그들에게 길을 터줄 수 있는 최선의 방편이었다.

뉴질랜드의 리틀턴을 출발하기에 앞서 나는 원조 스콧 탐험대와 놀라운 연결을 맺었다. 스콧 탐험대 출신으로 그때까지 유일하게 생존하던 96세의 노신사 빌 버튼 Bill Burton이 부둣가로 우리를 찾아온 것이다. 젊은 시절의 버튼은 테라노바 호에서 석탄을 퍼넣던 선원이었다. 스콧의 손을 잡고 악수를 했던 사람의 손을 직접 잡았을 때 마치 바통을 넘겨받는 것처럼 느껴지기까지 했다.

뉴질랜드 곳곳에서 스콧의 잔상을 느낄 수 있었다. 캐서린 스콧이 직접 만든 영웅의 조각상이 크라이스트처치 공원에 우뚝 서 있었다. 나는 나의 정당성이 입증되는 느낌을 받았다. 예전 이 도시를 찾았을 때, 나무 밑에서 노숙까지 해가며 뉴질랜드 극지방 담당국의 봅 톰슨에게 탐험대에 합류시켜줄 것을 간청하지 않았던가. 그때 나는 내가 무언가를 할 것이라고 말했었다. 지금 이곳을 다시 찾은 나는 그 무언가를 하기 위한 여정을 이미 시작한 상태였다.

'스콧의 발자취를 좇는' 탐험 계획은 뉴질랜드의 극지방 기득권층뿐 아니라 여타의 국제적 조직들로부터도 냉대를 받았다. 영국의 저명한 왕립지리학협회에서는 계속 꺼리고 주저하다가 우리의 후원자인 피터 스콧과 섀클턴 경의 재촉으로 마지못해 우리의 탐험을 승인했다. 남극에 주둔하는 주요국 중 하나인 미국의 정부 관계자는 꺼리는 태도를 넘어서서 노골적인 적대감을 드러내기도 했다.

우리의 탐험 경로 양쪽 끝 각각에 미국의 남극기지가 위치하고 있었다. 스콧의 월동 기지가 있던 맥머도 만의 로스 섬과 남극점이 그 두 곳이었다. 우리는 미국의 과학자들과 어깨를 비비기 위해 출발한 게 아니었다. 오히려 정반대였다. 우리는 사람이 거주하는 지역은 되도록 피하고자 애썼다. 그러나 역사를 좇아가려니 맥머도 만으로 가야 했는데 마침 미국이 스콧의 발자취가 남은 바로 그곳에 남극기지를 세워놓은 것뿐이었다.

남극점에 위치한 그 놀라운 미국 남극기지가 우리의 최종 목적지가 되는 셈이었다. 여름철에만(10월부터 2월까지) 스키를 장착한 허크 비행기가 하루에 세 번 뜨고 내리는 아문센–스콧 남극기지는 미국의 전략적 입장을 대변했다. 남극 한가운데에 기지를 둠으로써 언제든 남극대륙 전체의 소유권을 주장하려는 의도가 깔린 것으로 추정할 수 있었다.

남극은 어느 누구의 소유도 아니다. 그런 측면에서는 세계에서 유일한 대륙이다. 남극조약체제ATS는 1959년 처음 체결되었고 1991년에 환경보호 의정서가 추가되었다. 평화로운 과학적 연구만 허용하고 군사적, 상업적 목적의 탐사는 금지함으로써 남극대륙을 보호하기 위한 국제 조약이다. 한마디로 ATS는 남극에서 지리적 위치나 영역을 놓고 다툼이 벌어지는 것을 방지하기 위해 고안된 것이다.

국가 간 영역 다툼은 탐험의 영웅 시대가 끝나자마자 곧바로 시작되었고 냉전 시대를 거치면서 최고조에 이르렀다. 영국과 뉴질랜드, 호주, 아르헨티나, 노르웨이, 칠레, 프랑스 등의 국가가 결국 영유권을 주장하기에 이르렀고 미국과 러시아는 남극에 기지를 세웠다. 제2차 세계대전 기간 중에는 독일도 남극의 땅을 차지하기 위해 열을 올렸다. 실제로 남극 기지를 세울 만한 자원이 턱없이 부족했는데도 말이다. 나치 정부는 독일의 통치권을 주장하기 위한 방편으로 비행기를 이용해 수백 개의 스와스티카(나치당을 상징하던 십자 표시)를 남극대륙에 투하하기도 했다.

미 해군의 조지 듀펙George Dufek 제독은 내가 태어나던 해인 1956년 10월 다른 여섯 명의 대원과 함께 남극점 기지 구축에 성공함으로써

'두 번째 극점을 향한 경주'에서 승리했다. 그가 세운 기지가 결국 아문센-스콧 남극기지가 된 것이다. 소련은 '도달 불능의 극점'으로 통하던, 남극 해안에서 가장 멀리 떨어진 남위 78도 28, 동경 106도 48 지점에 보스톡 기지를 구축함으로써 맞대응했다.

남극의 주인은 없다. 따라서 '스콧의 발자취를 좇는' 탐험을 공식적으로 막아설 권한은 누구에게도 없었다. 그러나 '법률적 근거^{de jure}'와 '실질적 사실^{de facto}'은 별개의 개념이었다. 미국 정부 관계자들은 그들이 할 수 있는 모든 수단을 동원해 우리의 탐험을 방해했다.

미국 국립과학재단의 극지방 담당국의 에드워드 토드 박사는 협력이 불가능하다는 의사를 직접적으로 표명했다. 탐험의 목적을 달성하고 극점에서 귀환할 때 미국 측은 그들의 거대한 헤라클레스 화물 수송기에 우리를 태워주기를 거부했다. 대개의 경우 아문센-스콧 기지에 보급품을 내려놓고 화물칸이 텅 빈 상태로 돌아가는 수송기였음에도 말이다.

우리가 계획했던 것은 극단적인 '무지원' 탐험이었다. 국제 정치에 관한 나의 순진함을 극복한 이후에는 사실상 우리의 독립적인 상황을 즐길 수 있게 되었다. "엿들이나 먹으라고 해!"라는 태도가 동기를 부여하는 힘은 절대 과소평가할 게 아니다.

나는 미국 국립과학재단 극지방 담당국에 있던 토드 박사와 뉴질랜드 극지방 담당국의 봅 톰슨과 같은 사람들에게는 엄격하게 따라야 할 원칙이 있었다는 사실을 충분히 인정한다. 남극은 '과학을 위한 천연보호구역'이었고 나 또한 그 사실은 존중했다.

그러나 우리가 로버트 스콧과 어니스트 섀클턴, 그리고 로알드 아문센의 영광을 기리기 위한 탐험에 나설 수 없다고 말할 수 있는 권한은 그 누구에게도 없었다. 우리의 탐험 경로가 두 개의 거대한 미국 기지를 직접적으로 잇는 길이라는 사실이 우리의 잘못은 아니지 않는가.

나는 각국 정부의 극지방 담당국의 입장을 이해했다. 하지만 그들도 우리의 입장을 이해해야 마땅하다는 것이 나의 감정이었다. 우리는 무전기도 휴대하지 않았다. 지원도 받지 않는 행군이었다. 그것은 곧 우리가 그들의 도움을 요청하지 않을 의도라는 의미였다. 나는 서로 간섭하지만 않으면 아주 공평한 입장이 된다고 느꼈다.

1985년 2월 2일(미국에서는 성촉절 Groundhog Day 축제가 한창이었다), 서던퀘스트 호는 리틀턴 Lyttelton이라는 이름의 증기 예인선에 이끌려 뉴질랜드의 항구를 미끄러져나갔다. 약 75년 전, 1910년 11월에 스콧 대장의 테라노바 호를 이끌었던 바로 그 예인선이었다.

우리 탐험대의 후원사 중 하나이며 고무장화 공급 업계의 선두주자인 스켈러업인더스트리스 Skellerup Industries의 브라스밴드가 수자 Sousa의 곡을 연주했다. 존 클리스 John Cleese와 그의 정신 나간 코믹 극단이 자신들의 테마로 삼았던 바로 그 곡이었다. 서두름 없이 진중하게 울리는 〈몬티 파이튼 행진곡 THE MONTY PYTHON MARCH〉의 운율이 우리를 환송했다. 드디어 가는 것이다.

19

잭 헤이워드 기지

맥머도 만은 내륙 쪽으로 약 55킬로미터 정도 움푹 들어가 있다. 그 보다 큰 로스 해의 뭉툭한 손가락이 남쪽을 쿡 찌르고 있는 형상으로 빅토리아랜드의 산맥들과 스콧 해안이 경계선을 이룬다. 동쪽에는 검은 재가 두드러져 보이는 로스 섬이 솟아 있었고 위쪽으로는 테러 산과 에러버스 산이 버티고 있었다. 테러 산과 한 쌍을 이루는 에러버스 산은 연기를 뿜어내는 활화산으로 보다 인상적인 경관을 연출했다.

2월은 예측하기 어려운 남극의 한여름이었고 맥머도 만에서 항해가 가능한 연중 유일한 시기였다. 서던퀘스트 호는 이렇다 할 환영식 없이 그 유명한 남극해에 도착했다. 남쪽으로 더 내려가 만의 맨 안쪽에 자리한 미국의 맥머도 기지는 남극의 뉴욕으로 통했다. 이웃한 뉴질랜드의 스콧 기지와 함께 남극에서 가장 높은 인구 밀도로 부산한 지역이었기 때문이다. 우리 배가 위치한 곳과 그곳 사이에 에러버스 빙하설(氷河舌)이 맥머도 만을 가로지르며 뻗어 있었다.

우리가 들어선 곳은 맥머도 기지에서 겨우 30여 킬로미터 떨어진 지점이었지만 적막하기만 했다. 좁고 자갈이 많은 해변에는 사람의 발길이 닿은 흔적이라고는 찾아볼 수 없었고 다만 게잡이물범이 지나간 자국만 남아 있었다. 기대에 부풀어 피터 맬컴과 나는 돛대 꼭대기로 올라갔다. 우리는 그 높은 곳에 보 양조회사의 맥주통을 붙여 두고 서던퀘스트 호의 까마귀 둥지라 불렀다.

에러버스 산의 맹렬한 연기 기둥 아래로 황금장미 빛깔의 하늘이 지평선을 따라 띠를 이루고 있었다. 뉴질랜드를 출발해 남쪽으로 항해하는 내내 우리 배 주변으로 언제나 새 떼가 몰려들곤 했다. 외로운 남극해에서는 누구라도, 비록 녹슨 트롤어선일지라도 환영의 대상이 되는 것 같았다. 대부분 바다제비였고 수직낙하 다이빙으로 먹이를 잡는 부비새들도 있었다. 육지와 멀리 떨어진 후에는 알바트로스가 주로 모습을 드러냈다. 콜리지^{Coleridg}의 서사시에 소개되었던 그것의 불길한 징조가 떠올랐다.

나그네앨버트로스, 왕족앨버트로스, 회색앨버트로스 등 종류도 다양했다. 스스로 선택한 유배지인 배 밑바닥 엔진룸에서 이따금씩 갑판으로 올라와서 커다란 왕족앨버트로스 무리를 넋을 놓고 바라보곤 했다. 새들은 파도 위에서 공기의 흐름에 몸을 맡긴 채 물속으로 머리를 집어넣어 사냥을 했다. 활공과 상승을 번갈아 하면서도 날개는 드물게 움직였다.

어떤 새들은 살기 위해 날고 또 어떤 새들은 날기 위해 산다. '그래, 그렇게 하는 거야.' 앨버트로스를 바라보며 혼자 생각했다. '주위 환경에서 얻을 수 있는 자연의 힘을 활용하는 거야. 굳이 힘을 낭비할 필요가 없지. 활공을 해. 억지로 하려고 하지 마.' 그것이 남극의 혹독한 환경에서 그럭저럭 살아갈 수 있는 최선의 방법일 것이다(어쩌면 세상 어디에서든 마찬가지일 것이다).

우리가 맥머도 만 깊숙이 진입하면서 앨버트로스들은 점차 자취를 감췄다. 이제 눈에 보이는 새는 도둑갈매기 떼가 대부분이었다. 싸우기 좋아하고 시끄럽게 울어대는, 남극의 비둘기 떼였다. 일명 방크시bonxie라 불리는 그레이트스큐어Great Skua 5떼는 영국 북부의 항구와 해변에도 종종 출몰한다. 예거jaeger라는 이름으로 불리는 몸집이 작은 놈들은 전북구 지대에 서식한다. 나는 아이슬란드에서 예거 떼를 본 적이 있었다.

남반구에서 볼 수 있는 도둑갈매기는 몸집이 꽤 크고 아둔한 편에 속한다. 그리고 물고기를 잡기 위한 수직낙하도 하지 않는다. 소규모의 갈색 도둑갈매기 한 무리가 까마귀 둥지에 올라가 있던 맬컴과 나에게 인사를 건넸다. '여기서 뭘 하고 있는 건가요?' 새들의 시끄러운 소리가 우리에게 그렇게 물어보는 것 같았다. '그러게 말이다.' 새들의 질문에 대해 내가 혼잣말로 중얼거린 대답이었다.

그러는 사이 불현듯 서던퀘스트 호의 좌현 이물 쪽에서 그 질문에 대한 답이 되어줄 만한 광경이 시야에 들어왔다. 스콧의 오두막이었다. 비바람에 바래서 회색빛을 띠는 작은 나무집이 해변에서 멀지 않은 곳에 자리 잡고 있었다. 해안선은 그 지점에서만 만 안쪽으로 살짝 나와 있었다.

케이프에반스. 스콧이 비운의 남극점 여정에 오르기 전까지 월동을 위해 머물던 곳이었다.

나는 마음의 준비를 단단히 하고 있었다. 그 자리에 있을 것이란 사실도 잘 알고 있었다. 마음속으로는 수도 없이 방문하기도 했었다. 그러나 처음으로 직접 육안으로 본 실물은 나를 강렬하게 압도했다. 여기까지 왔다는 자부심과 함께 안도감 그리고 그 황폐함에서 느껴지는 약간의 공포가 동시에 밀려왔다.

"저기 보이는군." 맬컴이 낮은 목소리로 말했다. 머리 위에서는 도둑갈매기 떼가 미친 듯이 울어대고 있었다. 시간이 얼어붙은 곳. 이 세 마디의 상투적인 문구는 케이프에반스의 해변에서만큼은 말 그대로 사실이었다. 남극의 생태계에는 부패 미생물이 거의 없다. 정상적인 환경에서 볼 수 있는 부패를 통한 자연분해 과정이 여기서는 일어나지 않는다는 의미다. 스콧의 오두막은 그가 남겨둔 그대로 보존되어 있었다. 우리가 서 있던 서던퀘스트 호의 까마귀 둥지의 시간은 1985년이었다. 저 너머 해안은, 고작 450미터 정도 떨어진 그곳은 여전히 1911년에 머물러 있었다.

역사란 변화를 수반하게 마련이다. 고대사를 공부한 내가 역사가 존재하지 않는 장소에 도착했다. 남극에 처음 인간이 발을 들여놓기 시작한 것은 1820년이었다. 그리고 남극이 존재한 기나긴 세월에 비하면 이후 순식간이라 할 만한 시간이 지났다. 남극에서만 사용하는 언어도 없고 남극 주민들의 민요도 만들어진 적이 없다. 신화도 없고 전통문화라는 것도 전혀 없는 곳이다. 백지상태 그대로인 곳이다. 남극은 여러 가지 의미에서 멸균 상태의 땅이었다. 그곳에 있는 것은 모두 인간이 가지고 들어간 것이다.

그러고 보니 우리가 가져간 것도 상당한 분량이었다. 우리는 케이프에반스의 검은 용암 해변에서 270미터 정도 떨어진 빙산면에 계류삭으로 배를 정박했다. 그리고 배에 실린 보급품과 장비, 식량 등을 하역하기 시작했다.

파업 중인 광부들이 실어준 600자루의 웨일스 산 석탄은 어둡고 추운 남극의 겨울에 대비한 난방 연료였다. 셸의 기부물품인 디젤 연료는 전기 발전기에 쓰일 터였다. 아이젠과 설상용 각반, 썰매는 극점을 향한 행군에 사용할 장비들이었다. 스콧이 남긴 으스스한 유령의 집에서 해안선을 따라 200미터쯤 떨어진 곳에 세워질 우리의 오두막을 위한 조립식 자재와 목재들도 있었다.

극지 전문 항공기 조종사 자일스 커쇼^{Giles Kershaw}의 충고는 놀라운 선견지명이었던 것으로 드러났다. 그는 제트-1A 항공유를 10배럴 정도 챙겨가라고 충고했었다.

"난로 연료로 사용할 수 있을 겁니다." 그가 했던 말이다. "석유와 똑같아요."

난로용 연료는 따로 있다고 대답했었다. 항공유가 필요한 이유가 뭐란 말인가?

"혹시 모르잖아요." 커쇼가 말했다. 그때는 미처 깨닫지 못했지만 그의 충고를 듣고 챙겨온 10배럴의 항공유는 매우 요긴하게 쓰였다.

개인 짐들도 내려놓았다. 남극의 오두막에서 함께 겨울을 날 예정이었던 다섯 명의 대원이 각자 싸들고 온 장비와 개인 소지품들이었다. 나와 로저 미어, 개러스 우드, 마이크 스트라우드 박사 그리고 존 톨슨 선장. 우드는 미어의 권유로 탐험대에 합류했고 나머지 사람들은 모두 내가 로테라 기지에서 만난 사람들이었다.

그렇게 탐험대가 꾸려지고 보니 저절로 역할 분담이 이뤄졌다. 미어는 탐험대가 극점에 닿을 수 있도록 이끌어줄 것이다. 스트라우드는 우리가 죽지 않도록 해줄 것이고 우드는 보급품을 챙기고 계획을 세우는 일을 도맡을 것이다. 톨슨은 동영상 제작과 사진 촬영 담당이었다. 이제는 내가 입을 꽉 다물고 대원들의 리더십을 따를 차례였다.

탐험 여정을 조직하는 과정에서 우리는 중대한 실수를 한 가지 저질렀다. 월동에 참여하는 대원은 다섯 명인데 극점 행군에 참여할 대원은 단 세 명으로 짠 것이다. 미어와 나는 당연히 참여한다는 데 이견이 없었다. 준비하는 기간 내내 우리는 우드가 세 번째 대원이 될 것이라 은연중에 생각했다. 그러나 미어와 우드 사이에 사적인 갈등이 발발했다. 스트라우드를 세 번째 대원으로 정하는 것이 더 나은 선택일까?

어느 쪽을 선택해야 하는 것인가? 의사인 스트라우드가 나을까? 행군 중에 사고라도 생긴다면 의사의 존재가 필수적이지 않은가. 우드는 풍부한 산악등반 경험의 보유자였다. 미어가 탐험대의 일원으로 우드를 선택한 것만 봐도 알 수 있지 않은가. 톨슨은 어떤가? 그는 이미 BAS에서 남극 탐험의 경험을 쌓은 바 있었다. 영상 제작자인 그를 선택한다면 우리의 여정을 고스란히 기록으로 남길 수 있을 터였다.

우리는 최종 결정을 뒤로 미뤘고 결국 그것이 고약한 실수였던 것으로 드러났다. 배에서 해안으로 산더미 같은 짐을 옮기는 일은 격렬하고도 야만적인 노동이었다. BAS의 일반보조원이었을 때 경험했던 그 어떤 노동보다 훨씬 더 힘겨웠다. 서던퀘스트 호의 윈치가 고장 나는 바람에 더더욱 고된 노동이 될 수밖에 없었다.

배의 목수인 마이크 시니Mike Seeney가 하역작업을 위해 어설프게나마 부교를 만들었다. 널빤지와 통들을 얼기설기 엮어 만든 것이었다. 그는 곧 망가질 것 같은 그것을 '무능의 정신'이라 명명했다.

변덕스러운 날씨가 여간 걱정스럽지 않았다. 예측하기 어렵다는 악명에 걸맞게 맥머도 만은 빠르게 얼음으로 뒤덮여가고 있었다. 바람을 타고 유빙들이 로스 해로부터 만의 안쪽으로 밀려들어와 항로를 가로막았다. 쉴 새 없이 석탄 자루를 옮기다 보니 내 얼굴은 다시 한 번 시커먼 베르베르인의 얼굴로 변해버렸다. 나는 하역작업에 전력을 다해 매달렸다. 서던퀘스트 호는 맥머도 만이 얼음으로 뒤덮이기 전에 북쪽으로 방향을 잡고 출발해야만 했다.

배 위에서 내가 해야 할 마지막 임무가 남아 있었다. 레베카 워드에게 작별을 고하는 일이었다. 그녀는 줄곧 나의 진정한 친구가 되어줬다. 남극은 나의 꿈일 뿐 자신의 꿈은 아니었음에도 그녀는 항상 내 옆을 든든히 지키는 전우가 되어줬다. 그만 떠나야 할 시간이 되자 그녀는 직접 만든 작은 곰 인형을 내게 선물로 건넸다. 체크무늬 면직물로 형태를 만들고 향기 나는 라벤더로 속을 채워넣은 인형이었다.

"얘도 데려가줘." 그녀가 말했다.

"테디라고 부를까?" 내가 곧바로 이름을 제시했다. 이놈의 창의력이란 참, 식을 줄 몰랐다!

"좋네." 그녀가 웃으며 대답했다. "테디도 남극점까지 데리고 가주면 좋겠어. 당신을 후원했던 모든 어린 학생들이라고 생각하면서 말야."

나는 두 눈이 툭 튀어나온 소년을 떠올렸다. 그녀가 굳이 언급하지 않아도 되었다. 소년이 건네준 50펜스의 무게는 이미 어마어마한 것으로 드러나 있었다.

"맞아. 그 아이들이 우리가 이 여정을 준비한 이유지." 내가 말했다.

그녀는 고개를 끄덕였다. "그래, 그 아이들이야."

눈물이 얼굴에서 얼어붙었다.

케이프에반스에 닿은 지 일주일이 지난 2월 17일에야 서던퀘스트 호는 닻을 끌어올렸다(윈치가 고장난 탓에 닻을 끌어올리는 작업은 허리가 끊어지는 통증을 동반하며 무려 5시간 동안이나 계속되었다). 그 7일 동안 우리는 64톤의 짐을 맨손으로 하역해서 운반했다. 바람이 끊임없이 눈과 얼음을 실어나르고 있던 해변은 박스와 통과 텐트들이 난무하는 혼돈의 장으로 변모했다.

미어, 우드, 스트라우드, 톨슨, 스원. 케이프에반스에서 월동을 할 다섯 명의 대원은 서던퀘스트 호가 맥머도 만의 노스베이로 사라져가는 모습을 바라봤다. 바다 건너편의 태양 빛을 받아 만 주위의 섬들과 빅토리아랜드의 산 그리고 산등성이와 빙하가 밝게 빛나고 있었다. 우리가 서 있던 해변의 건너편에는 스콧의 오두막이 서 있었다. 보이지는 않았지만 남쪽으로 대략 30킬로미터쯤 떨어진 곳에 미국과 뉴질랜드의 거대한 맥머도 기지가 자리 잡고 있었다.

우리는 그 거대한 대륙의 한 귀퉁이를 차지한 우리 자리에 '잭 헤이워드 기지'라는 이름을 붙이기로 결정했다. 바하마 출신의 부동산 거물이자 울버햄튼 원더러스 축구팀의 구단주인 잭 아놀드 헤이워드Jack Arnold "Union Jack" Hayward, 일명 '유니온 잭'의 이름을 딴 것이다. 우리의 후원자인 헤이워드는 고사 직전의 '스콧의 발자취를 좇아'를 여러 차례 살려낸 장본인이기도 했다. 모든 것을 잃은 줄 알고 갈팡질팡하던 마지막 순간에 결정적인 기부금을 쾌척한 일이 한두 번이 아니었다.

우리는 앞으로 아홉 달 동안 잭 헤이워드 기지에서 함께 지내게 될 것이다. 그 아홉 달 중 여섯 달은 남극의 겨울이 몰고 올 어둠 속에서 대부분의 시간을 가로 5미터, 세로 7미터밖에 되지 않는 오두막 안에서 보내야 할 터였다. 오두막의 내부에는 각종 장비도 들어가야 했고, 식료품 저장소, 화장실, 암실 등의 공간도 따로 갖춰야 했다. 실제로 다섯 명이 쓸 수 있는 공간은 가로세로 각각 5미터로 제한될 것이었다.

서로를 미워하기엔 아직은 이른 시점이었다.

20

월동

케이프에반스에 상륙한 지 두 달이 조금 지난 4월 23일 하늘에서 태양이 사라졌다. 아문센은 태양을 가리켜 '신의 은총'이라 부르곤 했다. 막상 태양이 사라지는 현실을 마주하고 보면 그의 비유를 짐작할 수 있을 것이다.

해가 넘어가는 상태로 정지된 채 몇 주가 지났다. 기묘한 속임수를 쓰는 것 같았다. 극지의 어둠이 일광을 모조리 집어삼키는 동안 태양은 둥근 모양을 버리고 금등색의 빛기둥으로 모습을 바꿔버렸다. 마치 사각형의 막대기가 수평선에 박혀 있는 형국이었다. 정지 상태에 머무른 태양의 형태는 〈스페이스 오디세이Space Odyssey〉에서 봤던 비인격적인 검은 거석을 연상케 했다. 다른 점이라면 남극의 거석은 불타오르고 있었다는 것이다.

남극의 겨울밤이 시작될 무렵 우리는 이미 단열과 난방 기능이 잘 갖춰진 보금자리 준비를 마친 상태였다. 오두막 내부는 기만적으로 따뜻했다. 그리고 외부의 기상상태 덕분에 실제보다 더 따뜻하게 느껴졌다. 일례로 외부 기온이 섭씨 영하 30도까지 떨어지고 시속 28킬로미터의 강풍이 불고 있을 때에도 실내는 섭씨 영상 18도를 가리켰다. 나는 기상관측 장비를 점검할 때 말고는 오두막에서 멀리 떨어지는 날이 별로 없었다. 기상관측 장비는 오두막에서 불과 몇 미터 떨어져 있었다.

우리는 실내에 각자 작으나마 개인 공간을 마련했다. 나는 타자기 앞에서 많은 시간을 보냈다. 노트북이 없었던 시절이라 수동식 타자기를 사용했다. 그때 수백 명의 후원자와 지지자들에게 일일이 감사 편지를 쓰면서 차갑고 느려터진 기계에 익숙해졌던 까닭에 나는 지금도 키보드를 필요 이상으로 강하게 내리친다.

그렇게 쓴 편지들을 어쩌다 한 번씩 뉴질랜드의 스콧 기지에 들러 우편으로 발송했다. 스콧 기지는 우리가 있던 곳에서 30여 킬로미터 남쪽에 위치했다. 그들은 국제우편을 취급하는 우체국을 운영하고 있었다. 자국의 통치권을 주장할 수 있는 유용한 방편인 셈이었다. 우리는 적어도 가족과 친구들, 후원자들에게 보내는 편지 몇 통 정도는 발송할 수 있었다. 누구든 봉투에 남극의 소인이 찍힌 편지를 또 언제 받아보겠는가?

나중에 우리의 남극 탐험을 후원했던 사람들을 방문했을 때(아마도 또 다른 기이한 탐험에 필요한 경비를 모금하기 위한 방문이었을 것이다), 전에 내가 남극에서 보낸 감사 편지가 복도 벽이나 벽장 옆, 5층 화장실 앞 게시판 등에 전시되어 있는 것을 발견하곤 했다. "아, 당신이었군요?" 한 젊은 직원이 이렇게 말했다. "저게 뭔가 항상 궁금했었어요. 굳이 읽어보진 않았지만 말이에요." 역사는 얼마나 잔인한가.

나는 배우 존 밀스에게도 편지를 보냈다. 내가 11살이었을 때 그가 출연했던 〈남극의 스콧〉을 봤다는 사실을 알려줬다. "이 모든 게 당신 탓입니다." 나는 농담조로 그렇게 적었다. "저는 지금 스콧의 오두막에서 불과 수백 미터 떨어진 곳의 오두막에 앉아 있답니다. 다섯 달 동안 여자 구경도 못 했고 앞으로 6개월 동안도 못 할 겁니다."

두어 달 후 밀스가 스콧 기지로 보낸 답장을 받아들고 어안이 벙벙해졌다. 그가 보낸 것은 영화의 한 장면을 현상한 홍보용 사진이었다. 스키용 안경을 착용하고 있는 존 밀스의 얼굴은 온통 얼음으로 뒤덮여 있었다. "친애하는 로버트, 만약 지금 당신의 모습이 이렇지 않다면 아마 잘못된 길을 가고 있는 중일 겁니다." 그는 이렇게 적고 있었다.

끊임없이 타자기를 두드리는 소리가 모두의 신경을 자극했음이 분명했다. 누구든 '무엇을 하든' 나머지 네 명의 신경을 자극하기는 마찬가지였다. 내가 아무것도 하지 않고 조용히 내 자리에 앉아 있었더라도 똑같이 그들의 신경을 건드렸을 것이다. '스콧의 발자취를 좇아'는 극한의 도전이었으니 극한의 개성을 지닌 인물들이 모여든 것은 당연했다. 오두막 안에 기거하던 다섯 명의 핵가족은 마침내 폭발하고 말았다.

오두막의 중앙에는 둥근 모양의 선박용 합판 탁자가 놓여 있었다 (존 톨슨이 만든 것이었다). 거기서 거의 모든 식사가 이뤄졌다. 그 탁자

주변에서 다섯 명의 심리적 역학이 충돌을 일으키곤 했다. 달리 숨을 곳도 없었다. 남극이 아니라 고향에서 보내는 평범한 일상이었다면 나의 성격을 규정 짓는 요소들이 감춰지거나 순화되어 표출되었을 것이다. 그러나 그 밀실공포증을 유발하는 오두막 안에서 그것들은 날카로운 단면을 여지없이 드러내며 다른 사람들과 갈등을 빚어냈다.

여러 가지 면에서 로저 미어와 나는 서로 상극이라는 사실을 알게 되었다. 강조해 표현하자면 그렇다는 얘기다. 어떤 말을 하든, 어떤 행동을 제안하든, 그의 반응은 언제나 한마디였다. "노." 나는 예스맨에 가까운 편이었다. 어떤 상황에서든 "예스"라는 대답이 훨씬 쉽게 나왔다. 비록 진정성이 다소 결여되더라도 말이다. 그것이 "노"라는 대답에 수반될 귀찮을 상황을 견디는 것보다 훨씬 쉽다고 생각했다. 그는 "노" 쪽이 더 편한 성격이었다.

우울한 기운이 미어의 성격을 휘감고 있었다. 오두막의 북쪽 창문 너머로 내다보이는 에러버스 봉우리를 휘감고 있는 연기와 같았다. 미어는 오두막에 존재하는 에러버스 화산이었다.

개러스 우드 덕분에도 미쳐버릴 지경이었다. 평소 나의 너저분한 습성과 그의 청결과 체계화에 대한 병적인 집착 사이의 간극이 원인이었다. 우드 자신 또한 같은 원인으로 돌아버릴 지경이었을 것이다. 그가 일기로 남긴 한 가지 일화가 있다. 우드가 깔끔하게 걸어둔 행주를 누군가가 사용한 후 둘둘 말아 아무 데다 던져두면 그가 다시 깔끔히 접어 걸어두고 그러면 또 다른 누군가가 둘둘 말아 던져놓는 상황을 그 시작 시점부터 끝나는 시점까지 세세히 추적한 기록이었다. 우리는 비좁은 공간을 나눠 쓰며 아무렇게나 방귀를 뀌고 대수롭지 않게 트림을 해대는 한 무리의 남자 인간들이었다. 질서의 식이란 상대적일 수밖에 없었다.

그나마 활기를 띠게 해준 요소를 찾는다면 우리 무리 중에 사디스트가 끼어 있었다는 점이다. 마이크 스트라우드 박사는 2주마다 한 번씩 우리 몸에 심전도 검사 장치를 부착하고 호흡기로 얼굴을 뭉개 버리는 즐거움을 만끽하고 있었다. 표면적 이유는 추위에 대한 신체 반응을 측정하는 것이었지만 실상 그는 불편해하는 우리의 모습에서 희열을 느끼고 있음이 분명했다. 그의 엄격한 규제를 견디는 대가로 주어진 한 가지 보상은 바로 나에게 그를 검사 장치에 연결하고 얼굴을 호흡기로 짓누를 수 있는 권한이 위임된 것이었다. 스트라우드 박사는 나에게 '왕주먹 의사'라는 별명을 붙여줬고 나는 그를 '수의(壽衣) 의사'라고 불렀다.

탐험대의 공식 카메라맨 존 톨슨은 말수가 적었다. 서던퀘스트 호가 아이언게이트 선창을 들이받으려는 순간에 용감하게 선수로 달려가 군중들에게 대피하라고 소리 지르던 그 톨슨 말이다. 장장 9개월 동안 좁은 공간에서 거의 입을 떼지 않고 사는 사람과 함께 지내는 일이 어느 정도로 사람을 짜증나게 만드는지 측정하기란 불가능에 가깝다. 그가 동영상이라는 증거를 남길 능력을 갖고 있지 않더라면 우리 중 누군가는 톨슨의 목을 졸라버렸을 것이다.

갈등유발의 소지가 다분한 성격들이 서로 부딪치는 상황을 태풍에 비유한다면 단언컨대 톨슨은 고요한 태풍의 눈이었다. 그는 스콧 탐험대의 에드워드 윌슨, 일명 '엉클 빌'이었다. 누구든 의지할 수 있는 사람 말이다. 누구나 톨슨에게는 무엇이든 털어놓을 수 있었다. 그의 침묵은 우리 모두의 불만과 공포를 휘갈겨 써도 좋을 만한 하얀 도화지 같았다.

바깥 날씨가 우리를 계속 그렇게 내부에, 그 거슬리는 오두막의 열병에 갇혀 있게 만들었다. 해변의 눈을 깨끗이 쓸어버린 바람은 지속적으로 우짖는 소리를 내며 위협했다. 우리는 주방용 칼을 만지작거리며 서로의 목덜미를 응시하고 있었다.

9개월간의 오두막 고립 생활이 끝나갈 무렵, 맥머도 기지에 상주하던 미국 남극조사연구 프로그램 소속 여성 과학자인 엘리자베스 홈스-존슨Elizabeth Holmes-Johnson이 우리 다섯 명을 대상으로 한 심리 보고서를 완성했다. (남극 상주 과학자들에게는 사전 계획 없이 임의로 연구 프로젝트를 진행해도 좋을 만큼 충분한 여유 시간이 주어졌다.) 돌이켜보면 그 심리 보고서에는 냉정하고 객관적인 과학적 연구에 걸맞은 어조에도 불구하고 꽤 흥미로운 대목이 포함되어 있었다. "개인의 자율권 욕구가 개인 간의 차이점 문제를 해결하고자 하는 열망에 그림자를 드리웠다." 홈스-존슨은 이렇게 적고 있었다. 다시 말해, 당시 우리 모두는 다 큰 애기였다는 얘기다. 홈스-존슨은 다른 대원들이 나에 대해 "각광받는 데에 너무 열중하는 사람"으로 여기고 있음을 보여줬다(나는 이 대목에서 적잖이 놀랐다). 또한 나는 "앞으로 다가올 큰일을 이겨내도록 팀원들을 이끄는 전문적 역량이 부족한 사람"으로 여겨졌다. 극점으로 향하는 행군에 보다 적합한 대원을 선택해야 하는 관점에서 본다면, 우드는 '개인주의적' 성향이 강하며 스트라우드는 '보다 안정적인' 성향인 것으로 나타났다.

남극은 거울과도 같다. 보고 싶지 않은 자신의 모습이 낱낱이 투영되는 거울이다. 그해 남극의 겨울은 암흑의 거울이었다. 끝없이 자신의 생각을 곱씹게 만들었다.

"자신이 어떤 사람인지 인식했을 때 예전 모습으로 남는 사람은 없다." 토마스 만Thomas Mann의 명언이 있지 않은가.

나의 모습이라고 믿어 의심치 않았던 많은 것들이 실제로는 그렇지 않은 것으로 드러났다. 나는 언제나 활기찬 사람, 좋은 동료, 타고난 리더라고 생각해왔는데 실제로는 그렇지 않았다는 얘기다. 나의 심리적 결함이 명백해졌다. 낯설게 느껴지는 순간의 배우자만큼 낯선 사람은 없다고 하지 않는가. 나는 내 자신이 낯설게 느껴졌다. 우리의 그 커다란 합판 테이블에 앉아 저녁을 먹던 어느 순간 나는 골몰히 생각하고 있었다. 나와 함께 앉은 이 사람은 과연 누구인가?

피터 맬컴은 서던퀘스트 호와 함께 돌아가고 없었다. 가여운 로버트를 궁극의 전문가들 사이에 버려둔 채 떠나버린 것이다. 나이로는 내가 가장 막내였다. 나는 나머지 대원들이 기껏해야 나를 관대하게 봐주고 있었음을 느낄 수 있었다. 그들은 내가 자금을 모금한답시고 끊임없이 거들먹거리며 돌아다녔던 일도 달갑지 않았던 듯했다.

자세를 낮춰야 할 시기였다. 낮은 곳에 머물면서 주목받는 자리는 피하고 어떤 식으로든 내 의견도 주장하지 말아야 했다.

부정적인 측면과 함께 나는 나 자신의 그리 나쁘지 않은 면모도 발견했다. 서던퀘스트 호에서 하역작업을 할 때 석탄 자루는 모두 내가 옮겼다. 옮기는 시늉만 하면서 사진만 찍은 것이 아니었다. 내가 직접 모두 옮겨놓았다. 오두막에서는 내가 유용하게 쓰일 만한 일거리를 찾아다녔다. 시시하고 하찮은 일이어야 했다. 나의 하찮은 기술에 어울리는 일거리를 찾으려 노력했다. 그래서 나는 오두막의 쓰레기 담당자가 되었다. 버려지는 용기를 납작하게 펴고 쓰레기를 분리해 수거했다.

하지만 시간이 지날수록 다소 과격하게 캔을 찌그러뜨리고 있는 내 모습을 보게 되었다. 내 입장에서 말하자면, 미어의 음울한 분위기에 화가 치밀어올랐던 것이다(그의 일기 제목 중 하나는 "나는 지금 조용하고 침울한, 엄숙한 분위기에 젖어 있다"였다). 우드의 지나친 꼼꼼함과 스트라우드의 짜증나는 능숙함까지 합세해 나의 화를 돋웠다. 잭 헤이워드 기지는 공기가 가득 찬 압력밥솥과도 같았다. 마음을 평온하게 만드는 톨슨의 존재에 대해 신께 감사하다는 생각을 한 것이 한두 번이 아니었다.

상황이 특히 심각해질 때면 나는 해변의 다른 쪽 끝에 있는 스콧의 적막한 오두막을 바라보며 현실을 인식하고자 노력했다. '그는 영원히 돌아오지 못했다!'

우리가 하고 있는 일의 이면에 자리한 역사적 사실에 깊은 감명을 받은 사람은 나 혼자뿐인 것 같다는 사실이 지나칠 정도로 나를 고통스럽게 했다. 나의 집착이 나를 외롭게 만들고 있었다. 나는 큰소리로 외치고 싶었다. '보이지 않아? 저기! 저기 말이야! 스콧 대장의 오두막이 바로 저기 해변에 보이지 않는가!'

미어가 자신의 일기장에 나에 대해 적어놓은 글이 있다.

그는 우리를 기다리고 있는 현실이 어떤 것인지 알지 못하고 있다. 이미 역사가 되어버린 영웅담이 그가 알고 있는 전부다. 그 영웅의 역사를 짊어지고 갈 수는 있을 것이다. 우리가 취하고자 하는 행동의 정상적인 본보기가 그의 머릿속에는 없으니 그 영웅담이 그를 지탱해주는 힘이 되어줄 수도 있다. 우리가 장벽 위로 발을 내디딜 때는 미지의 세계로 진입하는 것과 다름없을 것이다. 아무런 지원도 없이 이 여정을 마치는 것이 가능할 런지는 누구도 알 수 없다. 돌아서기엔 너무 늦은 시점이 된 이후에야 우리는 그것을 알게 될 것이다.

21

스콧의 오두막

물론 로저 미어를 비롯한 다른 대원들도 1911년부터 그 자리에 있던 스콧의 오두막을 나만큼 잘 볼 수 있었다. 다만 그들은 나와 달리 대학에서 학업에 열중해야 할 시기에 영웅 시대의 세부사항들에 꽂혀 있지 않았던 것뿐이다.

주변 정리를 마치자마자 나는 싸들고 갔던 책들을 꺼내놓았다. 짙은 남색 표지의 두 권짜리 책 《스콧의 마지막 탐험》이었다. 다시 한 번 책 속으로 빠져들었다. 이번에는 사뭇 다른 경험이었다. 창문 밖으로 스콧이 묘사한 바로 그 풍경을 내다보며 그가 쓴 일기를 읽었으니 말이다.

"그래 맞아. 바로 저기가 윌슨이 그림으로 그린 곳이지. 저곳은 사진에 있던 장소야. 저기는 스콧이 서 있던 곳이야." 나는 혼잣말을 중얼거렸다.

스콧의 오두막은 굳게 잠겨 있었고 일반 방문객의 접근이 허용되지 않았다. 세계문화유산으로 지정되어 뉴질랜드 극지담당국의 관리 하에 매우 훌륭히 보존되어 있었다.

피터 맬컴의 부친은 영국 정부의 첩보기관인 전설적인 MI6(군사정보기관) 출신이었다. 007 제임스 본드James Bond의 활동영역 말이다. 맬컴의 아버지는 어떤 문이든 아무런 흔적도 남기지 않고 열고 닫을 수 있는 일련의 기술을 아들에게 특별히 전수해줬다. 그가 어떤 자물쇠라도 열 수 있는 능력을 보유하고 있었다는 얘기다. 서던퀘스트호와 함께 돌아가기 전에 그는 굳게 닫힌 그 오두막의 문을 해결해줬다. 그렇게 나는 성스러운 신전에 접근할 수 있었다.

그때의 나는 겁도 없고 철도 조금은 덜 든 젊은이였다. 세계문화유산을 지키는 신들에게 나의 무단침입을 사죄드린다. 죄책감 때문인지 나는 이따금 유네스코UNESCO 세계문화유산 보존기구에 기부금을 보내곤 한다. 유네스코와 뉴질랜드 정부는 남극의 얼음과 눈의 침입으로부터 그곳을 보호하는 일을 정말 훌륭히 해내고 있었다.

처음 스콧의 오두막에 들어섰을 때 나는 마치 예전에 와본 적이 있는 것 같은 묘한 느낌을 받았다. 스콧뿐만 아니라 그곳에서 함께 월동을 했던 윌슨과 다른 대원들의 일기와 편지글을 집요하게 파고든 결과였을 것이다. 비로소 고향으로 돌아온 느낌이었다. 편안한 친숙함이 그 반대의 느낌, 즉 범죄를 저지르는 것 같은 이상한 느낌보다 우세했다. 마치 누군가가 거주하는 집에 무단으로 침입한 것과 같은 느낌도 조금은 들었다는 얘기다.

매우 특별한, 유령의 집이었다. 나는 스콧 탐험대의 충실한 일꾼이었던 버디 보우어스가 불쑥 나타나 "아, 스윈, 자네를 기다리고 있었다네"라고 말해주길 기대했다. 먼지가 없는 극지의 환경 덕분에 실내는 깨끗했다. 다만 방문자들의 호흡에서 비롯된 더운 공기로 인해 실내에 있는 모든 물건의 표면에 얇게 서리가 내려앉아 있을 뿐이었다. 그 외에는 어느 누구도 감히 그 환경이 조성해놓은 마법을 깨뜨리려 하지 못한 것 같았다. 그곳은 세월이 비켜간 곳, 도리안 그레이Dorian Gray6와 같은 장소였으며, 아마 시간의 경로를 통과하면서 가장 변화가 적게 일어난 지구상의 유일한 실내였을 것이다.

낡은 마구간 근처에는 스콧의 체류 당시에 죽은 개의 사체가 완벽하게 보존된 상태로 놓여 있었다. 오두막 바깥에서는 깡통에 든 버터와 잼을 저장해두던 저장고가 눈에 띄었다. 녹이기만 하면 오늘날 현대적 제조공정을 거쳐 만들어진 그 어떤 버터와 잼보다 더 신선하고 맛도 더 좋을 터였다.

1915년 새클턴을 따라 나섰다가 로스 해에서 실종된 대원 몇 명이 이곳에 고립된 적이 있었다. 그들은 장교 숙소와 팀원 숙소를 구분해주던, 상자를 쌓아올려 만든 벽을 제거해버렸다. 그래서 가로 50피트(15.24미터) 세로 25피트(7.62미터)의 오두막 내부 전체가 하나의 공간이 된 것이다. 오두막 곳곳에 스콧과 그의 대원들이 75년 전에 남겨뒀던 물건들이 고스란히 잠들어 있었다. 로운트리일렉트Rowntree 코코아, 버드bird의 베이킹파우더, 라일Lyle의 골든 시럽 등이 담긴 깡통과 유리병들이 주철로 된 난로 근처의 식료품 저장실 선반에 빼곡히 들어차 있었다.

그 물건들 중 일부는 우리의 탐험을 위한 모금 활동 기간에 내가 열심히 쫓아다녔던 기업들의 제품이었다. 모금 활동에 기울였던 노력들이, 비록 그 노력 덕분에 내가 그 자리에 서 있을 수 있었지만, 고요한 오두막을 둘러보던 그때만큼은 부끄러움으로 다가왔다. 그때 오두막 내부로 몰래 침입한 것과 결코 다르지 않은 위법 행위처럼 느껴졌기 때문이다.

나는 중앙부에 위치한 스콧의 집무 공간으로 다가섰다. 오두막 내부의 모든 개인적인 공간 중에서 가장 말끔하게 치워져 있었다. 못으로 고정되어 있는 사진 한 장은 아내 캐서린이었다. 가장자리가 말리고 빛이 바랜 흑백사진 속의 캐서린은 행복하고 활기 넘치는 모습으로 남아 있었다. 세기의 러브스토리의 증표였다.

"오늘 오두막 안에서 각자의 거처를 정했다. 그 안락함이란 말로 표현할 길이 없다." 1911년 1월 17일 화요일의 일기를 스콧은 그렇게 기록했다.

내가 역사 속에 깊이 빠져 있는 동안 로저 미어는 잭 헤이워드 기지에서 출발해 화산의 원뿔구를 응시할 수 있는 360미터 높이의 에러버스 산 정상에 올랐다가 남쪽 방향으로 하산해 맥머도 기지를 방문하는, 로스 섬의 내륙을 가로질러 케이프크로지어까지 이어지는 트레킹을 반복적으로 시도하고 있었다.

그의 그런 쉼 없는 활동은 나를 놀라게 했다. 스콧의 오두막을 방문한 날, 내가 우리의 오두막으로 돌아왔을 때도 그는 자신만의 트레킹 모험을 위해 막 나서려던 참이었다. 나의 동료들은 아침식사 전 등반 정도는 재밌는 놀이에 불과한 사람들이었다. 그들에 비하면 나는 제대로 준비가 되지 않은 상태였던 지라 기대에 부응하지 못할 것 같다는 두려움이 엄습해왔다. 나는 과거의 유혹을 위안 삼아 일기장에 이렇게 적었다. "이곳의 역사가 내가 이 자리에 와야 할 이유로 충분하다."

서던퀘스토 호에서 하역한 64톤의 장비 중에는 두 대의 산악자전거도 포함되어 있었다. 오두막의 갑갑함에서 벗어나고 싶을 때면 우리는 자전거를 타고 30킬로미터쯤 떨어진 맥머도 기지를 향해 달렸다. 자전거를 타기엔 끔찍한 환경이었지만 그래도 그럴 만한 가치가 있었다. 칠흑 같은 어둠을 뚫고 나타나 스콧 기지의 중심로로 진입해서는 끼익 멈춰 서서 기지 사람들을 놀래는 재미가 쏠쏠했다.

"저기요, 이쪽이 남극점으로 가는 길이 맞나요?"

"뭐, 그, 그렇죠." 겨울은 더디게 흘러갔고, 나는 점점 모든 것에 짜증을 내기 시작했다. 누가 하는 어떤 일이든 나의 짜증을 유발했고 나 자신이 행하는 모든 행동 또한 그랬다. 불안과 초조가 몰려왔고 서둘러 시작하고 싶어 안달을 내면서도 막상 나서는 것에 대해서는 형언할 수 없는 두려움을 느꼈다. 밀실공포증과 광장공포증이 동시에 발현한 셈이다. 고약한 조합이 아닐 수 없었다. 내가 있을 곳은 어디에도 없었다.

나는 적합한 정신 상태를 유지하기 위해 거듭 노력을 기울였다. 죽기를 원하는 인간은 없다. 나는 이곳에서 내 시간의 전부를 두려움과 공포에 떨며 소모하지는 않을 것이다. 나는 그렇게 스스로 다짐했다. 로저 미어, 마이크 스트라우드, 개러스 우드, 존 톨슨. 네 사람은 적어도 극점을 향해 행군하는 자신의 모습이 머릿속에서 그려지는 사람들이었다. 나는 그렇지 못했다. 내게는 생소한 그 무엇이었다. 나는 내 자신을 설득하기 위해 이렇게 되뇌었다. 11월이여 오라, 나는 이 오두막을 떠나 극점에 도달할 것이다. 그렇지 않으면 돌아오지 않을 것이다.

결국 내 동료들은 편지를 쓰겠다고 타자기를 두드려대는 소음을 더 이상 견디지 못했다. 어찌나 열이 받았는지 나를 해변으로 추방해버렸다. 스콧의 오두막 바로 옆에 임시변통으로 마련한 판잣집으로 말이다. 스콧이 탐험일지를 작성하고 개인적인 일기를 쓰던 장소와 얇은 벽 한 장을 사이에 두고 나 또한 편지를 쓰고 있다는 생각에 짜릿함을 느끼곤 했다.

나는 얇은 반투명 종이를 사용했다. 스콧이 쓰던 것과 동일한 재질이었다. 몇몇 편지에는 스콧이 그랬던 것처럼 '당신의 충복으로부터'라는 맺음말을 사용하기도 했다. 내 편지를 받아본 사람들은 분명 내가 매우 구식이거나 그냥 바보 같다고 결론 내렸을 것이다.

여전히 몇 달의 시간이 더 남아 있었지만 출발 시각이 불길하게 곧 모습을 드러낼 것 같은 느낌이 일었다. 나의 초조하고 불안한 상태는 점점 심해져만 갔다. 나는 스콧의 침상을 찾아 그곳에 누워 보기까지 했다. 거기 누워 천정을 올려다보며 동화책의 고전《할 수 있었던 작은 기관차Little Engine That Could》에서처럼 '나는 할 수 있다고 생각해'를 반복해 되뇌었다.

스콧의 유령 오두막을 감싼 쥐죽은 듯한 고요함 속에서 그렇게 스스로를 회유하기 위한 문구를 중얼거리는 동시에 스콧에게도 메시지를 전했다. "무덤까지 당신을 좇아갈 겁니다." 나는 그에게 맹세했다. 물론 대부분이 허튼소리에 지나지 않았다. 한 젊은 녀석의 허풍스러운 낭만주의에 불과했지만 스스로 앞으로 나아갈 수 있는 힘을 얻는 데는 분명 효과가 있었다.

축적된 에너지를 소진하기 위한 방편으로 조깅을 선택했다. 겨울의 어둠 속에서 케이프에반스를 한 바퀴 빙 돌았다. 차가운 공기가 폐를 자극해 마른기침을 연거푸 해댔다. 램프, 스큐어 호수, 웨일케언윈드베인 언덕, 웨스트 비치 등을 거치는 5킬로미터 코스를 완주하는 데 30분이 걸렸다.

한번은 함께 뛰던 마이크 스트라우드가 무리에서 떨어진 황제펭귄 한 마리에 걸려 넘어지는 일이 일어났다. 사람도 펭귄도 고통스러운 비명을 내질렀다. 황제펭귄은 남극에서 월동을 하는 보기 드문 생명체로 로스 섬의 반대편에 있는 케이프크로지어에 주로 서식하고 있었다. 겨울철의 케이프에반스는 생명체가 거의 없는 곳이다. 이곳에서 볼 수 있는 아델리펭귄이나 턱끈펭귄, 젠투펭귄들은 겨울이면 보다 따뜻한 곳을 찾아 떠나버린다.

기상 조건은 잔혹했다. 남극고원에서 불어오는 바람이 몰고 온 빙해의 소금기 어린 눈발이 오두막 둘레에 덩어리를 형성하며 얼어붙었다. 온도계의 수은주는 섭씨 영하 40도 지점을 굳건히 고수하고 있었다. 미어가 에러버스 산의 측면에 버려진 오두막에서 스카치 한 병을 주워왔다. 병 속으로 호박색 얼음 덩어리가 보였다.

케이프에반스에서 넉 달간의 밤을 보내고 나니 헨리 밀러Henry Miller가 남긴 문구가 끈질기게 머릿속을 두드려댔다.

"우리는 모두 여기 홀로 남았고, 우리는 죽었다."

22

남으로

'신의 은총'은 8월 23일에 다시 돌아왔다. 그날 에러버스 산 너머 수평선 위로 창백한 불길이 솟아올랐다. 9월 말이면 태양빛에 얼굴을 들이밀고 실제로 그 온기를 느낄 수도 있을 터였다. 극지의 밤이 주는 압박감은 어둠이 걷히기 시작할 때 가장 뚜렷해졌다. 내가 어떻게 그 시간을 견뎌내는지 놀라울 따름이었다. 거의 포기할 뻔했다.

태양의 귀환과 함께 밝음과 유머, 가능성 등도 세상으로 복귀했다. 아델리펭귄들이 오두막 앞 해변에 진을 치고 있었다. 그들은 우리가 도대체 뭘 하려는 것인지 끊임없이 궁금해했다.

육지에서 펭귄이 걸어오는 모습을 보고 폭소를 터뜨리지 않는 것은 거의 불가능하다. 뚱뚱한 사람이 뒤뚱뒤뚱 걷는 모습과 흡사한 것이 익살스럽기 그지없다. 그러나 그것이 펭귄들의 진정한 모습은 아니다. 물속에서의 펭귄은 유선형 미사일처럼 날렵하다. 잔뜩 부풀려진 우주복을 착용하고 뒤뚱뒤뚱 걸었던 인간의 모습도 우스꽝스럽기는 마찬가지 아니었던가.

그해 봄은 행군을 위한 준비의 나날이었다. 마이크 스트라우드와 존 톨슨은 요리와 잡일을 도맡으며 나와 로저 미어, 개러스 우드가 행군 준비를 할 수 있도록 배려했다. 우리가 챙겨가야 할 짐은 최대한 무게를 줄여야 했다. 나는 겨우 몇 그램의 무게라도 줄이고자 칫솔 손잡이까지 깎아냈다. 우리는 480개의 요키 초코바의 포장지를 뜯어내는 노동을 하며 고통스러운 두 시간을 보내야 했다("남자는 섹시하고 초콜릿은 두툼하다"는 요크 시의 로운트리 사가 만든 그 초코바 말이다). 그렇게 덜어낸 무게는 총 737그램이었다.

우리가 사용할 썰매는 이스트서섹스 소재 게이보 사Gaybo Ltd.의 케블러 주형 제품으로 당시에는 최첨단 소재였던 풀루온으로 만든 활주부가 장착되어 있었다. 트루미터Trumeter의 거리측정용 휠까지 탑재하고 있어 극점까지 걸어가는 900마일(약 1,450킬로미터)의 여정을 빠짐없이 표시해줄 터였다.

썰매, 장비, 식량, 연료 등 각자 끌고 가야 할 무게는 총 354파운드(약 160킬로그램)였다. 그 짐으로부터 극점까지 걸어가는 데 필요한 칼로리를 확보해야만 했다. 까다로운 방정식과 다름없었다. 여분의 식량을 지나치게 많이 실어 썰매가 너무 무거워지면 적정량의 짐을 싣고 비교적 편안하게 썰매를 끌고 갈 때보다 결국 더 많은 에너지를 소모하게 될 것이다. 가장 이상적인 상황은 식량이 거의 남아 있지 않은 상태로 남극점에 도달하는 것이다.

하지만 상상컨대 우리는 도착하기도 전에 보유하고 있던 모든 칼로리를 소진하게 될 가능성이 높았다. 그다음은 어떻게 되는 건가? 극지의 환경에서 먹지 않고 달린다는 것은 있을 수 없는 일이다. 썰매 끌기는 차치하더라도 남극이라는 극한 환경에서 인간의 몸은 단순히 생존을 위해 놀라운 속도로 칼로리를 소모한다.

우리가 썰매에 실을 짐 속에 챙겨넣지 않은 한 가지는 무전기였다. 외견상으로 그것은 매우 중대한 의사결정 사안이었다. 그것으로 인해 행군의 성격이 완전히 바뀌었기에 하는 말이다. 무전기가 없다는 것은 곧 어떤 지원도 받을 수 없으며 구조요청도 할 수 없다는 의미였다.

무전기는 중량 초과를 의미하기도 했다. 하지만 우리가 무전기를 챙겨넣지 않은 진짜 이유는 그것이 왠지 우리의 순수한 목적을 오염시킬 것 같아서였다. 우리는 철저히 고립되기를 원했고 홀로 남겨지기를 원했다. 스콧의 탐험대에게 주어졌던 조건에 최대한 근접하고 싶었던 것이다. 무전기 없이 가는 것은 그 목적을 달성하는 하나의 방편이었다.

무지원 행군. 요즘 보면 환상적인 트레킹이 많이 유행한다. 샌들 말고는 아무것도 걸치지 않고 오지를 탐험한다든지 적도 선을 따라 뒷걸음으로 걷는다든지 하는 것들 말이다. 묘기 대행진이 따로 없다. 나는 무지원 행군을 고집한 미어에게 고마울 따름이다. 그의 완강한 주장 덕분에 '스콧의 발자취를 좇아'는 영원한 차별화를 이뤘다.

오두막을 박차고 나가 미지의 세계로 발을 내딛는 순간부터 온전히 우리의 힘으로 살아남아야 한다는 것을 의미했다. 무지원 행군의 가장 중요한 부분은 중간 지점을 통과한 이후에 혹시 누구든 부상이라도 입으면 그 자리에 남아 죽음을 기다릴 수밖에 없다는 점이다. 나머지 탐험대원들이 부상자를 안전한 곳까지 데리고 나오려다 함께 굶어죽는 사태를 막으려면 그럴 수밖에 없다.

우리의 썰매는 어딘지 모르게 관 모양과 비슷했다. 케블러 썰매는 오늘날 스키장에서 가장 많이 사용된다. 스키를 타다 부상당한 사람들을 구조하기 위한 용도로 사용하는 것이다. 1903년 디스커버리 호로 출발했던 남극 탐험에서 돌아오는 길에 괴혈병으로 심신이 극도로 쇠약해진 섀클턴을 스콧과 다른 대원들이 썰매에 태워 끌고 온 일이 있었다.

나는 가슴 위에 두 손을 곱게 모은 채 케블러 썰매에 가지런히 누워 있는 나의 시신을 동료들이 끌고 가는 당혹스러운 장면을 상상해보기도 했다. 그렇게 심각한 상황까지 생각하지 않으려 애썼지만 계속 드라마를 쓰려는 내 자신을 말릴 수가 없었다.

누가 행군에 참여할 것인지 결정하는 일은 날이 갈수록 화근으로 변했다. 준비 과정의 막바지까지 최종 결정을 하지 않은 채 내버려 둔 것은 실로 웃지 못할 실수였다. 스트라우드 아니면 우드? 우드 아니면 스트라우드? 물류인가 안전인가? 강박 신경증자인가 아니면 다정한 의사인가?

미어는 우드의 손을 들었고 나는 스트라우드 쪽이었다. 등반에 관한 한 우월한 권위자였던 미어에게 서서히 내 결심이 꺾이고 있었다. 8월의 어느 날 일기장에 나는 이렇게 적어놓았다. "개러스 우드의 뜻을 따를 수밖에 없을 것 같다." 남극의 봄이 끝나갈 무렵 나는 미어의 판단을 존중하는 쪽으로 돌아서 있었다.

스트라우드는 체념에 기인한 쾌활한 표정으로 결정을 순순히 받아들였다. 행군에 참여할 대원은 우드로 결정되었다. 그즈음 나는 일기에 이렇게 적었다.

암울한 날씨지만 우리는 출발해야만 한다. 긴장되지만 지금은 임무를 완수하고 싶은 마음밖에 없다. 나는 훌륭한 동료들과 함께 위대한 여정에 오른다.

1985년 10월 25일 우리는 짐을 가득 실은 썰매를 끌고 오두막을 나서 얼음 장벽 위에 마련해둔 출발 베이스캠프로 향했다. 톨슨은 영상을 찍으며 따라왔고 스트라우드는 여분의 보급품을 끌고 뒤를 따랐다. 맥머도 만 쪽에서 바람을 타고 온 물보라가 공기 중에서 얼음 알갱이로 바뀌며 눈보라와 뒤섞여 지면을 쓸고 있었다. 그 안으로 터벅터벅 걸음을 옮겨놓는 것으로 우리의 여정은 시작되었다.

헌트포드가 책 한 권 분량으로 쏟아낸 스콧에 대한 비판 중에는 개썰매 대신에 '사람이 직접 끄는' 썰매를 사용한 것도 포함되어 있다. 헌트포드는 스콧과 아문센 두 사람을 비교와 대조의 구성에 짜 맞춰 아문센은 매우 논리가 정연했던 인물로, 반면 스콧은 뭔가를 잘못 알았던 사람으로 만들어버렸다.

노르웨이에서는 썰매를 끌기 위해 사람이 착용하는 장구를 '고문 기구'로 간주한다고 헌트포드는 기록했다. 그리고 그들은 개썰매를 거부하는 어떤 누구의 이유도 이해하지 못한다고 적고 있다.

역사적 관점에서 보는 내 생각은 조금 달랐다. 더욱이 미어 역시 사람이 끄는 썰매의 효율성에 대한 꽤 설득력 있는 근거를 제시했다. 개썰매의 비교 우위가 헌트포드의 주장만큼 그렇게 명백하지 않았다. 아문센의 멘토인 난센Nansen은 직접 썰매를 끌고 그린란드 횡단에 성공했다. 썰매견을 이용하는 방법이 우월할 수 있는 경우는 죽은 개의 고기를 아직 살아 있는 다른 개들과 인간을 위한 식량으로 사용할 때뿐이었다. 아문센이 그렇게 했듯이 말이다. 동물보호단체PETA가 알면 기겁할 일이지 않은가.

그 냉정하고 논리적인 아문센은 자신의 회고록 《남극점The South Pole》에 썰매견에 대한 애정과 개고기를 먹을 때의 즐거움에 관한 구절을 적잖이 남겼다. "[헤이베르그 빙하의] 꼭대기까지 올라가면 신선한 개고기 커틀렛이 기다리고 있다는 생각에 입안에 군침이 돌았다." 그가 언급한 커틀렛은 그 빙하를 올라갈 때 자신의 썰매를 끌었던 썰매견의 살점이었다.

우리가 사용한 장비는 스콧의 그것에 비하면 엄청나게 진보한 수준이었다. 우리에겐 라메르그랑뚜르Ramer Grand Tour의 스키 장비도 있었고 써마레스트Thermarest의 공기 주입 매트리스도 있었다. 오리털이 충전된 침낭에다 산악등반가들이 사용하는 외부 슬리브 백, 베알Beal의 빙하용 로프, 슈나드Chouinard의 얼음도끼까지 갖췄다. 물론 각자 하나씩 가지고 있던 빅토리녹스Victorinox의 스위스 군용 칼도 빼놓을 수 없었다.

식량을 보자면, 전투식량으로 지급되는 군용 비스킷을 포함해 80일 동안 생존할 수 있는 분량이었다. 코딩글리 소령이 자신의 부하인 마이크 휴Mike Gough 소위를 서던퀘스트 호로 파견하면서 함께 챙겨준 맛은 단조롭지만 영양 만점인 전투식량 비스킷이 3,000개도 넘었다.

우리가 챙긴 먹을거리에는 캐드버리Cadbry 사의 즉석 핫 초콜릿(3.6킬로그램), 매기Maggi 즉석스프, 레이븐Raven의 냉동건조 콩, 마운틴하우스Mountain House의 베이컨 바(12킬로그램)와 페퍼로니 소시지(21킬로그램) 등도 들어 있었다.

당시 산악인들은 제값을 하는 것으로 동물성 마가린만한 식량은 없다는 것을 경험으로 터득했다. 달리 표현하자면, 중량 대비 칼로리 함유량이 가장 높은 식량이라는 얘기였다. 동물성 마가린이 있었기에 디날리Denali 원정대가 생존할 수 있었다는 스토리도 떠돌았다. 다만 동물성 마가린 섭취 이후의 구취 문제가 장난이 아니라는 단점은 따랐다.

우리는 그렇게까지 절박하지는 않았다. 깡통에 든 버터 스틱 반쪽을 스프에 녹여서 먹는 정도면 될 것 같았다. 우리의 식량 가운데 상당 부분은 영국군 제6기갑연대의 취사장에서 은밀히 반출된 것이었다. 심지어 우리는 미첨Mitchum에서 나온 4온스(약 113그램)짜리 발한 억제제도 하나씩 챙겼다. 문화적 세련미를 높이기 위해서가 아니라 발에 땀이 나는 것을 막기 위해서였다. 우리가 직면하게 될 기상 조건에서 땀은 곧바로 얼음으로 변하기 때문이었다.

그렇게 보급품과 식량, 짐을 꾸린 후 우리는 맥머도의 가장자리에 위치한 윌리엄스필드에서 출발했다. 미국의 거대한 남극기지로부터 11킬로미터 떨어져 있는 얼음 장벽 위였다.

남극에서 '윌리'라는 명칭으로 통하는 활주로는 대륙 전체를 통틀어 가장 분주한 비행장이었다. 미국 기지로 보급품을 실어나르는 허크 비행기들은 모두 윌리에 착륙했다. 누구든 남극점의 아문센–스콧 기지를 방문하려면 먼저 윌리를 들러야 했다. 맥머도에서 극점까지의 비행시간은 세 시간이었다.

우리는 더 먼 길을 돌아갈 계획이었다. 일말의 과장도 없는 진실이었다. 스트라우드와 톨슨은 처음 며칠 동안만 동행하며 행군 과정을 영상에 담을 예정이었다. 맥머도와 스콧 기지에서 스무 명 남짓한 친구들이 나와서 우리를 배웅해줬다. 뉴질랜드 친구들은 무사히 다녀오라는 의미로 스카치 한 병을 선물해줬다. 우리는 선물받은 스카치를 톨슨과 스트라우드에게 주었다. 철저히 계산된 중량을 초과하는 어떤 추가적인 무게도 감당할 여유가 없었기 때문이다.

1985년 11월 3일. 스콧이 얼음 장벽 위에 처음 캠프를 설치한 날과 같은 날짜였다. 스콧은 그날의 일기를 이렇게 적고 있었다. "미래는 신들의 소관이다. 빼놓은 것 없이 모든 준비를 마쳤으니 성공하지 못할 이유가 없다."

나는 트롤Troll 브랜드가 붙은 썰매 끌기 장구를 착용했다. 앞으로 70일 동안 그 장구가 바로 내 몸의 쉴 곳이 될 터였다. "두어 번 몸을 부르르 떨고 나면 바로 곯아떨어지지." 나중에 우리끼리 했던 농담이다. 나는 몸을 앞으로 내밀었다. 내 몸무게의 두 배나 되는, 썰매를 가득 채운 하중이 몸으로 느껴졌다. 앞으로 나가는 걸음이 지독히도 힘겨웠다. 하지만 짐의 무게는 전체 여정을 통틀어 출발 시점에 제일 무겁고 갈수록 중량이 감소할 터였다.

앞으로 900마일을 썰매에 실린 것과 동일한 양의 칼로리를 소비하며 이렇게 나아가는 것이었다.

우리는 이 짐을 이끌고 단단히 얼어붙은 빙판과 빙하, 설빙이라고도 불리는 백빙, 만년설, 알갱이가 쏟아지는 싸락눈, 가루가 흩날리는 것처럼 보이는 가루눈, 표면에 내려앉은 서리, 얼음 혹, 얼음 언덕, 커다란 덩어리에서 떨어져나온 눈 덩어리, 표면을 쓸고 가는 눈보라, 굴러다니는 얼음 덩어리, 마구 뒤섞인 빙하 조각 등 무수히 많은 종류의 얼음과 눈을 뚫고 가야 했다.

내 몸에 연결된 썰매와 나는 또한 수천 개의 크레바스도 통과해야 할 터였다. 크레바스는 부드럽고 기만적인 표면으로 위장하고 있는 경우가 많았다. 내가 온몸으로 끌고 있는 무게로 인해 알 수 없는 위험에 대한 긴장감이 더더욱 커졌다. 어떻게든 그 모든 것들을 피해 갈 수 있을 것이라는 다소 터무니없는 기대를 품었다. 그러나 우리의 행군이 시작되고 거의 즉각적으로 우리는 그런 위험에 직면하고 말았다.

23

거대한 얼음 장벽

크레바스는 남극의 살인마다. "방심하는 자를 노리는 음울한 함정." 스콧은 크레바스를 그렇게 불렀다. 빙하는 균열이 생기고 길게 갈라지는 경향이 강하며 그로 인해 표면에 폭이 좁고 들쭉날쭉한 틈이 생긴다. 그 위로 바람에 날려온 눈들이 쌓이게 되면 부드럽고도 기만적인 가면을 쓰게 되는 것이다. 그 밑에는 15~30미터 깊이의 얼음 계곡이 모습을 감춘 채 도사리고 있다.

로스 빙붕을 이루는 얼음 장벽은 천천히 움직이는 바다와 같다. 겉으로만 평평하고 움직임이 없는 거대한 큐브 형태의 얼음 덩어리로 보일 뿐이다. 대륙 중앙의 남극고원에서 뻗어나간 빙하들이 계속 얼음을 공급하는 탓에 얼음 장벽은 아주 느리게 지속되는 흐름을 따라 움직인다. 육지의 일부가 그 흐름 속으로 돌출되거나 빙하가 육지와 부딪치는 경우 거기서 생기는 충격파로 인해 육안으로 구분할 수도 없는 치명적인 크레바스가 겹겹이 생성되는 것이다.

스콧의 극점 탐험대원 다섯 명 중 첫 번째 사망자가 발생한 근본 원인도 크레바스 추락이었다. 극점 탐험 팀에서 유일하게 장교가 아닌 하사관이었던 웨일스 출신의 에드거 타프 에반스가 당사자였다. 극점에서 돌아오던 중, 스콧의 표현을 빌리자면 '아주 단단한 표면'을 지나던 순간 에반스와 스콧 두 사람이 얼음 계곡 밑으로 추락한 것이다.

훗날의 전문가들은 에반스가 추락 당시 뇌진탕을 입은 것으로 결론지었다. 스콧은 그 건장한 웨일스인을 이렇게 묘사했다. 평상시에는 '탑처럼 강인했던' 그가 그 시점 이후로 '굼뜨고 무능한 사람'으로 바뀌었다. 크레바스 추락 사고로부터 2주가 지났을 때 스콧은 "에반스의 뇌는 거의 망가진 상태다"라고 기록했고, 바로 그다음 날 그는 결국 사망에 이르렀다.

얼음 장벽 위를 걷는 내내 크레바스는 키메라와 죽음의 상징으로 두렵게 다가와 우리를 괴롭혔다. 갈라진 얼음 협곡을 내려다볼 때는 마치 이제 막 파놓은 무덤을 들여다보는 것 같았다. 철학에 의지하고 싶은 마음을 억제하기가 불가능한 상황이었다. '사랑스럽고 위안을 주는 죽음이여 오라…'

크레바스가 때로는 궁극의 아름다움을 보여준다는 사실도 그리 위안이 되지 못했다. 19세기 유럽의 한 빙하학자는 크레바스를 이렇게 묘사했다. "넓고도 깊은 틈이 생길 때까지 서서히 벌어진다. 태양빛을 받아 푸른빛으로 일렁이고 표면 가까운 곳은 섬세하게 옅은 빛을 띠는데, 깊은 틈 그 아래쪽은 어두운 감청색이나 남색으로 몸을 가린다."

내게는 크레바스를 두려워할 수밖에 없는 보다 직접적인 이유가 있었다. 로테라 기지의 동료 중 한 명이 다른 한 사람과 함께 크레바스에 추락하는 사고를 당해 허무하게 목숨을 잃는 것을 지켜봤기 때문이다. 크레바스로 추락한 동료 존 앤더슨John Anderson은 경험이 풍부한 전문산악인이었다. 앤더슨처럼 최고의 베테랑 등반가라 해도 속절없이 목숨을 잃는 마당에 나 같은 초보자는 말해 무엇 하겠는가?

무전기는 없었다. 그 당시 휴대 가능한 가장 작은 크기의 무전기라도 그 무게가 상당한 부담으로 작용했다. 그때 우리가 미래로부터 초소형, 초경량 송수신기를 가져올 수 있는 마법을 부릴 줄 알았더라도 그것을 짐 속에 챙겨넣었을 것 같지는 않다. 우리가 원하던 것은 초기 탐험가들이 경험했을 법한 고립무원의 상황이 아니었던가. 그러나 통신 수단의 부재, 즉 비상연락 수단의 부재는 예상치 못한 사고에 대한 나의 불안감을 악화시키기에 충분했다.

행군이 시작되고 윌리 비행장에서 점점 멀어지던 그때 나는 존 앤더슨과 타프 에반스를 떠올렸다. 나는 에반스의 극지 메달을 항상 지니고 다녔다. 겉옷 안감에 바느질로 꿰매둔 그 메달은 내 가족에게서 받은 선물이었다. 스콧은 대원들 중 가장 건장했던 (다부진 체격에 180센티미터가 넘는) 에반스가 가장 먼저 쇠약해져버린 것은 아이러니라고 언급했었다.

내가 우리 탐험대의 에반스가 되지는 않을까 하는 잡생각이 떠나질 않았다. 나이도 내가 가장 어렸고 세드버그의 전통이었던 아침 구보와 나무 밑동을 짊어지고 나르던 이력 덕분에 가장 건장해 보이는 사람도 나였기 때문이다. 제일 먼저 비틀거릴 사람도 나인 걸까?

남쪽으로 화이트 섬의 케이프스펜서스미스가 크레바스가 생성될 만한 장애물의 전형을 보여주고 있었다(이름에서 알 수 있듯이 케이프스펜서스미스는 장벽에서 죽음을 맞이한, 영웅 시대의 또 다른 인물을 추모하는 지역이다). 선두에 선 미어는 넓은 간격을 유지하며 정동향을 향해 걸어나갔다. 그 광활한 얼음 장벽을 향해서 말이다.

탐험을 계획할 때 우리는 남극점에 도달하기까지 대략 6,000개의 크레바스를 넘어가야 할 것으로 예측했다. 만약 그때마다 멈춰 서서 어떻게 건너갈 것인지 논쟁을 벌인다면 소중한 시간을 잃게 된다는 데 우리 모두 동의했다. 우리가 끌고 간 식량과 보급품은 미세한 단위까지 정확히 계산된 분량이었던 만큼 한 자리에서 꾸물거리고 있을 여유가 없었다.

그러나 맨 처음 확인한 크레바스 앞에서 우리는 멈춰 섰고 논쟁을 시작했다. 그 자리에서 꾸물거리고 있었다는 말이다. 미어는 행군을 멈추고 우드와 내가 다가오기를 기다렸다. 그는 손에 들고 있던 스키폴을 사용해 부서진 얼음 크러스트crust7와 그 아래 도사리고 있는 어둠을 가리켰다.

"저런 것은 대개 수평적이니까." 우드가 스키폴로 정면을 가리키며 말을 시작했다.

"가로지르는 형태가 아니라면…." 미어가 끼어들었다.

나는 거의 아무런 형체도 보이지 않는 눈의 표면을 주의 깊게 살펴봤다. 나는 우리가 걸어가야 할 길을 가로지르고 있는 희미한 유령의 띠를 감지할 수 있었을까? 이것인가? 이렇게 빨리?

두 사람은 여기저기 가리키고 조금 더 논쟁을 이어가더니 미어가 먼저 전진하기 시작했다. 우리는 스키를 신고 있었다. 짐이 가득 실린 썰매를 끌고 첫 번째 크레바스를 무사히 통과했다.

초반에 드러난 팀의 결집력 부재는 우리 앞에 놓여 있는 900마일의 여정에 결코 좋은 징조가 되어주지 못했다. 우리의 여정은 얼음 장벽 단계, 빙하 단계, 고원 단계, 이렇게 세 가지로 구분되었다. 로스 빙붕이라는 이름의 거대한 얼음 장벽은 400마일(약 643킬로미터)이었다. 비어드모어 빙하는 120마일(약 193킬로미터)에 불과했지만 해발 2,700킬로미터의 고지대를 행군해야 했다. 마지막으로 남극고원에서 걸어야 할 거리는 350마일(약 563킬로미터)이었다.

빙붕의 윗부분은 해수면에서 300미터가 채 안 되는 고도였다. 비어드모어는 고원에 오르는 사다리 역할을 해줄 것이다. 광활하고 고도가 높으며 얼음 장벽만큼이나 참고할 만한 특색이 없는 그 고원에 우리의 목적지인 극점이 있었다.

행군을 시작한 이후 처음 며칠 동안은 각자 마음을 재정비할 시간이 필요했다. 얼음 장벽의 광활함에 압도당하고 말았기 때문이다. 우리는 납작한 얼음판 위에 서 있을 뿐이었는데, 그 얼음판의 크기가 미국 남동부 지역인 플로리다, 조지아, 앨라배마, 미시시피, 루이지애나를 모두 합쳐놓은 것과 같았다. 그곳에는 목련꽃 향기가 바람에 실려오는 일은 없었다. 단조로운 지평선은 내 두개골을 짓누르는 뚜껑이라도 되는 양 내 영혼을 피폐하게 만들고 있었다.

매일 밤 설치했다가 아침이면 다시 걷는 텐트는 세 사람이 눕기에 다소 협소한 것으로 드러났다(남극의 여름철 일광 덕분에 밤과 아침의 경계는 시계를 봐야 구분할 수 있었다). 나는 텐트의 입구 쪽에 머리를 두고 왼쪽에 누웠다. 키가 제일 큰 우드는 중간에서 나와 반대편으로 머리를 두고 누웠고 미어는 항상 오른쪽 자리에 누웠다. 우드와 마찬가지로 나와 반대편으로 머리를 두고 말이다.

매일 아침 나는 가장 늦게 옷을 입고 가장 먼저 텐트 밖으로 나왔다. 미어와 우드는 난로를 켜고 그날 먹을 스프를 준비했다. 아침마다 내가 스스로에게 부여한 임무는 텐트 옆에서 눈 한 무더기를 가져와 녹이는 일이었다. 식수로 사용하기 위해서였다. 덕분에 나는 그날의 날씨를 가장 먼저 엿볼 수 있었다.

식사는 거의 변동 없이 일정하게 차려졌다. 오트밀, 칼로리를 높이기 위해 옥수수기름을 첨가한 스프, 초콜릿, 차가운 페퍼로니 소시지 몇 조각이 전부였다. 맛있다는 느낌은 상대적인 것임을 터득하기까지 그리 오랜 시간이 걸리지 않았다. 미식가들은 우리의 소박한 식단에 콧방귀를 뀌었겠지만 나는 극심한 굶주림으로 말미암아 눈앞에 놓인 음식들에 별 다섯 개, 아니 그 이상의 등급을 기꺼이 부여하고도 남았다.

네모난 초콜릿 한 조각은 성서에 등장하는 하나님의 만나였다. 똑같은 것을 불과 몇 시간 전에도 먹었다는 사실은 중요하지 않았다. 내 입술과 혀의 감각은 언제나 새로웠고, 언제나 그것들을 혁신적인 맛으로 인식했다. 평평하기만 하고 아무런 특색도 없는 얼음 장벽 위에서 온몸을 녹초로 만들 만큼 격렬한 일상을 반복적으로 보내던 나에게 입 안에서 녹는 초콜릿은 단조로움을 깨는 그 무엇이었으며 지루함을 이기는 '이벤트'였다. 천국의 행복이 따로 없었다.

참고로 삼을 어떤 것도 눈에 띄지 않는 탓에(지평선도 하늘도 표면도 모두 천편일률적으로 똑같았다) 나는 다시 역사 속으로 들어가 나의 일상과 나의 길을 그들에게 전하고 있었다. 시간 개념에 혼돈이 일어났다. 나는 지금 여기에 있는 것이 아니라 그때 그곳에, 스콧, 섀클턴, 아문센과 함께 장벽 위에 있었다.

극지의 탐험일지에서 튀어나온 사건들이 나를 사로잡고 있었다. 나는 과거에서 행군하고 있었다. 가여운 섀클턴이 썰매에 실렸던, 1903년 스콧의 첫 번째 남극탐험 여정을 내가 함께하고 있었다. 텐트 밖에서 윌슨이 스콧에게 여정이 끝날 때까지 섀클턴이 버티지 못할 것이라고 말하는 것을 섀클턴도 들었다.

"당신들보다 내가 더 오래 살아남을 거요." 섀클턴이 말했다. 실제로 그는 두 사람보다 오래 살았다. 약 10년 전 섀클턴의 죽음을 예고했던 장벽 위 그 지점과 아주 가까운 곳에서 스콧과 윌슨은 죽음을 맞이했다. 1912년 그 당시 섀클턴은 살아 있었다.

내 눈에는 장벽의 이곳저곳에서 과거의 사건들이 생생히 재현되는 것으로 보였다. 나는 그 지점을 지나갈 때 분명히 알 수 있었다. 75년 전에 바로 그 지점에서 겁 많은 장난꾸러기 조랑말 크리스토퍼가 탈주를 감행했고 (패트릭 코딩글리의 그 제6기갑연대 소속이었던) 티투스 오츠 대위가 붙잡았다. 그는 탐험대의 말 전문가였다.

그리고 또 스콧의 탐험대가 '참담한' 표면 위를 '한결같이 진저리를 치며' 행군한 끝에 도착한 블러프 거점Bluff Depot이 있던 곳도 눈에 들어왔다.

[스콧의 기록이다] 하루 종일 내린 눈이 부드러운 솜털처럼 표면을 덮고 있었다. 우리는 단단한 사스트루기sastrugi 8 가 드문드문 흩어져 있는 부드러운 크러스트 지대로 들어섰다. 크러스트와 융기부 사이의 구덩이에는 눈이 모래무더기를 이루고 있었다. 조랑말들에게는 상상하기조차 힘든 최악의 조건이 아닐 수 없었다.

그렇다! 나는 이 구절을 수도 없이 읽었다. 하지만 언제나 정상적인 일상생활을 영위하던 시절에 그랬다. 남극이 아닌 영국에서 말이다. 한낱 평범한 독자의 수준에서 스콧의 어휘를 이해했던 것이다. 이제 와서야 나는 어째서 눈이 '모래무더기'라고 묘사될 수 있는지, 썰매의 활주부가 미끄러지지 않을 정도라면 얼마나 추워야 하는지를 알았다.

'사스트루기'는 원래 러시아어다. 극지에 관한 문헌들에서 수도 없이 본 단어였고 눈 위에 생기는 물결무늬 정도로 알았는데, 실제로 내 눈앞에 펼쳐진 사스트루기는 바위처럼 단단하고 1미터 정도 되는 얼어붙은 눈의 능선들이 이리저리로 뻗어 있는 모습이었다. 거친 바람이 만들어낸, 상상 속에서나 나올 법한 그 형상들은 우리가 지나가야 할 경로 대부분을 가로지르고 있었다. 쉴 새 없이 그것들을 오르고 내리는 과정은 마치 특공대 훈련을 위한 장애물 코스를 160킬로그램의 썰매를 끌면서 통과하는 것 같았다.

버트런드 러셀Bertrand Russell은 서술을 통해 얻은 지식과 실제적 경험을 통해 얻은 지식의 차이를 처음으로 설파한 철학자다. 이전까지 극지에 관한 나의 모든 지식은 서술을 통해 얻은 것이었다. 하지만 이제 몸으로 지식을 얻고 있었다. 그 염병할 사스트루기를 오르고 내리며 나는 안락한 의자와 따뜻한 벽난로, 잘 쓰인 영어 서술문을 얼마나 좋아하는지 처음 알았다.

거대한 얼음 장벽. 내 머릿속에서는 보다 적절한 과학적 명칭인 로스 빙붕이 아니라 그렇게만 기억되었다. 그때는 통과해야 할 장애물이자 기어올라야 할 벽, 견뎌야 할 고통으로만 보였다.

장벽을 끔찍한 대상으로 만드는 원인의 대부분은 주위를 둘러봐도 아무런 형체가 보이지 않는다는 점에 기인했다. 온통 하얀색 일색일 뿐 다른 색깔은 찾아볼 수 없었다. 색의 대조란 존재하지 않았다. 육안에 들어오는 지평선은 어느 방향을 보나 동일했다. 방향을 짐작할 수 있는 지형지물도 없었다. 더 끔찍한 것은 열망의 대상으로 삼을 만한 목표가 없다는 점이었다. '저 산까지만 갈 수 있다면…' 그곳에는 산도 없었다. 아무것도 없었다. "먼 것은 가까운 것만큼 멀고 가까운 것은 먼 것만큼 멀다." 그 풍광에 대한 미어의 감상이었다.

행군의 초기부터 내게는 오직 썰매와 그것을 끌기 위해 몸에 착용한 장구밖에 없었다. 그것들과 친구가 되고자 노력했다. 달리 선택의 여지가 없었다. 하지만 나를 고문하는 그것들을 어떻게 미워하지 않을 수 있었겠는가? 그 무게와 당김 그리고 무거운 발걸음이 항상 나와 함께했다. 한쪽 발을 앞에다 놓고 끌어당기고, 다른 한쪽 발을 앞으로 내밀어 다시 끌어당기고. 지겹도록 반복되었다.

한동안은 사무엘 베케트Samuel Beckett의 주문을 차용했다. "더 이상

갈 수 없다, 더 이상 갈 수 없다, 나는 계속 갈 것이다." 그러다가 약간의 리듬을 타기 시작했다. "더 이상 갈 수 없다" – 당기고! – "더 이상 갈 수 없다" – 당기고! – "나는 계속 갈 것이다" – 당기고! 이렇게 말이다. 로버트 프로스트Robert Frost의 시구도 써먹었다. "빠져나가는 최상의 방법은" – 당기고! – "언제나 뚫고 나가는 것이다" – 당기고!

그러나 주문의 효력은 그리 길게 지속되지 않았다. 역사에 대한 나의 매료도 흔들리기 시작했다. 자주 멈춰 서서 입안 가득 눈을 퍼넣어야 했다. 나는 지독한 갈증에 지속적으로 시달리고 있었다. 주변의 하얀 풍경 속에서 형체와 모양이 보이는 것 같은 환각 증상이 나타나기 시작했다. 머릿속으로 근사한 상상의 세계를 어슬렁거리며 돌아다녔다. 하지만 언제나 나의 친구이자 적인 썰매에 의해 현실의 나락으로 끌려내려오곤 했다. 모래밭에서 거대한 통나무를 끌고 가는 느낌이었다.

어떤 짓을 해도 나아지지 않았다. 나는 점점 더 미어와 우드로부터 멀리 떨어지고 있었다. 그리고 절망하기 시작했다. 나는 그들에게 부담이 되고 있었다. 그들이 리더이자 나의 안내자였다. 미어와 우드는 이곳과 어울리는 사람들이었지만 나는 그렇지 않았다. 그들이 비밀스럽게 나에게 붙여준 별명이 '군식구passenger'였다. 나는 진정 군식구였던 것이다.

나에게 그 느낌이 얼마나 혐오스러웠는지 설명할 길이 없다. 내 생애 처음으로 도망가고 싶다는 생각이 들었다. 실패의 감정이 상처로 다가왔고 결국 그것은 몸에 착용한 썰매 끝이 장구로 인한 신체적 고문보다 더 엄청난 장애가 되고 말았다.

그러던 와중에, 미어가 나의 행군을 방해하던 진정한 결점을 발견했다. 아주 우연찮게 말이다.

24

썰매의 활주부

그 얼음 장벽 위 어딘가에, 얼음을 관 삼아 스콧과 바우어스, 윌슨이 그들의 텐트 안에 안치되어 있다. 강설량과 표면을 휩쓸고 지나간 눈보라의 양을 고려하면 그들이 누운 곳은 아마도 현재 표면으로부터 수십 센티미터 아래일 것이다. 빙붕은 정지해 있지 않고 움직이는 얼음 덩어리이다 보니 그사이 그들은 실제로 죽음을 맞이한 정확한 지점으로부터 80킬로미터 정도 이동했을 것이다.

행군을 시작한 지 2주 하고도 대략 240킬로미터를 더 전진했을 때 우리는 바로 그 지점을 지나고 있었다. 거기서부터 32킬로미터를 더 걸어가 티투스 오츠의 사망 지점에 도착했다. 거의 불구의 몸이 된 그는 (필사적이었지만 끝내 안전한 지점에 이르지는 못한) 스콧 탐험대의 귀환 길에 자신이 걸림돌이 되고 있음을 깨닫고 동료들을 위해 스스로 희생의 길을 택했다.

스콧의 일기에는 오츠가 남긴 마지막 말이 기록되어 있었다. "잠시 바깥에 나갔다 오겠습니다. 좀 오래 걸릴지도 모르겠습니다." 그 조심스럽고 자신을 내세우지 않는 어조가 영국 국민들의 마음속에 애잔한 파문을 일으켰다. 오츠의 마지막 말은 참사 이후 스콧의 일기가 출판되면서 수없이 반복되고 인용되었다.

우리는 앞으로 나아갔다. 언제나 그랬듯이 고군분투하며 스콧 탐험대의 첫 번째 사망자, 타프 에반스가 70여 년 전 크레바스 추락의 여파로 죽음에 이른 후 그대로 매장되었던 비어드모어 빙하의 아랫자락으로 접근하고 있었다.

그 비어드모어 빙하의 발치가 바로 내가 우리의 탐험이 무산되고 있음을 깨달은 곳이었다. 내가 안쪽 가슴 주머니에 넣어 가지고 다니던, 그 사후 수여된 메달의 임자가 묻힌 곳에서 나는 그의 죽음을 기리기라도 하듯 우리의 탐험이 실패로 돌아가고 있음을 인식했다.

먼저 나 자신이 썰매를 끄는 극도의 신체적 고통 속에서 무너지고 있었다. 우리 세 사람의 관계 또한 회복불능의 파국으로 치닫고 있었다. 미어와 우드의 사소한 말다툼은 신랄한 비난으로 이어졌다.

"선배는 지나치게 편협하군요." 우드가 미어에게 말했다. "도대체 무슨 말을 할 수가 없어요. 내가 하는 말은 선배가 무조건 지겨워하니까요."

"계속 불만을 토로하고 앓는 소리만 하니 지겨울 수밖에. 자네 말이 틀리지 않아." 미어가 말했다.

또 미어는 '본인이 쓴 일기를 읽어보라'고 우드에게 말했다. 일기는 본인만 보는 걸로 생각하고 자신의 속내를 있는 그대로 적어놨을

거 아니냐는 얘기였다. "자네의 두려움이 자네의 생각을 지배하고 있어. 그래서 자네는 해야 할 일에 집중하지 못하는 거야. 두려움이 구체화될까봐 말이야."

당시 우리에겐 위성항법장치GPS도, 위성추적장치도 없었다. 미어와 우드는 육분의와 시계를 사용해 방향을 읽고 있었다. 우리는 나침반에 의지해 앞으로 나아갔지만 우드가 선두에 설 때마다 어려움을 겪었다. 그는 선두에 서면 이리저리 헤매기 일쑤였다. 우리에겐 그럴 만한 여유가 없었는데도 말이다.

우드의 발은 물집투성이로 변했다. 내가 보기엔 세 명 중 우드의 상태가 가장 심각했다. 물론 셋 모두 각자 나름의 문제가 있었지만 말이다. 미어는 그 어느 때보다 암울한 분위기를 풍기고 있었다. 나는 습관적으로 별 것 아니라고 큰소리치긴 했지만 실상은 끝까지 완주하지 못할 것이라는 확신이 점점 커지고 있었다.

참고 견디는 수밖에 없었다. 그렇게 계속 걸었다. 스콧의 사망 지점을 뒤로하고 우리는 비어드모어 빙하의 '입구'에 다가섰다. 남쪽 지평선 위로 솟아올라 있는 퀸알렉산드라 산의 능선과 봉우리들이 눈에 들어왔다. 형언할 수 없는 안도감을 느꼈다. 마침내 겨냥할 수 있는 목표지점이 생긴 것이다. 그럼에도 불구하고 그곳을 향해 나아가는 과정은 여전히 고난의 연속이었다.

행군을 시작한 지 한 달째 되던 12월 4일 우드의 발에 생긴 문제로 인해 우리 모두 걸음을 멈출 수밖에 없었다. 얼음 장벽의 맨 끝 가장자리까지 와 있었다. 보다 중요한 것은 우리가 비유적 표현이 아닌 문자 그대로 귀환불능 지점에 접근하고 있었다는 사실이다. 남극점까지의 거리와 맥머도 만으로 돌아가는 거리가 맞먹는 지점이 얼마 남지 않았다.

중간 지점에 도착하기 전에 부상자가 발생했다면 신고 온 장비와 식량을 일부 버리더라도 부상자를 썰매에 실을 수 있었다. 그리고 왔던 길을 되짚어 맥머도 만으로 돌아가 부상자를 귀환시킬 수 있을 테니 말이다. 그러나 중간지점 이후부터는 누구라도 행군을 계속하지 못할 상태가 되면 선택의 여지없이 뒤에 남겨둬야만 했다. 중간 지점 통과 이후 식량을 버린다는 것은 곧 부상자뿐 아니라 두 명마저 죽음에 직면한다는 것을 의미했기 때문이다.

다른 누구도 아닌 내가 끔찍하고도 고통스러운 결정을 내려야만 한다는 생각이 떠올랐다. 텐트를 설치한 직후 나는 멀찍이 떨어진 곳으로 걸어갔다. 그때가 바로 내가 남극대륙을 향해 불쌍하고 애절한 간청을 올린 순간이었다. "제발 죽이지만 말아주세요." 무자비한 남극대륙이 의도하는 바는 우리를 죽이는 것이라고 확신했기에 그랬다. 이제 어떻게 되는 것인가? 어떻게 여기서 빠져나갈 수 있을까? 모든 선택지가 불가능해 보였다.

나는 첫 번째 문을 열어봤다. 포기하기로 결심했다. 다시 텐트로 돌아갔다.

"할 말이 있어요." 미어와 우드에게 내가 말했다. "두 사람이 이 말을 들으면 뚜껑이 열릴지도 모르겠지만 꼭 해야 할 말이에요."

나의 극적인 발표에도 발에 잡힌 물집을 터트려 걸을 수 있는 상태로 만드는 데만 몰두하는 우드의 모습에 화가 치밀었지만 계속 말을 이어나갔다.

"당신이 끝까지 가지 못할까봐 걱정이 돼요." 내가 우드에게 말했다. "지난 수년 동안 이 탐험이 나에겐 전부였어요. 하지만 방금 전 장벽 위를 잠시 걸으면서 깊이 생각해봤어요. 극점에 닿는 일만이 전부가 아니라는 것을 깨달았어요. 내 어리석은 야망 때문에 누가 죽기라도 한다면 견딜 수 없을 것 같아요."

나는 극적으로 잠시 말을 멈췄다. 우드는 자신의 발에 대한 위생 점검을 멈추지 않았다. "아직 할 수 있을 때 우리는 돌아가고 미어는 극점까지 행군을 계속하는 방안을 심각하게 고려해야 할 때라고 생각해요."

그렇게 우리의 심각한 고민이 시작되었다. 미어는 빨리 결정을 내려야 한다는 데에 동의했다. 우드는 도대체 웬 호들갑인지 이해할 수 없다는 입장이었다.

미어가 말했다. "만약 지금 헬리콥터가 여기로 온다면 우드, 거기에 올라탈 거야?"

"아니, 절대로." 우드가 말했다. "두 사람이 나를 억지로 태워도 잘 안 될 거요. 나에게도 이 탐험은 중요해요."

내 자신에게서 가식이 느껴졌다. 우드가 모든 화살을 뒤집어쓰고 있었다. 나는 마음속 깊이 알고 있었다. 내 자신이 비어드모어를 올라 고원을 가로지르는 400마일(약 640킬로미터)의 설매 끌기를 더는 할 수 없다는 사실을.

400마일은 고사하고 더는 400미터도 걸어가지 못할 것 같았다. 불가능한 일이었다. 나는 도저히 할 수 없었다. 내 꿈은 무너지고 말았다.

'더 이상 갈 수 없다, 더 이상 갈 수 없다, 아니 나는 갈 것이다.' 웃기시네. 나는 정말, 진정으로 더 이상 갈 수 없었다.

비어드모어의 바람이 내가 한 약속을 다시 상기시켜줬다. '제발 죽이지만 말아주세요, 살려만 주시면 어떻게든 당신을 보호하기 위해 제가 할 수 있는 무슨 일이든 다 하겠습니다. 약속합니다.' 으응? 허풍이 심하군, 친구. 누군가를 보호할 처지가 아닐 텐데. 자기 몸 하나 건사할 방법도 찾지 못하고 있는 자네가?

마음을 터놓는 진솔한 대화가 오가는 중에 내가 우드에게 내 몫의 소시지 한 조각을 건넸다. 작은 성의 표시에 불과했는데도 우드는 훗날, 오랜 세월이 흐른 뒤에도 만날 때마다 두고두고 이 얘기를 꺼냈다. 당시 우리 스스로 창조한 다윈식 적자생존의 세계에서 자기가 먹을 소시지를 타인에게 건네는 것은 지고지순한 사랑의 행위가 되었다.

어쨌든 내가 던진 도전장은 받아들여지지 않았다. 우리는 그날 밤 늦게까지 대화를 나누며 서로의 불만을 하나둘 털어냈다. 그리고 그 다음 날 아침 눈을 뜨고 오트밀과 버터로 아침식사를 한 후 썰매 끌기 장구를 몸에 둘렀다.

고통이 엄습했다. 나는 거의 출발과 동시에 뒤로 처지고 말았다. 세 시간을 걸었는데도 목표로 삼은 산이 점점 가까워지는 것이 아니라 더 뒤로 물러나는 것처럼 보였다. 훌쩍 앞서 가던 미어와 우드는 이제 보이지도 않았다. 고개도 들지 않고 내 발에 부착된 스키의 끝 부분만 내려다보며 걷고 있었다. 고개를 들었다 해도 그들이 보이지 않는 건 마찬가지였을 것이다.

미어와 우드는 늘 그랬듯이 오전 휴식시간이 되어 걸음을 멈췄고, 미어는 뒤처진 나를 돕기 위해 다시 돌아왔다. 미어는 내가 얼마나 뒤처졌는지 미처 깨닫지 못했던 모양이었다. 나는 1.6킬로미터나 뒤에서 걷고 있었다.

나를 향해 다가온 미어에게 옅은 미소를 지어 보였다. 한동안 둘이서 함께 썰매를 끌었다. 마침내 미어가 혼자서 썰매를 끌고 갈 테니 나는 스키 타고 먼저 가서 앞서간 우드와 합류하는 것이 좋겠다고 했다.

혼자서 썰매를 끌기 시작한 미어는 이내 무언가가 심각하게 잘못되었다는 사실을 깨달았다. 한 달치 보급품이 소진되어 그만큼 무게가 줄어들었음에도 내 썰매는 자신의 것에 비해 끌고 가기가 훨씬 힘들었다. 그는 그런 상황이 이해가 되질 않았다. 어째서 불평도 하지 않았던 거요? (나는 강인한 사람이니까!) 혹시 돌대가리 아니오? (맞아요!)

미어는 우드와 내가 있는 곳까지 도착하자마자 그날의 행군을 끝내고 그 자리에 텐트를 치자고 말했다. 나는 의아스러운 눈으로 그를 쳐다봤다. 하루에 걸어야 할 할당량을 다 채우지도 않았는데 멈추다니 그답지 않았기 때문이다. 하루 9시간, 1주일에 7일 그리고 70일 동안 연속으로 걸어야 한다는 일말의 융통성도 불허하는 할당량이 있지 않았던가. 그것을 채우지 않아도 되는 것은 너무 바람이 거세게 불 때뿐이었다.

"이걸 보면 깜짝 놀랄 거요." 미어가 말했다. 그는 내 썰매에 실려 있던 짐을 모두 내리게 했다. 그리고 텐트 안으로 썰매를 가지고 들어갔다.

"여길 좀 봐요." 미어가 내 썰매의 한쪽 활주부를 가리키며 말했다. 최첨단 소재인 플루온 활주부의 표면은 매끈해야 마땅했다. 그러나 내 썰매의 활주부에 결이 보였다. 활주부가 거꾸로 부착되어 있었던 것이다. 조립할 때 부주의로 잘못 부착한 게 분명했다. 그때까지 나는 결을 거슬러 반대 방향으로 썰매를 끌고 있었던 것이다.

내가 멍하니 넋을 놓고 앉아 있는 동안 미어는 활주부를 분해했다. 새로 구멍을 뚫고 썰매의 장치 전부를 재조립했다(스위스 군용 칼 하나로 그렇게 했다). 우드의 썰매도 확인해봤다. 그 썰매의 활주부도 한쪽이 반대로 부착되어 있었다. 그의 썰매가 자꾸 한쪽으로 비스듬히 움직인 이유도, 그의 등 근육이 지속적으로 문제가 있는 것으로 느껴진 이유도 그제야 백일하에 드러났다.

세 사람 사이의 정치 역학이 지나치게 과열된 시기였던 만큼, 우드와 나는 미어가 의도적으로 우리 썰매의 활주부를 반대로 달아놓은 것은 아닌가 하는 의구심을 공유하기도 했다. 그러나 마음속 깊은 곳에서는 그것이 단순한 실수였다는 것을 잘 알고 있었다. 덕분에 등뼈가 부러질 뻔했던 단순한 실수였다.

그다음 날은 마치 마법과도 같았다. 날아갈 듯했다. 그전까지 질질 끌려왔던 썰매가 이제는 부드럽게 미끄러져나가는 것이 아닌가. 믿기지 않았다. 전후를 비교하자면 밤과 낮의 차이만큼이나 극명했다. 당시 우리가 처한 환경에는 그러한 밤과 낮이 존재하지 않았지만 말이다. 나는 내 아둔한 극기심에 저주를 퍼부어줬다.

비록 스콧의 발자취를 좇아가고 있기는 했지만 나는 한 번도 그가 한 일과 우리가 한 일을 단순 비교한 적이 없다. 스콧과 아문센, 섀 클턴이 이뤄낸 위대함이라는 이름은 오늘날 이 시대의 우리는 이룰 수 없는 것이기에 그랬다. 그들은 실로 비범한, 거의 초인적이고도 영웅적인 탐험을 완수했다. 그들에게는 냉동건조 식량이나 립스톱 나일론ripstop nylon 9 등 우리에게 허락된 현대사회의 무수한 혜택들이 전 혀 없었다.

나 자신을 스콧과 같은 범주에 포함시킬 수는 없지만 나는 끊임없 이 그의 삶과 나의 삶 사이의 유사점을 찾고 있었다. 한 가지 놀라운 공통점이 내 앞에 놓여 있었다. 우리의 공통점은 비어드모어의 깨진 유리로 만든 것 같은 사다리 형세를 기어오르고 남극고원을 가로질 러 극점으로 행군하는 남은 여정의 말미에 모습을 드러냈다. 그것은 바로, 가장 위대한 승리의 순간에 엄청난 참사로 인해 쓰라린 고통 을 느낀 스콧처럼 나 역시 그랬다는 사실이다.

25

남위 90도

우리는 스스로도 거의 인지하지 못하는 사이에 팀이 되어가고 있었다. 팀 구성원 사이의 응집력 강화에 기여한 첫 번째 성과는 크레바스를 건너기 시작한 직후에 이뤄졌다. 행군에 나서기 전 우리는 멈춰 서서 꾸물거리거나 논쟁을 벌이지 않기로 합의했었다. 그러나 그때 결정을 미뤄뒀던 것이 있었다. 바로 '어떻게' 논쟁을 피할 것인가 그리고 '어떻게' 크레바스들을 건널 것인가 하는 것이었다.

포커스 그룹을 형성해 경로를 설정하는 방법은 적절치 않다는 것을 우리는 알고 있었다. 만약 그렇게 했다면 우리는 여전히 출발하지 못한 채 그곳에 그대로 있었을 것이다. 얼음 장벽 위에서 행군을 멈췄다 다시 출발하기를 대여섯 번쯤 하고 소모적인 언쟁을 주고받은 끝에 우리는 가장 적합한 방법을 도출하는 데 성공했다. 공략법은 단순했다. 셋 중 누구든 크레바스에 접근하는 첫 번째 사람이 건너갈 방법을 결정한다는 것이었다. 첫 번째 사람은 예외 없이 로저 미어였다. 나머지 두 사람은 토론이나 논쟁 따위를 제기하지 않았다.

그것은 우리의 트레킹에서 불변의 규칙이 되었다. 그리고 실질적인 도움도 되었다. 단 한 차례의 심각한 추락 없이 그 많은 크레바스를 건너는 데 성공했기에 하는 말이다. 보다 중요한 것은 그것이 우리를 서로 신뢰하도록 만들었다는 점이다. 그 관행은 우리를 결집력 있는 하나의 팀으로 변모시켰다. 궁극적인 성공의 직접적인 요인이 된 것이다.

생사에 관한 의사결정을 포함하지 않는 단순한 팀워크의 형성 과정에서도 이런 논쟁회피 장치는 매우 유용하다고 생각한다. 어느 한 사람이 결정을 내리면 나머지 구성원은 믿고 따르기로 결정하는 것이다. 물론 포커스 그룹이 정답인 경우도 없지 않다. 그러나 다른 많은 경우에는 '스콧의 발자취를 좇아'에서 내가 만들어낸 크레바스의 원칙을 따르는 게 이롭다.

신뢰는 인간의 기묘한 본성으로 자신의 안전에 관한 본능적 염려와 깊이 관련된 통제권의 문제와 결부되어 있다. 누군가를 신뢰한다고 말하는 것은 아주 쉽다. 그러나 실제로 그렇게 하기란, 진심에서 우러나온 신뢰를 가지는 것은 결코 쉽지 않다(그래서 리더의 위치에 있는 사람에게 그렇게 중대한 사안이 되는 것이다).

우드와 미어에 대한 나의 신뢰는 부분적으로는 나의 순전한 나태함에 기인했다. 그들이 나를 극점으로 데려다줄 것이라 믿는 것이 나침반 바늘의 'S(남)'가 북쪽, 즉 자남극 방향을 가리키는 지구의 맨 아래쪽에서 복잡한 항법 원리를 학습하는 것보다 훨씬 쉬웠다.

내가 아는 매듭법은 8자 매듭과 고리 매듭, 단 두 가지뿐이다. 난로 사용법이나 연료 절약법과 같은 기본적인 야영 기술에 대해서는 문외한이나 다름없다. 어느 정도 거기까지는 직선으로 전진할 수 있다. 대충 그 정도다.

미어와 우드는 내가 기꺼이 그들에게 모든 것을 일임하는 것에 대해 믿기지가 않는다고 했다. "로버트, 나와 우드 둘 다 크레바스에 떨어지면 그땐 어쩔 거요?" 미어가 물었다. "그런 상황에 처하면 어떻게 할 거냐고요? 길도 파악할 줄 모르고 구조를 요청할 수 있는 무전기도 없는데… 도대체 어떻게 할 생각이오?"

그런 일이 벌어지면 내가 길을 잃게 될 것이란 점은 분명해 보였다. 지형지물이 없는 남극의 평원에서 인간이 직선으로 나아갈 수 있는 방법은 없다. 인간의 두 발 중에 어느 한쪽은 다른 한쪽보다 더 힘이 세서 더 빈번히 사용되기 마련이다. 결국 불운한 방랑자는 크게 원을 그리며 자신이 지난 곳을 다시 밟게 된다.

나는 남극의 황량한 벌판에 홀로 남겨진 내 모습을 떠올렸다. 20년이 더 지난 지금까지도 어떤 희망도, 구조될 가능성도 없이 거대한 얼음덩이 위에 홀로 남겨져 길을 잃고 헤매는 내 모습이 꿈속에 나타나곤 한다. 밥 딜런Bob Dylan이 노래한 것처럼 집으로 돌아갈 방법의 부재, 그것은 언제나 끔찍한 악몽이다.

"그거 알아요?" 미어가 말했다. "우리 둘 다 크레바스로 떨어지면 당신이 취할 수 있는 유일한 행동은 우리를 좇아서 뛰어내리는 것뿐이오."

나는 건성으로 키득거리며 웃어 보였다. 미어의 말이 틀리지 않다는 사실을 알고 있었기에 내 웃음기는 맥없이 사라졌다.

신뢰의 중요성과 함께 내가 미어에게서 배운 리더십의 비법이 한 가지 더 있다. 산악인들 사이에서 오가는 뻔한 소리부터 해보자. 누구나 산에 오른 경력은 누리고 싶어 하지만 실제로 오르고 싶어 하는 사람은 거의 없다는 것이 그들의 그 진부한 진리다.

많은 사람들이 겨울에 아이거 봉 등반을 했다고 말할 수 있기를 열망한다. 인간이 내세울 수 있는 자랑거리 가운데 가장 멋진 유형에 속하기 때문이다. 잘나가는 축구선수에게도, 세계적인 기타리스트에게도, 심지어 일국의 대통령에게도 깊은 인상을 줄 수 있는 자랑거리가 아닐 수 없다. 하지만 실제로 겨울에 아이거 봉 등반에 나서는 일이라면? 음, 정중히 사양하는 바다. 이런 것은 과거형으로 표현할 수 있는 한 진정 멋진 일이다. 하지만 그 과업에 수반되는 고통과 고난을 직면해야 한다면 그렇게 멋지게만 느껴지지 않을 것이다.

등반이든 극지 탐험이든, 다른 분야의 그 어떤 기념비적인 과업이든 모두 마찬가지다. 누구나 대서양 횡단 항해 경력은 원하지만 누구도 실행하려 들진 않는다. 누구나 소설 한 편 써놓았길 바라지만 누구도 자리를 지키고 앉아 문장을 뽑아내는 일에는 선뜻 돌입하지 못한다. 누구나 위대한 무언가를 이미 성취해놨길 원하지만 위대함을 성취하기까지의 과정을 기꺼이 수행하기를 원하는 사람은 극소수에 불과하다.

미어는 '그렇게 했다는 것'보다 실제로 '그렇게 행하는 것'을 즐기는 보기 드문 부류에 속했다. 그는 실행의 귀재였다. 고난을 마다하지 않았고 장애물이 나타나길 고대했으며 고통을 참아낼 줄 알았다. 종종 나를 격분하게 만들기도 했지만, 나는 그로부터 엄청나게 많은 것을 배우기도 했다. 그는 우리 셋 중에서 가장 강인한 사람이었다.

살다 보면 리더의 역할을 맡고 실행을 주도해야 할 때가 찾아올 것이다. 하겠다고 말한 일은 반드시 행하는 것이 가장 중요하다. 나는 그 교훈을 미어에게서 다시 배웠다. 나는 스콧의 발자취를 좇아 남극점에 걸어갈 것이라고 말했다. 만약 내가 그렇게 하지 않고 그냥 집으로 돌아왔더라면 사람들은 내가 하는 말을 두 번 다시 믿지 않았을 것 아니겠는가?

성공에 따르는 보상이 아닌 실행의 과정에서 목표를 찾는 것이 비법이다. 과정에서 즐거움을 찾아야 한다. 일테면 거대한 얼음 장벽 위에서 네모난 초콜릿 한 조각을 입안에서 살살 녹여먹는 즐거움 같은 것 말이다. 동료와 함께하는 즐거움은 또 어떤가. 물론 말이 쉽다고 생각할 것이다. 그러나 어떤 팀이든 목적을 이루려면 이 모든 것이 필수적이다.

리더십의 일정 부분은 신념의 도약을 필요로 한다. 사람들은 누군가가 주어진 과업을 실행에 옮길 수 있다고 믿을 수 있을 때 그를 따른다. 그리고 사람들에게 그런 신뢰감을 불어넣으려면 리더는 먼저 자기 자신부터 믿어야 한다.

미어가 나를 극점까지 안내할 수 있다고 믿으며 나는 내 나름의 좁고 제한적인 방식으로 신념의 도약을 이뤘다. 미어는 경험이 풍부한 산악인이었던 만큼 그에 대한 나의 신뢰가 그리 무모한 것만은 아니었다. 미어는 나보다 훨씬 큰 도약을 이룬 셈이다. 내가 성공적으로 극지 탐험에 오를 수 있다고 믿었기에 하는 말이다. 나는 가진 것이라곤 열정과 에너지밖에 없는 초보자였다. 나에 대한 그의 믿음이 훨씬 더 큰 도약을 필요로 했던 이유다. 그 당시엔 기적과 다르지 않다는 생각까지 했다.

팀의 응집력과 신뢰 덕분에 우리는 무시무시한 비어드모어 빙하를 통과할 수 있었다. 더럼에서 스콧의 일기를 읽으며 시작되었던, 아니 그보다 훨씬 이전인 11살 때 존 밀스가 등장하는 〈남극의 스콧〉을 보며 시작되었던 내 꿈이 바람 앞의 촛불처럼 위태로운 가운데서도 아직 꺼지지 않고 살아 있었다. 그 오랜 세월 지탱해온 꿈이었다.

12월 22일 일요일, 행군을 시작한 지 7주가 지났다. 나는 비어드모어 빙하의 꼭대기에 서서 로버트 스콧 역의 존 밀스가 했던 대사를 읊조렸다. "장벽은 넘었다. 빙하도 지났다. 이제 고원만 남았다."

우리는 남쪽으로 방향을 돌렸다. 하루에 9시간씩 행군을 이어갔다. 하루에 걷는 거리도 점점 늘어갔다. 25킬로미터, 27.3킬로미터, 27.8킬로미터, 27.7킬로미터, 26.5킬로미터…. 평균 시속 2.4킬로미터를 꾸준히 유지했고 상황이 나은 날에는 거의 시속 3.2킬로미터로 걷기도 했다.

섀클턴의 결단을 기리기 위해 잠시 행군을 멈추기도 했다. 그가 도달했던 '최남단', 자신은 물론 나머지 대원들의 목숨을 살리기 위해 극점을 불과 156킬로미터 앞에 두고 귀환을 결정했던 그 지점이었다. 1986년 새해 첫날에는 높이가 1미터도 넘는 사스트루기들이 즐비한 지역을 만나 그 사이를 이리저리 헤치며 나아가야 했다. 그러면서도 그날 썰매 미터기상으로 25킬로미터를 돌파했다.

극점에 대해 생각할 여유 따위는 허용되지 않았다. 매일매일 내가 신은 스키 바로 앞에서 일어나는 상황에 집중하는 것만으로도 충분히 힘들었다. 하지만 이제 몇 달 동안 지속되던 어둠을 몰아내며 지평선 위로 솟아오른 극지의 햇빛처럼 내 머릿속에 한 줄기 작은 빛이 떠올랐다. 언제나 그랬듯이 나는 스콧을 생각했다. 그는 이 지점에서 어떤 느낌이 들었을까? 분명 자신이 성공하리라는 것을 직감했을 것이다.

1월 11일 토요일 지평선 위로 어떤 형체가 모습을 드러냈다. 그보다 앞서 우리는 최종 목표지점까지 16킬로미터도 남지 않은 곳에서 눈 폭풍에 발이 묶여 있었다. 그날의 풍속은 1958년 이후 극지에서 기록된 것 중 가장 강력했다. 폭풍이 잦아들고 얼음 결정들로 인해 주변의 대기가 온통 은빛으로 물든 이후에야 다시 출발할 수 있었다. 서쪽 방향에서 그것이 내 눈에 들어왔다. 작고 뭉툭한 구조물이 남극고원의 끝도 없는 평평함 위에 덩그러니 솟아 있었다.

"저기다!" 로저 미어와 개러스 우드를 향해 소리치며 들고 있던 스키폴을 흔들어댔다. 구조물 안에는 기상관측 장비가 들어 있었다. 우리가 걷던 광활한 황량함에 어울리지 않는 기이한 물체로 느껴졌다. 거기서부터 초록색 깃발들이 남극점의 아문센-스콧 기지까지 한 줄로 이어져 있었다.

그때 미어와 우드 또한 나와 같은 느낌이었다는 것은 나중에 듣게 되었다. 극점에 가까워질수록 내 몸이 점점 더 커지는 것 같았다. 주체하지 못할 정도의 흥분으로 잔뜩 부풀어올랐다.

나는 깃발로 형성된 줄을 따라가는 것이 마음에 들지 않았다. 그토록 오랫동안 끼고 살았던 그 모든 제약과 조심을 이렇게 조금씩 나눠서가 아니라 한순간에 한꺼번에 털어내고 싶었기 때문이다. 그렇게 발걸음을 옮기는 가운데 내 마음은 마침내 꿈을 이뤘다는 감동과 승리감, 그리고 마구간으로 달려가는 암말의 그것과 같은 쉼터에 대한 열망으로 채워졌다.

그런데 놀랍게도 마음 한구석에서 일말의 슬픔도 고개를 내밀었다. 우리의 탐험 여정이 끝나는 것이 못내 아쉬웠던 것이다.

미국의 아문센-스콧 기지는 거대한 지오데식 돔^{geodesic dome 10}의 형태를 띠었다. 있는 힘을 다해 앞으로 나아가자 지평선 위로 밝게 빛나는 돔의 형태가 시야에 들어왔다. 은빛 설원을 수놓은 에메랄드 도시였다. 나는 도착에 앞서 모종의 준비를 갖추기 위해 잠시 멈춰섰다. 겉옷 안감 주머니에 모셔놓았던 타프 에반스의 극지 메달을 꺼냈다. 그리고 레베카 워드가 준 스카프를 머리에 둘렀다. 이어서 그녀가 준 면직물 곰인형 테디도 윗주머니에 잘 보이도록 똑바로 꽂았다. 그렇게 준비를 마치고 나는 겸허히 앞으로 나아갔다. 내 머리에 씌워질 월계관을 위해 고개를 숙이고.

일은 내 뜻대로 진행되지 않았다. 우리가 아문센-스콧 기지의 커다란 하역 주차장 입구에 근접할 때까지 아무도 우리를 보지 못했다. 오리털 외투와 털이 달린 후드로 휘감은 사람의 형체가 우리를 발견하고는 주춤 멈춰 섰다. 그들은 우리가 일주일 후에나 도착할 것으로 예상하고 있었다. 스콧의 일정대로라면 우리가 극점에 도달하는 날짜는 17일이었다.

현실의 중압감이 나의 인지기능을 왜곡시켰다. 긴 시간 평원의 단조로움에 익숙해져 있다가 어느 순간 갑자기, 그것도 한꺼번에 온갖 사물과 색채와 사람들을 접한 탓이었다. "'발자취' 탐험대가 도착했어요." 과학기술이 만들어낸 대성당인 그 돔에 들어섰을 때 누군가 그렇게 외치는 소리가 들렸다. "'발자취'! '발자취'! '발자취'!" 내가 다른 사람들에 비해 아주 천천히 움직이고 있다는 느낌이 들었다. 그들은 마치 빨리 돌린 영상 속의 인물들 같았다.

뭔가가 잘못되었다. 왜 사람들이 슬픈 표정인지 도무지 알 수 없었다. 내가 기대했던, 정복의 영웅을 환호하며 맞이하는 환영식과는 거리가 멀었다. 우리의 생존을 확인한 안도감이 저렇게 눈물까지 비치게 만들 정도로 격하단 말인가?

기지의 책임자인 리 쉔Lee Schoen이 앞으로 나와 우리를 맞아주었다. "무사히 도착하신 걸 축하드립니다." 그가 말했다. "그런데 나쁜 소식을 전하게 되어 유감이군요. 서던퀘스트 호가 침몰했습니다. 유빙과 충돌했답니다. 승선했던 사람들은 모두 무사합니다. 맥머도 기지로 안전하게 대피했습니다."

우리가 남극점에 도달한 시각은 1986년 1월 11일 11시 53분이었다. 그 3분 전에 우리의 탐험선이 남극해의 바다 밑으로 사라졌다. 뷰포트 섬 인근에서 엔진룸의 선체 외부가 파열되어서 말이다.

바로 그때부터 모든 것이 미쳐 돌아갔다.

26

광기

로저 미어와 나는 조금도 지체 없이 귀국 길에 올랐고, 몇 차례 비행기를 갈아탄 후 런던 히드로 공항의 활주로 끝에 섰다. 우리는 다소 말라 보였고 매우 지쳐 보였다. 지난 1년 동안 목욕이나 샤워를 하지 못했다. 아무리 영국 남자라 해도 극단적인 경우가 아닐 수 없었다.

한 기자가 우리에게 곧장 TV 뉴스 프로그램에 라이브로 출연하기 위해 이동해야 한다고 알렸다. 나중에 그 영상을 찾아봤다. 화면 속의 우리 모습은 초췌하고 몽롱해 보였다. 불과 24시간 전에 우리는 남극점을 밟았고 서던퀘스트 호의 침몰 소식을 전해 들었다. 나는 많은 시청자들이 우리를 비웃고 있다는 사실을 강렬히 인지할 수 있었다. 모두가 웃고 있었다. 우리의 모습은 마치 방금 지구에 내린 외계인처럼 다소 이상해 보였다. 정말 이상해 보였을 것이다.

진행자의 첫 번째 질문이 무엇이었던가? 세 명의 어리석은 영국인이 70일 동안 완전히 무의미한 이유로 인생 최악의 시간을 보낸 이후에 세상 사람들이 알고 싶어 안달이 난 것이 과연 무엇이었던가?

"춥던가요?"

그 순간 나는 몰려오는 안도감을 느꼈다. 어쩌면 내가 세상에서 가장 어리석은 녀석이 아닐지도 모른다는 실제적인 희망을 보았기 때문이다. 밝은 TV 조명 아래 편안한 의자에 앉아서, 전국의 모든 시청자들이 나를 보고 웃고 있는 그 시간에 나는 광기에 관해 생각했다.

'스콧의 발자취를 좇아'를 계획하고 준비하는 과정 내내, 내게 똑같은 말을 하는 사람들을 수없이 겪었다. 그런 일이 너무나 잦았기 때문에 나는 인간이란 기이한 몸체를 가진 앵무새 종이라서 하나같이 똑같은 말만 하는 것이 아닐까 생각했던 적도 있다.

그들은 환하게 웃으며 으레 이렇게 말했다.

"로버트, 분명 실패할 거예요."

그리고 더 환한 웃음을 지으며 이렇게 덧붙였다.

"십중팔구 그곳에서 죽을 거예요."

내가 이른바 문명사회라는 곳으로 다시 돌아왔을 때 그들 앵무새들이 예견했던 그 한 가지, 내가 의심의 여지없이 나와 탐험 대원들을 죽음으로 몰고 갈 것이라던 그 한 가지를 결국 이루지 못한 것을 보고 그들은 일그러진 미소로 나를 환영해줬다.

"로버트, 당신이 이 탐험에 나선 이유는 단 한 가지예요." 그들이 말했다. "당신이 완전히 제정신이 아니기 때문이죠."

이 글을 읽는 사람 중 누구라도 실제로 굶주림을 경험해본 적이 없기를, 또는 앞으로도 그럴 일이 없기를 바란다. 나는 굶주림이 어떤 것인지 경험해봤다. 그것도 아주 여러 번, 자발적으로 말이다. 굶주린 상태에서는 우리 몸이 스스로를 갉아먹는다. 그 느낌은 결코 잊을 수 없다.

TV 조명이 내 눈을 비추는 가운데 모두가 나를 두고 미친 사람, 정상이 아닌 사람, 제정신이 아닌 사람이라며 실로 그 모든 게 웃기는 상황이 아닐 수 없다고 말하고 있었다. 그때 내 머릿속에 떠오른 생각은 이런 것이다. 전 세계의 절반이 매일 굶주림에 허덕이고 있다. 나머지 절반은 체중을 줄이기 위해 별 짓을 다 한다. 그것이 제정신이 아닌 게 아닌가? 그것이야말로 비정상이 아닌가?

우리가 빠른 속도로 소모하는 화석 연료는 조만간 고갈되고 말 것이다. 그러나 그것은 인류가 자신들의 유일한 안식처를 더 이상 사람이 살 수 없는 사막으로 바꿔놓은 이후의 일일 것이다. 이것이 광기가 아니란 말인가?

마크 트웨인Mark Twain은 이렇게 말한 바 있다. "인간은 누구나 제정신이 아니라는 사실을 기억하는 순간 수수께끼는 사라지고 인생은 저절로 설명된다."

서던퀘스토 호는 단단한 얼음덩어리가 가한 수천 킬로그램의 압력으로 인해 선체 외부에 구멍이 뚫리면서 침몰했고, 그럼으로써 남극의 난파선 목록에 이름을 올리게 되었다. 치명적인 남극해의 조건을 고려할 때 목록이 그리 길지 않다는 사실이 놀라울 따름이다.

모두 여섯 척이다. 가장 유명한 것은 섀클턴의 인듀어런스 호와 스웨덴의 지리학자 오토 노르덴쉘드Otto Nordenskjold의 앤타크틱Antarctic 호다. 서독의 대형 선박이었던 고틀란드 2 Gottland II 호와 아르헨티나의 선박도 있다. 보다 근래에는 유람선 MS익스플로러MS Explorer 호가 남극해의 사우스셰틀랜드 제도에서 빙산에 부딪혀 침몰했다.

그다음이 서던퀘스트 호다. 길지 않은 남극 난파선 목록에 이름을 올렸다는 것은 아무리 애써도 좋다고 말할 수 없는 성과다. 그레이엄 피펜 선장은 한때 트롤선이었던 서던퀘스트 호를 케이프에반스의 잭 헤이워드 기지로부터 80킬로미터 거리 내에서 조종하고 있었다. 그 후 북쪽으로 방향을 잡아 보퍼트 섬 인근으로 나아갔는데, 바로 거기서 빙산을 만난 것이다. 피펜 선장이 먼 바다를 향해 조심스럽게 전진하던 중 얼음덩어리들이 배 주변으로 접근해왔다. 특히 선체 우현으로 접근한 수천 평방미터에 달하는 빙산이 회전하며 선체의 측면을 강타했다. 엔진룸의 격벽이 안쪽으로 활처럼 휘어지면서 끝내 파열되고 말았다.

보다 큰 의미에서 보면, 서던퀘스트 호는 극지의 유빙에 의해 구멍 난 것이 아니었다. 그보다 훨씬 더 위험하고, 더 막강하며, 사실상 제지할 수 없는 힘에 의해 파괴된 것이나 다름없다. 바로 관료주의다.

탐험 준비를 하던 마지막 6개월 동안 한 편의 드라마가 펼쳐졌다. '스콧의 발자취를 좇아'가 민간 탐험대의 남극행을 가로막으려는 정부 정책에 부딪히면서 별의별 우여곡절을 다 겪은 것이다. 미국국립과학재단의 관계자들은 불친절한 대응에서 노골적인 적대감까지 다양한 반응을 보이며 특히 부정적인 입장을 고수했다.

문제는 우리가 극점까지의 행군을 완료한 이후 귀환하는 방법이었다. 우리는 거대한 헤라클레스 화물수송기에 태워줄 것을 요청했다. 아문센-스콧 기지에 보급품을 내려놓고 텅 빈 상태로 돌아가는 비행기였다. 적재하중 20톤의 화물수송기였으니 굶주림에 반쯤 죽어가는 '스콧의 발자취를 좇아' 탐험대원 3명 정도는 거뜬히 태우고도 남지 않겠는가?

그렇지 않았다. 우리가 탈 공간은 없었다. 정부의 협조 따위는 가당치도 않았다. 그래서 우리는 제2안으로 넘어갈 수밖에 없었다. 직접 비행기를 임대하는 것이다. 여기서 다시 자일스 커쇼가 등장한다. 당대의 가장 뛰어난 극지 전문 조종사 중 한 사람 말이다. 그는 지금까지도 남극 비행시간에 있어서는 최고 기록을 보유한 조종사로 남아 있다.

그는 캘리포니아의 산타바바라에 있는 극지조사연구소로부터 더글러스 사의 DC-3 트라이-터보 기종을 임대하기로 했다. 그것으로 문제는 해결되었다. 트라이-터보 '폴에어Polair' DC-3, 일명 '희망의 정신'으로 불리는 그 기종은 극지연구소에 매각되기 전까지 미국의 군용 비행기로 널리 사용되었다. 그렇게 우리는 남극점 도달 이후 귀환 계획까지 완벽하게 준비한 상태로 잭 헤이워드 기지에서 월동에 들어갔다.

최소한 그렇다고 생각했다. 그해 7월 로저 미어, 개러스 우드, 존 톨슨, 마이크 스트라우드 박사 그리고 내가 케이프에반스의 오두막에서 지내고 있을 때 트라이-터보 비행기 임대가 별안간 취소되었다.

극지조사연구소 측에서는 완벽하게 타당한 이유를 댔지만 내 눈에는 그 뒤에 숨어 있는 관료주의의 손길이 뻔히 보였다. 미 해군에서 남극 작전을 수행해야 한다며 트라이-터보를 임대해버린 것이다. 그것도 아주 후한 조건을 제시하면서 말이다. 미국 정부의 '비협력' 정책이 극지조사연구소에 대한 경고조치로 이어진 것인가? 어쩌면 군납 계약을 모두 취소하겠다고 위협했을지도 모를 일이지 않은가? 미국 정부의 전화 한 통화로 트라이-터보는 우리에게 더 이상 허락되지 않았다.

1안은 거부당했다. 2안은 누군가 훼방을 놓았다. 3안은 한마디로 표현하자면 오래된 노래의 제목으로 요약할 수 있었다. "(스스로 돕는 아이는) 신의 축복을 받는다." 커쇼가 제임스 본드 스타일의 대안을 제시했다. 구형 단발엔진 세스나 1-85 비행기를 해체한 후 서던퀘스트 호의 갑판에 싣고 가자는 것이었다. 남극에 도착한 다음 재조립한 후 그것을 타고 부빙에서 날아오른다는 계획이었다. 타당성이 결여된 것으로 들리는 전략이었지만 우리의 탐험을 어떤 정부의 지원도 없는 완벽한 자급자족 여정으로 만들어준다는 장점이 따랐다.

1985년 9월 커쇼는 자신의 계획을 우리의 사업 관리자였던 리처드 다운과 공유했다. 또 발생할 우려가 있는 정부 간섭을 미연에 방지하기 위해 세부사항은 기밀에 부쳐졌다. 케이프에반스에서 월동을 하던 우리도 자세한 내용은 몰랐다.

새로운 전략은 일정의 변경을 필요로 했다. 그 당시엔 큰 문제가 될 것 같지 않았는데, 결국 그게 치명타로 작용한 것이다. 커쇼가 우리를 태우기 위해 아문센-스콧 기지로 날아오는 시점에 맞추려면 서던퀘스트 호는 원래의 일정인 2월이 아니라 한 달 먼저, 그러니까

1월에 남극으로 와야 했다.

내 모든 계획과 내 모든 탐험 그리고 내 인생 전부가 보퍼트 섬 근처에서 유빙에 부딪혀 산산조각 나버렸다. 우리는 위험부담을 감수했고 거의 성공 직전까지 갔었다. 서던퀘스트 호는 얼음이 없는 안전한 바다와 불과 400미터밖에 떨어지지 않은 지점에서 빙산에 받히고 말았다.

더럼 대학 시절에 얻은 나의 불멸의 친구들인 피터 맬컴과 윌리엄 펜튼 그리고 레베카 워드까지 서던퀘스트 호의 침몰이 확실해지던 시점까지 배 위에 남아 있었다. 그들은 단 몇 시간 만에 개인소지품과 항해기록, 꼭 필요한 물자 등을 얼음 위로 내려놓아야 했다.

선체는 신음소리를 내며 진동했다. 빙산이 철판에 충격을 가했기 때문이다. 타이타닉 호의 경우와 같았다. 맬컴은 잽싸게 가지고 갈 것과 버려두고 갈 것의 목록을 작성했다. 겨울의복, 가지고 갈 것. 자신이 아끼는 피아노, 버리고 갈 것. 카메라 상자와 영화제작 도구, 가지고 갈 것. 접시와 은그릇, 버리고 갈 것. 응급처치용 구급상자, 가지고 갈 것.

금고에 넣어둔 비상금 2만 5,000달러는 어떻게 해야 하나? 피터는 선체 바로 바깥쪽 인적도 없는 부빙 위에 조난당한 채 서 있는 선원들의 모습을 떠올렸다. '거기서 현금은 아무런 소용이 없을 것이다.' 그렇게 재빨리 생각을 정리한 후 현금은 배에 그대로 둔 채 빠져나왔다.

존 엘더 John Elder 라는 이름의 탐험대원은 가라앉는 서던퀘스트 호를 지켜보며 구슬픈 연주곡 〈마지막 편지 Last Post〉를 트럼펫으로 불었다.

27

약속

당신의 배가 침몰한다면 당신은 무엇을 하겠는가? 사업이나 인생에서 침몰은 여러 형태로 덮쳐온다. 주식시장의 붕괴, 기업이나 개인의 파산, 갑작스러운 건강 문제, 가족의 와해. 교통사고 등과 같은 것들 말이다.

그런 재앙에 맞닥뜨렸을 때 인간의 자연스러운 반응은 부상당한 동물의 행동과 흡사하다. 숨어버리는 것이다. 사슴이나 순록, 영양 등을 예로 들자면, 약한 놈은 무리에서 떨어져나가 결국 늑대나 들개의 먹잇감이 되고 만다. 그러나 우리는 그럴 수 없지 않은가. 우리는 고도로 진화한 동물이지 않은가. 우리 인간은 자동반사적인 생물학적 충동을 능히 극복할 수 있지 않은가 말이다.

현대의 인간이 숨어버리는 동물과 유사하게 보이는 행태는 모든 리스크를 회피하는 것이다. 동원 가능한 모든 전략 중에서 가장 안전한 방법을 적용함으로써 더 이상의 피해를 입지 않으려 애쓴다. 그러나 이것은 완전히 잘못된 방법이다. 리스크는 생존을 위해 반드시 필요한 요소이기 때문이다. 리더가 갖춰야 할 신뢰의 행위 중 가장 어려운 축에 속하지만 리스크 감수는 극도로 어려운 상황에서 벗어날 수 있는 결정적 해법이 되기도 한다.

1986년 1월 갑작스러운 상황의 반전에 여전히 당황스럽던 와중에 언론의 집중 조명을 받게 되었다. 마치 자동차 전조등 앞에 서 있는 사슴이 된 상황이었다. 그때 나는 이 본질적인 교훈을 간과해버렸다. 리스크 요소를 받아들이는 대신 뒷걸음질을 쳤다. 그렇게 자궁 속에 들어가 엄지손가락이나 빨고 앉았다가 용기를 내서 밖으로 나올 때마다 새로운 타격에 부딪히곤 했다.

나는 은행장을 찾아갔다. 개인 보증으로 빌렸던 120만 달러의 바클레이즈 은행 대출금을 상환할 수 있는 내 유일한 자산은 보퍼트 섬 인근 로스 해의 바닥에 가라앉아 있었다.

"제가 어떻게든 다 갚을 것입니다." 내가 돈 프랫에게 말했다.

"그렇게 하실 것이라 믿습니다." 그가 답했다.

다시 한 번 나는 거짓말을 하고 있었다. 또는 적어도 진실의 전부를 말하고 있지 않았다. 겨우 29살에 무직에다 고대사 학위를 보유한 극지 탐험가가 어떻게 120만 달러라는 수렁에서 빠져나올 수 있는지, 그 어떤 방법도 모르고 있었기에 하는 말이다.

나는 은행장에게 진지하게 고개를 끄덕여 보였지만, 그는 반신반의하는 표정으로 고개를 끄덕이고 있었다. 명예, 의무, 규율, 정직 등 할아버지로부터 물려받은 핵심 가치들이 은행 빚의 청산을 요구하고 있었다. 그러나 사실상 그럴 가능성은 희박했다. 아니 불가능에 가까웠다.

나는 내 자신의 어리석음이 저주스러웠다. 이런 나의 절박함은 원망이 되어 내 불멸의 친구인 피터 맬컴을 겨냥했다. 바다 밑에 가라앉은 현금 2만 5,000달러가 못내 아쉬웠다. 그 돈이면 우선 돈 프랫을 달랠 수 있었을 것이다. 아니면 종잣돈으로 쓸 수도 있지 않은가. '뭐든' 되었을 것이다. 그러나 나에게는 아무것도 없었다.

그 외에도 청산해야 할 빚은 또 있었다. 비어드모어의 바람에 꽤나 자심감 있게 실어보냈던 그 약속은 또 어떻게 한단 말인가? "제발 살려만 주세요"라고 간청하며 했던 맹세 말이다. '당신을 보호하기 위해 제가 할 수 있는 무슨 일이든 다 하겠습니다.'

그렇다. 인질로 잡힌 상태에서 던지는 그런 모든 약속들처럼 그것 또한 연기처럼 사라져버렸다. 영국으로 다시 돌아온 그 순간 이후 나는 그것에 대해 까맣게 잊었다. 은행장 다음은 어머니를 만날 차례였다. 언론의 주목이 어느 정도 잦아들자마자 나는 어머니를 뵈러 갔다.

"세상에, 로버트, 도대체 무슨 일이 있었던 거니?" 집으로 돌아온 내 모습을 보고 어머니가 외쳤다. 수척해진 내 외모를 보고 하는 말인 줄 알았다. 남극 다이어트 덕분에 체중이 25킬로그램이나 감소한 터였다.

"좀 전에 남극에 걸어갔다 온 탓이겠죠." 나는 중얼거리듯 대답했다. "내가 TV에서 하는 말 못 들었어요?"

"그건 들어서 알고 있지. 내 말은, 네 눈 말이야, 예전과 다르구나."

남극고원의 반사광 때문에 평소 푸른색이던 내 눈동자가 흐릿한 회색으로 변해 있었다. 나 자신도 모르고 있었다. 거울을 자주 보는 것도 아니었고, 두 명의 탐험 동료들이 내 외모의 세세한 변화까지 감지하는 습관이 있던 것도 아니었다. 아무리 작은 변화도 놓치지 않는 어머니의 눈만 그런 변화를 알아봤다.

무엇이든 느리게 깨닫는 편에 속했던 나는 인간이 야기한 기후변화의 공격에 노출된 극지의 환경 문제와 내 눈동자에서 색소를 증발시켜버린 태양빛 사이의 연관 관계를 한동안 추론하지 못하고 있었다. 단순히 남극에서 일어나는 이상한 현상 정도로만 생각했다. 그러다가 미국의 컨트리송 가수인 크리스털 게일Crystal Gayle이 떠올랐다. 당시 그 가수의 히트곡이 〈그것이 내 갈색 눈을 파랗게 만들지 않나요Don't It Make My Brown Eyes Blue〉였다.

내 눈동자 색깔의 변화는 그저 기이한 현상에 그치는 것이 아니었다. 그해 남극 상공의 오존층에 거대한 구멍이 생겼다는 사실이 엄청난 뉴스거리가 되었다. 나는 천연보호막인 오존층이 없는 하늘 아래를 70일 동안이나 걸었던 것이다(오존층은 지구로 쏟아지는 유해한 자외선을 차단해주는 분자로 이뤄진 대기층을 말한다).

주로 용제와 냉매로 사용되며 일반적으로 할로알칸haloalkanes이라 불리는 염화플루오린화탄소CFCs의 배출이 오존의 급감을 야기했다. 결국 내 푸른 눈동자가 회색으로 바뀐 원인도 그 산업화 시대의 부산물이었다. 갈색 눈의 미어와 우드에게는 영향이 없었다.

1980년대 중반 오존층에 생긴 구멍은 큰 뉴스이자 당대의 불편한 진실이었다. 그때 내가 즉각적으로 과오를 깨닫고 비어드모어에서

했던 약속의 이행을 위해 지구의 환경보호, 특히 극지 환경의 보존에 앞장서는 운동가로 변모했다고 말할 수 있으면 좋겠다.

그러나 실상은 그렇지 못했다. 나는 남극하트지느러미오징어가 유영하는 컴컴한 로스 해의 물속으로 가라앉은 서던퀘스트 호처럼 어둡고 깊은 우울감에 빠져 허덕이고 있었다. 술로 나날을 보내며 파산한 내 재정 상태만 걱정하고 있었다.

일본인 극지탐험가 노부 시라수는 무일푼으로 죽음을 맞았고, 사람들의 기억 속에서 잊혔다(그는 "내가 죽은 후에도 남극의 보물에 대한 연구는 계속되어야 한다"고 촉구했다). 로알드 아문센은 널리 명성을 떨쳤지만 사망하면서 어마어마한 빚더미를 남겼다.

스콧과 섀클턴은 그나마 나은 편이었다. 섀클턴은 무의미한 남극 주항에 올라 퀘스트 호에서 사망했다. 처음부터 이전 탐험에 들어간 대출금을 갚고 새로운 자금을 모금하기 위한 목적으로 계획한 여정이었다. 물려줄 재정적 유산이 하나도 없었던 스콧은 아내와 아이를 돌봐달라는 부탁을 유언으로 남겨야 했다.

나 또한 그 유구한 남극 파산인 명단에 합류한 것을 영광스럽게 생각해야겠지만, 나는 비참하고 수치스럽기만 했다. 그때도 난관에 봉착한 나에게 첫 걸음을 떼어놓도록 이끌어준 사람은 다름 아닌 스콧 대장이었다(공정하게 말하자면, 나를 난관으로 몰아넣은 사람 또한 스콧 대장이었지만). 상징적인 영국의 영웅이 아니라 실제로 살아 숨쉬는, 죽음에서 부활한 실체적 존재로서의 스콧 대장이었다는 얘기다.

28

남겨진 대원들

120만 달러라는 바클레이즈 은행 대출금만큼이나 무겁게 내 마음을 짓누르던 것은 내가 했던 또 다른 약속이었다(그만큼은 아니었을지도 모르겠다. 그 대출금만큼 무거운 짐은 따로 없었기에 하는 말이다). 돌이켜보면 이 약속 역시 다른 약속 못지않게 무모했다. 나의 멘토인 섀클턴 경과 비비언 푹스 경, 자크 쿠스토 그리고 (다른 누구보다도) 피터 스콧 경에게, 도착했을 때의 모습 그대로 돌려놓고 남극대륙에서 나오겠다고 진지하게 맹세하지 않았던가.

"한 가지 조건이 있네." 내가 글로스터셔의 자택에 처음 방문했을 때 피터 스콧 경이 했던 말이다. "남극에 가서 구축하는 오두막과 베이스캠프는 물론 거기에 도착한 후 만든 모든 것들을 돌아올 때 수거해서 나와주게. 하나도 남기지 말고 모두 다시 가지고 와야 하네."

나는 반드시 그렇게 하겠노라 다짐했다. 내 약속이 그에게 건성으로 들렸던 것이 분명했다. 왜냐하면 그가 다시 다짐을 받으려 했기 때문이다.

"빈말이 아니네, 스윈." 그가 말했다. "해변에 아무것도 남아 있지 않아야 되네. 자네가 약속을 지키나 두고 보겠네."

나는 다시 한 번 그렇게 하겠노라고 말했다. 내 할아버지의 명예를 걸고. 나는 그 약속을 지키기 위해 단호한 노력을 기울였다. 서던퀘스트 호는 '스콧의 발자취를 좇는' 탐험대가 케이프에반스로 가지고 들어갔던 모든 인공물(쓰레기 포함)들을 되가져올 수 있는 수단이었다. 오두막과 무선송수신 타워, 기름통 할 것 없이 전부 말이다.

그런데 갑작스럽게 서던퀘스트 호가 없어져버린 것이다. 탐험대의 흔적들은 여전히 해변 곳곳에 흩어져 있었지만 나에게는 그것들을 말끔히 치우겠다는 약속을 지킬 방법이 없었다. 나의 신뢰도가 풍전등화와 같은 상황에 처했다.

극점 정복 직후 서던퀘스트 호의 침몰 소식을 듣고 정신이 없는 가운데 미국에 의해 쫓겨나다시피 남극대륙을 떠날 때 나는 내가 아는 한 가장 이타적인 의사결정을 목도했다. 크라이스트처치를 경유해 히드로 공항으로 날아오기 전 맥머도에 잠시 체류했다. 피터 스콧 경에게 했던 약속 때문에 마음이 무거웠다. 잭 헤이워드 기지에 남는 우리 장비들은 어떻게 되는 것인가?

"기지에 남아서 한 번 더 겨울을 보낼 사람이 필요합니다." 나는 한 자리에 모여 있던 '스콧의 발자취' 탐험대원들을 향해 불쑥 그렇게 말했다. 개러스 우드가 손을 들었다. 일말의 망설임도 없이 한쪽 팔을 즉각적으로 들어올렸던 것이다. 고문에 가까운 남극점을 향한

70일간의 행군을 이제 막 끝내고 돌아온 사람이 아니었던가. 발에 동상이 걸리고 물집까지 잡혀 절룩거리는 사람이 아닌가 말이다. 그 전에는 가로세로 5미터와 7미터밖에 되지 않는 공간에서 끝도 없는 남극의 겨울 동안 격리된 생활을 했던 바로 그 사람이 또다시 그곳에서 9개월간 월동을 하겠다고 자원하고 있지 않은가! 자신의 인생에서 또 1년이란 시간을 희생하는 셈이었다.

극점 도달 이후 그리고 서턴퀘스트 호의 침몰 이후, 나는 당황스러움에 어쩔 줄 몰라 하는 소년에 지나지 않았다. 우드의 결단에 안도감을 느끼며 그런 느낌으로 인해 다시 어안이 벙벙해졌다. 그는 다른 두 명의 대원과 함께 그곳에 남았다. 두 명의 대원은 스티브 브로니Steve Broni와 팀 러브조이Tim Lovejoy였다. 남극에서 2년 연속 월동하는 사람보다 더 강한 불굴의 의지를 보여줄 사람은 없을 것이다.

나는 감정에 북받쳐 우드의 손을 잡았다. "무슨 수를 써서라도 내가 다시 데리러 올게요."

월동 지원자를 뽑은 것은 케이프에반스를 말끔히 치우고 오겠다는 내 약속을 지키기 위해 스스로 강제성을 부여하려는 의도도 있었다. 만약 그곳의 오두막을 그대로 버려둔 채 다 함께 철수했다면 내가 결국 현실과 타협하게 될 것이란 사실을 나는 잘 알고 있었다. 나는 이미 피터 스콧 경을 비롯한 다른 사람들에게 늘어놓을 변명거리를 연습하고 있었다. 흔적을 남기지 않고 돌아오겠다고 약속한 건 잘 알고 있습니다. 하지만 빌어먹을 배가 침몰하고 말았어요. 상황 상 어떻게 할 도리가 없게 되었어요. 죄송합니다.

피터 스콧, 자크 쿠스토, 비비언 푹스, 존 헌트 그리고 에드먼드 힐러리가 충분히 이해해줄 것이라 생각했다. 믿기지 않는 서던퀘스트 호의 침몰에 그들 또한 마음이 움직였을 터였다. 적어도 공개적으로는, 그리고 면전에서는 약속을 지키지 못한 것도 눈감아줄 것이다. 하지만 내심으로는 실망스러워할 것이란 점도 알고 있었다.

극점을 향한 여정은 더없이 훌륭하게 완수했다. 인분은 제외하고, 여정 도중에 발생한 쓰레기는 한 점도 남김없이 썰매에 실어 끌고 나왔다. 버터가 들어 있던 깡통, 연료통, 포장지 등등. 그 쓰레기들이 나를 격분하게 만들었던 날도 있었다. 내가 끄는 썰매의 무게를 조금이라도 줄이고자 했지만 미어가 끝까지 고집을 부렸다. 오늘날 '스콧의 발자취' 팀이 가져나온 쓰레기는 봉투 채로 뉴질랜드의 박물관에 전시되어 있다. 탐험을 하려면 이렇게 해야 한다는 실증적 교훈을 주기 위해서다.

정상에 이르는 최초의 등반 이후 에드먼드 힐러리 경은 에베레스트 산의 베이스캠프에 흩어져 있는 쓰레기 더미에 몹시 경악했다. 사람들은 마치 지하철을 타려고 줄이라도 되는 것처럼 세계 최고봉을 향한 등반길에 줄지어 서 있었다. 아무렇게나 버려진 쓰레기와 산소통, 인분 등이 한때 청정하기만 했던 에베레스트의 풍광을 훼손시켰다. 심지어 등반가들은 정상을 오르는 길에 시신을 넘어 지나가야만 했다. 그들보다 앞서 산에 오르다 죽음을 맞이한, 얼어붙은 시신들이었다.

잭 헤이워드 기지의 쓰레기들은 사실상 민간 탐험대가 남극대륙에 손상을 가한 최초의 사례를 대표했다. 내가 영국으로 돌아가면 청정자연을 더럽혔다는 사실과는 대충 타협하며 일상적인 삶을 영위할 가능성이 있다는 걸 나는 알았다.

그러나 대원들을 잭 헤이워드 기지에 남겨두고 돌아간다면 그것은 다시 와야 한다는 것을 의미했으며 해변을 청소하는 일도 처리할 수 있을 것이라 생각했다. 결국 자원자를 남겨두는 것은 내가 정직을 유지하고 약속을 지킬 수 있는 내 나름의 방법이었다. 잭 헤이워드 기지까지는 세상 어디에서 출발하든 먼 길이다. 버려진 쓰레기만이라면 돌아가지 않을지도 모르지만 고립무원이 된 대원들이라면 얘기가 달라졌다.

항만구역의 학교에서 소년으로부터 50펜스짜리 동전을 받아들던 순간과 흡사했다. 선택의 여지는 없어졌다. 반드시 해야만 하는 일이 되었다. 나는 소년이 건넨 동전을 무심히 주머니에 넣고 돌아서서 잊어버릴 수도 있었다. 마찬가지로 케이프에반스의 오두막을 벗어난 후 내 멘토들에게 했던 맹세 따위는 요리조리 피할 수도 있었을 것이다. 그러나 나를 멈춰 세우는 것이 있었다. 부모님과 조부모님으로부터 나에게 주입된 삶의 가치관이 바로 그것이었다.

그렇게 내게 또 하나의 약속이 생겼다. 피터 스콧 경에게 했던 원래의 그것에서 파생된 것이었다. 남극에서 '스콧의 발자취' 탐험대의 모든 흔적을 제거하겠다는 약속을 지키려면 그곳에 남아 또 한 번의 겨울을 보낼 지원자가 필요했다. 그리고 그것은 우드에게 약속을 하는 일과 직결되었다. 그가 남극에서 두 번째 겨울을 다 보낼 무렵 어떻게든 데리러 오겠다는 약속 말이다.

미국 국립과학재단[NFC]의 관료들이 융통성이 결여되고 꽉 막힌 나쁜 사람들이라는 점은 의심의 여지가 없었다. 맥머도 기지에 상주하던 과학자들과 직원들을 말하는 것이 아니다. 그들은 우리 탐험대와 관련된 누구에게든 넘치는 친절과 따뜻함을 베풀어줬다. 그러나 NSF의 피터 윌크니스Peter Wilkniss와 에드워드 토드Edward Todd만큼은 편협하기 그지없었다. 그 밖에 달리 설명할 말이 없다.

미국의 맥머도 기지는 사실상 해군의 계급구조가 지배하는 하나의 군함으로 볼 수 있다. 서던퀘스트 호가 침몰할 당시 맥머도 기지의 군 사령관은 슈라이트Shrite 대령이었다. 놀랍게도 NSF의 관료들은 서던퀘스트 호의 그레이엄 피펜 선장에게는 관례적 호의 차원에서 제공하는 해상 및 기상 정보까지도 전달하지 말라는 지시를 슈라이트 대령에게 하달했다.

일상적인 커뮤니케이션 관련 도움마저도 금지되었다. 우리가 극점에 도착했을 당시 맥머도에 있던 '스콧의 발자취' 탐험대원들과 기지의 무전기를 통해 대화를 나누는 일이 허락되지 않았던 것 또한 그런 이유에서였다. 맥머도의 윌리스 비행장으로 가던 헤라클레스 수송기의 승무원들은 우리와 어떤 대화도 나누지 말라는 지시를 받았다. 이러한 금지는 일반적으로 동료애에 기초하는 남극 체류자들 간의 인간관계를 완전히 전도시키는, 어처구니가 없을 정도로 기이하고 무례하며 전체주의적인 조치였다.

슈라이트 대령은(우리는 그를 '샤이트shite'[11] 대령이라고 불렀다. 물론 면전에서 그렇게 부른 것은 아니었다) 서던퀘스트 호가 침몰하는 바람에 케이프에반스에 남겨질 처지에 놓인 세스나 비행기의 처리 문제를 상의했을 때 퉁명스럽고 무관심한 반응을 보였다. 그 조그만 비행기를 타고 남극해의 상공을 날아갈 수는 없는 노릇이었다. 세스나를 다시 분해한 뒤 싣고 왔던 그대로 다시 배의 갑판에 결박한 채 집으로 돌아가는 것이 애초의 계획이었다.

"저기 바닷물 속으로 밀어넣어요." 샤이트 대령이 했던 말이다.

그 말에 나는 화가 치밀었다. 바로 샤이트 대령의 면전에서 폭발해버릴 뻔했다. 그의 태도는 내가 맥머도와 아문센-스콧 기지에서 목격했던 쓰레기와 폐기물에 대한 그들의 천연덕스러운 접근방식을 상징적으로 보여줬다.

나는 남극점 도착 이후 직접 마주한 혐오스러운 실상을 아직도 기억하고 있다. 아문센-스콧 기지 근무자들이 플라스틱 재질의 일회용 포크와 나이프를 사용하고 있었던 것이다. 식사가 끝나면 주방 보조원들이 그것들을 음식물 찌꺼기와 함께 바깥으로 싸들고 나가 눈 속에 파놓은 구덩이에 그대로 던져버렸다.

남극은 넓으니까 괜찮다. 샤이트 대령의 태도는 그렇게 말하고 있는 것 같았다. 엉망으로 만들어도 아직 괜찮다고 말이다. 구덩이에 던져넣고 바닷물에 빠뜨리는 것 정도는 별일 아니라는 식이었다.

최악의 상황이 발생했을 때, 예컨대 엿 같은 일이 벌어져 배가 가라앉았을 때, 가장 중요한 것은 리더가 취하는 행동 방침이다. 내가 케이프에반스에서 얻은 교훈은 단순하다. '통제할 수 있는 것에 집중하라.' 서던퀘스트 호의 상황은 내 통제 범위 밖의 일이었다. 내 탐험선의 침몰은 내가 막을 수 있는 일이 아니었다. NSF의 관료들 또한 내가 통제할 수 있는 대상이 아니었다. 그들은 내키는 대로 우리의 선택권을 제한하려 들 것이기에 그랬다.

그러나 내가 통제할 수 있는 것들이 있었다. 극단적인 상황에서는 상황에 압도당하면 더욱더 위험해진다. 자포자기에 이르기가 쉬워진다는 얘기다. 어떤 상황에서든 관리할 수 있는 요소가 분명 존재한다는 사실을 간과해서는 안 된다. 그 요소들을 찾아 거기에 모든 노력을 집중하면 길이 열린다.

케이프에반스에서 내가 통제할 수 있었던 것은 세스나 비행기를 비롯해 기지의 장비들을 어떻게 처리할 것인가 하는 부분이었다. 나는 거기에 집중했다. 눈 위에 줄 하나를 긋고 통제할 수 있는 것과 그렇지 않은 것들을 분류했다. NSF와 서던퀘스트, 통제할 수 없음. 잭 헤이워드 기지, 통제할 수 있음. 또 한 가지, 나의 신뢰도 역시 나의 통제권 아래에 있었다.

우리는 샤이트 대령의 조언을 따르지 않는 쪽을 택했다. 세스나 비행기를 오두막과 함께 우드와 다른 두 대원에게 맡겨두기로 결정했다.

NSF의 '스콧의 발자취'에 대한 공식적인 배척은 중단되지 않았다. 맥머도 관료들의 무례한 태도는 잭 헤이워드 기지에서 1986년의 겨울을 보내고 있던 우드와 대원들에게도 적용되었다. 대원들은 잭 헤이워드 기지의 인근에 위치한 맥머도 기지로부터 어떤 지원도 기대하지 않는 것에 동의한다는 일종의 포기각서에 서명해야 했다. 숙소나 세탁시설 등의 지원은 물론 심지어 어떤 환대도 없을 것이란 점을 분명히 한 것이다. 개러스 우드와 스티브 브로니, 팀 러브조이가 맥머도 기지에서 식사나 가벼운 맥주 한잔을 나눌 수 있는 모임에 초대받는 일도 원천적으로 봉쇄되었다. 대원들은 그들과 어울리지 않은 채 열악한 상황을 최선을 다해 이겨냈다.

우드는 하마터면 영원히 집으로 돌아오지 못할 뻔했다. 북쪽의 케이프로이즈에 있는 새클턴의 오두막까지 갔다 오는 짧은 탐험 여정이 비극으로 끝날 뻔했던 것이다.

우드와 브로니, 러브조이는 백도어 만의 해빙(海氷)을 가로질러 가고 있었다. 얼음이 갈라졌던 틈새로 들어찬 바닷물이 다시 얼어붙어 푸르스름한 빛을 띠고 있었다. 우드가 한쪽 발을 내밀어 얼음 표면의 견고함을 시험하려던 찰나에 별안간 표범물개 한 마리가 하늘로 솟구치며 튀어나와 얼음을 산산이 부숴놓았다. 엄청난 괴물이 우드의 다리를 물기 위해 물밑에서부터 달려든 것이다.

표범물개는(스콧은 바다표범이라 불렀다) 남극에 서식하는 가장 경이로운 포유동물 중 하나다. 최상위 포식자라기보다는 핵심적인 종이라 해야 할 것이다. 범고래의 먹잇감이 되기도 하지만 그럼에도 불구하고 남극해의 괴물이라는 사실은 부정할 수 없다. '악어사냥꾼' 스티브 어윈Steve Irwin도 남극을 찾았을 때 표범물개에 집중적인 관심을 보였다. 포식동물 전문가의 당연한 행태였다.

몸길이 3미터에 몸무게 450킬로그램이 넘는 표범물개가 가지런히 정렬된 길이 2.5센티미터의 송곳니 모양 이빨로 우드의 다리를 물었다는 사실은 감탄할 일이 아니라 무시무시한 사고였다.

"그놈이 해빙을 가로질러서 우리를 한동안 따라왔던 게 분명해." 나중에 우드는 그렇게 분석했다. 거대한 표범물개가 얼음 표면을 가로지르는 인간의 그림자를 올려다보며 구불구불 뱀처럼 따라온다고 상상해보라. 등골이 오싹해지지 않을 수 없을 것이다.

괴물은 비명을 내지르는 우드를 개빙 구역으로 끌고 갔다. 일단

물속에 잠기면 그걸로 끝이었다. 브로니는 신발에 부착된 아이젠으로 놈의 머리를 가격하며 우드의 다리에서 떼어내려 안간힘을 썼다. 사람과 물개 양쪽 모두 피를 쏟아냈다. 마침내 놈이 움켜잡고 있던 힘을 풀고 서서히 뒤로 물러나 바다 속으로 사라졌다.

브로니와 러브조이는 부상당한 동료를 얼음 구멍에서 끌어냈다. 별안간 얼음 구멍이 분출하면서 바닷물과 피가 섞인 거대한 물보라가 뿜어져나왔다. 표범물개의 두 번째 공격이었다. 이번에는 울부짖는 소리를 내며 얼음 위로 달려들었고 우드의 부츠를 낚아챘다. 브로니와 러브조이는 다시 한 번 놈을 떼어내는 데 성공했다. 그들은 우드를 안전한 곳으로 끌고 나왔다.

스콧의 디스커버리 호 탐험 중에 대원들이 총으로 바다표범을 잡아 해부한 적이 있었다. 윌슨은 바다표범의 위에서 반쯤 소화된 펭귄 24마리를 발견했다. 상어처럼 무표정한 눈으로 무자비한 공격을 가하는 그 동물의 불순한 영민함이 곧 극지 환경 자체를 대변한다고 나는 생각한다. 더할 나위 없이 무자비한 추위와 잔혹성을 떨치면서도 왠지 상쾌하게 기운을 북돋는 그 환경 말이다.

29

존 밀스

내 눈과 정신에 쇠약하고 수척하며 이전과 달라진 기색이 역력했다. 나는 거듭된 무모한 약속들이 안겨주는 중압감에 짓눌리는 가운데 '스콧의 발자취'가 남긴 여파에서 답을 찾고자 애쓰고 있었다. 갈피를 잡지 못하고 새로 임대한 사무실 안을 이리저리 맴돌았다. 사무실을 숙소로 사용할 의도는 아니었지만 달리 머물 곳이 없었기에 그곳에서 기거하던 중이었다.

내가 남극에 있던 1년이 넘는 시간 동안 런던은 전혀 다른 모습으로 변한 것 같았다. 어떤 소리도 들리지 않는 하얀 대륙의 고요함에 익숙해졌던 터라 도시의 시끄러운 소음과 번잡함은 나를 혼란스럽게 만들기에 충분했다. 마치 무덤에서 기어나와 서커스 장에 들어선 느낌이었다.

내가 없는 사이 역사는 저만치 앞서 가 있었다. 템스 강변에 있던 우리의 창고 사무실도 이젠 없었다. 당시 유럽에서 최대 규모였던 카나리 선창 개발 프로젝트는 내게 너무도 익숙하던 항만구역 전체를 크레인과 건설 현장만 가득한 곳으로 바꿔놓았다.

뭘 해야 할지 알 수 없었다. 세금 등 부과금의 규모가 나를 압도했다. 지나고 나서 돌아보니 그때 내가 외상 후 스트레스 증후군에 시달리고 있었던 게 분명하다. 내가 가장 먼저 했던 것은 술에 취하는 일이었다. 혈기왕성한 영국 남자들이 곤경에 처했을 때 으레 취하는 행태다. 그러나 그것은 무수히 많은 문제점에 일련의 잔인한 숙취까지 보태는 결과만 초래했다.

영국 극지 탐험가인 윌리 허버트는 궁지에 몰린 내 처지를 두고 '월계관의 올가미'라고 표현하곤 했다. '목표를 향해, 오로지 한 가지 목표를 향해 돌진한다. 목표한 바를 이룬다. 문제가 뒤따른다. 상상했던 것과 달라서다. 이전과 다르지 않은 현실이 자신을 실망시키고 있다는 사실에 낙심하게 된다. 이제 어떻게 해야 하는 것인가?'

회계사와의 미팅을 영원히 미룰 수도 없는 노릇이었다. 돈 쿰스Don Coombes의 사무실에서 알게 된 소식은 너무 암울해서 어처구니가 없었다. 내가 너무 깊이 구덩이를 파고들어간 나머지 거기서 빠져나오는 방안이 상상조차 되지 않았다.

"문제가 심각합니다." 쿰스가 무미건조한 어투로 말했다. "돈이 한 푼도 없어요. 채무 목록을 한번 보시겠어요?"

절대 보고 싶지 않았지만 나는 참담한 심정으로 고개를 끄덕였다. 쿰스는 크고 무거워 보이는 컴퓨터 인쇄용지 한 무더기를 들어올렸다. 용지 양쪽 가장자리에 톱니바퀴용 구멍이 뚫려 있어 끊임없이

프린터로 빨려들어가도록 고안된 인쇄용지였다. 그는 의자 위로 올라서더니 꽤나 극적으로 종이 무더기를 주르륵 펼쳤다. 종이가 아래로 떨어져 바닥을 굴렀다. 종이에는 채권자들에게 갚아야 할 금액이 빼곡하게 인쇄되어 있었다.

이미 두 군데는 해결했으니 목록에서 지워도 무방했다. 피터 맬컴과 마크 폭스-앤드류가 서던퀘스트 호에 투자했던 투자금을 갚은 터였다. 이제 남은 건 고작 120만 달러뿐이라고 쿰스가 알려줬다. 하지만 다른 게 또 있었다. 탐험을 시작할 당시 우리는 영국을 조용히 빠져나가지 않았던가. 25만 달러의 세금 청구서가 쫓아오고 있어서 그랬던 것이다.

"감옥에 가지 않을 방법부터 찾아봅시다." 내가 중얼거렸다.

쿰스는 우울한 소식에도 불구하고 언제나 낙관적인 사람이었다. 런던로이즈 보험업자협회는 서던퀘스트 호의 보험 인수를 거부했었다. 남극으로 향하는 배에 보험을 제공할 회사는 어디에도 없을 것이다. 하지만 놀랍게도 침몰 이후 그 협회에서 선박 가치의 절반에 해당하는 기부금을 쾌척했다. 맬컴의 2만 파운드와 폭스-앤드류의 돈을 갚기에 충분한 금액이었다.

서던퀘스트 호의 침몰은 엄청난 대중적 관심을 유발했다. 영국의 국민성은 성공보다는 실패 쪽에 보다 동정적으로 반응하는 측면이 강하다. 오래된 전통과도 같은 것이다. 나는 광장에 전시된 바보 중의 바보였다. 영국의 거의 모든 토크쇼와 뉴스 프로그램이 나의 스토리를 다루고 있었다.

대부분 비꼬거나 조롱하는 내용이었다. 타이타닉 호와 비교되기도 했다. 비록 꼭 집어 그 단어를 사용하지는 않았지만 해설자들이 전달하는 메시지는 한마디로 '재수 없는 녀석'이었다.

모든 사람이 우리를 바보 취급했던 것은 아니다. '스콧의 발자취'에 연관된 사람들은 1986년 3월 29일 〈타임스〉의 편집자 앞으로 온 편지가 공개되었을 때 엄청난 용기를 얻었다.

[편지는 이렇게 시작했다.] '스콧의 발자취' 탐험대에 관해 대원들의 역량과 그들이 남극에 갈 권리를 두고 무수히 많은 평가와 비평이 있었습니다. 우리는 그런 비평들이 공정하지도, 정당하지도 않다고 믿습니다.

장문의 편지는 계속 우리의 탐험 전반에 대한 옹호론을 펼쳐나갔다. 그러나 진정한 한 수는 마지막 부분에 등장했다. 등반과 극지 탐험에 관한 한 살아 있는 위대한 이름들이 편지의 마지막을 장식한 것이다. 섀클턴 경과 비비언 푹스 경, 피터 스콧 경을 위시해 왕립지리학회의 다수 회원들이 이름을 올렸다. 〈타임스〉지가 여러 명의 서명이 포함된 편지를 게재하는 일은 그리 흔치 않았다.

우리를 지지하는 서신은 분수령이 되었다. 그것을 계기로 나는 나 자신을 다시 일으켜 먼지를 툭툭 털어내고 처음부터 다시 시작해야 한다는 사실을 깨달았다.

근본주의 기독교도들은 매사에 이렇게 자문한다. '주님은 어떻게 하셨을까?' 나도 나 자신에게 물어봤다. 스콧 대장이라면 어떻게 했을까? 1904년 디스커버리 호를 타고 떠났던 첫 번째 남극 탐험을 마치고 귀환했을 때 그는 지금의 내 처지와 별반 다를 것이 없는 상황에 직면했다. 엄청난 빚에 짓눌리고 끈질긴 책임추궁으로 전방위적 공격을 받지 않았던가.

상황이 어려워지면 강인한 사람은 강연 투어에 나서는 법이다. 스콧이 그렇게 했기에 지당하다는 식으로 표현했다. 다시 읽어볼 필요도 없었다. 나는 이미 그의 삶 전부를 속속들이 알고 있었다. 해답은 처음부터 바로 내 눈앞에 놓여 있었다는 사실을 그제야 깨달았다. 스콧이 했던 것처럼 하라.

하지만 동시에 나는 내가 대중연설가가 아니라는 사실을 깨달았다. 내가 출연한 TV 프로그램을 본 적이 있다. 하나같이 끔찍했다. 어떤 생각이든 일관되게 전달하지 못하고 꼭 옆길로 새곤 했다. 뜨거운 TV 조명 아래에서 눈만 끔뻑거리기 일쑤였다. 말도 더듬었다. 그중에서도 최악은 내 방정맞은 목소리가 더운 날씨에 방귀를 뀌어대는 오리 소리처럼 들린다는 사실이었다.

"내 생각에는 자네가 말로 상황을 주도하는 방법을 좀 익혀야 할 거 같네." 존 밀스가 수화기 너머에서 나에게 한 말이다. 잭 헤이워드 기지에서 시작된 서신 왕래를 빌미로 내가 그에게 전화를 걸었다. 우리의 대화는 급속히 불쌍한 내가 일방적으로 조언을 구하는 양상으로 변모했다.

"말로 상황을 주도하는 거라면, 어떤 방법들이 있죠?" 내가 말했다. "전문적인 연설가가 아니라서 방법을 모르겠어요. 존, 내가 어떻게 하면 되는 건가요?" 우리는 어느새 서로 이름을 부르는 절친한 사이가 되어 있었다.

"그럼 말이야," 그가 말했다. "우리 집에 한번 들르는 게 어때? 대중연설에 써먹을 수 있는 몇 가지 방법을 일러주지."

그렇게 나는 존 밀스의 아름다운 붉은 벽돌 저택을 방문하게 되었다.

화기애애한 분위기 속에서 차를 마신 후 그가 말했다. "화장실로 가서 거울을 들여다보게나."

나는 그가 하라는 대로 했다. 멍청해 보이는 내 얼굴이 먼저 보였고, 그 뒤로 로버트 스콧 대장이 들어섰다.

먼저 양해를 구하는 것이 순서일 듯하다. 나에게 존 밀스는 배우가 아니었다. 〈남극의 스콧〉을 수없이 반복해서 보며 학창시절의 대부분을 보냈던 만큼 내 뒤에 서 있는 사람은 다름 아닌 스콧 대장이었다는 의미다. 머릿속으로 나의 영웅을 소환할 때마다 늘 존 밀스의 얼굴을 한 스콧 대장이 나타났다.

그가 그 자리에 있었다. 바로 내 옆에 서서 나에게 대중연설에 유용한 팁을 가르쳐주고 있었다. 당시 내 인생에 일어난 그 모든 꿈 같은 전환적 사건 중에서(그런 일이 실제로 몇 차례 있었다) 스콧 대장의 살아 있는 이미지가 내게 조언을 제공한 일에 비길 만한 것은 없었다.

"거울 속에 뭐가 보이나?" 존 밀스의 모습을 한 스콧 대장이 나에게 물었다.

"마음에 들지 않는 인간이 나를 쳐다보고 있는 게 보이는군요." 내가 대답했다.

"나를 보게나." 그가 말했다. "나라고 저 인간의 얼굴을 쳐다보는 일이 좋을 것 같은가? 내가 내 모습을 쳐다보고 맘에 들어 한다고 생각하나?"

나는 사실 그가 거울에 비친 자신의 얼굴을 들여다보는 일을 즐길지도 모른다고 생각하고 있었다. 영화배우들은 대개 그러는 것으로 알고 있었다. 물론 그에게 이 생각을 꺼내놓지는 않았다.

"거울에 대고 말해보게나." 그가 나에게 지시했다. "뭐가 들리나?"

"내가 듣기 싫어하는 목소리가 들립니다." 내가 말했다.

"나도 내 목소리를 좋아하지 않아." 오스카상까지 받은 배우가 자신의 목소리를 싫어한다고 말하고 있었다.

"다른 사람들에게 어떻게 들리든 목소리 주인의 귀에는 대개 그리 듣기 좋은 소리일 리가 없다네."

그는 바로 거기서부터 시작하라고 조언해줬다. 매일 아침 거울 앞에 서서 대략 30초 동안 자신에게 말을 건네라는 것이다.

"완전 정신 나간 사람처럼 보이겠군요." 내가 말했다.

"그런 걱정은 접어두고 어떻게 하면 훌륭한 대중연설가가 될지, 거기에만 집중하게."

그날 내 눈에만 실재하는 것으로 보이는 스콧 대장은 많은 조언을 해줬다. 핵심은 이것이다. 말을 시작하는 첫 1분이 가장 중요하다. 그때 청중을 휘어잡지 못하면 모든 걸 잃는다. 연설의 도입부를 반복적으로 연습하라. 완전히 터득해야 한다.

나는 밀스의 집 화장실 거울에 비친 내 모습을 유심히 들여다봤다. 스콧 대장의 유령이 내 뒤에 서 있었다. "제 이름은 로버트 스윈입니다. 저는 인간의 진정한 가능성에 대해 이야기하고 싶습니다."

"다시 해봐." 스콧 대장의 유령이 말했다. "좀 더 당당하게, 이 친구야! 진정성이 담긴 것처럼 말하란 말이야!"

"제 이름은 로버트 스원입니다…."

극작가인 그의 부인 메리 헤일리 벨^{Mary Hayley Bell}의 목소리가 화장실 문 너머에서 들려왔다.

"두 사람 그 안에서 뭐하는 거예요?" 부인이 물었다.

"일해!" 밀스가 대답했다.

"일하시는군요." 부인이 말했다. 남편의 말을 전적으로 믿는 눈치는 아니었다.

30

리더십

더럼의 영화관에서 〈남극의 스콧〉을 혼자 감상한 이후부터 그 선착장의 재앙에 이르기까지 내 젊은 시절의 적지 않은 시간이 흘렀다. 2041은 현재 내 삶의 신조로 자리 잡은 숫자다. 하지만 내가 살면서 추구하는 원칙은 두 단어로 된 어구다. '지속가능 리더십.'

탐험 길에서든 일상 활동에서든 내가 주기적으로 고민하는 부분은 열정과 정력, 결단력과 헌신을 어떻게 유지해야 하느냐는 것이다. 열한 살에서 스물아홉에 이를 때까지 어떻든 나는 동일한 비전을 지속시켰다. 로버트 스콧의 발자취를 좇아 남극점에 걸어감으로써 그를 기린다는 비전 말이다. '나도 저럴 수 있을까?'가 '내가 해낼 거야'로 변형되었을 뿐이다.

나는 그 일을 어떻게 하는 건지 제대로 알지도 못하면서 계속 꿈을 유지했다. 첫 번째 탐험을 완수하고 오랜 세월이 지난 2008년 나는 '2041'이라는 이름의 요트를 타고 남극대륙의 보존을 주창하고 기후변화 문제의 해결 및 에너지 사용에 대한 인식 변화를 촉구하며 미국의 동부 해안과 서부 해안을 오르내렸다. 그러면서 스탠퍼드와 버클리, 샌디에이고 등 수없이 많은 대학에 들러 강연을 하고 학생들과 대화를 나눴다.

나는 그들에게 모두 같은 질문을 했다. "여러분들은 어떻게 꿈을 키우고 유지합니까?"

학생들은 놀랍게도 대부분 유사한 맥락의 대답을 내놓았다. "우리는 요즘 많은 것들에 관심을 갖도록 요구받습니다." 학생들의 대답이다. "사회 정의, 소수집단 우대정책에 대한 저항, 동성애자들의 인권, 반전 운동, 제3세계의 빈곤, 다르푸르 사태, 과도한 소비주의, 사라지는 열대우림…. 우리가 어떤 한 가지 문제에 관심을 갖고 진정으로 관여하기 시작하면 갑자기 그 문제는 유야무야 시들해지고 세상을 뒤흔드는 또 다른 문제가 대두됩니다. 그런 일이 반복되다 보니까 공감하고 동정하는 데도 지치게 되고, 결국 거리를 두게 되는 겁니다."

그들의 진퇴양난은 곧 나의 그것이었다. 어떻게 리더십을 지속시켜야 하는가? 나는 그들에게 지구상의 마지막 청정자연 구역인 남극대륙을 보존하자고 얘기하고 있었다. 그들에게 또 하나의 대의를 제시하고 있었던 것이다.

나는 학생들을 대면해서 그 시시한 슬라이드쇼는 물론이고 내 인성의 모든 매력을 죄다 동원해서 몇 명 정도는 끌어들일 수 있었다. 아니 솔직히 말해서, 어쩌면 몇 명 정도는 관심을 갖게 만들었을지도 모른다는 얘기다. 정말 어쩌면 두세 명쯤은 극지의 마법에 홀리게 만들었을지도 모른다.

하지만 2041 호가 닻을 올리고 내가 떠나버리고 나면 그다음은 어떻게 되는가? 열정은 시들해지고 관심은 표류하기 마련이다.

학생들은 내게 같은 얘기를, 때론 똑같은 표현까지 써가며 들려줬다. '오늘은 그게 관심사일지 몰라도 내일은 달라집니다.' 계획적 진부화planned obsolescence [12] 는 제품뿐만 아니라 아이디어와 대의까지 오염시키고 있었다. "지금 바로 전화하십시오!" TV 속의 선전원이 외친다. "특별히 개선된 신제품에 부가적인 이것까지 추가해서 드립니다." 그렇게 또 다른 것, 또 다른 것이 계속해서 세상을 홀리려 애쓰고 있었다.

하지만 대안적 비전은 존재한다. 인간 역사의 전 과정에서 분명 어떤 사람들은 어떻게든 장기간에 걸쳐 자신의 정력을 집중시킴으로써 놀라운 업적을 달성해냈다. 그것이 바로 극지 탐험의 역사가 드러내는 중요한 비결이다. 로버트 스콧은 어떻게 절대적으로 끔찍한 환경 속에서 장장 2년 넘게 리더십을 지속시켰는가? 그는 어떻게 팀원들이 계속 힘을 내서 나아가도록 이끌었는가?

그가 실패하거나 또는 실수를 저지르는 경우 그것은 단순히 체면을 잃거나 금전 또는 지위를 상실하는 게 아니었다. 섀클턴과 아문센의 경우도 마찬가지였다. 그들이 떠안은 위험성은 그 어떤 사업이나 삶의 행보에 따르는 위험성보다도 더 컸다.

소년 시절 스콧의 발자취를 좇아 남극점에 가겠다는 모호한 개념을 품고 그 선창 충돌로 탐험 출범을 알릴 때까지 17년 동안 나는 기어이 나의 초점을 유지했다.

만약 그 시절에 누군가 내게 어떻게 그렇게 했는지 물었다면 나는 제대로 대답할 수 없었을 것이다. 중간에 발생한 수차례의 실수와 거듭된 재앙은 곧 내가 무엇을 하고 있는지 모른다는 사실을 보여주는 것이었다. 하지만 어쨌든 나는 이겨냈다.

앞서 밝힌 바와 같이 나는 배우는 데 느리다. 하지만 나는 지속가능 리더십의 비밀을 밝히는 것을 내 삶의 목적으로 삼은 사람이다. 나는 스콧을 얼어붙은 남극에서 눈보라가 몰아치는 가운데 불이 붙은 촛불을 운반하는 사람으로 간주해봤다. 그의 사명은 어떻게든 촛불이 꺼지지 않도록 유지하는 것이었으리라.

그것은 나의 사명이기도 했다. 나는 그 일을 어떻게 했는가? 〈남극의 스콧〉을 보자마자 집을 뛰쳐나와 남극점을 향해 걸어가기 시작했는가? 그 아이디어는 완전히 싹이 트는 데 오랜 시간이 걸렸다.

폭넓게 고려해보면, 나의 스콧 탐험은 터무니없는 과업이었다. 20대 나이의 어느 듣보잡이 500만 달러라는 거금을 모금해 쓸모없는 탐구에 착수한다는 것이었으니 말이다. 그러나 내가 그 일을 이뤄내기 위해 밟은 단계들은 훗날 정리해봤을 때 아주 간단해 보였다.

사람들을 찾아가 방법에 관한 조언을 요청했다. 돈을 모금해 우리의 노력에 자금을 댔다. 일을 진행시키고 계속 진행시켰다. 이런 단순성은 사실 기만적이었다. 진정한 모험의 길은 결코 순조롭게 돌아가지 않았다. 우리의 남극대륙 탐험대는 어떻게 조직되었던가? 대혼란과 사고, 막다른 골목이 점철되는 가운데 믿을 수 없는 행운과 우연한 연결, 다행스런 우연의 일치가 적절히 따라줬기에 가능한 일이었다.

이것이 내가 강연에 나설 때마다 꺼내놓는 이야기다. 나는 말할 가치가 있는 이야기, 역경을 이겨낸 승리에 대한 이야기, 진정으로 성취 가능한 것을 이루는 방법에 대한 이야기를 들려주곤 했다.

조셉 캠벨Joseph Campbell은 그것을 보편적인 영웅 스토리와 동일시했다. (급이 훨씬 떨어지긴 하지만) '스콧의 발자취를 좇아' 스토리에 로버트 스콧의 무용담이 속속들이 묻어난다는 것이다. 내 이야기는 재난에 관한 것이었지만 리더십에 관한 것이기도 했다.

31

자일스 커쇼

여전히 빙판 위에 세 명의 대원을 남겨둔 상태였다. 그런 상황이 계속해서 나의 신경을 건드렸다. 나는 우드와 동료들을 그곳에서 나오게 하는 방법 그리고 잭 헤이워드 기지를 깨끗하게 정리하는 방법을 도출하기 위해 심혈을 기울였다. 몇 가지 계획이 나오긴 했지만 죄다 실현 가능성이 희박한 것으로 결론이 나는 그런 날들이 이어지고 있었다.

당시 피터 맬컴은 그린피스와 일하며 호주에서 새로운 삶을 도모하고 있었다. 천만 뜻밖으로 그가 그 국제 환경단체의 메시지를 우리에게 전달했다. 다음 시즌에 우리에게 잭 헤이워드 기지를 사용할 수 있게 해준다는 메시지였다. 또한 자신들의 배로 우리 대원을 거기서 데려나올 뿐 아니라 케이프에반스의 해변에 우리가 남긴 모든 흔적을 치워준다는 것이었다.

그렇게 되면 우드는 12월에 나오는 것이었다. 우리의 오두막은 1987년 연말에 제거될 터였다. 문제가 해결되었다. 어깨에서 큰 짐을 내려놓은 느낌이었다. 그린피스가 남극에 가려던 이유는 거기서 고래잡이를 벌이는 일본 포경선들을 감시하기 위해서였다. 일본인들은 조약 합의안을 공개적으로 반박하며 고래 살상을 자행하고 있었다. 나는 그러한 정황이 모두에게 이롭게 작용했다는 생각이 들었다. 고래에게는 전혀 그렇지 않았지만 말이다.

그러나 머피의 법칙은 남극대륙 때문에 생겨난 게 틀림없었다. 거기서는 잘못될 소지가 있는 어떤 것이든 잘못되었다. 그해 말 그린피스로부터 메시지를 받았다. "얼음이 너무 두껍습니다. 우리는 들어갈 수 없습니다. 케이프에반스에 접근할 수가 없습니다." 그들의 배인 MV 그린피스 호는 서던퀘스트 호가 침몰한 구역 근처에서 유빙에 가로막혔다.

원점으로 돌아갔다. 나는 배가 난파한 후 엘리펀트 섬에서 대원들을 데리고 나오기 위해 섀클턴이 기울였던 그 믿기 힘든 노력을 떠올리며 위안을 삼았다. 갑판도 없는 작은 배로 구조를 요청하러 나선 그의 놀라운 여정은 리더십의 상징적 사례가 되었다. 섀클턴이 보여준 인내를 곱씹으며, 하지만 어떻게 해야 할지에 대해선 아직 모른 채 나는 다시 이런저런 계획을 짜보기 시작했다.

결국 성공 전력이 있는 방법으로 생각이 도달했다. 나는 다시 자일스 커쇼에게 연락을 취했다. 그는 대륙 전체를 가로질러 날아가 케이프에반스에 고립되어 있는 우리의 삼총사를 데려온다는 충격적이고도 장대한 계획을 내놓았다. 호주 전자 업계의 거물이자 항공술의 개척자인 딕 스미스^{Dick Smith}가 그 시도의 후원자로 나섰다. 그는 세계 최초로 헬리콥터 세계일주에 성공해 명성을 얻은 인물이었다. 잘 결정하셨습니다. 이렇게 말해주고 싶었다.

물론 우드 일행은 그냥 잭 헤이워드 기지에서 맥머도의 그 커다란 뉴질랜드 및 미국 기지까지 20마일(약 32킬로미터)을 걸어갈 수도 있었다. 그렇게 거기 가서 집에 좀 가게 비행기에 태워달라고 간청할 수도 있었다. 그것이 쉬운 방법이었다. 하지만 우리는 그런 식으로 그 일을 해결하고 싶지 않았다.

서던퀘스트가 침몰했을 때 미국인들이 보인 상스러운 행동방식 때문에 입은 상처가 아직 아물지 않았을 뿐더러 나와 커쇼는 그들과 어떤 일로든 엮이고 싶지도 않았다. 우리는 우리의 인력을 우리 손으로 데려나올 작정이었다. 앞서 언급했듯이 "엿들이나 먹으라고 해!"라는 태도가 동기를 부여하는 힘을 절대 과소평가해서는 안 된다. 나는 인습타파적인 딕 스미스가 참여한 이유도 부분적으로는 거기에 있다고 믿는다.

커쇼의 계획은 남아메리카 칠레의 푼타아레나스에서 출발해 드레이크 항로를 거쳐 남극반도로 간 다음 남극대륙과 로스 빙붕을 가로질러 케이프에반스에 도달한다는 것이었다.

4,000마일(약 6,400킬로미터)에 달하는 그 항로는 우리를 팔머 랜드^{Palmer Land}와 엘스워드 랜드^{Ellsworth Land}, 마리버드 랜드^{Marie Byrd Land}, 대륙 최고봉인 빈슨마시프^{Vinson Massif}(높이 1만 6,700피트 또는 4,897미터), 그리고 눈에 보이진 않지만 빙원 아래쪽의 최저 지대인 밴틀리 서브글레이셜 해구(해수면 아래 8,333피트 또는 2,540미터) 위를 날아가게 할 터였다.

트윈오터 비행기가 4,000마일을 날아가려면 중간에 연료 보급이 필요하다. 우리는 미국 정부를 제외한 다른 누군가로부터 도움과 병참 지원을 받아야 했다. 나는 섀클턴 카드를 사용하기로 결정했다. 칠레 해군의 로 페오테기Lo Peotegi 장군과 접촉했다. "잠깐 제 말 좀 들어보세요. 어니스트 섀클턴이 엘리펀트 섬에서 대원들을 구해내기 위해 칠레에 도착했을 때 많은 칠레 사람들이 도움을 제공했습니다. 우리가 지금 그와 같은 입장입니다. 장군님께서는 케이프에반스에서 대원들을 데려오려는 우리를 돕는 게 합당하다고 생각하지 않으십니까?"

그것은 '스콧의 발자취를 좇는' 탐험에 셀로부터 600톤의 디젤 연료를 기부받기 위해 썼던 것과 같은, 역사적 연관성에 바탕을 둔 책략이었다. 칠레 정부는 지원을 약속했다. 알레조 콘트레라스Alejo Contreras라는 놀라운 인물이 남극대륙 중앙지대로 항공유 120배럴을 싣고 와주기로 한 것이다.

콘트레라스는 실로 경이로운 인물이었다. 당시 그는 남극대륙에 대해 아는 게 전혀 없었다. 하지만 그는 이후 수십 년에 걸쳐 경력을 쌓으며 극지 날씨와 극지 운송, 극지 생활, 극지 야생생물에 대해 모든 것을 아는, 햇볕에 그을린 피부에 수염을 멋지게 기른 노장이 된다.

커쇼와 나는 생면부지의 콘트레라스에게 우리의 목숨을 맡기고 있었다. 우리가 콘트레라스와 약속된 엘스워드 랜드의 패트리어트 힐스Patriot Hills 연료보급 기지에 접근할 무렵이면 우리의 비행기는 증기에 의존해 날고 있을 터였다. 만약 그가 거기에 없으면, 우리는 꼼짝없이 그곳에 발이 묶여버리는 것이었다.

처음부터 그것은 미친 짓이었다. 커쇼는 고무로 된 연료 주머니를 수없이 준비해 항공유를 채운 후 비행기에 실었다. 비행기 안에 들어선 나는 기름 냄새에 거의 질식할 뻔했다. 카나리아라도 결코 살아남지 못할 상황이었다.

"준비 됐나요?" 커쇼가 그렇게 말하며 내게 미소를 지어 보였다. 왠지 그 미소로 우리의 그 모든 광기가 상쇄되는 것 같았다. 나는 꿀꺽꿀꺽 침을 삼키며 고개를 끄덕였다.

5시간 후 우리는 엘스워드 랜드 상공으로 들어섰다. 회항 가능 지점을 지나친 것이다. 연료 게이지의 바늘이 빨간 선을 가리켰다. 저 아래쪽 어딘가에서, 성난 구름이 뚫을 수 없을 것 같은 검은 목화 베일을 깔아놓은 저 밑에 미친 칠레인 한 명이 우리의 연료를 싣고 기다리기로 되어 있었다.

"지금 어디쯤인 거 같아요?" 내가 엔진 소리 너머로 커쇼를 향해 외쳤다. "거의 다 온 건가요?"

그가 고개를 저었다. 그는 오메가 항법 장치를 가리켰다. 우리의 위치를 정확히 표시하는 것으로 추정되는 위성 기반 그리드를 갖춘 장치였다. 그것은 우리가 태국의 방콕 상공을 날고 있는 것으로 표시했다. 인공위성, 나침반, GPS는 세계의 맨 밑바닥에서 그렇게 맛이 가는 경향이 있었다.

"아주 스릴이 넘치는군요." 내가 말했다. 커쇼는 유쾌하게 고개를 끄덕였다. 그는 구름 아래로 기수를 내렸고, 그러자 마치 저세상의 빛처럼 푸르스름하고 희미하게 반짝이는 패트리어트힐스 얼음 활주로가 눈에 들어왔다. 남위 80도 18분 서경 081도 21분. 놀랍게도 활주로 옆으로 작은 카키색 점이 보였다. 한 동짜리 텐트였다.

커쇼가 트윈오터를 매끄럽게 착륙시켰다. 마치 남극대륙의 얼음과 바위에서 태어난 것 같은 한 남자가 텐트에서 나왔다. 콘트레라스였다. 그를 처음으로 보는 순간이었다. 그는 수동 펌프를 갖다대고 격정적으로 우리 비행기에 기름을 넣기 시작했다. 퍽퍽퍽 꽐꽐꽐…. 그리고 우리는 작별 인사를 나눴다.

마리버드 랜드와 로스 빙붕의 공허 속을 날면서 나는 내가 '스콧의 발자취를 좇아' 이전에 이런 비행을 했더라면 결코 남극점까지 걸어가려 시도하지 않았으리라는 생각이 들었다. 마치 거리의 물리학에 전혀 영향을 받지 않는 것처럼 아래쪽으로 광대한 빙원이 끝없이 펼쳐졌다. 그 놀라운 규모에 혼이 빠져나가는 것 같았다. 만약 그것을 먼저 공중에서 봤다면 나는 결코 그곳을 걸어서 공략하겠다는 의지를 다질 수 없었을 것이다.

우리는 잭 헤이워드 기지 앞 얼음 위에 착륙했다. 그곳에 연료를 은닉해두라고 강권했던 커쇼의 예지력이 정말 믿을 수 없을 정도로 놀랍다는 생각이 서서히 고개를 들었다. 그 10배럴의 항공유가 실로 중대한 영향을 미쳤기에 하는 말이다. 그게 없었다면 그 구조 비행은 실패로 돌아갔을지도 모른다. 대체 그는 어떻게 알았던 것일까?

내가 물었을 때 그는 어깨를 으쓱했다. "남극대륙에서는 어떤 것도 계획대로 돌아가지 않는답니다. 이 말은 믿어도 돼요." 커쇼의 대답이었다.

케이프에반스에서 연료를 보충하고 개러스 우드와 스티브 브로니, 팀 러브조이를 비행기에 몰아넣은 후("거봐요, 내가 잊지 않는다고 했죠." 내가 그들에게 한 말이다), 우리는 같은 길을 따라 되돌아와 패트리어트힐스에 다시 내렸다. 여전히 콘트레라스가 기다리고 있었다. 퍽퍽 꽐꽐꽐…. 또 작별인사를 했다. 그렇게 도합 14시간의 비행을 마치고 우리는 푼타아레나스에 내려앉았다. 외로운 영웅 콘트레라스는 3주 후에야 칠레 군용기에 몸을 싣고 그곳을 빠져나올 수 있었다.

여기에 관련된 노력은 결국 모든 면에서 섀클턴의 사례를 좇는 과정이었다. 섀클턴이 엘리펀트 섬에서 사우스조지아까지, 갑판도 없는 작은 배로 단지 돛천과 말린 물개 선지에만 의지한 채 장장 16일 동안 기적적인 항해를 완수한 것에 비하면 커쇼와 나는 별로 한 게 없는 셈이었다. 그러나 그의 모범적 선례가 있었기에 우리가 그 일을 해낼 수 있었던 것이다.

나는 남극대륙에 갈 수 있는 민간인들의 권리를 지키기 위해 그 일을 했다. '스콧의 발자취를 좇아'를 그토록 초라하게 대접한 미국인들을 비웃기 위해 그렇게 했다. 하지만 무엇보다 중요한 것은 어느 누구도 다른 사람이 돌봐줄 것을 기대하고 남극대륙에 가면 안 되기 때문에 내가 직접 그 일을 했다는 사실이다.

푼타아레나스에 도착하자 그린피스에게서 전신이 날아왔다. "얼음이 사라졌습니다. 이제 당신의 대원들을 데리러 갈 수 있습니다."

32

아이스워크

명성은 실로 짧게 스쳐갔다. 15분 정도나 됐을까. '스콧의 발자취를 좇아'가 이룬 성과에 쏟아진 언론의 집중 조명은 잠시 우리를 밝게 빛나게 했지만, 이내 꺼져버렸다.

그러나 사람들은 기억했다. 거리의 사람들이 기억했다. 그들은 우리의 모험에 대한 내 이야기를 듣기 위해 삼삼오오 짝을 이뤄 때론 수십 명씩, 때론 수백 명씩 몰려들었다. 프란시스 스파퍼드Francis Spufford는 자신의 저서 《좀 오래 걸릴지도 모르겠습니다I May Be Some Time》에서 북극과 남극에 대한 영국인들의 국민적 강박관념을 탐구했다. 나는 영국 전역을 도는 강연 여행에서(결국 호주 및 여타 국가도로 확대되었다) 그러한 대중의 흥미가 여전하다는 사실을 직접 목도했다.

나는 주로 '스콧의 발자취를 좇아'에 대해 이야기했다. 하지만 점차 청중들이 던지는 질문에 대한 응답으로 남극의 환경에 대해 이야기하는 경우가 많아졌다. (예컨대 그들이 "정말로 구멍 난 그 오존층 아래를 걸었다는 겁니까?"와 같은 질문을 던졌기 때문이다.)

1980년대 말이라는 그 시절에는 기후변화 문제를 심각하게 고려하는 사람이 없었다. 나 말고는. 나는 현대 산업문명의 부산물로 방출된 탄화수소가 어떻게 극지방을 황폐화시키는지에 대해 이야기했다. 어떻게 화학적 독소들이 필연적으로 지구의 극단으로 이동하는지에 대해서, 어떻게 지구의 기온이 급격히 상승하면 뉴욕과 런던이 물에 잠기는지에 대해서 떠들었다.

하지만 나 역시 실제로 그런 일이 일어날 것으로 믿으며 한 말은 아니었다. 그저 환경 관련 메시지가 잘 먹혀드는 것처럼 보여서 그에 대해 얘기했을 뿐이다. 만약 관중들이 펭귄에 집중적인 관심을 보였다면 나는 주로 펭귄에 대해 얘기했을 것이다.

사람들 앞에 서서 "제 이름은 로버트 스원인데요. 제가 빚을 갚을 수 있도록 도와주셨으면 합니다"라고 얘기할 수는 없는 노릇 아닌가. 아무리 그것이 진실에 가깝더라도 말이다. 사실 내가 강연 여행을 다닌 주 목적은 바로 거기에 있었다. 빚 갚을 돈을 버는 것 말이다.

돌이켜보면 부끄러운 마음이 든다. 젊은 나이에 큰 빚을 떠안았던 터라 필사적으로 움직이지 않을 수 없었다. 그러나 그런 유형의 나쁜 신념은(요즘은 이것을 '위장환경주의greewashing'라 칭한다) 해당 운동의 골칫거리가 아닐 수 없다. 나는 남극에 대해서 생각하고 있지 않았다. 나는 내 자신에 대해 생각하고 있었다.

1986~1987년 동안 나는 영국 전역 도합 5만 마일(약 8만 킬로미터)을 돌며 강연을 했다. 그러나 강연으로 산 같은 빚을 조금씩 털어내

는 것은 말 그대로 죽 떠먹은 자리처럼 표시도 안 나는 일이었다.

파리 유네스코 본부에서 자크 쿠스토를 만났다. "우리 역시 오래 전부터 그런 일을 해왔습니다. 피터 스콧도 그렇고 그린피스도 그렇고 나와 몇몇 사람들도…." 그가 말했다. "사람들이 귀를 기울이지 않는 것 같아 속이 상할 겁니다."

사람들이 줄 서게 하려면 단기 미션을 개발해야 한다. 이것이 내가 해야 할 일이라고 쿠스토는 강조했다. 만약 그가 제작한 100여 편의 그 엄청난 TV 다큐멘터리가 모두 일반론(대양을 보호하자!)을 설파했다면 시청률은 제로였을 것이다. 그래서 그는 상어, 돌고래, 바다의 신비 등 매번 화제를 달리 해서 프로그램을 제작한다는 것이었다. 대양을 보호한다는 장기 목표는 칼립소Calypso 호에 올라 쿠스토가 수행하는 흥미로운 단기 모험들 속에 숨겨져 있었다.

피터 스콧 역시 내가 영국 슬림브리지에 있는 그의 집을 방문했을 때 다른 용어를 써가며 똑같은 얘기를 했다. 남극대륙 보존이라는 전반적인 목적을 단기간에 처리할 수 있는, 관리 가능한 프로젝트들로 나눠서 진행하게나. 그가 한 말이었다.

"그런 단기 목표들은 실로 놀랍도록 빠르게 장기 목표로 녹아들게 된다네." 75년의 인생 경험을 토대로 그가 말했다. "거의 하룻밤 사이에 일어나는 일로 보이게 될 걸세."

결국 내가 찾아야 할 필요가 있는 것은 나의 정력을 집중시킬 수 있는 즉각적인 목표였다. 극지방 환경에 대한 위협을 막는, 보다 크고 보다 광범위한 목표를 조명하는 데 도움이 될 수 있는 단기 목표였다. 나는 끔찍한 생각이 들기 시작했다. 나의 혹독한 상황에서 벗어나는 유일한 길은 내가 다시 혹독한 환경으로 들어가는 것인지도 몰랐다. 나는 그런 생각을 떨쳐버리려고 애를 썼지만 그것은 이미 마음속에 둥지를 틀었다. 또 다른 탐험.

내가 잘하는 일이 한 가지로 구성되어 있다는 사실을 깨달았다. 바로 사람들로 하여금 대규모 프로젝트에 열정을 갖도록 불을 지피는 것이었다. 프로젝트의 타당성이 없으면 없을수록 더 좋았다. 다른 무엇을 내가 할 수 있는가? 다른 무엇에 내가 소용이 있는가? 또 하나의 프로젝트에 대한 아이디어가 내 마음을 잠식하기 시작했다. 남극점에 걸어갔던 것처럼 북극점에 걸어가는 것이다!

똑같은 방식으로 3인조 팀을 꾸려 광기 어린 행군을 하겠다는 것은 아니었다. 북극 환경을 괴롭히는 문제가 전 세계적이었던 만큼 이 북극 탐험을 세계적으로 추진하고 싶었다. 전 세계를 대표하는 국가들에서 사람들을 모집하면 좋을 것 같았다. (그러면 기금 모금의 기회도 늘어날 것임을 알고 있었다. 그렇게 치사한 의도도 깔려 있었음을 인정한다.)

사실 북극점에도 가겠다는 아이디어는 예전부터 품고 있었다. 다만 '스콧의 발자취를 좇아'를 준비하던 초기에 마음속에서 밀어냈을 뿐이었다. 양극점 모두를 밟은 사람은 역사에 없었다. 그것은 미세하게 나눠지고 희미하게 구분된 채로 성립되기만을 기다리고 있던 극지 '기록' 중 하나였다. 만약 내가 하지 않으면 다른 누군가가 이룰 것이다. 당시 나는 그렇게 생각했다. 그러고 나서 그 생각을 묻고 당면한 탐험에 집중했던 것이다.

이제 그것이 다시 표면으로 부상했다. '스콧의 발자취를 좇아'에서 나와 함께했던 헌신적인 친구들 대부분은 내가 그 아이디어를 꺼내

놓자마자 비명을 지르며 달아났다.

레베카 워드는 탐험뿐 아니라 내 인생에서도 물러나는 첫 번째 주자가 되었다. 그녀는 지난 5년간 삶의 모든 것을 '스콧의 발자취를 좇아'에 헌신한 터였다. "내게는 극점 하나만으로도 충분하고 넘쳐." 그녀가 말했다. "두 번째는 감당할 수 없어."

피터 맬컴도 곧바로 손을 내저었다. "그런 일을 또 겪을 수는 없어." 그가 한 말이다. 나는 그의 작은 일부가 서던퀘스트 호와 함께 (그리고 탐험대의 현금과도 함께) 가라앉았다는 생각이 들었다. 그는 그 배를 무척이나 좋아했었다.

맬컴의 그린피스 동료들, 즉 MV 그린피스라는 멋진 배에 탄 우리의 구세주들은 오두막과 발전기, 무전 안테나, 쓰레기 등 잭 헤이워드 기지에 있던 우리의 모든 물건을 수거하고 포장해서 가져다줬다. 그린피스 사람들은, 그들의 표현에 따르면 케이프에반스의 돌들까지 닦으며 '스콧의 발자취를 좇아'가 남긴 흔적을 지워줬다.

내가 성급하게 내뱉은 약속 중 두 가지는 지켜진 셈이었다. 개러스 우드에게 반드시 데리러 오겠다고 한 약속이 그 하나였고, 피터 스콧 경과 자크 쿠스토, 섀클턴 경 등에게 남극을 내가 찾은 모습 그대로 놔두겠다고 한 약속이 또 하나였다.

이제 바클레이즈의 돈 프랫에게 지켜야 할 책무만 남아 있었다. 100만 달러가 넘는 돈을 갚아야 한다는 작은 문제. 아, 그렇다. 하나 더 있었다. 남극대륙을 향해 토해냈던 막연하면서도 시건방진 그 맹세.

대륙에 대한 약속? 그런 게 가당키나 한 것일까? 만약 내가 그 약속을 지키지 못하면 남극대륙이 나를 찾아내 응당한 대가를 묻는 복수라도 한단 말인가? 그럴 일은 없지 않은가. 돌아가서 오두막이며 뭐며 다 수거해온 것으로 충분하지 않은가? 아마 그걸로 충분했을 것이다. 하지만 내 마음속 깊은 곳에서는 그것으로 충분치 않다고 말하고 있었다. 나는 그 모든 사안을 마음속에서 지워내려 노력했다.

믿을 수 있다고 증명된 불멸의 친구 다수가 나의 소환에 불응하고 있었던 탓에 나는 새로운 피를 필요로 했다. '스콧의 발자취를 좇아'를 둘러싼 그 모든 보도가, 심지어 침몰된 선박에 대한 얘기까지 사람들을 영입하는 데 크게 도움이 되었다.

내가 모집한 최초의 인물 중 한 명은 실로 최고 중의 최고였다. 루퍼트 서머슨Rupert Summerson이라는 영국 해병대 출신이었는데, 조직 구성의 귀재이자 일급 항해사였다. 서머슨을 처음 알게 된 곳은 내가 나의 희생자 대부분을 만난 곳과 동일했다. 1981년 BAS의 일원으로 가서 지냈던 로테라 말이다. 그는 거기서 내게 자신이 과거에 나의 누이 루신다Lucinda와 데이트한 적이 있다고 강조했었다. 나의 누이가 14세이던 옛날에 영국에서 그랬다는 것이었다.

내가 자금을 모으러 세계를 돌아다니는 동안 서머슨은 계획 수립이라는 핵심적인 일에 매달렸다. 리처드 다운이 모금 활동의 조직자로 다시 참여했다. 그리고 갑자기 우리의 시도에 대한 이름까지 생겨났다. '아이스워크Icewalk'가 바로 그것이었다. 또한 현대의 모험가들이 그토록 사랑하는, 편리한 구실도 따라붙었다. 나는 '북극점과 남극점 모두를 밟는 첫 번째 인물'이 되는 것이었다.

내가 꼭 그런 인물이 되고 싶었던 것은 아니었다. 나는 추위를 싫어했다. 나는 걷는 것이 싫었다. 스콧 탐험대의 일원이었던 티투스 오츠는 이런 말을 했다. "나는 집에 돌아가면 다시는 한 걸음도 걷지 않을 테다." 그는 결국 집에 돌아오지 못했다.

그런 내가 이제 또 그 추위와 싸우며 500마일(약 900킬로미터)을 걸으려 한다? 그러나 나는 나의 처지에서 벗어날 수 있는 다른 길을 찾을 수 없었다. 당시 나의 일상은 여행과 간청으로 점철되었다. 아직 항아리에는 한 푼도 들어오지 않았다. 나는 일부는 가족에게 빌리고 일부는 강연으로 벌어 활동 경비를 충당했다. 도시나 마을을 찾을 때마다 그곳에 있는 친구들에게 장기간 신세를 지곤 했다.

그 시절 끝없이 비행기 맨 뒤의 값싼 좌석을 찾고 버스 정류장에서 밤을 지새우며 공중화장실에서 옷을 갈아입고 다음 날의 말끔한 차림새를 위해 플라스틱으로 양복을 포장해 들고 다니던 나의 모습이 지금도 생생하다. 미팅 후에는 다시 반바지와 티셔츠 차림의 캐주얼한 여행 복장으로 돌아가 다음 행선지를 향해 서둘러 발걸음을 옮기곤 했다. 실로 근근이 허기만 때우며 움직였다. 모든 도시에, 모든 항구에 여자가 생겼다. 나는 낯선 이들의 친절에 의존해야 했다.

그러던 중 돌파구가 열렸다. 일본에 체류하던 앤소니 윌러비Anthony Willoughby라는 괴짜 영국인이 '스콧의 발자취를 좇아'에 관한 기사를 읽고 나를 일본으로 초대한 것이다. 그와 내가 같은 강연자 정보센터에 속해 있다는 인연도 있었다. 나는 지체 없이 날아갔다. 그는 시차에 적응 못 해 휘청거리는 나를 술집으로 데려갔다. 우리는 위스키 한 병을 마시며 대화를 나눴다.

"그건 그렇고, 암웨이^Amway 사람들이 곧 이곳으로 올 거네." 그가 말했다. 나는 흐릿한 눈을 가까스로 치켜올려 그를 보았다. 누가 온다고?

월러비는 나를 일본 암웨이 회장에게 소개하려고 했다. 그 소비자 직판 제품 기업의 일본 버전은 미국의 그것과 매우 달랐다. 엄청난 성공을 거두고 있었다는 뜻이다. 물론 사회에 미치는 파장도 적지 않았다. 암웨이 회원으로 뛰는 것은 일본이라는 남성 중심 사회에서 여성들이 억압적인 남성의 그늘에서 벗어나 자력으로 삶을 영위할 수 있는 유일한 방법에 속했다. 암웨이가 여성 독립에 이르는 몇 안 되는 경로 중 하나를 대변했다는 얘기다.

나는 그 일본에서의 첫날밤에 이 모든 것이 무엇을 의미하는지 제대로 이해하지 못했다. 사실 나는 천정이 빙빙 돌아가는 느낌 말고는 어떤 것도 이해하지 못하고 있었다. 내가 좀 정신이 드는 이후로 비즈니스 미팅을 연기하는 것이 더 낫지 않을까?

그러나 나는 비즈니스를 수행하는 일본의 전통적인 방식을 과소평가하고 있었다. 일본 암웨이의 수장은 수행원들과 함께 방 안으로 들어와서 나와 월러비를 쓱 보고는 이렇게 말했다. "이거 우리도 몇 잔 서둘러 마셔야 분위기를 맞출 수 있겠군요."

그는 위스키 한 병을 추가 주문했고, 우리는 일본이라는 나라의 술 문화에 젖어가며 '비즈니스 미팅'을 이어갔다. 우리의 탐험에 대한 루퍼트 서머슨의 차분하고도 체계적인 접근방식은 나의 보다 거칠고 보다 감정적인 스타일을 보완해줬다. 그는 특히 팀원을 고르는 방식에 신경을 썼다. 그는 극지에 함께 갈 동료는 정말 신중하게 골

라야 한다고 말했다. 그게 그의 신념이었다. 극단적인 상황에 처하
는 경우 우리가 그들을 먹어야만 하게 될지도 모르기 때문이라고 그
가 덧붙였다.

33

아문센

리더십은 선별이 핵심이다. 적절한 인재를 모아야 한다는 뜻이다. 그들은 당신의 최상의 친구일 수도 있고 그렇지 않을 수도 있다. 경우에 따라 그들은 당신을 불쾌하게 만들 수도 있는 그런 사람들이다. 내가 극지 탐험에서 생존하고 성공하기 위해 중시하는 규칙은 단순하다. 그것은 바로 아문센과 같은 사람을 데려가야 한다는 것이다.

노르웨이의 로알드 아문센은 가장 위대한 극지 탐험가의 표상으로 평가해야 마땅하다. 그는 두 개의 '최초' 타이틀을 획득했다. 최초의 북서항로(북대서양에서 캐나다 북극해를 빠져서 태평양으로 나가는 항로) 항해와 최초의 남극점 정복이 그것이다. 둘 모두 오랜 세월 인류를 괴롭히던 도전 과제였다. 부단한 준비와 토착민들의 베스트 프랙티스에 대한 모방, 모든 감정을 배제한 엄격한 논리에 대한 의존 등으로 대표되는 그의 접근방식은 이후의 모든 탐험대가 따라야 할 기준을 마련했다.

아문센은 성공을 위한 정확한 처방을 다음과 같이 정리했다.

> 가장 중요한 요소는 준비를 갖추는 방식이다. 모든 난관을 예상하고 그것을 피하거나 극복하는 데 필요한 예방조치를 취하는 것 말이다. 승리는 모든 것을 적절히 갖추는 자를 따른다. 사람들은 이를 '행운'이라 부른다. 패배는 필요한 예방조치를 늦지 않게 취하는 것을 무시하는 사람을 좇는다. 사람들은 이를 '불운'이라 부른다.

거의 모든 분야에 거의 비현실적으로 느껴질 정도로 탁월성을 보여주는 사람들이 있다. 미술의 피카소, 음악의 모차르트, 해상 전술의 넬슨이 그런 사람들이고, 극지 탐험 분야에서는 아문센이 바로 그런 인물이다.

아문센이 어떤 사람이었는지 잘 알 수 있는 사례를 하나 소개하면 다음과 같다. 1909년 그는 자신의 서재에 앉아 남극점 공략에 대한 계획을 세웠다. 공책에 적은 그 계획의 끝을 그는 이렇게 맺었다. "그렇게 우리는 남극 탐험을 마치고 1월 25일에 고향에 돌아올 것이다." 그러고 3년 뒤, 수없이 많은 변수에 직면하며 수천 마일을 돌아다닌 후 아문센과 그의 대원들은 실로 1912년 1월 25일에 집으로 돌아왔다. 정말 놀랍지 않은가.

'스콧의 발자취' 탐험 팀에도 나름의 아문센이 있었다. 바로 로저 미어를 말하는 것이다. 그는 나의 모든 지각 기능을 깨워주었다. 그는 눈빛만으로도 나를 자극할 수 있는 인물이다. 때로 내가 부족한 면모라도 보이면 지체 없이 나를 조롱했다. 하지만 나는 그를 위해서라면 목숨까지 내놓을 수도 있다. 그가 있었기에 우리는 남극점에 갈 수 있었다. 우리를 남극점에 데려가는 일을 누구보다 완벽하게 해낼 수 있는 인물이었다는 뜻이다.

'아이스워크'에도 나름의 아문센이 있었으니, 바로 미카일 미샤 말라코프Mikhail "Misha" Malakhov 박사다. 그는 당대 소련 최고의 극지 탐험가였다. 그는 미어만큼이나 엄격한 현장 감독이었다. 사람 미치게 만드는 완벽주의로 치자면 둘은 쌍벽을 이룬다. 이 두 명의 극지 천재는 나와 고락을 함께하며 내 불멸의 친구 목록에 이름을 올렸다.

당시는 소련이 새롭게 문호를 개방하던 글라스노스트와 페레스트로이카[13]의 시대였다. 미샤 박사의 구미를 자극한 것은 바로 그런 시대에 '아이스워크'가 표방한 국제주의였다. 나는 세계적 변화의 시기에는 세계적인 접근방식이 필요하다고 판단했다.

러시아의 아문센은 그런 의미에서 서독의 탐험가 아베드 푹스Arved Fuchs나 호주 멜버른의 교사이자 카누 세계 챔피언 그레미 조이Graeme Joy, 일본의 등반가 히로 오니시Hiroshi Onishi, 캐나다의 에스키모 앵거스 거스 카너크 코크니Angus "Gus" Kannerk Cockney에 필적하는 인물이었다.

미국 맨해튼의 고급 호텔 월도프-아스토리아Waldorf-Astoria에서 뉴욕 탐험가 클럽 회원들을 상대로 강연을 하는 자리에서 나는 그 위엄 있는 어른들에게 사고와 영역을 넓힐 것을 촉구했다. 연단에서 실내를 둘러보니 흑인이 한 명도 없었다. 당시 내가 매슈 헨슨^{Matthew E.} Henson에 관한 책을 읽는 중이 아니었다면 그런 사실을 언급하지 않았을지도 모른다. 헨슨은 어쩌면 세계 최초로 북극에 갔을지도 모르는데 아무도 알아주지 않는 탐험가였다. 세계에서 가장 널리 잊힌 인물인 셈이었다.

뉴욕 탐험가 클럽에서는 나에게 깃발을 하나 건넸다. 그 깃발을 '아이스워크' 탐험에 가져가달라는 얘기였다. 하지만 나는 반항적인 태도로 응수했다. "여러분의 탐험가 클럽 깃발은 지구상의 가장 비우호적인 지역 모든 곳에서 이미 펄럭이고 있습니다." 나는 이렇게 입을 열었다.

"존경하는 회원 여러분, 여러분의 깃발을 북극에 가져갈 수 있는 영광이 아무한테나 주어지는 게 아니라는 걸 잘 알고 있습니다. 그렇지만 왜 그 위대한 미국의 흑인 탐험가 매슈 헨슨이 이렇게 묻혀 버리고 말았는지 이해가 되지 않습니다. 그분 역시 이 클럽의 영광스런 회원이었습니다. 그분을 클럽에 받아들였다는 점에 대해서 여러분은 자부심을 느껴야 마땅합니다. 여러분의 깃발은 세계 모든 곳에 꽂혀 있습니다. 하지만 세계에서 가장 열악한 지역 몇 군데에는 도달하지 못했습니다. 여기서 불과 몇 킬로미터밖에 떨어져 있지 않은 지역들입니다. 할렘, 브루클린, 브롱크스 말입니다."

나는 클럽 회원들의 기분이 상했을 것으로 생각했다. 내가 그들의 면전에서 불편한 진실을 토해내며 모두를 당황하게 만들었으니 말이다. 특정한 유형의 도시 빈민가를 그린 영화 〈암흑가의 투갑스^{Fort} Apache the Bronx〉가 사회적 반향을 불러일으키던 시기라 나의 그런 얘기가 더욱 예민하게 받아들여질 수도 있었다.

하지만 다음 날 뉴욕 탐험가 클럽의 회장 존 레빈슨^{John Levinson}은 놀랍게도 나를 초대해 차에 태우곤 사우스브롱크스로 향했다. 버려진 건물들과 돌무더기가 잔뜩 쌓인 공터, 빈곤과 무기력에 절어 있는 행인들의 표정…. 나는 혼자 생각했다. '이 지역의 누군가를 아이스워크 탐험에 데려가는 게 좋을 것 같아.'

그때 레빈슨이 입을 열었다. "여기 이 도심 밖 학교 두 곳에서 당신이 강연을 할 수 있도록 조치했습니다. 그리고 뉴욕 시의 소수민족 공동체에서 대원을 한 명 선발해 당신의 탐험에 데려갈 수 있도록 우리가 돕겠습니다."

헨슨이 다시 생각났다. 그는 아프리카계 미국인 토목기사로서 1909년 로버트 피어리 대장의 원정대 소속으로 북극을 탐험했다. 인류 최초로 북극점을 밟았다고 주장되는 그 탐험 말이다. 사실 그 탐험대에서 북극점을 가장 먼저 밟은 인물은 헨슨이었다. 피어리는 당시 동상에 걸려 썰매에 탄 채 헨슨의 바로 뒤를 이어 그 지점에 도달했을 뿐이다. 하지만 세상 사람들은 피어리를 북위 90도에 도달한 최초의 인간으로 칭송했다.

피어리가 헨슨을 처음 만난 것은 미국이 파나마 운하 건설이라는 선구적인 프로젝트에 착수했을 때였다. 당시 그 해군 장교는 그 젊은 선원의 능숙한 항해술에 깊은 인상을 받았고, 이후 어디든 데리고 다녔다.

훗날 헨슨은 자신이 먼저 북극점을 밟았다는 주장을 펼치기 시작했고, 이는 명예욕과 승부욕이 강한 피어리를 격분케 만들었다. 헨슨을 한낱 하인 정도로만 생각했기에 더욱 그랬다(피어리는 헨슨을 "나의 시커먼 동행"이라 칭했다). 논란의 여지가 많았음에도 세상 사람들은 대체적으로 피어리의 주장을 받아들였다. 그렇게 헨슨은 역사 속으로 사라졌고, 뉴욕 시 세관서기로 일하다 여생을 마쳤다. 피어리와 헨슨이 다시 안 보는 사이가 된 것은 물론이다.

헨슨의 유산은 내가 대릴 로버츠Daryl E. Roberts라는 브루클린 출신의 23세 청년을 만남으로써 부활의 기회를 얻었다. 그는 자신의 지역 사회가 코카인에 의해 망가지는 것을 보고 아이들에게 긍정적인 역할모델로 작용할 수 있는 무언가를 이루고 싶어 했다. 그는 극지 경험이 전혀 없었고 오지 여행이나 탐험에 대한 전문지식도 거의 없었다. 하지만 아프리카계 미국인을 '아이스워크' 탐험대에 합류시켜 헨슨을 기리고자 하던 나는 로버츠의 타고난 친화력에 이끌려 그에게 손을 내밀었다.

"적어도 저는 햇볕에 탈 일은 없습니다." 그의 농담이었다.

그렇게 해서 7개국의 8명으로 '아이스워크' 팀이 구성되었다. 영국인으로 나와 루퍼트 서머슨, 러시아의 미샤 말라코프 박사, 호주의 그레미 조이, 일본의 히로 오니시, 서독의 아베드 푹스, 캐나다의 거스 카너크 코크니, 미국의 대릴 로버츠. 실로 국제적인 팀이었다.

일본 암웨이와 요미우리 신문이 탐험의 주요 스폰서로 나섰다. 요미우리는 일일 발행부수 1,600만 부를 자랑하는 세계적인 신문으로 청소년판 역시 일주일에 두 차례 1,600만 부씩 발행한다.

요미우리 신문의 후원을 확보하는 과정은 참으로 흥미로웠다. 첫 번째 미팅 자리에는 18명이나 참석해 나의 설명을 들었다. 대부분

중간 간부들로서 편집자와 홍보 담당자도 끼어 있었다. 그렇게 기업의 직위 사다리를 타고 올라가는 과정이 6개월간 지속되었는데, 미팅을 가질 때마다 참석 인원의 수가 줄어들었다. 그리고 마침내 발행인과 단둘이 마주 앉은 자리에서 스폰서 계약이 체결되었다.

'세계화'라는 탐험의 전반적인 주제를 강화하기 위해(아울러 보급품 수급 및 관리의 복잡성을 기하급수적으로 증가시키기 위해) 나는 '아이스워크'에 또 하나의 구성요소를 추가했다. 세계 각국에서 학생들을 선발해 북극의 한 연구기지에 집결시킨 후 '아이스워크'가 진행되는 동안 환경 관련 프로젝트를 수행케 하자는 계획이었다. 또 우리가 해빙을 가로질러 북극점에 도달하는 과정을 학생들에게 추적 관찰하도록 하면 좋을 것 같았다.

우리는 전통적으로 사이가 좋지 않은 나라들에서 참가자들을 선별했다. 벨파스트의 개신교 여학생과 더블린의 가톨릭 남학생, 이스라엘 학생과 팔레스타인 학생, 인도 학생과 파키스탄 학생, 홍콩 학생과 중국 학생, 이런 식으로 말이다. 그렇게 15개국 22명의 학생을 선발해 북극권 엘스미어 섬에 있는 캐나다 환경부 산하 유레카 기지에 모이게 했다.

이런 아이디어는 모두 '스콧의 발자취'를 주제로 강연을 다니면서 도출한 것이다. 젊은 친구들을 상대로 강연을 하면 거의 매번 상반되는 두 가지 반응에 직면하곤 했다. 나이 든 청중들에게서는 볼 수 없었던 수준의, 환경 문제 해결에 대한 대단한 결의로 반응하는 친구들이 있는가 하면, 남의 일로 보거나 수동적인 태도를 취하거나 무기력을 표출하는 친구들도 있었다.

나는 젊은 친구들이 극지 환경을 직접 경험하고 나면 놀랍도록 효과적인 변화의 주창자가 된다는 사실을 알았다. 나의 목표는 고국으로 돌아가 친환경 메시지를 전파하는 일단의 블레이드 러너들을 창출하는 것이었다.

또한 이 모든 것은 언론의 조명을 받기에 좋았다. 그 시절 내가 가졌던 냉소주의를 과장하고 싶은 생각은 없다. 물론 나는 극지의 자연을 보존하는 일의 가치를 믿었다. 산업화의 부산물인 독성 물질과 오염으로부터 극지를 보호할 방법을 강구하고 있었던 것도 물론이다. 하지만 모종의 신념을 옹호하는 것과 그 신념을 머릿속 깊이 각인한 것에는 차이가 있는 법이다. 유레카 기지에 학생들을 모으는 그런 이상주의적인 프로젝트를 진행하면서도 당시 나는 마음속으로 갈등을 느끼고 있었다.

1989년 3월 20일 우리 탐험대는 엘스미어 섬의 케이프콜롬비아에 있는 전진 기지를 출발했다. 중간에 보급을 받을 계획이었기 때문에 우리의 장비는 '스콧의 발자취' 때보다 가벼웠지만, 그래도 각자 68킬로그램 정도는 책임져야 했다. 나는 남극에서 이용한 것과 유사한 긴 썰매를 끌었고, 다른 대원들은 보다 작은 썰매와 배낭을 택했다.

우리는 스키를 타고 해안가의 짧은 능선을 가로질러 북극해의 얼음 위로 올라섰다. 앞으로 2개월 동안 우리가 집으로 삼을 곳이었다. 그렇게 우리는 북극점을 향해 500마일(약 800킬로미터)의 행군을 개시했다.

나와 함께 남극점에 갔던 곰 인형 테디 역시 이번에도 나의 재킷 주머니에 자리한 채 원정길에 올랐다. 행운의 부적인 셈이었다. 만약 우리가 성공한다면 녀석도 양 극점을 밟은 최초의 곰 인형이 되는 것이었다.

나는 또한 우리만의 예언자인 엠마 드레이크에게서 기념품 하나를 받아 나왔다. 스콧이 첫 번째 남극 탐사에 이용했던 디스커버리호의 선체에서 떼어낸 작은 나무 조각이었다. 그 배를 관광명소로 활용하기 위해 복원 작업을 벌이던 일꾼들에게 졸라서 그것을 얻었다고 했다. 그녀는 행운을 빌어주는 의미로 내 장비에 그것을 넣어주었다. 그것을 받을 당시에는 그녀의 선물이 얼마나 중요한 것으로 드러나는지 알지 못했다. 뭐랄까, 그녀의 선견지명이 실로 대단하다고나 할까.

빙판에 오르자마자 우리는 문제에 봉착했다. 북극은 살아 움직이는 바다다. 해빙의 끊임없는 움직임으로 인해 거대하게 부서진 얼음 덩어리들이 해안가로 쉴 새 없이 밀려와 쌓였다. 야수성을 띤 풍경이 우리 앞에 펼쳐졌다. 마치 몰아치는 허리케인을 하나님이 갑자기 얼려 얼음 덩어리로 만든 후 우리 앞에 흩뿌려놓는 것 같았다. 길이라 할 수 있는 게 없었다. 한마디로 전체가 다 장애물 코스였다.

비어드모어 빙붕과 남극고원의 광활하지만 평평한 빙판이 그리워질 정도였다. 이 탐험 길에 오른 것에 대한 후회가 밀려들면서 기운이 빠졌다. 대원들이 내 표정을 볼 수 없는 게 다행이었다. 보호용 후드로 얼굴을 감싼 덕분이었다. 절망감에 휩싸인 내 표정을 보았더라면 대원들은 또 얼마나 맥이 풀렸겠는가.

남극점 탐험 길에 올랐을 때 나는 내가 어떤 상황을 만나게 될지 제대로 알지 못했다. 스콧의 일기를 달달 외웠을 뿐 아니라 잭 헤이워드 기지 주변도 열심히 둘러본 터였지만 내가 수행할 과업은 여전히 추상적인 이미지에 머물러 있었다. 그런 상태에서 행군을 시작하고 그 광대함에 얼마나 압도당했던가.

그런데 북극은 더했다. 북극의 빙원에 올라 몇 걸음 채 떼어놓기도 전에 앞에 펼쳐진 끔찍한 현실을 보고 나는 그저 주저앉고 싶었다. 그런 곳에서 장기간 트레킹을 한다는 것이 얼마나 고통스러운 일인지 너무도 잘 알았기 때문이다. 혹독한 시험을 다시 치르는 것과 같았다. 거부감이 완강하게 밀려왔다. 내 앞에 놓인 장기간의 고통과 노역, 그리고 그 무엇보다도 무섭게 영혼을 마비시키는 그 끝없는 단조로움을 나는 그저 감내할 자신이 없었다.

주저앉아 비명을 지르고 싶어졌다. 나는 완전히 압도되어 스키 바인딩 쪽으로 몸을 구부린 채 눈물을 떨궜다. 북극해의 빙원 위로 떨어진 내 눈물은 그 자리에서 바로 얼어버렸다.

34

위도 84도선

눈물은 문제가 되지 않았다. 내 숨도 얼었고 콧물도 얼어붙었으며 옷 속에서 난 땀도 얼어붙어 아주 불편한 종류의 얼음 갑옷을 형성했다. 소변은 거의 땅에 닿기도 전에 얼어버렸다.

나는 스콧의 탐험 보고서가 생각났다. 타프 에반스와 동료들은 터덜터덜 걸어가면서 바지 안에 용변을 보고 그것이 얼어붙게 놔둔 뒤 나중에 옷에서 털어내며 그 절망적인 마지막 행군을 이어갔다.

예쁘지 않은 그림이었지만, '아이스워크'의 처음 며칠도 순전한 추잡함으로는 그에 못지않았다. 얼어붙은 바다가 지평선 너머로 펼쳐졌다. 해안선 멀리 밖으로는, 파도가 얼음 덩어리들을, 적절한 표현일지 모르겠지만, 얼음 평면과는 정반대의 기상천외한 모양으로 밀어내고 일그러뜨렸다.

암흑의 바다는 남극의 빙붕에 있을 때처럼 300여 미터 아래가 아닌, 2미터 정도 또는 그 이하의 거리를 두고 우리의 발밑과 떨어져 있었다. 얼음 덩어리들과 빙판들이 바다의 흐름에 따라 움직이면서 서로 부딪쳐 신음 소리와 삐걱거리는 소리를 냈다. 우리는 폭격당한 얼음의 도시에서 잔해 사이를 기어가는 개미들과 같았다. 움직이는 얼음의 도시 위에서 말이다.

우리는 실로 분투를 벌이며 앞으로 나아갔다. 기울어진 얼음 덩어리를 올라가 반대쪽으로 떨어져내려오면 또 몇 미터나 되는 다른 장애물이 우리를 기다렸다. 이곳에서는 내가 상상도 못 한 종류의 육체적 노역이 수반되었다.

"훨씬 더 힘들군요." 내가 미샤에게 헐떡거리며 말했다, "더 힘들어…. 남쪽보다 더."

그 선한 러시아 의사가 나를 이상하다는 듯이 쳐다봤다. 그런 후 우리 뒤를 힐끗 보았다. 아직 해안가가 보이는 곳도 벗어나지 못한 상태였다.

대릴 로버츠는 사실 발가락에 동상이 걸린 상태로 행군을 시작했다. 이칼루이트라는 에스키모 마을에 있을 때 눈보라 치는 날씨에 무모하게 맨살을 드러낸 단 한 번의 실수가 빚은 결과였다.

난 도보 탐험에서 한 발 한 발 내딛는 노력은 전투의 절반밖에 안 된다는 사실을 혹독한 경험을 통해 체득했다. 나머지 절반은 발의 건강 상태다. 트레킹을 마친 매일 밤, 물집이나 동상, 상처의 그 어떤 조짐이라도 보이면 말리고 소독하고 붕대를 감는 등의 조치를 취해야 한다. 따라서 우리의 명목상의 신은 닥터숄Dr. Scholl 14인 셈이었다.

우리 중에 가장 나이도 적고 경험도 적은 로버츠는 남들보다 훨씬 심하게 고생했다. 스키 부츠에 적절한 안창을 깔지 않고 걷다가 오른쪽 뒤꿈치에 큰 물집이 잡히기도 했다. 그 물집은 곪아갔고 좀처럼 아물지를 않았다. 그에게는 걷는 것 자체가 고통이었다.

어느 날 저녁, 우리가 극점을 100마일 정도 남겨둔 시점이었을 때, 양말을 벗는 그의 발에서 딱딱하게 군은 뒤꿈치 덩어리가 떨어져나갔다. 그 끔찍한 덩어리가 텐트 바닥에 떨어졌다. 옆에 있던 미샤에 의해 시야가 가려져서 그는 무슨 일이 일어났는지 제대로 보지 못했다.

"그게 뭐였어요?" 그가 물어봤다.

미샤는 러시아어로 뭐라고 중얼거렸다. 그는 죽은 발바닥 살을 집어들고는 로버츠가 못 보게 숨겼다. 그리고는 즉시 두터운 거즈를 그의 발에 대고 붕대를 감았다.

미샤는 동상에 관한 한 세계 최고 수준의 전문가였는데, '아이스 워크' 이전까지는 흑인을 한 번도 치료해본 적이 없었다. 그는 여정에 오르기 전에 해당 주제에 대한 연구조사를 수행했고, 그에 관한 문헌이 창피할 정도로 적다는 사실을 발견했다. 어쩔 수 없이 그는 연관 사례를 찾기 위해 한국 전쟁에 참전한 아프리카계 미국인에 대한 치료 기록까지 살펴봐야 했다. 하지만 그 역시 자료가 너무 적었다.

미샤가 매일 밤마다 상처를 치료했지만(로버츠가 절망하지 않도록, 얼마나 심각한지 눈으로 확인하지 못하게끔 조심하며), 로버츠의 뒤꿈치는 걸어가는 내내 나아지질 않았다. 결국 그 상처는 살을 다 뚫고 뼈에 이르렀다.

그래도 그는 견뎌냈다. 우리 대부분이 어떤 식으로든 고통을 받고 있었지만 모두가 견뎌냈다. 옛날에 세드버그 럭비 팀에서 입은 허리 부상이 재발해 나를 괴롭혔다. 아베드 푹스는 독감에 걸려서 한동안 행군하는 중간중간 발을 멈추고 구토를 했다.

히로는 역시 탁월한 등반가였다. 트레킹 과정에서 등반해야 할 일이 생길 때마다 그는 뛰어남을 증명했다. 하지만 연일 계속되는 썰매 끌기의 그 힘겨움 속에서 점점 느려지고 지쳐갔다.

한번은 로버츠가 눈으로 가득 찬 도랑으로 굴러떨어졌다. 땅만 보고 가던 히로가 알아채지 못하고 스키를 탄 채 그의 위를 지나갔다. "고마워요, 히로!" 눈 밑에서 로버츠가 스키폴을 들어올려 경례를 붙였다.

위대한 북극 탐험가 월리 허버트 경Sir Wally Herbert에 관한 전설이 떠올랐다. 1969년 허버트는 포인트배로부터 스피츠베르겐까지, 북극 전체를 썰매견으로 횡단하는 데 성공했다. 당시 최초로 이뤄진 가장 위대한 정복 중 하나였고 필경 다시 되풀이될 가능성도 없을 만한 위업이었다.

하지만 허버트는 닐 암스트롱Neal Armstrong과 버즈 알드린Buzz Aldrin이 달에 착륙한 바로 그날에 노르웨이의 그 섬에 도착했다. 이것이 그가 세상에 알려지지 않은 이유다. '아이스워크'에 올라 한동안 사투를 벌이며 나는 명성이 지닌 예측 불허성의 상징적 인물로 허버트를 생각하지 않을 수 없었다. 허버트와 같은 진정한 영웅이 단순한 타이밍의 불운으로 인해 역사에서 지워지는 마당에 내가 무엇을 위해 이 짓을 다 하고 있단 말인가?

심리적인 문제들도 우리를 괴롭혔다. 에스키모들은 극지에서 사람들에게 생기는 우울증에 이름을 붙였는데, 번역하자면 '인생의 무게'다. 서머슨은 내성적으로 변해갔다. 거기다가 신진대사에 문제가 발생해 늘 배고픔에 허덕였다.

미샤는 조이와 거스와 더불어 육체적 질병에 가장 적게 시달렸다. 그는 탐험대의 주치의로서 쉼 없이 대원들의 상처를 돌보며 우리의 건강 상태에 신경을 썼다. 혼돈 그 자체에 가까운 얼음 장애물 사이로 매일 길을 개척해나간 미샤가 '아이스워크'의 진정한 리더이자 가이드였다.

실로 많은 날들을 우리는 손과 무릎으로 기어다닐 수밖에 없었고, 얼음바위와 면도날처럼 날카로운 얼음능선을 오른 적도 부지기수였다. 배낭과 썰매의 무게로 떨어져 장비들과 뒤섞이기 일쑤였는데, 그럴 때면 너무 지쳐서 일어나질 못했다.

출발 전에, 나는 엘리자베스 홈스-존슨 박사가 '스콧의 발자취' 팀을 위해 마련했던 것과 유사한 심리 정밀검사를 이 팀의 대원들에게도 받게끔 했다. 그렇게 해서 나온 보고서는 내가 '아이스워크'의 가장 큰 강점이라고 생각했던 우리의 크게 다른 배경이 사실은 치명적인 약점이라고 냉철하게 결론내리고 있었다. 심리학자들은 팀의 단합을 기르려면 비슷한 경험을 공유하는 사람들을 모집하는 게 훨씬 낫다고 조언했다.

다쳤든 그렇지 않든, 응집력이 있든 없든 대원 중에 뒤처지는 사람이 생기기 시작했다. 때로는 그 황량한 땅에서 1.5킬로미터가 넘게 한 줄로 길게 늘어서서 각자의 지옥을 홀로 경험했다. 위도 84도 선에 이르자 우리 밑의 해저 바닥이 치솟아오른 지형이 나왔다. 그러한 지각변동으로 인해 얼음 표면 위로 20미터 높이의 압력마루가 형성되어 있었다.

4월 11일, 행군 24일째가 되는 날이었다. 우리 팀의 세 경주마인 미샤와 조이, 거스가 나머지 대원들보다 몇 백 미터 앞서나가고 있었다. 그들은 높이 솟은 압력마루에서 잠시 멈췄다. 그들에게 합류하기 위해 우리는 서둘러 오르며 넘어지고 비틀거렸다.

압력마루에 올라 앞을 바라보았다. 북쪽의 경치가 나에게 충격을 안겼다. 갑자기 속이 메스꺼워졌다. 북극이 과거와 달리 계절에 훨씬 앞서서 녹고 있었다. 개빙 구역의 까만 손가락들이 눈 닿는 데까지 흩어져 길을 막고 있었다.

그곳에서부터 우리의 진짜 문제들이 시작되었다.

35

개빙 구역

대못The Big Nail은 에스키모들이 북극을 지칭하는 단어다. 철기 시대 이전 그들이 유럽의 교역상인들에게 처음 노출된 이후에 만들어진 단어로 보인다.

흠, 압력마루에서 내다본 전경으로 판단하건대 우리가 대못을 박게 될 일은 없을 것 같았다. 이제 도대체 어떻게 해야 한다는 말인가? 북극점까지 내내 부빙에서 부빙으로 껑충껑충 건너뛰며 얼음장 같은 북극해를 가로질러 간다고?

그날 밤 우리는 그런 부빙 위에 캠프를 차렸다. 낮에 내려다봤던 검은 바다 위에 떠 있는 집 한 채 크기 정도의 마름모꼴 얼음 덩어리 중 하나였다. 우리 텐트에서 겨우 3~4미터 떨어진 사방에서 얼음판들이 끊임없이 바닷물에 밀려 위아래로 요동을 치며 삐걱삐걱 신음을 토해냈다.

침낭에 들어가 잠을 청했다. 내 몸 바로 밑에서 철썩거리는 물소리가 들려왔다. 그 한참 밑으로, 깊이가 1.5킬로미터가 넘는 북극해의 해저가 자리했다.

'이런 일이 실제로 벌어지고 있다니….' 이것이 내가 4월 중순에 북극해가 부서지는 것을 보며 즉각적으로, 본능적으로 느낀 감정이었다. 극지의 환경적 붕괴는 탐험의 구실로 삼기에 좋은 이야기인 것만은 아니었다. 그것은 이론도, 애들을 겁주려는 귀신 이야기도, 소설도 아니었다. 그것은 무시무시한, 심신 마비를 일으킬 정도로 충격적인 현실이었다.

가장 가까운 육지에서 350마일(약 563킬로미터)이나 떨어진, 움직이는 극지 빙판 위에 서서 나는 미래를 보았다. 우리 인류가 큰 문제에 처했음을 직감했다.

그때가 내 눈에 씐 콩깍지가 떨어진 순간이었다. 그때가 남극이 우둔한 나에게 가르치려다 실패한 그 교훈을 깨닫는 순간이었다. 종교적 개종과도 같은, 내 인생의 일대 전환점을 경험하는 순간이었다.

그날 밤 텐트 안에는 평소와 다르게 침묵이 흘렀다. 각자 침낭 속에서 곰곰이 생각에 잠긴 채 개빙 구역의 출렁거리는 물소리에 귀를 기울였다.

"우리 아이들이 살아가는 시대에는…." 미샤가 조용히 입을 열었다. "만약 우리 아이들이 자신의 자식들의 친구들에게 그들의 할아버지가 북극점에 걸어갔다고 하면, 웃음거리가 될 거요. 왜냐하면 이미 공해로 변해 있을 테니까."

나의 허세가 들통 난 것 같은 느낌이 들었다. 그동안 기후변화에 대해 그렇게나 떠들어댔는데, 이제 여기서 그것이 내 얼굴을 후려치고 있었다. '정신 차려!' 나는 배우는 게 느린 편이지만, 결국 무언가를 배우게 되면 제대로 배우는 사람이다. 매우 지친 상태였음에도, 나는 그날 밤 텐트에서 잠에 들지 못한 채 수백만 가지의 상념으로 몸을 뒤척였다.

그래, 맞다. 이젠 말한 것을 실천할 때였다. 지구의 한쪽 끝에 캠프를 쳐놓았는데, 마음은 반대쪽 끝으로 달려갔다. 남극은 단단한 땅이라고 나는 생각했다. '남극은 거대해. 남극이 열쇠야.' 북극해 위에 떠서 메스꺼움을 느끼는 그 순간 그 대륙이 유난히 호소력 강하게 다가왔다. 잔혹하고 힘든 남극이었지만 안식처처럼 느껴졌다.

이 세계의 마지막 청정 자연pristine wilderness. 'Pristine', 이 단어에 대해 나는 곰곰이 생각해봤다. 16세기 초 '이전의former'라는 의미의 라틴어 'pristinus'에서 비롯된 영어로 당시 원래의 뜻은 '원시적인primitive' 또는 '고대의ancient'였다. 한참 나중에서야, 그러니까 19세기에 들어와서야 '해를 입지 않은unspoiled', '훼손되지 않은untouched', '순수한pure'의 의미를 갖게 된 것이다.

이 세계에 '자연 그대로의'라고 수식할 수 있는 곳이 존재하는가? 스콧은 이렇게 쓴 바 있다. "끔찍할 정도로 문명화된 이 세상에 자연 그대로의 구석들이 여전히 존재한다는 사실을 안다는 것은 좋은 일이다."

끔찍할 정도로 문명화된 이 세상. 난 이 표현이 맘에 들었다. 하지만 현대의 산업화 사회가 과연 '자연 그대로의 구석들'을 지킬 만한 형편이 될까? 내가 북극해의 얼음 위에서 잠 못 들고 누워 있던 바로 그 순간, '아이스워크' 학생 팀은 거기서 400마일(약 640킬로미터) 남쪽에 위치한 엘즈미어 섬의 유레카 기지로 세계 각지에서 모여들고 있었다.

그들은 유레카 기지에서 강의를 듣고 연구 프로젝트를 수행하고 다양한 환경보호 활동을 펼치게 된다. 그런 과정 중 하나는 캐나다 환경부에서 나온, 북극의 산업 오염에 관한 세계적인 과학자 데니스 그레고어Dr. Dennis Gregor 박사가 학생들에게 자신이 발견한 충격적인 사실을 공개하는 내용이다. 그레고어 박사의 연구조사 팀은 유레카 기지에서 고작 몇 킬로미터밖에 되지 않는 아가시즈Agassiz 빙원에서, 거기서 1,000마일(약 1,600킬로미터)이나 떨어진 미국의 텍사스 주에서만 쓰이는 살충제의 흔적을 발견한 바 있다.

따라서 오늘날 이 시대에는 '청정'이 늘 상대적일 수밖에 없다. 인간이 '여기'에서 하는 모든 일이 항상 '저기' 다른 어딘가에 영향을 미치기 때문이다.

'아이스워크' 학생들은 또한 캐나다 국립공원관리청의 이안 스털링 박사Dr. Ian Sterling가 진행하는 프레젠테이션도 듣기로 되어 있었다. 스털링 박사는 북극곰의 지방에 축적된 폴리염화바이페닐PCB 수치를 검사했는데, 그 산업 오염물의 수치가 터무니없이 증가했음을 알아냈다. 스털링의 연구조사 팀은 또한 에스키모 여자들의 모유에서도 위험한 수준의 발암물질을 발견했다.

산업 독소는 유기체의 지방 조직에 축적되는 경향이 있다. 극지방의 동물들은 일반적으로 두터운 지방층을 형성해서 스스로를 추위로부터 보호한다. 마치 쇳가루가 자석에 끌리듯, 현대 산업화 과정에서 발생한 파괴적인 복합분자들이 북극을 향해 이동했다. 바람을 타거나 먹이사슬을 타고 올라온 독소들은 청정 자연을 오염시켰다. 북극과 남극 둘 다 우리의 독을 흡수하는 스펀지였던 셈이다.

학생들을 생각하니 마음이 아팠다. 이런 행성을 그들에게 물려주다니! 그 어느 한구석도 더럽혀지지 않은 곳이 없는 지구. '이전의'라는 라틴어에서 나온 '청정한'은 이제 어디에도 적용하기 힘든 말이 되었다.

이제 그레고어 박사와 스털링 박사는 나를 납득시킬 필요가 없었다. 압력 산마루에서 북쪽으로 있어서는 안 될 개빙 구역들을 내 눈으로 직접 확인하던 그 순간, 나는 현대 세계의 상호연결성을 체감하지 않을 수 없었다.

북극해의 그 지역 얼음들은 전에는 8월 이전에 해빙된 적이 한 번도 없었다. 그래서 우리가 북극의 초봄으로 '아이스워크'를 계획했던 것이다. 하지만 4월인 지금, 바다가 우리 앞에서 열리고 있었다.

우리가 '저기' 밑에서 하는 일들, 자동차 배기관이나 공장 굴뚝으로 탄화수소를 뿜어내는 그런 일들이 '여기'에 영향을 끼치고 있었다. 텐트 안에 누워 까만 물이 얼음 위로 퍼지는 이미지를 떠올리자 그 물이 마치 천천히 조여들어 우리를 질식시키는 손가락처럼 느껴졌다.

언론과 학생 청중들 앞에서 기후변화와 환경에 대한 진부한 이야기를 떠들어대는 건 매우 쉬웠다. 그러한 말들은 아무런 노력 없이 술술 입에서 쏟아져나왔다. 하지만 북극해에 가해진 지구온난화의 직접적인 증거를 대면하는 것은 완전히 다른 일이었다. 내 자신이 당장 죽을 수도 있다는 의미였다.

죽지는 않는다 하더라도 적어도 '아이스워크'의 끝을 의미했다. 아무리 나의 자부심이 부풀어오른 상태라 해도, 난 내가 예수가 아니라는 걸 알고 있었다. 난 물 위를 걸을 수 없었다.

어쩌면 내가 이 경험을 하려고 북극에 온 것일 수도 있었다. 북극까지 걷는 게 아니라 그것이 불가능함을 깨닫기 위해서. 어쩌면 그 망가진 대양의 전경이 나를 여기로 부른 것인지도 몰랐다. 이젠 내가 말 이상의 무언가를 해야 한다는 결론을 마침내 내릴 수밖에 없도록 만들기 위해서 말이다.

'아이스워크'는 끝나가고 있었다. 하지만 나는 새로운 시작에 돌입하기로 결심했다. 만약 내가 이 북극해에 삼켜지는 일 없이 얼음에서 벗어나 집에 돌아가기만 한다면, 내 나머지 인생을 내가 한 비어드모어 약속에 헌신할 것이다("제발 살려만 주시면 어떻게든 당신을 보호하기 위해 제가 할 수 있는 무슨 일이든 다 하겠습니다").

내 밑에서는 바다가 꼬르륵거렸고 3미터 떨어진 곳에서는 빙판들이 신음을 토해냈다. 지금 내 아래에 무엇이 있는가? 나는 얼음의 두께가 최소한 2~3미터는 되기를 바랐다. 그 밑에는 어쩌면 수염고래가 지나가는 그림자나, 아니면 개연성은 없지만 '바다의 유니콘'인 일각고래가 있을지도 몰랐다.

그보다 더욱 깊은 곳에는, 미국이나 러시아의 잠수함이 조용히 움직이고 있을 터였다. 북극에서는 잠수함이 수면으로 올라올 때 전망탑으로 얼음을 '쾅' 뚫고 올라온다. 보고 싶었던 광경이긴 하지만 우리가 진을 쳐놓은 여기, 정확히 이곳에서 그런 일이 일어나지는 않기를 바랐다. 그 시점에서 20년 후에 북극점 바로 밑 해저에 러시아 국기가 꽂혀질 거라곤 상상조차 못 했다. 그것이 북극에 대한 영토 쟁탈전의 첫 번째 움직임이었다. 나는 서서히 잠에 빠져들며 내 자신과 짧은 대화를 나눴다.

'어떻게든 당신을 보호하기 위해 제가 할 수 있는 무슨 일이든 다 하겠습니다.'

나는 극지방의 보존을 재생가능 에너지의 이용에 연계시키기 위해 노력할 것이다. 내 안에 있는 냉소적인 목소리가 속삭였다. '터무니없는 소리 말아라. 넌 한 명의 개인일 뿐이야. 네가 뭘 할 수 있겠어?'

'어떻게든 당신을 보호하기 위해 제가 할 수 있는 무슨 일이든 다 하겠습니다.'

또 그 목소리가 답했다. '건방진 헛소리 말아라. 영국에 있는 집으로 돌아가면 순회강연이나 다니며 다른 보통 사람들처럼 살아라.'

나는 또 이런 일에 직면해 있었다. 사람은 집에서 따뜻한 난로 앞에 안전하게 앉아 있을 때에는 인생을 바꾸겠다는 맹세 따위를 하지 않는다. 하지만 비어드모어에서 그랬던 것처럼 나는 또 여기서 그런 상황에 처해 있었다. 다시 바람을 향해 약속을 날리고 있었던 것이다. 얼음의 신들에게 또 하나의 맹세를 하며 제발 죽이지만 말아달라고 부탁하고 있었다.

'어떻게든 당신을 보호하기 위해 제가 할 수 있는 무슨 일이든 다 하겠습니다.'

좋아, 친구. 보여주면 믿을게.

'어떻게든 당신을 보호하기 위해…'

36

대못

다음 날 아침 나는 일어나자마자 미샤가 빙판 위의 또 하루를 위해 장비를 챙기는 모습을 발견했다.

"어쩌려는 거예요?" 내가 물었다.

"전진, 언제나 전진." 그가 배낭 정리를 하면서 러시아 억양의 서툰 영어로 말했다.

"물은 어떻게 하고요?"

"돌아서 가면 되지요." 그가 나를 쳐다봤다. "조만간 오픈 리드들에 마주칠 거라오."

"현 상황이 정상인가요?" 내가 물었다.

"아니, 정상이 아니오." 미샤가 말했다. "평소보다 몇 주, 몇 달은 빠른 셈이라오."

오픈 리드^{open lead}. '리드'는 얼음이 갈라져 생긴 그 검은 손가락 같은 개빙 구역을 지칭하는 용어였다. 얼음이 움직여 갈라지면 사이로 길고 가느다란 틈이 생기고 검은 바다가 모습을 드러낸다. 오픈 리드의 일렁거리는 물은 통상 1.5킬로미터 깊이의 바다다.

미샤가 없었으면 우리는 말 그대로 물에 빠졌을 것이다. 오픈 리드의 미로에 대한 그의 접근방식은 간단했다. 오픈 리드를 만나면 뛰어서 건너갈 수 있을 만큼 틈이 좁아질 때까지 옆을 따라 쭉 가는 것이었다. 그렇게 건너서 다시 직진을 하다 다음 리드를 만나면 앞의 과정을 반복하는 것이었다. 결국 우리의 북극점을 향한 경로는 결코 일직선이 될 수 없었다. 구불구불, 꼬부랑꼬부랑.

오픈 리드 한쪽에 난 미샤의 흔적을 따라가다 보면 이미 반대편으로 건너간 그가 헉헉거리며 돌아오는 모습을 종종 볼 수 있었다. 그럴 때면 2~3미터의 리드를 사이에 두고 스키폴을 들어 말없이 경례를 나눈 후 계속해서 길을 가곤 했다. 그레미 조이는 이렇게 지그재그로 나아가는 바람에 원래 우리가 북극점까지 걸어야 하는 거리보다 25퍼센트가 더 늘어났다고 추산했다.

남극에서 크레바스를 건너던 것과 마찬가지로, 북극에서 리드를 건너는 과정은 하나하나가 모험이었다. 부빙 위에서 균형을 잡고 건너뛰기도 했고 리드 안에 눈덩어리들을 던져 건너가도 '안전'하겠다 싶은, 질척거리는 곤죽 같은 표면이 형성된 후 건너기도 했다. 겨우 몇 센티미터밖에 안 되는 두께의 얼음 표면을 타고 리드를 건너기도 했으며 갈라지면서 넓어지고 있는 리드를 달려서 넘기도 했다. 후자의 경우 되돌아갈 길은 없는 셈이었다.

우리가 오픈 리드를 건널 때면 바다는 우리 밑에서 이상한 쉬익

소리를 내며 물안개를 피워대곤 했다. 바다가 우리의 방해에 화가 나서 그런 소리를 내고 그런 모습을 보이는 것 같았다.

북극에는 개러스 우드를 공격했던 것과 같은 표범물개들이 없었다. 북극곰만이 실질적인 위협이 되는 동물이었다. 우리는 그들로부터 우리 자신을 보호하기 위해 .270 라이플을 가지고 이동했다.

여긴 그들의 환경이었다. 원래 (그리스어에서 유래한) 영어 'arctic(북극의)'은 '곰들의 장소'라는 의미로 큰곰자리를 가리키는 단어였다(그리고 여타의 거대한 맹수들에게 적용해도 무방한 단어였다). 북극곰들은 (우리가 종종 맞이한) 화이트아웃 상태에서는 먹이를 향해 돌진할 때 유일하게 그들 몸에서 까만 부분인 코를 앞발로 가려 위장하고 돌진한다. 실제로 연구조사원들이 관찰로 확인한 내용이다.

우리가 곰과 만난 적은 한 번도 없었다. 하지만 갈라지고 부서지는 얼음을 밟고 가는 우리의 고통스러운 행보로는 우리가 최종 목표에 도달하지 못할 것임이 곧 명백해졌다. 북극해는 우리가 가로질러 가는 속도보다 더 빠르게 해빙되고 있었다. 매일매일 힘겨운 고통의 걸음이 이어졌다. 우리는 개빙 구역에 대한 두려움마저 느낄 수 없을 정도로 지쳐갔다.

오픈 리드가 없는 곳에서는 압력 마루가 우리를 맞이했다. 우리는 점점 뒤처졌다. 땅에 휘몰아치는 눈보라를 만나 엄청 고생한 어느 날, 우리가 힘겹게 북쪽으로 행군할 때 우리 밑의 얼음이 남쪽으로 표류하는 바람에 하루 종일 걷고도 오히려 북극점에서 1.6킬로미터 더 멀어졌음을 알게 되었다.

보급창에서 고작 11마일(약 18킬로미터) 떨어진 곳에서 얼어 죽은 스콧과 남극점에 인류의 첫 발을 내딛을 수 있는 기회를 100마일도 채 남겨놓지 않고 돌아선 것으로 유명한 새클턴이 생각났다. 자라면서 나는 이해할 수가 없었다. 왜 스콧은 좀 더 힘을 내서 11마일을 가지 못했던 것일까? 어떻게 새클턴은 불멸의 명예로부터 97마일(약 156킬로미터) 떨어진 곳에서 멈출 수 있었을까?

하지만 '아이스워크'를 수행하면서 비로소 나는 그 초기의 탐험가들이 왜 목표를 달성하지 못했는지 알게 되었다. 한 걸음을 더 내딛는 일의 불가능성이 나를 압도하기도 했고, 11마일을 더 걸어야 한다는 생각 자체가 나의 팔을 파닥여 달까지 가는 일의 가능성과 비슷하게 느껴지기도 했다.

하늘에서 작은 점처럼 깜박이는 비행기를 올려다본 기억이 난다. 미 대륙에서 유럽까지 북극 항로를 이용해 날아가는 비행기였다. 저걸 타고 있으면 얼마나 좋을까? 아름다운 여자 승무원이 내 쪽으로 몸을 기울이며 뜨거운 커피를 따라주는 모습을 그려보았다. 나는 그녀의 향수 냄새를 맡았고, 그녀가 따라준 커피에서 올라오는 증기를 보았고, 커피의 따스함을 내 두 손으로 느꼈다. 이 이미지가 얼마나 실감나게 다가오던지 내 눈에 눈물이 다 고였다.

로버츠의 상태가 점점 악화되었다. 그의 뒤꿈치는 곪아갔다. 미샤는 어느 저녁 그의 상처에 붕대를 감아주다가 살 밑으로 드러난 뼈를 보았다. 그는 매일 고통 속에서 걸었다. 그는 그의 육체가 아닌 정신력이 그를 북극까지 데려다주리라는 확신을 어떤 식으로든 가져야 했다. 그는 계속 가기 위한 의지력을 찾아야만 했다. 나는 그와 함께 팀의 뒤쪽에서 걸었다.

"해낼 겁니다." 그가 나에게 말했다. "어떤 사람들은 이보다 더한 고통 속에서 하루하루 살아갑니다."

팀 전체에 무언의 염려가 흐르고 있었다. 로버츠를 후송시켜야 되는 게 아닌가? 나는 망설이지 않을 수 없었다. 나는 모든 대원이 다 같이 목표를 달성하기를 절박하게 바랐다. 만약 서로 다른 일곱 국가에서 모인 이 여덟 명조차 하나의 팀으로서 효과적으로 함께 일하지 못한다면, 159개국이 다수의 상충하는 의견을 내는 이 세계에 무슨 희망을 걸 수 있겠는가?

사실 탐험을 거의 좌초시킬 뻔한 상황을 만든 것은 로버츠가 아니라 나였다. 한 압력마루를 올라갈 때 내가 앞으로 나아가기 위해 한쪽 스키폴에 무게를 실었다. 소름끼치는 느낌과 함께, 내 스키폴이 밑으로 내려앉는 느낌이 들었다. 나는 넘어졌다. 스키폴을 들어보니 부러져 있었다.

사소한 장비 사고였다. 하지만 북극 탐험 길에는 사소한 것이란 없었다. 지금 이런 조건에서 두 개의 튼튼한 스키폴 없이 썰매를 끄는 것은 불가능에 가까웠다. 이는 내가 절름발이가 된 것과 같았다. 여분으로 몇 개를 더 갖고 오긴 했지만, 틈틈이 하나씩 부러진 탓에 얼마 전 재고가 한 개였고, 그 마지막 남은 한 개마저 며칠 전 로버츠가 가져간 터였다.

나는 팀을 따라잡기 위해 힘들여 앞으로 나아갔다. 그러고는 미샤를 잡고 상의했다. 우리가 이 막대기를 고칠 수 있을까. 그럴 수 있을 것 같지 않았다. 완전히 박살나진 않았어도, 금속으로 된 줄기 부분이 휘고 뜯어져 텅 빈 속을 드러내놓고 있었다. 우리는 그 빈 줄기 안쪽에 들어가 그것을 반듯하고 단단하게 잡아줄 조그마한 나무나 철로 된 쐐기 같은 것이 필요했다.

적절한 부품을 찾을 수 있는 철물점이 있으면 좋으련만…. 아마 남쪽으로 적어도 1,000마일은 내려가야 있을 터였다. 부러진 스키 폴은 나의 고립을 의미했다. 아니면 적어도 이미 계획보다 뒤처지고 있는 이 여정을 더 늦어지게 만들 것임을 의미했다.

난 바다의 검은 손가락들이 우리를 향해 다가오고, 바다가 열리고, 굴욕스럽게 구조되는 걸 상상했다.

"로버트." 미샤가 말했다. "혹시 스콧 선장의 배에서 가져왔다던 그 나무 조각 있나요?"

다시 한 번, 엠마 드레이크의 신통력이 빛을 발하는 순간이었다. 나는 그녀가 디스커버리 호에서 떼어낸 목재라며 행운의 상징으로 내게 선물한 그 나무 조각을 장비에서 꺼내 내밀었다. 서머슨이 나무를 깎아 다듬었다. 배의 선체에 쓰였던 오크 나무의 부스러기들이 북극 얼음 위에 떨어졌다. 90년 전 영국에서 그 중대한 남극 탐사를 위해 던디Dundee 조선소에서 다듬었던 목재의 부스러기였다.

우리는 로버트 스콧의 작은 기념품을 줄기 부분에 밀어넣었다. 스키폴이 버텨줬고, 나는 다시 문제없이 행군에 오를 수 있었다. 하지만 이런 사건들은 우리가 성공에 필요한 속도에서 여전히 뒤처지고 있음을 의미했다. 우리가 북극점 도전을 방해하는 장비 파손과 부상, 극단적으로 고통스런 뒷걸음질 등을 고려하건대 우리가 목표에 도달하기 전에 우리 밑에서 바다가 열릴 것 같았다.

우리의 곤경을 해결한 사람은 바로 히로였다. 언어상의 장벽으로 인해 그는 이 탐험에서 가장 동떨어진 대원에 속했다. 다친 로버츠가 그의 영어에 끊임없이 도움을 주긴 했지만, 그 진행 속도는 느렸다. 내가 그를 위해 챙겨왔던, 날짜가 한 달은 지난 일본 신문을 간간이 짐에서 꺼내 건넸을 때 히로는 참으로 얼굴이 밝아졌다.

우리가 리드들을 피한 후 잘게 부서져 스펀지처럼 느껴지는 얼음판 위를 질주할 때, 히로가 스키를 타고 내 옆으로 다가와 말했다.

"낮이 그 낮이 아니다."

'그래. 내가 일본어를 더 열심히 공부하지 않은 걸 후회한 게 지금이 처음은 아니지 않는가.' 나는 고개를 끄덕이고 출발하려고 했다.

"아니야." 히로가 말했다. 그는 그의 스키폴을 들어 북극의 태양을 가리켰다. "알겠어? 낮!"

그 말이 마른하늘에 날벼락처럼 나를 때렸다. 히로는 명백한 요점을 지적하고 있었다. 우리 탐험에서 '낮'은 온대 지방의 일정에 기반을 두고 있었다. 우린 8시간 정도 스키를 타고 저녁엔 중단했다. 북극의 밤에는 어둠이 없는데도 말이다. 여기에서는 낮이 하루 24시간 동안 이어졌다. 그 낮이 그 낮이 아니었다. 우린 그 많은 시간들을 우리의 체력이 허락하는 한 최대한 활용할 수 있었다. 우리는 8시간의 낮에 제한받지 않았다.

그때부터 우리는 하루에 10시간, 12시간, 때로는 15시간씩 맹렬히 얼음 위를 질주하며 앞으로 나아갔다. 행군 거리 수 킬로미터를 추가로 쌓아가면서. 한 시간 행군을 열 차례 반복해 600분을 걸었던 첫날이 생각난다. 미샤가 활짝 웃었다. "3주 전이라면 이렇게 움직이지 않았을 거요. 누가 돈 주는 것도 아닌데…." 그가 말했다.

그동안의 절박했던 낮과 밤에, 나는 스콧이나 아문센이 아닌 어니스트 섀클턴에 대해 생각했다. 나의 세 명의 남극 탐험 영웅 중에서, 섀클턴이 가장 오점이 많은 성취를 이뤘다. 스콧이 1903년 디스커버리 호 탐험에 그를 데려갔을 때 그는 괴혈병에 걸려 남극점 도전을 중단하고 썰매에 실려 기지로 돌아와야 했다.

그리고 1907년에서 1909년까지 진행한 자신의 님로드 호 탐험에서는 '남쪽으로 가장 멀리' 가는 데는 성공했으나 남극점까지 그 운명의 97마일을 남겨두고 되돌아왔다. 거기서 계속 탐험을 강행하면 자신과 대원들이 죽음에 이를 것임을 깨달았기 때문이다.

"살아 있는 당나귀가 죽은 사자보다 낫잖아, 안 그래?" 섀클턴이 자신의 아내에게 귀환 결정을 내렸던 이유를 설명하면서 한 말이다. 1914년 그의 세 번째이자 마지막 남극 탐험에서는 섀클턴의 실패가 더욱 완벽해졌다. 그는 그 대륙까지 가지도 못했다. 유빙들이 그의 배인 인듀어런스 호를 움켜잡고 부서버렸다. 그와 대원들은 그렇게 웨델 해의 얼음 위에 고립되었다.

이 탐험이 그의 가장 큰 실패이자 가장 찬양받는 성공이다. 배가 난파한 탐험에서 섀클턴이 보인 리더십에 대한 이야기는 탐험 연대기에서 진정으로 가장 스릴이 넘치는 사례로 통한다. 그와 그의 대원들은 부빙과 구명보트 위에서 표류하다 황량한 엘리펀트 섬에 올랐다.

거기서 섀클턴은 뛰어난 항해사 프랭크 아서 워슬리Frank Artyur Worsley를 포함한 다른 다섯 명을 데리고 남대서양을 건너가 구조 요청을 하기로 결정했다. 그들은 갑판도 없는 작은 배로 장장 16일 동안

800마일(약 1,290킬로미터) 거리를 항해해 사우스조지아 섬에 도착하며 항해 역사상 가장 놀라운 업적을 달성했다. 그들은 그곳의 고래잡이 기지에 도움을 청해 결국 탐험대원 전원을 구해오는 데 성공했다.

에드먼드 힐러리는 이렇게 썼다. "과학적 발견이 목적이면 내게 스콧을 주고 여정의 효율성과 속도를 원한다면 내게 아문센을 달라. 하지만 재난이 들이닥치고 모든 희망이 사라졌을 때에는 무릎 꿇고 섀클턴을 달라고 빌어야 한다."

'아이스워크'를 수행하는 동안 나는 무릎을 꿇고 섀클턴을 달라고 빌었다. 탐험의 마지막 3분의 1이 진행되는 동안, 녹아내리던 북극해는 재난이라는 것을 우리 곁을 끊임없이 맴돌며 위협을 가하는 동행으로 만들어버렸다. 2층 건물 높이의 얼음 마루들을 손과 무릎으로 기어오르고 까만 바다의 물줄기를 돌아가느라 지칠 대로 지친 나는, 다시 한 번 나만의 세계로 빠져들어 단 한마디의 주문을 반복해서 토해댔다. "공격, 공격, 공격…." 내 자신에게 중얼거렸다. 한마디마다 한 발자국을 내딛으며.

1989년 5월 14일 현지시간 오전 3시 30분, '아이스워크' 탐험대는 마침내 북극점에 다다랐다. 우리는 추적 위성을 통해 우리의 위치가 북위 90도라는 것을 알아냈다. 3년 전 남극에서 로저 미어가 완벽에 가깝게 방향을 추정하는 놀라운 능력을 보여준 것처럼 이번에는 루퍼트 서머슨이 우리를 진북(眞北)으로부터 438미터 이내로 안내했다. 황량한 얼음의 광야 한가운데에 얼음 바위들로 이뤄진 이정표 위에 서서 우리는 자랑스럽게 파란 바탕의 영국 국기를 들어올렸다.

37

카나리아

약속을 하는 것은 쉽지만 그 약속을 지키는 방법을 알아내는 것은 결코 쉬운 일이 아니다. 나 역시 무엇이든 약속할 수 있다. 케네디 대통령이 그랬던 것처럼 달에 인간을 보내겠다는 약속 같은 것도 할 수 있다. 여기까지는 쉬운 부분이다. 나사NASA의 고역은 이후에 뒤따르는 것이다.

내가 북극의 갈라지는 얼음 위에서 발견했던 새롭게 변화된 세계에 서서히 초점이 모아졌다. 정치적인 격변은 환경의 격변만큼이나 파격적이었다. 미샤는 소련 사람으로 '아이스워크'에 올랐다가 러시아인으로 돌아왔다. 아베드 푹스는 서독 사람으로 떠났다가 독일 사람으로 돌아왔다. 변함없는 것은 오직 변화뿐이었다.

나는 남극을 보호하기 위해 노력하기로 약속한 상태였다. 하지만 무엇으로부터? 어떠한 위협들이 있지? 나는 그 대륙 전체를 거대하고, 접근하기 어렵고, 아직은 더럽혀지지 않은 영역으로 생각하고 있었다. 무엇이 그걸 바꿀 것인가? 무엇이 그곳에 난입해서 훼손할 것 같은가? 어떤 것이 그곳을 망가뜨릴 가능성이 가장 높은가?

나는 나름의 혜안으로 미래를 내다봤다. 손쉽게 정답이 나왔다. 현대 산업의 게걸스러운 식욕으로 인해 세계의 귀중한 금속들과 희귀한 광물들이 감소하고 있었다. 예를 들면, 필수적인 알루미늄의 원광인 보크사이트는 한정된 자원을 대변했다. 석유 탐사의 망령에 각종 채굴까지 더하면 남극대륙은 인간의 모든 악행에 대해 저항력이 없는 것으로 보였다.

하지만 남극은 보호받고 있었다. 그렇지 않은가? 나는 남극조약체제ATS를 파고들어 1991년 ATS 조인국들이 스페인에서 새롭게 도출한 마드리드의정서Madrid Protocal, 공식적으로는 '남극조약환경의정서The Protocol on Environmental Protection to the Antarctic Treaty'를 읽고 또 읽었다.

그 의정서의 7조항은 꽤나 빈틈이 없어 보였다. "과학적 연구조사를 제외한, 광물자원과 관련된 그 어떤 활동도 금지한다." 나는 3조항의 표현법 또한 맘에 들었다.

남극의 환경 및 그에 의존하고 관련되는 생태계의 보호와 남극의 자연적, 미학적 가치는 물론이고 과학적 연구, 특히 지구 환경을 이해하는 데 필수적인 연구를 수행하기 위한 지역으로서의 가치를 포함한 남극의 고유한 가치는 남극조약이 정한 지역에서 그 어떤 활동이든 계획하고 수행함에 있어서 근본적인 고려의 대상이 되어야 한다.

이 조약은 상업적 개발의 손길을 차단함으로써 남극을 효과적으로 보존할 것이다. 하지만 톰 웨이츠Tom Waits가 노래하지 않았는가. "큰 글씨는 무언가를 주지만, 작은 글씨는 무언가를 빼앗아간다." 나는 마드리드의정서에서 불안감을 주는 조항을 발견했다. 이 모든 사항이 50년 동안만 효력이 있을 것이라는 내용의 조항이다. 이 기간이 지나면 제반 사항을 다시 검토한다는 얘기였다.

정확하게는 이렇게 표현되어 있다. "이 의정서의 발효일로부터 50년이 경과한 후 남극조약협의당사국 중 어느 한 국가라도 수탁국에 대한 통고를 통해 이 의정서의 운용을 재검토하기 위한 회의를 개최할 것을 요구하는 경우, 그러한 회의는 가능한 한 조속히 개최된다."

50년 1991년으로부터 50년 후인 2041년에 남극은 새로운 위험에 처하게 된다. 나는 나의 수정 구슬을 들여다보았다. 다음 반세기 동안 세계가 바뀌는 모습이 명확히 드러났다. 1991년과는 완전히 다른 곳으로 바뀔 수도 있었다.

내가 상상한 미래 세계는 쩍쩍거리며 입을 벌리는 아기 새들로 붐비는 새의 둥지와 같았다. 제발 석유 좀 더 주세요. 보크사이트 좀 더 주세요. 백금 좀 더 주세요. 구리 좀 더 주세요.

구리와 납, 아연, 금, 은이 남극반도에서 발견되었다. 지질학자들은 남극종단 산맥에서 저등급 석탄의 매장지를 찾아냈고, 론 빙붕과 필처 빙붕 인근의 펜사콜라 산맥에서는 크롬과 백금의 매장 징후도 발견했다. 또한 현지 조사를 통해 동남극에 철광석이 풍부한 것으로 드러났다.

역시 진정한 유혹은 석유가 될 것이다. 로스 해와 웨델 해, 그리고 사람들이 거의 찾지 않는 동쪽의 잉그리드크리스텐슨 해안의 프리즈 만에 형성된 퇴적분지들은 약탈적인 석유 지질학자들의 눈이 빛나도록 만들기에 충분할 수도 있다(석유 지질학자와 퇴적분지의 관계는 뱀파이어와 혈액은행의 관계와 같다). 지금까지는 그 누구도 그 정도로 무모하진 않거나 또는 자금이 부족해서 이 대륙의 어디서든 광범위한 분지 분석을 실행하지 않은 상태다.

내 귀에는 계속해서 〈남극의 스콧〉에 나왔던 뚱뚱한 상인의 목소리가 울려퍼지듯 들린다. "남극에 이곳 도시에서 필요로 할 만한 것이 뭐가 있습니까? 거기 석탄이라도 묻혀 있나요? 거기서 사다가 여기서 팔 수 있는 물건이 있기는 한가요?"

글쎄, 있을지도 모르는 것으로 드러나고 있다. 그리고 자원들이 고갈되는 미래 시대에는 어쩌면 비용편익비율의 변화로 인해 거기에 가서 가져오는 쪽으로 의견이 모아질 수도 있다.

그렇다면 나는 무엇을 어떻게 해야 하는가? 물질에 굶주린 눈길들이 남쪽으로 향하는 것을 막으려면, 남극을 매우 귀중한 광물들의 아직 손대지 못한 원천이라고 생각하지 못하게 하려면 말이다.

내가 할 수 있는 한 가지 방법은 세상 사람들의 머릿속에 2041년을 남극에 대한 결정이 내려지는 해로 인식시키는 것이었다. 가능한 한 많은 정책입안자들이 2041년에 대해 의식하게 되면, 어쩌면 마드리드의정서가 그대로 연장 운용될 것이고 남극대륙은 채굴이나 에너지 관련 이해관계에서 벗어난 곳이 될 수 있을 것이다.

'2041'을 하나의 신념으로 발전시키고, 상징으로 만들고, 비유적 문화요소로 변형시키는 것, 그것이 내가 할 일이었다.

어쨌든 내 생각이 그랬다. 이어서 나는 이 등식의 가장 중요한 요소인 '정책입안자들'에 대해 생각했다. 2041년에 마드리드의정서를 연장시키는 결정을 내릴 사람들은 누가 될 것인가? 난 그해가 되면 85세가 된다. 그때까지 내가 살아 있으면, 내가 내리는 대부분의 결정들은 자다가 몇 번 일어나서 소변을 볼 것인가 등과 같은 것들이 될 것이다.

2041년에는 '지금'의 젊은 사람들이 '그때'의 의사결정자들이 될 것이다. 지금의 젊은이들이 남극의 분수령이 되는 그해에 40이나 50, 또는 60대의 나이가 되어 핵심적인 결정을 내리는 리더 그룹을 형성할 것이다. 나의 강연을 듣는 젊은이들 중에서 어쩌면 2041년의 권력자 내지는 권위자가 나올 수도 있는 것이다.

결국 내 생각 사슬의 다음 고리는 30살 이하, 20살 이하, 10살 이하의 사람들에게 접근하는 방안으로 이어졌다. 그들을 이 행성의 마지막 자연을 보존하는 데 관심을 갖게 하는 것, 그들을 '2041'이라는 비유전적 문화요소로 고취시키는 것, 그래서 남극조약 운용에 대한 재검토의 시점이 올 때 그 결과가 사실상 자동적으로 나오게끔 만드는 것, 그것이 내가 할 일이었다.

대단한 것은 아니었다. 단지 지구 환경이라는 퍼즐의 작은 한 조각일 뿐이었다. 하지만 남극은 중요한 조각이었다. 수문학자(水文學者)들은 남극의 빙원이 전 세계의 90퍼센트에 달하는 얼음에 70퍼센트에 달하는 담수를 담고 있다고 추정한다. 그것의 작은 일부만 녹아도, 뉴욕 시와 런던, 홍콩, 케이프타운, 리우와는 작별인사를 나눠야 한다.

재생가능 에너지는 이렇게 남극의 보전과 직접적으로 연관된다. 따라서 재생가능 에너지 이용을 늘리는 것이 세계의 마지막 자연을 환경 악화로부터 구하기 위해 우리가 개인적으로 할 수 있는 구체적인 일이다. 온실가스 방출을 줄이는 것이 극지방을 극지방으로 존재할 수 있게 하는 유일한 방법이다.

난 언제나 지구를 '구한다'는 것이 터무니없는 오만의 예라고 생각해왔다. 사람이 더 이상 살 수 없을 정도로 망쳐놓더라도 지구는 여전히 그대로 존재할 것이고, 어쩌면 영화 〈월-E Wall-E〉에서처럼 튼튼한 바퀴벌레들은 살아남을 것이다. '우리의 행성을 구하자는 것'이나 '지구를 구하자는 것'은 결국 인간친화적인 터전을 보존하자는 것이다. 우리의 행성을 구하라. 우리의 지구를 구하라.

하지만 '남극을 구하라'는 두 마디의 표현은 말 그대로 받아들일 수 있다. 거대한 빙원 아래에는 울퉁불퉁한 해안선과 내륙 깊숙이 들어온 협만, 다채로운 섬들을 보유한 대륙이 존재한다.

지구의 기온이 상승할 대로 상승해 남극의 빙원이 모두 녹으면 그 대륙은 수면 아래로 사라질 것이다. 만약 우리가 지금 가는 이 길을 그대로 밟는다면, 비어드모어 빙하가 사라지고 스콧의 오두막이 물에 잠기는 일이 수백 년 안에 벌어질 것이다.

남극에 기록된 인간의 역사는 나에게는 씁쓸하면서도 달콤하다. 그 어느 대륙보다도 짧은 역사다. 1820년 1월 27일 파비안 폰 벨링스하우젠이 이끄는 러시아 탐험대가 남극반도에서 떨어진 디셉션 섬에서 넵튠의 창문Neptune's Window15을 통해 해안선을 처음 보았다는 내용이 최초의 기록이다.

그리고 얼마 지나지 않아 바다표범 사냥꾼들이 몽둥이와 총 그리고 칼을 들고 돈벌이를 위해 남극으로 쏟아져들어왔다. 1821~1822년은 바다표범의 개체 수가 상업상 멸종 상태에 이른, 바다표범 학살의 상징적 해다. 당시 전 세계적으로 바다표범을 쫓는 어선이 164척으로 최고 수위에 이르렀다(10년 후에는 오직 한 척의 바다표범 사냥 배만이 런던로이즈 보험자협회에 등록된다). 포경업자들은 디셉션 섬에 기지를 설치하고 가공 설비를 갖춘 배들을 투입해 20년에 걸쳐 수백만 마리의 바다표범과 100만이 넘는 고래들을 학살했다.

'상업상 멸종.' 이 얼마나 추악한 구절이고 또 얼마나 끔찍한 개념인가. 이 구절은 동물들을 너무 과도하게 많이 잡아서, 더 이상 남은 동물들을 찾는 게 상업적으로 이익이 되지 않는 상태라는 뜻이다. 이익의 미적분학은 난공불락이다. 잡아들여 얻는 이득보다 사냥에 들어가는 비용이 더 커지면, 그만둘 때라는 것이다.

상업상 멸종의 유일한 장점은 완전한 멸종에 비해 그나마 나은 상태라는 것이다. 여러 종들이, 특히 미국 들소가 상업적 멸종에 의해 완전 멸종을 피해갈 수 있었다.

바다표범 사냥꾼들이 그들의 사냥감을 쓸어간 다음에야, 탐험의 영웅 시대가 본격적으로 열렸다. 이어서 북극까지의 경주가 개시되었고, 다양한 대륙횡단과 비행 도전이 뒤를 따랐다. 그리고 지정학적인 힘겨루기가 전개되면서 결국 1959년 12월 1일 남극조약의 첫 번째 요소들을 이끌어낸 것이다.

세계의 극지는 종종 탄광 속의 카나리아로 비유된다. 적절한 비유가 아닐 수 없다. 다만 이 비유가 그것의 진정한 의미에 대한 고찰

없이 유포된다는 것이 문제다. 스팅Sting은 〈탄광 속의 카나리아Canary in a Coal Mine〉라는 노래까지 만들었다. 해당 문구는 구글에서 30만 횟수 이상 검색된 상태다.

탄광 속에 카나리아를 두는 관행은 독일의 베스트팔렌 탄광에서 시작되었다. 19세기와 20세기 초 광부들은 그렇게 새장에 가둔 카나리아들을 들고 탄갱에 들어갔다. 그 새들이 치명적인 가스를 광부들보다 먼저 감지했기 때문이다. 일종의 생물학적 조기경보 시스템으로 기능한 것이다.

카나리아는 울음소리가 아름다운 새다. 베스트팔렌 탄광에서도 원래 그 환상적인 노랫소리를 듣기 위해 그 새들을 키웠다. 광부들은 새들의 지저귐을 배경음악 삼아 일하는 부수적인 혜택까지 누렸다.

카나리아는 극도로 예민하다. 매직 마커Magic Marker와 같은 마크 펜의 뚜껑을 열어 옆에 놔두면, 그 작은 새는 거기서 나는 냄새를 맡고 기절한다. 탄광 안에 데려다놓은 카나리아는 독기를 맡으면 쓰러져 죽는 것으로 광부들에게 위험을 알린 것이다. 이 비유를 극지까지 확장하자면, 남극이 먼저 죽어야 우리가 전 세계에 닥친 위험을 깨닫게 된다는 의미다.

결국 극지는 우리 행성의 조기 경보 시스템을 구성하는 셈이다. 남극의 환경을 들여다보는 것은 미래를 내다보는 것과 같다. 지금 거기서 일어나는 일들이 앞으로 나머지 지구에 영향을 끼칠 것이다.

따라서 내가 2041 프로젝트에 노력을 기울이며 말하고 있던 것은, '카나리아를 살리자'는 얘기나 마찬가지였다. 하지만 관련된 모든 계획은 결국 카나리아에 관한 게 아니라 탄광에 관한 것이었다. 지구의 그 아래쪽보다는 전 세계에 관한 것이었다는 의미다.

바꿔 말하면, 남극에 대해 채굴이 허용되는 경우 세계의 카나리아가 말 그대로 세계의 탄광으로 변할 수도 있었다. 웨스트버지니아 주의 산들을 여행해보면 무책임한 개발이 환경에 무슨 짓을 벌여놓았는지 확인할 수 있다. 오스트레일리아보다 크지만 산호초보다 약한 남극대륙 전체에 걸쳐 그런 일이 벌어진다면 어떠할지 상상해보라.

1990년 UN 환경계획United Nations Environment Program이 수여하는 '글로벌 500' 상[16]을 받으러 브뤼셀에 갔을 때, 나는 특히 그 아이디어를 강조했다. 마거릿 대처Margaret Thatcher도 같은 해에, 공식적으로 '환경 관련 업적에 대한 표창장Roll of Honor for Environmental Achievement'이라 불리는 그 상을 수상했다.

세계 사회의 능동적인 참여자로서 각자의 독특한 방법으로 지구 생명체의 운명에 영향을 미친 개인이나 단체에 글로벌 수상자라는 영예로운 지위를 부여한다.

이것은 순전한 명예 상이었다. 상금이라도 좀 있으면 활동에 더욱 보탬이 될 텐데…. 그러한 칭찬은 영국의 속담마따나 누이의 키스와 같았다. 애정과 다정함이 가득 담겼지만 그것으로는 아무것도 할 수 없는 그런 것 말이다. 하지만 그 브뤼셀 행사는 가장 기억에 남는 일로 내게 남았다. 자크 쿠스토와 많은 시간을 보낼 수 있었기 때문이다.

나는 전에 피터 스콧 경의 주선으로 유네스코 본부를 방문해 그 위대한 해양학자이자 환경운동가를 잠깐 만났었다. 젊은 사람들에게 쿠스토가 20세기 후반 이 세상에 얼마나 중요한 영향을 끼쳤는지 설명하는 것은 쉽지 않다. 그는 존 뮤어John Muir 이후 환경보호 활동가로는 처음으로 세계적인 명성을 쌓은 인물이었다. 하지만 그 이름을 20세 이하의 학생들에게 말해보라. 그저 멍한 눈으로 빤히 쳐다볼 게 분명하다.

브뤼셀에서 우리는 돈독한 유대를 쌓았다. 피터 스콧 경이 죽은 지 얼마 안 된 시점이었다. 쿠스토는 야생과 환경 보존에 그토록 많은 기여를 한 피터 스콧 경을 기리기 위해 열성적인 노력을 기울였다. 나에 대한 멘토링도 그런 노력의 일환이었다.

벨기에의 한 댄스홀에서 '글로벌 500' 수상자들을 축하하기 위한 호화로운 피로연이 열렸다. 쿠스토와 내가 거대한 케이크를 자르는 의식의 주연으로 뽑혀 카메라 세례를 받았다. 어색하고 불편한 느낌이 밀려왔지만, 그가 유럽인 특유의 부드러운 태도로 나의 긴장을 다소 풀어줬다. 그는 늘 폴로 넥 스웨터에 청색 리넨 블레이저를 차려입는 우아한 인물이었다.

행사가 끝난 후 우리는 따로 자리를 갖고 대화를 나눴다. 여전히 긴장하지 않을 수 없었다. 쿠스토는 나의 영웅 중 한 명이었다. 수중 호흡장치인 수중폐aqua-lung의 공동발명가라는 사실 하나만으로도 경외심을 불러일으키기에 충분했다. 청소년 시절 나는 그 수중폐를 처음으로 물 밑에서 테스트할 때 얼마나 많은 용기가 필요했을지 종종 상상해보곤 했다.

예전에 그가 내게 해준 조언이 크게 도움이 되었다고 그에게 말했다. '아이스워크'는 내가 장기 목표를 증진시키기 위해 취한 단기 미션이었다. 나는 남극대륙의 보호에 대한 내 의견을 밝히며 2041년의 중요성에 대해 설명했다.

그는 걱정스런 표정을 지었다. "나는 우리에게 그만큼 많은 시간이 주어질 런지 의심스럽다네." 그가 프랑스 억양의 완벽한 영어로 말했다.

그날 쿠스토의 눈에 비쳤던 그 불안감이 나에게 각인되었다. 나는 이후 환경 악화나 기후변화의 영향을 연구하는 과학자들이나 연구원들과 대화를 나눌 때마다 그와 동일한 표정을 접하곤 했다.

극지와 더불어, 바다는 또 다른 종류의 탄광 속 카나리아다. 바다는 인간의 무모함과 방탕함을 기압계가 기압을 보여주듯이 명확하게 나타낸다. 쿠스토는 바다에서 어떠한 일들이 벌어지고 있는지 직접 보았고, 그래서 그렇게 쫓기는 듯한 불안감을 눈에 비쳤던 것이다.

'아이스워크'의 경험 이후 그리고 '글로벌 500' 수상과 쿠스토의 격려에 힘입어, 나는 보다 넓은 세계에 극지 환경에 대한 나의 우려를 알리기로 결심했다. 20세기 정치 지도자들의 가장 중요한 모임 중 하나에서, 나는 바로 그렇게 할 수 있는 기회를 얻었다.

38

리우

"세계의 지도자 여러분, 분위기 좀 살려주십시오!"

1992년 리우데자네이루, 나는 최초의 UN 지구정상회담^{Earth Summit 17}을 위해 그 자리에 모인 108명의 각국 대통령과 수상들 앞에 섰다. 최초가 아니라면 적어도 1972년 6월 스톡홀름에서 개최되었던 인간 환경회의^{Human Environment}에서 험악한 대화를 나눈 이후 20년 만에 처음 으로 세계 각국의 정상들이 환경문제를 논의하기 위해 한자리에 모인 것이다.

나는 청중들을 둘러보았다. 하나같이 침울한 표정이었다. 애초에 그 자리에 있기를 원한 사람은 아무도 없었다는 것을 그들의 표정에서 읽을 수 있었다. 존 메이저^{John Major} 영국 총리와 헬무트 콜^{Helmut Kohl} 독일 수상의 얼굴이 보였다. 재선 선거운동 와중에 참석한 조지 H. W. 부시^{George H. W. Bush} 미국 대통령은 기후변화 정책에 대한 지지에 난

색을 표함으로써 회담 참가자들의 연대를 와해시키고 있었다. 그들과 달리 나는 자진해서 그 자리에 선 참가자였고, 매우 바람직한 행사라고 생각하는 사람 중 한 명이었다.

나를 지구정상회담에 초청한 사람이 다름 아닌 철의 여인 마거릿 대처 전 영국 총리라는 사실은 내 입지를 공고히 하는 데 도움이 되었다. 1989년 5월 '아이스워크'에서 돌아온 후 나는 당시 영국 총리의 부름을 받고 다우닝 가 10번지(영국 총리의 공식 관저)를 방문했다. 그때 찍었던 사진 속의 나는 극지에서 갓 귀환한 사람의 어리벙벙한 표정에 당황한 기색이 역력한 모습이었다. 내가 반바지 차림이었던 것에 반해 공식 석상에 나서도 좋을 만한 완벽한 차림새의 대처 총리가 특유의 완고한 미소를 머금은 채 내 옆에 나란히 섰다.

"로버트, 리우에 가야 할 사람은 바로 당신이에요." 대처가 나에게 한 말이다.

물론 나는 속으로 환호성을 질렀다. '와우, 환상적인데다 배려심까지 깊은 숙녀분이 아닌가.' 마침 휴가가 절실하던 내게 등을 떠밀어줬기에 하는 말이다. 리우데자네이루는 휴가지로 더할 나위 없지 않은가. 멋진 해변은 말할 것도 없었다.

멋진 휴가를 즐길 수 있다는 꿈이 현실로 다가온 것은 그로부터 1년 후였다. 영국 정부에서 내게 지구정상회담 공식 초청장을 발송한 것이다. 꽤 두꺼운 봉투의 정부 공식 우편물이었다. 영국의 총리는 마거릿 대처에서 존 메이저로 바뀐 상태였다.

지구정상회담, 공식명칭은 환경 및 개발에 관한 UN 회의이며 일명 '에코Eco '92' 또는 '리우정상회담'이라고도 불렸다. 172개 국가가 참여해 기후변화에 대한 논의를 벌이게 될 터였다. 관 모양의 철강과 유리 창문으로 외관을 꾸민 리우 센트럴Rio Central의 회의장은 말끔히 단장을 마치고 우리를 맞이했다.

지구정상회담과 동시에 개최된 글로벌포럼Global Forum에는 그린피스와 세계자연기금World Wildlife Fund을 비롯한 수백여 NGO 단체에서 파견한 2,400명의 대표단과 1만 7,000명의 지지자들이 참가했다.

이들은 회의의 반쪽을 이루는 비공식 집단이었으며 회담장의 진지한 표정 일색의 지도자들보다는 약간 다채로운 양상을 보였다. 그리스 신화에 나오는 대지의 여신의 이름을 딴 바이킹 함선 '가이아'가 항구에 정박해 있었다. 함선에는 수천 명의 어린이들이 쓴 편지가 실려 있었는데, 모두 환경을 보호하겠다는 나름의 약속을 담은 내용이었다.

규모와 관심도 측면에서 전례를 찾을 수 없는 UN 회의였다. 공식적으로 나는 청소년을 위한 특별한 책무를 수행하는 UN 친선대사이자 유네스코 사무총장의 특사 자격으로 회담에 참석했다. 그곳에서는 '특별'이란 단어가 붙으면 위상이 달라지는 것처럼 보였다.

'글로벌 500' 상과 마찬가지로 그 모든 직함은 순전한 명예직이었다. 그러나 당시만 해도 태동 단계에 불과했던 2041 프로젝트가 지향하는 바에 약간의 무게는 실어줬다.

그 중요성을 일깨워준 사람은 나의 어머니 엠이었다. "로버트, 지금까지의 네가 누구도 들어주지 않는 광야에서 지구온난화와 환경 문제를 부르짖는 세례 요한이었다면 이제는 세상 속으로 들어온 셈이구나. 마침내 세상 사람들이 너와 함께 보조를 맞추게 되었으니 멋진 일이지 않니?"

내가 리우정상회담의 연단에 선 것은 자크 쿠스토의 입김과 '글로벌 500' 수상자라는 사실 덕분이었다. 그렇게 나는 일요일 아침 세계 각국의 대통령과 수상, 통치자들로 구성된 청중 앞에서 5분간 연설을 하게 되었다.

"세계의 지도자 여러분, 분위기 좀 살려주십시오!"

아무런 반응이 없었다. 그날의 청중들은 비어드모어의 바람만큼이나 싸늘했다. 내 농담은 어떤 호응도 얻지 못했다. 내 생애 가장 버거운 청중이었다. 당황스러움에 얼굴이 벌겋게 달아올랐고 입은 바싹 타들어갔다. 무척이나 긴 5분이 흐르고 있었다. 통역이 진행되는 중간중간 내가 해야 할 말을 잊는 건 아닐까 걱정이 되기도 했다. 다시 없을 소중한 기회를 내가 날려버리는 것은 아닐까.

놀랍게도 아무도 눈치채지 못한 듯했다. 식은땀에 흠뻑 젖어 리우센트럴의 연단을 내려서면서는 내가 환경운동을 수년쯤 퇴보시키고 말았다는 확신까지 들었다. 그러나 몇몇 사람들이 나에게 축하 인사를 건넸다. 미소를 지어 보이고 고개를 끄덕이는 사람도 있었다.

그제야 나는 UN의 회의는 브로드웨이나 웨스트엔드가 아니라는 사실을 깨달았다. 그 자리에서는 굳이 영화 업계에서 통용되는 용어로 '죽여줄' 필요까지는 없었다는 얘기다. UN 총회 단상에서 발을 구르며 열변을 토해냈던 니키타 흐루시초프Nikita Krushchev의 일화에도 불구하고 UN이 반드시 웅변의 극치를 보여줘야 할 자리는 아니었던 모양이다.

하지만 나는 스스로에게 실망했다. 리우는 2041의 목표를 달성하는 데 필수적인 모종의 국제적 협력을 대변하는 자리라고 믿고 있었기 때문이다. 지구정상회담에서 거론된 계획들이 결국 훗날 온실가스 배출량을 규제하는 교토의정서로 이어지지 않았던가.

하지만 교토의정서라는 그 놀라운 성취는 기후 통제라는 문제의 정치적 측면에서 어두운 이면을 드러냈다. 미국 의회를 필두로 조지 W. 부시 대통령까지 교토의정서의 인준을 거부했다. 세계 최대의 온실가스 배출 국가가 그것을 조절하기 위해 고안된 국제협약에 서명하기를 거부한 것이다.

리우회담을 계기로 나의 신념은 더욱 확고해졌다. 남극을 '보호하기 위해 내가 할 수 있는 모든 것을 다 하겠다'는 약속을 이행하겠다는 신념 말이다. 단순히 남극대륙에 국한된 문제가 아니라 전 지구적 차원의 문제로 접근해야만 했다. 남극대륙 전체에 중국의 만리장성 같은 것을 쌓아 접근을 막는다손 치더라도 지구의 다른 곳에서 야기한 기후변화가 극지 환경을 지속적으로 훼손한다면 무용지물이 되고 말 터였다.

"세계적으로 생각하고 지역적으로 행동하라Think global, act local." 영어로는 다소 문법에서 벗어난 이 문장이 지구정상회담의 표어가 되었다. 또한 지속가능성이라는 개념이 처음으로 형성되었다는 것도 리우회담의 성과 중 하나다. 나는 지속가능성을 내 인생의 핵심적 이상으로 삼았다.

물론 그 단어는 오래전부터 여기저기서 사용되었다. 다만 '지속가능한 개발'이 지구정상회담에서 특징적 문구로 자리 잡으며 관련 개념이 정립되었다는 얘기다. UN의 특징적 문구가 되면 관련 연구를 진행하고 육성하며 진척 정도를 총회에 보고하는 위원회가 조직되는 법이다.

나는 지구정상회담 이후 지속가능성이란 개념에 대해 많은 생각을 했다. 지속가능성은 견고한 논리를 내포하는 반면 동시에 거의 본능에 가까운 거부감을 일으키는 개념이다.

직접 시험해보면 알 것이다. '지속가능한' 또는 '지속가능성'이란 단어를 대화 중에 끼워넣으면 듣고 있던 사람들은 즉각적으로 잠에 빠져들 것이다. 한순간 표정이 멍해질 것이며 초점을 잃은 눈동자들만 남을 것이다.

그 이유는 그 개념에 책임감이란 의미가 수반되기 때문이라는 것이 내 생각이다. 인간의 모든 행동에 대한 시간적, 공간적 영향을 인지할 것을 요구하는 개념이기 때문이다.

방에 불을 환하게 켜둔 채 나가버리는 것은 무심한 일상적인 행동일 수 있다. 사소하고 무의미한 행동으로 보일 것이다. 하지만 지속가능성 개념이 개입되면 그 단순한 행동마저 시공을 확대해 생각할 것을 요구한다. 일상적이고 무심한 행동이 리우나 캘커타 또는 남극에 다음 주, 다음 해 또는 먼 미래에 어떤 영향을 미칠지 검토할 것을 요구한다는 얘기다. 상호 연결된 세상에서 사소하고 무의미한 것은 '아무것도 없다'.

북극해의 얼음 위에서 나는 수백만 명이 불을 켜둔 채 방을 나가버리는 행동의 영향을 직접 목격한 바 있었다. 차를 몰고 식료품점까지 가서 우유 한 통을 사오고 대형 SUV를 구매하고 발전소에서 석탄을 태우는 등의 일상적이고도 무심한 우리의 행동이 가장 먼저

유의미한 결과로 나타나는 곳이 바로 북극과 남극이었다.

지속가능성에는 적지 않은 부담이 따른다. 이전에는 분석할 필요가 없었던 것들에 대해 꽤나 귀찮은 분석 작업을 수행해야 하기 때문이다. 엄청난 골칫거리가 아닐 수 없다. 바로 그것이 내가 어디를 가나 맞닥뜨려야 했던 지속가능성이란 개념에 대한 반사적 거부감의 원천인 셈이었다.

환경운동이라 하면 처음부터 무언가를 '해야 한다'고 생각하는 것이 문제였다. 이것도 해야 하고 저것도 해야 한다고 생각들 하지 않는가 말이다. 그래서 환경운동가들을 잔소리가 심하고 이것저것 촉구하고 금지하기를 좋아하는 사람들로 치부하는 경향이 생긴 것이다. 그렇게 부정적인 인식을 주면서 사람들에게 동기를 유발할 수는 없는 법이다. 따라서 '해야만 하는 행동'이라는 사고방식을 어떻게든 '할 수 있는 행동'이라는 결의로 진일보시킬 필요가 있었다.

지속가능성이라는 이미 불안정한 그 절대적 개념에 내가 개인적으로 기여한 바는 그것을 더욱 복잡하게 만든 것이다. 리우정상회담에서 그 모든 멋지고 고귀한 활동을(그리고 그 와중에 벌어진 괴팍한 정치적 전투까지) 체험한 이후 우리에게 필요한 것은 지속가능한 리더십이라는 데에 생각이 미쳤다. 지구정상회담이 개최되는 기간 동안, 그 자리에서는 수많은 논의가 이뤄지지만 각자의 고국으로 돌아간 이후에는 그 동력이 서서히 소멸되고 말 것이라는 끔찍한 느낌이 들었다.

인간에 의한 기후변화의 중단과 같은 장기적인 글로벌 목표에 도달하기 위해서는 지속적인 정책 실현과 장기적인 참여가 무엇보다 절실했다. 거창하게 회담만 하고 관심은 다른 곳으로 돌리도록 방관할 수 없었다.

2041년에 초점을 맞추는 것으로 나는 이미 남극 보호와 보존이라는 목표를 이루려면 수십여 년에 걸쳐 노력을 기울여야 한다는 사실을 인정한 셈이다. 나는 지금까지의 탐험 여정을 통해 지속가능한 리더십을 목도한 바 있다. 로저 미어와 미샤 말라코프가 한 일은 험난한 하루하루가 계속되는 중에도 노력을 지속시킨 것이다. 극지에서 한눈을 판다는 것은 곧 실패 또는 극단적인 경우 죽음을 의미했다.

제대로 인식하지도 못하는 사이에 나는 지속가능한 리더십을 배우는 학생이 되어 있었다. 미어와 미샤를 가까이에서 지켜보지 않았던가. '스콧의 발자취'와 '아이스워크' 여정에 올랐던 수년간 나는 어떻게 하면 되고 어떻게 하면 안 되는지를 내 눈으로 직접 보고 경험했다. 나는 두 개의 탐험 여정을 모두 지속시킬 수 있었다. 역경과 좌절 그리고 일련의 사고에도 불구하고 말이다.

지속가능성이라는 개념 안에는 숨겨진 흥미로운 질문이 있다. 팀을 성공시키는 데 필요한 것은 무엇인가? 하나의 목표를 추구하는 한 무리의 사람들이 있다고 하자. 어떤 목표든 상관없다. 스포츠 경기의 우승일 수도 있고 분기수익률 달성일 수도 있다. 물론 극점까지 걸어가는 것이 목표일 수도 있을 것이다. 다른 팀은 그러지 못하는데 어느 한 팀은 성공을 거둘 수 있다면 그 팀의 성공 요인은 무엇인가? 인간의 상호작용에 존재하는 수많은 변수 중에 어느 것이 가장 중요한가? 도움이 되는 것은 어떤 것인가? 그렇지 않은 것은 무엇인가? 우리를 지탱하는 것은 무엇인가?

'지속시키다sustain'라는 단어는 '아래under'와 '붙잡다to hold'라는 의미의 라틴어에서 어원을 찾을 수 있다. 기초와 기반을 이루는 것이라는 얘기다. 독자들의 눈동자가 머리 뒤로 넘어가고 코고는 소리가 들려올지도 모를 위험을 감수하면서까지 이렇게 명료하게 서술하기는 정말 싫지만, 지속가능성이라는 단 한 가지 개념이 모든 것의 열쇠다. '아이스워크'와 '스콧의 발자취'에서 내가 경험한 바로는 분명 그렇다. 그리고 그것이 2041의 궁극적 성공에도 필수적인 것으로 입증되리라 믿어 의심치 않는다.

1992년 리우데자네이루에서 나는 친선대사로서 그리고 '세계적 생각과 지역적 행동' 정신에 입각해 전 세계의 지도자들과 함께 젊은이를 위한 두 가지 계획을 창출한다는 성명서에 서명했다. 젊은이들을 위해 한 개의 글로벌 미션과 한 개의 로컬 미션을 수행한다는 것이었다. 글로벌 미션은 전 세계적인 쟁점이나 문제점을 다루게 될 것이고 로컬 미션은 2002년 차기 지구정상회담의 개최지가 될 남아프리카공화국의 요하네스버그를 근거지로 삼을 것이다.

내가 모든 참가자들 앞에서 서툰 연설을 마친 이후 유네스코의 수장인 무스타파 톨바Mustafa Tolba 박사가 모종의 내실 모임으로 나를 안내했다. 그의 뒤를 따르며 담배 연기가 자욱한 서재 공간 정도를 상상했다. 진짜 중요한 의사결정이 이뤄지는 방이었다. 하나같이 고급 정장을 차려입은 사람들 속에서 나는 전혀 자리에 어울리지 않는 사람이었다. 방 한쪽으로 부시 대통령과 헬무트 콜 수상의 모습이 보였다.

톨바 박사는 나를 존 메이저 총리에게 소개했다. 그리고 내가 젊은이들을 위한 두 가지 계획을 창출하기로 공표했다고 언급했다. "글로벌 미션 한 가지와 로컬 미션 한 가지입니다." 톨바 박사가 미소를 머금고 고개를 끄덕이며 말했다. 메이저 총리도 고개를 끄덕여 보였다. 나는 그 자리에 우두커니 서 있었다. 아무 말 없이 불편해하면서, 흡사 팁을 기대하는 웨이터처럼 서 있기만 했다.

영국 총리는 산만한 표정으로 주위를 둘러보았다. 마치 '로버트, 아직도 안 가고 뭐해?'라고 말하는 것 같은 표정이었다. 마침내 그가 한 말은 이러했다. "계속 노력해주세요. 다음 정상회담에서 다시 만납시다."

영국의 지도자가 내 손을 잡고 내 눈을 똑바로 쳐다보고 있는 상황이라면, 더구나 미국의 대통령과 독일의 수상이 그 뒤에 버티고 서 있는 자리라면 나에게 허락된 행동방침은 오직 한 가지였다.

바로 "네, 알겠습니다"라고 대답하는 것이다. BBC 방송의 프로그램 제목처럼 "네, 총리님"이라는 대답 외에 달리 선택의 여지는 없었다.

그러나 실제로 내 머릿속에 든 생각은 이랬다. '이제 꼼짝없이 몰렸군. 언젠가는 입 다물고 있는 법을 터득할 날이 오겠지.' 갚아야 할 빚이 여전히 남아 있었음에도 나는 또다시 엄청난 약속을 하고 말았다.

나는 특급 지도자들의 모임 장소에 조금 더 머물렀다. 물 밖으로 나온 물고기처럼, 누군가 다가와 "자금이 필요할 텐데 우리가 손 좀 써줄까요"라고 말해주길 기대하면서 말이다.

그런 요행은 일어나지 않았다. 이제 나는 글로벌 미션과 로컬 미션 한 가지씩을 내놓아야 할 상황에 처했다. 그러나 그 전에 실패부터 맛봐야 했다. 그것도 땅에 떨어지고 내 생애 처음으로 극지 탐험을 포기해야 했던 아주 큰 실패였다.

39

바니

'스콧의 발자취' 이후 '아이스워크'와 리우정상회담에 이르기까지, 나는 두 개의 삶을 살고 있었다. 각기 다른 두 존재 위에서 균형을 유지하고 있는 상황이었다. 밥 딜런이 그린 잊을 수 없는 이미지로 표현한다면 '와인 병 위에 올려놓은 매트리스처럼' 살았다고 해야 할 것이다.

한쪽은 일상적이고 평범한 삶이었다. 잠에서 깨어나고 다시 잠들고, 먹고 마시는 일상 말이다. 또 다른 한쪽은(이 삶이 매트리스 쪽에 가깝다) 탐험을 위한 노력 그리고 그것을 위한 모금과 강의 활동이 주가 되는 삶이었다.

극점을 향해 걸어가는 데 필요한 자금을 모금하는 일은 실제로 걸어가는 일보다 더 힘겨웠다. 내가 하는 일의 가장 큰 후원자는 언제나 나 자신이었다. 탐험에 오르기 위해 파산 상태까지 갔다가 다시 조금 회복하기를 끊임없이 반복했다. 그런 종류의 불량한 품행을 멈추지 않았으니 개인적이고 가정적인 존재의 틀에서 안정을 누릴 리 만무했다. 나의 두 삶은 서로 불편한 관계를 유지하며 존재했다.

전문적인 측면에서 리더십을 유지하려고 애쓰다 보니 나는 일관성이나 온전한 정신과 닮은 그 어떤 것과도 사적이고 일상적인 관계를 지속시킬 수 없었다. 하나를 위해 다른 하나를 희생시킬 수밖에 없었다.

18마일 벽의 체험은 내 전문적인 삶에서 훌륭한 성장의 계기가 되어줬다. 나는 언제나 전면전의 태세에 돌입해 있었다. 그러나 그것은 개인적이고 평범한 삶의 존재에게는 생지옥과 다름없었다. 나는 너무도 빈번히 사적인 와인 병 위에 공적인 삶을 올려놓고 균형을 잡으려고 애썼다. 거기서 생기는 스트레스는 와인으로 달랬다. 레드 와인이든 화이트 와인이든 가리지 않고.

"브랜디는 어떻게 준비해드릴까요, 손님?" 영화 〈빅슬립The Big Sleep〉에서 찰스 왈드론Charles Waldron이 했던 대사다.

"큰 잔에." 험프리 보가트Humphrey Bogart의 답이었다.

그때의 내가 꼭 그랬다. 1980년 대학을 졸업한 후 1992년 리우데자네이루까지 12년 동안 줄곧 폭풍 속에서 살아온 느낌이었다. 두 가지의 상반되는 질문이 언제나 나를 따라다녔다.

어떻게 하면 계속 갈 수 있을까?

어떻게 하면 멈출 수 있을까?

어떻게 하면 탐험과 채무, 모금활동, 강의, 공인 생활을 탈 없이 관리할 수 있을까?

어떻게 하면 모든 것을 내려놓고 물러날 수 있을까?

나는 유쾌함과 피곤함을 동시에 느끼고 있었다. 그것도 지속적으로 말이다.

리우데자네이루에서는 뜻밖의 일도 있었다. 아주 오래전에 알던 옛 친구를 만난 것이다. 런던 출신의 니키 베그Nicky Begg는 오랜 기간 환경운동가로 활동해왔으며 마침 같은 시기에 리우정상회담이 열리는 그곳을 찾았다가 나를 만났다. 우리는 서로 그동안 살아온 이야기를 나눴다. 물론 와인 잔을 기울이면서. 그리고 이듬해 우리 두 사람은 결혼했다.

나는 폭풍 속에서 나를 단단히 고정시킬 무언가가 필요하다고 생각했다. 바로 그 시점에서 나를 붙잡아줄 무언가를 원했던 것이다. 니키는 그런 앵커가 되기에 충분한 용기와 애정을 지닌 여성이었다.

아주 서서히, 보이진 않지만 끈덕지게 나를 지배하는 내 인생의 역류를 인식하게 되었다. 나는 그것을 조금씩 느끼기 시작했다. '저주'라고 하기엔 다소 지나친 면이 없지 않지만 남극에서 많은 시간을 보낸 사람에게 잔재하는 떨쳐낼 수 없는 그 무엇이었다. 남극대륙의 황량함이 내 안에 자리 잡은 느낌이었다.

온대지역 생활의 안락함은 혹독한 현실로부터 자아를 격리하는 일종의 완충장치 역할을 할 수 있다. 따뜻한 바람과 조용히 내리는 비, 너그러운 인심. 분명 인간 종에게 안성맞춤인 특정 위도 지역이 존재한다.

남극은 그런 완충장치를 사정없이 제거해버린다. 한스 크리스티안 안데르센Hans Christian Andersen의 동화 《눈의 여왕The Snow Queen》에서 카이의 눈에 박힌 악마의 거울 조각처럼 남극의 작은 파편은 영구적으로 당신의 시각에 영향력을 행사할 수 있다. 남극에서 경험한 실존적 도전은 그곳을 떠난 후에도 오랫동안 당신 안에 잔재한다. 그리고 점점 침울한 성향을 갖게 만든다.

적어도 나는 그랬다. 나는 그곳을 애써 멀리했다. 꽤 긴 시간 동안 나는 극지로부터 멀리 떨어진 보다 따뜻한 기후 지대에서 탐험 여정에 오를 수 있는 기회를 모색했다. 니키와 함께 시간을 보내며 18마일 지점으로부터 속도를 줄이기 위해 노력했고, 평범하고 단조로운 일상을 추구했다. 그러나 무언가 잘못되고 있었다. 나는 끊임없이 술을 퍼마시고 있었다.

그러다 1994년에 이르러 모든 것이 바뀌었다. 아들 바니가 태어났다. 더럼 대학 시절 절친했던 친구, 바니 개스턴Barney Gaston의 이름을 따 바너비 스윈Barnaby Swan이라고 이름을 지었다. 당시 우리 집이 바너드 성에서 가까웠던 것도 내 아들이 바너비 스윈이 되는 데 한몫했다. 전 세계에서 내가 가장 좋아하는 장소 중 한 곳인 바너드 성은 티즈 강의 북쪽 둑에 위치한 웅장한 12세기 건물의 잔해다.

아들은 영광의 구름을 이끌고 우리를 찾아왔다. 나는 바니로 인해 보호 본능에 기반을 둔 격렬한 애정에 동기를 부여받았다. 아들의 탄생은 내가 무엇을 위해 그 모든 일을 하고 있었는지 깨닫게 해줬다. 그때까지 결코 경험하지 못한 방식으로 그랬다.

또한 바니 덕분에 나의 음주 습관에 문제가 있음을 인지할 수 있었다. 나는 아들을 위해 내가 할 수 있는 한 최고가 되어주고 싶었지만 폭음에 빠지는 행동방식이 그것을 가로막고 있었다. 나는 나의 음주벽이 가정에 어떤 영향을 미쳤는지 잘 알고 있었다. 전형적인 영국식 해결책은 남몰래 그런 고통을 견디는 것이었다. 그러나 나는 혼자서 이겨낼 자신이 없었다.

그래서 도움을 요청했다. 내가 만난 전문가는 마크 피시Mark Fish라는 매우 똑똑한 카운슬러였다. 상담 첫째 날 그는 내 말을 들으려 하지도 않았다. 입을 떼기도 전에 손을 들어 나를 가로막았다.

"로버트, 우리가 본격적인 대화를 나누기 전에 당신이 해줬으면 하는 일이 있습니다." 그가 말했다. "모퉁이에 서점이 하나 있어요. 그곳에 가서 1995년판 《기네스북Guinness Book of Records》 한 권을 사세요."

나는 그를 멍하니 쳐다봤다. 지금 당장 말인가?

"어서요." 그가 말했다. "책을 사서 178페이지를 읽어보세요. 오늘 우리가 할 일은 그게 답니다."

나는 이래놓고도 하루치 상담료를 다 받을 것인지 궁금해하며 서점으로 향했다. 서점에서 기네스북을 펼쳐 들고 그가 말한 페이지를 읽었다. 사실 나는 거기에 어떤 내용이 있을지 이미 짐작하고 있었다. "최초로 북극점과 남극점 둘 다를 걸어서 정복한 인물: 로버트 스원."

다음 번 마크 피시를 만났을 때 그는 자신의 지시를 이행했는지 나에게 물었고 나는 그렇게 했다고 대답했다.

"그런데요?" 그가 말했다.

"그런데 뭐 말입니까?" 약간 당혹스러워하며 내가 되물었다. 상담 치료가 이런 것이라면 그 자리에 계속 있을 필요가 없다는 생각도 들었다.

"그래요, 로버트. 당신은 이미 해냈어요."

"맞습니다." 내가 말했다.

"아니, 아니요." 그가 말했다. 그리고 또박또박 힘주어 이렇게 말했다. "당신은 이미 해냈다고요."

"그렇죠." 내가 말했다. 여전히 무슨 말을 하는 것인지 감이 잡히지 않았다.

"당신은 해냈습니다." 마크 피시가 다시 한 번 말했다.

"맞습니다." 내가 말했다.

"그런데 왜 여전히 그 일을 하고 있는 것처럼 행동하는 거죠?"

그 순간 이후로 나는 내 안에 잔재하던 특정한 장애물을 제거하는 과정에 돌입했다. 알코올이라는 장애물이었다. 피시는 18마일에 대한 나의 강박증도 어김없이 날려버렸다. 언제나 상대방보다 잘해야 하고 도전에 성공해야 한다는 강박증 말이다. 그는 내가 스스로의 구속에서 벗어날 수 있도록 도움을 주었다.

도움을 너무 늦게 받은 탓에 결혼 생활은 유지할 수 없었지만 맨정신을 유지할 수 있게 된 덕분에 최소한 니키와 나 사이의 우정은 지켜낼 수 있었다. 니키는 호주로 이사를 했고 재혼도 했다. 그러나 우리 두 사람 사이에서 태어난 아이를 위해 나는 그녀와의 친분을 유지했다. 새롭게 정신을 차린 후 나는 나 자신에게 맹세했다. 아들 바니에게 내가 할 수 있는 한 최고의 아빠가 되겠다고 다짐했다. 내가 이 세상 어디에 있든, 그리고 바니가 어디에 있든.

당시 나에게 도움을 준 두 명의 친구가 있다. 내가 살아온 인생에서 그 두 사람은 언제나 충직한 친구였다. 사만타Samantha는 '아이스워크' 이후 알게 되었고 라비니아Lavinia는 그보다 훨씬 오래전인 내가 12살 때부터 알던 친구다. 넘치는 사랑으로 지지를 아끼지 않는 그 둘은 내 인생에서 무척이나 중요한 사람들이다. 두 사람 모두 내가 특정한 무엇에 너무나 몰두한 나머지 바로 코앞도 분간하지 못하는 상황에 처할 때마다 잠시 하던 일을 멈추고 생각을 하도록 만들어주는 수고를 마다하지 않는다.

"로버트, 지난 수년간 네가 해왔던 일들을 생각해봐." 내가 온갖 불평불만을 털어놓을 때면 라비니아는 이렇게 말하곤 했다. "잠깐만이라도 앞으로 나아가는 걸 멈춰봐. 그리고 네가 팀을 위해 성취한 것들을 둘러보란 말이야."

사만타와 라비니아는 내가 균형 잡힌 시각을 유지하도록 도움을 준다. 그것은 리더가 아닌 누구에게라도 중요하겠지만 리더에게는 특히 더 중요하다. 반드시 성공을 자축하고 성과를 기념해야 한다. 그렇게 하지 않으면 그 시절의 나처럼 되고 만다. 18마일의 벽에 부딪히고 빠져나올 방법을 술에서 찾게 될 것이란 얘기다.

BBC 방송국에서 나를 토크쇼에 초대해 알코올 중독을 이겨낸 경험담을 털어놓게 했다. 그 한 번의 방송 출연으로 내가 받은 편지와 이메일들이 '스콧의 발자취'와 '아이스워크'에 대한 인터뷰 이후 받았던 것들보다 훨씬 많았다.

"이런 문제가 있을 때는 도움을 요청해서 지원을 받는 것이 매우 중요합니다." 또렷한 시선으로 카메라를 응시하며 내가 했던 말이다. 오늘날의 기준으로 본다면 그다지 계시적이라 할 수 없는 말이지만 당시 영국의 상황에서는 사람들에게 상기시켜줄 필요가 있는 말이었다. 도움을 요청하는 것은 겁쟁이나 실패자들이나 하는 일이라는 것이 영국인의 사고방식이었기에 하는 말이다. 내가 전하고자 하는 본질적인 메시지는 이런 것이었다. 극지를 걸어다닌 마초맨이 도움을 요청할 수 있다면 누구라도 그럴 수 있다.

바니는 내 인생을 다시 제자리로 돌려놓았다. 하지만 마크 피시는 다른 사람을 위해서는 결코 그런 일을 할 수 없다는 사실을 일깨워 줬다. 나 자신을 위해 그 일을 해야 한다는 얘기였다. 비행기를 타면 늘 일러주는 안전수칙과 같은 것이다. 산소마스크는 본인부터 먼저 써야 한다. 그래야 주변의 다른 사람들을 도와줄 수 있다.

40

한 걸음 더 넘어

역설적이게도 나는 바니의 탄생에서 얻은 영감에 몰두하느라 실제로는 그 아이와 멀리 떨어지게 되었다. '미래 세대'를 위해 헌신하리라 결심한 나는 어린 아들을 집에 놔둔 채 끊임없이 이곳저곳을 돌아다녔다.

영국의 극지 체류자였던 랜 피엔스 경Sir Ran Fiennes은 자신의 역할을 다음과 같이 엄격하지만 간결하게 정의한 바 있다. "탐험 리더십이 내가 선택한 삶의 방식이었다."

나는 이 적나라한 진실을 직면하는 것이 당혹스러웠지만, 대안이 없어 보였다. 어떤 면에서는 탐험 리더십이 나를 선택한 것 같았다. 그것이 내가 잘하는 일이었고, 내가 아는 일이었다. 그것이 내가 하는 일이었다.

리우정상회담 이후 실제로 나는 온대나 열대 기후 지역에 대한 탐험 아이디어를 모색해봤다. 젊은이들을 세계의 다른 지역으로 데리고 가는 것에 대해 잠시 궁리해봤다는 얘기다. 태양열 집열판을 들고 사막에 가면 대단하지 않겠는가? 어쨌든 내가 혐오하는, 사실은 약간 싫어하는 남극대륙보다 따뜻한 곳에 가는 게 낫지 않겠는가. 나는 극지방의 죽음에 진저리가 나 있었다.

나는 온갖 종류의 동요를 겪으며, 존 메이저의 유혹적인 요구에 답이 될 만한 미션을 떠올리려 애썼다. '지구 랠리'나 '미래를 위한 랠리' 같은 아이디어도 생각해봤다. 두 대의 차가 세계 일주를 하며 최소한의 연료를 쓰는 쪽이 이기는 방식의 경주에 대한 아이디어였다.

아니면 '어스 워크Earth Walk'는 어떨까? 일단의 젊은이들과 세계의 동식물 멸종 위기 지역을 연달아 걸어서 방문하는 프로그램 말이다. 보르네오나 아마존 분지, 사하라이남 아프리카 등 그런 지역은 많고도 많았다. 게다가 죄다 따뜻한 곳들이 아닌가.

나는 그 아이디어에 동그라미를 쳤다. 내가 남극대륙을 옹호하고 있다고 반드시 거기에 가야 한다는 법은 없었다. 그러나 나는 스스로를 속이고 있었다. 남쪽에서 발산하는 애증의 매력은 너무도 강력했다. 저항할 방도가 없는 끌어당김이었다. '스콧의 발자취를 좇아' 이후 계속 궁리해온 아이디어 하나가 머릿속에서 구체화되었다.

나는 해안에서 극점까지 남극대륙의 절반을 밟았다. 그렇다면 극점에서 반대편 해안까지 나머지 절반을 걸어가는 것은 어떨까? 그곳에 가서 바람을 견뎌내는 것은 모험가들과 기네스북이 그토록 사랑하는 성취를 대변하는 단 한 줄짜리 항목에 해당했다. 나는 '최초로 남극대륙을 걸어서 횡단한 인물'이 될 터였다. 그런 묘사에는 몇 개의 별표가 붙고 모종의 참고사항도 덧붙여질 것이다. 내가 그 성과를 단 한 번에 이룬 것은 아니라는 사실 같은 것 말이다. 하지만 그 정도는 감수할 만했다. 내게 동기를 부여하는 그 모험과 관련해 내 가슴속 깊은 곳에서 솟아오르는 두려움은 사실 따로 있었다. 그것은 바로 다른 누군가가 먼저 그렇게 할지도 모른다는 두려움이었다.

기네스북에서 '세계에서 가장 위대한 탐험가'라고 묘사한 랜 피엔스 경 역시 1992년 위와 같은 묘사의 유혹에 빠져든 적이 있었다. 피엔스 경과 잭 헤이워드 베이스에서 나와 잠시 오두막을 함께 썼던 마이크 스트라우드 박사 인력만으로 웨들 해에서 로스 해까지 남극 대륙을 횡단하는 1,700마일(약 2,736킬로미터) 무지원 탐험에 도전했다. 하지만 그들은 목표 지점까지 289해리(약 535킬로미터)를 남겨두고 포기했다.

대학 시절 즐겨들었던 노래 중에 매드니스Madness의 〈한 걸음 더 넘어One Step Beyond〉가 있었다. 세실 버스터멘트 캠벨Cedil Bustamente Campbell이라는 별명으로 통하는 위대한 프린스 버스터Prince Buster가 작곡한 레게풍의 명곡이다. 다소 맛이 간 것 같은 강렬한 스카 비트로 유별나게 착착 감겨드는 그 짧은 노래의 분위기가 남극 탐험을 완성하겠다는 나의 돈키호테 같은 시도와 아주 잘 어울린다는 느낌이 들었다.

리드 보컬인 서그Sugg가 비웃듯이 제목을 반복해서 내뱉는 후렴구는 행진에 완벽하게 어울린다. 나는 '스콧의 발자취를 좇는' 탐험 당시 그 후렴구를 썰매를 끄는 주문으로 잠시 이용하기도 했다. "한 걸음" 당기고 "더 넘어!" 당기고 "한 걸음" 당기고 "더 넘어!" 당기고….

'한 걸음 더 넘어' 탐험은 나를 걸어서 남극대륙을 횡단한 최초의 인물로 기록해줄 것이었다.

"하지만 사실 걷고 싶지가 않다네." 나는 그 모험의 실행 가능성에 관한 피터 맬컴의 견해를 타진해보기 위해 그에게 이렇게 말했다.

그는 그저 고개를 저었다. "그 대륙을 건너가고는 싶은데 걷고 싶지는 않다?"

얼마 전 호주로 이주한 까닭에 그는 유르트 관련 프로젝트에 전념하고 있었다. 세계의 주택난에 대한 가장 명쾌한 솔루션으로 그 몽골식 원형 텐트를 홍보하고 구매하고 세우느라 여념이 없었다는 얘기다.

"유르트에 들어가자고." 당시 내가 그에게 즐겨 던졌던 말이다. "거기서는 코너에 몰릴 일이 없잖아."

내가 '한 걸음 더 넘어' 탐험에 대해 설명했을 때 그는 잘 이해하지 못했다. 이해 못 하는 것은 다른 사람들도 마찬가지였다. 마치 수수께끼를 듣는 듯한 표정들이었다. 걷지는 않고 발로 남극대륙을 횡단한다고? 사실 내가 그 수수께끼의 해답을 발견한 것은 한 잡지에서 패러세일링에 대한 기사를 접하고 나서였다.

풍력을 이용하는 것. 그것은 완벽한 해답이었다. 친환경인데다가 재생가능하며 남아도는 바람, 게다가 걷는 일도 대부분 제거해주는 바람이었다. 나는 먼저 BAS에서 일하는 지인들을 통해 극지방 베테랑 두 명을 영입했다. 크리스핀 데이Crispin Day와 제프 소머스Geoff Somers가 그들이었다. 우리는 곧 패러세일링 장비를 마련하기 위해 스파이더Spider라는 회사와 접촉했고, 이어서 탠덤Tandem이라는 컴퓨터 제조사(지금은 현재 컴팩Compaq과 HP에 인수합병된 회사다)와 후원 계약을 체결했다.

그렇게 결성된 '탠덤 한 걸음 더 넘어' 탐험대는 문자 그대로 스파이더 사와 손을 잡고 일을 추진했다. 그 회사가 별 다른 노력 없이 낙하산용 멜빵에 연결해 이용할 수 있는 패러세일parasail(낙하산 돛)을 제조하고 있었기 때문이다. 더욱이 그 회사는 묘틀식 패러포일parafoil 이라는 독창적인 장치도 개발해놓은 상태였다. 특허권에 명시된 내용을 그대로 옮기자면 "다중 날개 장착 항공 장치"였다. 날개형 낙하산에 특정 요소를 더하거나 뺌으로써 사용자가 바람을 이용해 조종할 수 있다는 의미였다.

원래 패러포일은 패러카트parakart라는 것과 한 쌍으로 이용하는 것이었다. '잉꼬'를 뜻하는 '패러키트parakeet'와 혼동하지 말기 바란다. 패러카트는 주로 해변용으로 제작된 바퀴 달린 작은 탈것을 가리킨다. 그 세트를 이용한 '모래밭 서핑'이 호주 및 여타 지역의 길고 바람 많은 해변에서 인기를 끌고 있었다.

그러나 눈썰매와 짝을 이루면 그 장치는 패러세일러의 가슴 멜빵에 고정해야 했고 폴리에스테르 굴레를 찢어짐 방지 나일론으로 제작한, 연 모양의 낙하산에 부착해야 했다. 그런 후 두 개의 브레이크 줄과 두 개의 동력 줄로 낙하산 돛을 제어하는 방식이었다. 그러면 사용하지 않는 낙하산 돛 부분은 등에 매거나 눈썰매에 보관하는 압축 포드에 담아 언제든 필요할 때 꺼내 쓸 수 있었다.

패러세일링의 주요한 문제 중 하나는 가는 게 아니라 멈추는 데 있었다. 낙하산 돛이 너무 높이 올라 꾸준히 부는 층류 바람을 만나면 이론상으로 영영 멈추지 않을 수도 있었다. 나는 망각의 급행열차에 올라 남극고원 위를 수십 킬로미터씩 끌려가는 내 모습을 상상해보았다. 이런 일이 벌어지는 것을 막으려면 우리의 패러세일 세트에 때때로 주행을 막기 위해 얼음에 쑤셔넣을 수 있는 말뚝을 필수적으로 갖춰야 했다.

제프와 크리스핀이 탐험대원으로 합류했다. 제프 소머스는 호주의 깊숙한 오지는 물론이고 양쪽 극지방까지 여행한 경험이 있었다. 껑충한 키에 비쩍 마른 그 녀석은 늘 내게 찰스 왕세자를 연상시켰다.

나는 셰익스피어의 《헨리 5세Henry V》에 나오는 그 유명한 성 크리스핀의 날St. Crispin's Day 연설의 일부를 인용하며 우리의 또 다른 대원 크리스핀 데이를 놀리곤 했다.

노인은 잊습니다, 하지만 모든 것이 잊히기 마련입니다,
그러나 그는 기억할 겁니다, 자신에게 유리하게,
그가 그 시절에 이룬 공적만큼은…

우리는 바람이 강하기로 유명한, 웨일스의 펨브리에 있는 11킬로미터 길이의 세픈시단 모래 해변에서 바퀴 달린 인라인 스케이트를 타고 훈련을 했다.

패러세일링 훈련으로 힘든 하루를 보내고 나면 나는 속삭이듯, 하지만 크리스핀이 듣기에는 충분할 정도의 목소리로 이렇게 중얼거리곤 했다. "우리는 소수입니다. 행복한 소수, 행복한 형제들입

니다."

나는 내가 크리스핀 데이라는 이름을 가진 친구에게 성 크리스핀의 날 연설을 인용해 들려줄 생각을 한, 지구 역사상 최초의 인물이었다고 확신한다. 그는 타고난 선한 품성으로 나의 천박한 짓거리를 참아줬다.

크리스핀은 패러세일로 바람을 거슬러 썰매를 달리는 기법을 마스터했다. 하지만 나는 결코 그 단계에 이를 수 없었다. 나는 그저 남극고원에 꾸준히 부는 편남풍이 우리의 탐험 기간 동안만 흐름을 멈춰주길, 그래서 내가 어디서든 바람을 거슬러 달릴 필요가 없게 되길 바랐다.

"내가 이 탐험을 감행하는 데에는 한 가지 조건이 있다네." 내가 제프와 크리스핀에게 말했다. "나는 단 한 걸음도 걷지 않겠다는 것이 그 한 가지 조건이라네."

"말도 안 되는 소리 그만해요, 로버트." 제프가 말했다. "우리가 수행할 이 염병할 짓의 이름이 '한 걸음 더 넘어'라고요."

크리스핀도 거들었다. "이름을 바꾸면 되겠네요. '한 걸음도 없는' 탐험이라고요."

나는 진지했다. '스콧의 발자취'와 '아이스워크'로 평생 걸을 거 이상으로 걸었기에 그랬다.

내가 '스콧의 발자취를 좇아'에서 경험했던 미국의 지나치게 미시적인 태도는 1986년 이래 10년 사이 다소 완화되었다. 1996년 12월 초 나는 크리스핀, 제프와 함께 형식적인 절차에 크게 구애받는 일 없이 아문센-스콧 기지(일명 남극점 기지)로 날아갔다. 이번에는 배도 이용하지 않았고, (거기서 겨울을 날 계획이 없었으므로) 월동 준비도 하지 않았다. 그리고 나는 걷지 않을 거라고 거듭 다짐했다.

기지에서 탐험 준비를 서두르던 중, 나는 처음 방문한 후 10년 만에 극점을 다시 찾은 나를 무엇이 반겨줄 것인지에 대해 전혀 감을 잡지 못하고 있었다는 사실을 뒤늦게 깨달았다.

41

남극점

지리학적 남극점, 즉 남위 90도는 돌이 아니라 얼음 위에 설정된다. 남극의 빙원은 매년 북서쪽으로 브라질을 향해 9미터 정도씩 이동하기 때문에 그 표시는 진남극 true south 을 반영하기 위해 매 여름마다 재설정되어야 한다.

불확실성을 더하는 것은 행성이 약간(17미터 정도) 흔들리기 때문에 회전축이 완전히 정확하지는 않다는 사실이다. 이는 곧 남쪽의 지리학적 극점은 결코 정확할 수 없다는 의미다. 과학적 측정이 요구하는 방식으로는 그렇다. 결국 남극점은 사람들이 상황 이해에 참조하기 위해 정하는 지점일 뿐이다.

그렇다. 실제로 남극점에는 약 3.6미터 높이의 장대가 꽂혀 있다. 아문센–스콧 기지의 바깥쪽 빙원에 장대를 박아놓은, 이른바 '기념용 남극점'이다. 사진 찍는 장소라는 얘기다. 이발소 간판 표시와 같은 홍백색 기둥인데, 장난기를 더하고 싶은 건지 꼭대기 받침대 위에 커다란 맞춤제작 메달을 올려놓는다. 메달은 매년 거기서 겨울을 보낸 미국인들이 디자인을 바꿔 다시 제작한다.

진짜 지리학적 남극점에는 미국기가 펄럭이고 있다. 남극대륙의 모든 영역에 대한 미국의 종주권 주장을 유지하기 위한, '만약의 경우에 대비한' 영토 표시다. 물론 워싱턴에서 그런 주장을 펼칠 필요가 있다고 판단하는 경우에 해당하는 이야기다.

성조기 옆에 극점 표지판이 세워져 있는데, 거기에는 다음과 같이 적혀 있다.

지리학적 남극점[18]

로알드 아문센, 1911년 12월 14일
"결국 우리는 도착해서 지리학적 남극점에 우리의 깃발을 꽂을
수 있었다."

로버트 스콧, 1912년 1월 17일
"그렇다. 극점에 도착했다. 하지만 상황은 우리가 기대했던 바
와 달랐다."

요즘엔 남극점 주변 공기에서 독특한 냄새가 난다. 여름이면 남극대륙에 끊임없이 날아오고 날아 나가는 재공급 항공기들이 태운 항공연료 'JP-8' 냄새다.

1억 6,200만 달러를 들여 연구소와 관측소, 도로 등 방대한 규모로 구축한 아문센-스콧 기지는 말 그대로 남극점을 완전히 에워싸고 있다. 여기서 수행하는 연구조사는 빙하학과 생물학, 의학, 지질학, 지구 물리학, 기후학, 천문학, 천체 물리학 등을 망라한다.

내가 '한 걸음 더 넘어' 탐험을 위해 크리스핀 및 제프와 함께 남극점을 다시 찾은 것은 '스콧의 발자취를 좇는' 탐험 이후 처음이었다. 꼬박 10년 만에 다시 온 것이다. 미국인들이 오랜 세월에 걸쳐 규모를 키워놓은 방대한 기지가 내 주변에 펼쳐져 있었다. 이번에는 미국인들의 태도까지 완전히 달라져 있었다. 그들은 쌍수를 들고 우리를 환영했다.

10년 전에 그 기지에 있던 인원 중에 여전히 그곳을 오가는 사람은 두세 명에 불과했다. 그러나 나는 그들 각각으로부터, 그리고 전에 만난 적 없는 다른 몇몇으로부터 유사한 정서에서 나온 말을 들을 수 있었다. "지난번 당신이 이곳을 찾았을 때 그렇게 대해서 미안합니다."

그곳의 풍광에는 그사이 실로 많은 변화가 생겼다. 여전히 많은 시설을 보유한 측지학 돔에 인접해서 널따란 네 개의 동으로 구성된 2층짜리 주거용 건물이 세워져 있었다. 전체가 모듈식인 그 건물은 눈이 쌓이면 그만큼 들어올릴 수 있도록 설계되어 있었다. 담황색의 추한 외관이지만 그런 대로 갖출 건 갖춘 탓에 미국 도시 근교의 작은 아파트 단지를 연상시켰다. 말하자면 오하이오 주 애크런의 작은 조각을 남극점 옆에 옮겨놓은 느낌이었다.

내가 다녀간 이후로 남극 관광의 문이 열렸다. '스콧의 발자취를 좇아'가 선구자이자 쇄빙선이었던 것으로 드러난 것이다. 자일스 커쇼는 결국 세계 최초의 남극 항공사를 출범시킨 셈이었다.

커쇼는 산악인들과 탐험대, 모험 여행가들을 남극대륙으로 실어 날랐다. 그는 남극대륙에서 가장 높은 봉우리인 빈슨 산Mount Vinson으로 등반가들을 데려갔으며 남극 내륙의 패트리어트 힐즈Patriot Hills에 사적으로 계절에 따라 달리 이용하는 기지를 마련해두기도 했다.

그는 항상 일을 빈틈없이 수행했고, 취약한 극지 환경을 보호하기 위해 주의를 기울였으며, 누구를 태우든 싸구려 관광과 스릴이 아닌 교육적인 무언가를 제공하기 위해 노력했다.

남극에서 민간사업을 개척한 그는 과학 공동체들과 느슨하면서도 호혜적인 관계를 맺었다. 고립된 연구원들을 구출한 적도 한두 번이 아니었는데, 한번은 빙산에 고립되어 8일 동안이나 오도 가도 못 하던 두 명의 남아공 과학자를 비행기로 구해내기도 했다.

커쇼가 사망했을 때 그의 아내 애니Annie(훗날 나의 비즈니스 파트너가 된다)는 최초의 남극대륙 탐험회사인 어드벤처네트워크인터내셔널ANI, 그 전설적인 회사를 유산으로 물려받았다.

결혼 전 그녀는(그 시절 이름은 앤 캠벨Anne Campbell이었다) 글래스고 대학교 공학 학사학위를 보유한 브리타니아 항공사Britannia Airways 승무원이었다. 그녀의 남편 커쇼는 1990년 블레일록 섬 탐험대를 위한 사진 지원 자이로콥터gyrocopter19를 홀로 몰다가 추락 사고로 사망했다. 60미터 상공에서 갑자기 돌풍을 만나 추락한 것이다.

애니는 추락 지점 인근의 바위 선반 위에 돌무덤을 조성해 그를 묻었다. 훗날 그의 이름을 따서 명명하게 되는 산의 기슭이었다.

"그런 종류의 장례는 아마 다시는 결코 치러지지 않을 겁니다." 애니가 한 기자에게 한 말이다. "오늘날 그런 식의 매장을 놓고 커다란 논쟁이 벌어지고 있기에 하는 말입니다. 그의 시신을 역사로 봐야 하느냐 쓰레기로 봐야 하느냐, 이러고들 있다는 얘깁니다."

커쇼의 경우, 나는 역사 쪽에 한 표를 던지고 싶다. 그는 남극대륙 역사상 가장 위대한 조종사였다.

냉철한 만큼 마음이 따뜻하기도 한 애니는 실로 놀라운 여성이다. 남편의 장례를 치른 후 그녀는 흔들림 없이 힘차게 나아갔다. 의심할 여지없이 커쇼도 아내가 그래주길 바랐을 것이다. 그녀는 칠레의 푼타아레나스에 거주하면서 일반인들의 남극대륙 탐험을 알선하는 사업을 했다. 최초로 폭넓은 대중에게 남극대륙을 개방해준 셈이다.

그 일에는 섬세한 균형 조정이 필요했다. 남극대륙의 깨끗한 자연에 사람들을 데려가면서 어떻게 그들이 그 깨끗함에 손상을 가하지 못하게 할 수 있는가? 그녀는 개척자였다. 그녀는 사람들을 거기에 데려가는 데 따르는 리스크보다 거기서 그들을 남극대륙 보존의 옹호자로 만들어서 얻는 혜택이 월등히 클 것으로 믿었다.

그리하여 내가 10년 전에 남극대륙을 방문한 이후로 정부 자금을 지원받는 과학자들이 점차 민간 방문객들과 그 대륙을 공유하게 되었다. 다시 와서 보니 아문센-스콧 기지 주변에 산재하던 쓰레기들도 말끔히 치워져 있었다. 대중에게 노출된 것이 결국 그렇게 나쁘지는 않았다는 방증이었다.

'한 걸음 더 넘어'에 착수할 준비를 하면서 나는 10년 전 내가 그 기지에 들어서자마자 느꼈던 실망감을 떠올랐다. 더불어 마크 피시가 했던 말도 생각났다. "당신은 진정으로 남극점을 정복했던 게 아닙니다." 나의 극점 정복이 당시 발생한 상황에 의해 완전히 달라졌다는 의미였다. 도착하자마자 승리감을 맛볼 새도 없이 실의에 빠진 것을 두고 하는 말이었다. 거기에 처음 도착하고 불과 몇 분도 지나지 않아 나는 서던퀘스트 호가 침몰했다는 사실을 알게 되었다.

1996년 두 번째로 방문했을 때 내 주위의 모든 것이 새롭게 느껴졌다. 나는 기지의 돔에서 나와 남극점 표지판으로 걸어갔다. 지난번 그곳에 갔을 때 나는 그 표지판을 보지 못했다. 아문센-스콧 기지를 둘러보지도 못했다. 모든 것을 못 봤다. 그러고 싶은 마음도, 여유도 없었다.

마치 1986년 내가 극점에 도달하자마자 누군가 뒤에서 나를 각목으로 내려친 것 같았다. 나는 극점 정복을 결코 그 자리에서 향유하지 못했다. 나는 완전히 낙담했다. 기본적인 의미에서 나는 극점에 도착하지 못한 셈이었다.

스콧 대장도 남극점에 도달했을 때 극심한 실망감을 경험했다. 아문센이 그보다 한 발 앞서 남극점에 최초로 도달하는 영광을 차지해버린 것이다. 육체적으로 힘든 여정을 마친 스콧은 목적지에는 도달했지만 아문센이 거기에 버린 검은색 비단 텐트를 보고 망연자실할 수밖에 없었다.

스콧에게 실망을 안겨준 텐트에 대해 아문센은 이렇게 썼다. "그것은 텐트의 걸작이라 할 수 있었다. 얇은 비단으로 만들어진 그것은 잘 접으면 적당한 크기의 주머니에도 넣을 수 있었고 무게도 1킬로그램이 채 되지 않았다."

남위 90도의 죽음과도 같은 순백의 빙원에 놓인 그 검은색 천은 분명 스콧의 마음에 큰 상처를 주었을 것이다. '살맛을 잃게 만들었다'고 하면 너무 과한 표현이겠지만, 자신이 1등을 놓쳤다는 사실은 극점을 정복하고 스콧이 느꼈을지도 모를 어떤 성취감에든 영향을 미쳤을 게 확실하다. "그렇다. 극점에 도착했다. 하지만 상황은 우리가 기대했던 바와 달랐다."

그렇게 나는 기지 밖으로 나와 홀로 걸으며 그 작은 검은색 텐트와 일렁이는 바다 밑에 가라앉은 서던퀘스트 호에 대해 생각했다. 누가 봤다면 나는 꽤나 우스꽝스러워 보였을 것이다. (남극 기지의 탐사 팀원들이 외계 괴물과 사투를 벌이는 내용의) 영화 〈괴물The Thing〉에서 커트 러셀Kurt Russell이 쓴 것과 같은 종류의 모자, 호주 오지 스타일의 웃긴 챙이 달린 모자를 쓰고 있었기 때문이다. 주머니에는 테디도 들어 있었다. 그 작은 곰 인형도 나와 함께 남극점에 두 번째 온 것이다.

진남극에서 북쪽으로 90미터쯤 더 가면 10년 전에 내가 처음 밟은 남극점이 빙원 위에 표시되어 있다. 나는 그곳을 향해 걸어갔다. 빙원의 꾸준한 이동 때문에 걸음을 옮길 때마다 시간을 거슬러 올라가는 느낌이 들었다. 10년 전의 그 남극점을 다시 밟는 순간 소회가 남달랐다. 문득 T. S. 엘리엇Eliot이 한 말이 떠올랐다. "모든 탐험의 끝은 처음 출발한 곳에 도착해서는 그 장소를 처음으로 이해하는 것이 될 것이다."

외상 후 스트레스의 치료에 효과적인 유일한 방법은 기억 유도나 최면 또는 대화 요법을 통해 어떤 방식으로든 그 사건을 다시 경험하게 하는 것이다. 예전에 섰던 곳에 서니 서던퀘스트에 대한 상실

감과 죄책감, 좌절감이 다시 나를 압도했다. 나는 의식적으로 그런 느낌에 더욱 깊이 침잠하려 애썼다. 그러면서 프로스트Frost의 시구를 되새겼다. "빠져나가는 최상의 방법은 언제나 뚫고 나가는 것이다."

그러자 다시 또 눈물이 쏟아졌다. 고마워요, 로저 미어. 고마워요, 개러스 우드. 피터 맬컴과 윌리엄 펜튼, 레베카 워드, 라비니아, 사만타 모두들 고마워요. 겪어본 적 없는 이런 순간을 갖게 해줘서 모두들 감사합니다.

이제 마음이 후련해졌다. 나는 과거로 가는 그 빙원의 연대표를 따라 계속해서 걸음을 옮겼다. 500미터를 넘어 600, 700, 800…. 그렇게 스콧과 아문센이 1911~1912년 여름에 도달한 곳까지 걸어갔다.

나의 영웅들이 섰던 곳이었다. 얼음 아래 어딘가에는 그들의 발자국이 남아 있을 터였다. 파고 들어가면 그들이 승리감에 피워 물었을 시가 꽁초도 발견할 수 있을 것이다. 아문센이 스콧을 위해 남겨뒀던 검정 텐트도 발굴할 수 있을 것이다. 거의 100년에 걸쳐 쌓인 눈얼음만 파고 들어가면.

학교 다니던 꼬마에 불과하던 1966년 나는 스콧처럼 남극에 갈 것이라 결심했다. 이후 30년, 나는 스콧과 섀클턴, 아문센에 관한 모든 것을 내 머릿속에 집어넣었다. 나는 움직이는 빙원에 의해 자리가 옮겨진 그들의 역사적인 남극점에 서서 그들 모두를 가슴속 깊이 기렸다.

스콧, 당신은 이곳에 있었습니다. 극점을 정복했지만 돌아오지는 못했지요. 아문센, 당신은 가장 밝게 빛났습니다. 섀클턴, 당신은 결코 여기에 대못을 박지는 못했습니다. 하지만 당신은 제가 가히 상상할 수조차 없는 곤경을 이겨냈습니다.

나는 내 앞에 놓인 탐험에 대한 열정으로 가슴이 벅차올랐다. 마치 미래로 되돌아가는 것과 같은 느낌이었다. 로스가 돛을 이용해 유빙을 헤치고 그 거대한 빙붕을 처음 목격했듯이 나 역시 낙하산 돛을 이용해 인류 최초의 남극대륙 횡단을 완성할 것이다.

그러나 내가 나의 탐험 인생에서 수차례 발견했듯이 진정한 모험의 길은 결코 순탄치 않기 마련이었다. '한 걸음 더 넘어'는 상당한 구간을 수월하게 미끄러져 가다가 결국 모든 것이 완전히 박살나고 말았다.

42

패러세일링

나는 내 인생을 복잡하게 만들길 좋아하기 때문에, 그리고 리우에서 세계의 지도자들에게 그렇게 할 거라고 약속했기 때문에 '한 걸음 더 넘어'에 청년 요소를 포함시켜야 했다.

아마 나는 그런 교훈을 '아이스워크'에서 배웠을 것이다. 학생들의 고결한 이상주의가 가만히 앉아 수동적으로 극지방에 대해 배울 수 있는 권한의 경계를 무너뜨리는 것을 봤을 때 말이다. 그들의 열정과 열의는 상황을 해결하기 위해 구체적인 무언가를 실제로 행할 것을 요구했다. 나는 그들의 투지에 감탄했다. 어떤 학습 환경에서든 그렇듯이 '아이스워크'에 참여한 학생들에게서는 교사도 몇 가지 배울 게 있었다.

리우 회담 이후 나는 25개국 35명의 학생들로 남극 탐험을 위한 또 하나의 국제 학생 그룹을 조직했다. 이것은 2041 개념을 내일의 의사결정권자들에게 소개하겠다는 나의 결심에 따른 첫 번째 시험적 조치였다. 내가 남극대륙 미션에 합류시키는 학생들은 극지방을 옹호하는 완전히 새로운 세대의 블레이드 러너가 되는 셈이었다.

그게 내 희망이었다. 그 탐험대는 유네스코의 후원 하에 조직되었다. 나는 유네스코 특사로서 책임감 있게 움직여야 했다. 또한 지구 정상회담에 참석한 세계의 지도자들 앞에서 호기 있게 떠맡은 글로벌 미션을 구체적으로 정하려면 약간의 정보를 얻어야 할 필요가 있었다. 우리의 글로벌 미션을 정하는 데 도움이 될 정보를 얻기에 유네스코 후원 탐험에 참가하는 학생들보다 더 나은 대상이 어디 있겠는가?

'아이스워크' 때와 마찬가지로 나는 또 교전 중인 국가의 학생들을 모으기 위해 집중된 노력을 기울였다. 그렇게 영입한 인원이 러시아 학생 한 명, 체첸 학생 한 명, 북아일랜드의 가톨릭교 학생 한 명과 개신교 학생 한 명, 보스니아 학생, 세르비아 학생, 크로아티아 학생 등이었다.

계획은 간단했다. 유네스코 탐험 학생들이 남미에서 남극 반도로 배를 타고 오는 동안 나는 제프와 크리스핀과 함께 그들이 도착할 해안을 향해 패러세일링[20]으로 남진하는 것이었다. 모든 게 계획대로 진행되면 나는 경비행기에 올라 낙하산을 타고 학생들 사이로 뛰어내릴 예정이었다. 마치 슈퍼영웅처럼 말이다.

인간은 계획을 세우고 신은 웃는다. 이런 말이 있지 않은가? 어쨌든 남극대륙은 인간이 처음 발견한 이래로 신에게 많은 웃음을 선사했다. 남극이든 북극이든 극지방에서는 어떤 일도 계획대로 진행되지 않는다. 게다가 로버트 스원의 법칙도 있지 않은가. "위도가 높아 질수록 더 많은 일이 예측에서 벗어난다."

'한 걸음 더 넘어'의 첫 번째 단계는 별 다른 차질 없이 진행되었다. 다만 썰매가 우리가 의도한 것보다 더 무거웠을 뿐이다. 330파운드(약 150킬로그램)였으니 예상보다 100파운드(약 45킬로그램)가 더 나가는 셈이었다. 여기서부터 신이 킬킬 웃기 시작했을 것 같다. 우리는 6주 여정 동안 비행기로 세 차례 보급을 받기로 했다. 썰매가 생각보다 무겁다는 사실만이 조금 마음에 걸렸다.

첫째 날은 산들바람이 불었다. 패러세일링 용어로 말하자면 '미풍'이었다. 믿기지가 않았다. 왜 진즉 풍력을 이용하지 않았는지 후회까지 들 정도였다. 스파이더 장치는 마찰이나 압력 한계에 이르는 일 없이 돛의 당기는 힘을 우리에게 전달해줬다. 아문센-스콧 기지의 건물들이 우리 뒤로 멀어져 갔다. 우리는 남극고원의 반들반들한 광대함에 홀로 남겨졌다.

남극고원과 패러세일링은 비길 데 없이 궁합이 잘 맞았다. '패러세일링 전용 구역'이라는 표지판을 세워야 마땅하다는 생각이 들었다. 우리는 매 시간 멈춰서 장비를 고정시키고 낙하산 돛의 설정을 변경했다. 뿔뿔이 흩어지지 않으려면 그렇게 상대적 속도를 조정해줘야 했다. 기분이 좋았다. 이제부터 런던에서든 케이프타운에서든 기회만 나면 패러세일링을 하고 싶었다.

나는 크리스핀이나 제프만큼 능숙하질 못했다. 로저 미어나 미샤 말라코프, 그리고 다른 많은 사람들과 함께했을 때처럼 또 이렇게 당면 과업에 대해 나보다 더 잘 아는 전문가들과 파트너가 된 것이었다. 운 좋게도, 낙하산 돛(연)은 훌륭하게 기능했다. 썰매에서 탑승자가 떨어졌을 때 낙하산 돛이 하염없이 날아가버리는 것을 막아주는 방법이 실로 기발했다. 돛을 제어하는 핸들을 놓치자마자(내가 인정사정없이 얼음 바닥에 나동그라졌을 때 그랬던 것처럼) 낙하산 돛의 갓이 내위로 무너져내렸다. 그럼으로써 탑승자가 바람 탄 돛에 끌려가는 것을 막아주는 것이다.

10.5마일(약 17킬로미터)을 달린 첫날은 모든 게 순조로워 보였다. 속도를 높이면 더 신날 것 같았다. 그러고 싶은 유혹이 일었다. 하지만 중요한 것은 꾸준히 가는 것이었다. 결국 우리는 시간당 5마일(약 9킬로미터) 속도에 적응이 되었다.

나는 종종 청소년들이 특정 형태의 운동을 훨씬 수월하게 익힌다는 생각을 한다. 내 아들 바니는 스케이트보드와 스노보드를 정말 잘 탄다. 마치 중력이나 파랑 활동과 같은 자연력에 친숙한 무언가를 보유한 것 같다. 20세 이하는 누구든 신으로부터 공짜 재능을 부여받은 것 같다는 얘기다. 특히 요즘 청소년들은 다들 그렇게 쉽게 운동을 익힌다. 이들은 과거의 청소년들만큼 자동차 키에 연연하지도 않는다.

물론 여전히 많은 젊은이들이 내연기관에 이끌리지만, 점차 그에 버금가는 수가 보다 자연적인 형태의 이동 수단 쪽으로 옮겨가고 있다. 그들은 마치 날 때부터 친환경적으로 태어난 것 같다.

'바니도 이거 아주 좋아하겠는데.' 첫날 신나는 패러세일링을 즐기며 생각했다. 이것을 미래 세대에 많이 보급하면 좋겠다는 생각도 들었다. 그 모든 것이 다음 날 붕괴되었다. 바람이 불지 않았다.

"아니 바람이 없다니?" 나는 격분했다. "이게 말이 돼? 여긴 남극 고원이라고. '항상' 바람이 부는 곳이라고."

그러나 1996년 12월 12일에는 산들바람의 기미조차 일지 않았다. 나는 스콧이 그 운명적인 귀환 길에 썰매에 돛을 장착한 사실을 침울하게 떠올렸다. 그때는 바람이 너무 불어서 문제였는데….

우리는 아직 아문센—스콧 기지에서 그리 멀리 벗어난 상태가 아니었다. 아무리 넉넉잡아도 하루면 기지로 돌아갈 수 있었다. 돌아가면 되지 않는가? 우리의 스파이더 패러세일링 멜빵은 특별히 강화해서 개량한 인력 운반 장치였다. 나는 '한 걸음 더 넘어'를 준비하는 과정에서 그런 세부사항을 잊었거나 아니면 의식적인 거부감으로 억누르고 있었던 것 같다.

"돌아갈 필요도 없고, 바람을 기다릴 필요도 없습니다." 제프 소머스는 이렇게 말하고는 썰매를 자신의 멜빵에 연결하고는 앞으로 걸어가기 시작했다.

그 순간 나는 '아이스워크' 때 느꼈던 절망감으로 다시 빨려들어갔다. 나는 그저 인력으로 썰매를 끌고 가는 그 너무도 지루하고 힘든 고역을 직시할 수가 없었다. 한 걸음… 더 넘어!

나는 머리를 숙여 양 어깨 사이에 파묻었다. '아이스워크' 때처럼 울지는 않았다. 고원이 끝없이 내 앞에 펼쳐져 있었다. 마치 영화 〈사랑의 블랙홀 Groundhog Day〉 속에 들어와 있는 것 같았다. 어떻게 매번 이렇게 극도로 고통스런 트레킹을 반복해야 하는 운명이냔 말이다. 실로 암담한 기분이 들었다.

곧 드러나지만, 그 둘째 날은 단순히 남극대륙이 우리의 경로에 던진 테스트에 불과했다. 우리를 정직하게 만들려는 하나의 방법, 세계의 맨 아래쪽에서는 상황이 그렇게 수월하게 돌아가지는 않음을 일깨우려는 하나의 수단이었을 뿐이다.

셋째 날, 우리는 패러세일링을 재개했다. 문자 그대로 의기양양함을 느꼈다. 그날 우리는 31마일(약 50킬로미터)을 달렸다. 이후 1996년 크리스마스를 포함해 바람이 없던 날이 두어 번 더 있었다. 하지만 크리스마스 다음 날에는 62마일(약 100킬로미터)을 나아갔고, 1월 4일에는 무려 102마일(약 164킬로미터)이라는 놀라운 기록을 달성했다.

날마다 몇 차례씩 달라지는 조건에 맞춰 장비의 구성요소를 바꾸고 돛을 조작하며 제프와 크리스핀 그리고 나는 멋진 시간을 보내는 동시에 끈끈한 유대를 다졌다. 더욱 놀라운 것은 우리가 융기 지역에서도 패러세일링을 할 수 있게 되었다는 사실이었다. 제프 소머스조차도 불가능하다고 생각했던 기술이었다.

시간당 5마일, 6마일, 때로는 10마일 이상을 꾸준히 소화해내면서 나는 이제 느긋하게 상체를 젖히고 패러세일링을 즐겼다. 아무런 노력도 필요하지 않은 것은 아니었으나 걷는 것보다는 훨씬 덜 힘들었다. 오죽하면 내가 한 걸음도 걷지 않겠다고 맹세했었겠는가. 칼로리 필요량도 그만큼 줄어서 준비한 식량을 다 소비할 수도 없을 것 같았다.

그러나 그래도 남극은 남극이었다. 육체적인 고역이 경감되니까 심리적인 노력의 영향이 고개를 들었다. 내가 종종 시간 감각과 방향 감각을 상실하는, 이른바 장거리 트럭 운전사들이 겪는 '백색 차선 증후군(고속도로 최면)'에 빠져들기 시작한 것이다. 내 경우에는 '백색 풍경 증후군(병원 최면)'이라고 해야 적절할 것 같다.

어떤 때는 내가 무엇을 하고 있는지 또는 어디에 있는지조차 몰랐다. 이게 '아이스워크'인가? '스콧의 발자취를 좇아'인가? 여기가 북극인가? 남극고원인가? 로스 빙붕인가? 결정을 내려야 할 시간이 다가왔다. 내 앞에는 두 가지 선택지가 놓여 있었다. 300마일(약 483킬로미터)만 더 가면 '남극대륙을 발로 횡단한 역사상 최초의 인물 어쩌구 저쩌구'가 되는 상황이었다. 1,000마일 트레킹에서 700마일을 완수한 상태였다는 얘기다. 끝까지 해낼 수 있었다. 그럴 수 있다는 것을 나는 알았다.

등식의 다른 변에는 내가 만나기로 약속한 35명의 학생들이 있었다. 유네스코 그룹 말이다. 나는 그들을 실망시킬 수 없었다. 내 마음이 내게 농간을 부렸다. 나는 진정 유네스코 학생들에 대해 걱정하는 것인가 아니면 그저 빠져나갈 궁리를 찾는 것인가? '여기서 나좀 나가게 해줘'라는 요소 역시 무시할 수 없는 무엇이었다. 당시 나는 매일 아침 잠에서 깨자마자 두려움에 빠져들고 있었다. '남극대륙을 1마일만 더 보면 폭발해버리고 말 거 같아.' 이런 생각들이 머릿속을 메우고 있었다.

멍한 표정의 남극대륙 하나님이 나를 조롱하는 듯 보였다. 왜 그만두고 싶은 거지? 어느 쪽이야, 로버트? 유네스코 탐험대 때문이야? 아니면 '나 좀 나가게 해줘'라고 외치는 신경과민 때문이야?

결코 쉬운 결정이 아니었다. '한 걸음 더 넘어'에 쏟아부은 게 너무많았다. 다른 누군가가 새치기해서 나보다 먼저 남극대륙을 걸어서횡단할까봐 걱정도 했다. 나는 적어도 부분적으로는 늘 두려움에 동기를 부여받는 인간이었다. 실패에 대한 두려움, 다른 놈이 내가 시도했다가 실패한 무엇을 이뤄내는 상황에 대한 두려움….

'나는 이미 이뤘어.' 나는 생각했다. 그것의 진정한 의미는 무엇인가? '당나귀로 사느냐 아니면 사자로 죽느냐?' 극점을 100마일 앞에 두고 돌아서던 섀클턴을 연상시키는 순간이었다. 그런데 왜 나는 이 사람들을 머릿속에서 지우지 못하고 있었던 걸까? 다른 사람들은 기억도 못 하는, 저 오래전 영웅 시대의 탐험가들을 말이다. 왜 이들이 나를 평생 괴롭히도록 놔둔 걸까?

아니다. 사실 중요한 사항은 따로 있었다. 이번 한 번만은 '내가 하고 싶은 것'을 기준으로 결정을 내리고 싶었다. 내가 하려던 것은 나의 극지 탐험 경력에서 최초의 실패를 기록하는 것이었다. 실패를 다루는 일은 내가 경험해본 적 없는 무엇이었다. 이제 그것이 나를 빤히 바라보고 있었다.

10년 후 또는 그 이전이라도 유네스코 학생들은 아마 자신들이 남극대륙에 갔었다는 사실을 잊을 것이다. 내가 역사의 아주 작은 조각을 의미하는 무언가에 매달리느라 그들과의 약속을 지키지 못한다면 그들이 참가한 여행의 의미까지 사라질 터였다.

탐험에 별 관심이 없는 사람들은 '남극대륙을 걸어서 횡단한 최초의 인물' 같은 것이 무엇을 의미하는지 제대로 이해하기 어렵다. 그런 내용을 책자에서 보면 하찮다고 생각하거나 주제 넘는 행태 내지는 우스꽝스러울 정도로 얄팍한 명성으로 치부할지도 모른다.

하지만 나는 어렸을 때부터 나의 삶이 무언가를 의미하도록 만드는 데 집착해왔다. 헛된 희망이라는 것, 나도 안다. 게다가 자기중심적인 환상이라는 것도. 하지만 어쩌면 우주의 본질적인 무의미를 알았기 때문에 이러한 티끌 같은 성취에 그토록 매달렸던 게 아닐까?

어디선가 읽은 리더십 교훈이 떠올랐다. 첫째, 결코 쉬운 출구를 찾지 마라. 유네스코 탐험대는 편리한 구실이었다. 둘째, 결정에 포장을 입히지 마라. 스스로를 기만하지 말라는 얘기다. 그만둬야 한다면 있는 그대로 인정하라. 그것이 리더가 해야 할 일이다.

나는 거기에서 나와야 할 필요가 있었다. "나는 학생들을 만나러 가야 하네." 제프와 크리스핀에게 말했다. 가벼운 역풍을 만나 하루 쉬면서 정비하는 날이었다. 제프는 마치 미친 사람 보듯 나를 바라봤다.

"정말이에요?" 그가 물었다.

크리스핀은 더 잘 이해하는 것 같았다. "어떤 것이든 더 이상 입증하지 않아도 돼요."

모든 게 빠르게 진행되었다. 애니 커쇼에게 위성 전화로 연락을 취했고, 그녀가 비행기를 주선해줬다. 두 청년은 계속 패러세일링을 이어나갔다. 7일 후 그들은 웨델 해 연안에 도달했다. 나 없이 남극 대륙 횡단을 완수한 것이다.

43

벨링스하우젠

남극대륙은 쓰레기가 골칫거리다. 연중무휴로 돌아가는 연구조사 기지들 모두(이 글을 쓰는 지금 약 35개 기지가 존재한다)에 폐기물 적치장과 쓰레기 하치장, 인분 저장 탱크가 있다. 남극의 환경에는 부패를 촉진하는 박테리아가 거의 또는 아예 없기 때문에 어떤 유기물도 분해되지 않는다. 그런 측면에서는 라스베이거스와 흡사한 셈이다. "남극에서 일어난 일은 남극에 머문다. 대개는 영원히."[21] 결국 선택은 그것을 실어 내오느냐 아니면 그대로 거기에 두느냐.

그대로 내버려두는 것이 훨씬 돈이 덜 먹힌다. 그래서 남극대륙에 인간이 상주한 100여 년 동안 서서히 쓰레기 및 두엄 더미들이 늘어나 갈수록 악취를 풍기게 되었다. 현대의 생태학적 난제의 축소판을 보려면, 산업사회의 환경 문제를 직접 눈으로 확인하려면 남극대륙보다 더 좋은 곳이 없다.

남극만 그런 것이 아니다. 북극도 마찬가지라는 얘기다. '아이스 워크'에 참가한 학생 대표단은 오랜 세월 유레카 베이스 주변에 축적된 쓰레기 더미를 보고 혐오스럽기 이를 데 없다는 반응을 보였다. 젊음의 순수함으로 그들은 즉시 편지쓰기 캠페인에 돌입했다. 오타와에 있는 캐나다 정부에 쓰레기를 치우도록 촉구하는 편지를 연달아 보낸 것이다. 놀랍게도 그들의 노력은 효과를 거둬 몇 톤의 쓰레기가 유레카에서 반출되어 매립지로 옮겨졌다.

'아이스워크' 학생들은 편지 쓰기에서 멈추지 않았다. 캐나다의 북부 영토 전역에 걸쳐 녹이 슬고 기름이 새는 50갤런 연료통 폐기장이 널려 있다. 오랜 세월에 걸쳐 오지를 오간 경비행기들의 유산이다. 학생들은 유레카 체류 기간 동안 그런 폐기장에 직접 가서 손에 기름때를 묻혀가며 버려진 연료통들을 들고 와 비행기에 실었다. 재활용 센터로 보내기 위해서였다. 그들은 문제의 표면에 손을 댄 것뿐이지만 그래도 표면을 실제로 조금 닦아내기는 했다.

'한 걸음 더 넘어'에서 탈출한 후 나는 유네스코 학생들을 만났다. 그들은 남극대륙 여행에 대한 기대로 한껏 들떠 있었다. 우리가 만난 곳은 남미의 남단인 칠레의 푼타아레나스였다. '스콧의 발자취를 좇아'에 기록 담당으로 참여해 나의 불멸의 친구가 된 존 톨슨이 마침 같은 시기에 그곳을 방문했다. 반복되는 운명의 또 다른 예였다.

지구상에서 가장 험한 바다로 유명한 드레이크 항로를 가로지르는 우리의 항해는 우정을 키우는 데 일조하는 경향이 있었다. 이상한 일도 일어났다. 서로 적대시할 것으로 여겨졌던 학생들이 가까워진 것이다. 보스니아 학생이 크로아티아 학생과 2층 침상을 같이 쓰겠다고 했고 팔레스타인 학생이 이스라엘 학생과 친구가 되었다. 탐험에 참가한 '적들'은 '중립' 학생들보다 더 긴밀한 우정을 발전시키는 경향을 보였다.

그러나 남극대륙과의 첫 만남은 그들 모두를 아연실색하게 했다. 우리는 킹 조지 섬의 맥스웰 만에 면한 콜린스 항으로 들어갔다. 25개국 35명의 학생들은 모두 뱃머리에 도열했다. 마치 장난감 병정들을 방한용 다운재킷으로 둘러싸 줄지어 세워놓은 것 같았다.

그런 우리 앞에 펼쳐진 것은… 쓰레기였다. 기계 부품들과 산업 폐기물이 주를 이루는 수 톤 분량의 쓰레기가 벨링스하우젠Bellingshausen의 러시아 기지 주변 수천 평에 걸쳐 널브러져 있었던 것이다. 기지 주변에 쌓인 냉전 시대의 쓰레기들은 남극을 찾은 유네스코 학생들에게 심란한 첫 인상을 안겨주었다.

그것은 여행 내내 지울 수 없는 이미지로 입증되었다. 그렇다. 학생들은 남극 풍경의 황량하면서도 경이로운 아름다움에 경탄을 토해내기도 했지만 그들의 화제는 계속 쓰레기 문제로 돌아가곤 했다. 나는 그들을 보며 충치를 걱정하는 누군가를 떠올렸다. 와우, 향유고래가 물 위로 뛰어오르고 있어. 근데 러시아 기지에서 본 그 쓰레기들 정말 믿기지가 않아. '스멜링하우젠Smellinghausen', 학생들이 벨링스하우젠에 지어준 별명이었다.

당시 나는 글로벌 미션으로 특정한 펭귄 종을 택해 안내 책자도 만들고 다큐멘터리 영상도 제작하고 그러면서 보호 활동을 펼치면 어떨까 하는 생각을 하고 있었다. 그러나 이상주의와 무모함의 결합, 30세 이하의 연령대에서 흔히 발생하는 그 못 말리는 결합이 탐험 학생들로 하여금 보다 야심 찬 의제를 제안하도록 이끌었다.

뉴질랜드와 미국의 대규모 기지가 이웃하고 있는 맥머도가 남극의 뉴욕 시라면 대륙 반대편의 남극반도 끝자락에서 떨어져 위치한 벨링스하우젠은 남극의 워싱턴 DC라 할 수 있다.

킹 조지 섬의 벨링스하우젠과 가까운 세틀랜드 제도에는 도합 12개의 국제 기지와 6개의 연중무휴 남극 과학기지가 들어서 있다. 세틀랜드 제도는 남극에서 가장 기후가 온화한 지역이다(겨울 평균기온이 섭씨 영하 5도로 '훈훈하다'고 할 정도다). 러시아인들은 벨링스하우젠 기지를 쿠로트Kurort, 즉 '리조트'라는 별칭으로 부른다.

벨링스하우젠은 남미의 남단, 그러니까 칠레나 아르헨티나의 남단에서 탐험대 또는 관광단을 싣고 출발하는 순항선의 자연스런 첫 번째 정거장이 된다. 아르헨티나의 우수아이아와 벨링스하우젠을 잇는 선이 어떤 대륙에서든 남극대륙에 이르는 최단 항로다. 무시무시한, 폭풍이 난무하는 드레이크 해협을 가로질러야 하지만 말이다.

1996년 벨링스하우젠 기지는 나의 국제 탐험 프로그램에 참가한 학생들에게 정신이 번쩍 들 정도의 경각심을 불러일으켰다. 기지와 붙어 있는 해변에 거대한 폐장비와 폐기물 더미가 산재했다. 그 9에이커(약 1만 1,000평)의 땅을 뒤덮은 쓰레기가 그 항로로 남극대륙을 찾는 사람들이 처음으로 접하는 광경이었다.

그 방대한 쓰레기 뒤범벅의 구성을 살펴보면 엔진 몸통과 각종 판금, 파이프, 온수장치, 선박 및 항공기 프로펠러, 라디에이터, 수백 개의 연료통, 케이블 감개, 각종 윈치, 기계 윤활유 드럼통, 상업용 낚시 도구, 4개의 트럭 차대, 연료 호스, 조립식 주택용 패널, 수없이 많은 차축 및 구동렬, 그리고 반파된 이동식 주택 등이었다. 물론 다 고장 나거나 망가져서 버려진 것들이었다.

소련 정부가 벨링스하우젠 기지를 구축한 것은 1968년이었다. 냉전 시대에 소련과 미국이 취한 공식적인 조치의 대부분과 마찬가지로 남극대륙에 영구 기지를 구축하는 것은 당시 '그레이트 게임the Great Game'이라고 불리던 일종의 국제 체스 대국의 수순을 대변하는 것이었다. 러시아인들은 그 게임을 '그림자 토너먼트the Tournament of Shadow'라고 불렀다.

미국은 소련보다 10년 앞서서 남극점 주변에 아문센−스콧 기지를 세웠으며, 맥머도에서도 존재감을 과시하고 있었다. 냉전 시대에는 각 진영이 취하는 모든 국제적 행동이 상대 진영에 동등하면서도 반대되는 반응을 요구했다. 결국 소련군은 상대적으로 얼음이 적어서 연중 내내 접근이 가능하다는 장점을 지닌 킹 조지 섬의 필데스 반도에 상륙했다.

쓰레기는 즉시 쌓이기 시작했다. 소련 정부는 그 기지에 연료 탱크 저장소를 조성했고, 동시에 그곳은 러시아 남극 어선들이 연료를 보급받기 위해 들르는 분주한 기항지로 변모하며 쓰레기 더미를 구성할 요소를 증가시켰다.

그러다 1989년 베를린 장벽이 무너지면서 세계의 정치적 풍광이 바뀌었다. 그와 더불어 벨링스하우젠 기지에 대한 정부 지원이 점점 줄어들었다. 정부에서 쓰레기에 대해 조치를 취할 것이라는 전망은 예전부터 그리 강하진 않았지만 이제는 완전히 제로에 가까워졌다.

내가 아는 선불교 선문답이 하나 있다. 교훈적인 우화라 할 수도 있다. 한 제자가 스승에게 물었다. "스승님, 우주의 의미는 무엇입니까?" 스승이 무뚝뚝하게 답했다. "네 밥그릇부터 닦아라!"

내가 이 우화에서 취하는 교훈은 거대 담론에 발 걸려 넘어지지 말고 당면한 일상적 과업에 초점을 맞추는 걸 잊지 말아야 한다는 것이다. 쓰레기 청소보다 더 낭만과 거리가 멀고 더 힘이 드는 일은 없다. 그러나 더 의미 있는 일도 없다.

이 경우에도 다시 한 번 학생들은 교사를 가르쳤다. "우리가 저 쓰레기들을 치우면 어떨까요?" 탐험대 학생 중 한 명이 창 너머로 쓰레기 더미들을 가리키며 내게 물었다. 우리는 벨링스하우젠에 타고 온 배의 연회실에 모여 있었다. "그것을 우리의 글로벌 미션으로 삼는다면 어떻겠냐는 말입니다."

사방에서 동의의 말들이 쏟아져나왔다. "그거 멋지겠는데! 그러면 전 세계의 쓰레기 문제까지 부각시킬 수 있겠는 걸!"

"턱끈펭귄이…." 내가 중얼거렸다. "나는 턱끈펭귄을 주제로 삼아서 뭔가를 하는 거에 대해서 생각하고 있었는데…."

나의 말은 20대 젊은이 서른다섯 명이 서로를 붙잡고 한꺼번에 쏟아내는 흥분된 잡담에 묻혀 사라지고 말았다.

44

2041 호

다시 또 나는 배가 필요했다. 지난번에 내가 그런 충동을 느꼈을 때, 즉 '스콧의 발자취를 좇는' 탐험을 성공시킬 수 있는 유일한 방법이 일단 배를 타고 움직이는 것이라는 사실을 인식했을 때에는 피터 맬컴이 서던퀘스트 호를 구해왔다. 이번에 내가 원하는 것은 좀 더 작고 날렵한 배였다. 벨링스하우젠에서 쓰레기를 실어오기 위해 바지선이나 화물선을 사는 것은 결코 고려하지 않았다.

그보다 더 급한 것은 돈이었다. 사실 나는 벨링스하우젠을 청소하는 데 필요한 돈을 끌어들이기 위해 결국 바지선 쪽으로 타협을 하게 될지도 몰랐다. 그러나 어쨌든 그 전에 자금을 모아야 했다. 2041 조직이 기금을 모으는 가장 쉬운 방법은 기함을 활용하는 것이라 판단했다. 물 위에 떠서 장관을 연출하든 항구에 정박해 목소리를 높이든 우리 소유의 2041 요트를 활용하는 게 제격이었다.

그렇다. 말 그대로 '요트'가 필요했다. 미국을 제외한 세계의 모든 지역에서 '요트'는 단순히 길이 10미터가 넘는 선박을 의미한다. 단지 미국에서만 하인들이 뜨거운 욕조에서 물장구치는 미녀들에게 마이타이 칵테일을 돌리는 동안 억만장자 주인은 여유롭게 햇살을 즐기는 호화로운 선박을 의미한다. 웬만한 부로는 꿈도 못 꾸는 재물, 빌 게이츠Bill Gates나 세르게이 브린Sergey Brin 같은 부류가 즐기는 부를 상징하는 것이다.

내가 이런 사족을 덧붙이는 것은 이 글을 읽는 미국인들이 혹시 오해할까봐서다. 그렇다. 나는 요트를 구하고 있었다. 하지만 과세 등급을 올리려 그러는 게 아니었다. 나는 여전히 모으는 돈 모두를 자신의 창도(唱道) 조직에 갖다 바치는, 파산의 기로에 선 탐험대의 리더일 뿐이었다. 하지만 그 창도 조직도 벨링스하우젠 기지 주변 청소와 같은 비용이 많이 드는 프로젝트에 착수하려면 상당히 많은 돈을 필요로 했다.

1998년 2041 조직은 마침내 자체의 기함을 보유하게 되었다. EU 경쟁위원회 회장인 닐리 크로스Neelie Kroes가 벨링스하우젠 프로젝트에 대해 들었다. "무엇이 필요한가요?" 그녀가 내게 물었다.

"배가 필요합니다." 그녀는 네덜란드 사람으로 해상 명명법에 익숙할 게 분명했지만 불필요한 오해의 소지는 남기지 말자는 의도로 '요트'라는 표현을 피했다. "기금 모금 행사에 활용하고 젊은이들을 남극대륙으로 데려가는 데 쓸 수 있는 배가 필요합니다."

닐리는 진정한 결단력을 발휘할 줄 아는 세계의 몇 안 되는 여성 리더 중 한 명이다. 그녀의 모국인 네덜란드는 종종 놀라울 정도로 자유롭고 정치적으로 공평하다고 여겨졌지만 정재계의 상층에는 여성이 별로 없었다. 그게 모종의 전통이었다. 닐리는 예외였다. 인맥이 두터운 그녀는 자신이 찾을 수 있는 네덜란드 재계의 유력가들과 나를 만나게 주선해줬다.

나는 일단의 재계 인사들이 모인 자리에서 프레젠테이션을 했다. "이 나라에서는 차고와 차를 보유한 모든 사람들이 가까운 부두에 보트를 정박해둡니다. 이렇게 저지대 국가의 국민들은 물 위를 떠다닐 수 있는 능력을 필수로 간주합니다. 그와 마찬가지로 2041 조직 역시 그 능력을 조직의 필수로 여겼습니다."

그런 식으로 그 일이 성사되었다. 그 네덜란드 기업인들은 2041 조직에 전장 20미터의 아름다운 경주용 요트를 마련해줬다. 암스테르담의 한 부두에 정박한 그 배를 처음으로 보러 간 날이 기억난다. 시대에 뒤떨어진 항해 용어 하나가 내 무의식 속에서 솟구쳤다. 그 배는 실로 '야르yar'한 배였다. 매끄럽게 잘 빠져 잘 나간다는 의미였다.

〈필라델피아 스토리The Philadelphia Story〉라는 영화에 존 하워드John Howard 가 분한 키트리지Kittredge와 캐서린 햅번Katherine Hepburn이 분한 트레이시Tracy가 이런 대화를 나누는 장면이 나온다.

트레이시: 저런, 정말 야르한 배야.

키트리지: 야르한? 그게 무슨 뜻이지?

트레이시: 그건, 어… 무슨 뜻이냐면… 다루기 쉽고 조타 장치가 빠르게 먹히고, 날렵하게 잘 나간다는 뜻이야. 배가 갖춰야 할 모든 것을 갖췄다는 얘기지.

그렇다. 야르한 배였다. 데이비드 토마스David Thomas의 설계로 1990년 플리머스 조선소에서 데보포트매니지먼트 사Devonport Management Ltd.가 건조한 철제 골격의 버뮤다 커터Bermudan Cutter22로서 세계일주 요트 경주인 체이 블리드Chay Blythe 글로벌 챌린지를 위해 제작된 배였다. 갑판 아래에 퍼킨스 세이버Perkins-Sabre M185C 터보 6기통 디젤엔진이 장착된데다가 6개의 선실에 도합 14개의 침상을 갖췄다. 세계에서 가장 엄격한 요트 경주 중 하나를 위해 제작된 만큼 3만 마일의 역풍항해 내구성 시험을 거쳤고 7.5노트의 순항속도를 자랑했다.

야르한 그 배를 우리는 또한 환경 친화적으로 만들고 싶었다. 우리는 전력용 풍력 터빈과 난방 및 요리용 알코올 스토브, 그리고 폴리에틸렌 테레프탈레이트PET 플라스틱 재활용 돛 등으로 우리의 새로운 기함을 개조하는 작업에 착수했다.

이름은 뭐라 지을까? '진정한 사랑True Love'도 후보에 올랐지만 우리는 결국 그 배에 '2041'이라는 이름을 부여했다. 우리의 2041 호는 자원봉사 학생들로 구성된 승무원과 함께 남극대륙으로 즉시 항해했다. 그렇게 2008년까지 완수하게 될 세계일주 항해의 첫 발을 내딛은 것이다.

2041 호는 2041 조직에 막대한 도움을 제공했다. 그 우아한 요트는 세계 곳곳의 항구에 정박하는 것만으로도 우리의 대의를 알리는 광고판 역할을 했다.

그 배는 벨링스하우젠 정화 작업을 촉진했고, 자원봉사자들을 남극대륙으로 실어날랐으며, 결국 수백만 달러를 모금하는 데 도움을 주었다. 그러나 그에 못지않게 중요한 것은 그 배가 곧 선박 역사상

가장 비현실적이며 지금까지도 독보적인 항해 여정을 달성할 것이
라는 사실이었다.

45

남극대륙 미션

"왜 이런 일을 하려는 겁니까?" 그 공무원이 물었다. 나는 모스크바에 있었다. 벨링스하우젠 기지의 난잡함을 해결하기 위해 러시아 정부의 허가를 얻기 위해서였다. 냉전의 여파였다. 소비에트 제국의 해체는 해당 지역 전체를 혼란에 빠뜨렸다. 옐친의 탱크가 거리에서 사라진 것도 불과 얼마 전의 일이었다.

"나는 남극대륙을 청소하기 위한 노력에 동참하고 싶은 겁니다." 내가 답했다. 계속해서 의심과 분개만 접하고 있던 터였다. 내가 왜 여기에 왔는가? 나의 진짜 동기는 무엇인가? 내가 러시아 정부를 난처하게 만들기 위해 그러는 것인가?

나는 벨링스하우젠 기지의 상황을 알고 있었다. 그 기지에서 수행하는 대단히 훌륭한 과학 연구에 대한 재정적 지원은 이미 고갈된 상태였다. 상주 인원이 축소되었고 남은 직원은 상대적으로 빈곤해졌다. 그 기지는 극지방에서 소련 군대의 기념품을 보급품과 교환하는 장소로 유명해졌다.

모스크바를 방문했을 때 나는 제2차 세계대전 참전용사들이 길거리에서 군용 기장을 판매하는 모습을 목격했다. 정부가 직면한 선택지는 벨링스하우젠에서 쓰레기를 거둬 철수하거나 아니면 빠듯한 예산으로나마 그 위대한 과학 프로그램을 지속시키는 것이었다. 정부는 당연히 과학 연구를 선택했다. 그런 상황에서 내가 이제 그들에게 깨끗한 해변으로 가는 무료 티켓을 제안하고 있었다. 내가 필요로 하는 것은 허락뿐이었다.

그들은 마지못해 내 청을 수락했다. "소문내지는 말도록!" 내가 러시아 공무원 집단에게서 받은 메시지의 본질이었다. 러시아는 나라 전체가 겸손해졌다. 도움을 받아야 한다는 사실로 인해 마치 집단적 자부심이 상처를 입은 것처럼 보였다. 러시아 사람들은 내가 개인이기 때문에 도움을 받는 것에 동의했을 뿐이다.

나의 불멸의 친구 중에서도 불멸인 미샤 말라코프가 우리의 노력에 자신의 동포들이 합류하도록 도왔다. 그는 근래에 러시아의 영웅이 된 인물이었다. 형식적인 꼬리표가 아니라 생활보호대상자를 엘리트 범주로 승격시켜주는 진정한 공식 명예였다. 러시아의 영웅이 방 안으로 들어서면 사람들은 자리에서 일어섰다. 미샤는 더 이상 공과금이나 호텔 숙박비, 교통비 등을 지불할 필요가 없었다(물론 미샤는 미샤였기에 이들 중 어느 것도 받아들이지 않고 버스 요금 등을 일반 시민과 똑같이 냈다).

벨링스하우젠 기지 정화 작업은 극지 탐험을 제외하면 내가 착수한 가장 육체적으로 고된 과업이었다. 그 일은 그 자체로 하나의 탐험으로 발전했다. '남극대륙 미션', 나는 그것을 이렇게 불렀다.

1998년부터 2001년까지 4년 동안 러시아 정부와 공동의 노력을 기울여 자금을 모으고(최종적으로 총 600만 달러) 공무원들을 회유하며 과학자들의 소매를 이끌고 아래로 내려가 벨링스하우젠에 방치된 쓰레기 더미를 제거하고 폐기물들을 재활용했다.

그것은 극지 탐험 이상으로 내가 자랑스러워하는 내 인생의 성취다. 그 4년 동안 매해 여름(북반구에서는 겨울)이면 나는 남극에 가서 운반용 통과 덤프스터, 그리고 바지선에 쓰레기를 적재하는 작업을 했다.

남극대륙 미션에는 교사와 엔지니어, 직업 선원 등 모든 분야의 다양한 자원봉사자들이 참여했다. 자원봉사 용접공들은 부피가 커서 옮기기 어려운 건물 잔해들을 운반하기 쉬운 크기로 잘라줬다. 러시아 정부는 노동자들은 물론이고 물류와 숙소를 제공해줬다. 미국의 금융사 메릴 린치Merrill Lynch는 제반 과정에 대한 보험을 들어줬다.

그리고 불멸의 친구들이 다시 내 삶으로 날아들어왔다. '스콧의 발자취를 좇아'에서 기록을 담당했던 존 톨슨, 벨링스하우젠 주재 러시아인들과의 연락을 도운 미샤, 해운 관련 사항에 큰 도움을 준 피터 맬컴 등이 그들이다. 에이드리언 에반스Adrian Evans라는 탁월한 조직자는 영국에서 우리의 노력을 지원했다.

실제로 수행하기 전에, 나는 그것이 얼마나 힘겨운 노력이 될 것인지 몰랐다. 리더십은 때로 맹목적 낙관주의를 필요로 한다. 특정

과업이 실제로 어떤 것을 수반하는지 그 모든 껄끄러운 세부사항까지 미리 다 아는 경우, 과연 얼마나 많은 과업이 실행에 옮겨지겠는가? 역사의 위대한 업적 중 일부는 무지에 기원한다.

나는 노르망디 상륙 작전이 완전한 사전지식을 토대로 이뤄졌는지 의심스럽다. 그랬다면 실행에 옮기기엔 너무 끔찍해 보이지 않았을까? 아폴로 우주 프로그램은 또 어떤가? 나폴레옹의 러시아 침공은? 철인 경주대회는? 일반적인 삶의 그 모든 불행은?

그중 어떤 것에 대해서도 확신하지 못하지만, 나는 내가 어떤 일을 겪게 될지 사전에 알았다면 결코 극점에 걸어가지는 않았을 것이라 확신한다. 때로는 모르는 게 약이다. 또한 무지는 특정 규모의 노력에 뛰어들기 위한 전제 조건이기도 하다.

벨링스하우젠 '휴양지'의 날씨는 반복적으로 우리를 저버렸다. 시도 때도 없이 폭풍과 눈보라가 덴마크 선박 앤 보이Anne Boye 호에 폐기물을 실어나르는 바지선을 강타하곤 했다. 그런 가운데 인근 킹조지King George 섬의 기지들(우루과이의 아티가스Artigas, 칠레의 프레이Frei, 폴란드의 아크토프스키Arctowsky)에서 나온 관료들이 자기네들도 치워야 할 폐기물들이 있다고 했다. 그것들도 치워주면 안 되겠냐는 제안이었다. 우리는 피곤한 한숨을 토해내며 그것들도 치우겠노라고 답했다. 그럽시다, 치워봅시다!

전 세계의 기금모금 전문가들에게 조언 하나 해줄까 한다. 후원자와 지속적인 연락을 취하되, 서둘러 돈 얘기를 꺼내지는 말라. 건실한 은행계좌를 보유한 사람은 누구든 일상적으로 각종 지원 요청을 처리한다는 사실을 이해해야 한다.

어네스토 베르타렐리Ernesto Bertarelli는 스위스의 생명공학 기업 세로노Serono의 CEO로 아버지로부터 회사를 물려받은 인물이다. 수년 전 내가 그를 알게 된 계기는 그가 요트 경주에 관심이 많아서였다. 우리는 그렇게 공통의 관심사를 통해 수년 전부터 꾸준히 교류해왔다. (2003년 베르타렐리는 요트 경주의 그랑프리라 할 수 있는 아메리카 컵을 스위스에 안겨줬다. 해안이 없는 나라인 스위스가 이룬 쾌거라서 더욱 놀라운 공적이 아닐 수 없다.)

교류가 이어지는 동안 나는 베르타렐리에게 단 한 번도 기부를 요청하지 않았다. 하지만 벨링스하우젠 기지의 정화 작업을 마무리할 무렵 나는 벽에 부딪히고 말았다. 2041 호의 증가된 기금모금 능력이 도움이 되긴 했지만 충분하지는 않았던 탓이다.

해당 노력의 주요 후원자는 미국의 은행 및 투자 회사들이었다. 그런데 세계무역센터와 펜타곤에 대한 9-11 테러가 발발했고, 그런 회사들의 초점이 다른 곳으로 쏠리는, 충분히 이해할 수 있는 상황이 전개되었다.

그 테러 공격은 전 세계에 짙은 먹구름을 드리워놓았다. 나는 무력감을 느꼈다. 하지만 한편 다른 많은 사람들과 마찬가지로 분노도 치솟았다. 나는 빈 라덴 같은 인간 때문에 나의 선택이 제약을 받도록 놔둘 수 없었다. 나는 과감하게 나아가기로 마음을 먹었다.

앤 보이 호는 이미 벨링스하우젠을 향해 항해를 시작한 터였다. 나는 남극대륙에서 수거한 쓰레기를 반출하기 위한 마지막 항해에 전념을 기울였다. 배에 지불할 돈이 없었음에도 불구하고 말이다.

나는 베르타렐리에게 전화를 했다. "배는 벌써 공해로 나가 남쪽을 향해 움직이고 있습니다." 내가 그에게 말했다. 남극대륙 미션이 띄워놓은 화물선은 적자의 파도 속에서 좌초 위기에 내몰리고 있었다. 그는 우리를 수면으로 부상시키는 수표를 가지고 왔다.

마침내 남극대륙 미션은 콜린스Collins 항구의 해변에서 도합 1,500톤의 폐기물을 치우며 임무를 완수했다. 우리 팀은 그 폐기물을 모두 우루과이로 운반했고, 거기서 금속과 그 밖의 모든 것들을 분류하고 재활용했다. 우루과이 수도 몬테비데오에는 재활용된 남극의 철근으로 보강된 건물들이 여럿 서 있다.

나는 남극대륙과 더 넓은 세계가 닮아가는 모습을 지속적으로 목도했다. SUV의 배기관에서 나온 것이든 하수처리장에서 나온 것이든 우리는 모든 곳에서 우리 자신이 만든 쓰레기에 묻혀 익사 상황에 이르고 있다. 이런 상황은 전 세계가 마찬가지다. 늘 그렇듯이 남극의 그림이 조금 더 알아보기 쉬운 것뿐이다.

2001년 시즌이 끝날 무렵 나는 한때 쓰레기 더미가 진을 쳤지만 이제는 깨끗이 청소되어 검은 화산모래가 깔끔하게 반짝이는 구역을 굽어보았다. 우리는 나중에 다큐멘터리로 각광을 받게 되는 〈펭권, 위대한 모험March of the Penguins〉의 실제 장면을 우리끼리만 먼저 감상할 수 있었다. 뒤뚱거리며 걷는 황제펭귄 한 무리가(그렇다, 그 가운데 일부는 턱끈펭귄이었다) 벨링스하우젠에서 바다에 이르는 그들의 관문인 셈인 그 해변을 수십 년 만에 처음으로 머뭇거리며 탐사하는 모습이 눈에 들어온 것이다.

46

케이프타운 3

2002 지구 정상회의를 남아공의 요하네스버그에서 열기로 결정한 천재는 대체 누구란 말인가? 그 도시는 어떤 바다로부터도 160킬로 미터나 떨어진 곳에 위치했다. 해발 1,900미터의 내륙 고원에 위치한 요하네스버그. 항구가 있는 다른 곳에서 그런 모임을 가질 수도 있지 않았을까?

나의 글로벌 미션은 '리우+10'(요하네스버그 지구 정상회의는 이 이름으로 알려진다)이 열리는 시기에 맞춰 성공적으로 완수되었다. 그 회의에 는 다시 지속가능 개발 세계 정상회담World Summit for Sustainable Development이 라는 공식명칭이 붙었고, 이후 '지속가능'은 관료들이 즐겨 쓰는 단 어가 되었다. 때는 2002년 3월 내가 10년 전 부여받은 글로벌 및 로 컬 미션에 대해 유엔 회의에 보고해야 할 시점이 3개월 후였다.

로컬 미션으로 나는 무엇을 할 수 있을까? 땅으로 둘러싸인 요하네스버그에서 2041 호를 어떻게 이용한단 말인가? 우리의 요트는 환경 변화를 위한 홍보의 주된 자산이 된 터였다. 케이프타운 항구에서는 쓸모가 많았지만, 회담은 거기서 1,400킬로미터나 떨어진 오지에서 열린다는 것이었다.

관련성 점검은 지속가능 리더십의 근본적인 부분이다. 지금 하고 있는 일이 관련성이 있는지, 명시한 목표가 계속 의미가 있는지 정기적으로 자문해야 하는 것이다. 그렇게 하지 않으면 상황이 바뀌어 리더십 노력이 시대에 뒤지거나 부적합해지는 리스크를 감수해야 한다.

요하네스버그 주변 사람들에게 로컬 미션 차원에서 전달할 수 있는 나의 리더십 메시지는 무엇인가? 나는 남아프리카공화국의 먼지 날리는 흑인 구역에 가 있는 내 모습을 상상해봤다. 빈곤이 만연하고 에이즈가 날뛰는 그곳에 가서 팔을 들어올리고 얼굴에 미소를 바르며 청중들에게 남극대륙 정화의 중요성에 대해 연설을 한다?

귀뚜라미 소리만 나를 반길 게 분명했다. 나는 2041 프로젝트의 열정을 로컬 미션에 담을 방도가 없었다. 네모난 구멍에 둥근 못을 박는 격이었다. 부적합 그 자체였다는 얘기다. 나는 관련성을 잃을 것이고 결국 리더십도 발휘하지 못할 터였다. 무엇을 해야 하나? 사고는 글로벌로, 행동은 로컬로! 그러니까 나의 로컬 미션이 무엇이란 말인가?

당시 남아공에서 가장 유명한 인물 중 한 명인 숀 존슨 Shaun Johnson, 혁신적인 반(反)아파르트헤이트 신문 편집장인 그가 내게 길을 가르쳐줬다. "에이즈가 정답입니다. 여기서 로컬 미션으로 에이즈만한 것은 없습니다. 에이즈를 잡아야 합니다."

물론 그의 말은 옳았다. 아프리카 전역의 에이즈 문제는 상상을 초월하는 지경에 이르러 있었다. 남아공에만 700만 명이 HIV에 감염되었으며, 대륙 전체를 놓고 보면 감염자가 3억 명에 달했다. 그러나 극지 탐험가이자 선원인 내가 환경 보호를 표방하는 선박을 가지고 무엇을 할 수 있을까? 요트 하나로 대체 무엇을 할 수 있단 말인가?

산이 모하메드에게 오지 않는다면 모하메드가 산에 가기 마련이다. 팀원인 앵거스 부차난^{Angus Buchannan}과 대화를 나누던 중 나는 기이한 계획을 떠올렸다. 길에서 쇼를 벌이자는 계획이었다.

탁월한 선원이자 2041 호의 갑판원인 부차난은 늘 이성을 앞세우는 인물이었다. "나는 거기에 가야 해요." 요하네스버그 정상회담에서 우리의 관련성을 부각시키는 아이디어에 골몰하면서 내가 그에게 말했다.

그는 고개를 저었다. "정말로 그래야 해요? 그럼 그냥 몸만 가면 되잖아요. 그 배를 뭐, 트럭에라도 실어나르자는 얘기예요?"

머리에서 불이 반짝였다. 러브라이프^{loveLife}(그들은 이렇게 앞에는 소문자 'l', 뒤에는 대문자 'L'로 표기한다)라는 현지 활동가 단체와 파트너십을 맺고 우리는 2041 호의 용골과 돛대를 해체하고 요트를 주문제작 트레일러에 실어 남아프리카공화국의 마른 심장을 통과하는 육로로 옮기며 에이즈에 대한 인식을 고취시키자는 계획을 세웠다. 실로 기이한 계획이었다. 하지만 막상 전개되는 과정에서는 전국에서 50만 명에 달하는 청년들이 활동에 참여하는 꿈 같은 열풍이 일었다.

2041 호는 케이프타운에서 육로 여행을 시작했다. 학생 시절인 70년대에 내가 택시를 몰았던 바로 그 항만구역이었다. 또한 내가 테이블 산의 무시무시한 측면 끝자락에 서서 '스콧의 발자취를 좇는' 남극 탐험을 위해 항구로 들어서는 서던퀘스트 호를 수평선 위의 작은 적황색 점으로 확인했던 곳이기도 했다. 나는 우리의 불운한 요트를 그곳의 건선거로 옮겨 목적에 부합하게 개장했다. 초대형 유조선 옆에 놓인 요트를 보니 마치 장난감 배 같은 느낌이 들었다. 더불어 계속해서 과거를 다시 사는 것과 같은 느낌이 들기도 했다.

마치 이 요점을 강조하듯 나의 불령의 친구 두 명이 다시 무대에 등장했다. 서던퀘스트 호의 출범을 도왔던 세턴 베일리Seton Baily와 '노난센스 노엘린'으로 통하던 노엘린 코트첸Noelene Kotcschen이 그들이었다. 그들이 없었다면 과연 2041 호의 육로 여행이 진짜로 실현되었을지 의심스럽다.

그들은 각각 홍보와 물류를 책임진 가운데 50톤 무게의 요트를 언덕 위로 올리고 계곡을 넘게 하는 극복 불가능해 보이는 문제를 해결하는 데 도움을 주었다. 우리가 주문제작한 트레일러는 전장 20미터 차체에 바퀴 8개를 장착한, 한마디로 고속도로의 괴물이었다.

아마존 밀림에 오페라하우스를 짓기 위해 배로 건설자재를 실어 나르는 무모한 모험을 담은 영화 〈피츠카랄도Fitzcarraldo〉의 감독 베르너 헤르조그Werner Herzog가 생각났다. 그도 지금 나와 같은 기분이었을까. 우리는 요트 트레일러에 올라타 남아프리카공화국의 내륙으로 향했다. 그렇게 우리는 1만 2,800킬로미터를 달려 선박 역사상 가장 긴 육로 여행을 기록했다. 기네스북 관계자들이 주목해야 할 부분이다.

마을과 도시의 주민들은 우리의 도착을 열렬히 환영했다. 우리는 우리의 이니셔티브를 '얼음 기지'라는 표현으로 홍보했다. 남아공의 더위를 조금이라도 식혀주려는 표현이었다. 우리가 마주한 청중의 대부분은 요트의 실물을 본 적이 없는 사람들이었다. NASA가 아폴로 우주선의 캡슐을 트레일러에 싣고 로드쇼를 벌인 장면이 떠올랐다. 주민들은 입을 딱 벌리고 우리를 구경했다.

요트 트레일러에는 앞면 범퍼에 커다란 표지판이 부착되어 있었다. 빨간 글씨로 '비정상ABNORMAL'이라고 쓴 표지판이었다. 물론 비정상적으로 큰 화물에 대한 언급이었지만, 나는 그 단어가 내 자신의 감성에도 똑같이 적용될 수 있다는 생각을 지울 수 없었다.

부차난과 함께 나는 학생 선원들을 인솔했는데, 그들 대부분이 막 남극대륙 방문을 마치고 돌아온 터였다. 그들은 파카와 부츠, 방한모, 고글, 벙어리장갑 등 완전한 극지방 차림새로 중무장을 한 채 요트 밖으로 나오곤 했다. 남아프리카 가을의 무더운 열기 속으로 말이다. 흡사 우주비행사를 연상시키는 차림새였다. 사실 여기에는 메시지가 담겨 있었다. 우리가 이렇게 남극에서 추위와 바람으로부터 스스로를 보호하듯 여러분도 성관계를 가질 때에는 스스로를 보호해야 한다는 취지였다.

우리는 큰 히트를 쳤다. 5,000명 이하의 청중이 모인 적이 한 번도 없었고, 몇몇 기착지에서는 2만 명에 달하는 군중이 몰려들었다. 아프리카너 지방과 피켓버그, 반리네스도프, 유핑턴, 킴벌리를 거쳐 북쪽의 프레토리아와 피에터버그, 팔라보아를 지났으며 해안을 따라서 더번이스트런던과 포트엘리자베스를 경유했다. 그리고 다시 내륙으로 들어와 가리엡 댐과 웨이콤을 지나 마침내 요하네스버그에 도착했다. 그 과정에서 우리는 40곳의 기착지를 거치며 수십 만 명의 사람들을 만나 40차례의 에이즈 예방 프레젠테이션을 하는 동시에 지울 수 없는 비전을 안겨줬다(그랬길 바란다).

널리 인용되는 〈그레이트풀데드Grateful Dead〉의 가사가 있다. "얼마나 길고도 이상한 여행이었던가." 하지만 남아공 웜배스의 33도 더위 속에서 얼음이라곤 만져본 적도 없는 남아공 아이들이 남극의 빙하에서 실어온 커다란 얼음 덩어리를 어루만지는 모습을 지켜보면서 나는 그 가사를 떠올릴 자격을 얻었다고 생각했다. 그 아이들은 다운재킷을 입고 추운 지방의 시시한 서커스 쇼를 선보이며 5,000명의 청소년들에게 공중보건 메시지를 전달하는 국제 자원봉사 학생들의 활동까지 흥미롭게 지켜봤다.

얼마 전에 아버지가 되었기 때문에 나는 다음 세대에 관심을 가질 개인적인 이유도 있는 셈이었다. 당시 새로운 결혼을 준비하고 있던 터라 나는 온통 낙관주의에 휩싸여 있었다. 나의 약혼자 니콜Nicole은 남아공 출신이었다. 따라서 이것은 그녀를 위한 과거로의 여행이기도 했다. 하지만 우리는 미래도 함께 데려가고 있었다. 갓 태어난 우리의 아들과 (전처소생으로) 곧 니콜의 의붓아들이 될 바니도 동행하고 있었기에 하는 말이다.

47

요하네스버그

우리 러브라이프 로드쇼 일행이 요하네스버그에 들어선 것은 2002년 8월, 즉 남반구의 한겨울이었다. 우리는 샌드턴^{Sandton} 컨벤션 센터 부지에 요트 트레일러를 주차시켰다. 그곳은 부스를 세우고 전시품을 진열하고 표지판을 다느라 한창이었다. 2041 호는 당연히 회담에 참석한 유일한 대양 항해 요트였다.

180개국, 100명의 국가 원수, 4만 명의 대표단이 참석하는 회담이었다. 조지 W 부시 대통령은 참석하지 않기로 했는데, 교토 의정서에 서명하길 거부한 것으로 인해 공적으로 취급되고 있었다. 역설적이게도 세계에서 가장 선진화된 환경 규제 국가이자 동시에 세계에서 가장 많이 지구를 오염시키는 국가인 미국은 여전히 조인국이 아니었다.

콜린 파월^{Colin Powell} 미 국무장관이 미국 대표단의 수장이었다. 그가 연설하는 도중에 환경 단체에서 나온 것으로 보이는 사람 몇 명이 "부시는 부끄러움을 알라!"라고 소리쳤다. 청중들은 천천히 박수를 쳤다. 온실 가스 협약에 임하는 미국의 인색한 태도는 인기가 없었다.

10년 전의 리우정상회담 이후 세계의 지도자들은 면면이 바뀌었고, 정치적 풍광도 완전히 변형되었다. 영국에서는 토니 블레어Tony Blair가 존 메이저의 뒤를 이어 총리직에 올랐고, 프랑스에서는 자크 시라크Jacques Chirac가 프랑수아 미테랑François Mitterrand에 이어 대통령이 되었으며, 독일에서는 헬무트 콜에 이어 게르하르트 슈뢰더Gerhard Schröder가 정권을 잡았다. 그사이에 유럽연합EU도 창설되었고, 행사의 주최국인 남아프리카공화국에서는 최초의 진정한 민주 선거가 치러졌다.

리우와 이곳의 정상회담에 모두 참석한 국가원수는 짐바브웨의 로버트 무가베Robert Mugabe와 쿠바의 피델 카스트로Fidel Castro뿐이었다. 독재자들만이 자리를 유지한 것이다.

나는 통상적인 5분간의 연설 시간을 할당받고 세계의 지도자들에게 그들이 리우에서 내게 부과한 글로벌 및 로컬 미션에 대해 보고했다. 나는 그들이 그 10년 동안 초조함에 손톱을 물어뜯으며 내가 전달할 내용을 기다렸을 것으로 확신했다. 그러나 실상은 그렇지 않았다. 그들은 내게 무심히 던진 과제를, 결과적으로 나를 4년 동안 벨링스하우젠에서 개고생하게 만든 그 과제를 까맣게 잊은 듯 보였다.

나는 리우에서 그런 약속을 했고 그 약속을 지키기 위해 재정적으로 시달리는 가운데 필사적인 노력을 기울였다. 그리고 그에 대해 보고하기 위해 그 자리에 온 것이다. 그런데 아무도 귀를 기울이지 않는 것 같았다. 나는 무가베와 카스트로가 나를 기억하는지조차도 확신할 수 없었다.

잊혔든 그렇지 않든, 나는 이목을 집중시키기로 마음먹었다. 먼저 벨링스하우젠에 대해서 얘기를 했다. 세계 전역의 폐허 지역을 정화하는 글로벌 미션에 대해서 말이다. 그리고 나서 러브라이프와 함께 진행한 로컬 미션에 대해 요약해서 설명했다. 다음은 내가 준비한 극적인 연출이었다. 회의장에서 내가 선 뒤쪽으로 쳐져 있던 커튼이 드라마틱하게 열렸다. 거기서 잔디밭에 주차된 2041 호가 한눈에 들어왔다. 실로 멋진 순간이 아닐 수 없었다.

회의장 밖에서 나는 자크 시라크와 남아공 대통령 타보 음베키Thabo Mbeki를 만났다. 음베키는 미소를 지으며 고개를 끄덕이고는 내게 손을 내밀었다. 시라크 대통령은 악센트가 가미된 영어로 "그 훌륭한 일을 계속 이어나가주길 바랍니다"라고 말했다. "우리는 다음 번 세계 정상회담에서도 당신을 환영하게 되길 고대합니다."

나는 그 말에 다소 놀랐다. 프랑스 대통령님, 이 정상회담에 이제 막 도착했는데 벌써 다음 번 정상회담에 저를 등록시켜주시는 겁니까!

하지만 내가 입 밖에 낸 말은 달랐다. "물론입니다. 우리는 거기에 참석할 겁니다."

그렇게 그 일은 끝이 났다. '잘했어, 계속 가자!' 내가 무엇을 기대했었는지 나는 잘 모른다. 꽃다발을 받고 세계의 지도자들이 무등을 태워주는 가운데 각국 대표단의 열렬한 박수를 받으며 한 바퀴 도는 것이라도 기대했던가? 물론 그런 일이 벌어졌다면 멋졌을 것이다. 나는 우리가 벨링스하우젠에서 치운 300만 파운드의 쓰레기에 대해 생각했다. 그렇다면 등을 300만 번 정도는 두드려줘야 마땅했던 것 아닌가.

박수갈채를 기대하지 말라. 힘겹게 체득한 또 하나의 리더십 교훈이었다. 박수갈채를 받기 위해 그 일을 한다면, 어떤 경우에든 세상에는 내가 흡족할 만한 박수갈채가 나올 만큼 손이 충분하지 않다는 사실을 나는 깨달았다. 하지만 이 개념에는 리더십과 관련해선 다른 면이 존재한다. 팀원들과는 반드시 시간을 내 성과를 축하해야 한다는 것이 그것이다. 인생은 짧다. 잠시 멈추고 월계관을 음미하라.

18마일 벽에 부딪혀 그렇게나 오랜 시간을 탕진한 탓에 나는 이후의 과정에서는 뒤도 돌아보지 않고 '스콧의 발자취'에서 '아이스워크'로, 다시 리우에서 벨링스하우젠을 거쳐 남아프리카로 정말 숨 가쁘게 내달렸다. 그러는 가운데 종종 자축의 시간을 놓친 것은 물론이다. 온갖 종류의 정치적 파벌 싸움이 난무하는 가운데 정상회담이 끝나갈 무렵 나는 러브라이프 관계자들과 팀원들을 모아 우리가 놀라운 여정을 완수했고 수천의 사람들에게 대의를 알렸다는 사실을 인정하고 자축했다.

정상회담장의 그림자를 받으며 2041 호 옆에 서 있을 때였다. 코카콜라의 남아프리카 지사장인 더그 잭슨Doug Jackson이 내게 다가왔다. 그는 목을 길게 빼고 육지에 정박한 요트를 올려다봤다.

"아니 그 먼 길을, 그것도 육로로 이 배를 가져온 겁니까?" 그가 물었다. 나는 그렇다고 답하며 러브라이프 투어에 대해 대략적으로 설명해줬다. 그러자 그가 이후 내 인생을 바꿔놓는 말을 했다. "그렇다면, 여기서 멈추면 안 됩니다. 그 영감을 지속시켜야 마땅하지 않겠습니까?"

지속가능한 영감. 내 마음을 바칠 수 있는 그 개념을 그렇게 두 단어로 간명하게 들은 것은 그때가 처음이었다. 그것이 바로 내가 추구하던 무엇이었는데, 그가 두 단어로 요약해준 것이다.

현대 사회에서 우리는 소비함으로써 소비된다. 모든 것이 새롭고 모두가 곧 싫증이 난다. 우리는 제품뿐 아니라 엄청난 양의 정보도 소비한다. 새로운 메시지가 기존의 메시지를 놀라운 속도로 대체한다. 중요한 무엇이 수다 속에 묻혀버린다.

2041 프로젝트의 다른 점이 바로 그것이었다. 2041은 장기적 관점으로 존재하는 개념이었다. 2041은 젊은이들이 오랫동안 헌신할 수 있는 아이디어였다. 요트 옆에 잭슨과 함께 서서 나는 연도를 계산해봤다. 그 시점에서 2041의 영감은 향후 38년 동안 지속가능한 무엇이었다.

"당신은 남아프리카에 영감을 주었습니다." 그가 말을 이었다. "우리 함께 아프리카 전체에 그 영감을 전파하는 것에 대해 어떻게 생각하십니까?"

그의 지원 덕분에 우리는 그저 바다로 나가 석양 속으로 사라지지 않았다. 우리는 육지를 돌며 수행한 그 로드쇼를 이제 바다를 돌며 항구마다 들러서 수행했고, 2003년 1월에는 희망봉에서 리우까지 달리는 요트 경주까지 완주했다. 그사이에 팀원들은 요트와 항해에 관해 많은 것을 배우며 전문가급의 선원으로 거듭났다.

또한 우리는 이런 과정을 통해 젊은 옹호자 그룹을 탄생시켰다. 남아프리카공화국의 한 청소년에 대한 이야기만 소개하면 사례로서 충분할 듯싶다. 에릭 바포Eric Bafo는 케이프타운의 흑인 구역 가운데 하나인 카이렐리샤에서 가난한 한부모 가정에서 성장했다. 형은 감옥에 갔고 그 자신 역시 형과 마찬가지로 마약과 폭력, 범죄로 이어지는 길을 향해 나아가고 있었다.

그런 그의 삶이 거의 우연에 의해 바뀌었다. 케이프플랫 흑인 구역의 먼지 날리는 거리에서, 그는 그저 (나에게 말하길) 일단의 '예쁜 여자들'의 꽁무니를 좇았고 그러다가 그 지역의 러브라이프 센터에 발을 들여놓게 되었다.

"들어가니까 정말 놀라운 광경이 눈에 들어오더군요. 여자들은 이제 안중에도 없었어요." 그가 한 말이다. "나처럼 입이 거친 아이들이 글쎄 컴퓨터도 하고 농구도 하고 그러고 있던 겁니다."

크게 감명을 받은 그는 다른 사람이 되어 센터를 나왔다. "저는 이제 더 이상 문제의 일부가 되고 싶지 않았어요. 해결책의 일부가 되고 싶었던 겁니다." 그는 2041 호의 승무원이 되기 위한 준비 과정으로 러브라이프 센터에서 제공하던 항해 강습 과정에 등록했다.

이것이 젊은 리더들을 창출하는 방법이었다. 우리는 다시 더그 잭슨과 코카콜라의 지원으로 2003년 5월 1년간의 여정으로 아프리카 대륙 연안을 주항하는 항해 로드쇼에 들어갔고 성공적으로 대륙을 한 바퀴 도는 순회를 완수했다.

케냐의 몸바사에서 출발한 우리는 아프리카 동부 연안을 따라 내려가며 항구마다 들러서 해변 정화 프로젝트를 수행하는 한편 깨끗한 음용수 조달과 재활용 방안에 대한 토의를 촉구했으며 수천 명의 젊은이들을 상대로 에이즈에 대한 인식 고양 프레젠테이션을 실시했다.

겨울이 가고 아프리카의 뜨거운 여름이 다가올 무렵 에릭 바포와 다섯 명의 러브라이프 승무원들의 비전은 에이즈 인식 프레젠테이션에 참여하는 가운데 놀랍도록 선명해졌다. 기항하는 모든 곳에서 갈수록 많은 군중이 몰려왔고 갈수록 많은 추천이 이뤄졌다.

그렇게 우리가 기항한 항구는 도합 30군데였다. 모잠비크의 수도 마푸토에서는 남아공의 영웅 넬슨 만델라Nelson Mandela의 부인인 그라사 마셸Graça Machel이 우리 배의 항해일지에 글까지 남겨줬다.

미래를 수용하고 보전하고 보호하는 도전을 맡아준 데 대해, 보다 중요하게는 젊은이들에게 역사와 미래의 창조자가 되도록 힘을 부여하는 데 대해 감사드리고 축하합니다.

마푸토에서 동쪽으로 바다를 더 나아가면 모리셔스라는 섬나라가 있다. 멸종된 도도새의 유일한 서식지였던 곳으로 유명한 섬이다. 모리셔스의 수도 포트루이에 정박했을 때 나는 잠시 쉬며 성찰의 시간을 갖지 않을 수 없었다. 호모 사피엔스도 도도새가 걸은 것과 같은 길을 가게 되는 것은 아닐까? 괜한 종말론으로 치부할 수도 있는 예상이었다. 하지만 기후변화 모델 가운데 일부는 지구의 평균 기온이 계속 상승해서 결국은 인류가 지내기 힘든 지경에 이를 것임을 보여주고 있지 않은가.

어쨌든 2041 호에 승선한 호모 사피엔스들은 계속해서 희망봉을 돌아 케이프타운에 들른 다음 북으로 방향을 틀어 나미비아의 웨이비스 만을 거쳐 앙골라의 수도 루안다까지 나아갔다. 그런 후 서부 연안을 거슬러 올라 지브롤터 해협을 지나 지중해로 들어섰으며, 이어서 마그레브 해안을 가로지르고 수에즈 운하를 거쳐 홍해로 들어선 다음 다시 동부 연안을 내려와 몸바사로 돌아왔다.

에이드리언 점퍼 크로스Adrian "Jumper" Cross는 영국 해군 특공대 출신으로 우리의 아프리카 연안 주항에 엄청난 도움을 주었다. 더그 잭슨은 요트의 후원자이자 신입사원 모집자로서 코카콜라 사가 문자 그대로 배에 승선하도록 조치했다.

코카콜라는 배가 기항지에 도착하면 종종 직원들을 보내 승무원으로 동행하게 했다. 에이즈 예방은 코카콜라아프리카가 표방하는 추상적인 대의가 아니었다. 이 회사에게 그것은 삶과 죽음의 문제였다. 아프리카에서 가장 큰 고용주인 이 회사에서도 직원들이 큰 고통을 유발할 정도의 숫자로 죽어나가고 있었던 것이다.

코카콜라와 같은 거대한 사업의 내부 역학에 대해 알게 된 것은 2041 프로젝트의 진정한 특권 중 하나였다. 나는 그 회사의 기업문화가 서서히 바뀌며 새로운 현실에 초점을 맞춰나가는 것을 보며 기운을 얻었다. 코카콜라는 녹색(환경)이 곧 녹색(달러)임을 인식한 선구적 기업 중 하나였다. 환경보호에 대한 인식 제고와 대체에너지의 채택이 곧 비용절감으로 이어진다는 사실을 인식한 것이다.

아프리카 연안 주항에서 우리와 함께 일한 코카콜라 직원들은 세계적인 청량음료 브랜드에 사람의 얼굴을 덧붙여줬다. '코카콜라'는 세계에서 두 번째로 가장 잘 알려진 문구다. '오케이'에 이은 2위라는 얘기다. 그런 회사가 자신의 브랜드에 인간미를 더하도록 돕는 대가로 2041 호에서 우리의 시계(視界)를 넓혀줬다.

실로 장대한 여정이었다. 러브라이프에서 보낸 승무원들은 아프리카 대륙 연안 주항을 완수한 최초의 아프리카인이 되었다. 그보다 중요한 것은 그들이 자신의 정당한 권리로 대의를 옹호하는 의식을 갖게 되었고, 에이즈 예방 활동(재키 아크마트Zackie Achmat의 '치료 활동 캠페인' 등)과 환경보호 홍보 활동(아발랄리 음존돌로Abahlali Mjondolo의 '깨끗한 물 캠페인' 등)에 참여하게 되었다는 사실이다.

우리가 희망봉—리우 경주를 마치고 돌아왔던 특별한 순간이 떠오른다. 젊은 학생들로 구성된 2041 호의 풋내기 승무원 8명이 케이프타운에 있는 로열케이프요트클럽Royal Cape Yacht Club에 마련된 오찬 행사에 초대되었다. 그 클럽은 불과 몇 년 전만 해도 흑인은 종업원인 경우를 제외하곤 출입이 허용되지 않던 장소였다.

우리가 자리를 잡고 앉았을 때, 푸른 색 블레이저에 선장 모자까지 갖춘 아주 노련한 요트 클럽 단골로 보이는 사람이 우리 테이블 쪽으로 몸을 기울이며 우리의 승무원 중 한 명인 시템벨레 조 카타Sithembele "Joe" Cata에게 말을 걸었다.

"이봐 젊은 친구, 지금까지 항해한 해리가 얼마나 되나?"

그것은 요트 클럽에 나와 한가로운 시간을 보내는 늙은 수병들이 자랑거리로 삼기 위해 서로의 해리를 물어보고 과시하는 전형적인 농지거리였다.

"4만이요." 조가 대답했다.

미스터 블레이저가 눈을 끔벅였다. 그 숫자는 평생 배를 타야 달성할 수 있는 항해 기록이었다.

"그 4만 해리를 달성하는 데 얼마나 오랜 시간이 걸린 건가?" 그 귀족적인 단골이 다시 물었다.

"2년이요." 조가 답했다.

미스터 블레이저는 자기 자리로 물러나 앉았다. 대화 끝, 조의 압승이었다. 흐뭇했다. 10년 후 조는 로열케이프요트클럽에 자격을 갖춘 정회원으로 합류했다.

아프리카의 주항 항해와 희망봉–리우 경주 이후에도 2041 호는 세계를 열심히 돌아다녔다. 나는 아직 증명해야 할 것이 많다고 느꼈다. 나는 대체 기술이 지구상에서 가장 가혹한 환경도 견딜 수 있음을 보여주고 싶었다. 우리는 정확히 그런 종류의 환경을 찾아다녔다. 그리고 2004년 시드니 항에서 우리는 그것을 발견했다.

48

시드니에서 호바트까지

플라스틱은 썩지 않는다. 쓰레기 매립장에 버려진 플라스틱 병은 그저 그렇게 거기서 면역력을 갖고 부식하지도 않으며 거의 영원히, 또는 적어도 1,000년은 버틴다.

그것은 평범한 플라스틱 물병이 퇴화되는 데 걸리는 시간이다. 우리는 그런 걸 매일 약 4,000만 병이나 버린다. 그리고 미국에서만 그런 플라스틱 병이 매년 약 300억 개나 팔린다.

플라스틱 재사용에 대한 통념은 재활용된 제품이 원래만큼 강하지도 않고 내구성도 약하다는 것이다. 재활용 플라스틱으로 만든 정원용 가구는 강렬한 햇볕에 녹아내린다는 도시 설화가 떠돌 정도다.

나는 그런 설화를 논박하기 위해 내가 할 수 있는 일을 하고 싶었다. "2041 호의 돛을 재활용된 재료로 만들어보면 어떨까?"

궁금해서 내뱉는 무작위적인 종류의 가정이었다. 내 주변 사람들을 겁먹게 만드는 그런 가정 말이다. "남극을 걸어가보면 어떨까?" "요트를 육로로 옮겨보면 어떨까?"

여기서 또 존 F. 케네디가 관련성을 지닌다. 그는 미국인들에게 달에 가겠다고 약속했다. 10년이라는 기한을 못 박으면서 말이다. 물론 케네디 자신은 우주 캡슐이나 월면차 근처에 갈 필요가 없었다. 다른 사람들이 어떻게 그 일을 성사시킬지 그 방법을 알아내기 위해 고민할 필요도 없었다. 그의 일은 특정한 '가정'을 던져놓고 다른 사람들이 그것을 달성하도록 영감을 불어넣는 것이었다.

우리는 플라스틱 병을 재활용해 돛을 만들 것이고 그것을 이용해 2041 호를 달에 보내기로 했다. 물론 농담이다. 하지만 그 돛을 달고 가장 가까운 도전, 즉 험난하기로 유명한 시드니-호바트 요트 경주에 참가할 것은 분명했다. '요트 경주의 에베레스트'라는 별명을 가진 그 연례 대회는 지구상에서 가장 거친 바다를 가로지르는 해협 종단 경주였다.

코카콜라아프리카의 더그 잭슨은 오스트레일리아의 지사장인 마이크 클라크^{Mike Clarke}에게 우리를 연결시켜줬다. 그는 코카콜라 재활용품으로 우리 배의 돛을 만든다는 아이디어를 무척 맘에 들어 했다.

문제는 내가 PET병으로 돛천을 만드는 방법을 전혀 모른다는 사실이었다. 신축성이나 인장 강도, 자외선 저항력, 탄력 손실도, 변형 성질 등에 대해 아무것도 몰랐다. 나는 케블라^{Kevlar 23}나 폴리에틸렌 나프탈레이트^{PEN}, 탄소섬유 돛에 대해서는 물론이고, 직물이나 필름, 접착제에 대해서도 무지했다.

내가 아는 것은 사람들이었다. 그래서 나의 불멸의 친구 중 한 명인 크리스틴 지Christine Gee라는 여성에게 연락했다.

크리스틴은 자신의 나라 오스트레일리아에서 일하며 '아이스워크' 탐험의 준비 과정에 많은 도움을 주었던 친구다. 그녀는 호주의 베스트셀러 작가 브라이스 코트네이Bryce Courtenay와 파트너 관계를 맺고 있었다. 나는 크리스틴에게 과업을 부여하면 우아하고 품위 있게 완수해낸다는 사실을 경험을 통해 알고 있었다. 그녀는 맡은 일은 절대 미진한 상태로 두지 않는 성격이었다. 그러나 재활용 재료로 돛을 만들자는 아이디어를 처음 그녀에게 제안할 때 내가 그녀에게 너무 많은 일을 맡기는 게 아닌가 하는 생각이 들었다.

사실 폴리에틸렌 테레프탈레이트는 현대의 돛에 흔히 사용되는 재료였지만, 그때까지 실제로 재활용 PET병을 가지고 돛을 만든 사람은 없었다. 돛이 찢어지거나 녹아내리기라도 하면 치명적인 위험이 초래될 수도 있었다. 재활용 플라스틱으로 만든 정원용 가구가 태양열에 녹아내린다는 얘기까지 떠도는 마당에 어떤 돛 제작자가 그런 리스크를 감수하려 하겠는가.

크리스틴은 '노no'라는 대답을 할 줄 몰랐다. 그녀는 호주의 돛 제조사 다이멘션–폴리안트Dimension-Polyant에 연락을 취했다. 그래서 나온 아이디어는 태피터taffeta24 외표 사이에 D4 멤브레인membrane25을 설치하고 재활용 PET병을 압착 삽입해서 돛천을 뽑는 것이었다. 우리는 강풍에 찢어지지 않을 정도로 질기고 내구성이 있는 재료가 필요했다.

대부분의 재활용 재료 제조업체가 생산하는 단섬유 PET는 완전히 부적절했다. 크리스틴은 적절한 재료를 찾기 위해 일본까지 출장을 가야 했다. 당시 그녀가 방문한 일본 기업은 테이진 산업섬유와 마루베니 사였다. 그녀는 그렇게 찾아낸 재료를 다이멘션-폴리안트와 울맨 세일메이커스Ullman Sailmakers라는 회사가 수입하도록 조치했다. 결국 2041 호는 시드니-호바트가 시작되는 2004년 12월에 늦지 않게 새로운 재활용 돛을 달게 되었다.

1987년 '아이스워크'를 조직하는 과정에서 나는 크리스틴과 함께 시드니 항의 해안가에 서서 그해의 시드니-호바트 경주의 출발을 지켜본 적이 있었다. 실로 놀랍도록 낭만적인 광경이었다. 청명하게 빛나는 하늘 아래에서 각양각색의 요트들이 626해리(약 1,160킬로미터) 경주의 출발선상에서 자리다툼을 벌이고 있었다.

당시 내가 크리스틴에게 말했다. "언젠가는 우리도 여기에 참가할 겁니다."

그리고 17년이 지난 2004년, 뜻을 이룬 것이었다. 재활용 돛이 제대로 기능을 발휘할지 어쩔지는 아무도 몰랐다. 시드니-호바트 경주가 그것을 알아보기 위한 극단적인 테스트가 될 터였다.

전통적으로 박싱데이Boxing Day26에 시작되는 그 세계적 수준의 요트 경주는 시드니 항에서 출발해 호주 동부 해안을 따라 내려가 배스 해협을 건너 호바트에 이르는 코스로 구성된다. 시드니 아래쪽 바다와 배스 해협은 지배적인 서풍과 극지방의 동풍이 섞여 호주의 육지와 충돌하는 탓에 거칠고 변화가 심하기로 유명하다. 양념 삼아 덧붙이자면, 그 바다는 백상아리의 출몰 지역으로도 악명이 높다.

비극적인 1998년 시드니-호바트 경주에서는 격렬한 폭풍이 코스를 강타했다. 시드니를 출발한 115척 가운데 호바트에 도착한 요트는 44척에 불과했다. 5척의 요트가 침몰했고, 66척의 요트가 경주를 포기했으며, 6명의 선원이 사망했다. 얄궂게도 그들이 시드니 항을 출발할 때는 태양이 화사한 빛을 발하는 청명한 날씨였다.

2004년 경주 역시 화사한 햇살을 받으며 시작을 알렸다. 플라스틱 병의 재활용 가능성에 적극적인 관심을 가진 코카콜라는 후원을 제공했을 뿐만 아니라 승무원들까지 공급했다.

우리의 선원 중에는 학생들과 혁신적인 연구를 수행한 공로로 상을 수상한 브렛 오스틴Brett Austine이라는 선생님도 있었다. 그는 그 상패를 들고 승선해 배의 침상 머리맡에 고이 모셨다. 나머지는 다들 다소간의 경험을 쌓은 선원들이었다. 그중 부정선수로 참가한 프레이저 존슨Fraser Johnson은 역사가 59년밖에 안 되는 시드니−호바트 경주에 30차례나 참가한 경력이 있는 베테랑이었다.

우리는 경주에 참여하며 임시로 요트에 새 이름을 부여했다. '액티브 팩터the active factor (활력소)', 재활용 돛에 소문자로 선명히 새겨진 코카콜라의 슬로건이 그 새 이름이었다.

시드니−호바트 경주만큼 신명 넘치는 출발은 다른 스포츠에서는 보기 힘들다. 전장 30미터의 '초대형' 요트에서 대형 순항선, 우아한 쾌속정, 오션레이서 등에 이르는 각양각색의 요트들이 해안가에 우뚝 솟은 오페라 하우스를 배경으로 출발선에 몰려들어 줄지어 도열한다.

2041 호가 거기에 섰다. 일기예보가 신경 쓰였다. 특히 둘째 날은 강풍과 높은 파고, 극심한 추위에 심지어 우박까지 예고되고 있었다. 이번 대회는 특히 60주년 기념 경주였기 때문에 평소보다 많은 요트가 참가 신청을 했다. 하지만 116척의 참가 선박 가운데 40척은

출발을 포기했다(요트 경주 분야의 정중한 표현을 빌리자면 '항구에서 퇴역한' 것이다).

우리도 출발 여부를 숙고했다. 클래시The Clash의 노랫말이 머리에 떠올랐다. "가야 하는가 말아야 하는가?" 햇살이 내리쬐는 시드니 항구는 안전했으며 지척의 거리에 술집과 나이트클럽, 따뜻한 침대가 널려 있었다. 시험을 거치지 않은 우리의 최신식 돛이 만약 찢어지기라도 한다면? 배가 표류하고 백상아리들이 주변을 맴도는 가운데 헬리콥터가 우리를 구하기 위해 선회하는 그림이 떠올랐다.

다행인 점은 승무원들이 훌륭하다는 사실이었다. J. P. 모건Morgan은 노년에 이런 말을 한 적이 있었다. "사업은 누구와도 할 수 있지만 항해는 신사와만 할 수 있다." 시드니-호바트 경주에 참가하기 위해 2041 호에 오른 사람들은 일단의 형제였으며, 모두 한마음 한뜻으로 경주 참가를 바랐다.

엔지니어 겸 전갑판원 이니고 이니 위즈넨Inigo "Ini" Wijnen은 네덜란드 출신으로 당시 34세였는데, 진정 못 하는 일이 없는 팔방미인이었다. 이니는 호주에 도착하자마자 요트의 개장을 감독하는 한편 구석구석 살피며 정비했다. 그는 재활용 돛을 믿었다. 우리의 베테랑 선장 브렛 페리Bret Perry 역시 우리의 돛을 믿었다.

가야 하는가, 말아야 하는가? 우리는 갔다.

우리는 경쟁 선박 대부분보다 20톤은 더 무게가 나갔다. 극지방의 찬 물과 유빙에 견디도록 강화한 얼음 요트였기 때문이다. 그들이 그레이하운드greyhound[27]라면 우리는 세인트버나드St. Bernard[28]였다.

화창한 첫날, 어느 때라도 먹구름이 수평선을 덮을 것이라고는 믿기 힘들 정도였다. 하지만 잠시 후 극도로 마음을 심란하게 만드는 뉴스가 라디오에서 흘러나왔다.

"로버트." 이니가 나를 불렀다. "들어보세요. 뭔가 아주 큰일이 벌어지고 있는 거 같아요."

아시아에서 쓰나미가 발생했다는 뉴스였다. 이후 하루 종일 추가 보도가 계속 쏟아졌고 비극의 진정한 정도가 윤곽을 드러냄에 따라 우리의 분위기도 어두워졌다. 첫 번째 소식은 '100명이 부상당했다'는 것이었다. 그런데 그것이 '100명 사망'이라는 소식으로 바뀌더니 얼마 후 사망자 수가 1,000명을 거쳐 1만 명 그리고 다시 10만 명으로 늘어났다. 엄청난 재난이 아닐 수 없었다.

그러한 와중에도 우리의 바다는 여전히 밝고 화창했다. 그러한 불연결성이 오히려 우리를 불안하게 만들었다. 하지만 그것도 잠시, 우리 앞쪽으로, 우리가 가야 할 바로 그 길에서 검은 하늘이 불길하게 떠오르는 모습이 눈에 들어왔다.

둘째 날, 결국 올 것이 왔다. 꽈과광! 우리는 거대한 폭풍우와 그대로 충돌했다. 성난 바다가 갑판을 휩쓸었다. 바다에서든 육지에서든 이전에도 이후로도 경험해본 적이 없는 최악의 폭풍우였다. 초속 25미터가 넘는 강풍과 소용돌이 돌풍이 몰아치고 6미터 높이의 파도가 거품과 물보라를 일으키며 강하게 내려치는 가운데 우리는 갑판 위를 떼굴떼굴 굴렀다.

나는 난생 처음으로 뱃멀미까지 났다. 풋내기 선원들이 파도치는 바다에서 점심 먹은 걸 다 게워낼 때마다 남몰래 무시의 눈길을 던지던 나였다. 그런데 직접 겪고 보니 상황이 달리 보이기 시작했다.

배에 권총이 있는지 궁금해질 정도였다. 권총이 있으면 차라리 생을 마감하는 것으로 그 비참한 상태를 벗어나고 싶었다.

학교 교사인 오스틴과 나는 선실에 들어가 침상에 누웠다. 2층 침상 위에는 그가, 아래에는 내가 누워 쌍으로 신음을 토해내며 구역질을 해댔다. 살면서 겪은 그 어떤 힘든 순간 못지않게 힘겨웠다.

다른 요트들이 경주를 중단했다는 단신이 연이어 날아왔다. 호주 사람들은 쉽게 포기하지 않는다. 시드니-호바트와 같은 유명한 대회, 그들이 오랫동안 준비한 그 경주를 포기하려면 도저히 어쩔 수 없는 압도적인 이유를 필요로 한다. 그 이름 높은 대회가 갑자기 보잘것없는 것으로 느껴졌다. 치명적인 바다에 단순히 나무 조각 몇 개 띄워놓는 것과 뭐가 다른가.

그러나 2041 호가 자신의 패기를 보여준 것이 바로 이 지점이었다. 그 배는 이런 종류의 바다를 위해 건조된 것이었다. 우리는 폭풍과 파도를 헤치고 나아갔고, 다른 배들을 하나둘 따돌리기 시작했다.

그때 비상 주파수인 16번 채널로 또 다른 단신이 들어왔다. 선두를 달리고 있던 초대형 요트 스칸디아Skandia가 선두를 달리고 경주의 최고 맥시max-maxi 지도인 스칸디아Skandia가 용골이 부러져 뒤집혔다는 소식이었다. 구명보트에 오른 선장과 승무원들은 곧 구조 헬리콥터로 옮겨졌다.

우리는 계속 힘 있게 나아갔다. 우리의 돛은 건재했다. 2041 호는 세계에서 가장 경쟁력 있는 요트 경주 중 하나에 참가할 자격이 있음을 스스로 증명했다. 우리는 더웬트 강의 결승선을 통과한 56척

가운데 24위를 기록하며 호바트 항으로 위풍당당하게 들어섰다. 랜드로버가 포뮬러 원 경주 전용차들을 물리친 것과 같은 셈이었다.

여기서 입증된 것은 무엇인가? 쓰레기 매립장에서 건져낸 오래된 코카콜라 PET병으로 실로 훌륭한 돛을 만들 수 있다는 사실이다. 재활용은 태즈먼 해^{Tasman Sea}에서조차도 효과가 입증되었다. 경주에 참여한 다른 모든 배의 돛은 쓰레기 매립장에 버려질 터였지만 우리의 돛은 몇 번이고 재활용될 것이었다.

이후 수년에 걸쳐 나는 다른 누구는 할 수 없었던 어떤 일, 훨씬 더 혹독한 환경에서 대체 기술의 가치를 시험하려 노력하는 일을 하게 된다. 남극대륙에 내가 거주할 주택을 마련하는 게 바로 그 일이었다.

49

E 베이스

아프리카 연안 주항 기간 동안, 그리고 시드니−호바트 경주가 진행되는 동안 나는 이따금 내가 바람을 피우는 것과 같은 느낌이 들었다. 나는 유럽을 사랑했고, 아메리카, 아시아, 호주, 아프리카를 사랑했다. 그런데 결혼은 남극대륙과 하지 않았는가.

2041 호가 콩고의 보마에 정박하든 배스 해협의 큰 바다를 달리든 내 마음속의 눈에는 항상 색다른 광경이 떠올랐다. 벨링스하우젠 기지가 있는 맥스웰 만 위쪽 능선에는 트레일러하우스와 닮은 갈색의 직사각형 형태의 작은 별채가 하나 웅크리고 있었다.

나는 벨링스하우젠에서 주변 청소 작업을 진행하다가 처음 그 건물을 발견했다. 그것은 비어 있었다. 러시아 사람들은 전에 친교의 장으로 이용하다 지금은 쓰지 않는 오두막일 뿐이라고 말했다. 들어가보니 음산하고 외풍이 무척 심했다. 그냥 그대로 놔두면 남쪽에서 불어오는 지속적인 강풍에 조만간 건물 전체가 내려앉을 것 같았다.

해당 부지는 벨링스하우젠 위쪽 필데스 반도의 등줄기에 자리했으며, 남위 62도 10분으로 북반구로 치면 스칸디나비아와 비슷한 위치였다. 극점 방향인 남쪽으로 콜린스Collins 항구와 맥스웰 만이 한눈에 들어오는 그 오두막은 이제 러시아 기지로부터는 완전히 버려진 상태였다. 외딴 곳에 외롭게 격리되어 있었지만 나름대로 장려했다.

나는 거기에 들어서자마자 모종의 데자뷰에 빠져들었다. 마치 내가 그 장소를 잘 알고 있는 것처럼 느껴진 것이다. 내부는 우리가 '스콧의 발자취를 좇는' 탐험을 수행할 때 잭 헤이워드 베이스에 설치했던 오두막과 대략 같은 평수였다. 창밖을 보니 진즉 눈에 익은 광경이 눈에 들어왔다. 화산 작용에 의해 형성된 해변들과 어둡고 불규칙한 언덕들, 극지방의 청회색 바다…. 나는 다시 원점으로 돌아온 셈이었다.

민간인은 남극대륙에 건물을 '소유'하는 게 허용되지 않는다. 선례도 없다. 꿈도 꾸지 말게, 로버트. 하지만 내가 그것에 대해 꿈을 꾸지 않을 수 없는 것으로 드러났다. 나는 그 작은 갈색 건물을 내 마음속에서 지울 수가 없었다. 맥스웰 만의 그 오두막이 2041 프로젝트의 목적에 잘 부합한다는 생각이 들었기 때문이다.

나는 내 자신이 해결책의 일부인지 아니면 문제의 일부인지를 놓고 고심에 고심을 거듭했다. 2003년 나는 일단의 학생들과 기업가들을 이끌고 남아메리카에서 드레이크 항로를 거쳐 남극반도까지 데려가는 답사 여행, 즉 남극탐험 고취Inspire Antarctic Expeditions, IAE 프로그램을 개시했다.

남극 관광 산업이 붐을 타고 있었다. 그해 남극대륙을 찾은 관광객은 1만 7,000명에 달했다. (5년 후인 2008년에는 그 수가 두 배에 이른다.) 이것은 좋은 일인가 나쁜 일인가? 나의 멘토인 피터 스콧의 현명한 관점에 위배되는 것은 아닌가?

피터 스콧은 이렇게 말한 바 있었다. "세계는 지구상의 단 한 곳, 즉 남극대륙만이라도 내버려둬야 한다는 인식을 키워야 한다." 과연 피터 경은 사람들의 남극대륙 방문을 찬성했던가, 아니면 반대했던가? 안타깝게도 그는 내가 이에 대해 물어볼 수 없는 곳에 있었다. 만약 그가 아무도 남극대륙에 가서는 안 된다는 의미로 그렇게 말한 것이라면 나는 유감이지만 그에 동의할 수 없다. 하지만 만약 내가 생각한 것처럼 남극대륙의 자원을 개발해서는 안 된다는 의미였다면, 나는 얼마든지 동의한다.

남극반도 연안과 웨델 해, 맥머도 만, 로스 해를 순항하며 수백 명의 관광객을 연약한 남극 생태계에 토해내는 수십 척의 배들은 과연 남극에 이로울 수 있을까? 모든 육상생물 가운데 인간 군단이 자연에 가한 손상을 이겨낸 종은 오직 코끼리 떼밖에 없다.

하지만 나는 스티브 어윈이 '악어 사냥꾼'의 명성에 관한 이야기로 설파한 징후 관련 교훈이 떠올랐다. 그는 이렇게 말했다. "야생동물은 (인간의 관심을 끄는) 수많은 매력적인 요소, 즉 오늘날의 급속 문화에서 우리 앞에 던져지는 이미지와 직접적인 경쟁 관계에 놓인다(그가 말하는 요점은 야생지에도 확대 적용할 수 있다고 생각한다)." 인터넷과 TV, 비디오게임, 다운로드 음악, 급격히 늘어나는 데이터와 새로운 정보들이 사람들의 안구를 차지하기 위해 그 얼마나 치열한 경합을 벌이는가.

야생동물에 대한 망원 렌즈 접근방식은 이제 더 이상 적합하지 않다. 고결하긴 하지만 피터 스콧의 '내버려두라'는 관점에서 볼 때 거리를 두는 부분은 그 영향력을 감소시킨다. 살아생전 스티브 어윈은 종종 자신이 사랑으로 보살피던 악어와 독사, 도마뱀 등을 가까이서 보려고 무작정 다가오는 사람들로 인해 곤란을 겪곤 했다. 그가 내린 결론은 이것이었다. "우리가 이 동물들을 구하려고 한다면, 사람들이 그 동물들을 잘 알 수 있게 해야 한다."

자크 쿠스토는 여기에 또 다른 해석을 덧붙이며 자신의 유명한 TV용 해외 다큐멘터리 작품 〈칼립소The Calypso〉의 근거를 설명했다. "사람들은 자신이 좋아하는 것을 보호하고 존경합니다. 사람들에게 거기를 좋아하게 만들려면 정보를 주는 동시에 경외심도 느끼게 해야 합니다."

나는 내가 만난 남극의 관광객들이 과학자들보다 그곳에 대해 더 열광한다는 사실을 알아챘다. 관광객들이 영구 기지들과 쓰레기 하치장, 두엄 더미 등이 산재한 풍경에 흠집을 더하진 않는다는 사실을 감안하면 우리는 과학적 명분에 대한 것 정도의 주장은 관광에 대해서도 펼칠 수 있다.

내가 수행하던 남극대륙 답사 프로그램은 분명한 절충안을 대변했다. 그렇다. 우리는 스콧 경이 바라던 바와 달리 남극대륙을 '내버려두지' 않았다. 그러나 환경에 미치는 영향에 대한 우리의 경감 노력은 여론의 추세에 훨씬 더 큰 영향을 미쳤다(그러길 나는 바랐다).

나는 가능한 한 흔적을 적게 남기기 위해 모든 답사단에 탄소 배출 한계를 설정해줬다. 나는 일정 여행에 일반적으로 따르는 관광객의 충동에 영합하지 않으려 노력했다. 단지 '가본 곳' 목록을 채우기 위해 특정 장소에 가려는 행태 말이다. 나의 목적은 2041 프로젝트의 홍보대사, 특히 미래의 홍보대사를 길러내는 것이었다. 나는 쿠스토가 언급한 경외심을 방문자들에게 심어주고 싶었다.

그런 목적을 위해 연례 IAE 프로그램 참가자들을 매번 기업가와 학생들의 조합으로 구성하는 것이다. 필라델피아 소재 템플 대학에서 온 공학 전공 학생이 BP 부회장의 식견을 접하고 BP 부회장은 대학생의 열정과 흥분을 체험하는 이런 프로그램은 필경 그리 흔치 않을 것이다. 최상의 교류가 아닐 수 없었다.

남극에서 2주간 진행되는 엄격한 답사 및 탐사 기간 동안 우리는 기후변화 워크숍과 지속가능 리더십 워크숍, 대체에너지 전문가의 강연 등을 주관했다.

또한 나의 불멸의 친구들도 IAE에 참여해 프로그램의 질을 높여줬다. 피터 맬컴이 다시 또 나를 거들었다. 점퍼는 안전 및 훈련을 담당했다. 하지만 내 인생의 진정한 은총은 2041 조직의 CEO이자 원동력이자 수호천사인 애니 커쇼였다. 선구적인 극지방 전문 조종사 자일스 커쇼의 미망인인 애니는 2041 연례 IAE의 복잡한 물류를 조직하는 능력도 탁월했다.

그러나 사람들을 남극대륙으로 데려오는 대신, 남극대륙을 사람들에게 데려올 방법이 있다면 어떨까? 나의 2041 프로젝트에는 필수적인 게 세 가지 있었다. 교육, 교육, 교육, 이렇게 세 가지다. 만약 내가 남극대륙에 내 자신의 기지를 두고 거기에서 전 세계의 교실과 지역사회, NGO 단체, 사업체 등과 접촉하면 어떨까?

그것을 실현할 수 있는 열쇠가 바로 맥스웰 만이 내려다보이는 벨링스하우젠의 그 갈색 건물이었다. 나는 남극대륙에 교육에만 전념하는 첫 번째 기지를 만드는 데 그 오두막을 사용할 수 있게 해달라고 러시아 남극 관리국RAD에 탄원했다.

과학적 연구조사 기지가 아니었다. 그런 것은 이미 12개가 넘게 들어서 있었다. 그저 세계의 젊은이들에게 세계 맨 아래쪽 지방의 삶에 대해 교육하는 데 헌신하는 기지였다. 벨링스하우젠 청소 작업으로 많은 선의를 구축한 덕분인지 RAD는 고맙게도 내 뜻을 선뜻 받아들였다. 코카콜라와 영국의 엔파워Npower가 후원사로 나섰다.

E 베이스. 이것이 내가 그 작은 오두막에 거창하게 붙인 이름이었다. '교육 기지education base'의 약자였다. 그 황폐하기 이를 데 없는 데 위치한다는 점에서 전초기지의 의미인 'O 베이스'를 연상시킨다는 이점도 따랐다. 물론 그곳은 아직 내 꿈이 실현되었다고 할 모양새는 아니었다. 앞으로 많은 작업을 거쳐야 했다.

내 아이디어는 간단했다. 그 오두막을 온전히 재생가능 에너지로만 움직이는 E 베이스로 재건하는 것이었다. 태양열과 풍력, 지열에서 에너지를 얻는다는 의미였다. 지구상에서 가장 혹독한 환경인 이곳에서 우리가 그렇게 할 수 있다면 우리는 그러한 우리의 노력을 보다 친절한 환경을 지닌 여타 지역에서 채택할 수 있는 본보기로 이용할 수 있을 터였다.

우리는 남극 탐험사에서 에너지 사용의 역사를 추적할 수 있었다. 제임스 클락 로스 대령은 고래 기름으로 테러 호와 에레보스 호의 등불을 밝혔고 풍력을 사용해 유빙을 헤치고 비어드모어 빙하 앞에 최초로 도착할 수 있었다. 스콧이 처음 데려온 1910~1912 테라노바 탐험대는 주로 석탄을 에너지원으로 이용했다. 우리의 1985~1986 '스콧의 발자취를 좇는' 탐험대는 주로 디젤 연료를 사용했다. 이제 새로운 밀레니엄에 E 베이스는 바람과 태양과 지구의 따뜻함을 이용할 것이었다. 고래 기름에서 석탄과 석유를 거쳐 재생가능 에너지로, 미래를 위한 청사진인 셈이었다.

이번에도 나는 내가 어떤 일에 뛰어들었는지 제대로 알지 못했다. 지속가능한 생활의 거룩한 삼위일체(축소, 재사용, 재활용)는 E 베이스를 세우고 운영하기 위한 노력에 오직 불균등하게만 적용될 뿐이었다.

최대한 공동체 내의 자원만 활용하는 것이 녹색 설계의 초석이다. 그러나 남극에는 생산 기지가 없었고, 따라서 생산되는 건축 자재나 입수 가능한 토착 물자도 없었다. 우리는 필요한 많은 제품을 외부에서 반입해야 했고, 이는 곧 연료비용과 탄화수소 배출량을 프로젝트에 추가한다는 의미였다.

우리는 할 수 있는 최선을 다했다. E 베이스를 위해 선택한 모든 건축 자재는 지속가능한 제품이었다. 우리는 단열 구조를 갖춘 바닥 패널과 100퍼센트 재활용 제작된 고무 내부 바닥재, 지붕 및 벽면용의 에너지스타Energy Star29 방수포를 들여왔다.

2008년 3월 킹조지King George 섬이 우리에게 던질 수 있는 최악의 조건에 속하는 몇 가지를 견디며, 즉 영하의 진눈깨비와 높고 세찬 강풍이 몰아치는 가운데 우리는 오두막 재건 작업에 착수했다. 패트리어트힐스의 연료 펌프장에서 본 게 마지막이었던 2041의 남극대륙

현장 조직원 알레조 콘트레라스가 일손을 보태기 위해 찾아왔다.

그사이의 시간을 생각하면 콘트레라스는 지구상의 그 어떤 현존 인물보다도 많은 시간을 남극대륙에서 보낸 사람으로 기록해야 마땅했다. 그는 그동안 주로 벨링스하우젠에서 가까운 칠레의 프레이Frei 기지 시설에서 생활했다. 그는 1987년 잭 헤이워드 베이스에서 개러스 우드와 소년들을 무사 귀환시키는 데 중요한 역할을 했고, 그 이후로 나와 진정한 불멸의 친구가 되었다.

나는 남극대륙에서 의기소침해지거나 우울해지는 경우, 또는 이런저런 난관이나 실수로 고민에 빠진 경우 그와 대화를 나누는 것만으로도 큰 힘을 얻곤 한다. 그가 옆에 없을 때에는 그에 대해 생각하는 것만으로도 기분이 좋아지기도 한다. 그의 눈으로 우리를 보면 절로 미소가 번진다는 얘기다. 일부 극지방 숭배자들에게는 우리가 풍차를 공격하는 어설픈 돈키호테로 보일 것이다. 하지만 그는 넓은 마음으로 우리를 이해한다.

E 베이스 구축의 경우 이 은유는 문자 그대로 진리로 변했다. 풍차 공격이 그 모든 노력을 거의 엉망으로 만들어버렸다는 얘기다.

50

빛

E 베이스는 2041 호와 마찬가지로 도구로서 역할을 했다. 나는 그 것들이 순수한 대칭적 관계를 갖는다고 생각하고 싶었다. 대부분의 사람들이 일상적으로 마주하는 두 가지 에너지 소비 영역은 무엇인 가? 집과 교통수단 아닌가.

해당 등식의 교통수단 부분인 2041 호에서 우리는 그 배가 완전한 친환경 독립체가 될 때까지 대체에너지 조달 시스템을 재설계했다. 그리고 E 베이스를 구축하면서는 주택의 관점에서 마찬가지로 친환 경 독립체를 완성하기 위해 지구상에서 가장 비우호적인 환경에서 난방, 온수, 조명을 얻는 가내 에너지 이용 방법을 도출하려고 노력 했다.

어떤 의미에서 2041의 연례 IAE는 E 베이스를 염두에 두고 계획 된 프로그램이라 할 수 있었다. 이제 IAE 여행의 목적 중 하나는 E

베이스를 구축하고 가동하는 것이 되었다.

매년 IAE 여행을 진행하며 우리는 하나둘 계획을 추진해나갔다. 3차와 4차, 5차, 6차 IAE 탐험에서 우리는 구멍을 파고 새로운 기초를 닦았다. 2007년 7차 IAE, 우리는 본격적인 공사에 들어가 건물을 완성했다. E 베이스 프로젝트 팀에는 새로운 불멸의 친구들이 합류했다. 극지방 전문 사진작가 존 럭^{John Luck}과 2041의 뛰어난 동영상 제작자 카일 도냐휴^{Kyle O'Donoghue}가 그들이었다. 덕분에 우리의 전투는 적어도 기록은 잘되게 되었다.

2008년 3월 8차 IAE에서 독일의 RWE 엔파워^{Npower}에서 파견한 대표단들과 함께 우리는 E 베이스에 대체에너지 시스템을 설치하고 테스트했다. E 베이스 오두막만으로는 모두를 수용할 수 없어 우리는 처음으로 오두막의 북동쪽 측면에 붙여 숙소용 막사인 'E 홈' 텐트를 세워야 했다. 윈터헤이븐^{Winterhaven}이 제작한 E 홈은 제2차 세계대전 당시의 퀸셋식 막사와 모양이 흡사했지만 재질은 우주 시대를 위해 개발된 최첨단 소재였다.

E 홈은 우리를 바람으로부터 보호해줬지만 전기가 들어오지 않는 한 존 럭의 말마따나 '어두운 동굴'일 뿐이었다.

문명은 빛을 필요로 한다. 다른 식으로 표현하자면, 문명은 곧 빛인 것이다. 이 특정한 신념에 공감이 가지 않는다면, 단 며칠 밤이라도 빛 없이 살아보라. 하늘에서 젖은 눈을 퍼붓는 가운데 우리가 수행해야 할 즉각적인 임무는 풍력 발전기를 설치하는 것이었다. 그것으로 전기를 얻어야 했다. 필요한 모든 난방을 충족하기에 부족할지 몰라도 음울한 밤을 밝히기에는 충분할 터였다.

바람은 풍족했다. 하지만 곧 우리에게 내린 바람의 축복은 너무 과한 것으로 드러났다. 능선을 타고 밤낮으로 가차 없이 울부짖는 남극의 바람. 그 거센 돌풍은 우리의 터빈 중 하나, 우리가 쥘 베른 Jules Verne이 쓴 《해저 2만리》의 용감무쌍한 주인공을 따라 '네모Nemo'라 이름 붙인 그것을 산산조각 부셔버렸다. 참, 만화영화 속 그 주인공 물고기도 이름이 네모(니모)였던가.

우리의 다른 발전기인 '찰리Charlie'는 계속 'off' 상태에 머물렀다. 강풍 상황에서는 작동을 멈추는 기능이 내장되었기 때문이다. 필데스 반도에서는 전혀 도움이 되지 않는 기능이었다. 찰리의 테일핀 tailfin이 완전히 접혔고, 그래서 터빈의 노즈콘nosecone은 계속 바람을 피해 고개를 돌리기만 했다.

암울하지 않을 수 없었다. 남극대륙은 전통적으로 겨울의 원더랜드로 묘사되지만, 사실은 진창에 가까울 때도 많다. 그 대륙에서 얼음에 덮이지 않은 부분은 전체의 2퍼센트에 불과한데도 때로 그 노출된 흙 전부가 E 베이스에 몰려 있는 건 아닌가 하는 생각이 들기도 했다. 늘상 얼어붙은 진흙이 우리를 따라 안으로 들어와 모든 바닥과 틈새를 더럽히는 통에 깨끗하고 쾌적한 내부 환경 조성이 불가능에 가까웠다는 얘기다.

날씨는 끊임없이 악행을 가하며 팀을 지치게 했다. 바람은 수시로 초속 20 내지 30노트로 불었다. 우리는 발전기가 제대로 돌아가지 않아 춥고 습한 가운데 낙담했다. 나는 볼테르Voltaire가 임종 직전 마지막으로 했다는 말을 떠올렸다. "불을 더 밝혀다오!" 나는 그런 전철을 밟게 되지 않길 바랐다.

감축과 재사용 그리고 재활용. 우리는 가까운 철물점에 가서 필요한 부품을 구해와 터빈을 다시 작동시킬 수도 없었다. 결국 우리는 동력을 얻지 못해 어두운 E 베이스 주변의 언덕을 샅샅이 훑었다. 도움이 되는 약간의 금속 조각이나 목재라도 구하기 위해서였다. 발전기의 테일핀이 미작동 위치로 접히는 것을 막으려면 거기에 부착할 짧은 길이의 강철 막대가 필요했다.

사진작가 존 럭은 1930년대 대공황 시절의 격언을 즐겨 인용했다. "끝까지, 닳아 없어질 때까지 쓰며 없이 지내는 법을 배워라." 영국의 엔파워에서 온 마크 니콜Mark Nicol과 러셀 올리버Russell Oliver는 발전기를 재장착하기 위해 끊임없이 휘몰아치는 바람 및 눈과 씨름했다.

다른 팀원 니키 우턴Nicky Wooton과 마르잔 시르자드Marjan Shirzad는 얼음과 진흙 천지 환경에 화사함과 유머를 안겨줬다. 그들은 버려진 자재를 찾아내는 일에 비범한 능력을 보여줬다. 이 지역의 국제 연구 조사 기지 중 하나를 오가는 보급선이 남긴 플라스틱 화물 운반대는 E 홈의 마루가 되었다. 수십 년간 방치되어 녹이 슨 L자형 철재와 강철 케이블 더미는 쇠톱과 약간의 물리적 노력이 더해져 강력한 폭풍 속에서도 E 홈을 보호하는 말뚝과 당김줄로 재탄생했다.

드와이트 아이젠하워Dwight Eisenhower는 전투 경험상 계획은 쓸모없지만 계획 입안은 필수불가결하다고 말하곤 했다. 우리는 E 베이스를 구축하는 것과 동시에 가동에 들어가는 계획을 세운 상태였다. 윈터헤이븐 텐트의 (폭풍에 대비한) 고정 작업을 마치자마자 곧바로 E 베이스의 다른 측면에 보급품 창고와 추가적인 숙소로 쓰기 위해 몽고식 원형 텐트 두 개를 세웠다. 계획상으로는 하루 걸리는 작업이었지만 실제로는 3일이 소요되었다.

빛도, 열도, 발전기에서 나오는 동력도 없었다. 새삼 화석 연료가 그립지 않을 수 없었다. 석유와 석탄, 천연 가스…. 그것들은 우리에게 실로 많은 것을 주었다. 그것들로 인해 값싼 에너지 시대가 열렸으며, 우리는 그 시대에 그 모든 문명의 수단과 안위를 얻기 위해 무자비하게 그것들을 착취했다.

난방이 잘된 방에서 플라스틱 재질의 컴퓨터 앞에 앉아 그놈의 사악한 기름 때문에 우리 모두가 어떻게 지옥에 가게 되는지에 대해 분개에 가득 찬 편지를 써서 신문사에 전하려면 독특한 종류의 그릇된 신념이 필요하다. 엑슨Exxon에 대한 항의 시위에 참석하기 위해 차에 올라타 수은증기 램프가 환하게 비추는 아스팔트 도로나 강력한 콘크리트 고속도로를 달릴 때도 마찬가지다.

'스콧의 발자취를 좇는' 탐험 동안 때때로 나는 난로의 노랗고 파란 불꽃에 대한 그리움 비슷한 무엇으로 눈가에 눈물이 고이고 가슴이 미어지곤 했다. 외부 온도가 영하 42도인 상황에서 남극대륙의 텐트 안에 있으면 화석 연료를 태우는 난로의 쉿쉿 소리가 모두에게 그렇게 달콤하게 들리지 않을 수 없다. 거기서 퍼져나오는 열기는 삶과 자유, 행복 추구 등 모든 것을 의미한다.

우리의 장비는 정도의 차이는 있지만 모두 탄화수소의 산물이었다. 때로 이것은 말 그대로 사실이었다. 텐트 자체만 해도 탄소와 수소, 질소, 산소의 결정성 염분을 285도까지 가열해서 제조한 고분자 직물로 이뤄져 있지 않은가.

어떤 경우에는 화석 연료에 대한 의존성을 별로 느끼지 못하기도 했다. 예를 들어 텐트 안에서 우리가 먹던 소시지는 먼 과거에는 그러지 않았지만 이제는 석유 기반 프로세스를 통해 숙성되고 제조되고 운송되는 제품이었다.

스콧은 거대한 빙붕 위에서 죽었다. 음식이 없었기 때문이 아니라 연료가 바닥났었기 때문이다. 연료 용기의 뚜껑 아래쪽 개스킷이 강렬한 추위 속에서 제 기능을 상실하는 바람에 그가 준비한 난로용 무연가솔린이 누출되어 증발해버린 것이다. 그렇게 남극대륙 최초의 환경 재해도 기록되었다.

남은 연료는 음식을 만들고 눈을 녹여 식수를 마련하기에도 불충분한 것으로 드러났다. (극점 정복을 완수하고 돌아오던) 스콧은 빙붕 중간 지대에 마련해뒀던 창고에 도착해서야 거기에 은닉한 연료가 '비참할 정도로 조금밖에 남아 있지 않은 것'을 발견했다. 얼마나 그가 낙담했을지 짐작이 간다.

오늘날 우리가 처한 세계적인 곤경 역시 스콧이 마련해뒀던 창고와 다를 바 없다. 나는 종종 그가 누출된 연료통을 들어올리며 가벼워진 무게를 가늠했을 때 느꼈을 게 분명한 낙심천만을 상상해보곤 한다. 그는 바우어스와 윌슨을 향해 투지에 찬 미소를 지었을지 모르지만 그의 의식은 두려움과 공포에 사로잡혔을 게 틀림없다.

나는 타임스퀘어나 피카딜리서커스 주변을 감도는 똑같은 두려움의 징후를 느낄 수 있다. 자동차와 트럭의 내연이 홍수를 이루는 와중에 석유 시대Age of Oil의 종말이 임박했음을 아는 사람들이 느끼는 두려움 말이다.

저장된 햇빛. 그것이 화석 연료의 실체다. 아문센이 '신의 은총His

Grace'이라 칭한 태양은 지구에 에너지를 내뿜어 생물학적 물질을 창출하는데, 그것이 특정한 자연 과정에 의해 석탄이나 석유 또는 메탄이 함유된 천연가스로 변형되는 것이다. 우유 한 병을 사러 마트로 차를 몰 때 우리는 수백만 년 전에 지구에 떨어진 햇빛을 태우는 셈이다.

석유의 경우 연간 300억 배럴에 해당하는 비율로 저장된 햇빛을 소모했다. 우리는 그 젖꼭지를 앞으로 얼마나 더 빨 수 있을까? 얼마만 지나면 우리는 스콧과 같은 곤경에 빠져 추운 텐트 안에서 반이상 비어버린 연료통을 흔들며 우리의 집단의식에 형성된 존재론적 한탄을 토해내게 될까?

그렇다. 화석 연료는 환상적이고, 화석 연료는 훌륭하며, 화석 연료는 얇게 썰어진 빵 이래로 가장 위대한 것이다. 그러나 그것들은 이제 바닥이 나고 있다. 우리가 모종의 조치를 취해야 하는 이유가 바로 거기에 있다. 그러한 움직임은 빠르면 빠를수록 좋다. 그것들을 태우면 우리의 행성이 살기 힘들어지기 때문이 아니다.

'아이스워크'와 '스콧의 발자취를 좇아'에서 우리는 가스스토브의 백업용으로 천연의 재생 에너지를 이용했다. 검은색 플라스틱 자루(석유 기반의 중합체로 만들어졌지만, 그것까지 따지면 괜한 트집 잡기에 다름 아니다)를 가지고 다니며 눈을 채워 식수를 조달한 것이다. 극지방의 미약한 태양 광선이지만 자루 속의 눈을 녹이는 데에는 도움이 되었다.

E 베이스에서 우리는 주변에서 구할 수 있는 것들을 이용해 필요한 것을 하나하나 직접 만들었으며 부족하면 부족한 대로 참고 견뎠

다. 그러한 대처 능력이 종종 재생가능 에너지 이용의 특징이 된다. 바람개비가 고장 나 멈춰 서면 현장에서 대안을 찾아내야 한다. 모양새는 따질 겨를이 없다. 무엇으로든 고쳐놓기만 하면 장땡이다. 그렇지 않으면 추위를 견디는 수밖에 없기 때문이다.

눈을 채운 검정색 플라스틱 자루는 기계로 제작한 황동 몸체에 푸른빛이 도는 알루미늄 연료통을 갖춘 MSR GK 캠프 스토브만큼 우아하지 못하다. 하지만 우리에게는 전자가 후자보다 단순히 더 차가울 뿐이다. 어쩔 수 없는 일이다. 태양 전지판도 볼품없고 변변찮기는 마찬가지다. 특히 천연가스를 공급하는 매장된 파이프라인과 비교하면 더더욱 그렇다.

화석 연료에 대한 일부 대안은 현재 우리가 익숙한 것들에 비해 더 복잡하고 볼품없으며 종종 부족하게나마 고쳐 써야 하고 때로는 엉망이 될 수도 있다. 하지만 그것은 우리가 에너지 독립으로 나아가는 길에 넘어야 할 또 하나의 고비일 뿐이다.

51

죽음의 그림자 계곡

E 베이스 아래쪽으로 두 개의 남극 연구조사 기지가 한눈에 들어왔다. 러시아 기지와 칠레 기지였는데, 두 곳 모두 운영에 필요한 에너지를 화석연료에서 얻고 있었다. 마음만 먹으면 우리는 아무 때건 속박을 풀고 벨링스하우젠으로 내려가 추위를 피할 수 있었다. 어쩌면 따뜻한 샤워를 즐길 수 있을지도 몰랐다.

러시아 사람들은 분명 우리를 환영했을 것이다. 직접 겪어봐야 알 수 있는 일이었지만 어쨌든 저 아래 '다운타운'이 던지는 유혹의 손길은 때로 감당하기 힘들 정도로 강렬했다. 그렇게 우리의 E 베이스는 모든 게 궁핍했고, 그래서 러시아 남극기지의 열악한 환경조차도 우리에게는 호화로워 보였다.

벨링스하우젠의 유혹은 결국 친환경 원칙에서 조금 벗어나는 것은 괜찮지 않겠냐는 지속적인 유혹과 다름없다는 생각이 들었다. 전기 코드를 꽂거나 차에 올라타기만 하면 만사 오케이인데 왜 굳이 풍력 발전기나 태양 전지판을 설치하고 탄소배출을 줄이고 무엇이든 재사용하고 재활용하라고 떠들어야 한단 말인가.

그러나 E 베이스 환경에는 문자 그대로 다른 면이 존재했다. 벨링스하우젠 반대편, 그러니까 동쪽 능선 아래쪽으로는 순전한 야생지가 깊숙이 펼쳐져 있었다. 나는 그 황폐하고 위협적이며 마치 달 표면처럼 울퉁불퉁한 그곳을 '죽음의 그림자' 계곡으로 간주하곤 했다. 만약 러시아 남극기지가 타협을 대변했다면 그 계곡은 도전을 상징했다.

그 계곡을 바라볼 때면 시편 23편이 떠오르곤 했는데, 더불어 테니슨Tennyson이 쓴 다음 시구도 머릿속을 맴돌곤 했다.

그들이 할 일은 이유를 따지는 게 아니었다
그들이 할 일은 다만 행하고 죽는 것뿐이었다
죽음의 계곡으로
그 육백 명은 내달렸다

물론 나는 전에도 비어드모어 빙하와 다른 몇몇 곳에서 남극의 이런 얼굴을 본 적이 있었다. 그 대륙이 풍기는 아름다움과 무서움은 종종 이렇게 밀접하게 붙어 있어서 같은 뜻을 갖는 것으로 느껴졌다. 세상에서 가장 아름다운 사람이 한순간 가면을 벗어버리는 것과 같다고나 할까. 릴케Rilke는 이렇게 썼다. 아름다움이란 그저 "그럴 가치가 없다고 여겨 우리를 전멸시키지 않는" 무서움일 뿐이다.

내가 나름의 노력을 기울여 보존함으로써 존중하고자 하는 것이 바로 남극의 이런 측면이었다. 나는 그 대륙에 온전히 신재생 에너지로 동력을 얻는 발판을 마련하고 싶었다. 하지만 죽음의 그림자 계곡에서 E 베이스를 고려했을 때, 그것은 하잘것없고 형편없으며 우스운 것처럼 보였다. 그 골짜기는 아무것도 개의치 않았다. 내가 사라진 후에도 오래도록 그렇게 있을 터였다.

그러나 불충분하긴 했어도 E 베이스와 같은 방법만이 내가 취할 수 있는 유일한 조치였다. 나는 그 수천의 삭막하면서도 아름다운 계곡과 황량한 경관을 과시하는 대륙을 영원히 보존하는 데 도움이 되는 마술 지팡이를 보유하지 못했다. 나는 그저 이런 특정한 방법으로 나름의 노력을 기울일 수밖에 없었다.

이번에도 애초의 목적을 일깨워준 사람은 나의 어머니 엠이었다. "남극대륙을 구할 수 있는 유일한 방법은 누구든 거기에 가서 파괴할 이유가 없다는 인식을 확대하는 거잖니." 내가 회의에 빠져 고민할 때 어머니가 해준 말이다. "그래서 네가 E 베이스를 마련하고 대체 에너지와 관련해서 그 모든 노력을 기울이는 거 아니겠니. 누구든 거기 가서 땅을 파거나 뭔가를 채굴할 필요가 없다는 것을 보여주기 위해서 말이다."

E 베이스가 위치한 곳에서 같은 능선을 따라 몇 백 미터 떨어진 아래쪽에는 러시아 사람들이 세운 트리니티 교회가 장려하게 솟아 있었다. 시베리아 소나무로 건조된 그 러시아 정교회의 작은 보석은 원래 그들의 모국에 있던 것인데 해체해서 배로 옮겨와 이곳에 재건축해놓은 것이었다.

예수와 마리아의 종교적 상징이 작은 내부에 영광을 부여하는 그 교회는 음산한 죽음의 그림자 계곡에 하나의 답을 제시했다. 아마도 E 베이스로서는 바람에 그칠 수밖에 없는 강력한 대답일 것이다. 하지만 나는 그 교회 내부의 가장 중요한 특징은 종교적 상징이 아니라 거센 강풍에도 벽을 지탱하는 묵중한 쇠사슬이라는 생각이 들었다.

그것을 보면 로널드 레이건^{Ronald Reagan}이 군축 회담에서 미하일 고르바초프에게 한 그 유명한 말이 떠올랐다. "모두를 신뢰해야 하지만 그래도 만약이라는 것에는 대비해야죠." 골짜기 위의 트리니티 교회에서는 그 모토를 조금 다르게 표현해야 할 것 같았다. "하나님을 신뢰하되, 교회는 사슬로 묶어놔야 한다."

나는 E 홈 텐트에 불이 들어온 순간을 잊지 못한다. 마치 신의 축복과 같았다. 화석연료에서 얻은 빛이 아니었고, 내가 사랑하는 땅을 서서히 옭죄어 죽이는 빛이 아니었기에 그랬다. 그것은 탄소의 흔적도 남기지 않고 기후변화에 암묵적으로 공모하지도 않으며 아무런 죄책감도 느낄 필요가 없는 빛이었다. E 홈에 에너지 효율적인 조명기구를 장착했기 때문에 텐트 전체가 구식 백열전구 한 개를 켠 것처럼 밝아졌다. 백열전구 한 개 정도의 와트 수를 얻었다는 의미다.

우리는 다음 주 전반에 걸쳐 천천히 E 베이스 재생 에너지 설비의 요소를 꿰맞춰나갔다. 남극대륙의 햇빛은 흐린 하늘로 인해 종종 약해지고 걸러진다. 따라서 실리콘 기반 셀로 태양 에너지를 얻는 일반적인 방식은 적합하지 않은 것으로 보였다.

에드 스티븐슨Ed Stevenson 사장과 밥 허츠버그Bob Hertzberg CEO가 이끄는 G24 이노베이션스Innovations라는 영국 회사가 저광량 조건에서도 매우 유연하게 에너지를 생산할 수 있는 음영 감응형 박막 태양전지로 구성된 패널을 우리에게 제공했다. 나는 E 베이스에 설치한 G24 패널에서 태양 에너지의 미래를 보았다.

웨일스의 카디프에 본사를 둔 G24 이노베이션스는 예전에 테라노바 호와 서던퀘스트 호가 석탄을 싣기 위해 정박했던 항만구역에 1만 7,000여 제곱미터에 달하는 대규모 시설을 갖춰놓고 있었다. 나는 카디프가 화석연료의 중심지에서 태양 에너지의 활황지로 변모하는 과정에서 진보의 물결을 느끼지 않을 수 없었다.

E 베이스는 하나둘 우리가 의도했던 모습을 갖춰갔다. 우리는 지속가능성이라는 신조에 충실을 기해 여기저기서 수거한 폐목재를 이용해 건물의 태양열 온수난방 시스템을 구축했다. 러셀 올리버Russell Oliver는 폐기된 침대 프레임을 벽면 장착 책상으로 변모시켰다. 우리는 오두막 꼭대기에 BGANBroadband Global Area Network 접시를 부착했고(지속적인 바람에 견디도록 당김줄로 조심스럽게 고정시켰다), 카메라가 장착된 나의 랩톱을 올리버가 제작한 책상 위에 올려놓았다. 2008년 3월 10일 E 베이스는 그렇게 온라인에 연결되었다.

우리가 남극대륙에서 세계에 연결할 수 있었던 것은 이란 태생으로 브루클린에서 성장한 마르잔 시르자드의 작업과 열정, 그리고 적극성 덕분이었다. 그녀는 실로 커뮤니케이션의 귀재임을 스스로 입증했다. 가정용 컴퓨터 네트워크를 연결하는 데 어려움을 겪어본 사람이라면 그녀가 E 베이스에서 우리를 연결시키려 노력하는 과정에서 극복해야 했던 그 말도 안 되는 복잡성에 대해 잘 알고 있을 것이다. 더욱이 위성 수신 범위가 불규칙할 수밖에 없고 바람과 태양이 동력을 제공하는 E 베이스가 아니던가.

늘 그렇듯이 우리는 자금 조달에 어려움을 겪었다. E 베이스의 굽이치는 혼돈의 한가운데서, 영국 출신의 니키 우턴은 틈만 나면 내 소매를 잡아끌고 이런저런 스폰서나 회사에 전화하게 만들곤 했다. 탐험대 조직자라면 의당 끊임없이 수행해야 할 역할이었다. 남극대륙에서는 무엇이든 쉽게 얻을 수 있는 게 없었다.

BGAN과의 연결은 우리가 풍력으로 처음 전기를 얻었을 때만큼이나 감동적인 순간이었다. 이것이 바로 그 모든 진창과 땀과 눈물의 목적이자 이유였기 때문이다. E 베이스는 '교육 기반'을 나타냈지만 이제 '전자 기반'도 의미했다.

여전히 냉기가 흐르는 오두막에 앉아서, 나는 약 1만 4,400킬로미터 떨어진 영국의 한 학교 아이들과 화상채팅을 했다.

"안녕하세요, 제 이름은 켄드라 켈시Kendra Kelsy입니다. 남극대륙에서는 호흡하는 게 어려운지 묻고 싶습니다."

나는 노트북으로 켈시를 볼 수 있었고, 그녀는 학교의 비디오 모니터에서 나를 볼 수 있었다. "우리가 지금 있는 곳에서는 숨을 쉬는 게 어렵지 않아요. 하지만 때때로 남극에서는 숨을 쉬는 게 매우 어렵고 또 위험할 수도 있어요." 내가 답했다.

나는 섭씨 영하 60도 이하로 내려가면 외기가 치아를 얼려 에나멜질을 깨뜨릴 수도 있다는 사실을 설명해줬다. "우리는 털을 두른 후드를 얼굴에 착용하기 때문에 숨을 내쉴 때 사실은 들이킬 공기를 데우는 셈이 되고 그래서 해를 입지 않는 거지요."

온라인에 연결된 후 우리는 이러한 대륙 간 화상채팅을 수십 차례 가졌다. 전 세계에 걸쳐서 다양한 학생들과 공동체, 이해관계자들이 원했기 때문이다. 나는 그런 교류가 우리의 대의를 널리 알리는 데 도움이 되리라고 믿었다.

켄드라 켈시와 같은 10살 소녀가 자라서 2041년 남극대륙의 보호 결정 여부에 어떤 식으로든 영향을 미치게 될까? 확실히 알 수 있는 방법은 없었다. 하지만 한 가지, 우리가 시도하지 않으면 그 소녀가 나중에 그럴 기회가 생기더라도 그러지 않을 것임은 확실했다.

내 자신의 경험에서 한 가지 예를 제시하고 싶다. '아이스워크'를 진행할 때 유레카에 모인 학생 그룹의 그 스무 살짜리들 가운데 피터 호바트Peter Hobart라는 친구가 있었다. 당시 그는 바텐더로서 아무런 고민 없는 삶을 살고 있었다. 그는 영화 〈칵테일Cocktail〉 속의 톰 크루즈Tom Cruise와 같은 사람이 되고 싶어 했다(호바트의 여자 친구는 그가 톰 크루즈보다 잘생겼다고 했다). 하지만 그의 아버지는 그런 그를 걱정했고, 그래서 '아이스워크' 그룹에 합류하라고 설득한 것이었다.

엘스미어 섬에서 호바트는 북극의 장려함과 황폐함을 동시에 경험했다. 그는 자진해서 워크숍에 참여했다. 거기서 그는 캐나다 국립공원 관리청Parks Canada의 이언 스털링Ian Sterling 박사로부터 북극곰의 지방에 축적되는 독소에 대한 이야기를 들었다. 이후 그는 쓰레기 하치장에서 50갤런짜리 드럼통 치우는 일을 도왔다.

나는 '아이스워크'에 학생들을 참여시키는 일이 어떤 영향을 미칠 것인지 전혀 짐작할 수 없었다. 나의 기본 전제는 미국 복권 광고의 그것과 별반 다를 게 없었다. "당첨되려면 참여해야죠." 나는 다만 어쩌면 15개국에서 온 22명의 학생들 가운데 단지 몇 명이라도 엘스미어 섬에서 모종의 '유레카' 경험을 겪고 그것이 계기가 되어 극지를 수탈로부터 보호하는 일을 수행하게 될지도 모른다고 생각했을 뿐이다.

이 베팅은 실로 복권 당첨과도 같은 성과를 안겨줬다. 1989년 '아이스워크' 동안 엘스미어 섬에 모인 학생들은 이제 40대 후반에 이르렀다. 그들은 대부분 재계의 리더가 되거나 사회적으로 영향력 있는 인물이 되었다. 피터 호바트는 그 후 지금까지 계속 극지와 2041의 옹호자로 활동하고 있다. 그는 엘스미어 섬의 경험이 자신의 삶을 형성하는 데 중대한 영향을 미쳤다고 말한다. 현재 그는 필라델피아에서 검사로 재직 중이며 여전히 나의 세계에서 커다란 역할을 하고 있다.

E 베이스에서 노트북을 앞에 놓고 켄드라 켈시와 대화를 나누면서 나는 실로 멋진 세상이 아닐 수 없다는 생각이 들었다. 지구 반대편에 있는 학생, 또 다른 피터 호바트가 될 수 있는 학생과 연결이 되었으니 말이다. 정말 엄청난 발전이 아니던가. 그것은 내가 충분히 오래 노력한다면 충분히 많은 사람들에게 다가서서 단지 몇 명이라도 남극대륙의 진정한 옹호자를 창출할 수 있고 2041년을 진정 바람직한 결정의 해로 만들 수 있다는 의미였다. 그런 신념을 갖는 데 도움이 되었다는 얘기다.

나는 그런 신념이 필요했다. 그런 신념이 없다면 어떻게 E 베이스에서 추위를 견디겠는가. 무슨 이유로 죽음의 그림자 계곡의 가장자리에 둥지를 틀겠으며 무엇을 위해 트레킹하고 굶주리고 발표하고 강연하고 목소리를 높이겠는가. 사람들에게 남극에 대해 생각하도록 만들지 못한다면 내가 하는 그 모든 일이 무슨 의미가 있겠는가?

E 베이스는 메시지를 전달하는 한 가지 방법이었다. 지구상에서 가장 혹독한 환경에서 재생 에너지로 3주를 보내고 난 직후, 나는 2041 호를 타고 세계를 일주하는 항해를 통해 의사결정권자들에게 직접 메시지를 전하는 캠페인을 벌이기 시작했다.

52

청정에너지를 위한 항해

E 베이스의 경험 이후 나는 역설적이게도 남극의 미래가 온대기후 지역에 달려 있다는 사실을 그 어느 때보다도 더 확신하게 되었다. 로스앤젤레스와 뭄바이, 상하이 등의 굴뚝과 배기관이 남극대륙을 자연 그대로 보존하려는 노력에 가해지는 가장 큰 위협이었다. 따라서 우리가 해야 할 유일한 일은 로스앤젤레스와 뭄바이, 상하이 등지에 대체에너지에 대한 메시지를 전달하는 것이었다.

나는 2041 호에 올라 그 일을 하기로 했다. 그 배는 우리가 처음 맡은 이후 여러 모로 바뀌었다. 우리는 2041 호를 전통적인 경주용 요트에서 불필요한 요소를 제거한 녹색 기계로 변형시켰다. 우리가 설치한 풍력 발전기는 이제 돛에 장착한 태양전지판으로 보강되었다. 우리는 다양한 바이오 연료로 엔진을 가동시키는 실험을 한 끝에 식물성 기름을 채택했다.

청정에너지를 위한 항해Voyage for Cleaner Energy는 2002년 4월 4개년 계획으로 출발했다. 다음 번 세계 지속가능 에너지 정상회의가 열리는 2012년에 절정에 이르게 하려는 의도였다. 나는 미국에서 시작해서 유럽과 러시아를 거쳐 인도와 중국에서 마무리하는 식으로 전 세계 5대 탄소 배출 지역을 방문할 계획이었다.

미국에 살고 있는 형 찰스Charles는 미국인들의 기질을 이해하는 데 큰 도움을 주었다. 나는 미국인 중에서도 특히 젊은 미국인들을 나의 고객, 나의 목표 청중으로 삼기로 했다.

선장 마크 코니카Mark Kocina와 갑판원 제이크 바렛Jake Barrett 등 소수의 핵심 선원들로 출발한 항해에는 여정을 따라 점차 학생 자원봉사자들과 후원자들이 게스트 선원으로 합류했다. 그것은 고속도로가 아닌 수로를 이용하는 일종의 로드쇼였다.

바렛의 스토리는 2041 일꾼들 다수의 전형을 보여준다. 그는 네바다 주 리노에 있는 자전거 가게에서 일하는 평범한 젊은이였다. 어느 날 애니 커쇼라는 여자가 그의 삶에 발을 들여놓았다. 그녀는 자전거를 수리하기 위해 그 가게를 찾은 것이었다. 두 사람은 이런 저런 대화를 나누고 헤어졌다. 애니가 다시 그를 찾아왔을 때, 그녀는 제정신인 사람이라면 거부할 게 뻔한 제안을 그에게 던졌다.

"남극에 가는 거에 대해서 어떻게 생각해요?" 애니는 이렇게 물었다.

바렛은 눈을 깜박거렸다. "좋지요." 그가 말했다. "언제요?"

"오늘밤." 애니가 답했다.

그는 고작 그 1주일 전에 생애 첫 번째 여권을 마련한 터였다. 그는 그때까지 북미 밖으로 나가본 적이 없었다. 그러나 그로부터 24

시간도 지나지 않아 그는 2041의 소용돌이에 빠져 E 베이스를 향한 여정에 올랐고, 2041 호의 청정에너지를 위한 항해에는 만능수리공이자 비공식 엔지니어로 합류했다.

2041년에는 오늘날 대학에 다니는 사람들이 의사결정권자나 정치적 실세로 성장해 있을 것이다. 나는 미래에 영향을 주려고 노력했다. 그래서 대학에 초점을 맞춰 청정에너지를 위한 항해를 홍보했다. 첫 번째인 미 서부 여행의 단계에서는 21개 대학을 대상으로 삼았다.

나는 모든 것을 인적 자원에 투자한다는 관점에서 생각했다. 결과는 한참 후에나 알 수 있겠지만, 나는 2041년이 되면 그런 투자가 결실을 맺게 되길 희망했다.

우리는 4월 8일에 항해를 개시했다. 지금 당시의 일기를 보니 믿기 어려울 정도였다. 말 그대로 미친 행보였다. 3월 28일 IAE와 E 베이스를 떠나서는 홍콩에서 강연을 했고 상트페테르부르크에서 올림픽 성화를 봉송했으며 호주 케언스에 들러 바니를 데려왔다. 머리가 어지러울 지경이었다.

샌프란시스코 항구에 있는 엠바카데로 센터에서 출범식이 열렸다. 햇빛이 밝게 빛나는 화창한 날이었다. 비비엔 콕스Vivienne Cox는 우리의 스폰서인 BP를 대표해서 출범식에 참석했다. 영국 석유British Petroleum를 뜻하던 그 이니셜은 이제 그 회사의 대체에너지 추구 노력과 함께 '석유를 넘어서Beyond Petroleum'를 의미하게 되었다. 콕스는 실제로 석유 회사가 에너지 회사로 변모한다는 목표를 신봉했다. 나는 오랜 학교 친구인 마커스 웨어Marcus Ware를 통해 그녀를 알게 된 터였다.

샌프란시스코 기후변화 이니셔티브의 책임자인 웨이드 크로풋 Wade Crowfoot이 연설을 했고 시 환경국에서 나온 제러드 블루멘펠트 Jared Blumenfeld가 행사를 진행했다. 샌프란시스코 당국은 내게 4월 8일을 로버트 스원 데이 Robert Swan Day로 공식 지정했다고 전했다.

그 행사에는 젊은 기운이 감돌았다. 지난 100년 중 최연소로 당선된 개빈 뉴섬 Gavin Newsom 시장은 추진력이 넘치는 인물이었다. (시에 기후변화 이니셔티브 조직을 마련했다는 것만으로도 높이 평가해야 마땅하다.) 인적 자원에 대한 내 자신의 개인적인 투자인 셈인 어린 바니 스원도 내 옆에 앉아 출범식을 지켜봤다.

항해 승무원 전원은 지역 학교들에 대대적인 홍보 공세를 가했다. 스탠퍼드, 버클리, 샌프란시스코 시립대학, 샌프란시스코 주립대학, 라킨 스트리트 청소년 센터, 오션 쇼어 고등학교 등이 그 대상이었다.

누구를 만나고 어떤 자리에 서든 나는 두 가지 요점을 강조했다. 첫째, 꿈을 간직하면 그 꿈을 실현할 수 있다. 둘째, 지속가능한 미래에 대한 우리의 집합적 꿈은 실현 가능하다. 나는 그렇게 감축과 재사용, 재활용이라는 복음을 전했지만, E 베이스를 경험하고 막 돌아온 터라 메시지에 약간 더 힘이 실렸다. 내가 문자 그대로 지구상 가장 생존이 힘든 지역에 가서 실제로 그렇게 하지 않았던가.

나는 가능할 때마다 2041 호를 강연의 배경으로 사용했다. 2041 호는 세계에서 가장 위대한 소품이었다. 나는 매번 재활용 플라스틱 병으로 제작한데다가 태양열 패널까지 장착한 돛을 가리켰고 바이오 디젤 엔진을 돌릴 때마다 감자튀김 냄새가 난다고 덧붙이곤 했다.

그래서 나는 누군가에게 영향을 미쳤는가? 사람들은 "에너지 효율성이 높은 전구로 바꿔라"거나 "타이어 공기압을 적정 수준으로 유지하라"거나 "자전거를 타라"는 말을 몇 번이나 들으면 아예 마음이 닫히는 걸까? 나는 진정 몰랐다. 내가 할 수 있는 일은 그저 E 베이스의 경험과 2041 호를 이용해서 가장 강력하게, 가능한 한 즉각적인 방식으로 메시지를 제시하는 것뿐이었다. 사람들이 그런 임무에 대해 느끼는 피로감을 깨고 그들의 마음을 열기 위해서 말이다.

미 서부 해안을 거슬러 시애틀까지 올라가는 항해 길에서 우리 승무원들은 2041 호를 먼바다로 몰고 나가 풍속 38노트에 달하는 큰바람 조건에서 배가 어떤 양상을 보이는지 시험했다. 또한 승무원들은 항해 틈틈이 항해 용어를 익히기 위해 노력했다.

마크 코니카 선장은 이렇게 말했다. "이 배는 숙녀가 아닙니다. 파도가 밀려오면 딱 어깨를 낮추고 그대로 파도 속으로 돌진해버린다니까요."

항해에는 때로 무작위적인 고장과 사고가 따랐다. 예고 없는 사고에 이골이 난 나는 이제 그런 일이 발생하면 로버트 스윈 프로젝트에 필연적으로 따르는 요소로 간주하고 받아들였다. 전반적으로 보면, 바이오 연료 엔진은 훌륭하게 작동했다. 적어도 미 서부 해안의 섭씨 15도 정도 되는 차가운 물에서는 그랬다.

그러나 우리가 동부 해안을 항해하기 위해 파나마 운하를 향해 남쪽으로 내려갈 때는 상황이 달라졌다. 바닷물이 훨씬 더 따뜻해져서 엔진 냉각을 위해 퍼올린 물의 온도가 27도에 달하기까지 했다.

그로 인해 우리가 사용하던 식물성 기름이 과열되어 겔 상태로 변했다. 마치 검은색 젤리처럼 돼버린 것이다.

문제는 우리가 즉시 그 문제를 발견하지 못했다는 사실이었다. 엔진은 우리가 실제로 '그 운하'에 들어갈 때까지 기다렸다. 그러고 나서 엔진은 죽어버렸다. 2041 호는 돌연 그렇게 미라플로레스 갑문에서 정지했다. 우리가 무엇이 잘못되었는지 진단하려고 애쓰는 동안 우리 뒤로 거대한 화물선들이 하나둘 늘어서기 시작했다.

우리는 어찌어찌해서 엔진을 다시 가동시켰다. 그리하여 페드로 미구엘 갑문까지 나아갔는데, 거기서 또 엔진이 죽었다. 나는 운하에서 일한 경력이 있던 북극 탐험가들인 로버트 피어리와 매슈 헨슨의 유령에게 호소했다. 우리는 그렇게 멈춤과 출발을 반복하며 지협 전체를 통과했다. 우리가 리몬 만에서 대서양으로 들어설 때 운하의 관리자들은 우리가 떠나는 것을 전혀 섭섭해하지 않았다.

우리는 어쩔 수 없이 임시로 디젤 연료로 돌아가야 했다. 지속가능한 미래로 나아가는 길에는 분명히 장애물들이 있었고 때로는 내가 그 모든 것과 일일이 부딪히느라 여념이 없는 것만 같았다.

난터켓 섬

하늘은 2041 호에 빡빡한 일정을 부여했다. 우리는 파나마 운하를 통과해 미 동부 해안을 거슬러 8월 초까지 난터켓^{Nantucket} 섬에 도착해야 했다. 그때 거기서 버락 오바마^{Barack Obama} 대통령 이름을 내건 모금행사가 열리기 때문이었다. 행사에는 전직 부통령 앨 고어^{Al Gore}가 참석하기로 되어 있었다.

우리 모두가 무시한 아이러니지만 우리의 항해가 늦어진 데에는 기후변화도 한몫했다. 파나마 운하는 담수로 작동되는데, 지구의 기온이 상승함에 따라 그 지역의 담수 공급량이 줄어들었다.

행사 일정에 맞추기 위해 우리는 여름철 카리브 해의 끓는 듯한 물을 통과해야 했다. 우리가 가장 원치 않던 실수 중 하나는 폭풍우 시즌에 대서양의 '허리케인 골목'에서 발이 묶이는 것이었다. 그런데 바로 그런 일이 벌어졌다. 폭풍우 시즌에 대서양에서 허리케인에 붙잡힌 것이다.

2008년 7월 폭풍우를 동반한 3등급 허리케인 버사Bertha가 멕시코 만류를 타고 북상하면서 미 동부해안을 강타했다. 사실 버사와 같은 폭풍은 통상 그렇게 극동에서 형성되지도 않았으며 7월 3일에 태동해서 7월 20일 북대서양에서 소멸된 버사처럼 그렇게 오래 지속되지도 않았다.

버사가 소멸된 다음 날 허리케인 크리스토벨Cristobel이 버사가 생성된 곳과 같은 지역에서 생성되어 버사와 유사하게 북동쪽 경로를 따랐다. 그와 동시에 허리케인 돌리Dolly가 카리브 해에서 형성되어 유카탄 반도를 스치며 북서쪽으로 진로를 잡고는 결국 멕시코와 텍사스 주가 만나는 지점에 상륙해 후아레스와 브라운스빌을 뒤집어놓았다.

대부분의 선박이 버사와 크리스토벨, 돌리의 B-C-D 펀치를 피하기 위해 제각기 항구에 정박한 까닭에 7월의 어느 시점에는 해당 해역에 단지 네 척의 선박만이 떠 있었는데, 그중 세 척은 유조선이었고 나머지 한 척이 우리의 2041 호였다.

허리케인 골목에 있는 대서양의 수온은 지난 수십 년에 걸쳐 상승했다. 기후학자들은 그 때문에 허리케인의 수와 규모가 늘어난 것으로 믿고 있다. 기후변화 문제를 공론화하기 위해 나선 2041 호가 기후변화에 의해 공격을 당하고 있었던 셈이다.

시드니-호바트 경주에서 입증되었듯이, 2041 호는 바다를 응징하기 위해 건조된 배였다. 이 배는 애초에 글로벌 챌린지Global Challenge라는 경주 대회에 도전할 목적으로 설계되었는데, 2만 9,000해리 코스를 달려야 하는 자칭 '세계에서 가장 거친 경주'라는 그 대회는 실로 풋내기들은 참가할 엄두도 못내는 수준이다. 어쨌든 경주 대회에서 위용을 뽐내던 시절은 과거의 영광이었고 친환경 식물성 기름에 의존하는 기계로 변형된 상태였지만, 2041은 여전히 (우리가 교수대 유머로 '죽음의 아가리'라고 부르던) 거센 폭풍우를 두려움 없이 헤쳐나갔다.

나는 어떻게든 8월 초 일정에 맞춰 난터켓 섬에 가야 했다. 거기서 앨 고어뿐 아니라 하이애니스포트의 저택을 방문해 로버트 케네디 주니어Robert Kennedy, Jr.를 위시한 케네디 가문 사람들도 만나기로 되어 있었기 때문이다. 고작 이런 폭풍 때문에 미국 환경운동의 주요 지도자들과 만나서 교류하는 기회를 놓칠 순 없었다. 우리는 발길을 재촉해 카리브 해를 빠져나온 다음 동부해안을 타고 매사추세츠 연안까지 내달렸다.

흰색의 솜털 같은 적운이 난터켓 해협 위에 아름답게 펼쳐졌다. 서풍이 해안에서 밀려왔으며 기온이 쌀쌀하면서도 상큼한 16도 정도를 유지했다. 버사와 크리스토벨은 북대서양의 찬 물을 만나 최후의 발악을 하다 동쪽 저 멀리로 사라져버린 지 오래였다.

한창 때의 휴스턴처럼 과거 미국의 에너지 중심지로 각광을 받았던 난터켓은 포경 산업이 붕괴된 후 유령 도시로 전락했지만 지금은 거기서 꽤나 근사하게 회복한 상태였다. 이제는 고래 기름이 아니라 관광 산업이 그곳의 생명줄이었다. 도시의 거리에서는 옛 풍취가 묻어났고 왠지 모든 게 풍족해 보였다.

2041 호와 함께하며 나는 서던퀘스트 호를 몰 때 절감했던 것과 동일한 교훈을 다시 배웠다. 배는 밑 빠진 '돈' 항아리다. 나는 또 한

번 재정적인 붕괴에 직면하고 있었다.

"아무래도 조만간 플러그를 뽑아야 할 거 같습니다." 애니 커쇼가 내 비즈니스 고문으로서 이성적 판단에 근거한 의견을 제시했다. 그것은 곧 항해를 끝내는 것, 대학교 순회강연을 중단하는 것, 배에 좀이 쏠도록 놔두는 것, 2041 전체 조직을 축소하는 것을 의미했다.

오바마 모금행사를 치르는 내내, 그리고 앨 고어, 존 케리John Kerry 상원의원, 지구온난화 운동가 로리 데이비드Laurie David, 미국 정계의 여타 인사들과 미팅을 갖는 내내 내 머리 위에 재정 측면의 다모클레스의 검Sword of Damocles 30이 걸려 있다는 느낌이 들었다. 영향력 있는 남자들과 아름다운 여성들, 영향력 있는 여자들과 아름다운 남성들과 함께, 있을 것 같지도 않게 우아한 호스트의 있을 것 같지도 않게 우아한 집에 모여 앉았는데도 그랬다.

내가 매사추세츠에서 그런 자리를 가질 수 있었던 것은 수 르크로Sue LeCraw라는 이름의 IAE 2008 동기가 주선해준 덕분이었다. 르크로는 그날 저녁 놀랄 정도로 아름다운 드레스를 입고 있었고 그래서 걸맞지 않은 나의 옷차림이 다소 상쇄되었다. 르크로는 테드 터너Ted Turner의 딸인 로라 터너 세이들Laura Turner Seydel과 함께 캡틴플래닛Captain Planet 재단에서 일하고 있었는데, 세이들도 그날 모임에 참석했다.

아름다운 르크로가 곁을 지켜주는 가운데 세이들이 거들어준 덕분에 사람들과 자연스럽게 인사를 나눌 수 있었다. 잠시 후 앨 고어가 연단에 올랐다. 그는 경제 불황에서부터 동시다발적으로 벌어지고 있는 지구 이곳저곳의 전쟁과 폭력 사태 등 작금의 세계에 팽배한 다중 위기 분위기를 적시하는 것으로 연설을 시작했다.

"특히 기후 위기는 예측보다 훨씬 더 빠르게 악화되고 있습니다. 북극의 빙원 밑을 오가는 미 해군 잠수함의 데이터에 접근할 수 있는 과학자들은 앞으로 5년 내에 북극 전체의 빙원이 여름 동안에는 완전히 사라질 가능성이 75퍼센트라고 경고하고 있습니다. 이는 나아가 그린란드의 녹는 압력까지 더욱 가중시킬 거라는 의미입니다. 전문가들에 따르면, 그린란드에서 가장 큰 야콥스하븐 빙하가 그 어느 때보다도 빠른 속도로 움직이고 있으며 매일 뉴욕 시 전체 주민들이 사용하는 물의 양과 같은 2,000만 톤의 얼음을 상실하고 있습니다."

앨 고어는 자신의 일을 잘 알고 그 방에 모인 개종자들에게 적절한 설교를 하고 있었다. 하지만 그렇다 하더라도 나는 그에게서 내가 거의 20년 전 자크 쿠스토에게서 감지했던 불안한 표정을 포착했다. 무슨 일이 닥치고 있는지 확인한 사람의 걱정 가득한 표정 말이다. 앨 고어는 마치 그날 아침 거울을 보다가 그를 응시하는 죽음의 얼굴이라도 마주한 것 같았다. 기후변화에 대한 그의 우려는 단지 정치가로서 치장하는 겉치레만이 아니었다.

"저는 이러한 위기에 직면한 우리가 마비 상태에 빠진 것처럼 보이는 한 가지 이유가 각각의 위기에 개별적으로 낡은 해결책을 제공하려는 우리의 경향 때문이라고, 다른 위기에 대해서는 고려하지 않고 그렇게 따로따로 애쓰기 때문이라고 확신합니다. 그러한 구식의 제안들은 효과가 없을 뿐만 아니라 거의 언제나 다른 위기들을 더욱 악화시키고 있습니다. 하지만 우리가 이렇게 해결하기 힘들어 보이는 세 가지 문제를 동시에 살펴보면, 그것들 모두를 꿰는 하나의 공통된 맥락이 있다는 것을 알 수 있습니다. 너무 단순해서 아이러니까지 느껴지는 맥락입니다. 탄소 기반 연료에 대한 우리의 위험할 정도로 과도한 의존, 이것이 바로 그 세 가지 난제, 즉 경제적, 환경적, 국가안보적 위기의 핵심에 존재하는 원인입니다."

연설이 끝난 후 세이들과 르크로는 나를 앨 고어에게 소개했다. 고어는 사전에 나에 대해 브리핑을 받은 게 분명해 보였다. 인사를 나누자마자 친절하게도 2041 프로젝트부터 언급했기에 하는 말이다.

"지난 20년 동안 이런 종류의 상황을 많이 목격하셨겠군요." 고어는 북극 환경의 악화를 언급하면서 이렇게 말했다. "그런 세월과 경험이 실로 중요하다고 생각합니다. 그런 게 있어야 사람들이 이게 단지 최근에 전개된 상황이 아니라는 것을 이해하니까 말입니다."

나는 고어에게 그가 불편한 진실을 전달하는 데 중요한 역할을 하고 있다고 말했다. "우리는 모두 편리한 솔루션을 개발하는 데 주력을 기울이고 있습니다."

"멋지군요." 앨 고어가 응수했다.

우리는 우리가 한때 세계의 에너지 중심지였다가 몰락하는 등 굴곡을 겪은 난터켓에 와 있다는 사실을 언급했다. "새로운 에너지원이 발견된 덕분에 고래들의 멸종 위기에서 벗어날 수 있었던 거죠. 이제 난터켓은 완전히 달라진 모습을 보여주고 있습니다." 나는 이렇게 말하며 그 아름다운 방에 모인 아름다운 사람들을 보라는 듯 몸짓을 했다.

그러고는 덧붙였다. "우리는 다시 할 수 있습니다. 새로운 에너지원을 찾아 상황을 바꿀 수 있다는 얘깁니다."

고어의 얼굴에 못미더워하는 표정이 스쳤다. 그것은 전쟁에 질까 봐 두려워하는 노병의 불안한 표정에 다름없었다. "여기 온 이후로 풍력 터빈이나 태양전지판을 한 개도 본 적이 없다오." 고어가 말했다.

"네, 그런 게 없더군요." 나는 동의했다.

그는 한숨을 쉬었다. 나도 한숨을 쉬었다. 그는 그 자리에 모여 밝고 화사한 표정으로 사교를 즐기고 있던 사람들을 둘러보았다. "여기 사람들이 그런 것들을 감당할 여력이 없는 것 같지도 않은데 말이에요."

미국은 매년 60억 미터톤이 넘는 이산화탄소를 대기 중으로 배출하는데, 이는 세계 전체 배출량의 거의 1/4에 해당한다. 정부에서 자동차 배기가스 및 주행거리와 관련해 합리적인 표준만 세워도 10년 안에 연간 40억 톤 수준으로 줄일 수 있다.

만약 2001년 1월 (부시 대신) 앨 고어가 대통령에 취임했다면 그의 첫 번째 법안 중 하나는 배기가스 방출 및 주행거리 표준에 대한 강화 조치였을 것이다. 조지 부시 대통령은 미국 자동차 업계의 망설임과 지체를 방관했을 뿐 아니라 오히려 그런 행태를 독려하는 모습까지 보였다. 그의 대통령 재임 8년 동안 160억 미터톤의 추가적인 탄화수소가 대기 중으로 방출되었다. 간단한 대통령령 하나로 막을 수 있었던 오염이었다. 기후변화 티핑포인트tipping point 31의 임박성은 우리가 단 1년의 시간이라도 헛되이 보낼 수 없음을 경고한다. 그런데 8년을 허비했으니….

다음 날 아름다운 날씨가 사라졌다. 차갑게 흩뿌려지는 가랑비가 대기를 적셨다. 실망스럽지 않을 수 없었다. 로버트 케네디의 아들이자 시카고 정재계의 실세인 크리스 케네디Chris Kennedy의 저택을 방문해 케네디 가문 사람들을 만날 예정이었기 때문이다. 나는 케네디가의 누구도 그런 날씨에는 움직이지 않을 것 같다는 생각이 들었다. 기대에 한참 모자라는 하루가 될 가능성이 높았다.

우리는 하이애니스포트에 배를 정박했다. 나는 택시를 잡아 차를 렌트할 수 있는 곳으로 가기 위해 혼자 배에서 내렸다. 내가 선착장을 벗어날 무렵 차 한 대가 다가와 섰다. 뒤쪽 창문이 내려가자 친숙하고 특징적인 케네디 가 사람의 얼굴이 보였다.

"로버트 스웜 씨 맞으시죠?" 로버트 케네디 주니어였다. "왜 빗속을 걸어다니고 계세요?"

나는 렌터카를 빌리러 가기 위해 택시를 찾고 있다고 답했다. 그는 차에 타라고, 자기 차로 동생 집에 데려다주겠다고 말했다.

로버트 케네디 주니어가 그동안 수행한 수자원 보존과 하천정화 활동은 노벨 평화상으로 치하해야 마땅한 공로다. 그와 그의 멋진 아내 메리 리처드슨 케네디Mary Richardson Kennedy 같은 헌신적인 사람들이 더 많이 나오지 않으면 곧 지구상에서는 에너지 전쟁뿐 아니라 물 전쟁까지 난무하게 될 것이다.

나쁜 날씨가 오히려 내게 이롭게 작용한 것으로 밝혀졌다. 그날 크리스 케네디의 집에 모인 사람들은 단지 케네디라는 성을 가진 몇 명이 아니었다. 로버트의 어머니 에델Ethel과 같은 유명한 어르신들과 마리아 슈라이버Maria Shriver 및 그녀의 어머니 유니스 케네디 슈라이버Eunice Kennedy Shriver 같은 유명인사들, 그리고 수십 명의 아이들까지 거의 100명에 달하는 모든 씨족이 참석한 것이다. 날씨가 좋았다면 대부분 난터켓 해협에 윈드서핑을 하러 나갔거나 배를 타고 프로빈스타운으로 나갔을 터였다. 분명 지루한 영국인이 틀어주는 재미없는 슬라이드쇼를 보는 것보다는 신나는 다른 일을 하고 있었을 사람들이었다.

나는 그곳에서 그들에게 기후변화와 남극에 관해 이야기했다. 맨 앞줄에 에델과 마리아, 바비, 메리가 앉고 그 뒤로 줄줄이 앉은 그들 앞에 서기 전에 나는 깊이 심호흡을 했다. 케네디 가문은 다들 연설을 잘하는 것으로 유명하지 않던가. 또한 그들은 당대의 가장 감동적인 연설을 직접 들어본 사람들이었다. 내가 거기에 미치지 못하리라는 것을 미리부터 확신할 수 있었다.

하지만 어쨌든 나는 입을 열었다. "로라 세이들은 친절하게도 저를 최초로 남과 북, 양 극점을 밟은 인물로 소개해줬습니다. 저는 그 문장을 조금 수정하고 싶습니다. 저는 실로 양 극점에 걸어갔을 정도로 멍청한 최초의 인물입니다."

모두들 웃었다. 이른바 아이스브레이크에 성공한 것이다. 미국에서 가장 강력한 영향력을 행사하며 활동하는 가문의 100명을 일단 내 말에 귀 기울이도록 만든 셈이었다. 나는 특히 그 가문의 젊은 구성원들이 보인 열띤 관심에 크게 만족했다. 그들이 나의 진정한 청중이었다. 그들이 바로 2041년에 의사결정을 내릴 사람들이었다.

바비, 즉 로버트와 메리 케네디는 특히 깨끗한 물을 확보하기 위한 이니셔티브에 관심이 많았다. 허드슨 강의 수자원보호 단체와 협력한 바비는 오염물질 배출업체들을 고소하고 허드슨 강을 정화하고 뉴욕 시에 깨끗한 수돗물을 공급하는 유역을 보호하는 데 도움을 제공했다. 또한 바비와 메리는 전 세계의 물 문제 관련 단체를 지휘하는 통솔기구인 워터 키퍼Waterkeeper를 운영하고 있었다.

내가 이야기를 마치자 바비가 일어서서 가족들 앞에 섰다. "여기 계신 로버트는 내게 세계의 깨끗한 담수 가운데 70퍼센트가 남극의 얼음에 담겨 있음을 상기시켜줬습니다. 메리와 나는 로버트에게 그동안 그가 받은 모든 상과 영예에 걸맞을 만한 새로운 타이틀을 하나 부여하는 게 마땅하다고 생각했습니다."

나는 그가 무슨 말을 하려는지 전혀 짐작이 되지 않았다. 혹시 내게 명예 케네디 가문 사람이라는 타이틀을 주려는 것인가? 그러나 메리와 그가 내게 수여한 것은 그보다 더 멋진 것이었다. 워터키퍼를 대표해 공식적으로 내게 '아이스키퍼Icekeeper'라는 타이틀을 수여한 것이다. 아이스키퍼 로버트 스원, 무척 맘에 들었다.

앨 고어의 연설과 그에 이은 바비 케네디의 연설은 모두 나를 전율시켰다. 두 사람은 모두 2041 아이디어가 사실은 너무 관대한 것이 아닌지 물었다. 2020년의 관점에서 얘기를 해야 적절하지 않겠느냐는 것이었다. 그만큼 절박함을 느끼고 있다는 증거였다.

나는 배에 설치된 위성 전화로 애니에게 전화를 걸었다. 내 돈이 들어가도 상관없어. 2041 호의 항해는 계속되는 거야. 내가 그녀에게 한 말이다. 수화기 너머로 한숨이 들려왔다. 그녀로서는 전에도 숱하게 들어본 말이었다. 나를 보호하려 애쓰는 데도 이젠 지쳐버린 그녀였다.

"전진!" 나는 그녀에게 힘주어 말했다.

54

왜 남극대륙인가?

나는 끈기 있게 앞으로 나아갔다. 청정에너지를 위한 항해는 계속되었다. 이 글을 쓰는 지금 2041 호는 유럽과 러시아를 향해 나아가고 있다.* 그런 후 인도와 중국에 갈 것이고, 결국 2012 지구 정상회의 시점에 항해를 마칠 것이다.

나는 항해 여정 중에 청중을 만나 강연할 때마다 그들이 묻는 실증적인 질문을 접했다. "많이 추웠나요?" 북극점과 남극점을 밟은 여정에 대해 묻는 것이다. 두 번째로 가장 많이 나온 질문은? "극지 탐험 중에 화장실은 어떻게 가나요?" 볼일을 어떻게 보냐고 묻는 것이다. 나는 보통 이 두 유형의 질문에 단답으로 응수한다. "예" 그리고 "신속하게요", 이렇게 말이다.

* 편집자 주: 이 책은 2007년 11월에서 2009년 3월 사이에 집필되었음을 참고 바람.

그러나 가장 중요한 질문에는, 역시 빈번하게 나온 질문이었는데, 보다 길게 대답해줘야 마땅했다. 그 질문은 형태는 다양했지만 결국 똑같은 것을 말하고 있었다. 남극대륙이 중요한 이유는 무엇입니까? 왜 우리가 남극대륙에 신경을 써야 합니까? 그 특별한 대륙이 탄광 속 카나리아 canary in a coal mine [32]의 글로벌 버전인 이유는 무엇입니까?

이에 답하는 방법에는 여러 가지가 있었다. 나는 남극 하늘의 아름다움과 얼음의 신비로운 색채, 장엄한 빙하의 피폐 상황 등에 대해 이야기할 수도 있었고, 아니면 지구상에 단 한 곳만이라도 그냥 내버려두자던 피터 스콧의 애처로운 탄원에 대해 설명할 수도 있었다.

여행 중에 그리고 강연 중에 해당 질문에 이런 식으로 답하는 것은 일부 사람들을 '냉담하게' 만든다는 사실을 발견했다. '위대한 아름다움'과 '손길이 닿지 않는 자연'에 대한 옹호론은 일정 부분 주관적인 판단에 의존한다. 청중 가운데 완고한 소수에게 다가갈 수 있는 유일한 방법은 견실한 팩트를 제시하는 것이다. 가장 효과적인 주장은 결국 언제나 사리사욕에 호소하는 것이다.

환경운동 관계자들은 전반적으로 이미 이것이 사실임을 발견했다. 유해한 배출 및 탄소 발자국에 대한 그 모든 슬로건은 불과 몇 개월 이어진 기름 값 하락보다도 SUV의 인기에 영향을 미치지 못했다. 가장 설득력 있는 문구는 항상 '녹색(환경)이 곧 녹색(달러)'이라는 주장, 즉 환경 친화적인 인식이 주머니 속에 돈을 챙기는 수단이 될 수 있다는 개념이다.

이러한 측면에서, 남극을 보존하기 위한 근본적인 주장은 자연과학에 기초를 둬야 한다. 최신의 기후 모델은 완고한 회의론자조차도 납득시키는 효력을 발휘한다. 위대한 아름다움이나 대륙의 장엄한 고립 옹호론에는 끄떡도 안 하는 그런 사람들 말이다. 최신 연구 덕분에 왜 남극대륙이 나머지 대륙에 석탄 광산에서 신뢰할 수 있는 카나리아와 같은 역할을 하는지, 그 이유를 설득력 있게 설명할 수 있다.

기후변화 운동가들의 골칫거리이자 기후변화 회의론자들이 가장 좋아하는 반론 중 하나는 남극대륙이 사실은 냉각되고 있다는 널리 알려진 주장이다. 해당 논쟁의 많은 측면과 마찬가지로, 남극대륙의 냉각은 일반적으로 주장되는 것만큼 그렇게 명백하지 않다.

남극의 일부는 냉각되고 있는지도 모른다. 기후학자 수전 솔로몬 Susan Solomon(스콧 탐험대 활동 기간의 날씨에 관한 선구적 연구를 수행한 여성 기후학자)이 적시한 바와 같이 연구조사 결과에 따르면 대기와 화학물질의 복잡한 상호작용으로 인한 오존층 파괴가 특정 지역의 냉각 추세에 기여한 것으로 볼 수 있다. 하지만 그것은 지속될 가능성이 별로 없는 추세다.

남극대륙의 기후에 일어나고 있는 현상을 제대로 이해하려면 그것을 단일의 균질한 땅덩어리가 아니라 각기 다른 여러 지역을 보유한 대륙으로 간주해야 한다. 이 점을 고려해야 과학과 연구조사가 명확해진다는 얘기다. 남극대륙의 전반적인 추세는 지구의 나머지와 마찬가지로 온난화가 진행되고 있다는 것이다.

남극대륙은 지리적으로 두 개의 커다란 섹션과 하나의 작은 섹션으로 나뉜다. 두 개의 큰 섹션은 일반적으로 동남극과 서남극으로 표시되지만, 일부는 대남극과 소남극이라는 표현을 선호한다. 세 번째 영역은 남아메리카 쪽으로 튀어나와 있는, 히치하이커의 '엄지손가락' 모양의 남극 반도다.

동남극과 서남극, 즉 대남극과 서남극을 가르는 것은 로스 해에서 웨델 해까지 달리며 대륙을 양분하는 남극종단 산맥이다. 동남극은 높고 건조하며 바람이 많이 부는 남극고원을 포함한 광대하고 빈 구역으로 대륙 전체의 약 4분의 3을 차지한다. 서남극과 그것의 작은 부속 덩어리인 남극반도는 대륙에서 가장 많이 탐험되고 사람이 가장 많이 체류하는 구역이다.

동남극과 서남극은 모두 방대한 남극 빙원으로 덮여 있다. 편의상 동남극 빙원EAIS('peace'와 같은 라임으로, 즉 '이이스'로 발음한다)과 서남극 빙원WAIS('ace'와 같은 라임으로, '웨이스'로 발음한다)으로 구분해 부른다.

EAIS는 세계에서 가장 놀라운 지형학상 특징을 보인다. 어떤 지역에서는 두께가 3,000미터에 달하고 전체 면적은 미 대륙만큼이나 크다. 거대한 질량으로 그 아래에 있는 땅을 1.6킬로미터나 아래로 누를 정도다.

빙하학자들은 최근 80만 년의 기후변화를 추적할 수 있는 얼음 핵 샘플을 EAIS의 C 돔에서 추출했다. 호모 사피엔스 이전, 호모 에렉투스가 겨우 불을 다루기 시작한 홍적세Pleistocene까지 거슬러 올라가는 얼음이었다. EAIS는 기후 면에서 상당히 안정적인 빙원인 것으로 드러났다. 남극종단 산맥과 가파른 측면 장벽 덕분에 따뜻한 공기의 유입으로부터 보호받기 때문이다. 이는 EAIS가 얼음 속에 엄청난 양의 물을 담고 있는 관계로 다행스런 일이라 할 수 있다. 그것이 녹는다면 전 세계의 해수면이 60미터나 상승할 것이다.

EAIS는 총 질량 면에서도 안정적이다. 그 위에 내리는 눈의 양이 빙하 작용으로 인한 손실분량과 대략 균형을 이뤄준다(비어드모어 빙하가 EAIS에서 일정량의 빙원을 덜어낸다). 기후변화의 측면에서, 과학자들은 EAIS의 안정적이고 균형 잡힌 특성을 좋아한다.

WAIS와 남극반도는 기후학자들에게 훨씬 더 많은 걱정을 안겨주고 있다. 이는 주로 WAIS가 동쪽의 자매 빙원처럼 육지에 기반을 두지 않고 해양에 기반을 두고 있기 때문이다. 그것이 바다와 만나고 그것의 아랫면이 해수면 아래에 위치한다는 의미다.

WAIS의 붕괴는 기후학자 버전의 세계 종말이라 할 수 있다. 임박하지는 않았지만 가능하다는 사실만으로도 진지한 많은 사람들이 두려움에 떨고 있다. WAIS는 남극대륙 물의 20퍼센트만 담고 있지만, 그렇다고 해도 그것의 붕괴는 전 세계 해수면을 6미터 이상 올릴 수 있다.

만약 남극대륙이 지구의 카나리아라면, 남극반도는 그 대륙의 카나리아, 즉 카나리아의 카나리아다. 남극반도는 WAIS와 비교해볼 때, 훨씬 작을 뿐 아니라 그것을 둘러싼 바다에서 오는 기후의 영향에 훨씬 더 많이 노출되어 있기 때문이다. 우리가 2000년 이후로 목도한 것은 바로 남극대륙의 이 지역에서 발생한 빙하와 빙원의 급속한 붕괴였다.

2002년 카나리아의 카나리아가 신음을 토하며 비틀거렸다. 라슨 Larson B 빙붕이 무너져내렸다. 라슨 B는 남극반도 동쪽 해안의 특징적 존재로, (연구 결과에 따르면) 근본적으로 1만 년 동안 온전한 형태를 유지해오던 빙붕이었다. 로드아일랜드 크기에 해당하는 빙붕이 산산조각으로 부서진 것이다.

라슨 B는 그런 식으로 붕괴된 아홉 번째 남극 빙붕이었고, 그때까지 붕괴된 빙붕 가운데 가장 컸기 때문에 그에 걸맞은 관심을 얻었다. 2009년 한 BAS 과학자에 따르면 남극반도의 윌킨스Wilkins 빙붕은 300미터 두께의 얼음 가닥에 매달린 채 '죽음의 고통'에 빠져들었다.

남극반도는 온도 변화와 빙하의 퇴각, 얼음 해체, 눈 융해의 관점에서 급속하게 변화하고 있다. 기록에 따르면 기온은 1950년 이래로 5도가 증가했다. 또한 WAIS에서도 같은 기간 동안 3.5도의 상승이라는 강력하지만 결정적이지는 않은 징후가 포착되었다.

이들 연구조사 결과에서 내가 받은 인상은 기후변화가 남극반도를 강타하고 WAIS라는 더 큰 덩어리를 향해 남진하고 있다는 사실이다. 컴퓨터 기후 모델은 고위도 지역의 온실가스 효과로 인해 남극대륙을 에워싸는 바람의 순환대가 더 크고 더 강한 폭풍을 일으킬 것이라고 예상한다.

이것은 다시 노출된 남극반도와 서남극 대륙의 내부로 더 따뜻한 공기가 더 많이 유입되는 결과를 초래할 것이다. 더 많은 눈이 녹고 더 많은 얼음이 해체되고 더 많은 빙하가 퇴각하게 된다는 의미다.

이것은 '이론'도 아니고 '쓰레기 과학'도 아니다. 남극반도의 기후변화는 명확한 숫자로 결정적으로 증명되고 있다. 카나리아는 아직 횃대에서 떨어지지 않았지만, 분명히 휘청이며 비틀거리고 있다.

과학적 연구조사 결과로도 계속 납득시키지 못하는 경우 나는 내 스스로 관찰한 내용을 제공한다. BAS와 함께 처음으로 남극반도의 로데라 베이스를 찾은 이래로 나는 20년 동안 남극대륙을 방문하며 변화를 내 눈으로 목도했다. 점차 바다에서 물러나는 빙하의 혀, 점점 더 커지고 수가 많아지는 빙산, 전 지역에 걸쳐 올라간 기온 등 변화를 직접 보고 경험했다.

우리는 인구의 대부분이 집중되어 있는 온화 지역과 열대 지역에서 변화를 일으켜야 한다. 그렇게 하지 않으면 극지방에서 이미 명백히 전개된 변화가 남극과 북극을 벗어나 우리가 살고 있는 곳에 영향을 미칠 것이다.

"왜 남극대륙인가?"에는 또 다른 대답이 있다. 아마도 보다 냉철한 대답이 될 것이다. 남극대륙을 보존해야 하는 이유는 무엇인가? 왜냐하면 이미 북극은 손쓰기에 너무 늦었기 때문이다.

남극에서 보는 북극의 전망은 갈수록 암울해 보인다. 2007년 8월 북극점 아래 3.2킬로미터 해저에 꽂힌 러시아 깃발은 북극과 남극이라는 노리개를 국제적 쟁탈의 대상으로 만들 수도 있는 국수주의가 꿈틀거리기 시작했음을 알렸다. 북극과 남극이 협력이 아닌 대립의 장이 될 수도 있다는 의미다.

아무도 남극을 소유하지 않으며 누구도 북극을 소유하지 않아야 한다. 북극은 현재 극지 국가 8개국(러시아, 스웨덴, 핀란드, 아이슬란드, 미국, 캐나다, 노르웨이, 덴마크)이 일정 부분에 대한 영토를 주장하는 가운데 UN의 한 위원회에 의해 통제되고 있다. 그들의 영토는 각국의 해안을 따라 전통적인 200마일 스트립에 국한된다.

2007년 러시아는 영토 확장 경쟁의 일환으로 자국의 해안에서 로모노소프 해령을 따라 북극점까지 추적한 후 생활권^{Lebensraum} 논리를 내세우며 그 해저에 깃발을 꽂았다. 〈뉴욕타임스〉는 이를 보도하며

'북극의 치킨 게임'이라는 타이틀을 붙였다.

국제해양법 76조에 의거하면 특정 국가 대륙붕의 지리적인 '연장'은 일반적으로 인정되는 해안 경계를 넘어서는 범위까지 영토라고 주장할 수 있는 근거를 제공한다.

러시아의 로모노소프 해령 논리는 UN의 대륙붕 제한 위원회에 의해 거부되었다. 그러나 러시아는 철회할 의사를 전혀 보이지 않았을 뿐 아니라 틈만 나면 같은 주장을 계속 들이밀고 있다.

러시아만 그러는 것이 아니다. 중국은 현재 노르웨이의 스피츠베르겐 섬에 극지 연구조사 기지를 두고 있다. 또한 자국의 남극 쇄빙선 중 하나인 스노우 드래곤Snow Dragon을 북극에 보내기도 했다. 덴마크와 캐나다, 미국 역시 북극해 바닥에 대한 지도제작 프로젝트를 출범시킨 상태다. 국제보험자협회인 런던로이즈Lloyds of London는 전 세계 각국에 등록된 쇄빙선의 수가 급격히 증가하고 있다고 보고했다.

북극은 문자 그대로 그리고 비유적으로 달아오르고 있다. 세계에서 아직 발견되지 않은 석유 및 가스 자원의 경우, 전체의 4분의 1이 북극에 있다. 이미 북극 지역에 대한 탐사 및 개발을 확대해야 한다는 압력이 커지고 있다.

2041년 무렵이면 어쩌면 그렇게나 많은 탐사와 탐험의 목표였던 전설적인 북서 통로가 마침내 얼음이 없는 곳이 될지도 모른다. 화물선과 초대형 유조선들이 노르웨이의 북해 유전과 정유공장들에서 아시아의 목마른 석유 시장까지 세계의 꼭대기를 넘는 '북극항로'를 이용해 돌아다니게 될 것이다. 그 새로운 운송 노선은 녹은 얼음 덕분에 기존 노선보다 수천 마일은 더 짧아질 것이다. 남극대륙에서 그런 북극을 바라보면 미래의 모습을 알 수 있을까? 대규모 해빙^{Big} Melt이 남쪽으로도 내려와 연이어 영토 확장 경쟁을 촉발하지는 않을까?

북극점 해저의 그 깃발은 나치가 남극대륙에 대한 영토 주장을 펼치기 위해 떨어뜨린 그 작은 금속 만자(卍字)를 생각나게 한다. 그 깃발 뒤에 자리한 저의가 그 정도로 추하다는 얘기다.

남극 옹호론자들은 북극을 보며 절망만 하지 않는다. 우리는 역사가 다시 반복되지 않도록, 북쪽에서 이미 벌어지고 있는 일이 남쪽에서는 일어나지 않도록 다시 헌신해야 한다는 것을 잘 알고 있다.

55

스콧의 마지막 여행

내가 이 글을 쓰고 있는 지금 네 번째 국제극지년International Polar Year이 2009년 3월이라는 종착역에 다다르고 있다. 이전의 세 차례 국제극지년은 1882~1883년, 1932~1933년, 1957~1958년이었다. 정신이 번쩍 들게 만드는 진실은 이번이 마지막일 수 있다는 것이다. 현재의 기후변화 속도가 멈추지 않는다면, 그래서 결국 역전되지 않는다면, 다음 번 국제극지년은 역사학자들의 집회가 될 가능성이 높다.

나는 지금 E 베이스의 임시 책상에서 작업을 하고 있다. 자연스럽게 나를 철학적 분위기에 젖게 만드는 기지다. 바로 내 앞에 벨링스하우젠의 해변이 펼쳐져 있고 그 너머로 콜린스 항구가 위치한다. 오른쪽으로는 산업형 건물들로 구성된 러시아 기지를 볼 수 있다. 등 뒤로는 높은 창문을 통해 언제든 죽음의 그림자 계곡의 황량함을 맛볼 수 있다.

우리는 재생가능 풍력에 대한 접근방식을 개선해 새로운 풍력 터빈을 갖춘 RWE 엔파워를 다시 여기에 설치했다. 독일의 가장 큰 석탄회사가 E 베이스와 같은 대체 에너지 프로젝트에 전념하는 모습을 보며 나는 희망적인 신호를 감지할 수 있었다.

1930년대 프랭클린 루스벨트Franklin Roosevelt 대통령은 대공황을 타개하기 위해 뉴딜New Deal 정책을 전개했다. 오늘날 우리는 산업세계로 하여금 화석연료 젖을 떼도록 만들기 위해 그와 같이 극적이고 그와 같이 포괄적이며 그와 같이 파급력이 큰 이니셔티브, 즉 모종의 그린딜Green Deal 정책을 필요로 한다.

앨 고어가 난터켓 연설에서 지적했듯이, 그런 녹색 정책이 마련되어야 경제, 환경, 국가 안보로 분리된 것처럼 보이지만 실제로는 연결되어 있는 모든 영역의 문제에 유익한 영향을 미칠 수 있을 것이다.

케네디 대통령이 인간을 달에 보내겠다는 목표를 발표했을 때, 청중의 젊은이들은 10대였다. 그리고 10년이 채 안 되어 닐 암스트롱Neal Armstrong과 버즈 올드린Buzz Aldrin이 고요의 바다Sea of Tranquility에 발을 디뎠을 때 휴스턴의 통제센터에 있던 엔지니어 및 전문가들의 평균 연령은 26세였다.

그것이 세대의 성화가 전달되는 방식이다. 한 세대는 다음 세대를 위대한 사명으로 고취시킨다. 젊은 이상주의의 불은 열기를 일으켜 이상을 실현한다.

나는 멈추지 않을 것이다. 나는 2041의 이상을 오늘날의 젊은이들에게 계속 전달할 것이다. 매년 나는 학생과 기업가 등으로 구색을 맞춘 리더 그룹을 2041 탐험대에 합류시켜 남극대륙으로 데려간다. 그들이 직접 볼 수 있도록 말이다.

BP의 후원으로 나는 지금 학생과 교사, 기업인 등 40개국 60명으로 구성된 국제 탐험대, 즉 올해의 IAE와 함께 E 베이스에 와 있다. 수십 년 이래 최악의 불황 속에서도 우리는 여전히 어떻게든 기금과 시간과 정력을 들여 극지의 자연을 보호한다는 대의에 헌신하는 모습을 보여주고 있다. 희망적이라고 할 수 있지 않은가?

개인적으로 나는 미래가 아주 유망하다고 본다. 나는 아들 바니와 함께 이곳으로 되돌아와 '한 걸음 더 넘어' 탐험에서 포기했던 여정을 마무리하고 싶다. 우리는 '한 걸음 더 넘어'를 중단했던 곳에서 다시 시작해 바니는 스노보드, 나는 스키를 타고 480킬로미터의 패러세일링을 수행할 것이다.

미래에 영감을 불어넣으면서도 과거를 버리지는 않았다. 내 어머니의 삶에 대해서 생각했다. 엠은 1915년 자동차가 드문 시절에 태어났다. 집에 차가 생기고 어머니가 차를 운전할 수 있을 만큼 나이가 들었을 때에도 도로 시험이나 운전면허증 같은 게 없었다. 어머니는 그냥 어느 날 차에 올라타 운전을 했다. 당시 사회적 상호작용은 훨씬 격식을 차렸지만 운전 관련 절차는 그렇게 비형식적이었다.

어머니 세대는 라디오와 우주여행, 인터넷 등과 같은 경외심을 불러일으키는 변혁을 목도했다. 엠이 스콧 사후 불과 2년 후 태어났다는 사실을 인식하기 힘들 정도다. 어머니의 생애는 인간이 남극대륙에 영향을 끼친 거의 모든 시간을 포함한다.

스콧의 삶, 어머니의 삶, 내 자신의 삶, 아들의 삶, 이렇게 단지 네

세대에 걸쳐서 우리는 세상에서 가장 매혹적인 자연의 미래를 결정하게 되었다. 2041년 바니는 40대 중반의 삶을 영위할 것이다. 남극 대륙의 미래를 결정하는 주사위는 바로 그해에 던져질 것이다.

과거와 현재의 결정은 가차없이 미래로 이어진다. 1990년대 미국의 한 연구팀이 측정한 결과는 섬뜩한 예측으로 이어졌다. 남극의 얼음은 극점에서뿐만 아니라 대륙 전역에서 이동한다. 스콧, 윌슨, 바우어스가 극점 정복을 마치고 돌아오던 길에 기아와 눈보라로 인해 사망한 로스 빙붕 위의 그 자리도 마찬가지다.

적합한 기념과 추도를 위해 일기와 개인 소장품은 본국으로 옮겼지만 3명의 유해는 동료 대원들이 발견한 그대로 그들의 텐트에 남겨뒀다. 이후 점차적으로 눈이 그것을 뒤덮었고 그렇게 형성된 얼음이 시신들을 품었다.

그러나 불안정한 얼음은 계속 움직였다. 미국 연구팀의 계산에 따르면 스콧 대장과 두 동지의 시신은 900미터 정도씩 이동했다. 그들을 품은 얼음은 로스 빙붕의 나머지와 함께 북쪽으로 이동하며 남극해의 종착지를 향해 꾸준히 나아가고 있다.

미국인들은 스콧 대장의 여행이 조만간 끝날 것이라고 했다. 스콧의 유골을 붙잡고 있는 얼음 부위가 빙붕에서 분리되어 바다 위 빙산이 될 것이고 그렇게 계속 북쪽으로 떠가다가 따뜻한 물을 만나 녹아 없어질 것이라는 얘기였다. 미국 연구팀은 유해를 품은 얼음이 녹는 시점을 2041년으로 예측했다.

스콧의 마지막 여행에 대한 개념은 섬뜩하기도 했지만 자연스럽게 내 생각을 철학적 사고로 이끌었다. 나는 내가 그 거대한 빙붕 위에 서 있거나 또는 아문센의 검은 텐트가 쳐졌던 극점 인근의 어딘가에 서 있는 상상을 했다. 내 자신의 여행은 어디서 끝날까? 인간의 여정 자체는 또 어디서 끝날까? 그렇다. 인간은 이미 길고도 이상한 여행을 했다. 하지만 아직 끝나지 않았다.

그렇다. 희망적인 조짐이 다수 보인다. 지난 25년 동안 우리는 협력적인 공동의 노력을 통해 환경 측면에서 긍정적인 진보를 이뤘다. 예를 하나 들어보라고? 1985년 나의 파란 눈을 회색으로 바꿔놓았던 그 오존층에 뚫린 구멍은 꾸준히 억제되어 점차 작아지며 닫히고 있다.

이러한 개선은 주로 '스콧의 발자취를 좇아'가 완수된 이듬해에 조인된 조약, 즉 몬트리올 의정서 덕분이다. 몬트리올 의정서는 프레온 가스 및 여타 산업 부산물에 대한 공격적인 규제를 강제했다. 우리가 공동의 웰빙을 위해 우리의 방식에 변화를 가한 것이다.

따라서 그렇게 할 수 있고 그렇게 한 적도 있다는 사실을 기억하고 받아들이는 것이 중요하다. 북극의 해저에 꽂힌 그 깃발의 유일한 존재 이유는 인류가 지구 에너지 자원의 마지막 부스러기들을 놓고 싸우는 추악한 미래를 보여주는 것이었다.

그런 미래의 전망이 실현된다면 극지 환경의 파괴 여부는 별로 중요하지 않다. 만약 2041년에도 우리가 석유를 그 정도로 절박하게 필요로 한다면, 이 행성 자체가 종말에 이른 것으로 봐야 한다. 마지막 자연의 악화보다 훨씬 더 광범위한 함의를 띠게 될 것이라는 의미다. 인류가 에너지 공급과 기후변화 문제를 해결하지 못했음을 의미할 것이기에 하는 말이다. 그리고 그것은 다시 인간 친화적 행성의 종말을 의미할 것이다.

이곳 E 베이스에서 나는 희망을 느끼고 있다. 우리는 미래의 자그마한 식민지를 대표한다. E 베이스는 가혹한 환경의 끔찍한 조건 하에 세워진 고독한 전초기지로서 전적으로 재생가능 에너지에서 동력을 얻으며 문자 그대로 BGAN을 통해, 그리고 비유적으로는 지구상의 모두가 다른 모두와 연결되어 있다는 개념을 통해 전 세계에 연결된다.

풍력 터빈은 올해 전보다 나은 능력을 발휘하고 있다. 우리는 현재 아무도 거주하지 않는 상황에서도 E 베이스가 살아 움직이도록, 다시 말해서 연중 내내 멈추지 않고 돌아가도록 만들기 위해 작업 중이다. 학생들이 언제든 전자적으로 체크인해서 세계의 맨 밑에서 무슨 일이 벌어지고 있는지 볼 수 있도록 하기 위해서다. 남극의 길고 긴 밤, 우리는 빛을 발하는 아주 작은 광점에 불과하다. 그러나 그 광점이 2041년과 그 이후로 가는 길을 가리키는 등대가 되길 나는 희망한다.

56

우리는 무엇을 할 수 있는가

기후변화의 해결 노력을 저해하는 가장 강력한 위협은 다른 누군가가 그 일을 할 것으로 믿는 태도다. 개인이 할 수 있는 일이 뭐가 있겠어? 내가 무엇을 할 수 있겠냐고?

흠, 우리 모두가 보유한 한 가지 선택지는 있다. 수영하는 법을 배우는 것이 바로 그것이다. 만약 WAIS가 계속 이렇게 융해된다면 우리가 수중보행을 해야 할 상황이 훨씬 더 많이 생길 것이기 때문이다.

수영하는 법을 배우고 불안에 익숙해지고 그리고 식량 부족과 인구의 혼란스런 이동 등 우리에게 발생하는 무수한 변화를 모두 인고하는 법을 배우라. 다른 누군가가 어떻게든 모종의 마법을 발휘해 우리 모두를 위해 기후변화를 역전시킬 것이라는 생각에 계속 매달릴 것이라면 위와 같이 하면 된다.

그러나 만약 내가 이 책을 통해 남극은 보존할 가치가 있다는 점을 당신에게 납득시켰다면 얘기는 달라진다. 어쩌면 당신 역시 항상 변화의 필요성을 믿어왔는지도 모른다. 하지만 무언가 조치를 취해야 한다고 믿는 것과 실제로 그런 일이 일어나도록 돕는 것은 전혀 다른 개념이다.

당신에게 이렇게 말할 수 있으면 좋겠다. 이것은 신나는 십자군 원정이다. 따라서 당신은 커다란 백마부터 구비해야 한다. 그래야 "남극대륙을 구하라!"라고 적힌 길다란 배너를 휘날리며 얼어붙은 남극해를 달릴 것 아닌가. 당신은 영웅이 될 것이다. 당신은 구세주로 환호받을 것이다.

그러나 실제로 우리 앞에 놓인 길은 그런 이미지보다 아주 훨씬 덜 낭만적이다. 따라서 남극대륙을 돕기 위해 당신이 취해야 할 첫 번째 조치는 재미없고 평범한 것들과 씨름하기 위해 영광의 꿈을 포기하는 것이다.

지루하고 무미건조한 일상일지라도 수백, 수천, 수백만 그리고 마침내 수십억 명의 사람들의 일상으로 늘어나면 변화를 일으킬 수 있다. 결국 백마를 동원하는 방식이 아니라 구식이지만 훌륭한, 기본적인 것들에 충실을 기하는 방식을 취하자는 얘기다.

우리의 연례 IAE 그룹들과 함께 남극대륙을 여행하는 모든 사람들에게 내가 요청하는 한 가지 조치는 아주 간단한 것이다. '가정의 탄소 발자국을 계산해보세요.' 온라인으로 접속해 이용할 수 있는 훌륭한 방법을 포함해 이 수치를 결정할 수 있는 여러 가지 방법이 있다. 가정에서 생성하는 온실 가스의 양을 알게 되면 문제의 해결에 한 걸음 더 가까이 다가설 수 있다.

이상하게도, 가장 큰 금전적 이득을 안겨주는 조치들은 집 가까이에 존재한다. 에너지 절약형 전구와 추가적인 단열재, 연비가 좋은 자동차 등 말이다. 기후변화 위기에 대응하기 위해 설계된 모든 종류의 조치에 대한 비용 효율성 순위를 살펴보면 태양열과 지열, 풍력 터빈 등의 재생 에너지원이 차트의 상위권에 명함도 내밀지 못하고 있음을 알 수 있다.

최소한의 돈으로 가장 큰 효과를 얻는 한 가지를 든다면? 집을 단열하는 것이다. 매력적인 것과는 거리가 멀다는 것, 나도 알고 있다. 태양전지 패널 정도는 되어야 근사하게 느껴질 것이다. 그런 게 백마 접근 방식에 보다 가깝기 때문이다. 물론 태양열 전지판은 훌륭하지만 첫 단계에서 최상이라 할 수는 없다. 평범한 것을 받아들여라. 먼저 단열 조치를 취하고, 차후에 대체 에너지원에 대해 알아보라.

다음 단계는 몇 가지 정치적 기본에 신경을 쓰는 것이다. 2009년 코펜하겐과 2012년 싱가포르에서 열리는 세계의 지도자와 정치인 및 정책입안자들의 모임과 같은 국제행사가 우리의 미래를 결정한다. 이러한 정상회의의 의제에 영향을 미치려면 우리가 유권자와 옹호자, 그리고 일반적이고 평범한 지구 거주자로서 나름의 영향력을 행사하기 위해 전력을 기울여야 한다.

2009년 12월 코펜하겐 기후변화 회의에서는 2012 싱가포르 지구 정상회의의 전반적인 프로그램을 결정한다. 그렇기 때문에 코펜하겐 모임이 보다 즉각적으로 중요하다고 하겠다. 2012년에는 온실 가스에 대한 교토 의정서가 만료될 예정이다. 코펜하겐 회의는 새롭고 시급한 세계 기후협약을 위한 토대를 마련할 것이다.

전 세계 170개국의 정부 대표들이 회의 참석을 위해 코펜하겐에 모일 것이다. 그들은 옹호 단체, NGO, 언론 및 기타 관계자들과 만남을 가질 것이다. 덴마크의 아네르스 포그 라스무센Anders Fogh Rasmussen 총리와 코니 헤데고르Comnie Hedegaard 기후에너지부 장관이 주재하는 기후회의를 위해 도합 1만여 명이 그곳에 운집할 것이라는 얘기다.

이 회의는 뜨거운 열기 이상으로 많은 것을 생산해야 한다. 코펜하겐에서는 싱가포르 및 차후에 열릴 회의의 토론 조건을 설정할 예정이기 때문에 나는 그것이 1215년 마그나카르타가 서명된 러니미드 초원과 1945년 샌프란시스코 국제기구 조직회의 이래로 역사상 가장 중요한 모임이 될 것으로 생각한다.

과장된 소리처럼 들리지만 그렇지 않다. 마그나카르타든 유엔이든 기후변화로 인한 악화가 전 지구적인 영향력을 행사할 경우 더욱 취약해질 것이다. 평균 기온 5도 변화의 효과는 경제적 및 정치적 난제를 성경에서 말한 재앙으로 바꿔놓을 것이다.

민주주의는 값싼 에너지의 산물이라고 한다. 만약 민주주의 제도를 싫어하는 사람들이 그것을 파괴하기를 원한다면, 지구의 대기를 변화시키는 기계를 만들기만 하면 된다. 그러면 민주주의가 번성하는 평화와 번영을 파괴할 수 있으니까 말이다. 그러나 잠깐, 그 기계는 이미 만들어져 있다. 내연 기관이라고 불리는 기계다.

따라서 코펜하겐은 기후변화의 환경적 영향뿐 아니라 정치적 영향도 다루는 자리가 되어야 한다. 평화 회의가 되어야 한다는 뜻이다. 세계의 빈곤도 다뤄야 한다. 그 모든 것을 하나로 통합해 해결책을 찾는 회의가 되어야 한다.

나는 2041 호와 그곳을 찾을 것이다. 코펜하겐이 우리 배의 마지막 항구가 될 것이다. 재생가능 에너지라는 대의에 오랜 시간 기여한 우리의 2041 호는 그곳에서 퇴역하고 박물관에 전시될 것이다. 나는 이미 그 배의 후임으로 2012년 지구 정상회의가 열리는 싱가포르로 우리를 데려다줄 배에 대해 구상하고 있다. 새로운 배는 선체와 돛, 돛대 등 모든 부분을 재활용 재료로 제작할 계획이다.

정리해보자. 첫 번째 단계는 집에 단열재를 추가하고 자동차 타이어 공기압을 적절한 수준으로 높이고 전구를 교체하는 등의 평범한 작업을 수행하는 것이고, 두 번째 단계는 코펜하겐 회의와 같은 행사에 환경보호의 목소리를 보태주는 것이다. 그렇다면 남극대륙을 보존하기 위해 취할 수 있는 세 번째 단계는 무엇일까? 그곳에 가보는 것이다.

이 단계는 모든 사람들에게 현실적이라 할 수 없을 뿐 아니라 많은 주의 사항과 대가까지 수반한다. 하지만 그래도 나는 추천하고픈 마음이 든다. 적절히 운영되는 극지 탐험대에 합류해서 방문하는 것은 대륙 여기저기에 산재한 영구 과학기지보다 취약한 남극 환경에 해로운 영향을 훨씬 덜 미친다. 그리고 이러한 방문은 남극 옹호자들의 기운을 북돋는 거의 필연적인 효과를 낳는다.

제를라슈 해협과 르메어 해협을 항해하며 남극반도의 희끗희끗한 산들과 두꺼운 얼음 맨틀 위에 우뚝 솟은 부스Booth 섬을 보라. 필경 대자연의 장엄함에 그 어느 곳에서도 거의 경험한 바 없는 압도감을 느낄 것이다.

나는 거대한 빙붕과 맥머도 건곡, 비어드모어 빙하 등 남극대륙의 다른 많은 장소들에서도 그런 압도감을 느꼈다. 젠투펭귄 한 마리가 나를 향해 뒤뚱뒤뚱 걸어왔을 때 최악의 혹독한 환경에도 굴하지 않는 생명체의 완강한 영속력에 대한 생각으로 숙연해졌고, 표범물개의 공허한 눈길을 마주했을 때에는 존재의 사슬 내에서의 나의 위치를 곱씹어보기도 했다. 벨링스하우젠에 있는 죽음의 그림자 계곡이 던지는 황량함은 내 영혼을 정화시켜주기까지 했다.

나는 지금까지 수백 명의 사람들과 남극대륙을 여행했다. 그러면서 그곳의 아름다움에 감동하지 않거나 지구상의 마지막 자연이 직면한 도전에 동요하지 않는 사람을 단 한 명도 보지 못했다. 부분적으로는 거기에 가는 것 자체에 엄청난 노력이 들었기 때문이기도 하다. 용감하고 튼튼한 사람들만이 시도할 수 있는 도전이었다. 선별 과정이 그만큼 엄격했다는 뜻이다.

남극대륙 여행은 스스로 선택하는 일이다. 행성에서 가장 흥미롭고 똑똑하며 열정적으로 몰두하는 사람들을 만나게 될 것이다. 그들은 당신에게 영감을 줄 것이고, 당신 역시 그들에게 영감을 줄 것이다. 그룹 전체가 부분들의 합보다 더 커지는 시너지 효과를 경험할 것이다. 재충전되고 갱신되고 고무되어서 돌아올 것이다.

여기까지가 내가 제시하는 세 가지 과업이다. 일상생활에서부터, 집안에서부터 실천하라(그 선불교 스승이 말한 것처럼 "네 밥그릇부터 닦아라"). 여기에는 탄소 발자국을 파악하는 것도 포함된다. 그런 다음 정치적 목소리를 높여라. 그리고 마지막으로, 가능하다면 세계의 맨 밑바닥으로 여행하라.

이 모든 것은 다시 우리 앞에 E 베이스와 2041 프로젝트를 가져다 놓는다. 이 글을 쓰는 시점에서 32년 후가 되는 2041년에 극지방은 우리가 지구를 구하고 있는지 아니면 파괴하고 있는지 우리에게 말해줄 것이다. 만약 2041년에도 지구 온난화가 수그러들지 않았다면 극지방이 가장 크게 타격을 입을 것이며 우리는 실패한 처지가 될 것이다. 만약 2041년까지도 국제 사회가 남극대륙을 '과학과 평화를 위한 자연 보호구역'으로 보존하는 데 필요한 협력을 이루지 못한다면 우리는 실패한 신세가 될 것이다.

남극대륙은 그동안 인류가 보일 수 있는 최상의 행동, 가장 용감무쌍한 행동뿐만 아니라 최악의 행동까지 목도했다. 인성의 양면은 대륙의 깨끗한 석판에 나름의 자국을 남겼다. 내가 선 곳에서 볼 때 그 양면은 언제나 서로 정반대에 위치했다. 보존과 착취, 지식과 무지, 교육과 사욕으로 갈리면서 말이다.

남극에서 아직 석유는 발견되지 않았다. 전략적으로 중요한 광석과 광물만이 발견되었을 뿐이다. 보크사이트와 구리, 아연, 마그네슘 등과 같은 산업화의 필수요소인 원자재 가격의 상승은 아마도 머지않아 이익을 좇는 눈길을 남쪽으로 돌리게 만들 것이다.

우리는 지금까지 대체적으로 그러한 압박을 견뎌왔다. 남극대륙에서의 국제 협력과 관련해 내가 좋아하는 것은 인간으로서의 우리에 관해 말하는 것이다. 그것은 곧 우리가 단기적으로 이익이 되는 것보다는 옳은 것을 존중하는 선택을 내릴 수 있다는 의미다. 우리가 남극대륙과 관련해 계속 그럴 수 있다면 필경 같은 전략을 세계 전체에도 적용해 지구온난화의 대재앙을 되돌릴 수 있을 것이다.

나는 에이브러햄 링컨Abraham Lincoln이 "우리 본성의 더 나은 천사"라고 불렀던 것에 의해 남극대륙이 지배되기를 바란다. 그것이 바로 내가 그 빙붕 위에서 더듬거리며 약속한 이래로 그토록 노력을 기울여온 부분이다. 그래서 내가 사랑하는 이 땅이 궁극적으로 보존할 가치가 있다는 사실을 사람들이 발견하도록 돕는 게 나의 역할이었다.

우리가 직면한 도전은 정보 부족도 아니고 심지어 재원 부족도 아니다. 그것은 영감의 부족일 뿐이다. 2041 조직의 임무와 나의 일은 사람들에게 영감을 불어넣고 작고 성취가능한 단계를 보여줌으로써 어떤 여정이든 가능하다고 믿게 만드는 것이다.

내 인생에서 가장 외롭고 가장 절망스럽고 가장 위험한 시점은 반드시 빙판 위에 있었던 때만은 아니었다. 때때로 개인적인 삶에서도 싸워야 할 전투에 직면하곤 했다. 그러나 나는 항상 긍정적인 행동의 힘이 모든 것을 바꿀 수 있다는 단 하나의 진리에 매달렸다.

나는 인간이 유발한 기후변화와 싸우는 목표에 리더십에 대한 나의 아이디어를 적용하고 싶다. 우리는 팀의 구축이나 목표 지향적인 노력에서 항상 직면하는 문제와 씨름할 때에도 동일한 문제에 부딪힌다. 무관심과 분열, 리더십 부족이 바로 그것이다.

그렇다면 인간이 유발한 기후변화와 싸우려면 우리는 무엇이 필요한가? 멀리 내다보는 국제적 공조가 필수적이다. 그런 종류의 협력이 오늘날 가장 효과적으로 구현된 곳은 어디인가? 바로 남극 조약 시스템이다.

이는 남극대륙이 인간이 유발한 기후변화 문제뿐 아니라 인류가 함께 힘을 모아 해결책을 도출할 가능성까지 판단하는 데 도움이 된다는 것을 의미한다. 이제 도전 과제는 오늘날의 젊은이들에게 2041이 하나의 목표이자 시금석, 개념으로서 중요하다는 사실을 인식하도록 영감을 부여하는 것이다.

나는 나이 차가 80살인 나의 어머니와 나의 아들에게 이 책을 헌정했다. 나는 어머니의 생애에 발생한 모든 거대한 변화에 대해 생각해봤다. 세계 전반적으로 그리고 특히 남극과 관련해서 말이다. 내 아들이 우리 어머니 나이가 되면 남극대륙은 어떻게 보일까?

바니는 이제 막 십대에 들어섰다. 스케이트보드와 산악자전거 타기를 아주 좋아한다. 아들은 늘 내가 균형감을 찾는 데 도움이 된다. 내가 일장 연설이라도 늘어놓으려고 하면 아들은 이렇게 말한다. "아빠, 나한테만큼은 문제가 생겼다고 해서 매번 그렇게 해결책을 찾으려 하지는 마세요."

내가 만난 위대한 남극탐험가의 아들들, 피터 스콧 경과 섀클턴 경 역시 나와 대화를 나누던 중에 거의 동일한 구절을 사용해 위와 유사한 정서를 표출했다. "유명인의 아들 노릇, 거참 쉽지 않은 일이지요."

내가 아는 한, 바니는 그 폭풍우를 잘 견뎌내고 있다. 녀석은 의사가 되기로 결심했다. 12살 때 그는 자진해서 응급처치 과정에 등록했다. 15년 이래 가장 어린 참가자였다고 한다.

'스콧의 발자취를 좇아'와 '아이스워크', 러브라이프와 E 베이스에 관해 내가 바니에게 들려준 이야기는 모두 한 가지 공통된 주제를 가졌다. '이 세상에서 진정으로 가능한 것'이라는 주제다. 그것들은 단지 나의 이야기가 아니다. 우리 모두의 이야기라는 의미다. 또한 바니와 그의 세대에 속하는 모두를 위한 이야기이기도 하다.

이 책을 읽는 데에 일정한 시간이 걸렸을 것이다. 그로 인해 2041년 1월 1일까지 남은 시간 가운데 약 0.6퍼센트가 소진되었을 것이다. 즉시 서둘러 행동에 들어가야 하지 않겠는가.

2007년 11월에서 2009년 3월까지
다음의 장소에서 집필하다.
-런던의 모노마크 하우스
뉴욕 시
남극대륙 벨링스하우젠의 E 베이스

부록 1

연대표	
1979	고대사 학사로 영국 더럼 대학 졸업
1980~1981	영국 남극자연환경연구소의 일반보조원으로 남극 로테라 기지에서 근무
1984~1987	'스콧의 발자취' 남극 탐험, 1986년 1월 11일 남극점 도착
1987~1989	'아이스워크' 북극 탐험, 1989년 5월 14일 북극점 도착(이로써 로버트 스원은 양 극점을 걸어서 정복한 최초의 인물이 되었다)
1992	리우데자네이루에서 개최된 최초의 지구정상회담에서 기조연설
1992~2002	글로벌 미션: 남극대륙에서 1,500톤의 쓰레기 제거, 로컬 미션: 남아공에서 아프리카의 비영리기구 러브라이프와 제휴해 15만 명의 젊은 이들을 상대로 에이즈 예방 프레젠테이션 수행
1996~1997	'한 걸음 더 넘어' 탐험, 남극점에서 해안까지
2002	2041 호의 육로 여행, 남아공 요하네스버그에서 열린 세계정상회담 참가
2003	케이프에서 리우까지 요트 경주 참가
2003~2004	2041 호로 아프리카 해안 일주 항해
2004~2005	재활용 페트병으로 제작한 돛을 달고 시드니-호바트 요트 경주 참가
2003~현재	'남극탐험 고취' 프로그램: 재계의 리더들과 대학생들을 대상으로 남극대륙 보존과 재생가능 에너지의 확대를 주제로 진행하는 남극 체험 프로그램
2008	E 베이스 가동: 재생가능 에너지를 동력원으로 삼아 운영하며 인터넷을 통해 세계 각지의 학교들과 연결하는 남극대륙 최초의 교육 기지 청정에너지를 위한 항해: 2041 호를 타고 수행한 재생가능 에너지 관련 캠페인
2009(3월)	재생가능 에너지를 동력원으로 삼는 인터넷 연결로 E 베이스 연중무휴 가동 개시
2009(12월)	2041 호를 타고 코펜하겐 기후변화 회의 참가
2012	지속가능 개발을 위한 제3차 세계 정상회의, 싱가포르
2041~2048	'마드리드의정서'와 채굴 활동 중단 조항이 재검토될 것이다.

부록 2

'스콧의 발자취' 탐험 일지, 1985~1986			
날짜	일차	거리(누적거리) (마일)	참고
11월 3일	1	6.85 (6.65)	
11월 4일	2	8.36 (15)	
11월 5일	3	6.05 (21)	방위: 356°
11월 6일	4	7.17 (28)	
11월 7일	5	8.39 (36)	방위: 30°
11월 8일	6	10.05 (46)	방위: 29°
11월 9일	7	11.45 (52)	
11월 10일	8	3.01 (61)	눈보라
11월 11일	9	13.25 (74)	방위: 28°
11월 12일	10	11.84 (86)	방위: 27°
11월 13일	11	6.77 (93)	눈보라
11월 14일	12	12.75 (105)	풍력 2–3 SW–W, 처음 다섯 시간 동안 시야 불량
11월 15일	13	13.29 (119)	시야 양호: 마지막 1시간 30분을 제외하곤 표면 상태 양호
11월 16일	14	11.58 (130)	처음 한 시간 이후 표면의 눈이 바람에 날림: 깨지기 쉬운 크러스트
11월 17일	15	11.55 (142)	서리 표면, 깨지기 쉬운 크러스트
11월 18일	16	10.29 (152)	명도 불량, 부드러운 크러스트
11월 19일	17	11.64 (164)	명도 양호, 질퍽한 빙판, 약간 맑음
11월 20일	18	12.22 (176)	바람 SE, 명도 양호, 질퍽한 빙판으로 인해 썰매 끌기에 어려움 겪음
11월 21일	19	11.47 (187)	명도 불량, 질퍽한 빙판
11월 22일	20	10.19 (198)	하루 종일 명도 제로, 표면은 약간 나아짐
11월 23일	21	10.23 (208)	S 풍력 3, 날씨와 명도 모두 양호, 방위 25°

11월 24일	22	6.75 (215)	눈보라가 계속됨, 표면에 눈 쌓임
11월 25일	23	0.00 (215)	이동 불능, 하루 종일 금식
11월 26일	24	13.04 (228)	바람 없고 화창함, 명도 양호, 표면 적절
11월 27일	25	11.54 (239)	날씨와 시야, 표면 모두 양호, 개러스 우드의 발에 문제가 생겨 행군 조기 중단, 방위 24°
11월 28일	26	12.55 (252)	명도 적절, 표면 최상, 평소보다 늦은 오전 11시에 출발, 방위 23°
11월 29일	27	12.66 (264)	날씨 양호, 바람 없고 해가 뜸, 명도 양호, 표면 적절
11월 30일	28	12.14 (276)	첫 번째 세션 - 명도 양호하고 따뜻함, 두 번째 세션 - 명도 저하, 세 번째 세션 - 명도 제로에 눈이 내림
12월 1일	29	10.78 (287)	표면과 명도 적절, 개러스 우드의 발 때문에 행군 조기 중단
12월 2일	30	10.96 (298)	하루 종일 명도 제로, 방향 감각 상실 외에는 다른 문제 없음
12월 3일	31	12.73 (311)	방위 22°
12월 4일	32	8.96 (320)	개러스 우드가 중단 요청, 텐트 설치, 로버트 스원이 1시간 30분간 말을 함, 오후 6시 눈보라 몰아침, 풍력 7-8
12월 5일	33	0.00 (320)	이동하지 않음, S 풍력 5, 눈발 날림
12월 6일	34	16.65 (337)	하루 종일 흐림, 바람 잔잔하고 따뜻함, 표면 최상, 호프 산이 시야에 들어옴
12월 7일	35	16.07 (353)	오늘도 표면 최상, 개러스 우드 지침, 썰매 활주부 교체
12월 8일	36	17.94 (371)	바람 잔잔하고 화창함, 기온 영상 4℃, 표면 양호, 개러스 우드 원기 회복, 마지막 3마일은 내리막길
12월 9일	37	16.75 (387)	데솔레이션 캠프, 모두에게 수월한 하루
12월 10일	38	9.61 (397)	게이트웨이: 로버트 스원과 개러스 우드는 베이스에서 기다리고 로저 미어만 올라감
12월 11일	39	0.00 (397)	게이트웨이에서 휴식 및 회복의 시간 가짐

12월 12일	40	0.00 (397)	이동하지 않음, 하루 종일 금식, 호프 산의 돌출부 등반
12월 13일	41	11.70 (409)	바람 잔잔함, 시야 양호, 크레바스 거의 없음, 모뉴먼트록
12월 14일	42	15.93 (425)	수월한 하루
12월 15일	43	19.84 (444)	푸른빛 얼음, 만년설, 사스트루기
12월 16일	44	18.25 (463)	파손 방지 목적으로 썰매 미터기 제거
12월 17일	45	17.75 (480)	마지막 한 시간 동안 질주함
12월 18일	46	20.77 (501)	최상의 하루, 새로운 표면
12월 19일	47	15.75 (517)	스콧의 비어드모어 마일리지 142마일, 우리의 비어드모어 마일리지 119.99마일
12월 20일	48	15.38 (532)	로프 없이 두 차례 크레바스 건넘, 방위 57°
12월 21일	49	16.74 (549)	오후 6시 15분 남쪽으로 방향 전환, 압력 마루들은 지났는가?
12월 22일	50	15.32 (564)	평평하고 딱딱한 표면, 거센 바람
12월 23일	51	15.41 (580)	두 번째 세션에 크레바스 건넘, 방위 10°
12월 24일	52	15.31 (595)	가파른 경사 다음에 길고 완만한 굴곡지대 나옴
12월 25일	53	15.57 (611)	바람 잔잔하고 표면 양호함, 긴 오르막길
12월 26일	54	17.00 (628)	바람 잔잔하고 표면 양호함, 두 차례의 낮은 오르막길
12월 27일	55	17.28 (645)	바람 잔잔하고 표면 양호함. 끝없이 펼쳐진 고원
12월 28일	56	17.22 (622)	풍력 3~4, 명도 불량, 최상의 세션, 늘어난 평원
12월 29일	57	16.51 (679)	명도 불량, 표면 양호, 계속되는 평원, 방위 9°
12월 30일	58	16.96 (696)	하루 종일 하강, 마지막 세 시간은 썰매 끌기에 어려움 겪음, 마른 모래 같은 눈
12월 31일	59	16.02 (712)	바람 없는 아름다운 날, 사스트루기, 두 번째 및 세 번째 세션은 매우 힘들었음

1월 1일	60	15.57 (727)	15마일에 걸쳐 폭넓게 분포한 높은 사스트루기, 뚫고 지나갈 경로를 찾느라 애먹음
1월 2일	61	15.29 (742)	하루 종일 사스트루기를 만남, 크기는 줄었지만 분포는 여전함, 로저 미어의 발자취가 끊겨 가레스 우드가 한참 뒤처짐, 서리 표면
1월 3일	62	15.95 (758)	힘겨운 하루, 사스트루기는 줄어듦, 표면도 좋아짐, 상당 부분이 서리 표면
1월 4일	63	8.33 (767)	풍력 4, 표면에 기류 형성, 급격한 시야 악화 – 100미터, 표면 기류 증가, 눈보라 몰아침
1월 5일	64	16.33 (783)	풍력 3–4 돌풍 5, 명도 불량, 눈발 날림, 사스트루기 끝남, 미약한 기류, 썰매 끌기 난항, 방위 20°에 환일 현상
1월 6일	65	16.22 (779)	바람 없고 구름 없는 아름다운 날, 뒤 늦게 바람 거세져 썰매 끄는 데 어려움 겪음
1월 7일	66	16.04 (815)	방위 10°
1월 8일	67	16.17 (831)	첫 번째 및 두 번째 세션은 완벽함, 하지만 부드러운 눈밭이라 썰매 끌기에 어려움 겪음, 세 번째 세션 – SW 풍력 3
1월 9일	68	10.79 (842)	첫 번째 세션 – 명도 간헐적으로 끊김, 두 번째 세션 – 명도 제로에 가벼운 눈발, 세 번째 세션 – 포기, 방위 5°
1월 10일	69	16.21 (858)	W 풍력 4, 명도와 시야 양호, 깊은 눈밭, 세 번째 세션 – 썰매 끌기 난항, 굴곡지대와 두 차례의 긴 오르막 만남, 남극점을 오가는 비행기가 보임
1월 11일	70	14.03 (872.99)	첫 번째 세션 – 눈보라 때문에 포기, 두 번째 세션 – 깃발들이 보이는 곳까지 전진, 세 번째 세션 – 오후 11시 53분에 돔/극점에 도착

'아이스워크' 탐험 일지, 1989년 3월~5월		
날짜	**일차**	**거리(마일)**
3월 20일	1	5.3
3월 21일	2	9.6
3월 22일	3	4.6
3월 23일	4	4.5
3월 24일	5	6.3
3월 25일	6	5.4
3월 26일	7	이동 못 함
3월 27일	8	이동 못 함
3월 28일	9	이동 못 함
3월 29일	10	출발할 상황이 안 됨
3월 30일	11	5.7
3월 31일	12	7.7
4월 1일	13	7.2
4월 2일	14	2.5
4월 3일	15	8.6
4월 4일	16	10.8
4월 5일	17	9.9
4월 6일	18	5.1
4월 7일	19	날씨 악화로 이동 못 함
4월 8일	20	이동 못 함
4월 9일	21	이동 못 함
4월 10일	22	6.5
4월 11일	23	12.8
4월 12일	24	10.6
4월 13일	25	26.2
4월 14일	26	5.7

4월 15일	**27**	8.1
4월 16일	**28**	9.0
4월 17일	**29**	2.5
4월 18일	**30**	5.8
4월 19일	**31**	7.3
4월 20일	**32**	11.0
4월 21일	**33**	15.2
4월 22일	**34**	13.8
4월 23일	**35**	14.7
4월 24일	**36**	13.8
4월 25일	**37**	11.1
4월 26일	**38**	7.2
4월 27일	**39**	이동 못 함
4월 28일	**40**	이동 못 함
4월 29일	**41**	12.0
4월 30일	**42**	15.5
5월 1일	**43**	14.7
5월 2일	**44**	12.8
5월 3일	**45**	15.6
5월 4일	**46**	11.5
5월 5일	**47**	16.0
5월 6, 7일	**48**	11.3
5월 8일	**49**	이동 못 함
5월 9일	**50**	6.9
5월 10일	**51**	13.8
5월 11일	**52**	17.7
5월 12일	**53**	19.8
5월 13, 14일	**54**	10.9
5월 15일	**55**	극점 도착

부록 4

'한 걸음 더 넘어' 탐험 일지, 1996~1997			
날짜	일차	거리	참고
12월 11일	0	17km	패러세일링
12월 12일	1	5km	인력으로 썰매 끌기
12월 13일	2	51km	패러세일링
12월 14일	3	13km	패러세일링
12월 15일	4	30km	패러세일링
12월 16일	5	–	무풍
12월 17일	6	–	무풍
12월 18일	7	33km	패러세일링
12월 19일	8	60km	패러세일링
12월 20일	9	55km	패러세일링
12월 21일	10	35km	패러세일링
12월 22일	11	53km	패러세일링
12월 23일	12	29km	패러세일링
12월 24일	13	23km	패러세일링
12월 25일	14	–	무풍
12월 26일	15	101km	패러세일링
12월 27일	16	57km	패러세일링
12월 28일	17	7km	패러세일링
12월 29일	18	1km	무풍
12월 30일	19	–	무풍
12월 31일	20	–	비행기 기다림
1월 1일	21	46km	비행기 출발
1월 2일	22	80km	패러세일링
1월 3일	23	107km	패러세일링
1월 4일	24	164km	패러세일링

1월 5일	25	125km	패러세일링
1월 6일	26	–	무풍
1월 7일	27	100km	패러세일링
1월 8일	28	25km	바람 두 시간
1월 9일	29	16km	바람 한 시간
1월 10일	30	2km	전단대
1월 11일	31	80km	패러세일링
1월 12일	32	–	역풍, 로버트 스원 중단하고 출발
1월 13일	33	–	가벼운 역풍
1월 14일	34	12km	패러세일링
1월 15일	35	110km	패러세일링
1월 16일	36	–	무풍
1월 17일	37	102km	패러세일링
1월 18일	38	118km	크레바스로 인한 약간의 지체
총	38일	1,657km (1,030마일)	

패러세일링 평균	
행군 일수	38
항해 일수	28
평균 행군 거리	일일 44km / 27마일
평균 항해 거리	일일 60km / 37마일

부록 5

2041 호 항해 일지

1999년 5월 14일 구입

네덜란드에서 수리한 후 영국으로 이동 – 915해리

1999년 12월~2000년 11월

남쪽으로 항해
플리모스 · 라스팔마스 · 레시페 · 마르델 플라타 · 우슈아이아 – 9,212해리

2000년 11월

케이프타운으로 이동 – 수리 – 트리스탄 다쿠나와 폴크랜즈를 경유하여 우슈아이아로
이동 – 8,846해리

2000년 12월~2001년 3월

남극 벨링스하우젠에서 케이프타운까지 항해 – 4,423해리

2001년 4월~2002년 8월

육로 이동
케이프타운Cape Town · 피켓버그Piketberg · 반라인스도르프Vanrhynsdorp · 어핑턴Upington ·
프리에스카Prieska · 킴벌리Kimberley · 브레이부르크Vryburg · 마피켕Mafikeng · 크루거즈도
르프Krugersdorp · 컬리난Cullinan · 웜배스Warmbaths · 피터스버그Pietersburg · 루이스리카
르트Louis Trichardt · 메시나Messina · 토얀두Thohyandou · 팔라보르와Phalaborwa · 넬스푸르트
Nelspruit · 퐁골라Pongola · 리처즈베이Richards Bay · 더반Durban · 포트셉스턴Port Shepstone ·
코크스타트Kokstad · 움타타Umtata · 쿠나Quna · 이스트런던East London · 포트알프레드Port
Alfred · 포트엘리자베스Port Elizabeth · 서머싯이스트Somerset East · 흐라프레이넷Graaf Reinet
· 미델버그Middelburg · 하리프댐Gariep Dam · 블룸폰테인Bloemfontein · 벨콤Welkom · 사솔버
그Sasolburg · 요하네스버그Johannesburg · 세계 정상회담The World Summit (2002년 9월~2002년 12
월) · 케이프타운으로 귀환 – 7,000해리 (1만 2,000킬로미터)

2003년 1월~2003년 3월

케이프–리우 요트 경주 – 수리를 위해 케이프타운으로 귀환 – 7,420해리

2003년 4월~2004년 4월

아프리카 해안 일주

케이프타운에서 모리셔스Cape Town to Mauritius • 몸바사Mombassa • 다르에스살람Dar es Salaam • 나칼라Nacala • 베이라Beira • 마푸투Maputo • 리처즈 베이 • 더반 • 이스트런던 • 포트엘리자베스 • 케이프타운 • 월비스 만Walvis Bay • 루안다Luanda • 아크라Accra • 아조레스 제도Azores • 에스테포나, 스페인Estepona, Spain • 소토그란데, 스페인Sotogrande, Spain • 지브롤터Gibraltar • 카사블랑카Casablanca • 튀니지Tunisia • 크레타 섬Crete • 포트사이드Port Said • 수에즈Suez • 후르가다Hurghada • 에리트레아Eritrea • 지부티Djibouti • 케이프타운 – 2만 3,500해리

2004년 4월~2004년 12월

롤렉스 시드니-호바트 요트 경주:
케이프타운에서 멜버른을 경유해 시드니까지 – 7,041해리
시드니에서 타스마니아의 호바트까지 – 628해리

2008년 3월

시드니에서 멕시코의 엔세나다와 캘리포니아 주 샌프란시스코를 경유해 캘리포니아 주 버클리까지 – 7,040해리

2008년 4월

청정에너지를 위한 항해 1단계
샌프란시스코 • 시애틀 • 포틀랜드 • 샌디에이고 – 2,987해리

2008년 6월~2008년 7월

허리케인 골목을 경유해 파나마 운하를 통해 마서즈빈야드 섬까지 이동(동시에 2008년 7월 24일 서경 68° 17' 31, 남위 38° 6' 지점에서 8년에 걸친 세계 일주 완성) – 5,956해리

2008년 8월

청정에너지를 위한 항해 2단계
마서즈빈야드 • 난터켓 • 뉴욕 • 워싱턴 • 아나폴리스 • 잭슨빌 – 1,535해리

총: 86,511해리

헌사

내가 가장 먼저 감사의 마음을 전해야 할 대상은 당연히 편집자인 스테이시 크리머Stacy Creamer와 로라 스웨들로프Laura Swerdloff를 비롯한 브로드웨이북스Broadway Books 출판사 관계자들일 것이다. 그들이 아니었다면 이 책은 출판되지 못했을 것이다. 그리고 나의 협력자 길 리빌Gil Reavill에게도 무한한 감사를 보낸다. 그는 나와 대면한 지 5분 만에 우리가 함께 작업한 이 책의 기반이 된 남극 탐험에 동행하겠다고 다짐한 나의 동료다.

위대한 영국의 탐험가 월리 허버트는 "왜 남극으로 가는가?"라는 질문을 받을 때마다 꽤 멋진 답을 내놓곤 했다. 허버트는 이렇게 말했다. "어떤 사람은 그런 질문을 할 필요가 없어요. 그들은 답이 무엇인지 느낌으로 아니까요." 나에게 수년에 걸쳐 재정적 지원을 해준 수백 명의(아니 수천 명일지도 모르는) 후원자들, 본문에서도 언급한 바 있는 50펜스의 소년에서부터 BP, RWE, 코카콜라와 같은 대형 후원사들에 이르는 후원자들에게 감사의 인사를 전할 때 그들 모두가 '느낌으로 그 대답을 알 수 있기를', 그리고 나의 진심어린 감사의 마음을 받아주기를 바랄 따름이다. 후원자들의 너그러운 도움이 없었다면 그 무엇도 성취할 수 없었을 것이다.

좋을 때나 나쁠 때나 변함없이 내 옆을 지켜준 애니 커쇼에게 영원히 못 갚을 빚을 졌다. (실제로 남극의 상황은 형언하기 힘들 정도로 좋았다가 눈 깜짝할 사이에 견디기 힘들 정도로 나빠질 수도 있다.) 남극 보존의 꿈이 사그라지지 않도록 천 가지 방법으로 나를 도와준 2041 조직의 팀원들에게도 감사를 표하는 바다.

끝으로, 내가 종종 소중한 사람들과 떨어져 '외지고 험한 곳에서 험난한 탐험'을 수행하는 경우가 많다는 점에서 이 책은 저자 부재의 책이라 할 수 있다. 세상 어디에서도 연결되는 우수한 온라인 전화 서비스를 제공하는 스카이프Skype에도 큰 빚을 진 셈이다. 온라인 전화는 나와 친구들, 가족들을 이어주는 나의 생명줄이었다. 사랑하는 내 어머니 엠 스원과 내 아들 바니, 아름다운 아내 니콜의 보이지 않는 희생은 아무리 강조해도 지나치지 않을 것이다. 그들의 관대한 인내가 없었다면 이 책의 지면에 자세히 소개한 탐험 여정을 무사히 마칠 수 없었기에 그렇다.

옮긴이 주

1   '모든 구름은 은빛 테두리를 갖는다', 즉 '고진감래'를 뜻하는 속담의 비유적 표현.

2   쇄석과 타르를 섞어 굳힌 도로 포장 재료 또는 그것으로 포장한 도로.

3   승률 5할 이상을 올린 시즌.

4   체격이 크고 힘이 센 짐마차용 말.

5   도둑갈매기의 일종.

6   악마에게 영혼을 팔고 불멸의 아름다움을 갖게 된 청년에 관한 동명의 영화 속 주인공.

7   '껍질'의 의미이나 여기서는 눈이나 얼음 지대의 상층부를 가리킨다.

8   극지에 형성되는 눈의 융기부로서 매우 날카로운 능선이 몇 겹이고 거듭 겹쳐지는 특징을 보인다.

9   찢어짐 방지 기능을 특별히 강화해 만든 나일론 직물.

10 대개 같은 길이의 직선 부재로 구면(球面)을 분할해 트러스 구조로 구축하는 돔.

11 욕설이나 험담을 할 때 주로 사용하는 저속한 단어로 영국에서는 금기시되고 있다.

12 기술의 발달, 유행, 사업 중단 등을 예상해 기존 제품이나 서비스를 계획적으로 진부화시키는 기업 행동.

13 1980년대 중반 소련의 고르바초프 공산당 서기장이 실시한 개방 정책과 개혁 정책.

14 발 관리 및 치료 전문 제품 브랜드.

15 디셉션 섬의 남동쪽 웨일러즈 만 동쪽에 위치한, 두 개의 큰 바위 기둥이 형성해놓은 창 모양의 좁은 틈.

16 UN 환경계획(UNEP)이 선정하는 환경사절 위촉제도로서 환경보호에 기여한 개인 또는 단체 500명을 지구 전체의 환경사절로 선정해 환경문제 해결에 앞장서게 하는 명예제도다.

17　지구의 환경보전을 위해 세계 각국의 대표단이 모여 논의한 사상 최대의 국제 환경회의로 공식 명칭은 '환경 및 개발에 관한 UN 회의(United Nations Conference on Environment and Development)'다.

18　'지리학적 남극점'이라는 문구는 극점이 표시된 남극대륙 지도와 함께 중앙 상 단부에, 아문센 관련 문구는 하단 왼쪽에, 스콧 관련 문구는 하단 오른쪽에 배 치되어 있다.

19　헬리콥터와 유사한 1인승 프로펠러기.

20　저자가 썰매로 남극대륙을 횡단한 방식은 낙하산 돛을 연처럼 띄워놓고 거기 에 작용하는 풍력을 이용하는 것으로 정확한 명칭은 '카이팅(kiting)'이다. 하지 만 '카이팅' 역시 '패러세일링'의 일종으로 보고 계속 그 표현을 사용하는 저자 의 의도에 맞춰 여기서는 '패러세일링'으로 옮긴다.

21　"라스베이거스에서 일어난 일은 라스베이거스에 머문다(What Happens Here, Stays Here)"는 원래 라스베이거스 관광청이 관능적인 관광캠페인을 벌이기 위해 내 건 슬로건이다.

22　마스터 하나에 지브 세일 두 장을 갖춘 요트.

23　화학섬유의 하나로 미국 듀폰이 개발한 파라계 방향족 폴리아마이드 섬유.

24　실크나 인조 섬유의 필라멘트사로 짠 복지의 하나.

25　특정 성분을 선택적으로 통과시킴으로써 혼합물을 분리하는 액체 또는 고체의 막.

26　크리스마스 다음 날인 12월 26일을 말하는 것으로, 옛날 유럽의 영주들이 이 날 주민들에게 상자에 담은 선물을 전달한 데서 유래했다.

27　날렵하고 빠른 이집트 원산의 수렵견.

28　스위스 원산의 몸집이 크고 튼튼한 개.

29　온실가스 배출을 감축하기 위해 에너지 효율이 높은 전기 및 전자 제품을 인 증하는 프로그램.

30　BC 4세기 전반 시칠리아 시라쿠사의 참주 디오니시오스 1세가 신하인 다모클 레스에게 가르친 교훈으로서 '아무 부족함이 없고 우아하게만 보이는 왕도 사 실은 언제 떨어질지 모르는 칼이 머리 위에 매달려 있는 것과 같은 처지'라는 뜻이다. 주로 권력을 탐하는 자에 대한 경고의 의미로 쓰인다.

31　어떠한 현상이 서서히 진행되다가 작은 요인으로 한순간 폭발하는 시점 또는 지점.

32　붕괴 조짐을 미리 알려주는 탄광 속의 카나리아처럼 위기 상황을 조기에 예고 해주는 무엇.

참고문헌

Alexander, Caroline. *The Endurance: Shackleton's Legendary Antarctic Expedition.*

Amundsen, Roald. *The South Pole.*

———. *My Life as an Explorer.*

Bainbridge, Beryl. *The Birthday Boys.*

Cherry-Garrard, Apsley. *The Worst Journey in the World.*

Cole, Sebastian (photographs), Mikhail Gorbachev, Leonardo DiCaprio. *Antarctica: The Global Warning.*

Cone, Marla. *Silent Snow: The Slow Poisoning of the Arctic.*

Crane, David. *Scott of the Antarctic: A Biography.*

Friedman, Thomas L. *Hot, Flat, and Crowded: Why We Need a Green Revolution— and How It Can Renew America.*

Gore, Al. *An Inconvenient Truth: The Planetary Emergence of Global Warming and What We Can Do About It.*

Henderson, Bruce. *True North: Peary, Cook, and the Race to the Pole.*

Henson, Matthew A. *Matthew A. Henson's Historic Arctic Journey: The Classic Account of One of the World's Greatest Black Explorers.*

Hill, Jen. *White Horizon: The Arctic in the Nineteenth-Century British Imagination.*

Kolbert, Elizabeth. *Field Notes for a Catastrophe: Man, Nature, and Climate Change.*

Lansing, Alfred. *Endurance: Shackleton's Incredible Journey.*

Lopez, Barry. *Arctic Dreams.*

Peary, Robert. *The North Pole.*

Philbrick, Nathaniel. *Sea of Glory: America's Voyage of Discovery, the U.S. Exploring Expedition, 1838–1842.*

Ponting, Herbert G. *The Great White South, or, With Scott in the Antarctic.*

Scott, Robert Falcon. *Journals: Captain Scott's Last Expedition.*

Shackleton, Ernest. *South: The Endurance Expedition.*

Solomon, Susan. *The Coldest March: Scott's Fatal Antarctic Expedition.*

Spufford, Francis. *I May Be Some Time: Ice and the English Imagination.*

Tyler-Lewis, Kelly. *The Lost Men: The Harrowing Saga of Shackleton's Ross Sea Party.*

Worsley, Frank Arthur. *Shackleton's Boat Journey.*

2041, the organization, with links to the *2041* (the boat), E-Base, itineraries, countdown clock, and other items of interest, including this list of resources updated (http://www.2041.com); 2041's Antarctica Curriculum (http://education.2041.com/)

CLIMATE CHANGE

Global Climate Change: NASA's Eyes on the Earth
(http://climate.jpl.nasa.gov/Eyes.html)
United Nations Framework Convention on Climate Change
(http://unfccc.int/2860.php)
Intergovernmental Panel on Climate Change (http://www.ipcc.ch/)
Act on CO2, U.K. government website on climate change
(http://www.direct.gov.uk/actonco2)
ACORE: American Council on Renewable Energy
(http://www.acore.org/front)
An Inconvenient Truth (http://www.climatecrisis.net)
11th Hour Action (http://11thhouraction.com)

GOVERNMENT POLAR DIVISIONS

British Antarctic Survey (http://www.antarctica.ac.uk/)
U.S. Antarctic Program (http://www.usap.gov/)

GENERAL INTEREST

International Polar Year (http://www.ipy.org/)
Antarctica's Climate Secrets (http://www.andrill.org/flexhibit/)

Discovering Antarctica (http://www.discoveringantarctica.org.uk/)
World Wildlife Fund (http://www.worldwildlife.org/)
Cousteau Society (http://www.cousteau.org/)
Environmental Defense Fund (http://www.edf.org.cfm)
Sierra Club Clean Energy Solutions (http://www.sierraclub.org/energy/)
National Snow and Ice Data Center (http://nsidc.org/)
U.S. National Weather Service Marine Modeling and Analysis Branch, Sea Ice Analysis Page (http://polar.ncep.noaa.gov/seaice/Analyses.html)
The U.S. Geological Survey Satellite Map of Antarctica (http://terraweb.wr.usgs.gov/projects/Antarctica/AVHRR.html)
Cool Antarctica, a general website, with photos, maps, weather, and resources (http://www.coolantarctica.com/)

옮긴이 안진환

경제경영 분야에서 활발하게 활동하고 있는 전문번역가. 1963년 서울에서 태어나 연세대학교를 졸업했다. 저서로 《영어실무번역》《Cool 영작문》 등이 있으며 《비커밍 스티브 잡스》《스티브 잡스》《넛지》《빌 게이츠@생각의 속도》《포지셔닝》《피라니아 이야기》《The One Page Proposal》《왜 도덕인가》《괴짜경제학》《온워드》《실리콘밸리 스토리》《전쟁의 기술》《애덤 스미스 구하기》《불황의 경제학》《스틱!》《스위치》 등을 우리 글로 옮겼다.

남극 2041

제1판 1쇄 인쇄 | 2017년 11월 14일
제1판 1쇄 발행 | 2017년 11월 20일

지은이 | 로버트 스원 · 길 리빌
옮긴이 | 안진환
기획 | W재단(홍경근 · 이욱)
펴낸이 | 한경준
펴낸곳 | 한국경제신문 한경BP
편집주간 | 전준석
외주편집 | 이근일
저작권 | 백상아
홍보 | 남영란 · 조아라
마케팅 | 배한일 · 김규형
디자인 | 김홍신
본문디자인 | 김수아

주소 | 서울특별시 중구 청파로 463
기획출판팀 | 02-3604-553~6
영업마케팅팀 | 02-3604-595, 583 FAX | 02-3604-599
H | http://bp.hankyung.com   E | bp@hankyung.com
T | @hankbp   F | www.facebook.com / hankyungbp
등록 | 제 2-315(1967. 5. 15)

ISBN 978-89-475-4274-6   03840

영웅들

로버트 스콧 대령(1868년 6월 6일~1912년 3월 29일), 영국 해군

어니스트 섀클턴(1874년 2월 15일~1922년 1월 5일), 스콧의 부하였지만 훗날 라이벌로 부상했다.

노르웨이의 탁월한 탐험가 로알드 아문센(1872년 7월 16일~1928년 6월 실종), 인류 최초로(스콧보다 4주 먼저) 남극점을 밟았다.

나의 어머니 마거릿 엠 스원

나의 아버지 더글러스 스원

11살 때. 어린 시절 유일하게 정장 차림으로 찍은 사진

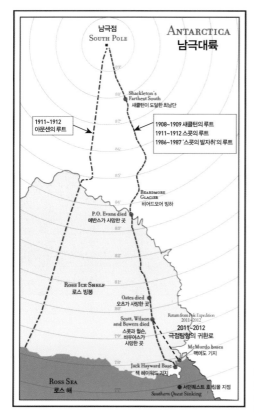

'스콧의 발자취' 탐험: 우리는 1985년 11월 3일부터 1986년 1월 11일까지 70일 동안 무전기도 없이 썰매에 보급품을 싣고 직접 끌며 873마일을 트레킹해서 남극점에 도달했다. 역사상 최장거리 무지원 행군이었다.

아이스워크: 7개국 출신 8인의 대원이 빙원을 가로지르는 600법정마일(1법정마일은 1.6킬로미터)을 트레킹해서 1989년 5월 14일 북극점에 도달했다.

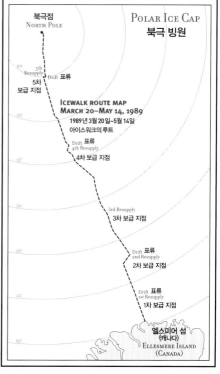

남극을 살리기 위한
'2041 프로젝트'를 응원합니다!

ANTARCTICA
남극 2041

'스콧의 발자취' 탐험

영광스런 날들: 1984년 여름 서던퀘스트 호에 오른
피터 맬컴(오른쪽)과 나

우리의 배는 맹렬히 돌진해 선창을
들이받고 다시 100년의 역사를 자랑
하는 타워 브리지에 부딪혔다.

케이프에반스의 잭 헤이워드 기지. 집을 떠난 우리는 이곳을 집으로 삼아 9개월을 보냈다.

우리의 오두막 내부: (왼쪽에서 오른쪽으로)
마이크 스트라우드 박사, 로저 미어, 나, 개러스 우드, 존 톨슨 선장

트레킹 초기에 썰매를 끌고 있는 로저 미어와 나의 모습. 개러스 우드가 찍은 사진이다.

'스콧의 발자취를 좇아'

JAN 11TH 1986
23.48hrs

종착점: 1986년 1월 11일, 서던퀘스트 호는 우리가 남극점에 도달한 바로 그날에 침몰했다.

벨링스하우젠 청소 미션

청소하기 전의 벨링스하우젠 해변의 모습

청소한 이후의 벨링스하우젠

육로 여행

트레일러에 올라 남아프리카공화국의 내륙을 달리는 2041 호의 모습

'청정에너지를 위한 항해'

청정에너지를 위한 항해에 돌입한 2041 호가 샌프란시스코의 금문교 근처를 지나고 있다.

'남극탐험 고취'

'남극탐험 고취' 탐사에 오른 한 무리의 대원들

난 탐험가 아닌 생존자

다시 한 번 남극횡단(글로벌 자연보전 프로젝트 HOOXI)에 도전하기 위한 기초 훈련을 위해 남극 땅을 다시 밟은 첫 모습

친환경 에너지의 중요성을 알리기 위해 태양열 썰매로 남극을 횡단한다는 계획이다.

모험에 동행할 아들 바니(23)와 나. 바니는 일곱 살 때부터 아버지를 따라 남극과 북극에 다녀왔지만 60일이나 되는 장기 원정은 처음이다.

매년 달라지는 빙하의 모습. 점점 작아지고 부서지고 있다.

이번 남극횡단에선 태양열을 이용한 장비를 사용한
다. 취침용 보온기구나 스마트폰 등 통신장비도 휴
대용 풍력발전기나 태양전지 등을 활용해 사용한다.

지구상에 마지막 남은 아름다운 대륙

"재생에너지만 사용하면서 600해리(약 1,100km)를 걸어갈 겁니다."

허허벌판 얼음 땅에서 남극점을 1도라도 벗어나면 1주일 이상 주위를 맴돌아야 한다.

"우리의 생존이라는 문제와 관련해 모든 세대가 함께 일할 수 있도록 영감을 주고 싶습니다."

불가능해 보이는 일을 성공적으로 끝내서,
지구온난화도 모두의 노력을 통해 얼마든지 막을 수 있다는 메시지를 전달할 예정

추천의 글

남극은 지구 건강의 지표입니다. 남극보전을 위해 우리에게 주어진 시간 24년. 2041년 이후에도 숨 쉬는 자연을 위해 남극보전에 대한 관심과 행동으로 지켜내야 합니다.

_강남 가수

2017년 현재에도 남극의 빙하가 빠르게 녹고 있습니다. 이로 인해 해수면이 높아지고 저지대 지역 및 섬나라는 사라질 위기에 처하고 해양 생물들은 갈 곳을 잃어가고 있습니다. 많은 관심으로 남극을 함께 지켜나가야 합니다.

_경리 나인뮤지스

남극의 빙하가 빠른 속도로 녹고 있습니다. 환경문제가 나날이 심각해지고 있는데요. 사실 잘 모르고 지나칠 때가 많은 거 같습니다. 2041년 그리고 그 이후에도 잘 보전되도록 우리가 관심을 가지고 노력해야 합니다. 작은 관심이 모여 행동으로 큰 마음으로 발전되길 희망합니다. 우리 모두 파이팅!

_고우리 배우

깊이 얼어붙어 몇 억년이 흘러도 녹지 않는 단단한 남극. 따뜻한 햇살에 비친 흩어진 얼음조각은 별처럼 반짝이고 초록빛 바다와 푸른 하늘이 어우러진 곳. FOREVER WITH HOOXI!!!

_고은석 부장검사

남극, 환경보전 미리 관심 가지고 보전할 수 있도록 실천했어야 했는데 이 책을 통해서 다시 한 번 경각심을 가졌습니다! 많은 관심을 가지고 보전할 수 있도록 노력하겠습니다.

_권소현 배우

지구온난화로 북극과 남극의 빙산이 녹고 있다는 막연한 불안감을 갖고 있었는데, 남극대륙을 보호해야 하는 근거를 과학적이며 인문학적으로 설명해주는 좋은 번역서가 출간되어 기쁩니다. 남극대륙의 주인인 펭귄을 위해서도, 인류의 미래세대를 위해서도 개발보다는 온전히 보전하는 것이 먼저라고 생각합니다.

_김군호 에프엔가이드 대표이사

4년 전, 한 매체를 통해 남극에 사는 수천 마리의 새끼 펭귄들이 모두 죽었다는 보도를 접한 적이 있다. 지역 환경이 크게 바뀜과 동시에 과거 관측 기간에는 나타나지 않았던 일이라면 이 사건은 분명 현재 기후변화에 빨간 불이 들어왔다는 방증일 것이다. 그동안 이 새끼 펭귄들이 사라지도록 너무 무심하고 무지하고 방심했던 건 아닌지 반드시 돌아봐야 할 때다.

_김난영 연합뉴스TV 아나운서

신대륙에 인간의 욕심이 만든 슬픈 역사가 남극 동물들에게 다시 되풀이되지 않길 바랍니다. 힘을 모아 함께 지켜나가요.

_김도연 위키미키

2014년 정글 보르네오편에서 만났던 멸종위기종 오랑우탄이 아직도 기억에 남습니다. 남극 역시 2041년 이후에도 우리의 친구로 남아줬으면 좋겠습니다.

_김동준 배우(전 제국의 아이들 멤버)

정글에 다니며 자연스럽게 환경문제에 관심이 생겼습니다. 책을 읽고, 저도 남극탐험에 도전해 환경문제를 널리 알리고 싶다는 꿈이 생겼습니다. 2041 프로젝트 응원합니다!

_김병만 개그맨

멀게만 느껴지던 남극이 이 책을 통해 가깝고 지켜줘야 할 존재로 바뀌었습니다. 인피니트도 한마음으로 남극을 비롯한 환경보전에 힘쓸 테니 여러분께서도 함께해주세요!

_김성규 아이돌그룹 인피니트

지구의 차가운 심장을 지켜주세요!

_김세정 구구단

세상에서 가장 소중한 것은 우리 자신을 사랑하는 것입니다. 우리와 후손들에게 물려줄 수 있는 큰 사랑의 실천이 환경보전이며 남극을 지키고 보호하는 것입니다.

_김승남 조은문화재단 이사장

그동안 아프게 해서 미안해요. 이제 우리가 지켜드릴게요.

_김재경 배우

지구온난화에 의한 기후변화, 거기에 따르는 자연재해 발생은 우리가 시급히 해결해야 할 과제이자 당면한 현실입니다. 우리가 진정 지구를 또 인류를 사랑한다면 이제는 행동으로 보여줘야 할 때입니다. 이번 《남극 2041》 출간은 그런 의미에서 매우 의미가 있다고 생각합니다.

_김종인 대한발전전략연구원 이사장

남극보전에 대한 작은 움직임이 '더 나은 세상과 밝은 미래를 만들기 위한' 큰 발걸음이 될 것입니다. 이 책을 읽는 모든 분들의 관심이 무엇보다 중요하고 소중하게 요구되는 시기라고 여겨집니다. 남극보전에 대한 관심과 캠페인 참여 자체가 '우리 미래를 지켜내기 위한' 이 시대를 살고 있는 우리 모두의 작은 의무와 책임이라고 생각합니다.

_김종효(Peter Kim) 지오스에어로젤(JIOS Aerogel Ltd.) 회장

남극 빙하가 녹아 해수면이 상승되면 남태평양 투발루라는 나라는 2060년경 지도에서 사라져버린다고 합니다. 환경은 이제 남의 이야기가 아니라 우리 모두의 화두라고 생각합니다.

_김진호 SBS 〈정글의 법칙〉 PD

각 시대에는 많은 영웅들의 이야기가 있습니다. 남극의 얼음이 녹으면 우리의 삶도 함께 사라질 것입니다. 우리 시대 남극 환경보전의 영웅인 탐험가 로버트 스원의 메시지를 우리가 귀담아 들어야 하는 이유입니다.

_김철준 대전웰니스병원 원장

남극을 지키는 것이 우리와 지구를 지키는 일입니다. 해수면 상승으로 태평양의 투발루, 인도양의 몰디브처럼 아름다운 섬들을 잃지 않도록 우리 모두의 노력이 필요할 때입니다.

_김태우 가수(god)

남극을 위해 여러 가지로 힘쓰는 로버트 스원 탐험가를 보면서 큰 감명을 받았습니다. 저도 지금부터 남극을 비롯한 여러 환경문제에 관심을 갖고 행동하겠습니다! 독자 여러분도 꼭 함께해주세요!

_남우현 아이돌그룹 인피니트

남극이 영원히 인류와 함께하길 바랍니다.

_남창희 개그맨

우리의 남극이 빠른 속도로 녹아내리고 있습니다. 여러분들의 작은 행동 하나가 내일의 지구를 지킬 수 있습니다. 2041년 이후에도 건강한 남극을 그려봅니다~.^^

_노우진 개그맨

나 하나쯤이야 하는 생각으로 인해 지구가 없어질 수 있다는 걸 명심해주세요. 우리 모두가 나서야 지구가 살 수 있습니다.

_노을 배우

우리는 자연이 없이는 존재할 수 없습니다. 나를 소중히 여기듯 자연을 아껴주세요.

_딘딘 래퍼

자연의 나라 뉴질랜드에서 자라오면서 환경의 소중함과 중요성을 많이 느끼고 삽니다. 우리 모두가 프로젝트 2041에 대한 필요성을 느끼고 저를 포함해서 모두가 실천으로 옮겨지기를 바랍니다!

_리디아 고 프로골퍼

남극은 지구상에서 마지막 남은 자원의 보고이자 미래입니다. 인류를 위한 지속가능한 발전 및 보전을 위한 활동에 동참하기를 권합니다.

_마창환 과학기술정보통신부 기획조정실장

남극이 녹아 해수면이 점점 높아지면 우리 인류는 어디로 갑니까? 산으로 올라갑니까! 하늘로 갑니까? 그것은 곧 인류문명의 멸망을 의미하는 것이 아닐까요. 남극을 지켜야 합니다. 2041 프로젝트 응원합니다.

_박맹우 국회의원

남극보전은 우리 인류와 지구의 미래를 지키는 일입니다. 모두가 참여해 후세들에게 부끄럽지 않은 우리가 되었으면 좋겠습니다.

_박종범 영산그룹 회장

정해진 시간이 아니고 남극은 영원히 개발되어서는 안 됩니다. 인간은 물론이고 살고 있는 지구의 모든 생명에게 불행입니다. 아름다운 지구 보전에 우리 모두 참여합시다.

_박준희 아이넷TV 회장

지금은 누군가의 일이지만 머지않아 나의 일이 된다는 걸 알게 되었습니다. 2041의 의미를 우리 모두가 나누고 저부터 실천하겠습니다.

_백성현 배우

Our economy is broken! We adopted a model of unlimited resources in a planet of limited resources. The consequences of this economy of consumption are very visible in Antarctica. It's time for a change! (우리 경제는 무너졌다! 자원은 유한한데, 우리는 지구에 무한한 자원이 있다는 전제 하에 경제 모델을 구성했다. 이 경제의 소비 결과는 남극대륙에서 매우 가시적이다. 변화가 필요하다!)

_비밥 그레스타(Bibop G. Gresta) 하이퍼루프 트랜스포테이션 테크놀로지
(Hyperloop Transportation Technologies) 공동창립자

2041년은 환경보호에 관한 남극조약 의정서('마드리드 의정서')의 재검토가 이뤄지는 중요한 해입니다. 무분별한 개발 활동이 추진되고, 지구온난화가 계속된다면 빙하가 녹음으로 인해 남극 생태계 파괴는 물론 해수면 상승으로 인해 저지대 지역 및 많은 섬나라가 사라질 위기에 처하고, 많은 도시들이 해안 방어선 구축에 천문학적 비용을 투자해야만 할 겁니다. 인류와 지구의 공존을 위해 '마지막 남은 자연' 그대로의 남극을 살려야 합니다.

_서명석 유안타증권 사장

우리 아이들에게 남겨줘야 하는 건 멋진 집과 재산이 아닌 그들이 살아갈 수 있는 터전, 바로 건강한 지구일 것입니다. 멀게 느껴질지 모르지만 2041 프로젝트는 우리 모두의 생존을 위한 일이 될 것입니다.

_서문탁 가수

남극이 녹으면 서울이 잠깁니다. 남극보호에 모두 동참합시다.

_석동율 동아일보 부국장

지구온난화, 잦은 비, 대규모 해빙으로 인해 여의도 면적 35배 크기의 남극 빙하가 붕괴되고 있습니다. 남극이 점차 '빙하 없는 땅'이 되고 있습니다. 온실가스 배출이 제어되지 않으면 해수면 상승이 가속화되고, 남극은 점차 소멸될 위험이 있습니다. 남극보전을 위해 2041 프로젝트를 지지하고 참여합니다.

_송기민 한양대학교 교수

남극의 본 모습을 지키는 일은 세계 환경보호운동의 마지막 보루라고 생각합니다. 2041년까지 50년 동안 남극개발을 금지하기로 전 세계가 약속한 것이 이를 입증하고 있습니다. 로버트 스원 W재단 명예이사가 남극에서의 실제 경험과 느낌을 담은 이 책은 세계 환경보호운동의 중요성을 역설해주고 있다는 점에서 일독해볼 것을 주저 없이 추천합니다.

_송재조 한국경제TV 대표이사

소중한 사람들과 함께 살 지구, 다 함께 지켜주세요. 2041 ANTARCTICA 프로젝트를 응원합니다!

_송지은 가수

빙하가 급속도로 녹고 있다는 소식을 심심치 않게 접하곤 합니다. 로버트 스원과 함께 많은 사람들이 미래에도 온전한 빙하를 지킬 수 있도록 2041 프로젝트를 도와주시길 바랍니다.

_송지호 배우

이제 환경은 한국과 이탈리아를 넘어서 전 세계의 문제입니다. 그중에서도 남극은 가장 큰 환경변화를 겪고 있는 곳 중 하나입니다. 우리 모두 함께 이 책을 통해 환경 문제에 대해 더 알아가고 관심을 가져주셨으면 좋겠습니다.   _알베르토 몬디 방송인

2041년 이후에도 우리의 남극은 보전되어야 합니다. 우리 모두가 2041의 의미를 잘 이해하고 널리 알렸으면 좋겠습니다.

_엄홍길 산악인, 밀레 기술고문, 엄홍길휴먼재단 상임이사

이번에 책을 접하게 되면서 이제까지와는 전혀 다른 새로운 남극의 세계를 보게 되었고 가슴 두근거리는 느낌을 받았습니다. 그러기에 더욱더 아름다운 남극을 지켜야겠다는 생각과 더불어 환경문제에 관심을 가지는 계기가 된 거 같습니다. 2041 프로젝트에 많은 관심 부탁드립니다.

_엘 아이돌그룹 인피니트

남극의 빙하가 녹아 해수면 상승으로 많은 섬나라들이 고통받고 있습니다. 남극을 보전하고자 하는 우리들의 작은 마음 하나하나가 큰 힘이 될 수 있도록 많은 관심 부탁드립니다!!

_예원 가수 겸 배우

남극을 지키는 데 다 함께 참여해 대한민국의 국격을 드높입시다.

_오상필 (주)보석과사람 대표

남극을 잘 보전하는 데 도움이 되는 책이 출간되어서 정말 기쁩니다. 저뿐만 아니라 많은 분들이 이 책을 통해, 작은 행동 하나하나가 모여서 지구를 지키는 데 함께 참여할 수 있길 바랍니다.^^

_오승아 배우

마지막 남은 지구의 심장부 남극을 지키는 데 우리의 작은 관심이 필요합니다. 지구를 지키는 길을 여러분과 함께 걷고 싶습니다.

_오은선 산악인

남극을 인류의 자연의 본산지로 지속해 자연의 아름다움과 고마움을 지속하도록 해야 한다.

_오장섭 도시유전 회장, 전 건설교통부 장관

한 명, 한 명의 작은 관심이 죽어가는 지구를 살릴 수 있습니다. 우리에게 모든 것을 내어준 지구. 이젠 조금씩 갚아나가야 할 때입니다.

_오종혁 가수 겸 영화배우

작은 관심이 모여서 지구를 보전하고 자연을 숨 쉬게 하는 것입니다. 모두 홧팅 또 홧팅입니다!!!

_유승규 서경대학교 교수

지구상에 남겨진 마지막 미지의 대륙 남극은 우리가 미래의 자손들에게 물려줄 가장 소중한 보물입니다. 2041년 이후가 아니라 영원히 보전되어야 할 것입니다.

_윤경은 KB증권 대표이사

남극 보존을 위한 한 걸음의 실천! 가장 가까운 우리의 생활용품 재활용으로 시작했으면 좋겠습니다. 우리 모두 실천합시다!

_윤보미 아이돌그룹 에이핑크

남극에 관한 여러 가지 이야기가 많습니다만 확실한 건 남극을 지키는 일은 이제 더 이상 남의 이야기가 될 수 없다는 것입니다. 그것은 우리의 이야기이며 우리 아이들의 이야기입니다. 환경을 잃으면 삶을 잃는 것으로 그치지 않고 인류 자체를 잃게 됩니다. 환경에 대한 관심, 바로 지금부터여야 합니다.

_윤일상 작곡가

남극은 많은 가능성을 품고 있습니다. 우리 모두 관심을 가지고 보호합시다.

_이말년 작가

남극의 미래는 지구의 미래! 남극보전(노력)은 지구와 지구인을 지키는 거룩한 사명입니다.

_이봉규 한양 건축주택본부장 / 전무

남극의 빙하가 녹으면서 흘리는 소리 없는 눈물이 그칠 수 있도록 W재단이 남극의 양쪽 날개가 되어주시길 빕니다.

_이봉운 비투텍 대표이사

우리도 모르는 사이에 남극의 빙하가 빠르게 녹고, 남극의 생태계가 고통받고 있습니다. 이런 문제가 《남극 2041》을 통해 더 많이 알려져 남극이 더 이상 아프지 않게 도움을 받았으면 좋겠습니다.

_이성열 아이돌그룹 인피니트

우리의 행동으로 인해 남태평양 섬주민들은 삶의 터전을 잃고 있습니다. 앞으로는 저부터 이런 상황에 경각심을 가지고 환경보호에 도움이 될 수 있도록 노력하겠습니다!!

_이성종 아이돌그룹 인피니트

기후변화는 미래를 좌우합니다. 남극은 인류의 공동 자산입니다. 남극 사랑은 아름다운 미래를 만들 것입니다. 그린 라이프를 실천할 때입니다.

_이양구 주 우크라이나 대한민국 대사관 대사

기후변화로 남극이 빨리 녹고 있습니다. 남극보전을 위해 우리 모두 나서야 합니다.

_이영무 한양대학교 총장

남극을 보전하는 작은 행동들이 모여서, 우리의 지구를 지키는 데 큰 힘이 됩니다. 동참 부탁드립니다.

_이인정 아시아산악연맹 회장

남극은 다섯 번째로 큰 대륙이며 평균 1.5km 두께의 얼음으로 덮여 있는 대륙이다. 이것이 기후변화로 점점 녹아가고 있다. 이 책은 남극보전에 관한 정보를 누구나 이해하기 쉽게 전달해주고 있다.

_이제호 전 성균관대학교 의과대학 교수

북극은 얼음으로 가득한 바다입니다. 남극은 두꺼운 빙하로 덮인 대륙입니다. 이 책을 통해 지구별 극과 극의 자연환경을 공부하고 감상할 수 있기를 바랍니다. 사라져가는 생태자원들—북극곰, 남극 펭귄—동식물들의 보고인 이 땅의 아름다운 풍경도 즐길 수 있습니다.

_이훈구 동아일보 사진부장

2017년 초 남극의 아델리펭귄 번식지에서 새끼 펭귄 수천 마리가 떼죽음했다는 보도가 있었다. 원인은 지구온난화에 따른 기후변화로 추측된다. 또한 지구온난화로 남태평양의 작고 아름다운 섬나라 투발루는 평균 해발고도가 3m, 가장 높은 곳이 4.5m인데, 밀물 때면 3.48m까지 바닷물이 차올라, 급기야 2001년에 국토포기선언을 했다. 이른바 '기후난민'이 된 셈이다. 2100년엔 남극과 북극의 빙하가 녹아 해수면이 88cm 상승한다고 한다. 지구온난화는 결코 투발루만의 일이 아니다. 지금의 투발루가 앞으로의 우리가 될 수도 있다. 우리 지구가 직면한 기후변화에 따른 대재앙을 막기 위해 지구의 마지막 자연인 남극을 보호해야 한다. 이를 위해 유효기간이 2041년까지인 '남극조약'의 갱신·유지가 필요하다. 아무쪼록 이 책을 통해 우리가 살고 있는 터전, 우리 후손들이 살아가야 할 지구를 지키고, 지속가능한 발전을 이루기 위한 로버트 스원의 '2041 프로젝트'를 함께 고민하고, 실천 방안이 모색되길 기대해본다.

_임종성 국회의원

어렸을 때, 세계에는 남극을 포함해 7대륙이 있다고 배운 기억이 있습니다. 미래의 세대에게도 남극의 존재가 단지 과거가 되지 않도록 우리 모두 남극보전에 힘을 실을 때입니다.

_임호섭 퍼시픽림그룹 대표이사

남극의 아름다움 그리고 그곳에 살고 있는 동식물들의 이야기를 여러분도 느끼고 공감하셨으면 좋겠습니다. W재단 홍보대사로서 저도 앞으로 환경보전에 일조하겠습니다!

_장동우 아이돌그룹 인피니트

남극을 지키는 일은 2041년 이후에도 건강한 지구에서 살아가기를 희망하는 우리를 위한 일입니다. 친환경리조트를 지향하는 오크밸리도 항상 응원하고 동참하겠습니다.

_전유택 한솔개발 대표

더 나은 지구의 미래를 위해, 극지방 보전 프로젝트를 응원해주세요!

_정성하 기타리스트

지금 북극은 빙하가 녹아내리고 있는데도 강대국들의 개발전쟁이 한창이다. 반면 남극은 세계 각국이 '남극조약'을 체결해 2041년까지 개발을 원천적으로 막고 있다. 남극이 지구의 마지막 자연으로 남은 이유다. 국제자연보전기관 W재단의 명예이사인 로버트 스원은 2041년 이후 다시 논의될 '남극조약'의 연장과 남극 보호에 전 세계인의 참여를 유도하기 위해 '2041 프로젝트'를 진행하고 있다. 또한 그는 자원의 재활용과 재생 가능한 에너지 사용, 고효율 에너지 개발 등 구체적이며, 당장 실천 가능한 남극 보존 방안을 함께 제시하고 있다. 2041년은 지구가 인류에게 절체절명의 과제를 부여한 해다. 인류의 욕망에 따른 지구온난화로 세계적 재앙을 맞이할지, 지속가능한 발전을 준비할지, 선택해야 하는 순간이다. 로버트 스원의 《남극 2041》을 통해 그 해답을 찾길 기대한다.

_정세균 국회의장

남극은 우리 지구를 지킬 수 있는 마지노선입니다. 이것이 2041년 이후에도 남극이 개발되지 않고 보전되어야 하는 이유입니다.

_조동혁 한솔그룹 명예회장

자연보호, 작은 관심과 작은 실천이 지구를 숨 쉴 수 있게 합니다. 미래의 아이들도 남극과 북극을 볼 수 있도록 해주세요!

_조보아 배우

자연 그대로의 모습이 제일 예쁘고 아름다울 때가 있습니다. 남극이 그런 곳이 아닌가 싶습니다.

_조세호 개그맨

우리의 작은 행동들이 남극보전에 큰 힘이 됩니다. 2041년 이후에도 꼭 보전되도록 우리 모두 실천합시다!

_조현영 가수 겸 배우

지구 환경 문제는 이제 먼 나라 이야기가 아닙니다. 바로 우리 이야기입니다. 이 책을 계기로 많은 사람들이 남극보전에 더 큰 관심을 가지기를 기원합니다. 우리가 힘을 모으면 미래의 아이들에게 좋은 지구를 물려줄 수 있습니다.

_주성완 다나을한의원 원장

소중하게 지켜야 할 남극! 이 책을 통해 저를 포함해 더 많은 분들의 관심과 사랑이 전해졌으면 좋겠습니다. 더 나아질 아름다운 미래를 위해 2041 프로젝트 파이팅!

_지숙 가수

2041 프로젝트의 의미를 이해하고 널리 알려 후세에 부끄럽지 않게 남겨줄 행복한 지구촌을 만들어 갑시다.

_차은우 아스트로

멀어 보이나 가까운 미래, 지구 반대편이지만 어쩌면 우리 이웃의 이야기. 2041년 인류 생존을 위한 처절한 사투는 현재 진행형이다. 미래를 바꾸기 위한 제1조건은 우리 모두의 관심.

_최보윤 조선일보 기자

남극과 북극 그리고 모든 자연은 보전되어야 합니다. 더 이상 지구가 울지 않았으면 좋겠습니다. 행복한 남극을 꿈꿔요.

_최유정 위키미키

남극의 빙하가 빠른 속도로 녹고 있습니다. 해수면 상승으로 많은 섬나라들이 고통받고 있습니다. 많은 관심 부탁드립니다.

_최종구 이스타항공 대표이사

로버트 스원의 《남극 2041》은 지구에 남은 마지막 천혜의 보고, 남극을 지켜내기 위한 프로젝트를 알리기에 충분하다. 남극엔 이미 우리나라와 미국을 비롯해 세계 각국이 앞다퉈 진출하고 있다. 그러나 남극대륙의 진정한 가치는 지금의 지구 기후를 지키는 파수꾼으로서의 환경에 있다. 《남극 2041》은 이에 대해 가볍게 문제를 제기하고, 진지하게 고민하길 요구한다. 1985년 5월 자연과학 전문저널 〈네이처〉에 남극 오존층에 구멍이 생겼다는 충격적인 논문이 발표된 바 있다. 이에 따라 오존층을 파괴하는 프레온가스와 할론 사용을 금지하는 '몬트리올 의정서'가 체결됐다. 그리고 2015년 NASA에 따르면, 남극 상공의 오존홀 크기가 점차 축소되고 있다고 한다. 국제사회가 함께 노력해 이룬 성과다. 지금까지 남극 개발을 막아온 '남극조약' 역시 국제사회가 펼쳐온 노력의 산물이다. 남극을 지키고, 지구를 지키기 위해선 이러한 국제사회의 노력은 계속돼야 한다. 이 책의 저자인 로버트 스원은 이를 위해 '2041 프로젝트'를 전개하고 있다. 이 책을 통해 남극뿐만 아니라 우리와 우리 후손이 발 딛고 살아갈 지구를 다시 한 번 생각해보는 계기가 됐으면 한다.

_추미애 국회의원, 더불어민주당 대표

우리는 1986년 힘들게 33번째로 남극조약에 가입했다. 우연이지만 1985년 11월 나는 한국남극관측탐험대를 이끌고 남극 땅에 첫발을 내디뎠고, 그 뒤 남극조약 가입, 킹조지섬 세종기지 그리고 남극본토에 장보고기지까지 한국기지가 설립되게 되었다. 남극은 평균 두께가 1,980m나 되고, 남북한 합친 것보다 62배나 되는 어마어마한 얼음 땅이다. 그러나 개발보다는 보전에 힘쓰지 않으면 우리에게 어떤 재앙이 발생할지 모른다. 남극의 얼음이 녹는다면 대한민국의 서울은 물에 잠겨버릴 것이다. 마지막 남은 자연을 우리는 개발보다는 보존에 더 힘써야 하는 이유다. 그런 면에서 로버트 스원의 남극개발금지 프로젝트는 너무나 당연한 상식이라 하겠다.

_홍석하 85 남극탐험대장, 월간 〈사람과산〉 사장

保护我们的地球．敬畏大自然．我们可以做的更好! (우리의 지구를 보호하고 자연을 경외하는 것은 우리가 할 수 있는 일이다!)

_Ma Song 징둥(Jingdong) 부회장

人类共同的南极。同呼吸，共命运! (인류 공동의 남극. 함께 호흡하고 운명을 같이 하자!)

_Zhang Wenzhong(张文中) Wu-Mart Group 창립자, 회장

남극을 살리기 위한
'2041 프로젝트'를 응원합니다!
ANTARCTICA
남극 2041